N&K

Milena Moser

Montagsmenschen

Roman

Nagel & Kimche

Für Thomas – this one, not the last one.

1 2 3 4 5 16 15 14 13 12

Herstellung: Andrea Mogwitz und Rainald Schwarz
Satz: Satz für Satz. Barbara Reischmann
Druck und Bindung: Friedrich Pustet
ISBN 978-3-312-00496-6
Printed in Germany

FSC
www.fsc.org
MIX
Papier aus verantwortungsvollen Quellen
FSC® C014889

1. Teil

Was zum Teufel tun wir hier?

Sie setzte sich auf das schmale Bett. Es war hart. Ein schwerer Metallrahmen, mit der Wand verschraubt. Darauf eine Matratze, mit Plastik überzogen, Kissen, eine breite nordische Decke. Unter dem Fenster, über die ganze Wandbreite, ein Tisch aus Beton, ein Hocker, ebenfalls aus Beton, unverrückbar. Ein gelbes Kissen lag darauf. Das Fenster vergittert. Eine blasse Sonne schien herein. Auf dem Tisch ihr Essgeschirr aus blauem Plastik. Besteck aus Plastik. Gelbe Bettwäsche, ein blauer Pyjama. Waschlappen, Handtuch, zwei Putzlappen. Sie sollte das Bett machen, hatte man ihr gesagt. Sie stand auf, nahm die Bettwäsche vom Tisch und bezog das Kissen. Dann setzte sie sich wieder hin. Der Plastiküberzug der Matratze quietschte. Sie saß auf der Pritsche, ihre Hände baumelten zwischen den Knien. An der gegenüberliegenden Wand ein Waschbecken, ein Spiegel aus Metall. Eine offene Dusche. Die Toilette immerhin hatte eine Tür. Die Wände waren aus Beton, grau gestrichen, die Betonmaserung schimmerte durch. Sie hatte in Designerhotels übernachtet, die solche Wände hatten. Sie dachte an Peter, ihren geschiedenen Mann. «Du brauchst eine halbe Stunde», hatte er immer gesagt, «und schon hast du jeden Raum verwüstet.» Hier würde ihr das nicht passieren. Hier könnte sie es nicht einmal. Selbst wenn sie das wollte.

Sie atmete aus. In dieser Zelle war nichts. Nichts, das sie verlieren, nichts, das sie herumliegen lassen konnte. Keine Bücherstapel, keine Kleiderhaufen, keine schlecht verschlossenen Tuben, keine ungelesenen Zeitungen, keine Haarknäuel, nichts.

Man hatte ihr alles abgenommen. Jede Entscheidung, jeden Gedanken. Sie hatte einen blauen Trainingsanzug bekommen, Unterwäsche, Socken, Turnschuhe mit Klettverschluss. Eine Zahnbürste, ein Stück Seife. Die Glocke schrillte, sie stand auf. Man sagte ihr, was sie zu tun hatte. Im Wesentlichen nichts.

Sie atmete ein und richtete sich auf. Sie hob den Kopf. Hier würde sie bleiben.

So könnte es gehen, dachte sie.

So könnte sie leben.

draṣṭṛdṛśyayoḥ saṃyogo heyahetuḥ
Alles Leiden beruht auf einem Missverständnis:
das Wahrgenommene
mit dem Wahrnehmenden gleichzusetzen.
Patanjali Yoga Sutra 2.17

Nevada

Sie stand im Hund, und sie fiel auf die Schnauze.

Hinabschauender Hund. Gähnender Hund. Totgeschossener Hund.

Als Kind hatte sie einmal ein Bild gesehen, in einer Zeitschrift. Ein versehentlich getroffener Jagdhund. Er lag auf der Seite, dunkles Blut auf dem nassen Herbstlaub unter ihm wie eine Decke. Die Vorderpfoten waren angewinkelt, eng an den Körper gezogen und nach innen gekrümmt, als versuchte er zu beten.

Hier lag sie nun. Nevada, die Schneebedeckte. Auf der abgewetzten blauen Yogamatte, die ihr Zuhause war. Ihre Nase drückte gegen den weichen Kunststoff, das Blau flimmerte vor ihren Augen, sie schloss sie.

Endlich schlafen, dachte sie. Einfach liegen bleiben. Nie mehr aufstehen. Seit Wochen quälte sie diese Schwere, als hätte sich die Erdanziehungskraft vervielfacht, sie konnte kaum die Arme heben, den Kopf aufrecht halten. Jede Bewegung kostete sie Kraft, die sie nicht mehr hatte. Seit einigen Wochen wachte sie außerdem jeden Morgen auf wie der tote Jagdhund auf dem Bild: die Handgelenke nach innen geknickt, die Finger gegen die Handflächen gezogen wie von einem Gummiband im Innern der Arme. Das Band war zu kurz. Es spannte, es juckte. Manchmal zog es plötzlich an, im nächsten Moment war es überdehnt, und ihre Finger schlackerten. Der Schmerz war als solcher kaum zu erkennen, ein unterirdisches Summen, aushaltbar, aber konstant. Manchmal flammte ein Jucken auf, das sich zum Stechen steigern konnte. Elektrische Leitungen spannten sich zu den Ellbogen hinauf, den Schultern. Ein Surren, Summen, etwas wie Zahnweh, nur eben in den Händen. Sie ertappte sich immer öfter dabei, wie sie die Hände rang. Wie die Mutter Gottes, dachte sie, und dann: Wo kommt das bloß her? Betete sie nicht seit zehn Jahren vor den Altaren hinduistischer Gottheiten? Mit einer Hand umfasste sie ihr Handgelenk und presste es sanft zusammen, als ließen sich die Nervenenden zurückdämmen. Als ließe sich der Schmerz ins Innere des Körpers zurückdrängen, dorthin, wo er wohnte, dorthin, wo er schlief.

Nevada war sechsunddreißig Jahre alt und Yogalehrerin. Sie stand jeden Morgen um fünf Uhr auf und übte zwei Stunden lang für sich. Sie unterrichtete jeden Tag, manchmal zweimal. Sie aß seit zwanzig Jahren kein Fleisch mehr, sie spülte sich die Nasenlöcher mit Salzwasser aus, sie konnte die Füße im Nacken verschränken, während sie auf den Händen balancierte, sie konnte ihren großen Bauchmuskel hervortreten und rotieren lassen wie einen Quirl. Sie war so gesund, wie ein Mensch nur sein konnte. Als Kind hatte sie Ballett getanzt, sie wusste, was sie ihrem Körper abverlangen konnte. Nevada übte noch härter, noch länger. Die Handgelenke kräftigen, dachte sie und baute *Chaturangha Dandasana*, die Yoga-Liegestütze, ein, wo sie nur konnte.

Der Schmerz wurde stärker. Sie rieb sich die Handgelenke. Zog die Pulloverärmel bis über die Fingerspitzen. Dann kroch der Schmerz in die Schulter, und sie dachte, das sei ein gutes Zeichen. Etwas löst sich, dachte sie. Wenn sie nur nicht so müde wäre.

Sie wickelte elastische Binden um die Handgelenke. Dann konnte sie deren Druck nicht ertragen und riss sie wieder hinunter. Sie musste ihre Ringe abstreifen. Der dünne rote Faden, den sie seit ihrem letzten Meditationsretreat umgebunden trug, schien mitten in der Nacht Feuer zu fangen und sich in ihre Haut zu brennen. Sie biss ihn mit den Zähnen durch wie ein gefangenes Tier seine Fesseln. Doch ihre Fesseln lagen tiefer. Unter der Haut. Sie kam nicht an sie heran.

Danach hatte sie lange wach gelegen, die Hände zwischen den Brüsten versorgt, und sich gefragt, was es wohl für karmische Konsequenzen haben würde, dass sie den von ihrem Meditationslehrer gesegneten Faden durchgebissen hatte. Ob sie ihn anrufen, um einen neuen Faden bitten konnte? War der Schmerz bereits die Strafe? Wenn ja, wofür?

Der Faden war mit einem Wunsch verbunden gewesen, der in Erfüllung gehen sollte, wenn der Faden sich auflöst. Das hatte sie jetzt wohl verhindert. An ihren Wunsch konnte sie sich ohnehin nicht mehr erinnern. Etwas Ungefähres vermutlich, wie «Klarheit». Jetzt hatte sie nur noch einen Wunsch, und der war klar: Aufhören! Es soll aufhören!

Die Stunde am Montagabend war eine ihrer liebsten. Sie kannte die meisten ihrer Schüler schon länger. Lakshmi, der das Yogastudio am Wasser gehörte, fand, sie unterrichte zu viel.

«Du dominierst das Studio», hatte sie gesagt. «Lass doch auch mal die jüngeren Lehrerinnen ran!» Die Yogalehrerinnen, die sie selber ausbildete, wollten schließlich beschäftigt sein. Doch Nevadas Klassen waren immer voll. Ihre Schüler schätzten ihre anstrengenden und klarstrukturierten Lektionen. Sie wollten schwitzen, nicht beten. Nevada verlor keine Zeit mit dem Rezitieren unverständlicher Sanskritverse. Bei ihr gab es nur einatmen, die Arme zur Decke strecken, ausatmen, mit den Händen den Fußboden berühren.

Zwanzig Minuten bevor die Lektion begann, öffnete Nevada den Raum, rollte die Matten aus, zündete eine Kerze an. Dann setzte sie sich unter den kleinen Altar, auf dem eine Statue des Elefantengottes Ganesha neben einer Vase mit frischen Blumen stand.

Ganesha, mach die Schmerzen weg, dachte Nevada. Aufgabe des Elefantengottes war es schließlich, Hindernisse aus dem Weg zu räumen. Allerdings auch, sie einem vor die Füße zu legen. Es war gut möglich, dass Ganesha ihr diese Schmerzen untergejubelt hatte. Doch warum? Sollte sie aus dem Gleichtritt gebracht, gebremst werden? Worüber sollte sie nachdenken? Ganesha, ich tue alles, aber bitte nimm mir den Schmerz!

Nevada bezweifelte, dass Ganesha sich erbarmen würde. Er war hart im Nehmen, schließlich hatte ihn sein eigener Vater aus Versehen geköpft und dann in der Eile mit einem Elefantenkopf versehen, dem erst noch ein Stoßzahn fehlte. Brennende Hände konnten ihn nicht beeindrucken. Nevada öffnete die Augen und richtete sich auf. Sie saß mit gekreuzten Beinen und im Schoß gefalteten Händen. So beobachtete sie die eintreffenden Schüler. In der ersten Reihe sah sie Poppy, eine ihrer treuesten Schülerinnen, die ihre Matte immer auf denselben Platz legte, links, gleich bei der Tür. Poppy starrte sie mit weit aufgerissenen Augen an. Als ob sie sich etwas von Nevada erhoffte. Eine Antwort? Nevada schien diese Hoffnung jedes Mal neu zu enttäuschen, und doch starrte Poppy sie zu Beginn jeder Stunde so an, unbeirrbar. Später würde sich ihr Blick verlieren. Poppy würde Nevadas

Ansagen ignorieren und eine wahllose Abfolge von *Asanas* ausführen, die ihr eine innere Stimme zu diktieren schien.

Weiter hinten erkannte Nevada Marie, die nur unregelmäßig kam. Sie war Oberärztin im nahegelegenen Kantonsspital und arbeitete oft abends oder nachts. Marie hatte die Augen fest geschlossen, die Stirn gerunzelt, wie ein Kind, das innerlich bis zehn zählt. Marie schlief manchmal in der Endentspannung ein, auf dem Rücken liegend, den Mund leicht geöffnet, den Atem zu einem leisen Schnarchen verdickt.

Liegen. Schlafen. Nur nicht daran denken. Das Bild eines liegenden Körpers war schon zu viel. Sie war so müde. Wie konnte ein Mensch so müde sein? Sie konnte sich kaum aufrecht halten. Hatte sie geschlafen? Sie wusste es nicht mehr.

«Einatmen.» Sie hob ihre Hände über den Kopf, zog sie durch immer zähflüssigeren, schnell härtenden Beton. Als sich die Handflächen über ihrem Kopf berührten, weinte sie beinahe. Sie presste die Lippen zusammen.

«Ausatmen.» Sie beugte sich vor. Ihre Arme schlackerten. Sie führte die Gruppe durch die ersten Sonnengrüße, langsam, da war ein Neuer, ein junger Mann in modischer Turnhose, der mit Mühe den Rücken beugte, die Hände nach unten streckte, weit vom Fußboden entfernt. Immer wieder hob er den Kopf, schaute sich im Raum um, sein Blick huschte verstohlen über die Frauenkörper, die ihn umgaben. Später würde sie den Pfau vorführen, Männer reagierten auf solche Demonstrationen der Überlegenheit.

«*Chatturangha Dandasana*», sagte sie.

Langsam senkte sich ihr Körper in die Stütze, flach wie ein Brett. Eine Handbreit über dem Fußboden hielt sie inne, wandte den Kopf zur Klasse, die Hälfte der Schüler lag flach auf dem Bauch. Am liebsten hätte sie es ihnen gleichgetan. Diese Schwere, die sie seit Wochen begleitete, drückte sie nieder.

«*Urdvha Mukho Svanasana*, der hinaufschauende Hund.»

Sie streckte die Arme durch, reckte den Oberkörper nach oben, legte den Kopf in den Nacken, sie hatte noch nie einen Hund in dieser Stellung gesehen.

«Ausatmen, *Adho Mukha Svanasana,* der hinabschauende Hund.» Fünfzehn Hinterteile reckten sich in die Luft.

«Weiteratmen», befahl Nevada. Sie wollte aufstehen, durch den Raum gehen, ihre Hand auf den Rücken des Neuen legen, seine Stellung korrigieren. Sie sah, wie sein Blick wanderte, ihr Geist wanderte mit, und plötzlich knickten ihre Handgelenke weg. Ihr Hintern blieb einen Augenblick in der Luft hängen, als könnte er ihren Körper dort verankern. Im nächsten Augenblick lag sie flach auf der Matte. Blut füllte ihren Mund.

Ted

Da stand er nun. Mit gebeugten Beinen und gesenktem Kopf. Umringt von Frauen, die ihre Hintern in die Luft streckten. Einer schöner als der andere. Satt verpackt in Schwarz und Grau. Ein riesiger, wassermelonenroter, schwebte direkt vor ihm. Wenn er den Kopf hob, wenn er sich nach vorne reckte ... Schweiß tropfte von seinem Gesicht und auf die schwarze Gummimatte. Was tat er hier? Wie zum Teufel war er hier gelandet? Er war der einzige Mann. Der Witz seines Lebens. Er war neununddreißig Jahre alt, Primarlehrer, einer von zwei Männern in einem Lehrerzimmer voller Frauen, er hatte eine Tochter, die er nicht verstand, eine Exfrau, die nichts mit ihm zu tun haben wollte, eine Mailbox voll mit Stimmen von Frauen, mit denen er nichts zu tun haben wollte. Umzingelt von Frauen – bis in die Yogastunde hinein. Die Probestunde war immerhin gratis. Er hatte also nichts verloren. Und eine gute Geschichte zu erzählen. Wenigstens würde er in Zukunft mithalten können, wenn andere von ihren Yogastunden berichteten.

Und das nur, weil Tina zu spät gekommen war. Weil er zu denen gehörte, die einen Film von Anfang an sehen müssen, die nicht nach Beginn noch in den dunklen Kinosaal schleichen können. Nun war er hier, in seiner ersten Yogastunde überhaupt, und die Lehrerin lag auf der Matte und blutete. Sollte er in dieser lächerlichen Stellung verharren, den Hintern in der Luft? Seine Arme zitterten bereits. Yoga ist nichts für Weicheier, dachte er. Dann ging er in die Knie.

Tina kam fast immer zu spät. Das Wochenende begann manchmal am Donnerstag und endete am Dienstag. Aber auch darauf konnte er sich nicht verlassen. Er hätte es besser wissen müssen. Der Film würde gleich beginnen. Es gab nur ein Kino in der kleinen Stadt. Er hatte nur einen Freund.

Er hasste das. Wenn die Kleine schon im Mantel auf dem Sofa saß, ihre Tasche neben sich, und starr vor sich hin schaute. Jeder Versuch, sie noch einmal in ein Gespräch zu verwickeln, in ein Spiel zu ziehen, scheiterte an ihrem starren Blick. Er bemühte sich, nicht auf die Uhr zu schauen, er spielte mit seinem Handy, hielt es beiläufig ins Licht: keine Nachrichten. Sie rief nie an, um ihn wissen zu lassen, dass es später wurde. Es wurde immer später. Außer, wenn er darauf eingerichtet war. Dann kam sie garantiert pünktlich oder sogar zu früh. Er hörte den flachen Atem seiner Tochter und wusste, dass sie sich schämte.

Dabei hatte es so gut begonnen. Tina und Ted. Ted und Tina. Ein vielversprechender Titel. Ein filmreifes Paar. Ihre Beziehung war von Anfang an dramatisch gewesen. Intensiv. Er hätte es wissen müssen. Solche Filme endeten nie gut.

Er nahm sein Handy vom Tisch. «Ich geh schnell telefonieren.»

Emma nickte nur. Er ging in die Küche und rief Tobias an.

«Du, ich schaff es nicht.»

«Lass mich raten.»

«Nicht nötig.»

Einen Prinzessinnen-Junkie nannte ihn Tobias, einen *Räf-o-philen.* Sie kannten sich seit der Schule, schon damals hatte Ted einen unglücklichen Hang zu herzlosen Frauen gehabt. Tobias sagte, Ted sei ein Weichei. Tobias sagte, er solle endlich einmal durchgreifen. Tobias wusste nicht, wie es war, ein Wochenende mit Emma zu verbringen, ihrem stummen Blick ausgeliefert, ihrem herzzerreißenden Bemühen, ihm keine Umstände zu bereiten.

«Ich kann doch alleine warten», sagte sie jetzt. «Mama kommt bestimmt gleich.» Sechs Jahre und schon so alt.

«Alleine warten? Spinnst du?», rief er, zu laut. Er boxte sie in die

Schulter – sie wich ihm aus. War es möglich, dass man sein eigenes Kind nicht kannte? Sie hatte dieselben grauen Augen wie Teds Mutter. Vielleicht war es das.

Tina kam eine Stunde zu spät. Sie entschuldigte sich nicht. Ihr Blick forderte ihn heraus, doch etwas zu sagen. Er wusste es besser.

«Du schuldest mir jetzt schon zwei Jahre ununterbrochenen Hütedienst», hatte sie ihm einmal vorgerechnet.

«Hütedienst? Ich bin der Vater!»

«Vater!» Sie hatte geschnaubt.

Er hatte alles richtig gemacht. Als Tina ihm den Schwangerschaftstest mit dem rosa Pluszeichen im Fenster (plus eins? plus Kind?) ins Zahnglas gesteckt hatte, hatte er sich gefreut. Er hatte Champagner geholt und in das Zahnglas gefüllt.

«Du rücksichtsloses Arschloch, meinst du, ich darf jetzt noch Alkohol trinken? Typisch», sagte sie. «Für dich geht das Leben weiter wie gehabt. Ich bin die, die sich anpassen muss. Mein Leben ist zu Ende!»

«Warum – willst du das Kind denn nicht?»

Sie hatten darüber gesprochen. «Dein Bauch gehört dir», hatte er gesagt. Das warf sie ihm heute noch vor, auch vor Emma: «Du! Du wolltest schließlich abtreiben, nicht ich!»

Die Schwangerschaft hat alles kaputtgemacht, dachte er damals. Doch Tina war schon vorher unzufrieden gewesen. Mit ihrem Leben, ihrem Job, mit ihm. Sie war es geblieben.

Als Emma zwei Jahre alt war, hatte Ted eine Reihe eindeutiger Nachrichten auf Tinas Handy entdeckt. Sie gestand eine bereits länger andauernde Affäre mit ihrem Vorgesetzten und zog aus. Er sah Emma jedes zweite Wochenende und eine qualvolle Ferienwoche im Sommer. Nach einem weiteren Jahr war Tinas neue Beziehung zerbrochen, seither sah er Emma, wenn Tina einen Babysitter brauchte. Manchmal oft, manchmal gar nicht.

«Mama, komm jetzt!» Emma hatte ihre Mutter aus der Wohnung gezerrt, und dann war er allein gewesen. Allein mit dem angefangenen Abend. Es war zu spät gewesen, um ins Kino zu gehen, zu früh, um zu Hause zu bleiben. Er hatte – keine Ahnung warum – eine Turnhose eingepackt, ein Handtuch. Er war die Straße hinuntergegangen bis zu dem

Yogastudio, an dem er jeden Tag mindestens zweimal vorbeiging. Er stieß die Tür auf, ging die Treppe hoch und schrieb sich für eine Probelektion ein. Er hatte Glück, die nächste Stunde würde gleich beginnen.

Teds Arme zitterten. Sein Rücken schmerzte, seine Oberschenkel brannten. Was sollte er jetzt tun? Sein Leben war ein Witz. Seine erste Yogastunde, und dann so etwas! Die Lehrerin lag flach auf dem Gesicht und rührte sich nicht. Sollte er es ihr gleichtun? Seine Beine gaben nach. Ted ließ sich auf die Knie sinken. Die pralle Wassermelone erhob sich – grandioser Hintern, schoss ihm durch den Kopf. Warum dachte er so etwas? Andererseits, warum trug sie diese enge rote Hose, wenn sie nicht wollte, dass man ihren Hintern beachtete? Wenn sie stand, verschoben sich ihre Proportionen zu einer nahezu perfekten Sanduhr – Herrgott, halt deine Gedanken im Zaun! «Ich bin Ärztin», sagte sie. Sie schritt zwischen den gähnenden, stehenden und zusammenfallenden Hunden hindurch, kauerte sich neben die Yogalehrerin und drehte sie routiniert auf die Seite. Dann richtete sie sich auf.

«Ich glaube, sie hat sich auf die Zunge gebissen. Nichts Schlimmes. Aber ich bringe sie sicherheitshalber ins Krankenhaus.»

«Heißt das, die Stunde fällt aus?»

Ted wandte den Kopf und sah sie, neben ihm auf einer blumenbedruckten Matte, die dünnen Beine verbrezelt, die Stirn gerunzelt, die Unterlippe vorgeschoben.

«Sieht fast so aus.»

«Ausgerechnet! Ausgerechnet heute, wo ich so verspannt bin!» Sie hob eine Hand und rieb ihren Nacken. Eine beleidigte Prinzessin. Empört, dass das Leben ihren Ansprüchen einmal mehr nicht gerecht wurde. Er kannte diesen Ausdruck. Er war ihm hilflos ausgeliefert.

In seinem Kopf hörte er die Stimme von Tobias. Ted, du Idiot, kannst du dir nicht mal ein anderes Modell aussuchen? Es gibt auch nette Frauen, weißt du!

Ich kenne nette Frauen, antwortete Ted. Sie reizen mich nicht.

Er wandte sich der Prinzessin zu. «Wir könnten stattdessen einen Kaffee trinken», sagte er. «Unten in der Bar.»

«Ich trinke keinen Kaffee.»

«Tee?»

Poppy

Poppy stand auf. Sie rollte ihre Matte zusammen, sorgfältig, wie sie es immer tat, im Knien. Sie schaute nicht zu Nevada hinüber und nicht zu Marie, die sich über sie beugte. Und sie schaute vor allem nicht zu dem Blutfleck, der sich auf der Matte ausbreitete. Marie würde sich darum kümmern. (War sie für eine Ärztin nicht zu jung?) Marie würde wissen, was zu tun war.

Poppy konnte hier nicht bleiben. Sie durfte ihren Blick nicht auf die Matte richten, die voller Blut war – war es Nevadas persönliche Matte? War es eine der Studiomatten? Wenn ja, würde sie entsorgt werden? Oder würde diese Matte, oberflächlich abgewischt, bei der nächsten Stunde wieder auf dem Holzboden liegen, womöglich auf dem Platz, den Poppy sich ausgesucht hatte, in der ersten Reihe, ganz außen bei der Tür?

Poppy kam meist zu spät. Nickte der Praktikantin an der Kasse zu, die stirnrunzelnd den Kopf schüttelte. Eine Neue, dachte Poppy. Eine Studentin, vielleicht noch Gymnasiastin, die sich die teuren Stunden nicht leisten konnte und sie stattdessen abarbeitete. Ein junges Mädchen, das das Leben noch vor sich hatte, das sich noch einbilden konnte, es hätte die Lösung gefunden, die Antwort auf alle Fragen. Alles würde gut werden, wenn sie nur genug Yoga übte. Poppy beneidete sie darum. Sie selber hatte diese Gewissheit längst verloren. Seit zwei Jahren besuchte sie jede Woche Nevadas Montagabendstunde, und ihr Leben war kein bisschen einfacher geworden. Es waren nur neue Probleme dazugekommen, zum Beispiel fragte sie sich, was die anderen Yogaschüler dachten, wenn sie während der kurzen Anfangsmeditation ins Studio schlüpfte, ihre Matte gleich bei der Türe ausrollte und über die Studiomatte legte. So sehr sie sich bemühte, leise zu sein, jedes Mal stieß sie einen hölzernen Yogablock oder eine Wasserflasche um. Manchmal meinte sie, die Nächstsitzenden ungeduldig schnauben zu hören. Vielleicht praktizierten sie auch nur den Feueratem. Poppy brachte ihre eigene Matte von zu Hause mit, eine Antirutschauflage, ein Handtuch, eine Flasche Wasser. Sie baute einen Wall zwischen sich und den anderen Schülern auf, sie richtete ihren Blick auf

Nevada. Diese hatte einmal eine Geschichte von einem indischen Lehrer erzählt, der die westlichen Schüler gleich als Erstes aufgefordert hatte, einen (nackten!) Fuß auf die Matte des Nachbarn zu stellen. Poppy wusste, an wen diese Geschichte gerichtet war. Sie spürte durchaus auch Nevadas pointierten Blick auf ihr Arsenal. Vielleicht sollte sie das Nevada einmal sagen, unter vier Augen, nach der Stunde. Doch sie hatte das Gefühl, Nevada weiche ihr aus.

Poppy hatte vor zwanzig Jahren schon Yoga geübt, als es noch nicht Mode gewesen war. Es war eine andere Art von Yoga gewesen, langsamer, trotzdem hatte sich ihr Körper erinnert. Manche Übungen fühlten sich an wie eine Heimkehr. Als hätte sie nie etwas anderes getan. Andere fühlten sich falsch an. Sie hatte Nevada darauf aufmerksam gemacht. Nevada hatte ihr zugehört und ihr dann einen anderen Kurs empfohlen. So hatte Poppy es nicht gemeint. Sie hatte nur zeigen wollen, dass sie keine Schülerin wie alle anderen war. Zum einen war sie mit Abstand die Älteste in der Gruppe. Und, das nahm sie befriedigt zur Kenntnis, die Beweglichste. Wenn sie ihre Beine aus der Kerze über den Kopf in den Pflug senkten, war sie oft die Einzige, deren Fußspitzen den Boden berührten. Natürlich sollte sie sich nicht mit den anderen vergleichen. Und schon gar nicht, wenn sie auf dem Rücken lag und die Füße hinter ihrem Kopf abgestellt hatte. Ihr Nacken hatte die leichte Drehung mit einem Knacken quittiert, danach hatte sie tagelang Schmerzen gelitten. Und Angst. Angst, dass ihr Kopf abfallen würde.

Das hatte ihre Mutter früher auch immer gesagt: «Wenn dein Kopf nicht angeschraubt wäre!» Poppy fasste sich dann unwillkürlich an den Nacken, als könnte sie die Schrauben fühlen. Als müsste sie sich vergewissern, dass es wirklich so war.

Poppys Mutter seufzte. Gerade hatte sie Poppy gebeten, den Tisch abzuräumen, das Mädchen hatte artig genickt und war dann, keine drei Sekunden später, mit leeren Händen in die Küche gegangen. Dort war Poppy einen Augenblick stehen geblieben, hatte sich gefragt, was sie hier wollte, hatte den Kühlschrank geöffnet, die Milchflasche herausgeholt und auf den Küchentisch gestellt. Jetzt fehlte ihr noch ein Glas. Auf dem Abtropfbrett neben der Spüle standen die Gläser in einer Reihe, mit der Öffnung nach unten, auf dem weichen, geriffelten Plastikuntersatz. Immer bestand ihre Mutter darauf, dass Poppy die Gläser sofort abtrocknete und wegräumte, und dann tat sie es selber nicht! Ungerecht, dachte Poppy, nahm sich ein Glas und wischte den noch feuchten Rand am Latz ihres Manchesterrocks ab. Der, das stellte sie gleich fest, überhaupt nicht saugfähig war. Sie füllte das Glas mit Wasser und nahm es mit in ihr Zimmer.

«Pooopppeee!», schrie ihre Mutter aus dem Esszimmer.

Poppy hieß eigentlich Annamarie, aber ihre Mutter, die aus Graubünden stammte, nannte sie Poppeia, oder Poppe – Mädchen. Später, in Amerika, war Poppy daraus geworden. Sie wusste nicht mehr, wie der Mann hieß, der ihren Namen so abgewandelt hatte, nur noch, was er gesagt hatte: «Du bist wie eine Mohnblume, berauschend und vergänglich ...»

Mohnblumen waren außerdem dünnhäutig, unbeständig, wurden in alle Winde zerstreut. Ein Lufthauch knickte sie, ein Regentropfen köpfte sie. Poppy fand, der Name passe zu ihr.

«Pooopppeee!», schrie ihre Mutter, und Poppy drehte sich um – was hatte sie jetzt wieder falsch gemacht? Sie sah an sich herunter, Wassertropfen auf dem Manchesterlatz, die Socken verrutscht – was hatte sie getan?

Da fiel es ihr wieder ein: den Tisch abräumen! Das Geschirr abwaschen!

«Tut mir leid!», rief sie, stellte das Wasserglas auf das Fensterbrett im Flur und ging schnell zurück ins Esszimmer.

«Wenn dein Kopf nicht angeschraubt wäre ...»

Poppy räumte das Geschirr ab. Sie kratzte die Essensreste von den Tellern und kippte sie in den Abfalleimer. Sie ließ Toro, den Hund, die Teller ablecken. Dann stapelte sie die Teller in ein Plastikbecken und ließ heißes Wasser darüberlaufen. Ein, zwei, drei Spritzer Abwaschmittel dazu, es schäumte. Schneeberge.

Direkt über dem Wasserhahn hing eine Postkarte vom Silsersee. Poppy stellte sich vor, wie ihre Mutter hier stand, das Geschirr abwusch, dabei auf die Postkarte schaute und sich wünschte, sie wäre zu Hause in den Bündner Bergen. Poppy mochte die Berge nicht. Jeden

Winter, jeden Sommer verbrachten sie dort, ihre Mutter und sie, bei der weitverzweigten Verwandtschaft. Ihre Cousins und Cousinen waren sportlich, praktisch, rotwangig. Sie wussten, wie man Kühe zusammentrieb, von einem Felsen in den eiskalten See sprang, wie man, bevor man am Ende des Skilifts angelangt war, elegant aus der Spur schwang. Unter den Cousinen fühlte sich Poppy noch ungenügender als zu Hause. Auch weil die Tanten sie oft mit gerunzelter Stirn musterten, wenn sie mit dem Knie gegen den Tisch stieß und ihre Milch verschüttete, wenn sie das Tor zum Hasenkäfig nach dem Füttern nicht geschlossen hatte. Mit der Taschenlampe hatte sie nachts im Garten die riesigen Viecher gesucht, aber nur einen von den vieren wieder einfangen können. Sie hatte für die Hasen bezahlen müssen. Mit ihrem Taschengeld.

«Du bist eine Träumerin», sagte die Großmutter. «Das hast du nicht gestohlen!» Poppys Mutter war nicht wie die Tanten, wie die anderen Frauen im Dorf. Sie war weggelaufen, durchgebrannt mit einem Unterländer, einem Flachländer, Poppys Vater. Trotzdem kam sie jeden Sommer und jeden Winter zurück in ihr Dorf. Und Poppy musste mit.

«Kannst du nicht aufpassen?» Die Stimme ihrer Mutter holte sie zurück in die Küche, ans Abwaschbecken, aus dem der Schaum quoll, viel zu viel Schaum. Wasser tropfte auf Poppys Schuhe. Ihre Brille hatte sich beschlagen. Grob riss die Mutter sie am Arm zurück und drehte den Wasserhahn zu.

«Geh in dein Zimmer», sagte sie. «Du machst mehr Arbeit, als du mir abnimmst!»

In ihrem Zimmer setzte sich Poppy an ihren Schreibtisch. Sie würde sich bessern. Sie würde ihr Zimmer aufräumen. Sie würde ihre Schulsachen ordnen, in Schubladen, jede Schublade würde sie beschriften: Rechnen. Sprache. Lebenskunde. Nichts würde mehr verlorengehen, nichts vergessen. Jeden Abend würde sie die Hausaufgaben erledigen – sie musste sich einen Plan machen. Was sie brauchte, war eine Korkwand, direkt über ihrem Schreibtisch, ihre Freundin Regine hatte so eine, da hingen, neben einem Foto von Bernhard Russi und einem von David Cassidy, ihr Stundenplan, Mitteilungen von der Schule über den

Ausflug vor den Ferien, den Sporttag, die Lehrerfortbildung. Stecknadeln mit dicken runden Köpfen hielten die Mitteilungen fest, Regine hatte sie ständig vor Augen, sie wusste immer, welche Fächer am nächsten Tag drankamen, welche Aufgaben sie machen musste. Regine würde nie an einem Mittwoch als Einzige vor verschlossenen Schultüren stehen, weil sie vergessen hatte, dass an diesem Tag kein Unterricht stattfand, und sich dann nicht nach Hause trauen. Die Versuchung, nach Hause zu gehen, zurück ins warme Bett, zu ihrem Buch, war groß, aber sie wusste, wie sehr ihre Mutter schimpfen würde.

«Hast du eigentlich kein anderes Ziel, als mir das Leben schwerzumachen? Meinst du, ich finde es lustig, um sechs Uhr aufzustehen und Madame das Frühstück zu bereiten? Für nichts und wieder nichts?»

Poppy ging zu Regine, als hätten sie sich verabredet. Ihre Mutter glaubte sie in der Schule. Poppy hatte keine Geschwister. Sie hatte schon lange aufgehört, danach zu fragen. Einmal, ganz früh morgens, hatte sie gehört, wie ihre Eltern in der Küche stritten.

«Du wirst ja schon mit einem Kind nicht fertig», hatte der Vater gesagt. «Was willst du denn mit zweien?» Die Mutter hatte geweint, sie hätte sich noch mehr Kinder gewünscht, aber Poppy war zu schwierig, wenn Poppy nur nicht so schwierig wäre. Dabei gab sie sich jede Mühe. Jeden Abend fasste sie neue Vorsätze, jeden Tag scheiterte sie an der Umsetzung. Ihr Schreibtisch stand vor dem Fenster. Wenn Poppy eine Korkwand aufhängen wollte, musste sie den Tisch an die Wand schieben. Plötzlich schien die Korkwand die Lösung aller Probleme, das unverzichtbare Requisit für ihr neues Leben, in dem sie alles richtig machen würde. Poppy versuchte ihren Tisch zu ziehen, sie zerrte daran, eine der Schubladen rutschte heraus und fiel krachend auf den Teppichboden. Die Nachbarin von unten klingelte an der Tür und verlangte zu wissen, warum es die Schneiders nicht fertigbrachten, die gesetzlich vorgeschriebene Mittagsruhe von elf Uhr dreißig bis dreizehn Uhr dreißig einzuhalten. Und ausgerechnet während der Nachrichten! So ein Krach, man verstehe sein eigenes Wort nicht, und wenn jetzt der Krieg ausgebrochen wäre? Dann wüssten sie an der Rathausgasse 17 nichts davon, weil die Schneiders immer so einen Krach machten. Poppys Mutter entschuldigte sich. Dann kam sie in Poppys Zimmer ohne anzuklopfen, sah die Schreibtischschublade am Boden, die verstreuten Hefte, die herumliegenden Buntstifte, den halb vom Fenster weggezerrten Tisch. Sie öffnete den Mund und schloss ihn wieder. Sie schüttelte den Kopf.

«Du bringst mich noch ins Grab», sagte sie und ging aus dem Zimmer.

An diesem Nachmittag schloss Poppy sich ein. Sie fegte alles, was auf dem Schreibtisch lag, auf den Fußboden, Hefte, Papiere, Klebestifte, Scheren, dann kippte sie den Inhalt ihrer drei Schreibtischschubladen darüber. Sie zog den Ärmel ihres Plüschpullovers über ihre Hand und wischte damit über die Schreibtischplatte und in die Ecken der Schubladen. Mit Buntstift schrieb sie auf den Boden jeder Schublade, was hineinkommen solle.

Papier und Farbstifte. Bastelsachen. Schulzeug. In die oberste Schublade schrieb sie außerdem: *Ich hasse die Berge und ich hasse meine Mutter!*

Dann räumte sie die Schubladen wieder ein. Sie schob den Tisch wieder vor das Fenster – sie würde ihr Zimmer nicht umstellen, ihre Mutter nicht um eine Korkwand bitten. Aber wenn sie schon dabei war, konnte sie ihren Kleiderschrank ausräumen. Sie riss alle nachlässig gestapelten Pullover, Unterhemden, Socken heraus und legte alles neu zusammen. Dabei dachte sie zum ersten Mal: Mama ist nicht besser als ich. Sie kann es auch nicht.

Die Wäsche war zerknittert, manche Teile rochen muffig, weil Mama nicht die Geduld gehabt hatte, sie ganz trocknen zu lassen, bevor sie sie zusammenlegte. Poppy dachte an die Gläser, die nicht abgetrocknet waren. An die Unterschriften, die ihre Mutter vergaß. Nicht immer war Poppy schuld, wenn Herr Schumacher mit ihr schimpfte. Ja, sie hatte das Aufgabenbuch vergessen, aber ihre Mutter hatte auch vergessen, es zu unterschreiben! Herr Schumacher mochte es nicht, wenn man die Schuld auf andere schob, deshalb sagte Poppy nichts. Aber an diesem Nachmittag ging sie der Reihe nach die Verfehlungen ihrer Mutter durch:

Sie stand jeden Morgen zu spät auf und weckte Poppy zu spät. Sie stellte die Tasse mit der heißen Schokolade so hart auf den Tisch, dass sie überschwappte. Sie stritt mit Poppys Vater, der einen Kaffee im Stehen trank und dabei immer auf die Uhr schaute. Poppys Vater lebte sein eigenes ordentliches Leben in seinem Büro, das er selten verließ. Er kam spät nach Hause, machte sich sein Abendessen selber. «Überstunden», nannte er es. Er brachte seine Wäsche zu seiner Mutter, bei der er auch oft zu Mittag aß. Andere Väter, das wusste Poppy, kamen zum Mittagessen nach Hause. Großmutter mochte Mama nicht, Poppy hatte gehört, wie sie sie genannt hatte: eine verwilderte Bergziege.

Wenn man den Schrank im Flur öffnete, fielen Taschen, Gürtel und Schirme heraus. Die Milch war manchmal sauer, weil ihre Mutter sie nach dem Frühstück nicht gleich in den Kühlschrank zurückstellte. Poppys Mutter sah nicht aus wie andere Mütter, zum Besuchstag in der Schule kam sie zu spät, weil sie das Zimmer nicht gefunden hatte. Ihr Lippenstift war nicht immer auf den Lippen. Sie hatte ihre Haare zusammengebunden, nicht hochtoupiert und geföhnt und mit Haarlack fixiert. Das tat sie nur, wenn sie mit Poppys Vater ausging. Dazu brauchte sie einen ganzen Nachmittag, und am Ende musste er trotzdem auf sie warten.

Poppy schwor sich, sie würde alles besser machen. Gleich jetzt würde sie damit beginnen. Sie riss die zerknüllten Leintücher und Wolldecken von der Matratze und machte ihr Bett ganz neu, sie strich die Tücher glatt, sie kämpfte mit den Ecken. Das war gar nicht so einfach, sie konnte verstehen, dass ihre Mutter sich diese Mühe nur selten machte. Aber endlich sah das Bett so aus, wie Poppy es sich vorstellte, ordentlich und glatt. Poppy legte ihre rote Tagesdecke darüber und setzte ein paar Plüschtiere dazu. Vorsichtig setzte sie sich darauf. Regine hatte ihr Bett an die Wand geschoben und mit ein paar bunten Kissen zur Couch umfunktioniert. Auf Poppys Bett hatte man bisher nicht sitzen können. Sie legte sich auf das Bett und stellte sich vor, sie wäre erwachsen und würde alles richtig machen. Sie würde den Wecker jeden Tag eine Stunde früher stellen, sie würde eine Dusche nehmen und sich anziehen und frisieren, bevor ihr Mann und ihre Kinder wach wären. Sie würde sie erst wecken, wenn sie den Frühstückstisch gedeckt hatte. Sie hätte eine Handtasche mit verschiedenen Fächern, in denen sie immer alles finden konnte, Schlüssel, Portemonnaie, Sonnenbrille. Und eine Liste, auf der alles stand, was sie zu erledigen hatte. Eine Liste, die sie nur noch abhaken musste, Zeile für Zeile. Und über dem Abwaschbecken würde keine Postkarte hängen, sondern ein Stundenplan.

Poppy liebte es, neue Stundenpläne auszufüllen, mit sorgfältigen runden Buchstaben trug sie die Fächer ein, und für eine kurze Zeit schien alles möglich und überschaubar. Durchführbar. Doch dann wischte sie mit dem Handballen über die noch feuchte Tinte oder knickte eine Ecke ein oder stieß ein Glas um. Dann merkte sie, dass sie alles eine Stunde zu spät eingetragen hatte, weil die erste Stunde, halb acht bis Viertel nach, in das oberste Feld gehörte, das sie für einen Zwischenraum gehalten hatte. Der Moment, in dem Poppys Leben überschaubar und ordentlich schien, hielt nie lange an.

Poppy faltete den Rutschschutz zusammen, rollte die Matte sorgfältig auf, nahm ihre Decke, ihre Wasserflasche, ihr Buch. Sie stand auf. Sie ging zur Tür. Achtete darauf, nicht auf eine der Matten zu treten. Sie bildete sich ein, den angehaltenen Atem im Raum zu hören, die durch die Luft schwirrenden Gedanken: Was, haut die einfach ab? Aber alle Blicke waren dorthin gerichtet, wo Poppy nicht hinschauen wollte, auf die Matte, auf den Blutfleck.

«Es geht schon wieder», sagte jemand.

Sie geht schon wieder, hörte Poppy.

Marie

Ich bin eine Fälschung, dachte Marie. Ich führe ein Doppelleben.

«Warum gehst du nicht nach Hause?», fragte Nevada. Sie lallte wie eine Betrunkene. Im Fallen hatte sie sich auf die Zunge gebissen. Marie hatte ihren Mund ausgewaschen und mit Küchenpapier trockengetupft. Der Spalt in der Zunge war tief, aber zu schmal, um genäht zu werden. Marie hatte sofort gesehen, dass eine Notaufnahme nicht nötig war. Trotzdem hatte sie Nevada in ihr Auto gepackt und zum Kantonsspital gefahren. Der Feierabendverkehr, das Warten in der chronisch unterbesetzten Station würden den Rest des Abends ausfüllen. Sie würde spät nach Hause kommen. Die Schlafzimmertür würde geschlossen sein.

«Ich will gar nicht nach Hause», sagte Marie.

«Ach ja?»

Hatte sie das tatsächlich ausgesprochen? Beschämt zuckte sie mit den Schultern.

«Ich dachte, du seist die glücklichste Frau der Schweiz?» Nevada hielt eine fast zwei Jahre alte Zeitschrift hoch. Darin wurde über die Hochzeit des beliebtesten Serienarztes der Schweiz mit einer echten Ärztin berichtet: mit Marie.

Marie nahm das Heft in die Hand und betrachtete die bekannten Bilder: das gemietete Sofa, das ihre fast unmöblierte Absteige in der Altstadt als Zuhause erkennbar machte. Sie hatten die Schuhe ausziehen, die Beine anwinkeln müssen. Der Leser, so erklärte man ihnen, solle das Gefühl haben, unangekündigt in ihre Stube geplatzt zu sein und sie so vorgefunden zu haben: in traulicher Umarmung und in löcherigen Socken, auf einem viel zu großen grauen Sofa, das mit vielen bunten Kissen dekoriert war. Marie hatte nicht gewusst, wie viel Vorbereitung, wie viel Planung – Hinterhalt eigentlich – in so einem Schnappschuss steckte. In der Zeit, in der sie posierten, hätte sie einen Blinddarm entfernen können. Sie schaute ihn an, er schaute in die Kamera, auf dem Holzboden vor dem Sofa stapelten sich medizinische Fachbücher und zuoberst lag einsatzbereit ihr Stethoskop. Seine Tochter Stefanie hatte sich geweigert, mit ihnen zu posieren. Und in den Leserbriefen wurde gefragt, warum der gutaussehende Schauspieler mit dem charmanten Bündner Dialekt seine Frau und seine Tochter für so eine verlassen hatte. Es gab doch bestimmt Schönere. Schlankere sowieso.

Gion spielte Dr. Marc Santana in der Fernsehserie *Das Vorstadtspital.* Seine Rolle, die eines aus dem Kosovo eingewanderten und gegen allerhand Vorurteile ankämpfenden glutäugigen Notarztes, hatte die serbelnde Seifenoper vorübergehend wieder ins Zuschauerbewusstsein geschoben. Doch in den letzten Monaten waren die Zuschauerzahlen wieder gesunken, und die Serie war abgesetzt worden. Da die letzten Folgen noch liefen, musste über diesen Umstand strengstes Stillschweigen bewahrt werden. Dieses Geheimhalten, dieses So-tun-als-ob, erinnerte Marie an die erste Zeit ihrer Liebe. Damals hatte sie es aufregend gefunden. Heute nur noch anstrengend.

Er hatte sie ein paar Tage lang durch ihren Alltag in der Notaufnahme begleitet, um sich auf seine Rolle vorzubereiten. Marie hatte sich sofort in ihn verliebt, doch sie hatte sich nichts anmerken lassen. Sie war nicht die Frau, die den Mann bekam. Sie war die beste Freundin, die Trauzeugin, der Kumpel zum Pferdestehlen. Die, mit der man über alles reden konnte. Marie war die, die man mitten in der Nacht anrufen konnte, wenn man verzweifelt war, betrunken, allein. Marie hatte Gion mit den Schwestern flirten sehen, den Raumpflegerinnen, Patientinnen, sie hatte ihn ignoriert. Als er sie zum Kaffee einlud, dachte sie, er erlaube sich einen Scherz mit ihr. Sie schaute erst über ihre Schulter, bevor sie antwortete, doch da war niemand. Er meinte sie.

Vielleicht hatte er eine Wette verloren?

Gion war verheiratet gewesen, als sie sich kennenlernten. «Meine Ehe ist schon lange kaputt, uns verbindet nichts mehr, wir bleiben nur wegen unserer Tochter zusammen ...»

Ob er das heute zu einer anderen Frau sagte? Wie schrecklich, hatte sie damals gedacht. Wie kann man es nur so weit kommen lassen. Würdelos war das.

«Eine Frau wie dich ...», hatte er gesagt. «Eine Frau wie dich habe ich noch nie getroffen.» Das hatte noch niemand zu ihr gesagt: Eine Frau wie Marie hatte jeder schon getroffen. Marie war nichts Besonderes. Gion dachte anders: Er behandelte sie wie eine Hauptdarstellerin. Er umwarb sie. Er brauchte sie.

Seine Frau, sagte er, seine Frau war schwach. Seine Frau stützte sich auf ihn. Forderte ständig. Immer musste Gion für sie da sein. Und wer war für Gion da? Marie.

Marie war stark. Marie konnte Leben retten, fremde, ihr eigenes, Gions. Gion zog bei ihr ein, noch bevor seine Recherchen abgeschlossen waren. Bevor die neue Staffel mit Dr. Santana anlief, riet Gions

Agentin zur PR-Offensive. Sie bestellte Marie zu einem Treffen, begutachtete sie wie ein Möbelstück, von dem sie noch nicht wusste, ob sie es zum Sperrmüll stellen oder behalten sollte, und sagte schließlich: «Ärztin. Okay. Krankenschwester wäre besser, aber gut. Ärztin. Damit kann ich arbeiten.»

Und daraus war dann die Homestory geworden, die Marie jetzt in den Händen hielt. Damals war sie die glücklichste Frau der Schweiz gewesen. Damals hatte sie nicht schnell genug nach Hause kommen können. War nach sechsunddreißig Stunden Dienst noch mit dem Taxi zum Fernsehstudio gefahren, um ihn zu sehen, zwischen Stellwänden aus Sperrholz zu küssen.

Heute zögerte sie den Moment, in dem sie die Tür aufschloss, so lange wie möglich hinaus. Sie parkte an der Ecke, schlich sich an wie eine Diebin, sah zu den kleinen Fenstern hinauf, und hoffte, sie wären nicht erleuchtet. Hoffte, er wäre nicht zu Hause. Seit die Serie abgesetzt worden war, war er immer zu Hause. Gion war seit drei Monaten arbeitslos, und er schien Marie die Schuld daran zu geben.

Ich führe ein Doppelleben, dachte Marie. Ich bin zu Hause eine andere als in der Welt. Sie kam nach Hause und wurde einen Kopf kleiner. Sie nahm ihren Kopf ab und legte ihn in die Schale auf dem Tisch beim Eingang, zusammen mit ihren Schlüsseln. Sie betrat ihre Wohnung und hörte auf zu existieren. Sie war nicht mehr Dr. Marie Leibundgut, die kompetente Ärztin, sie war ein nutzloser Haufen Frau, der alles falsch machte. Und ihr Hintern war auch zu dick. Erst wenn sie nach Hause kam, fühlte sie sein Gewicht. Unter dem weißen Mantel, den sie zur Arbeit trug, schwang er königlich bei jedem Schritt mit. Er verankerte sie. Er verlieh ihr Substanz. Marie liebte ihren Hintern.

«Ich schau mal nach, wo der Bericht bleibt.» Marie stand auf. Als Oberärztin auf der Intensivstation war sie im Turnus auch für die Notaufnahme zuständig. Hier kannte man sie. Auch wenn sie keinen weißen Mantel trug, traten Schwestern und Patienten respektvoll zur Seite. Sie ging in der Mitte des Flurs, sie schaute nach vorn, weit nach vorn. Als sähe sie direkt in die Zukunft, und in der Zukunft nur gelöste Probleme, geheilte Patienten. Vor dem Aufnahmeschalter stand ein schlaksiger Assistenzarzt in zerknittertem Kittel. Er hatte seinen langen Körper unnatürlich gebeugt, um durch das Schiebefenster mit der Aufnahmeschwester flirten zu können. Diese sah Marie zuerst und knipste sofort ihr Lächeln aus. Der junge Mann drehte sich um.

Seine Brille war fleckig, die Augen dahinter müde. «Frau Doktor Leibundgut, ich wollte gerade Ihre Patientin …» Nervös schaute er auf die Akte, auf der außer den Angaben zur Versicherung nicht viel stand.

«Herr Kollega!» Marie nickte ihm zu. Sie konnte sehen, wie er sein müdes Hirn durchforschte. Sie erinnerte sich sehr gut an diese Angst während der Assistenzzeit, die ständige Angst, etwas übersehen, etwas falsch entschieden zu haben, vor den drastischen Konsequenzen. Damals war ihr bewusst geworden, dass sie Leben in der Hand hielt. Ein als Magendarmgrippe diagnostizierter Blinddarm konnte platzen. Eine Schmerztablette einen Hirntumor vertuschen. Als Assistenzärztin hatte sie den Tod gesehen, er drang aus allen Ritzen wie schwarzer Nebel, er waberte unter den Türen hindurch, er blähte die dünnen Vorhänge, die die Betten in der Notaufnahme voneinander trennten. Sie wedelte mit ihren Patientenakten, mit den Seiten ihrer Lehrbücher, mit Fachartikeln, mit den Schößen ihres weißen Mantels. Aber der Nebel wich nicht. Er war immer da. Es war ihre persönliche Mission, den Tod in Schach zu halten. Zu verhindern, dass er sich im Krankenhaus ausbreitete.

Es hatte Monate gedauert, bis sie wieder eine blutende Nase sehen konnte, ohne gleich das Schlimmste zu vermuten. Bis sie wieder das gesehen hatte, was vor ihr lag: das Leben. Das Leben mit einer Krankheit, mit einer Verletzung, mit Schmerzen. Bis sie wusste, was ihre Aufgabe war: nicht den Tod bezwingen, sondern am Leben arbeiten. Dann hatte sie auf die Intensivstation gewechselt, und alles war wieder da. Marie dachte wieder nur das Schlimmste.

Warum knickten einer gesunden jungen Frau, einer Yogalehrerin obendrein, die Handgelenke ein? Marie hatte es doch gesehen, das leichte Zögern, mit dem Nevada ihre Hände auf die Matte setzte, das Atemholen, mit dem sie sich Mut machte. Schmerzen, dachte Marie jetzt, typisches Anzeichen für einen Schmerz, den man schon kennt. Für einen Schmerz, von dem man schon weiß, dass er unausweichlich ist. Der Sturz selber war unspektakulär gewesen, die Arme eingeknickt, der Körper auf die Matte gesenkt, fast hätte man es für Absicht halten können. Marie war einen Augenblick lang abgelenkt gewesen durch einen Blick, den sie auf ihrem Hintern spürte wie eine Berührung. Sie hatte nicht gleich gemerkt, dass das Innehalten, flach auf dem Bauch, nicht gewollt war. Dass Nevadas Gesicht unnatürlich in die Matte gepresst war. Dass der Fleck, der sich unter ihr ausbreitete, Blut war.

Der Assistenzarzt schlug fahrig ein paar Untersuchungen vor, Marie unterbrach ihn: «Ob Sie sich die Patientin noch einmal kurz anschauen könnten? Nähen muss man nicht, aber mir gefällt nicht, dass ihre Handgelenke eingeknickt sind. Ich werde sie an den Rheumatologen überweisen.»

Warum haben Sie sie dann hergebracht?, fragte der Blick des Assistenten. Doch er leuchtete Nevadas Mund aus und bestätigte Maries Urteil. Genäht werden musste nicht. Marie fühlte sich plötzlich leer.

Sie fuhr Nevada, die in einem Zimmer über dem Yogastudio wohnte, zurück in die Fabrik am Wasser. Es war nach elf, doch die Bar im Erdgeschoss war voll. Marie setzte sich an den Tresen, bestellte ein Käsebrot und ein Glas Rotwein. In einer Ecke saßen zwei Yogaschüler, sie nickte ihnen zu, wurde aber nicht beachtet. Ineinander versunken saßen sie an einem Ecktisch, ihre Hände berührten sich nicht, aber ihre Blicke konnten nicht voneinander lassen. Marie wusste noch genau, wie sich das anfühlte. Sie erinnerte sich an den Anfang. Damals hatten sie beide unmögliche Arbeitszeiten gehabt, die sie vom normalen Leben ausschlossen. Sie trafen sich zu Unzeiten, fielen mit der Verzweiflung der Übermüdeten, der Unterzuckerten übereinander her, schliefen ein, wachten auf, machten weiter. Wie lange war das her? Nicht sehr lange. Was war passiert?

Marie war der letzte Gast an der Bar. Sie legte ein großzügiges Trinkgeld auf den Tresen und fuhr nach Hause. Sie machte einen Umweg. Aber irgendwann ließ es sich nicht mehr aufschieben. Sie öffnete die Tür. Es roch muffig. Der Fernseher lief. Das Sofa – sie hatten unterdessen eines gekauft, ein rotes, kein graues – war zum Doppelbett ausgezogen, zwei dunkelgelockte Köpfe drückten sich in die Kissen. Gion sah sich ein Formel-eins-Rennen an. Ohne Ton. Als er

Marie hereinkommen hörte, schaltete er den Fernseher aus und stand auf.

«Wo warst du?»

«Im Yogakurs, wie jeden Montagabend.»

«Bis jetzt? Es ist gleich Mitternacht. Gib es zu: Du hast vergessen, dass die Kleine heute hier ist!»Die Kleine war dreizehn Jahre alt. «Das machst du doch mit voller Absicht. Du weigerst dich, Zeit mit ihr zu verbringen, und wunderst dich dann, dass sie dich nicht mag.»

Stefanie mochte sie nicht? Das hatte Marie nicht gewusst. «Es tut mir leid», sagte sie, «ich hatte einen Notfall.»

«Im Yoga?»

«Ja, im Yoga!»

«Mann! Ich will schlafen!» Stefanie hob ihren Kopf aus dem Kissen. Ohne das glitzernde Augen-Make-up, das sie tagsüber trug, wirkte sie sehr jung. Fast wie ein Kind.

«Hey, Stefanie. Tut mir leid, dass ich dich geweckt habe. Ich musste unsere Yogalehrerin ins Krankenhaus bringen. Ein Notfall.»

«Ich dachte, Yoga sei gesund?»

«Dad! Du hast keine Ahnung. Yoga macht man, um einen knackigen Po zu bekommen!» Stefanie kicherte.

Marie schaute an sich hinunter. Die rote Hose, die sie den ganzen Abend schön gefunden hatte, schien plötzlich lächerlich. Fast schon obszön.

«Ich geh schlafen», sagte sie. «Ich habe morgen früh Dienst.» Sie ging aus dem Zimmer. Gion stand auf und folgte ihr. «Du bist nie für mich da!», rief er.

vyādhistyānasaṃśhayapramādālasyāvirati-
bhrāntidarśanālabdhabhūmikatvānavasthitatvāni
cittavikṣepāḥ te'ntarāyāḥ

Auf dem Weg zu geistiger Klarheit stolpert man gern über folgende Hindernisse: Krankheit, Trägheit, Unentschiedenheit, Hetzerei, Erschöpfung, Ablenkung, Selbstüberschätzung, Mutlosigkeit und Unbeständigkeit.

Patanjali Yoga Sutra 1.30

Poppy

«Unsere neue Praktikantin», sagte Andreas, der Leiter des Ressorts Leserbeziehungen. «Sie wird dir diese Woche über die Schulter schauen. Und das ist Poppy, sie ist schon am längsten bei uns, seit ... wie lange, Poppy?»

Poppy zuckte mit den Schultern. Immer schon, wollte sie sagen. Länger als du. Ressortleiter kamen und gingen und wurden immer jünger. Wie alle.

«Vermutlich länger, als du auf der Welt bist», grinste sie die junge Frau an. Sie war Anfang, Mitte zwanzig, schätzte Poppy, obwohl es ihr immer schwerer fiel, das Alter von jüngeren Leuten zu schätzen. Als ihre Kinder klein gewesen waren, hatte sie das Alter eines Säuglings auf den Monat genau erkannt. Diese Fähigkeit war ihr abhandengekommen, seit ihre Söhne nicht mehr bei ihr lebten. Auch Frauen ihres Alters konnte sie schwer einschätzen. Manchmal dachte Poppy, sie sei der älteste Mensch auf der Welt. Oder der jüngste. Sie erkannte ihr Spiegelbild nicht mehr, wenn sie ihm unverhofft entgegenkam. Gleichzeitig fühlte sie sich immer noch jeden Morgen so, als würde, als könnte alles wieder von vorn beginnen. Als hätte sie noch einmal eine Chance.

«Ich bin Audrey», sagte die junge Frau und schüttelte förmlich Poppys Hand. «Wie Hepburn», erklärte sie ernsthaft. «Meine Mutter hat ihre Filme geliebt. Manche Leute sagen, ich gleiche ihr.» Kokett wiegte sie sich in den Schultern, lächelte. Ein schmales Geschöpf mit dunklen Haaren. Sie trug Hotpants aus schwarzem Leder über schwarzen Strümpfen, flache Schuhe. Die dunklen Haare hatte sie zum Pferdeschwanz gebunden wie eine Prinzessin in Rom.

«Hat was», sagte Poppy freundlich, «kann ich durchaus sehen.»

«Also, Poppy, du kennst den Drill! Audrey, viel Spaß.» Andreas wandte sich zur Tür, im Gehen zog er sein Handy aus der Hosentasche, das hier unten keinen Empfang hatte. Sobald er den ersten Treppenabsatz erreicht haben würde, würden die Balken wieder aufleuchten, und Andreas hätte nichts verpasst. Das Archiv im Keller gehörte nicht mehr zum Alltag der Lokalzeitung, ebenso wenig wie Poppy selber. Als sie vor fast dreißig Jahren hier angefangen hatte, waren sie zu fünft gewesen. Sie hatten die Zeitungsseiten von Hand ausgeschnitten und auf große Blätter geklebt. Die Arbeit war einfach gewesen, aber sie hatte einen gewissen Ordnungssinn verlangt. Aufmerksamkeit. Genau das, was Poppy so schwerfiel. Immer wieder hatte sie wichtige Stichworte übersehen, Querverbindungen nicht hergestellt. Niemand hätte geglaubt, dass ausgerechnet sie sich am längsten von allen hier halten würde. Damals hatten sie alle Pläne gehabt. Einige studierten, andere widmeten sich ihrer Kunst. Sie nahmen die Arbeit nicht besonders ernst. Das Archiv der Lokalzeitung war ein Ort, an dem man anfing. An dem man das Studium unterbrach, sich das nötige Reisegeld verdiente. Poppy hatte Journalistin werden wollen. Reiseschriftstellerin. Auch Schauspielerin, Malerin, Musikerin.

Einer nach dem anderen war gegangen, wurde durch andere ersetzt, ein endloser Reigen von Menschen, die hier unten im Keller kurz verschnauften wie Wanderer auf einer anspruchsvollen Tour. Nach einigen Monaten machten sie sich wieder auf, wurden Künstler oder bekamen Kinder. Manche blieben bei der Zeitung, arbeiteten sich Stockwerk für Stockwerk in die Redaktion oder in die Bildredaktion hinauf. Eine Zeitlang grüßten sie Poppy noch, wenn sie ihr im Lift oder in der Cafeteria begegneten, dann hatten sie sie vergessen, sie und den fensterlosen Raum im Keller. Irgendwann waren sie zu dritt, dann zu zweit, sie zogen in kleinere Räume um. Nur Poppy war immer wieder zurückgekommen und schließlich ganz hängengeblieben.

Unterdessen war sie die Einzige hier unten, in einem fensterlosen Raum, in dem sich früher die Leserbriefredaktion befunden hatte. Auch die hatte sich aufgelöst. Poppys Funktion war mit «Mitarbeiterin Digitale Kommunikation» nur vage festgelegt. Jedes Mal, wenn Andreas eine neue Praktikantin herunterführte, schaute er sich um, als sähe er diesen Raum zum ersten Mal. Jedes Mal wirkte er erstaunt, Poppy hier anzutreffen. Erstaunt darüber, dass sie immer noch da war. Sollte er einmal fünf Minuten Zeit haben, um ernsthaft darüber nachzudenken, würde er Poppy, so fürchtete sie, ersatzlos streichen. Poppy wusste nicht, was sie dann tun würde. Sie hatte keine Träume mehr. Keine Pläne. Ihre Wanderkarte, falls sie je eine gehabt hatte, hatte sie längst verloren. Sie hatte nichts gelernt.

«Im Medientraining haben sie gesagt, ich hätte Starqualität. Die Kamera liebt mich. Meine Mutter wusste schon, was sie tat, als sie mich Audrey nannte!» Die junge Frau kicherte. Sie hatte sich auf den alten Drehstuhl gesetzt und ihn in die Mitte des Zimmers gerollt. Mit ihren lang ausgestreckten Beinen schob sie den Stuhl sanft hin und her. Ihr Pferdeschwanz wippte mit ihr mit. Poppy ließ sich von der Bewegung hypnotisieren.

«Natürlich will ich zum Fernsehen. Das wollen alle. Aber ich bin schon auch am seriösen Journalismus interessiert. Darum mach ich ja die praktische Ausbildung. An der Uni lernst du das Handwerk nicht, verstehst du, und Handwerk ist es, was dich am Ende von den anderen unterscheidet. Handwerk hat wahre Größe. Ich will nicht einfach eins dieser Fernsehsternchen werden, die schnell verglühen, schon klar.»

«Klar.»

Poppy hatte nicht studiert. Sie hatte nicht einmal die Schule abgeschlossen. Plötzlich erinnerte sie sich an eine weit entfernte Mathematikstunde. Da war es auch um wahre Größe gegangen. Poppy hatte damals schon nicht gewusst, was das hieß.

Wahre Größe, hatte sie damals gedacht, wahre Größe ist, dass ich hier sitze, obwohl ich weiß, dass nichts Gutes dabei herausschauen kann, nie, an keinem Morgen, und doch komme ich wieder, steige die steinernen Stufen hinauf zu dem altmodischen grauen Bau. Die schwere Tür schlägt mir ins Gesicht, das Mädchen, das vor mir ging, hat sie nicht für mich aufgehalten, als wüsste sie, dass ich gar nicht hineingehen wollte. Wahre Größe ist, dass ich trotzdem hier bin.

Aber das war es nicht, was Herr Steiner damals hatte zeigen wollen. Ihm ging es um die Höhe einer Pyramide, die man mittels komplizierter Formeln berechnen konnte. Diese Formeln bleiben immer gleich. Man musste sie sich nur merken. Poppy erkannte die versteckte Schönheit der Formeln, sie sehnte sich nach der Überschaubarkeit, der unerschütterlichen Ordnung, die die Mathematik versprach und die ihr doch, trotz ehrlicher Anstrengung, verschlossen blieb. Es war, als stünde sie an der Grenze eines Landes, für das sie kein Visum hatte. Das Land des logischen Denkens. Tatsächlich hatte ihr Klassenlehrer, der gleichzeitig ihr Deutschlehrer war, einmal unter einen Aufsatz geschrieben: «Die Türen zum Reich des logischen Denkens bleiben Ihnen offenbar bis auf weiteres verschlossen.»

Poppys Vater hatte gegen den Eintrag protestiert. Das tat er manchmal, tauchte aus dem Nichts auf und versuchte, Ordnung in Poppys Leben zu bringen. Kurz nachdem sie mit dem Gymnasium begonnen hatte, hatte er sich an einem Sonntagmorgen mit ihr hingesetzt, ließ sie ihre Schultasche ausräumen, hatte alle Hefte und Bücher auf dem Tisch ausgelegt, ihren Stundenplan studiert und die Stapel nach Wochentagen sortiert. Er hatte ihr geholfen, die Bücher und Hefte mit buntem Wachspapier ordentlich einzubinden und mit Etiketten zu versehen.

«Jeden Abend», sagte er, «bevor du ins Bett gehst, schaust du in deinen Stundenplan. Was hab ich morgen für Fächer? Was brauche ich? Dann packst du die entsprechenden Bücher und Hefte ein.»

Er zeigte ihr auch, was sie mit dem Aufgabenheft anfangen sollte. «Am Sonntag planst du deine Woche», sagte er. «Hier, schau: Auf Mittwoch hast du Französischvokabeln UND drei Matheaufgaben, auf Dienstag nichts. Das heißt, du machst die Mathe am Montag und die Vokabeln am Dienstag, dann sind sie am Mittwoch noch frisch in deinem Kopf.»

Poppy hatte genickt. Das klang einleuchtend, einfach, überschaubar. Alles ließ sich bewältigen. Poppy schaute ihren Vater an und dachte zum ersten Mal: Das kann ich. Ich kann so sein wie er, der jeden Abend ein frisches Hemd aus dem Schrank holt und auf den Bügel seines stummen Dieners hängt, zusammen mit einer passenden Krawatte und dem Anzug von gestern. Der seine Aktenmappe bei der Tür bereitstellt, den Schlüssel obendrauf legt. Ihr Vater geriet nie in Panik, selbst wenn sie in die Ferien verreisten, er ging langsam und methodisch vor und hatte alles im Griff. Und wenn sie sich der Grenze näherten und Poppys Mutter hektisch in ihrer Handtasche wühlte und feststellte, dass sie Poppys Pass nicht eingesteckt hatte, wendete er wortlos den vollgepackten Wagen und fuhr mehr als drei Stunden zurück nach Hause. Poppys Mutter weinte die ganze Zeit.

Ich bin nicht wie meine Mutter, dachte Poppy. Ich bin wie mein Vater. Und sie saß am Esstisch – der Schreibtisch in ihrem Zimmer war unter Bergen von Papier vergraben, denen sie sich nicht stellen wollte – und plante ihre Woche. Verteilte ihre Schularbeiten in überschaubare, machbare Portionen auf die ganze Woche. Zusätzlich würde sie jeden Tag zwanzig Minuten an ihrem Vortrag arbeiten, den sie nächsten Monat halten musste.

Mein Hobby.

Poppy hatte keine Hobbys. Sie hatte verschiedene Instrumente ausprobiert, ohne bei einem zu bleiben. Sie trieb keinen Sport. Scharf geschossene Bälle schüchterten sie ein, Kletterstangen noch mehr.

«Du bist so ungelenk», sagte ihre Mutter und meldete sie zum Ballettunterricht an. Dort hätte es Poppy gut gefallen, die rosafarbenen Trikots, die weichen Schuhe mit dem Gummiband um den Rist, Poppy hielt ihren Fuß hoch und drehte ihn nach rechts und nach links, sie bewunderte ihren Fuß, es war ein echter Tanzfuß. Schon hatte sie vergessen, in die Knie zu gehen, *plié, zwei, drei, vier, relevé!*

Madame Fionas Bambusrute zischte durch die Luft und schlug hart gegen Poppys Knöchel. Madame Claire unterbrach ihr Klavierspiel. *«Attention!»*, schrie Madame Fiona. Die anderen Mädchen kicherten und drehten sich zu Poppy um.

Trotzdem liebte sie den Ballettunterricht, vor allem, wenn sie eine Schrittfolge einübten und quer durch den großen Saal hüpften, zu zweit, zu dritt, auf den wandbreiten Spiegel zu, in ihn hinein und durch ihn hindurch. Poppy war ein Schmetterling, eine Blume, ein Sonnenstrahl – bis sie kopfvoran gegen die Scheibe prallte und auf ihrem Hintern landete.

Madame Fiona erklärte Poppy zum hoffnungslosen Fall und empfahl rhythmische Gymnastik. Dazu trug man schwarze Stoffschuhe mit Gummisohle. Poppy war bei den Pfadfinderinnen gewesen und in der christlichen Jugendgruppe, nirgends hatte sie es lange ausgehalten. Worüber sollte sie also ihren Vortrag halten?

Pillen schlucken. War das ein Hobby?

Als Poppy zwölf Jahre alt war, hatte ihre Mutter eine Psychoanalyse begonnen und war einer Selbsterfahrungsgruppe beigetreten. Seither weigerte sie sich, zu putzen und zu kochen, und auf ihrem Nachttisch stand, neben einem Stapel Bücher mit Titeln wie *Die Scham ist vorbei*, eine kleine braune Flasche voller grauer Pillen. Valium. Poppy hatte aus Neugier eine geschluckt. Zwanzig Minuten später hatte sie sich zum ersten Mal in ihrem Leben wohl gefühlt in ihrer Haut. Die kalte Hand in ihrem Nacken war weg. Das nagende Gefühl, etwas falsch gemacht zu haben.

Poppy war zu einer Art Klassenclown geworden, einer Vorzeigerebellin. Irgendwo tief versteckt in den Falten ihres Selbst bewahrte Poppy ein Bild von sich, das sie als intelligente, fähige Schülerin zeigte, und war immer erstaunt, wenn sie eine schlechte Note schrieb. Niemand außer ihr schien dieses Bild zu sehen. Sie zweifelte nicht daran, dass sie das Gymnasium schaffen würde, und fiel aus allen Wolken, als sie eine Klasse wiederholen musste. Obwohl sie sämtliche Vorwarnungen bekommen hatte. Ihre Mutter war immer bereit, das Absenzenheft zu unterschreiben. Sie wollte Poppy nicht in eine bürgerliche Existenz zwingen, die ihr eigenes Leben zerstört hatte. Das war die Erkenntnis, die sie in ihren Gruppen gewonnen hatte: Die Ehe hatte sie an ihrer persönlichen Entfaltung gehindert, unter dem Joch von Haushalt und Kindererziehung war sie zerbrochen. Poppy sollte es einmal besser haben, sie sollte sich verwirklichen, sie sollte frei sein. Wenn Poppy sich gegen die Schule auflehnte, amüsierte sie nicht nur ihre Klassenkameraden, sie hatte auch zum ersten Mal in ihrem Leben ihre Mutter auf ihrer Seite.

Dass sie sich heimlich nach einem bürgerlichen Leben sehnte, verriet sie niemandem, dass sie im Stillen ihre Mitschülerinnen um ihre Gelassenheit beneidete, um ihre sauber geführten Hefte, um ihre glänzenden braunen Haare. Poppy hatte angefangen, ihr Haar mit Henna zu färben, als sie dreizehn war, es wurde jedes Mal leuchtender, roter. Man sah nur noch das: ihr rotes Haar. Sie war das Mädchen mit dem Feuerhaar. Sie beneidete ihre Mitschülerinnen um ihre Eltern, die meist Akademiker waren, die die richtigen Bücher in ihren Regalen stehen hatten, die sie für ihre Hausaufgaben brauchten, um eine Übersetzung nachzuschlagen, eine Quelle zu finden, einen historischen Zusammenhang herzustellen. Eltern, die jeden Nachmittag fragten, wie es in der Schule gewesen war, was sie für Hausaufgaben hatten, und die sogar dabei helfen konnten. Poppy hatte versucht, sich diesen Mädchen anzuschließen, war auch von der einen oder anderen nach Hause eingeladen worden, hatte gesehen, wie es sein konnte.

Doch sie hatte nichts gemein mit diesen Mädchen, die Vorträge hielten über ihr Geigenspiel und ihre Pferde, ihr Engagement in der Jugendtheatergruppe. Sie fühlte sich unwohl in ihren aufgeräumten Wohnungen. Sie fürchtete, durch ihre bloße Gegenwart das aufgeräumte Bild zu verschandeln, das Gespräch in gefährliche Bahnen zu lenken, sie konnte sehen, wie sich die glatten Haare ihrer Mitschülerinnen in ihrer Gegenwart unweigerlich zu kräuseln begannen. Poppy brachte die Tablettenflasche ihrer Mutter in die Schule mit und hatte bald eine rege Abnehmer- und Anhängerschaft. Sie setzte sich in der Pause zu denen, die Joints rauchten und Wein aus dem Keller ihrer Eltern tranken. Wenn Poppy benebelt genug war, vergaß sie, dass sie eine gute Schülerin sein wollte. Wenigstens wusste sie dann, warum sie die Aufgaben vergessen hatte. Warum sie die Frage nicht verstanden hatte. Es gab einen Grund für ihr Versagen.

Als klar war, dass sie die Versetzung auch im zweiten Anlauf nicht schaffen würde, verließ sie die Schule mitten im Quartal, bevor man sie hinauswerfen konnte. Ihre Mutter bat ihre Selbsterfahrungsgruppe um Hilfe und fand eine Au-pair-Stelle für Poppy in Paris. Ihr Vater brachte sie zum Zug. Vom Bahnhof fuhr er direkt zur Arbeit. Als er abends nach Hause kam, lag Poppys Mutter schon im Bett. Sie hatte die restlichen Pillen, die Poppy ihr gelassen hatte, auf einmal geschluckt.

Ein Techniker kam vorbei, um Audrey ein E-Mail-Konto einzurichten. Eine Woche lang würde sie das Leserforum der Zeitung mitbetreuen helfen. Um das Passwort zu ändern, musste der Techniker nicht extra herunterkommen, aber es hatte sich wohl herumgesprochen, dass die neue Praktikantin ausnehmend gut aussah. Er verbrachte viel Zeit unter ihrem Schreibtisch, wo er, wie Poppy vermutete, dieselben Kabel ein- und wieder ausstöpselte und dabei Audreys Beine anstarrte. Audrey verdrehte die Augen und warf Poppy einen verschwörerischen

Blick zu. Machte aber keine Anstalten, ihre Beine aus dem Blickfeld des Technikers zu ziehen.

«Dass dir diese Gören nicht auf die Nerven gehen», sagte Karin später in der Cafeteria. «Wie die schon rumläuft! Straßenstrich, sag ich da nur!»

«Ach, sei nicht so! Das trägt man heute eben», erwiderte Poppy, als verstünde sie etwas davon. Karin, die Sekretärin, die man seit einiger Zeit als Redaktionsassistentin bezeichnete, war die Einzige, die Poppy noch gekannt hatte, als sie nach ihrer Scheidung an ihren früheren Arbeitsplatz zurückgekehrt war. Die Einzige, die sich an sie erinnerte. An ihre Träume. Aber sie erwähnte sie nie. Karin war wie Poppy hängengeblieben. Anders als Poppy missgönnte sie den jungen Frauen ihre Pläne, ihre Strategien, ihre Möglichkeiten. Poppy hingegen glaubte immer noch, auch sie könne jeden Tag von vorn beginnen. Das Abenteuer wartete auf Poppy immer noch am Ende der Straße.

Nevada

Sie saß mit gekreuzten Beinen unter ihrem Yoga-Altar. Ihre Hände lagen auf den Oberschenkeln, mit rosa Bandagen umwickelt wie die eines Boxers. Darunter pulsierte dumpf der Schmerz. Er wartete. Nevada wartete. Sie hatte die Augen geschlossen. Sie hörte das Schleifen der Matten, das Tappen der nackten Füße, die geflüsterten Bemerkungen. Nach verschiedenen gescheiterten Versuchen, vor Beginn der Stunde Schweigen durchzusetzen, hatte sie aufgegeben. Seither saß sie nun einfach da und wartete. Mit der Zeit hatte sie gelernt, die Stimmung im Raum zu erkennen und aufzunehmen. Heute hing eine außergewöhnliche Unruhe in der Luft, es wurde mehr als sonst getuschelt, gekichert, die Matten wurden mit einem entschiedenen Knall ausgerollt. Nevada öffnete die Augen. Vorne bei der Tür, natürlich, Poppy. Nevada schämte sich für den Widerwillen, den sie bei ihrem Anblick empfand. Woche für Woche hoffte sie, Poppy würde nicht wiederkommen. Dabei war sie ihre tapferste Schülerin, ihre treueste.

Trotzdem konnte sie ihre Anwesenheit manchmal kaum ertragen, die grellen Ströme, die von ihr ausgingen, zuckende Neonfarben, Blau, Grün, Violett. Sie konnte die Matte zittern spüren wie unter einem Erdbeben, wenn Poppy ihre Füße schwer auf den Boden stellte. Und doch schwankte sie hin und her wie ein Ballon, der sich jeden Augenblick von seiner Schnur lösen konnte. Ihr Blick bohrte sich in Nevadas Rücken, wenn sie durch den Raum ging.

«*Drishti!*», rief Nevada dann. «Richtet euren Blick nach innen.» Sie sagte es zu der ganzen Klasse, aber sie meinte damit nur Poppy. Poppy war immer in ihrem Blickfeld. Wenn sie nicht aufpasste, richtete sie die ganze Stunde nach ihr aus. Es waren immer die, die sich widersetzten, die ihre ganze Aufmerksamkeit bekamen. Eine Schülerin wie Poppy ließ Nevada zweifeln. Konnte jemand zwanzig Jahre oder länger Yoga üben und doch so ungefestigt sein?

Konnte jemand so viel Yoga üben und doch so müde sein? Nevada träumte von ihrem Bett. Immer wieder erschien ihr die mit indischen Stoffen bezogene Daunendecke. Die Sehnsucht nach diesem Ort, diesem Bett, dieser Decke war so stark, dass sie ihr kaum widerstehen konnte. Nevadas Zimmer befand sich gleich über dem Yogastudio. Es gehörte eigentlich zu Lakshmis Loft, hatte aber eine eigene Zugangstür. Keine Küche, kein Bad. Dafür war es groß. Ein Tempel für Nevadas Bett, mehr stand nicht darin, das große Bett mitten im Raum, ordentlich gestapelte Bücher, zusammengerollte Yogamatten, ihre paar Kleider sauber gefaltet. Das Einzige, was zwischen ihr und ihrem Bett stand, war die steile Treppe. Gestern hatte sie sich auf halber Höhe setzen müssen, auf die glatte kalte Betonstufe. Sie hatte den Kopf an die Wand gelegt und gedacht: Hier komme ich nicht mehr hoch. Sie wusste nicht, wie lange sie da gesessen hatte, als Lakshmi mit zwei vollen Einkaufstüten an ihr vorbeigestiegen war – «Meditierst du hier?» Irgendwo hatte sie die Kraft gefunden, den Arm zu heben, das Geländer zu fassen, sich hochzuziehen. Nach einem Schritt oder zwei waren ihre Beine wieder etwas leichter geworden. Ihr Körper war wie ein alter Motor, der erst warmlaufen musste.

Nevada ließ ihren Blick durch den Raum schweifen. Ein Neuer, ein dunkelhaariger Mann, der seine Matte dicht neben der von Marie ausgerollt hatte – ihr Mann? Der Schauspieler? Die Blicke, die durch den Yogaraum zuckten, trafen sich über seiner Matte. Und Marie wirkte verstimmt. Nevada würde sich nicht beeindrucken lassen. Vor fünfzehn Jahren hatte sie in einem Studio in New York unterrichtet, in dem viele Schauspieler verkehrten, berühmtere als dieser. Sie atmete tief ein.

«Fangen wir an. *Anjali Mudra*. Hände zum Gebet.» Nevada wusste, dass sie etwas sagen musste. Zu dem Vorfall in der vergangenen Woche. Zu ihrem Sturz. Einige der Schüler besuchten mehr als eine Stunde pro Woche, auch bei anderen Lehrern. Andere hatten sie seit letztem Montag nicht mehr gesehen. Sie beobachteten sie misstrauisch.

«Letzte Woche hatte ich das, was man einen Yoga-Unfall nennt», sagte sie. «Ein Widerspruch in sich, ich weiß. Aber Yoga heißt Verbindung, heißt, Widersprüche miteinander zu verbinden. Ich habe, ohne mir dessen bewusst zu sein, meine Handgelenke überstrapaziert. Ich arbeite in meiner privaten Übungspraxis an Handstandreihen und anderen Stellungen, bei denen man sich auf die Hände und Unterarme stützt. Jede Übung hat eine Gegenübung, wie ihr wisst. Auf Rückbeugen folgen Vorbeugen, nach den Armen kommen die Beine dran. Das muss ich wohl vernachlässigt haben. Meine Arme haben mir das letzte Woche deutlich zu verstehen gegeben. Die Lektion von Yoga ist nie ausgelernt. Deshalb heute gleich als Erstes: Eine Stellung, die die Handgelenke schont und entspannt!»

Nevada beugte sich vor. Ihr Oberkörper presste sich flach auf ihre Schenkel. Sie schob ihre Hände unter die Füße, mit den Handrücken nach unten. Dann streckte sie ihre Beine durch und presste fest mit den Fußsohlen auf ihre Handflächen. Vor Schmerzen hätte sie beinahe aufgeschrien. Sie biss sich auf die Lippen, doch sie konnte nicht verhindern, dass ihr Tränen über die Wangen liefen. Vorsichtig löste sie ihre Hände. Zum Glück waren alle Gesichter nach unten geneigt, alle Blicke auf die eigenen Schienbeine gerichtet. Nevada wischte sich über das Gesicht und ging zwischen den Reihen hindurch, verfolgt von Poppys bohrendem, fragendem Blick. Dabei hielt sie mit den Händen ihre Ellbogen fest.

«Und? Tut das nicht gut?»

Einige seufzten zustimmend.

«Mmmm!», machte Nevada. «Ja, das tut gut. Lasst euch das eine Lehre sein. Ich mache Fehler, damit ihr sie nicht wiederholen müsst!»

Einige lachten.

«Nun gut! Genug der Entspannung, jetzt wollen wir den Körper fordern, damit der Geist ruhig werden kann.» Nevada ging zurück zu ihrer Matte. Ihre Beine waren schwer. Ihre Oberschenkel schmerzten, doch es war ein vertrauter Schmerz. Muskelkater. Sie begrüßte den Schmerz wie eine Bestätigung, dass sie genug geübt hatte. Doch sie hatte seit einer Woche nicht geübt. Die letzten Schritte zu ihrer Matte führte sie wie in Zeitlupe aus. Sie fühlte sich, als müsste sie ihre Füße durch nassen Beton ziehen, der rasch härter wurde. Jetzt bloß keine Schwäche zeigen. Endlich hatte sie ihre Matte erreicht.

«Ich werde die *Asanas* heute nicht selber vormachen», sagte sie. «Meine Hände sind immer noch geschwächt. Nadine wird die Übungen zeigen, und ich werde euch ausrichten.»

Nadine zog ihre Matte nach vorne und legte sie quer vor die Klasse. Sie stellte sich mit zum Gebet gefalteten Händen hin, die Augen bescheiden gesenkt. Blick nach innen. Sie hatte die Hälfte von Nevadas Honorar gefordert. «Wenn ich die Übungen vormache, kann ich die Stunde ja auch gleich selber unterrichten.»

«Es gehört schon ein bisschen mehr dazu, als vorzuturnen!»

«Ach, wirklich?» Nadine durchlief das fünfmonatige Ausbildungsprogramm zur Yogalehrerin, das Lakshmi im Studio anbot. Außer Nevada hatten alle Lehrerinnen, die im Studio unterrichteten, dieses Programm absolviert. Sie kamen als Schülerinnen, übten ein Jahr lang oder zwei, leisteten sich einen Yogaretreat auf einer exotischen Insel und beschlossen dann, Yoga sei ihre Bestimmung. Ihr Lebensinhalt. Obwohl Nevada diese Ausbildungsblöcke zum Teil selber unterrichtete, konnte sie diese biegsamen jungen Frauen nicht ganz ernst nehmen.

«Bist du sicher, dass du nicht einfach neidisch bist?», hatte Lakshmi sie gefragt. «Du klingst wie eine alte Frau: Früher, als ich noch jung war, war alles besser. Als ich noch jung war …»

«Hör doch auf!» Das wollte Nevada nicht hören. Wie konnte sie alt sein? Versprach Yoga nicht ewige Jugend? Was hatte sie falsch gemacht?

Passende Anstrengung, dachte Nevada. Stetiges Üben. Jetzt nicht aufgeben. Nicht vom Weg abkommen. *Nur wer intensiv übt, erreicht das Ziel. Yoga Sutra 1.21.*

Sie sollte die Intensität steigern. Keine Schwäche zeigen. Eine Yogini kennt keinen Schmerz. Nevada dachte an die Pilger, die sie in Indien gesehen hatten, die eiserne Haken durch die Brust, durch den Rücken gezogen hatten. An den Haken waren eiserne Ketten befestigt, und an diesen Ketten ganze Altare. Diese Altare symbolisierten ihre Sorgen, vielleicht auch ihre Sünden, so genau hatte Nevada das nicht verstanden, jedenfalls schleppten die gläubigen Hindus ihre Sorgen so einen Berg hinauf zu einem Tempel, wo sie diese Sorgen, diese Sünden deponierten. Bei einem Gott. Sie litten keine Schmerzen, «wer genug glaubt, leidet nicht», sagten sie. Dass Nevada Schmerzen litt, bewies nur, dass sie sich nicht genug anstrengte.

Doch sie konnte sich nicht überwinden. Jeden Tag war sie um fünf Uhr aufgestanden, hatte sich durch ihre Übungsreihe gequält, jeden Tag hatte sie früher aufgegeben, bis sie am Ende nur auf ihrer Matte auf dem Rücken lag, die Beine an der Wand abgestützt. Während Tränen über ihr Gesicht liefen.

Nevada war in einer riesigen alten Jugendstilwohnung aufgewachsen, die, als ihr Vater zum ersten Mal richtig Geld verdiente, komplett renoviert worden war. Mit Chromstahl und Marmor, mit Spiegeln und schwarzem Leder. Die Küche sah aus wie ein Operationsraum. Eine Schaltzentrale, von der aus ihre Mutter Martha die Geschicke lenkte. Martha hatte alles im Griff. Wenn sie Nevada und deren Schwester Sierra morgens weckte, war sie schon fertig angezogen, frisiert und geschminkt. Das Frühstück stand bereit, die Sonne schien durch das große Fenster, es hätte jederzeit ein Werbespot in ihrer Küche gedreht werden können. Martha Marthaler glaubte daran, dass man in jedem Moment auf alles gefasst sein musste. Zieh dir anständige Unterwäsche an, du weißt nicht, ob du heute nicht von einem Auto angefahren und ins Spital gebracht wirst. Was sollen denn die Ärzte von dir denken? Mach dein Bett, du weißt nicht, ob du heute noch lebend nach Hause kommst! Martha hatte alles im Griff, außer natürlich ihren Mann, Beni Marthaler, genialer Werbetexter und Alkoholiker. Nur nannte man das damals nicht so. Er war ein sogenannter Kreativer. Alle Kreativen tranken. Alle fielen ab und zu in ein tiefes Loch.

Nevada saß an der Frühstücksbar aus poliertem Marmor. Der mit schwarzem Leder bezogene Barhocker war etwas zu hoch für sie. Sie musste sich am kalten glatten Tresen festhalten und über die Verstrebungen am Fuß des Hockers hinaufklettern. Ihre Mutter stellte einen Teller mit Knäckebrot und Hüttenkäse vor sie hin. Sierra löffelte eine halbe Grapefruit, Mutter nahm eine Cola light aus dem Kühlschrank, öffnete die Dose, es zischte. Sie zündete sich eine Zigarette an und rauchte, während die Mädchen aßen. Zwischen Sierra und ihrer Mutter herrschte eine Art stummes Einverständnis, von dem Nevada ausgeschlossen war.

«Kann ich ein Frischbackbrötchen haben?», fragte sie jetzt, und ihre Mutter verdrehte die Augen.

«Und, was sonst noch?»

Nevada antwortete nicht. Schaute hoffnungsvoll. «Wer soll diesen Augen widerstehen können?», hatte Frau Schneebeli zu ihr gesagt, ihre Lehrerin in der zweiten Klasse, und sie in die Spielecke entlassen, obwohl sie ihre Rechenaufgaben noch nicht fertig gelöst hatte. Nevada mochte Frau Schneebeli. Sie hatte stachlige Haare wie ein Igel und immer knallrot geschminkte Lippen. Keine andere Lehrerin im ganzen Schulhaus hatte so rote Lippen, so schwarze Haare, eine so weiße Haut.

«Frau Schneebeli, sind Sie das Schneewittchen?», hatte Nevada sie einmal gefragt, als sie ihr zum Abschied am Ende des Schultages die Hand gegeben hatte. Frau Schneebeli hatte nur gelacht, sie hatte weder ja noch nein gesagt. Alles war möglich.

«Weißt du überhaupt, was in so einem Frischbackbrötchen drin ist? Wie viele Kalorien das hat? Und dann wohl noch Butter drauf, wie?»

Nutella, dachte Nevada, aber sie sprach es nicht aus. Ihre Mutter war auf Diät. Seit Nevada denken konnte. Ihren Töchtern wollte sie diese Tortur ersparen, deshalb wurden sie von Anfang an kurz gehalten, gar nicht erst an dickmachende Lebensmittel gewöhnt. «Eines Tages werdet ihr es mir schon noch danken!» Im Kühlschrank standen neben Weißwein, Champagner und französischem Mineralwasser in bauchigen grünen Glasflaschen nur saure Gurken, Silberzwiebeln, Magermilch, Yoghurt, Hüttenkäse.

Die verbotenen Sachen waren im Tiefkühlfach versteckt, Eiscremekübelchen, Frischbackbrötchen, Minipizzas. Nevada hatte sie zufällig entdeckt. Sie war nachts aufgewacht und hatte Geräusche in der Küche gehört. Leise war sie aus ihrem Zimmer geschlichen. Aus der Küche kam ein blauer Lichtschein. Nevada hatte an Engel gedacht, aber es war nur das kühle Licht, das aus der geöffneten Kühlschranktür fiel. Davor kauerte Martha auf dem wasserspiegelglatten Küchenboden, und stopfte mit beiden Händen Essen in sich hinein, Essen, das Nevada noch nie gesehen hatte. Leise war sie zurück ins Bett gekrochen. Bei nächster Gelegenheit hatte sie den Kühlschrank untersucht und das geheime Fach gefunden, in dem steinhart gefroren die verbotenen Lebensmittel lauerten.

«Biiittttteeee», sagte Nevada und machte große Augen, Augen, denen man nicht widerstehen konnte.

Ihre Mutter konnte. «Wir haben keine Frischbackbrötchen», schnappte sie.

«Haben wir doch!» Nevada rutschte von ihrem Hocker und zerrte ihn vor den Kühlschrank. Sie kniete sich darauf, um das Tiefkühlfach zu erreichen, zog mit Mühe die Tür auf – es war leer. Gestern war es noch voll gewesen. Nevada hatte nach der Schule ein Kübelchen Schokoladeeis herausgeholt und heimlich in ihrem Zimmer geleert. So schnell hatte sie es ausgelöffelt, dass sie von der Kälte Kopfschmerzen bekommen und die Schokolade einen pelzigen Geschmack in ihrem Mund hinterlassen hatte. Sie hatte sich hinter ihrem Bett auf den Boden gekauert, so dass ihre Mutter sie nicht sehen konnte, sollte sie hereinkommen. Nevada würde die Türe hören und das Kübelchen und den Löffel blitzschnell unter ihrem Bett verstecken. Ihre Mutter war nicht hereingekommen. Nevada hatte das Kübelchen restlos ausgeleckt, dann hatte sie es klein zusammengefaltet. Sie hatte Seiten aus einem alten Zeichenblock gerissen – kindische Bilder von Häusern und Menschen, die sich an der Hand hielten, und gelbe Sonnen, die in der Ecke des Blattes hingen wie Käseviertel. Ihre Mutter hasste diese Ausmalblöcke. Ihre Töchter sollten kreativ sein. Das war beinahe so wichtig, wie dünn zu sein. Nevada zerknüllte die Blätter mit dem leeren Eiskübel darin und stopfte alles in ihren Papierkorb. Am nächsten Tag würde die Putzfrau kommen und alle Papierkörbe leeren. Niemand würde etwas merken. Niemand hätte etwas gemerkt, wenn Nevada sich nicht selbst verraten hätte: «Aber gestern waren hier noch ...» Ihr Satz blieb in der Luft hängen. Sie merkte sofort, dass sie etwas Falsches gesagt, dass sie an ein Geheimnis gerührt hatte.

«Wenn dir das Frühstück nicht schmeckt, das ich extra für dich hergerichtet habe, musst du es ja nicht essen», sagte die Mutter und nahm Nevadas Teller weg. Nevada begann zu weinen. In ihrem Bauch war ein schwarzes Loch, und in dem Loch saß ein Tier, das die Zähne fletschte. Das Tier würde sich aus Nevadas Bauch herausnagen, wenn sie es nicht fütterte. Verzweifelt griff sie nach dem Teller, den ihre Mutter schon in den Abfalleimer kippen wollte.

«Kann ich heute nach der Schule noch zu Maja?», fragte Sierra, geschickt den Moment nutzend, in dem ihre Mutter abgelenkt war. «Wir lernen für die Prüfung am Freitag.»

«Was denn für eine Prüfung?» Die Mutter lockerte ihren Griff, Nevada zog den Teller zu sich und stopfte im Stehen den Hüttenkäse in sich hinein, sie benutzte das Knäckebrot als Schaufel und verschlang blitzschnell den weißen, lauwarmen, säuerlich schmeckenden Haufen, bevor man ihr den Teller wieder wegnehmen konnte.

«Wahrscheinlich schlaf ich dann auch gleich da», fuhr Sierra fort. «Es ist einfacher, sie wohnt so nahe bei der Schule.»

Sierra hatte eine Zwillingsschwester gehabt, die kurz vor der Geburt im Mutterleib gestorben war. Acht Jahre lang hatten ihre Eltern versucht, die Sierra Nevada wieder komplett zu machen. Die Mutter hatte unzählige Fehlgeburten erlitten und schließlich aufgegeben. Dann, natürlich, war sie schwanger geworden. Als sie es nicht mehr erwartet hatte und vermutlich auch gar nicht mehr wollte.

«Jetzt lass verdammt noch mal das Kind anständig frühstücken!», rief plötzlich eine heisere Stimme aus dem alten türkisfarbenen Cadillac Roadster Cabriolet von 1953, der mitten im ansonsten leeren

Wohnzimmer stand. Auf der breiten lederbezogenen Rückbank schlief oft der Vater. Er trug einen zerknitterten türkisfarbenen Anzug, ein rosa T-Shirt, keine Schuhe. Seine Locken und sein Bart waren fast weiß. Sein Gesicht war gebräunt, in der Decke des Badezimmers waren Bräunungsstrahler installiert, die sich automatisch einschalteten, wenn man die Türe schloss. Er kletterte vom Rücksitz des Cadillacs und schlurfte in die Küche. Er packte Nevada um die Taille und hob sie hoch.

«Na, mein Knuddel?» Er küsste sie, sie wandte sich ab. Sein Bart kratzte, er roch nach Schweiß und kaltem Rauch. «Dann wollen wir mal sehen, ob wir nicht ein ordentliches Katerfrühstück hinkriegen, das wäre doch gelacht.»

Er öffnete den Kühlschrank. «Willst du uns etwa Hungers sterben lassen?», fragte er seine Frau, die sich angewidert wegdrehte. «Oder hast du letzte Nacht wieder alles weggeputzt, hm?»

Seine Stimme klang jetzt bösartig. Nevada presste die Lippen zusammen. Es war ihre Schuld, sie hatte gewusst, dass der Tiefkühler gestern noch voll gewesen war. Hätte sie bloß nichts gesagt.

«Ich hab noch nicht geschlafen. Ich hab dich gehört.»

«Du? Du warst ja nicht mal in der Lage, dein Bett zu finden!»

«Gefunden hab ich es schon – aber was drin lag, gefiel mir nicht!»

Beni nahm sechs Eier aus dem Kühlschrank, schlug sie in die Pfanne, rührte mit deinem Holzlöffel um, gab Milch dazu und scharfen Pfeffer. «Ohne Fett wird das aber nichts», sagte er.

«Papa, darf ich heute bei Maja übernachten?», fragte Sierra.

«Natürlich, mein Schatz.»

«Natürlich, mein Schatz», äffte Martha ihn nach. «Du weißt doch nicht mal, wer Maja ist.»

«Klar weiß ich das. Die Tochter von diesem Staranwalt. Kann nicht schaden, solche Leute zu kennen.» Beni stellte die Bratpfanne direkt auf die Frühstückstheke, setzte sich auf den freien Hocker und zog Nevada auf seinen Schoß. Er gab ihr eine Gabel in die Hand. «Iss, Kleine.» Zusammen schaufelten sie das trockene Rührei in sich hinein. Nevada aß schnell. Ihr Vater roch süßlich und abgestanden und faul.

Martha schaute ihnen einen Moment lang zu, dann wandte sie sich ab. «Ihr widert mich an», sagte sie. «Alle beide!»

Wenig später drang aus dem hinteren Teil der Wohnung die deutsche Synchronstimme von Jane Fonda, die sie zum Wippen anhielt: «Und eins und zwei und drei und vier!»

Nevada saß auf dem Schoß ihres Vaters. Er hielt sie fest und atmete in ihren Nacken. Sie saß wie auf einem untergehenden Floß. Sein Schoß regte sich. Sie fühlte sich unwohl. Sie sagte nichts. Es gab nichts zu sagen. «Unwohl» war nur ein Gefühl. Gefühle konnte man in den Griff bekommen, das sagte ihre Mutter. Wenn man sich nur genug Mühe gab. Nevada gab sich Mühe, aber nicht genug. Sie war nicht gut genug. Sie war nie gut genug. Nicht für ihren Vater, nicht für ihre Mutter.

Sofort schüttelte sie diesen Gedanken wieder ab. Und konzentrierte sich auf die Stunde. Sie würde ihre Schüler so fordern, dass sie gar nicht auf die Idee kämen, sich zu beklagen. Oder sich zu wundern. Sie hatte die Heizung hochgedreht, die ersten schwitzten schon.

«*Chatturangha Dandasana*», sagte sie laut. Im Zweifelsfall die Liegestütze.

Marie

Sie hätte nach ihrer Schicht nicht noch erst nach Hause gehen dürfen. Normalerweise fuhr sie direkt zum Yogastudio, aber sie hatte ihre Yogahose vergessen. Einen Augenblick lang hatte sie überlegt, im Shop eine neue zu kaufen, aber sie wusste, dass ihr keins der ausgestellten Modelle dort passen würde, und sie hatte nicht die Nerven, sich das von Nadine erklären zu lassen, ihren jungen, kalten Blick auf sich zu spüren. Also fuhr sie in die verwinkelte Altstadt hinein, stellte das Auto im Halteverbot ab, schaltete die Warnblinker ein und rannte nach oben.

«Ich bin's!», rief sie mit falscher Fröhlichkeit. «Hab nur was vergessen, bin gleich wieder weg!» Doch da stand Gion im Türrahmen.

Ungewaschen, unrasiert, die schwarzen Haare in alle Richtungen abstehend. Marie blieb stehen. Sie wollte ihre Arme ausbreiten, ihn auffangen, stattdessen wandte sie sich ab.

«Ich hol nur schnell meine Yogahose.»

«Yoga? Gehst du jetzt noch ins Yoga?»

«Jeden Montagabend. Seit Anfang Jahr.»

Sie wühlte in den Schubladen, sie wollte nicht zu spät kommen.

«Yoga. Hm. Wir hatten eine Zeitlang eine Yogalehrerin auf dem Set», sagte Gion. «Die war echt gut. Das hat mir viel gebracht. Damals.» Er seufzte.

Marie hatte eine Hose gefunden, eine dunkelgrüne, verwaschene, nicht besonders vorteilhafte. Sie steckte sie ein. «Ich muss!»

«Weißt du was?» Gion streckte den Rücken durch, gähnte. «Ich komme mit!»

«Aber …»

«Das ist genau das, was ich jetzt brauche! Abschalten, den Kopf leeren, mich entspannen.»

«Die Stunde beginnt aber gleich. Ich bin schon spät dran!»

«Ich bin bereit!» Lächelnd hakte er sich bei ihr ein.

«Willst du nicht …»

«Was denn?»

Duschen, wollte sie sagen, etwas Frisches anziehen und überhaupt …

«Ich hab ja sozusagen schon Trainingskleidung an», sagte Gion und zeigte auf seine ausgebeulte Hose. «Als ob ich es geahnt hätte. Wenn das kein Zeichen ist!»

«Gut», sagte Marie, denn was sollte sie sonst sagen. Sie stieg ins Auto und wünschte sich, es würde nicht anspringen. Gion setzte sich auf den Beifahrersitz. Was sagte es über ihre Ehe aus, dass die Anwesenheit ihres Mannes, den sie liebte, ihr den Abend zu verderben drohte? Sie ließ den Motor an. Das Auto startete zuverlässig.

«Die werden doch nicht hysterisch werden, wenn ich dort auftauche», überlegte Gion. «Ich meine, das sind Yogis, die werden wohl eine gewisse Gelassenheit an den Tag legen – oder was meinst du, vielleicht sehen die gar nicht fern? Ich meine, so eine Arztserie ist vielleicht gar nicht auf deren Radar, das ist denen zu *mainstream*, nehm ich mal an ... vielleicht verachten sie mich sogar für das, was ich tue ...»

Wenn sie dich nicht kennen, können sie dich auch nicht verachten, dachte Marie. Sie sagte: «Ach, das glaube ich nicht!»

«Am liebsten wäre es mir, wenn sie mich gar nicht erkennen würden», sagte Gion. Er legte den Kopf zurück und schloss die Augen. «Du machst dir keine Vorstellung. Einmal behandelt zu werden wie alle anderen, wie ein ganz normaler Mensch!»

«Mhm.» Marie kannte ihn gut genug, um zu wissen, dass er zerbrechen würde, wenn das tatsächlich einmal passieren sollte. Das Letzte, was er wirklich wollte, war, nicht wahrgenommen zu werden. Warum wäre er sonst Schauspieler geworden? Sie liebte ihn nicht trotz, sondern wegen dieser Widersprüche, sagte sie sich. Sie bog in die schmale Straße am Flussufer ein. Es war vier Minuten vor sieben. Manchmal gab es um diese Zeit keine Parkplätze mehr. Doch heute Abend fand sie einen direkt vor dem Eingang. Sie schaltete den Motor aus, Gion nahm eine Sonnenbrille aus dem Handschuhfach, setzte sie auf und stieg aus. Er rieb sich die Hände. «Dann wollen wir mal!»

Monatelang hatte er sich in seinem Arbeitszimmer verkrochen, und, wie Marie vermutete, auf dem Internet Poker gespielt oder Pornographie heruntergeladen. Wochenlang hatte er kaum gesprochen, war er in Verzweiflung versunken, in der Gewissheit, dass seine Karriere zu Ende war, dass er nie mehr arbeiten würde, schon gar nicht fürs Fernsehen. Er hatte, wie alle anderen, ein Stillschweigeabkommen unterschrieben. Solange die Serie noch lief, solange ihr Ende noch nicht offiziell bekanntgegeben worden war, durfte er es nicht verraten. Das hieß, er konnte sich noch nicht nach einer neuen Arbeit umsehen. Tag für Tag verbrachte er im Zimmer, manchmal hinter geschlossenen Läden. Er hatte aufgehört zu duschen und sich zu rasieren.

Und jetzt das. War das nicht besser? Was war sie für eine Frau, wenn sie sich nicht freute, dass er etwas gefunden hatte, dass ihn vom Sofa riss? Etwas, das ihn glücklich machte?

Yoga, die Wunderdroge. Vielleicht war sie ja nur beleidigt, weil sie nach einem guten halben Jahr immer noch auf die Erlösung wartete?

Schnell waren die Matten in Gions nächster Nähe belegt. Junge

Frauen warfen sich direkt neben ihm in gefährlich aussehende Verrenkungen, warfen ihre langen Beine sozusagen um seinen Hals. Marie beschloss, sich gerade hinzusetzen und die Augen zu schließen. Sie faltete ihre Beine in die Lotusposition, die einzige Yogastellung, die ihr leichtfiel. Den Lotussitz hatte sie schon als Kind beherrscht, ohne zu wissen, wie er hieß. Sie bemühte sich, ruhig zu atmen. Immer wieder blinzelte sie. Yogaprinzessinnen belagerten ihren Mann. Eine hatte sich auf den Rücken gelegt, ihre Beine angehoben und auf beiden Seiten neben ihrem Kopf platziert, so dass sie ihren Unterleib vollkommen offen präsentierte, kaum verhüllt von einem hellgrauen Leotard. Besser als jede Pornoseite, dachte Marie gehässig, kein Wunder, dass Gion begeistert ist. Eine andere begann, flüsternd auf ihn einzureden. Marie vergaß zu atmen, so sehr konzentrierte sie sich. Die Frau tat so, als wisse sie nicht, wer Gion sei. Marie wusste aus eigener Erfahrung, dass nichts so gut funktionierte wie diese Masche. Kein Schauspieler kann es auf sich beruhen lassen, dass man ihn nicht kennt. Da kann er sich noch so glaubwürdig über die Tatsache beklagen, dass er keinen Schritt tun kann, ohne beobachtet zu werden. Wehe, er wird es nicht.

«… für meine Arbeit», sagte Gion jetzt halblaut. «Ich recherchiere für eine Rolle …»

«Dann bleibt Doktor Santana also nicht im Vorstadtspital?», verriet sich eine andere Yogaschülerin. Ihre Stimme klang seltsam gedämpft zwischen ihren Schenkeln hervor.

«Dazu kann ich nichts sagen.»

«Doktor Santana? Vorstadtspital? Ich verstehe nicht …» Die erste Bewunderin blieb bei ihrer Masche. Bisschen dick aufgetragen, dachte Marie gehässig hinter geschlossenen Lidern. Endlich öffnete Nevada ihre Augen und begann die Stunde. Marie beobachtete sie genau. Die leichte Spannung in den Schultern, die Schonhaltung, das wiederholte Reiben der Handgelenke, vorsichtig nur. Du hast immer noch Schmerzen, dachte sie. Die Schmerzen sind nicht weg. Im Kopf ging sie die Karteikarten durch, mit denen sie während des Studiums gebüffelt hatte. Maries Kopf war wie ein Computer organisiert, sie hatte ein fotografisches Gedächtnis, sie konnte Informationen abrufen, die sie vor Jahren einmal gespeichert hatte, sie musste nur wissen, wo sie sie finden würde. Sie stellte sich ein großes Schubladenmöbel vor, die Schubladen waren beschriftet nach Studienjahr und Fachgebiet, aus jeder Schublade konnte sie eine endlose Hängeregistratur ziehen, bunte, säuberlich beschriftete Mäppchen. Sie blätterte.

Weichteilrheumatismus, dachte sie. Fibromyalgie. Scheißdiagnose. Nulldiagnose.

«Hände zum Gebet.» Nevada begann ihre Stunde mit einer Erklärung zu ihrem Yoga-Unfall, der Marie nicht einleuchtete. Diese Schmerzen, diese unerklärliche Schwäche konnten nicht Folge von Überanstrengung sein. Machte sie ihnen etwas vor? Plötzlich war Marie sauer auf Nevada. Sie war doch ihre Yogalehrerin! Sie sollte ihr die Antworten bringen, nicht umgekehrt! Marie wusste, dass es ihre eigene Entscheidung gewesen war, nicht nach Hause zu fahren, sondern Nevada in die Notaufnahme zu bringen und sie so zur Patientin zu machen. Trotzdem nahm sie es Nevada übel. Sie fühlte sich verraten. Sie hatte etwas verloren.

«Stira Sukham Asanam», sagte Nevada gerade. «Anstrengung und Leichtigkeit zeichnen die richtig ausgeführte Yogastellung gleichermaßen aus», sagte sie. «Der Gradmesser dafür ist euer Atem. Versucht, genau so lange ein- wie auszuatmen. Wenn das Einatmen zum Keuchen wird, wenn ihr nach Luft schnappt, dann strengt ihr euch zu sehr an. Dann müsst ihr euch zurücknehmen. Aus der Stellung gehen. Weniger machen. Atemloses Yoga ist kein Yoga, das ist Kunstturnen!»

Trotzdem schien Marie die Stunde sehr viel anstrengender als sonst. Bald schon lag sie zusammengerollt in der Stellung des Kindes auf ihrer Matte. Sie hörte Gion neben sich schnaufen. Beinahe hätte sie den Kopf gehoben und gerufen: «Hast du nicht gehört, was Nevada gesagt hat? Du machst zu viel. Du übertreibst!»

Marie fühlte sich verraten. War Nevada nicht ihre Lehrerin? Müsste sie nicht wissen, wie unangenehm es Marie war, dass Gion sich nun in diesen einen Bereich hineindrängte, der Marie ganz allein gehörte?

Wie idiotisch klingt das denn! Marie wies sich selber zurecht. Dein Leben ist von Gion unabhängig. Im Spital bist du Frau Dr. Leibundgut. Dort interessiert sich niemand für Gion, wenigstens die Patienten nicht, jedenfalls nicht, solange sie dich brauchen! – Ja, aber er ist Dr. Marc Santana! Wenn die Patienten die Wahl hätten zwischen ihm und dir ... und hat er dir nicht schon vorgehalten, deine Operationstechnik sei veraltet, im Vorstadtspital würden sie diesen oder jenen Eingriff nur noch laparoskopisch durchführen? – Und wenn schon! Tatsache ist, dass sich eure Berufsleben nicht berühren. Was sollt ihr denn sonst miteinander teilen, wenn nicht ein Hobby? Andere Frauen wären froh, wenn ihr Mann mit ihnen ins Yoga käme! Und überhaupt, sei doch mal realistisch: Willst du ihn wirklich allein ins Yogastudio schicken? Dieser Horde Weiber ausliefern?

Als sie sich wieder in den Sonnengruß einreihte, tropfte Schweiß von Gions Stirn auf ihren Handrücken. Sie zog die Hand zurück. Wischte sie an ihrem T-Shirt ab. Demonstrativ. Doch niemand bemerkte es, am allerwenigsten Gion.

Nach der Stunde wurde er so lange von Verehrerinnen belagert, dass die Schüler der anschließenden Stunde im Empfangsbereich warten mussten, bis alle Matten zusammengerollt und weggeräumt waren. Nadine stand mit dem großen Bodenwischer im Eingang und hörte gebannt zu. Schließlich stand Gion auf.

«Sorry, sorry!», rief er und lachte verlegen, charmant. «Wir halten hier den ganzen Betrieb auf!»

«Ist doch kein Thema», murmelte Nadine, auf ihren Besen gestützt.

«Ich muss jetzt ohnehin was essen, warum reden wir nicht unten in der Bar weiter?»

Und dann saßen sie an einem großen runden Tisch mitten im Lokal, tranken Chai und aßen knusprig gebratene Tofuwürfel. Gion hielt Hof. Gebannt hörten die Frauen zu, wie er eine nach der anderen jede einzelne Stellung beschrieb, die sie in der Stunde ausgeführt hatten, wie sie sich für ihn angefühlt hatte, was dabei in ihm vorgegangen war.

«Als ich in den Handstand ging, spüre ich regelrecht die Kraft, die vom Boden durch meine Handflächen in meine Arme und Schultern aufsteigt», sagte er. «Ist schon krass. Den Handstand hab ich zuletzt gemacht, als ich ein kleiner Junge war. Aber mein Körper wusste sofort wieder, was er tun musste. Es war alles wieder da.»

«Unglaublich», sagten die Frauen. «Toll.»

«Ich glaube, ich habe eine natürliche Affinität zu Yoga. Würdet ihr glauben, dass das meine erste Stunde war? Überhaupt? In meinem ganzen Leben?»

«Unglaublich.»

«Nicht zu fassen.»

«Das berührt mich jetzt sehr.» Die Frauen raunten wie ein griechischer Chor.

Und was ist mit der Yogalehrerin auf dem Set, dachte Marie, zählt die nicht? Sie sagte aber nichts. Stattdessen stand sie auf und ging zur Kaffeetheke. Sie holte sich einen doppelten Espresso und ein Stück Schokoladekuchen, aus reinem Trotz. Sie hatte keinen Hunger, und der bittere Geruch des Kaffees verursachte ihr Übelkeit. Als sie an den Tisch zurückkam, war ihr Platz besetzt. Ihr Platz neben Gion.

«Oh, entschuldige, hast du etwa hier gesessen?»

«Schon gut.» Sie zog einen Stuhl vom Nebentisch dazu, setzte sich sozusagen in die zweite Reihe. Sie musste ihren Teller, ihre Tasse auf den Knien balancieren, weil sie zu weit vom Tisch entfernt saß.

Gion erzählte gerade, dass er ein Jahresabonnement gelöst hatte, das ihm erlaubte, eine unbegrenzte Anzahl von Stunden zu besuchen. Er fand bereits jetzt, eine Lektion pro Tag sei ihm nicht genug, er würde in Zukunft morgens und abends ins Studio kommen.

«Versuch mal *Candle Light Yoga* am Sonntagabend bei Kira. Ich schwör dir, danach fühlst du dich wie neugeboren. Und die Woche liegt vor dir wie ein endlos weiter Strand.»

«Klingt gut», sagte Gion. «Dann seh ich dich also dort?»

Ted

«Wo lernt man heutzutage Frauen kennen? Klar. Im Yoga. Dass ich darauf nicht selber gekommen bin!» Tobias bestellte sich noch ein Bier.

«Das war noch nie mein Problem. Frauen kennenzulernen.»

Ted war Primarlehrer. Die Kolleginnen im Lehrerzimmer, die Mütter am Elternabend, Frauen, wo er hinsah. Von morgens früh bis abends spät: Frauen. Ted dachte an Kevin, der sich eines Tages einfach geweigert hatte, weiter zur Schule zu gehen. Beim klärenden Gespräch mit den Eltern (zu dem, wie üblich, nur die Mutter erschienen war), der Lehrerin und der Schulleiterin war es aus dem Jungen herausgebrochen: «Immer überall nur Frauen!», hatte er geheult. «Zu Hause, in der Spielgruppe, im Kindergarten, in der Unterstufe, im Turnen, im Singen, und jetzt in der Mittelstufe wieder: eine Frau! Ich kann nicht mehr», hatte er geschluchzt, und dann war er in Teds Klasse versetzt worden.

«Wir brauchen dringend Männer», hatte die Schulleiterin beim Bewerbungsgespräch gesagt. Er hätte überall eine Stelle haben können, er hatte diese gewählt: in einer ruhigen Kleinstadt mit geringem Ausländeranteil. Ted brauchte bei der Arbeit keine zusätzlichen Herausforderungen, sein Privatleben verlangte ihm schon genug ab.

Als Primarlehrer hatte er geregelte Arbeitszeiten, viel Ferien, gute Sozialleistungen. Er hatte eine pädagogische Ausbildung, ein eidgenössisches Diplom, das ihm bescheinigte, mit Kindern umgehen zu können.

Warum hatte er geglaubt, das sei etwas wert? Das Doppel-X-Chromosom war das einzige Argument, das zählte, wenn es darum ging, dem fähigeren Elternteil das Sorgerecht zuzusprechen. Tina hatte bald nach der Geburt wieder angefangen zu arbeiten, erst sechzig, dann hundert Prozent, sie musste bei Geschäftsessen repräsentieren, Geschäftsreisen unternehmen. Ted hatte sich mehr um Emma gekümmert als sie, er konnte das beweisen, er hatte alle Agenden behalten, in denen mit roten und blauen Stiften säuberlich notiert war, wer wann wie viele Stunden mit Emma verbracht hatte.

«Keine Chance», hatte die Anwältin gesagt, die er kurz nach der Trennung konsultiert hatte. «Wenn es ein Sohn wäre, vielleicht, aber ein Mädchen – keine Chance. Selbst wenn die Mutter das Kind nicht wollte. Dann würde das Jugendamt vielleicht einen Vormund bestimmen, eine Pflegefamilie vorziehen, man gibt einem Mann kein kleines Mädchen, das tut man einfach nicht.»

Sie waren ja nicht mal verheiratet gewesen! Die Anwältin schüttelte den Kopf. «Nicht, dass das viel ändern würde. Verstehen Sie mich nicht falsch, ich bin Feministin erster Stunde.» Dafür schien sie zu jung, aber Ted hütete sich, das auszusprechen. «Ich bin auf die Straße gegangen, mein Bauch gehört mir, wenn Frau will, steht alles still – aber seit ich im Familienrecht praktiziere, grob gesagt, seit ich von Scheidungen lebe ...» Sie schaute zum Fenster hinaus. Ein Baum mit beinahe unnatürlich grellgrün leuchtenden Blättern füllte das ganze Fenster aus. Ted erinnerte sich, wie sein Blick dem ihren folgte, sich in den sanft wogenden grünen Flecken verfing, wie er vergaß, warum er hier war. Bis ihn die Stimme der Anwältin aus seinen Träumereien riss.

«Seit ich hauptsächlich Scheidungen mache», wiederholte sie, «weiß ich: Frauen mögen in den meisten Bereichen des täglichen wirtschaftlichen, politischen und selbst privaten Lebens immer noch benachteiligt sein. Wenn es aber um Scheidungen geht, um Sorgerecht und Alimente, dann sind die Männer die armen Schweine. Ich könnte Ihnen etwas vormachen, ich könnte Ihnen viele Stunden berechnen, aber ich sag Ihnen lieber ehrlich: Sparen Sie das Geld. Versuchen Sie, sich mit der Mutter möglichst gutzustellen. Kommen Sie ihr entgegen, wo Sie können. Das Beste, worauf Sie hoffen können, ist, dass sie freiwillig eine Vereinbarung unterschreibt, die Ihnen gewisse Rechte einräumt.»

«Vielleicht fang ich auch mit Yoga an», sagte Tobias in sein Bier. «Beim Biken finde ich jedenfalls keine Frau.»

«Tobias, du hast doch schon eine Frau!»

Tobias zuckte die Schultern. «Eine ist keine!»

Nichts könnte weiter von der Wahrheit entfernt sein. Tobias liebte seine Frau, die Vorstellung, sie zu betrügen, wie er das in früheren Beziehungen manchmal getan hatte, erfüllte ihn mit namenloser Müdigkeit. Wenn er zweifelte, nur einen Augenblick lang zweifelte: Bin ich nicht zu jung, um mich schon festzulegen, werde ich wirklich nie wieder mit einer anderen Frau schlafen, und wenn wir schon dabei sind, werde ich überhaupt je wieder mit einer Frau schlafen, denn schließlich ist es schon eine ganze Weile her, dass Eveline ... bestimmt drei Monate ...

Wann immer solche Zweifel auftauchten, rief er Ted an. Ein Abend in seiner Gesellschaft, und Tobias ging wieder gern nach Hause. War, je nachdem, wie viel er getrunken hatte, auf den Knien und bis zu den Tränen dankbar für seine Frau, die klar war wie Wasser und stark.

Eveline war wieder schwanger. Zum siebten Mal in zwei Jahren. Doch diesmal schien es zu halten. Zehn Wochen. Trotzdem hatten sie abgemacht, noch nichts zu sagen, bis sie die Zwölf-Wochen-Hürde genommen hatte. Zu oft hatten sie das in den letzten Jahren durchgemacht, die Freude, die Geschenke, die Gratulationen, dann die Telefonate, das Mitleid, das betretene Schweigen. Sie würden warten. Noch zwei Wochen mindestens, bevor sie erst seine Eltern anrufen würden, dann ihre. Würden sie ihnen überhaupt noch glauben?

Wenn Tobias mit Ted zusammen war, tat er so, als sei er wie sein Freund, ein einsamer, getriebener Mann mit bitteren Falten um den Mund, ein romantischer Held. Dabei wusste er, dass Ted sofort mit ihm tauschen würde, dass sein Freund sich nichts sehnlicher wünschte als eine Familie, eine Frau, ein Zuhause. Tobias kannte Frauen, die dasselbe wollten wie Ted, und er hatte jahrelang versucht, sie mit ihm zusammenzuführen, bis Eveline es ihm verboten hatte: Ihre Freundinnen seien ihr zu wichtig, um sie diesem notorischen Einzelgänger vor die Füße zu werfen, damit er auf ihnen herumtrampelte. «Dein Freund hat einen Hau weg», sagte sie, «einen ernsthaften Hau, das ist nicht mehr lustig.»

Dem hatte Tobias nichts entgegenzusetzen. Er wusste, dass Ted wie ein Frauenheld, ein Schwerenöter, ein bindungsunfähiger Neurotiker wirken konnte. Einer, der schöne, interessante, lustige Frauen in unsichere Wesen verwandelte, indem er sie nicht beachtete, nicht anrief, nicht zurückrief. Wenn dann aber eine daherkam, die offensichtlich nichts von ihm wollte, dann ging er in die Knie. Dann wurde er zum romantischen Idioten. So war es auch dieses Mal wieder. Tobias hatte sich vorgenommen, nichts zu sagen. Aber er konnte nicht anders.

«Und, wie ist sie denn so, deine Yogini?»

Ted antwortete nicht.

«Lass mich raten: Ganz dein Beuteschema.»

Ted nickte.

«Ein Räf also. Eine Zicke.»

«Eine Prinzessin!»

Tobias lachte nicht. Er schüttelte nur den Kopf. «Triffst du sie später noch?»

Ted war nicht ins Yogastudio zurückgegangen. Der Gutschein für eine Gratislektion, den er nach der abgebrochenen Stunde letzten Montag bekommen hatte, steckte in seinem Portemonnaie. Er glaubte nicht, dass er ihn einlösen würde. Ted machte sich nicht gern zum Idioten. Schon gar nicht vor Frauen. In einem Raum voller Frauen zu sein und als Einziger nicht zu wissen, welche Bewegung als Nächstes kam, als Einziger mit den Fingerspitzen den Fußboden nicht zu finden, das Ziehen in den gestreckten Beinen nicht auszuhalten – das ging nicht. Wenn es wärmer wurde, würde er wieder Fußball spielen, das konnte er wenigstens, darin war er gut.

Warum war er so unbeweglich? Er trieb doch Sport, er unterrichtete Turnen, er spielte Fußball, er joggte, er machte auch Dehnübungen zum Aufwärmen und Abkühlen. Vielleicht würde er sich eine Yogamatte kaufen und zu Hause ein paar der Übungen nachmachen, die er sich gemerkt hatte, den Sonnengruß zum Beispiel, der war einfach. Vielleicht würde er später in das Yogastudio zurückkehren, wenn er sich sicherer fühlte, wenn Lilly das wollte.

Lilly, die schon länger Yoga machte, seit über einem Jahr, und sich auskannte, hatte ihm ganz klar gesagt, dass sie kein Interesse daran hatte, gemeinsam mit ihm eine sanftere, für Anfänger geeignetere Stunde zu besuchen. Sie brauchte das Yoga als Ausgleich für ihr stressiges Leben – woraus dieser Stress genau bestand, hatte Ted noch nicht herausgefunden.

Nach dem Abend in der Bar, nach der abgebrochenen Yogastunde letzten Montag, war sie zu ihm nach Hause gekommen. Sie hatten Musik gehört, sich geküsst. «Ich schlafe nicht mit dir», hatte sie gleich zu Beginn klargestellt. Er hatte nur nicken können. Sie hatten sich geküsst, bis ihm die Lippen weh taten.

«Wie weit bist du gekommen», fragte Tobias. «Komm schon, sag schon, habt ihr …?»

«Du bist ein Idiot», sagte Ted. «Du hast wirklich keine Ahnung. Ich weiß nicht, wie deine Frau dich aushält.»

Besser als deine dich, wollte Tobias sagen. Aber einen, der am Boden liegt, tritt man nicht. Selbst wenn er gar nicht weiß, dass er am Boden liegt. Nicht einmal dann, wenn er sich freiwillig auf den Boden geworfen hat. «Nimmst du noch eins?»

Ted nickte und bezahlte die nächste Runde. Unauffällig kontrollierte er sein Handy. Keine Nachrichten. Es war kurz nach halb neun, die Fortgeschrittenenstunde ging gerade zu Ende. Wenn Lilly kommen würde, dann jetzt.

«Prost!» Tobias hob das Glas. Das Letzte, nahm er sich vor. Nach drei Bieren wurde er sentimental. Nach drei Bieren vermisste er Eveline. «Hey, schau, ist das nicht der Typ vom Fernsehen?»

Die Schiebetür zum Nebeneingang vom Treppenhaus öffnete sich, kühle Luft und laute Stimmen strömten herein. Im Lokal wurde es ganz still. Als wäre ein Film angehalten worden. Die Gläser blieben auf halbem Weg zum Mund stehen, Gespräche verstummten, Ted meinte, Wortfetzen in der Luft hängen zu sehen. Dornröschen, fiel ihm ein, der Küchenbursche, der mit dem Stiefel des Kochs am Hintern hundert Jahre ausharren musste.

In der Tür stand ein überraschend kleiner, feingliedriger Mann, der eine große Sonnenbrille trug, hinter ihm, ein bisschen größer, die Ärztin, die sich letzten Montag um die Yogalehrerin gekümmert hatte. Ted nickte ihr zu. Unwillkürlich wanderte sein Blick nach unten, suchte ihre breiten Hüften.

Sein Nicken schien den Bann gebrochen zu haben, die Gäste bewegten sich wieder, Gläser klirrten, Gespräche wurden wiederaufgenommen, lauter als zuvor, so schien es. Dieser ganz normale Montagabend hatte plötzlich einen besonderen Glanz. Die Bar war zur Kulisse geworden, die Gäste zu Statisten, sie alle waren ohne ihr Zutun Teil von etwas Größerem, Glänzenderem geworden. Der kleine Mann machte ein paar Schritte in den Raum herein, dann blieb er stehen. In der Mitte des vollbesetzten Lokals war ein Tisch frei, als hätte er auf ihn gewartet. Er breitete die Arme aus, lachte, ging auf den Tisch zu, die Ärztin folgte ihm. Im Vorübergehen lächelte sie Ted und Tobias zu.

«Wow», sagte Tobias.

«Ja», sagte Ted.

«Das wär mal was anderes! Hast du schon mal mit einer Dicken?»

«Tobias, echt!» Ted wandte sich wieder ab, die Begegnung hatte ihn abgelenkt, jetzt hatte er Lilly wohl verpasst. Er hatte Tobias vorgeschlagen, sich in der Bar am Fluss zu treffen, weil er hoffte, Lilly hier mehr oder weniger zufällig zu begegnen. Sie würde auf dem Weg zum Studio an der Bar vorbeikommen. Er hatte sich so an die Theke gestellt, dass er die Glastür im Blick hatte, den Aufgang zur Treppe. Er würde so tun, als sähe er sie nicht. Er würde sie vorbeiziehen lassen, die Treppe hinauf, schwer beladen mit Taschen, zusammengerollten Matten, ihrem Laptop – er würde hier stehen bleiben und wissen, dass sie oben schwitzte, sich verrenkte, er würde neunzig Minuten lang an sie denken, und wenn sie dann wieder die Treppe herunterkam, würde er sich ihr wie zufällig in den Weg stellen.

Sie hatte versprochen, ihn anzurufen. Sein Handy lag auf der Theke, neben dem halbvollen Glas Bier, Tobias hatte sein drittes schon beinahe geleert. Ted wollte nicht zu viel trinken. Er wollte nicht nach Bier riechen, wenn er sie küsste. Er wollte an der Bar stehen wie ein Hauptgewinn, rasiert, in einem alten, aber sauberen T-Shirt, das er bei sich sein *Lucky Shirt* nannte, weil Frauen gern mit der Hand darüberstrichen, über den weichen, verwaschenen Stoff.

Das Treppenhaus war leer. Das Mädchen vom Empfang kam herunter, betrat das Lokal und schaute sich suchend um. Ted nahm an, dass sie das Studio abgeschlossen hatte. Konnte er sie fragen, ob Lilly die Stunde besucht hatte? Sie ging an ihm vorbei und auf den Tisch zu, an dem der Schauspieler saß. Ted spielte mit seinem Handy. Sie hatte versprochen, sich zu melden. Er hatte noch nichts gegessen, er wollte sich die Option offenhalten, sie spontan zum Essen einzuladen. Als sein Telefon endlich klingelte, griff er so hastig danach, dass er beinahe sein Glas umgestoßen hätte.

Tina, stand auf dem Display. Er trat einen Schritt von der Bar weg.

«Tina – was ist? Ist etwas mit Emma?»

«Würde ich sonst anrufen? Wo bist du, bist du in einer Bar?»

«Und wenn? Was ist mit Emma?»

«Das kann ich dir nicht am Telefon erklären. Ich muss mit dir reden. Wir sind unterwegs zu deiner Wohnung.»

«Ihr beide?»

«Ja, soll ich sie etwa allein zu Hause lassen? Das geht sie schließlich auch was an.»

«Dann ist sie also okay?»

«Wie meinst du das, okay?»

Ted fuhr sich mit der Hand über das Gesicht. «Tina ...»

Tobias verdrehte die Augen. Er hob sein leeres Bierglas, Ted schüttelte den Kopf.

«Tina, ich ...»

... habe sie schon in ihrem Blut liegen sehen, unter einem Auto, in der Ambulanz, ich dachte mein Herz bleibt stehen ... Immer noch versuchte er sich zu erklären. Als wüsste er nicht, wie sinnlos das war. «Worum geht es denn?», fragte er schließlich.

«Wir sind in einer Viertelstunde bei dir. Tut mir ja wirklich leid, dass ich dein unbeschwertes Junggesellenleben unterbrechen muss, aber – du hast nun mal eine Tochter. *Tough luck!*»

duḥkhadaurmanasyangamejayatva śvāsa-
praśvāsā vikṣepasahabhuvaḥ

Geistige Zerstreutheit führt zu einer Verengung
des Herzens, einer Verdunkelung des Geistes,
zu körperlichen Symptomen wie fahrigen Bewegungen
und unruhigem Atem.

Patanjali Yoga Sutra 1.31

Nevada

Sie wollte morgens gar nicht mehr aufstehen. Als sie es tat, stolperte sie. Ihre Knöchel knickten ein. Die Treppenstufen wuchsen plötzlich in unüberwindbare Höhen. Immer öfter musste sie sich auf dem ersten Absatz hinsetzen. Sie legte den Kopf an die Wand und weinte vor Erschöpfung.

So fand Lakshmi sie sitzen. «Hey! Was ist mit dir?»

Keine Schwäche zeigen, dachte Nevada. Doch es war zu spät. «Ich bin so müde», schluchzte sie.

Lakshmi bückte sich, packte sie unter den Armen und zog sie hoch. Zusammen gingen sie die Treppen hoch. An Lakshmis Arm schienen die Stufen wieder normale Größe anzunehmen. «Ich hab eine Stunde Zeit», sagte Lakshmi und schloss ihre Wohnungstür auf. «Komm rein. Jetzt sagst du mir mal, was eigentlich los ist!»

Als Nevada auf Lakshmis weichen Bodenkissen lag und Rauchtee trank, tat ihr nichts mehr weh. Sie gab sich einen Moment lang dem Gefühl hin, es könnte alles wieder gut werden.

Nevada hatte Lakshmi, die damals noch Melanie hieß, in Indien kennengelernt, als sie beide ein *Teacher Training* für ausländische Schüler bei einem berühmten indischen Lehrer besuchten. Nevada hatte lange für die Reise zu ihrem Guru gespart, sie hatte sich vorbereitet, indem sie jeden Tag noch länger übte, noch härter. Sie hätte besser einen Reiseführer gelesen. Indien hatte sie überwältigt und überfordert.

Sie hatte gehofft, nach Hause zu kommen, zur Quelle des Yoga, wo alle Antworten aus dem Boden sprudelten. Sie würde sie mit beiden Händen schöpfen und an ihre Lippen führen, aufsaugen würde sie diese Weisheit. Und alles würde gut.

Das Ausbildungsprogramm für Ausländer hatte sehr viel Geld gekostet. Für Unterkunft und Reise blieb wenig übrig. Nevada war in überfüllten Zügen und klapprigen Bussen eineinhalb Tage lang unterwegs gewesen. Als sie endlich in der *Shala*, der Schule, angekommen war, zu spät, schmutzig, verwirrt, hungrig und um die Hälfte ihres Gepäcks erleichtert, hatte der Guru sie mit dem Worten *«Bad lady»* begrüßt.

Um ihre Verspätung wiedergutzumachen, hatte sie erst einmal das Ashram putzen müssen.

In dem Gästehaus, in dem sie wohnte, wohnten auch Wanzen und Flöhe. Der halbwüchsige Sohn der Gastfamilie schlich nachts durch die Zimmer und versuchte die ausländischen *Yoga Ladies* anzufassen, durch ihre dünnen Schlafsäcke hindurch. Nevada konnte ihn riechen, Schweiß und Gewürze und Haaröl, er legte eine Hand auf ihr Gesicht, sie tat so, als schliefe sie.

Was stimmt mit mir nicht, dachte Nevada, dass mich nur die anfassen wollen, die das nicht sollten? Mein Vater, der Sohn meines Gastgebers, mein Guru? Oder dachte ihr Guru etwa gar nichts Falsches, nichts Unyogisches, wenn er, um ihr aus *Urdhva Dhanurasana*, der Radstellung, in den Handstand zu helfen, kräftig in den Schritt fasste? Vielleicht war das die einzig richtige, traditionell überlieferte Methode, um die Schwerkraft auszutricksen und den Körper in eine Richtung zu drängen, in die er nicht wollte? Vielleicht war sie es, Nevada, die das Falsche dachte. Vielleicht war sie es, die verdorben war. Das Verdorbene anzog. Das Schmutzige. Doch sie war nicht die Einzige, die so berührt wurde.

«Der perverse alte Sack!», rief eine dünne Blondine im Teehaus. Es wurde still. «Ist doch wahr», verteidigte sie sich. «Habt ihr etwa je gesehen, dass er einen Mann so anfasst? Wenn das die traditionelle Methode ist, dann müsste sie ja erst recht bei Männern angewandt werden, schließlich durften ursprünglich nur Männer Yoga üben!»

Das war Lakshmi. Am nächsten Morgen legte sie einen Kranz aus orangefarbenen Ringelblumenblüten zu den Füßen des Gurus nieder. Sie verneigte sich vor ihm. Legte die Handflächen zusammen und hob sie vor ihre Stirn.

«Mein Lehrer, darf ich Sie etwas fragen?»

Der Guru nickte gnädig.

«Warum fassen Sie nur den Frauen zwischen die Beine, und den Männern nicht?»

«Bad lady, bad!»

Einer der Lehrer fasste Lakshmi am Arm und führte sie aus der Schule. Nevada schaute ihr nach und dachte: Hätte ich bloß den Mut gehabt.

Zwei Tage später stand Lakshmi vor dem Gästehaus, in dem Nevada wohnte. Sie sprach sie auf Schweizerdeutsch an.

«Ich hab eine neue Schule gefunden», sagte sie. «Auch hier in der Stadt. Sie ist sauber, man lernt etwas, der Lehrer ist anständig, und billiger ist es auch noch. Kommst du?»

»Aber ich hab doch schon den ganzen Lehrgang bezahlt. Ich glaube nicht, dass der Guru mir das Geld zurückgibt!»

«Natürlich nicht. Der alte Sack.»

Nevada mochte es nicht, wenn Lakshmi das sagte. Trotz allem war der alte Mann der Lehrer ihrer Lehrerin, Shri Jenny. Seine Methode, Yoga zu unterrichten, war auf der ganzen Welt verbreitet, und Shri Jenny hatte sie genau hier, auf diesem rauhen Betonboden, in dieser stickigen Halle gelernt. Allerdings hatte sie Nevada nie in den Schritt gefasst.

Lakshmi hatte sich auf Nevadas Bett gesetzt, ein hölzerner Schragen mit einer dünnen Matte, die mit Plastik überzogen war. Darauf lag Nevadas Daunenschlafsack, der viel zu warm war für das Klima. Doch Nevada hatte sich nicht vorbereitet, keine Bücher über Indien gelesen, über die Jahreszeiten, Temperaturen, Niederschlagsmenge, über die Währung und den öffentlichen Verkehr. Sie hatte nur geübt und geübt und geübt. Das Buch mit den Bildern des noch jungen Gurus vor sich, hatte sie sich verrenkt, verknotet, verschraubt und auf den Kopf gestellt. Es konnte doch nicht sein, dass dieser Mann, nach dem sie ihr Leben ausgerichtet hatte, nicht der Richtige war!

Es wäre nicht das erste Mal, dachte Nevada.

«Sag mal, hast du hier etwa Flöhe?» Lakshmi sprang auf und kratzte sich durch den dünnen Stoff ihrer Pluderhose am Po. «Das geht ja gar nicht! Du kommst jetzt mit mir!» Sie zog die dünnen bunten Baumwolltücher, die Nevada gekauft hatte, um darunter zu schlafen, von der Matratze, rollte den Schlafsack zusammen, das Moskitonetz, packte Nevadas Rucksack und trug alles aus dem Gästehaus. Der Sohn des Besitzers schaute ihnen mit traurigen Augen nach.

«Ich habe die ganze Woche schon im voraus bezahlt», sagte Nevada.

Lakshmi ging nicht darauf ein. Als sie auf der staubigen Straße standen, pfiff sie ein Taxi herbei. «Hotel Taj Mahal», herrschte sie den Fahrer an. «Und keine Umwege, ich kenne den Weg!»

Sie feilschte den Preis herunter, sie trug Nevadas schmuddeligen Rucksack durch die klimatisierte Halle, die dünnen Sohlen ihrer Sandalen klatschten auf dem kühlen Marmorboden. An der Rezeption verlangte sie ihren Schlüssel, dann hievte sie den Rucksack über die Theke: «Alles auskochen, bitte!»

Drei Monate lang wohnte Nevada in Lakshmis Suite. Zusammen kämpften sie sich durch die Yogalehrerausbildung, die sie oft bis an den Rand der Erschöpfung brachte. Ihr neuer Lehrer unterrichtete anders, langsamer, methodischer, er verlangte von ihnen, dass sie das Yoga Sutra von Patanjali auswendig lernten, ihm nachsangen, einen Vers nach dem anderen. Abends saßen sie manchmal erschöpft auf dem Fußboden in ihrem Zimmer, tranken Whisky aus den kleinen Minibarflaschen und diskutierten über die Bedeutung der einzelnen Verse.

«*Samtosha,* Genügsamkeit», kicherte Lakshmi und stopfte sich eine Handvoll Erdnüsse in den Mund. Normalerweise aßen sie in der Schule oder in einem Teehaus am Ende der Straße, sie aßen einfach, vegetarisch, sie wurden dünn und sehnig, ihre Augen wurden größer, ihre Haare dünner. Aber manchmal musste es die Minibar sein und Roomservice. Club-Sandwiches und Pommes frites. Oder gleich ein Hamburger. Nevada war es nicht gewohnt, Geld zu haben. Ihr Budget für den Indienaufenthalt war längst aufgebraucht, überzogen sogar. Sie hatte niemanden, an den sie sich wenden konnte, wenn ihr das Geld ausging, wenn ihre Kreditkarte gesperrt wurde. Doch wenn sie ihre Besorgnis äußerte, winkte Lakshmi nur ab. «Geld ist Mittel zum Zweck», sagte sie. «Wie Yoga auch.»

«Also, was war das da unten auf der Treppe?», unterbrach Laskhmi jetzt ihre Gedanken.

Nevada schüttelte den Kopf. Sie hob die Teeschale an die Lippen –

na also, das ging doch. So schwer war die Schale doch gar nicht! – und stellte sie dann vorsichtig auf den Boden.

«Ich war plötzlich so müde», sagte sie. «Ich konnte einfach nicht mehr.»

Lakshmi nickte. «Wie lange geht das schon so? Seit deinem Sturz?»

«Länger. Aber genau weiß ich es nicht. Ich hab diese komischen Schmerzen in den Armen, und meine Füße ... meine Füße benehmen sich manchmal, als gehörten sie jemand anderem. Sie tun nicht, was ich will.»

«Hm. Hast du deine Übungsabfolge verändert? Oder deine Ernährung umgestellt?»

«Lakshmi, ich lebe seit Jahren vegan! Ich rauche nicht, ich trinke noch nicht mal Kaffee! Ich esse kaum Zucker. Ich weiß nicht, was ich noch weglassen könnte!»

«Das mein ich doch gar nicht. Im Gegenteil, vielleicht solltest du etwas hinzufügen.» Lakshmi rutschte näher. «Okay, ich verrate dir jetzt etwas, aber bitte sag es nicht weiter. Niemandem.»

«Nein, natürlich nicht.» Du auch nicht, wollte Nevada hinzufügen, sag bitte auch nichts weiter, ich bin noch nicht so weit, ich kann noch nicht darüber reden, ich will nicht, dass die anderen Yogalehrerinnen wissen, dass ich nicht die Kraft habe, allein die Treppe hochzukommen!

Lakshmi rutschte ganz nahe an sie heran. «Als ich letztes Jahr mein Burn-out hatte, erinnerst du dich?»

Nevada nickte. Vor einem Jahr war Lakshmi plötzlich verschwunden. Eines Abends hatte sie nach der letzten Stunde das Studio abgeschlossen, Nevada den Schlüssel in die Hand gedrückt und gesagt: «Mach du weiter, ich kann nicht mehr.» Sieben Wochen lang hatte Nevada das Studio geführt, ohne zu wissen, wo Lakshmi war oder ob sie je wieder zurückkommen würde. Die Administration, die Buchhaltung, das Leiten des Teams von jungen Yogalehrerinnen, das alles hatte Nevada heillos überfordert. Sie war froh gewesen, dass sie ihren ursprünglichen Traum, ein eigenes Studio zu führen, nicht verwirklicht hatte, sondern bei Lakshmi eingestiegen war. Jeden Tag hatte sie gehofft, dass Lakshmi zurückkommen würde. Sieben Wochen lang.

Sie hatten nie wirklich darüber gesprochen. «Ich brauchte einfach mal eine Auszeit», hatte Lakshmi nur gesagt. Sie hatte Nevada einen reichbestickten Kaschmirschal geschenkt, der bestimmt sehr viel gekostet hatte. Nevada legte ihn sich um die Schultern. Die metallenen Fäden kratzten auf ihrer Haut.

«Also, ich war ja damals in einer Ayurvedaklinik in Sri Lanka. Ich hab ein *Panchakarma* gemacht, das große Reinigungsritual, ich habe gefastet, den Darm ausgespült, alles, was dazugehört. Aber es ging mir einfach nicht besser. Ich heulte jeden Tag, meine Haare fielen aus, ich wurde immer dünner – nicht, dass ich mich darüber beklagt hätte, aber eben, ich war so müde, so bodenlos müde! Eines Tages, als ich vom Behandlungsraum zu meinem Bungalow ging, sah ich die zwei jungen Frauen, die mich jeden Tag mit Sesamöl abrieben, auf den Stufen sitzen und etwas essen, es roch so gut, Nevada! Ich trat näher, sie versuchten, die Papiertüten zu verbergen, da sah ich, was es war! Doppelburger vom Fast Food!

‹*We not Hindu*›, sagten sie entschuldigend. ‹*Please, Madam, no tell!*› Ich konnte nur den Kopf schütteln. Ich streckte die Hand aus, widerwillig gab mir die jüngere Frau ihren Burger, und ich verschlang ihn in drei Bissen. Nevada, es war wie eine Wunderdroge. Kaum hatte ich das Fleisch der heiligen Kuh hinuntergeschluckt, kam die Kraft zurück. Von da an brachten sie mir jeden Tag verbotenes Essen in die Klinik, die selbstverständlich vegan geführt wurde. Und seither, Nevada, seither esse ich jeden Tag ein Stück Fleisch, ich esse es, wie ich Medizin schlucken würde. Willst du es mal probieren?»

«Ich kann kein Fleisch essen, Lakshmi, es ist einfach gegen meine tiefste spirituelle Überzeugung.»

«Bist du sicher? Ich hab noch Curry mit Huhn im Kühlschrank, das kann ich in der Mikrowelle aufwärmen, dauert keine Minute!»

«Seit wann hast du eine Mikrowelle?»

«Also wenn du dich hier zur Hüterin der yogischen Moral aufspielen willst, bitte. Ich hab's ja nur gut gemeint!»

«Ich weiß, Lakshmi, ich weiß. Ich will auch gar nicht urteilen, ich war nur erstaunt, das ist alles.»

«Und, willst du nun mein Curry versuchen?»

«Nein, Lakshmi, es tut mir leid, aber das kann ich wirklich nicht.»

Wie hätten sich die Dinge entwickelt, wenn sie das Huhn gegessen hätte? Nur einen Bissen. Von einem Huhn. Einem Lebewesen, das schon längst nicht mehr lebte. Das nicht ihretwegen getötet worden war. Das schon zerlegt, verkauft und zubereitet in Lakshmis Kühlschrank lag. Nur einen Bissen, dachte Nevada, als sie ein paar Tage später die Rundmail von Lakshmi öffnete.

Als sie nach drei Monaten als diplomierte Yogalehrerinnen aus dem Hotel Taj Mahal auscheckten, hielt der Angestellte an der Rezeption zwei Umschläge für sie bereit. Einen für Lakshmi, einen für Nevada. Lakshmi steckte ihren ungeöffnet in die Tasche und reichte ihre Kreditkarte über den Tisch. Nevada öffnete ihren Umschlag. Auf mehreren dichtbedruckten Seiten war aufgelistet, was sie in diesen Wochen verbraucht hatte, von den anteiligen Übernachtungskosten in der Suite über die spätnachts bestellten Hamburger zu den Telefonanrufen in die Schweiz und nach New York bis zu jeder einzelnen Minibarflasche. Der Gesamtbetrag, bereits umgerechnet, belief sich auf über zehntausend US-Dollar.

Die Hotelhalle hielt den Atem an. Alle Geräusche verstummten. Die Marmorsäulen in der Halle begannen zu schwanken wie dünne Bambusrohre. Nevada hielt sich an der Theke fest, ihre Hände waren so feucht, dass sie keinen Halt fanden. Eine saure Flüssigkeit stieg tief aus ihrem Magen auf und füllte ihren Mund. Einen endlosen Augenblick lang stand sie so da, stellte sich vor, was sie sagen würde – bis an ihr Lebensende würde sie das nicht abzahlen können, all die kleinen Flaschen aus der Minibar, all die Erdnüsse – sie würde nicht ausreisen können, im Gefängnis landen …

Dann hob Lakshmi den Kopf, blickte kurz zu Nevada herüber und sagte dann lässig zu dem Angestellten: «Alles auf meine Karte, bitte.»

Namaste, Yoginis!, begann die Rundmail, die Lakshmi ein paar Tage später verschickte. *Ihr alle wisst, dass Nevada in der letzten Zeit mit großen Schwierigkeiten zu kämpfen hat, sowohl auf der körperlichen wie auf der karmischen Ebene. Dies hat zu einem Ungleichgewicht in der Studio-Energie geführt, unter der viele von euch leiden. Ich nehme eure Vorwürfe und Beschwerden ernst, doch wir müssen diese Probleme auf yogische Art, offen und authentisch, angehen. Wir alle müssen die Verpflichtung, die wir unserem Dharma gegenüber eingegangen sind, neu überprüfen, speziell aber Nevada. Team Meeting in der Bar am Fluss nächsten Montag um 15 Uhr. Das Licht in mir grüßt das Licht in euch. Lakshmi.*

Damals in der klimatisierten Hotelhalle hatte Nevada nur gehofft, dass Lakshmi ihr Entsetzen nicht gespürt hatte. Jetzt dachte sie: Sie hat es nicht nur gespürt, sie hat es provoziert. Und genossen.

Ted

Seine Knie ragten spitz in die Höhe. Seine Hüften schmerzten. Seine geschlossenen Lider flackerten, sein Atem rauschte, zischte, pfiff überlaut durch seine Nasenlöcher ein und aus. Eine Hand berührte seine Schulter. Er öffnete die Augen. Nevada kauerte vor ihm. Sie hatte ihm ein dickes, langes Kissen hingeschoben. Mit einer Geste bedeutete sie ihm, sich darauf zu setzen. Er entknotete seine Beine, sein linker Fuß war eingeschlafen, und setzte sich auf das harte Kissen. Seine Knie senkten sich. Seine Hüften atmeten auf. Nevada nickte. Er schloss die Augen. Ein. Aus.

Ted hatte seine Matte erst ganz hinten im Saal ausgerollt, nur um dann von Nevada ganz nach vorne gebeten zu werden.

«Rutscht alle etwas näher», hatte sie gesagt. Die fünf oder sechs Schüler, die sich zur Anfängerstunde eingefunden hatten, folgten ihrer Anweisung. Als Nächstes hatten sie sich einander vorstellen müssen. «Tauscht etwas aus, das für euch persönlich wichtig ist.» Ted war versucht gewesen, aufzustehen und zu gehen. Im Rahmen diverser Lehrerfortbildungstage hatte er schon zu viele solcher «teambildender» und «persönlichkeitserweiternder» Übungen gemacht, um sie noch ernst nehmen zu können.

«Ich heiße Marie», sagte leise neben ihm die Ärztin.

«Ted. Ich hab dich schon mal gesehen.»

«Stimmt.» Marie lächelte. Sie machte keine Anstalten, ihm etwas

Persönliches mitzuteilen, und er war ihr dankbar dafür. Sie richtete ihren Blick wieder nach vorn. Aus den Augenwinkeln nahm Ted wahr, dass einige Schüler sich im Sitzen voreinander verneigten, die zusammengepressten Handflächen vor die Stirn gehoben. Affig, dachte er. Er war froh, dass Marie das nicht getan hatte. Er fragte sich, warum sie die Anfängerstunde besuchte. Und ob er wohl auch hier der einzige echte Anfänger sein würde. Immerhin war er diesmal nicht der einzige Mann.

Nadine am Empfang hatte ihn sofort wiedererkannt, als er ihr seinen Gutschein gereicht hatte. «Die Anfängerstunde wird aber auch von Nevada unterrichtet», sagte sie. «Wenn du lieber zu einer anderen Lehrerin willst ...» Sie schob ihm einen gefalteten Stundenplan zu. «Oona ist gut. Oder Dolores. Ich selber habe erst mit der Ausbildung angefangen, aber ich assistiere schon manchmal.»

«Cool», sagte Ted. Weil er nicht wusste, was er sonst sagen sollte. Die steht auf dich, würde Tobias jetzt wohl sagen. Er sagte das, sobald eine Frau mehr als zwei Worte an Ted richtete. Ted konnte das selber absolut nicht einschätzen. Das Einzige, was er jedes Mal merkte, war, wenn eine Frau ihn nicht wollte. Dann lief er zu Höchstform auf.

Tina war versetzt worden. Nach Los Angeles, Kalifornien. Ans andere Ende der Welt. Sie würde sich dort um Musiker kümmern, die Bruchstücke ihrer Songs an eine Firma verkauft hatten, die sie zu Klingeltönen verarbeitete. Tinas Aufgabe war es, ihre Rechte zu schützen. Nicht die der Musiker. Die der Firma. «Eine einmalige Chance», hatte sie gesagt, und Ted hatte den Atem angehalten, auf das Unausweichliche gewartet: Sie würde Emma mitnehmen. Und er würde nichts dagegen tun können. Gar nichts. Er hatte sich gewappnet, die Stimme seiner Anwältin im Kopf. «Nicht aus der Emotion heraus reagieren, zuhören, nicken, mich anrufen!» Er hielt den Atem an.

«Ich kann Emma nicht mitnehmen.»

Er hatte nicht gleich reagiert. Er glaubte, sich verhört zu haben.

«Die Arbeitszeiten sind grausam dort, die Vierzig-Stunden-Woche kennen die nicht. Es wäre brutal für Emma. Sie würde mich nie sehen.»

«Ja, gut», hatte er schließlich gesagt. «Ja klar.»

«Es ist nur für sechs Monate. Das ist doch wohl nicht zu viel verlangt? Immerhin habe ich sie in den letzten sechs Jahren praktisch allein durchgebracht.»

«Nicht meine Wahl!»

«Meine vielleicht?»

Im Nebenzimmer wurde die Stimme vom Urmel lauter. Ted hatte das blasse, verschlossene Gesicht seiner Tochter nicht ertragen können und hatte sie in ihr Zimmer geschickt. Hatte ein Kinderhörspiel in den Kassettenrekorder aus Plastik eingelegt und sich zum ersten Mal gewünscht, er hätte das Kinderzimmer technologisch besser aufgerüstet. Und er könnte Emma jetzt Kopfhörer aufsetzen.

«Tina, ich hab ja gesagt, ist gut. Kein Problem.»

«Kein Problem für dich! Das sagst du so einfach. Und ich bin wieder das Arschloch, die Rabenmutter ...»

Und da war es ihm plötzlich wieder eingefallen, das Einzige, was ihm aus seiner ersten, abgebrochenen Yogastunde geblieben war, außer dem Bild von der blutbefleckten blauen Matte: Yoga heißt, einfach sitzen zu bleiben und weiterzuatmen.

Sitzen bleiben. Weiteratmen.

Er hatte der Versuchung widerstanden, Tina in den Arm zu nehmen, das Einzige, was früher geholfen hatte. Stattdessen hatte er nur immer wiederholt: «Es ist gut. Kein Problem. Klar kann sie bei mir wohnen.»

Schließlich waren sie gegangen, Tina und Emma, und Ted hatte sofort das Bedürfnis verspürt, Lilly anzurufen. Als ob es sie mit beträfe. Als ob sie Teil seines Lebens wäre. Er hatte drei wirre, lange Nachrichten auf ihrer Combox hinterlassen, doch sie hatte ihn nicht zurückgerufen. Er fing wieder an zu rauchen. Das schien ihm die einzig logische Reaktion. Er rief Tobias an. Doch Tobias wirkte abwesend und traurig am Telefon. Ted ahnte, was passiert sein musste. Er hatte diesen Ton schon gehört. Eveline hatte ein Kind verloren. Tobias hatte ihm nichts von der erneuten Schwangerschaft gesagt, aber Ted erkannte die Zeichen. Er wusste nicht, was er sagen sollte. Wenn Tobias darüber sprechen wollte, würde er davon anfangen. Sie verabredeten sich unbestimmt auf ein Bier, demnächst, und beendeten das Gespräch, beide erleichtert.

Tina rief ihn dafür jeden Tag an. Je näher ihre Abreise rückte, desto unberechenbarer wurde sie. Heute hatte sie ihm eröffnet, dass ihr Abflug verschoben worden war. Emma würde also schon übermorgen bei ihm einziehen. Plötzlich ging alles sehr schnell. Sei vorsichtig mit dem, was du dir wünschst, dachte Ted, denn du könntest es bekommen!

Und dann hatte er den Gutschein für die Yogastunde aus dem Portemonnaie gezogen, ihn ein paarmal hin und her gewendet, und sich schließlich telefonisch zum Anfängerkurs angemeldet.

Und als er die Stufen zum Studio hinaufgestiegen war, kam ihm Lilly entgegen. Verschwitzt und strahlend, in einer Gruppe laut schwatzender Yogaschüler mit zusammengerollten Matten und Trinkflaschen. Ted schaute auf und erkannte den Schauspieler. Lilly blieb stehen.

«Was tust du denn hier, holst du mich ab?»

«Ich hab mich zum Anfängerkurs angemeldet.»

«Wir gehen in die Bar runter, kommst du mit?»

«Mein Kurs beginnt doch gleich.»

Lilly lächelte herausfordernd: «Jetzt, wo du mich gefunden hast, musst du doch nicht mehr in den Kurs gehen!»

«Ich habe den Anfängerkurs auch nicht gemacht», mischte sich der Schauspieler ein. «Ich hab gleich in der Mittelstufe begonnen, aber die meisten Männer sind natürlich nicht so beweglich wie ich. Das ist ganz normal. Das kommt von meinem beruflichen Training. Ich arbeite schließlich mit dem Körper.»

«Ja», sagte Ted einfach. Er hatte noch nie gewusst, wie man bei Gockelkämpfen mitspielt. Das gegenseitige Abschätzen, Messen, Einordnen, das andere Männer bei jeder ersten Begegnung durchspielen, war ihm fremd. Oft merkte er nicht einmal, was von ihm erwartet wurde. Doch was ihn als Kind zum Außenseiter gemacht hatte, kam ihm nun im Schulalltag zugute. Und was bei den Erstklässlern funktionierte, schien auch bei Schauspielern zu wirken. Einfach gar nicht darauf eingehen.

«Also dann.» Ted nickte und ging an allen vorbei die Treppe hinauf. Auf dem obersten Absatz drehte er sich um. Lilly war stehen geblieben. Sie schaute ihm immer noch nach. Als sich ihre Blicke trafen, schüttelte sie den Kopf. Doch sie lächelte.

«Steht auf», sagte Nevada jetzt. Ted öffnete die Augen. Er stand auf. Stellte seine Füße gerade hin.

«Beginnt mit der Absicht», sagte Nevada. «Nehmt euch vor: Ich werde meine Arme zu Decke heben. Dann beginnt ihr einzuatmen. Zählt langsam. Eins – beginnt die Arme zu heben – zwei, drei, vier, fünf, sechs. Nehmt euch vor, mit den Händen den Fußboden zu berühren. Beginnt mit der Ausatmung. Zählt: eins – jetzt beginnt ihr, die Hände zu senken – zwei, drei, vier, fünf, sechs.»

Während sie noch sprach, ging Ted schon der Atem aus. Er schnappte nach Luft, schaute sich um. Die Arme der anderen bewegten sich in ganz unterschiedlichem Tempo auf und ab. Manche waren, wie seine, auf Halbmast stehengeblieben.

«Fangt einfach wieder von vorn an», sagte Nevada. Ted atmete ein und hob die Arme und dachte, er habe noch nie in seinem Leben etwas Schwierigeres versucht. Doch plötzlich wurde es ganz einfach. Absicht, Atem, Bewegung, Absicht, Atem, Bewegung. Es gab nichts anderes mehr. Doch kaum hatte er sich in den Ablauf hineingefunden, unterbrach Nevada wieder.

«Absicht, Atem, Bewegung», sagte sie. «Das gehört untrennbar zusammen. Das macht Yoga zu dem, was es ist: einem mentalen, nicht einem körperlichen Training.»

Still, konzentriert, in seinen Atem versunken, dachte Ted plötzlich nichts mehr. Nicht an Tina, nicht an Emma, nicht an Lilly, nicht einmal an Marie, die neben ihm stand und deren currygelb und grün verpackten Körper er aus den Augenwinkeln wahrnahm. Zum ersten Mal, seit Ted denken konnte, dachte er nichts. Sein Kopf war nicht von Frauen bevölkert. Er war frei. Erst als er am Ende der Stunde auf dem Rücken lag und versuchte, sich totzustellen, waren sie auf einmal alle wieder da.

«So ein hübscher Junge!», hatte seine Mutter immer gesagt und ihm das lange Haar aus dem Gesicht gestrichen. «Du hättest wirklich ein Mädchen werden sollen!»

Jungen waren die Minderheit in der Wohngemeinschaft, in der Ted aufgewachsen war. Vier alleinerziehende Mütter mit ihren Kindern. Die Väter wurden selten und nicht immer gern gesehen. Der einzige andere Junge war ein Säugling. Einmal, als Ted etwa zehn Jahre alt war, hatten sie ihn verkleidet. Die Mädchen in der WG. Sie hatten Feenhochzeit gespielt und dazu die alten Nachthemden und Rüschenblusen hervorgeholt, die in der Theaterkiste lagen, die Seidenschals, die mit Papierblumen besetzten Strohhüte, die langen Glasperlenketten, die Samtjacken, die ausgeleierten Tutus, sie hatten Ted eingewickelt und bekränzt, und zum Schluss hatten sie ihn noch geschminkt. Es gab Fotos von dieser Feenhochzeit: all die Schmuddelkinder, herausgeputzt und feingemacht. Sie hielten sich an den Händen, sie tanzten in einer langen Reihe durch den Garten, die Erwachsenen schauten zu.

Ganz am Rand stand Ted, in einem weißen rüschenbesetzten Unterkleid, mit einer Blume in seinen halblangen, verfilzten Haaren und einem zarten rosaroten Schirm in der Hand, den er kokett über sich hielt. In der Hüfte eingeknickt wie ein Fotomodell, den Kopf schiefgelegt, grinste er in die Kamera. Er sah aus, als fühlte er sich vollkommen wohl und glücklich unter all den Mädchen. Doch an diesem Tag hatte er beschlossen, dass dies sein letztes Mädchenspiel mit den Mädchen war.

An diesem Nachmittag legte er die Verkleidung ab, wusch sich das Gesicht und ging zum Fußballplatz hinunter, wo sich die Jungen trafen. Ted kannte sie nicht, er besuchte zusammen mit allen anderen Kindern aus der Wohngemeinschaft die Steinerschule in der nächsten Stadt. Doch er wusste, dass die Jungen sich auf dem Fußballplatz trafen. Oft hatte er ihnen von ferne zugeschaut, und er hatte trainiert. Er wusste, dass er gut spielen musste, um einen guten Einstand zu haben. Ein Fußball kostete vierzehn Franken neunzig. Die Kinder in der Wohngemeinschaft bekamen kein Taschengeld. Wenn sie etwas brauchten, brachten sie ihr Anliegen an der Hausversammlung vor, dann wurde darüber abgestimmt und das Geld aus der Gemeinschaftskasse genommen. Ted wusste, dass er mit einem Fußballwunsch gar nicht erst ankommen musste. Die Mädchen, die dagegenstimmen würden, waren in der Mehrzahl, und die Mütter hielten Fußball ohnehin für eine Vorbereitung auf den Krieg: Gegnerische Mannschaften bekämpften sich, es wurde geschossen, gesiegt oder verloren. Also musste er die vierzehn Franken neunzig aus der Gemeinschaftskasse nehmen, eines Morgens ganz früh, bevor die anderen wach waren. Er kaufte den Ball und versteckte ihn unter seinem Bett. Mit diesem Ball unterm Arm, lässig im Ellbogen, das hatte er geübt, ging er zum Sportplatz im Dorf. Die Jungen verstummten, als sie ihn kommen sahen, unterbrachen ihr Spiel, rückten zusammen, es waren fünf oder sechs, manche größer als er, manche kleiner.

«Langhaariger!», rief einer. «Du Hippie! Hau ab!»

Damit hatte Ted gerechnet. Lässig ging er auf sie zu, als würde er sie gar nicht sehen. Wenige Schritte von der Gruppe entfernt, ließ er den Ball fallen, dann nahm er Anlauf, kickte den Ball über ihre Köpfe hinweg und ins Tor am anderen Ende des Fußballfelds.

Mehr brauchte es nicht. Nun war er einer von ihnen. Er hatte die Welt der Mädchen verlassen.

«Bewegt langsam wieder eure Finger, eure Zehen», sagte Nevada. Ted streckte sich. Neben ihm seufzte Marie wie ein Kind im Schlaf. Nevada wartete, bis sich alle Schüler aufgesetzt hatten, dann hob sie ihre Hände an die Stirn und lächelte.

«Danke fürs Mitmachen!»

Ted stand auf und rollte seine Matte zusammen. In der Männergarderobe war er allein. Er zog sich um, fuhr sich mit den Händen durchs Haar und ging nach unten. Auf halber Treppe holte ihn Marie ein. «Gehst du auch noch mit in die Bar?»

Er nickte. Sie hakte sich bei ihm unter. Im Eingang atmeten sie beide tief ein. Sie hielten sich aneinander fest, als sie auf die Gruppe zugingen, die sich um Gion gebildet hatte. Und in deren Mittelpunkt Lilly saß, die Hand auf Gions Schenkel, den Kopf zurückgelegt, den Mund weit offen. Sie lachte laut. Maries Hand drückte seinen Arm, dann entzog sie sich ihm.

Kurz nach diesem Nachmittag hatte seine Mutter Balthasar kennengelernt, den Mann, den sie später heiraten würde. Sie waren in eine andere Stadt gezogen, in eine ganz normale Wohnung. Sie würden eine ganz normale Familie sein. Wenigstens ein paar Jahre lang. Ted hatte sich als Erstes einen Haarschnitt gewünscht. Balthasar hatte ihn mit einem Rasiergerät geschoren, und seine Mutter hatte geweint.

Poppy

Freundschaft annehmen? Poppy starrte auf den Bildschirm. Sie spielte Solitaire, beantwortete E-Mails, chattete, hörte Musik und frischte ihr Facebook-Profil auf. Und da war es: *Dr. Wolf Bolliger möchte mit dir befreundet sein.*

Befreundet? Wolf war ihre erste Liebe gewesen. Nein, nicht die erste, die zweite. Aber die erste, die zählte. Wie lange war das her? Fünfundzwanzig Jahre. Die Hälfte ihres Lebens. Wenn man nur im Voraus wüsste, was man vergessen würde. Und was bleibt. Dann würde man vieles anders machen.

Von ihrer ersten Liebe wusste sie nur noch, dass er sie verlassen hatte. Nachdem sie ein halbes Jahr getrauert hatte, hatten ihre Freundinnen genug gehört. «Du musst den Teufel mit dem Beelzebub austreiben», hatte eine von ihnen geraten und Poppy zu einem Konzert mitgenommen. Als die Band Pause machte, schaute sie sich im Lokal um, ortete einen einsamen Mann an der Theke und schubste Poppy geradewegs in seine Arme. Sie schüttete ihr Bier über sein T-Shirt und versprach, ihm ein neues zu kaufen, ein schöneres, später gingen sie zusammen nach Hause. Es funktionierte sofort, Poppy vergaß den anderen, den ersten. Den Teufel. Aber sie liebte ihn nicht. Den Beelzebub. Erst, als es zu spät war.

Wolf war kein Beelzebub und auch kein Wolf. Er war ein Hase. Er war freundlich, hörte ihr zu, er sah sie durch seine dicken Brillengläser hindurch an und sagte: «Erzähl.» Oder: «Und dann? Was ist dann passiert?» Und sie erzählte, bis sie sich selber langweilte. Weil sie sich langweilte, wurde sie zickig. Dann mochte sie sich selber nicht mehr. Als sie es nicht mehr aushielt, ging sie. Seither war sie keinen Tag mehr froh gewesen. Es dauerte Jahre, bis sie diese beiden Tatsachen miteinander in Zusammenhang brachte. Er fehlte ihr, wie ihr ein Bein fehlen würde. Sie war aus dem Gleichgewicht. Musste das Gehen und das Stehen neu lernen. Das Leben ohne Wolf war einfach verkehrt, ganz verkehrt.

Dabei war es ihr erst so fremd gewesen, das Leben mit Wolf. Wie wenn man von der Straße ins Haus tritt und erst nicht weiß, was das ist: diese Abwesenheit von Lärm. Ihr Leben mit Wolf war plötzlich diese Stille. Plötzlich keine Ansprüche, keine Vorwürfe mehr. Bei Wolf musste sie sich nicht anstrengen, sie musste sich keine Mühe geben, nicht an der Beziehung arbeiten. Sie musste nicht gut genug sein, um von ihm geliebt zu werden.

Weil ich ihn nicht wirklich liebe, dachte sie damals. Dumm. Jung. Weil ich ihn nicht wirklich liebe, kann ich in seiner Gegenwart ruhig atmen.

Sie hatte falsch gedacht. Es war genau umgekehrt. Wolf war ihr Zuhause. Sie hatte ihn verlassen, und seither irrte sie durch die Straßen. Und es war laut.

Poppy verliebte sich schnell und entliebte sich wieder. Sie war eine dieser Frauen, die mit jedem Mann die Identität wechselten. So war sie ein Hippie gewesen, ein Punk, Musikerin, Freigeist, Alphirtin, Mitglied der Jungsozialistischen Partei, Tangotänzerin, Intellektuelle, Raucherin selbstgedrehter Zigaretten, Vegetarierin, Hausfrau und Mutter.

Poppy hatte viele Freunde. Sie lernte schnell Menschen kennen, sie stellte mühelos eine Nähe her, die sich anfühlte, als bestünde sie schon ewig. Trotzdem wechselte sie ihren Freundeskreis ständig. Auch ins Leben ihrer Freunde schmiegte Poppy sich ein wie eine formbare Masse, wie ein Puzzleteil.

Sie wusste, dass sie nicht normal war. Nicht wie die anderen. Sie fühlte sich wie eine verpuppte Raupe, wie Dornröschen, der richtige Mann würde sie aufwecken, befreien, zu einem vollständigen Menschen machen. Doch keiner hielt, was sie sich von ihm versprach. Das schien umgekehrt auch der Fall zu sein. Ein Mann nach dem anderen wandte sich enttäuscht von ihr ab. «Du bist ja eine richtige Katastrophe», hatte einer gesagt. «Und ich dachte, ich hätte mich in eine starke Frau verliebt!»

Poppy konnte nicht lange mit einem Mann zusammen sein. Es war zu viel. Es kostete sie größte Anstrengung, Stunde um Stunde. Sie kam zum Schluss, dass sie für eine herkömmliche Beziehung nicht gemacht war. Doch dann lernte sie Peter kennen, und Peter hatte einen Plan. Peter gab ihr zum ersten Mal das Gefühl, es sei alles machbar. Und gar nicht so schwierig. Peter wusste, was er wollte: heiraten, eine Familie gründen, aufs Land ziehen. Ein offenes Haus führen. Interessante Menschen würden bei ihnen ein und aus gehen, an ihrem großen Holztisch würde diskutiert, politisiert, die Gesellschaft verändert werden. Poppy würde riesige Töpfe auf den Holztisch stellen, raffinierte, aber mühelos herbeigezauberte Gerichte. Selbstgebackenes Brot. Peter hatte große Pläne, er brauchte eine besondere Frau. Poppy war eine besondere Frau. «Du hast das gewisse Etwas», sagte er. «Du verzauberst jeden. Mann, Frau, Kind und Hund!»

Poppy wartete nur darauf, dass Peter merkte, wie sie wirklich war: überfordert, hilflos, unfähig. Zu nichts zu gebrauchen.

Es dauerte fast zehn Jahre. Aber schließlich sagte er es: «Du bist zu nichts zu gebrauchen.»

Poppy hatte das Gefühl, mehrere Leben gelebt zu haben, hintereinander, manchmal nebeneinander, eins hatte das andere ersetzt, nichts war geblieben. «Du bist eine Verbraucherin», hatte Peter einmal zu ihr gesagt. Ihre Absätze waren immer schiefgetreten, die Schuhe abgewetzt, Wollpullover bildeten beim ersten Tragen schon Fusselchen an der Seite, wo die Arme am Körper aufliegen. Wenn sie Nagellack auftrug, blätterte er am ersten Tag ab. Lippenstift hielt sich nicht auf ihren Lippen, Haarfarben verblichen schnell. Sie war oft umgezogen, hatte sich immer wieder neu eingerichtet, ganze Möbelsortimente hatte sie gekauft, zusammengestellt, wieder entsorgt. Sie hatte auf indischen Kissen gelebt und auf Ledersofas, hatte an Bistrotischen mit marmornen Platten gesessen und an massiven Holztischen. Sie hatte in weißen Laken geschlafen, in schwarzen, in satinglänzenden und in solchen aus pflegeleichtem Frottee. Sie hatte immer wieder von vorn angefangen.

So vieles, das einmal wichtig gewesen war, hatte sich aufgelöst in ihrem Kopf. Ohne Spuren zu hinterlassen.

Wolf hingegen. Wolf hatte sie nie vergessen. Obwohl sie das Bild, das der Freundschaftsanfrage beilag, nicht gleich erkannte. Es war kleiner als eine Briefmarke. Was sie noch wusste, was jede Zelle in ihrem Körper noch wusste war, wie sie sich gefühlt hatte in den knapp zweieinhalb Jahren mit Wolf: normal. Mit Wolf war alles einfach gewesen, was sonst so schwierig war. Das hatte sie damals nicht wissen können: Dass es schwierig bleiben würde. Dass diese zweieinhalb Jahre mit Wolf die einzigen in ihrem Leben sein würden, in denen sie nachts nicht vor Erschöpfung wach lag. Ein Teil von ihr hatte immer, in jeder Beziehung, mit jedem Mann, an Wolf gedacht, und: Warum kann es nicht einfach … einfach sein?

Jetzt war er wieder da. In einer kleinen Briefmarke auf ihrem Bildschirm.

Freundschaft annehmen, klickte sie, und wenige Augenblicke später konnte sie Wolfs Leben anschauen. Das Erste, was sie sah, war ein Hochzeitsbild. Eine blonde Frau mit vielen Zähnen. Keine Kinder. Ein Hund.

Sie sah, dass er noch neu bei Facebook war, erst wenige Freunde hatte, wenige Bilder, wenig Information über sich selbst. Poppy hingegen war in der virtuellen Welt zu Hause. Sie entsprach ihr, so dachte sie manchmal, mehr als die wirkliche. Sie war, trotz ihrer Uferlosigkeit, überschaubarer, weil sie sich am Ende doch auf die Größe des Bildschirms ihres Computers zurechtstutzen, weil sie sich durch das Anklicken einer Taste beherrschen ließ.

Sie schickte Wolf eine Nachricht.

Willkommen, schrieb sie und wusste dann nicht weiter.

Willkommen, Wolf.

Willkommen in dieser neuen Welt, in der wir beide uns bewegen.

Dann löschte sie alles wieder.

Willkommen, Wolf.

Sekunden später schrieb er ihr zurück. Sie schrieben hin und her, während draußen vor dem Fenster der Nachmittag vorüberging und die bleiche Frühlingssonne sich hinter Wolken versteckte.

Die alte Leichtigkeit war sofort wieder da. Die Selbstverständlichkeit.

sukhānuśayī rāgaḥ
Blindes Begehren beruht auf der
(falschen) Annahme, etwas oder jemand
könne uns glücklich machen.
Patanjali Yoga Sutra 2.7

Poppy

Was tat sie hier? In diesem Bett, mit diesem Mann? Poppy hatte das alles schon einmal erlebt. Meine Frau versteht mich nicht. Wir leben seit Jahren nebeneinander her. So wie mit dir habe ich mich noch nie gefühlt. Das habe ich noch nie erlebt. Du hast mich wieder zum Leben erweckt. Mit dir lebe ich erst.

Um halb sechs in der Bar am Fluss. Neunzig Minuten, bevor die Yogastunde begann, bevor Poppy im Studio sein musste. Neunzig Minuten konnten sehr lang sein. Oder sehr kurz.

Um halb vier Uhr nachmittags klingelte der Wecker auf Poppys Bildschirm. Sie verabschiedete sich aus allen Chatrooms, schaltete das E-Mail-Programm aus und klappte den Laptop zu. Sie nahm eine Dusche. In ein großes Tuch gewickelt stand sie in ihrem Schlafzimmer und zog jedes einzelne Kleidungsstück, das sie besaß, einmal an und wieder aus. Vor ihrem Bett bildete sich ein nicht allzu großer bunter Haufen. Schließlich beschloss sie, genau das anzuziehen, was sie vor einer Yogastunde immer anzog, die Yogahose mit den weiten Beinen, darüber einen kurzen Rock, ein kurzärmeliges T-Shirt über einem langärmeligen, eine bestickte Jacke, ein Tuch, das sie wahlweise um ihren Kopf, ihren Hals oder ihre Taille wickeln konnte. Schließlich hatte sie sich für Wolf nie verkleiden müssen. Sie würde jetzt nicht damit anfangen. Doch sie trug etwas Lippenstift auf, das tat sie sonst nie, jedenfalls nie vor der Yogastunde. Als sie die Wohnung verließ, war es bereits kurz vor halb sechs. Sie würde zu spät kommen. Dabei hatte sie sich so viel Zeit genommen.

Sie fuhr mit dem Fahrrad zur Fabrik, die zusammengerollte Yogamatte auf den Gepäckträger geklemmt, die so gleichzeitig der Sicherheit diente, einen gewissen Abstand einforderte, den Fußgänger und Autofahrer rechts und links einhalten mussten. Der Weg zur Fabrik war nicht lang, und es ging geradeaus. Trotzdem war sie zehn Minuten zu spät. Zehn Minuten galten noch nicht als Verspätung, beruhigte sie sich.

Wolf war schon da. Sie sah ihn aus den Augenwinkeln, als sie ihr Fahrrad abschloss. Sie beugte sich zum Schloss hinunter, das bunte Tuch rutschte von ihrem Kopf, verfing sich im Gepäckträger, die Tasche fiel von ihrer Schulter und entleerte ihren Inhalt auf die Pflastersteine. Sie spürte, wie ihr Gesicht heiß wurde, ihr Haaransatz feucht. Sie ging in die Hocke, sammelte ihre Sachen ein. Sie blickte auf und sah ihn an.

Er saß an einem kleinen Tisch am Fenster und schaute ihr zu. Sein Blick war weder amüsiert noch mitleidig, noch ungeduldig. Er schaute ihr nur zu, wie man einer Kuh beim Grasen zuschaut. Ihre Blicke trafen sich, er hob die Hand, sie nickte.

Als sagte sie da schon ja.

Als sie vor ihm stand, erhob er sich. Sie streckte die Hand aus, er nahm sie, neigte sich ihr entgegen, er wollte sie zur Begrüßung küssen, ihr Kopf schnellte vor, ihre Backenknochen stießen aneinander. Seine Haut fühlte sich sofort wieder richtig an. Und vertraut.

«Wie schön, dich zu sehen», sagte er. Er sagte es ernst. Als meinte er genau das. Er trug einen dunklen Anzug, eine unmodische Brille, einen braunen Schal. Nichts davon passte zum anderen.

«Ja», sagte sie und setzte sich. Erst als sie ihre Tasche ablegen wollte, wurde ihr bewusst, dass er immer noch ihre Hand hielt. Sie hatte es gar nicht gemerkt. Es war, als sei seine Hand ebenso ein Teil von ihr wie ihre eigene. Einen Augenblick lang schauten sie beide auf die ineinanderverschränkten Finger, dann lösten sie sie verlegen.

«Ja», sagte er.

Und sie: «Ich hab nur bis halb sieben Uhr Zeit, Viertel vor, höchstens.»

«Das hast du gesagt. Was möchtest du trinken?»

«Grüntee.»

Er stand auf und ging zur Theke. Reihte sich in die kurze Schlange ein, zwischen Hipstern in engen Polyesterjäckchen und tiefhängenden Röhrenhosen, zwischen jungen Müttern, Kinderwagen und Hunden. Seltsam ungerührt stand er da in seinem blauen Anzug. Kurz bevor er an die Reihe kam, drehte er sich um und lächelte Poppy zu. Es war alles, wie es immer gewesen war. Nur dass sie jetzt, nach fünfundzwanzig Jahren, glücklich in diese Vertrautheit zurücksank, die sie damals so irritiert hatte.

Er kam mit der bauchigen Tasse an den Tisch zurück. «Du nimmst keinen Zucker, nicht wahr?»

«Nein.»

Er lächelte. «Also», sagte er.

Also gehen wir. Gehen wir nach Hause, wir haben genug Zeit verloren. Ich war dumm, aber jetzt bin ich es nicht mehr. Jetzt bin ich nur noch müde. Ich möchte nach Hause. Und zu Hause bin ich bei dir.

«Wie ist es dir ergangen?», fragte Poppy stattdessen und rührte in ihrem Tee. Sie legte beide Hände um die Tasse, die zu heiß war dafür. Hätte sie bloß nicht gefragt. Wolf legte ein Bild auf den Tisch, das Hochzeitsfoto, das sie von der Internetseite kannte.

«Ich habe geheiratet. Kim ist Amerikanerin. Ich habe sie vor zehn Jahren kennengelernt, als ich als Gastdozent in Houston war. Damals war sie allerdings noch mit ihrem ersten Mann verheiratet.»

«Sie ist sehr schön», sagte Poppy. Sie schielte auf das Bild, ohne es in die Hand zu nehmen, sie hatte es auf dem Computerbildschirm schon eingehend studiert. Kim war blond und breitschultrig und gesund. Sie hielt Wolfs Arm so fest, dass seine Smokingjacke Falten warf unter ihren Fingern. Die Blumen schienen in ihrem Arm zu zittern.

«... und dann sagte sie, dass sie unterdessen geschieden sei. Eigentlich hatten wir vor, in Amerika zu leben, aber dann wurde mir diese Stelle hier angeboten, da konnte ich nicht nein sagen. Außerdem geht es meiner Mutter nicht gut, sie ist jetzt über achtzig, weißt du, sie lebt allein, seit mein Vater gestorben ist.»

Poppy erinnerte sich nicht an Wolfs Eltern. Damals hatten sie beide so getan, als hätten sie keine.

«Es ist nicht einfach für sie», sagte Wolf jetzt.

«Für deine Mutter?»

«Für Kim. Sie kennt hier niemanden, sie kann nicht arbeiten, und ich komme immer so spät nach Hause. In der Wirtschaft herrschen ganz andere Gesetze als im akademischen Bereich, weißt du. Da kannst du nicht einfach um fünf sagen, ich muss jetzt nach Hause, Feierabend.»

«Ach so.» Mit ihr hatte er sich aber schon um halb sechs getroffen, und war dafür erst noch in eine andere Stadt gefahren. Poppy fühlte eine seltsame Befriedigung. Für sie hörte er früher auf zu arbeiten. Für Kim nicht.

«Katholischer Feiertag.»

«Wie bitte?»

«Ich sagte, zum Glück ist heute ein katholischer Feiertag, deshalb habe ich frei. Das weiß Kim nicht. Ich gehe frühmorgens aus dem Haus wie immer, ich trage einen Anzug. Ich benutze alle diese Feiertage zum Ausspannen.»

«Zum Ausspannen?»

«Das klingt nicht gut, ich weiß. Ausspannen von der Ehe ... Dabei liebe ich Kim. Ich liebe sie wirklich. Es wäre schön, wenn ihr euch kennenlernen würdet. Sie hat keine einzige Freundin in der Schweiz.»

«Okay.» Poppy stellte die Tasse ab. Es war zu früh, um ins Studio hinaufzugehen. Womöglich war die Eingangstür noch verschlossen, die Empfangstheke nicht besetzt. Sie lächelte unverbindlich, begann ihre Sachen zusammenzusuchen, die sie über den kleinen Tisch verstreut hatte, den Schlüssel zu ihrem Fahrradschloss, eine Packung Papiertaschentücher, eine Haarklammer, ihren Schal.

«Musst du schon gehen?»

«Ja, langsam.»

«Du hast doch gesagt, du hast Zeit bis halb sieben!»

Poppy verschränkte die Arme. Er langte über den Tisch und zog ihre Hände aus ihrem Versteck hervor. «Geh nicht. Ich bin ein Idiot. Ich sage lauter Dinge, die ich gar nicht sagen will. Ich bin nervös, verstehst du?»

Poppy nickte. «Ich will nicht mit deiner Frau befreundet sein», sagte sie.

«Ich weiß.»

«Warum sagst du es dann?»

Er drückte ihre Hände, die Haarspange biss mit scharfen Zähnen in ihren Daumenballen. «Weil ich dann sicher wäre.»

«Sicher vor was?»

«Sicher vor dir. Vor uns.»

Poppy machte sich los. «Bist du aber nicht.»

Nevada

«Und eins und zwei und drei und vier!» Aus dem Wohnzimmer drang peitschende Musik und die schrille Stimme ihrer Mutter. Nevada schlich den Flur entlang zur Küche. Die große Wohnung war mit neuen Wänden unterteilt worden und beherbergte jetzt ein Fitnessstudio nur für Frauen. Nevadas Mutter hatte eine eigene Mischung aus Aerobic, Selbstverteidigung und Tanz entwickelt. Immer mehr Frauen nahmen an ihren Gruppenstunden teil. Sierra war ausgezogen, als Nevada zehn Jahre alt war. Ihr Vater hatte den alten Cadillac in sein ehemaliges Arbeitszimmer geschoben. Soweit Nevada beurteilen konnte, lebte er da. Nevadas Vater hatte seine Stelle verloren, als er bei der Präsentation einer neuen Kampagne für Fertigwindeln seine Hose geöffnet und auf die ausgelegten Muster gepinkelt hatte. Danach war er, den Schwanz noch in der Hand, zusammengebrochen. Der eilends herbeigerufene Notarzt hatte festgestellt, dass er nur eingeschlafen war. Mit einem Alkoholgehalt von 3,1 Promille im Blut.

Seither lag Beni Marthaler zu Hause in seinem Arbeitszimmer auf dem Rücksitz seines Cadillacs. Manchmal tauchte er auf, wenn es etwas zu essen gab, bis Martha die Einnahme fester Nahrung zugunsten wasserlöslicher Eiweißpulver aufgab. Zu der Zeit kamen die ersten Hauslieferdienste auf, und so bestellte er sich ab und zu eine Pizza oder ein dreistöckiges Sandwich und verschwand damit wieder in seinem Zimmer. Im vorderen Teil der Wohnung hatte Martha ihr Fitnesszentrum eingerichtet. Nevada verbrachte mehr und mehr Zeit in der Ballettschule, sie wollte Tänzerin werden. Allerdings hatte ihre Lehrerin gesagt, sie habe nicht die richtige Persönlichkeit für eine Ballerina. Sie könne sich nicht einordnen. Immer wieder ragte Nevadas Fußspitze aus der Reihe der anderen hinaus. Sie hob ihr Bein höher, sie drehte sich einmal mehr als alle anderen Mädchen.

«Ich will nicht sehen, was du kannst», sagte Madame Fiona. «Ich will dich gar nicht sehen, ich will eine Reihe von Schneeflocken sehen, aus denen keine einzige herausragt. Wer nicht im Corps tanzen, wer sich nicht einordnen kann, kann auch keine Primaballerina werden.»

Das leuchtete Nevada nicht ein. Sie wollte weg. Ihre Schwester Sierra war nach Paris gezogen. Sie hatte dort als Au-pair gearbeitet und bald einen gutaussehenden Franzosen kennengelernt, mit dem sie jetzt zusammenlebte. Das konnte Nevada auch. Sie schaute auf der Weltkarte nach. Sie wollte so weit weg, dass niemand wissen konnte, wer sie war und wo sie herkam und wer ihre Familie war. Sie wollte nach Amerika.

Nevada organisierte alles allein. Sie verließ die Schule, fand eine Gastfamilie, besorgte sich ein Visum und ließ ihren Impfausweis übersetzen. Sie löste ihr Sparkonto auf und wechselte es in Dollar um. Ihrer Mutter wuchs das Fitnessparadies für Frauen bald über den Kopf. Sie bat Nevada, einige der Stunden zu übernehmen.

Und dann stand sie da, eine knochige Fünfzehnjährige mit strengem Haarknoten. Sie stand vor einer Gruppe Frauen, die so alt waren wie ihre Mutter, manche noch älter, und die sie erwartungsvoll anschauten, als hätte sie die Antwort. Nevada schaltete den Kassettenrekorder ein, die Musik peitschte, sie rief: «Und eins und zwei und drei und vier!», eine genau einstudierte Choreographie, sie machte an derselben Stelle wie ihre Mutter dieselben Witze wie ihre Mutter, die ihr mit dickem schwarzen Filzstift alle Übungen, Wiederholungen und anfeuernden Zwischenbemerkungen aufgeschrieben hatte.

«*Come on, come on*, eine geht noch, nur noch eine Wiederholung, ihr seid starke Frauen, unbesiegbar! Los, lasst die Göttin raus – juhuuu!»

«Juhuuu!», keischten die Frauen, atemlos.

Später, als sie anfing, Yoga zu unterrichten, dachte Nevada oft an diese Stunden zurück. Wie ihre Mutter studierte sie eine genaue Abfolge ein, eine Choreographie, sie platzierte ihre Bemerkungen, die sich nur inhaltlich änderten, an den immer gleichen Stellen. Heute wie damals verließen sich ihre Schüler auf diese vorhersehbare Abfolge, sie lehnten sich in sie zurück wie in einen vertrauten Arm.

Am Abend bevor Nevada nach Amerika flog – sie würde die Zwillinge einer Arztfamilie in einem Vorort von Chicago hüten –, beschwerten sich mehrere Frauen über einen unangenehmen Geruch in der Garderobe. Martha bat Nevada, die dahinterliegende Toilette zu kontrollieren, die leicht verstopfte. Doch die Toilette war sauber. Die nächste Stunde würde gleich beginnen. Ihre Mutter scheuchte ihre

Kundinnen in den großen Saal, während Nevada schnüffelnd den Flur entlangging. Der Geruch kam aus dem Arbeitszimmer ihres Vaters. Sie klopfte, sie rief, schließlich öffnete sie die Tür. Der Geruch war überwältigend. Die Tür ließ sich kaum bewegen. Nevada warf sich mit ihrem ganzen Leichtgewicht dagegen. Schließlich war der Spalt groß genug, dass sie sich hineinzwängen konnte. Der Raum war knöcheltief mit Abfall gefüllt. Der Boden mit Pizzaschachteln, Sandwichverpackungen, leeren Flaschen, Bierdosen, zerlesenen Zeitungen, schmutzigen Kleidern übersät. Toilettenpapier. Nevada machte einen vorsichtigen Schritt und stand auf etwas Weiches. Es quiekte. Raschelte. Irgendwo bewegte sich etwas. Das Fenster war verschlossen. Nevada hielt sich den Ellbogen vor Nase und Mund und kämpfte sich mit angehaltenem Atem durch den Raum. Sie versuchte sich zu erinnern, wann sie ihren Vater zuletzt gesehen hatte. Er musste sich seit Tagen direkt hier entleert haben. Sie riss das Fenster auf und schnappte nach Luft. Tränen rannen über ihre Wangen. Sie stemmte sich auf das Fensterbrett hoch und blickte über das Zimmer. Die türkisblaue Farbe des Cadillacs blitzte hier und da unter den Abfallbergen, den Stoffhaufen hervor. Das Gesicht ihres Vaters, dunkelrot angelaufen, die Lippen beinahe blau. Das weiße Haar an den Schädel geklebt. Sie konnte ihn nicht atmen hören. Aus dem vorderen Teil der Wohnung dröhnten die peitschenden Rufe, die Nevada unterdessen in ihrem Kopf gespeichert hatte, die sie im Schlaf mitsummen konnte.

«Und eins und zwei und drei und vier – *come on, ladies*! Einmal noch, ihr könnt das, ihr seid stark, ihr seid schön, ihr seid unbesiegbar!»

«Juhuuu!»

Sie würde ihrer Familie nicht entkommen. Nie. Die Welt war nicht groß genug. Sie wollte sich rückwärts aus dem Fenster fallen lassen, auf die stille Quartierstraße, vier Stockwerke tief, zwischen alte Bäume, und niemand konnte mehr etwas von ihr verlangen. Niemand konnte von ihr verlangen, dass sie einen Krankenwagen rief, dass sie ihren Vater rettete, dass sie ihn gesund pflegte, dass sie die Sauerei beseitigte, die sein Leben geworden war. Wer sollte es sonst tun? Martha bestimmt nicht.

Sierra war entkommen. Nevada nicht. Wegen zwölf Stunden nicht. Sie saß auf dem Fensterbrett, sie schaukelte vor und zurück, sie wimmerte leise. Es gab keinen Ausweg.

Aus dem alten Cadillac kam ein Geräusch. Eine Mischung aus Grunzen, Aufstoßen und Würgen. Sie konnte das Zimmer auch einfach wieder verlassen. Sie konnte ihrer Mutter sagen, sie habe den Schaden in der Toilette nicht beheben können, morgen würde ein Handwerker vorbeikommen. Morgen, wenn Nevada weg war. Der Mann würde die Toilette durchspülen und nichts finden. Martha würde dem Geruch nachgehen. Sie würde alle Türen öffnen. Nevada konnte dann schon in der Luft sein. Sie konnte nichts gesehen haben. Das hatte sie schließlich gelernt. Nicht hinzuschauen.

Am nächsten Morgen sehr früh rief Nevada einen Notfalltechniker an, der versprach, in einer halben Stunde zu kommen. Sie weckte ihre Mutter und verließ die Wohnung, gerade als der Lieferwagen mit der Aufschrift *Die Scheiße stinkt zum Himmel, dann ruf den Notfall-Grimmel!* in ihre Straße einbog.

Nevada flog nach Amerika. Ihre Gastfamilie lebte sehr weit außerhalb von Chicago. In dem Vorort gab es nichts. Nur die Häuser, die Rasenflächen, die Straßen mit den breiten Trottoirs, auf denen Kinder Fahrrad fuhren und niemand zu Fuß ging. Nevada musste ihren sechzehnten Geburtstag abwarten und dann die Fahrprüfung bestehen, um die Kinder in die Vorschule, zu Musiklektionen und zum Fußballtraining zu chauffieren. Um für die Familie einzukaufen: Der nächste Supermarkt war fast zehn Meilen weit entfernt, ein Einkaufszentrum, das den Übergang zwischen zwei Vororten markierte, dort befand sich auch die chemische Reinigung, die Post, das Kino, verschiedene Fast-Food-Restaurants. Nevada musste die Fahrprüfung bestehen, um den in ihrem Vertrag vorgeschriebenen Englisch-Unterricht besuchen zu können.

«Wie kann das sein, dass du nicht Auto fahren kannst?», schrie Mindy, die blonde Mutter, am ersten Abend verzweifelt.

«Niemand hat danach gefragt.»

«Aber das versteht sich doch von selbst! Jeder kann schließlich Auto fahren!»

«In der Schweiz darf man erst mit achtzehn ...»

Mindy schüttelte den Kopf. «So etwas Idiotisches habe ich noch nie gehört», sagte sie. «Was für ein Land! Du kannst froh sein, dass du jetzt hier bist!»

Nevada bekam einen Lernfahrausweis und wurde an ihrem Geburtstag, zwei Wochen später, zur Prüfung angemeldet. Mindy fuhr mit ihr die Straßen hinauf und hinab, es schien Nevada kein großes Problem zu sein, der Familienwagen hatte eine automatische Schaltung, die Straßen waren schnurgerade und breit genug. Zum Parken musste man nur langsam an den Straßenrand rollen und den Motor abstellen. Platz gab es genug. Mindy besorgte ihr ein Büchlein, in dem alle Verkehrsregeln standen, und einen Stapel Probeprüfungen. Sie machte es sehr klar, dass Nevada nur bleiben konnte, wenn sie die Fahrprüfung bestand.

Nevada bestand nicht. Sie bestand die theoretische Prüfung zwar knapp, fuhr dann aber beim praktischen Teil über eine Kreuzung, ohne das Stoppzeichen zu beachten. Ebenso wenig wie die hektischen Schreie des Experten. Sie schoss in die Kreuzung hinein und frontal in einen von rechts kommenden Kleinwagen. Der Experte erlitt schwere innere Verletzungen und musste operiert werden. Das Lokalfernsehen berichtete über den Unfall. Nevada würde die Fahrprüfung im Staat Illinois nicht wiederholen können. Und auch Mindy musste sie entlassen.

Nevada war sechzehn Jahre alt. Sie hatte ein Visum für ein Jahr und das Geld von ihrem Sparkonto, außerdem tausend Schweizer Franken, die ihre Mutter ihr kurz vor der Abreise mit den Worten «Damit muss es aber genug sein!» zugesteckt hatte. Nevada nahm einen Bus und fuhr nach New York. In New York musste sie nicht Auto fahren. Sie wurde von einer Familie eingestellt, deren Kinder den ganzen Tag in der Schule waren. Nevada begleitete sie morgens zu Fuß quer durch den Park und auf die andere Seite der Stadt, holte sie nachmittags um drei wieder ab. Sie reihte sich auf dem Trottoir zwischen die anderen Kindermädchen und Mütter. Zwischen neun und drei gehörte der Tag ihr. Die Wohnung wurde geputzt, das Essen geliefert, es gab für Nevada nicht viel zu tun. Sie begann, in den leeren Räumen zu tanzen.

Ihr Zimmer war kleiner als ein Schrank, sie konnte sich kaum an dem schmalen Bett vorbei zum Fenster zwängen, das sich nicht öffnen ließ. Deshalb übte sie im leeren Foyer, sie benutzte eine niedrige Balustrade als *barre*, sie exerzierte ihre Ballettetüden durch, *plié, relevé, battu* … Sie dachte sich kleine Choreographien aus, sie schlitterte auf dicken Wollsocken über den glatten Marmorboden, der sie an ihre Wohnung zu Hause erinnerte, bevor ihre Mutter überall gefederte Holzböden hatte verlegen lassen.

Eines Tages kam Gwen früher als erwartet nach Hause – ihr Friseur hatte einen Nervenzusammenbruch gehabt, ihr Haar war noch nass – und fand Nevada auf einem Bein stehend vor. Der andere Fuß reckte sich von hinten zum Kopf, sie hielt ihn mit einer Hand fest, während sie die andere auf Schulterhöhe ausgestreckt hielt und fragend in die Ferne deutete.

«*Oh my god!*», schrie Gwen. «Du hast mir gar nicht gesagt, dass du Yoga machst!»

«Yoga?», fragte Nevada und ließ ihren Fuß los. Sie streckte ihn auf halber Höhe erst nach hinten, dann zur Seite aus, bevor sie ihn sanft absetzte, schwerelos.

«*Oh my god!* Das muss ich meinen Freundinnen erzählen, warte nur, die werden ausflippen!»

Nevadas Englisch war, da sie kaum je mit jemandem redete, noch nicht gut genug, um einer Unterhaltung in New Yorker Tempo zu folgen. Wie ein weit entfernter Nachrichtenkorrespondent am Fernsehen antwortete sie mit einer Verzögerung, die es dem Gegenüber erlaubte, schon die nächste Frage zu stellen, bevor sie die letzte beantwortet hatte.

«Ich mache Ballett», erklärte sie, «und eine Mischung aus Aerobic und …»

«Welcher Schule gehörst du an, Iyengar, Ashtanga, Hatha, was?»

«Ich verstehe nicht.»

«Ich fasse es nicht. Ich muss dich unbedingt Shri Jenny vorstellen. Ich ruf sie gleich an.»

Nevada schaute auf die Uhr. Es war kurz nach zwei Uhr, in zwanzig Minuten würde sie sich auf den Weg machen, um die Kinder abzuholen.

«Ach, vergiss die Kinder!» Gwen winkte ab. «Das kann Juanita übernehmen.»

Der Portier pfiff ein gelbes Taxi herbei. Sie fuhren in einen heruntergekommenen Teil der Stadt, in dem Nevada noch nie gewesen war. Bisher hatte sie sich zwischen der Wohnung und der Schule der Kinder bewegt, quer durch den Park, hin und zurück. Das Taxi hielt vor einer alten Fabrik. Die Backsteinwände waren mit Graffiti besprüht. Das Yogastudio befand sich im zweiten Stock. Dort roch es nach Räucherstäbchen und Schweiß. Shri Jenny war älter als Nevada und jünger als Gwen. Mit ihren stumpfen, schwarzgefärbten Haaren und den dicken Lidstrichen wirkte sie punkig. Auf ihre Stirn hatte sie einen roten Tupfer gemalt, und sie trug gelbe Pluderhosen. Sie legte die Handflächen zusammen und hob sie an die Stirn. Das war das erste Mal, dass Nevada mit *«Namaste!»* begrüßt wurde.

Es war Nevadas erste Yogastunde. Sie fühlte sich sofort zu Hause: die gebellten Befehle, Shri Jennys harte Hand, die gegen ihren Rücken presste, ihren Oberkörper auf die Beine hinunterdrückte, bis die Oberschenkel brannten. Mit einem Seufzer der Erleichterung unterwarf sich Nevada einer neuen Kombination von vertrauten Regeln und Befehlen. Es war alles da und alles klar. Übe, und der Rest wird sich ergeben.

Nevada übte jeden Tag. Sie übte stundenlang. Jeden gezerrten Muskel, jede Träne begrüßte sie freudig wie eine alte Bekannte. Streng dich an. Frag nicht. Leide, und du wirst erlöst. Wie, du fühlst dich nicht erlöst? Dann hast du nicht hart genug gearbeitet. Es war ein System, das sie kannte. Es war das System ihrer Mutter.

Von diesem Tag an brachte die Putzfrau die Kinder zur Schule und holte sie auch wieder ab, und Nevada absolvierte einen Intensivlehrgang bei Shri Jenny. Nach drei Monaten war sie so weit, dass sie Gwen und ihre reichen Freundinnen, die die heruntergekommene Gegend, in der sich das Studio befand, nur widerwillig aufgesucht hatten, in ihren eigenen Wohnungen unterrichten konnte. Sie verdiente erstaunlich viel Geld damit. Die Frauen bewunderten ihren grazilen, beweglichen Körper, die tänzerische Eleganz, mit der sie die *Asanas* ausführte, die klare Stimme, mit der sie die Mantren sang, die Selbstverständlichkeit, mit der sie die Sanskritworte aussprach. Sie hatte sie von einer Videoaufnahme des indischen Gurus gelernt. Weil Sanskrit dem Deutschen viel näher ist als dem Englischen, gelang es Nevada besser als allen anderen, die Stimme des Meisters zu imitieren. Und obwohl sie kein Wort von dem verstand, was sie da rezitierte, klang es doch authentisch, und ihre Schülerinnen hielten sie für besonders spirituell. Shri Jenny merkte schnell, dass Nevada ihr die gutbetuchte Klientel entzog, und auch warum. Sie eröffnete eine Filiale im oberen, besseren Teil der Stadt und stellte Nevada als Hauptlehrerin ein. Sie übertrug ihr so viele Stunden, dass ihr für Privatlektionen keine Zeit mehr blieb. Die reichen Damen sollten in ihr Studio kommen, wenn sie Yoga machen wollten.

Nevada konnte sich bald eine eigene Wohnung leisten, die allerdings näher beim ersten Studio lag. Also übernahm sie auch dort ein paar Stunden. Sie begann, ihr Geld für eine Studienreise nach Indien zu sparen, für ein Training beim Guru in Indien. Bald bestand ihr Leben nur noch aus Schlafen und Yoga.

Vor einem Jahr hatte sie noch vierzig, fünfzig Schüler gehabt, an den Wochenenden bis zu siebzig. Es hatte sich herumgesprochen, dass ihre Stunden besonders fordernd waren, klatschnass verließen die Schüler das Studio, durchgeschwitzt, gereinigt, glücklich. *Nevada verbindet körperliche Herausforderung mit spirituellen Grundlagen,* hieß es auf der Website des Studios. Nevada dachte manchmal, es sei eine Show, die sie abzog, sie fühlte die Energie ihrer Schüler wie die eines imaginären Publikums. Sie konnte den kleinsten Abfall dieser Energie spüren und auffangen. Dann ließ sie die Gruppe in *Vasisthasana*, der seitlichen Stütze auf einem Bein und einer Hand, balancieren, so lange, bis der Raum von keuchendem Atem erfüllt war. Und wenn der Letzte dachte: Spinnt die eigentlich, wie lange soll ich eigentlich noch aushalten?, schaltete sich Nevada ein.

«*Vasisthasana* – ja, was ist das?», fragte sie dann und sprach aus, was in allen Köpfen kreiste: «Was soll das? Warum tun wir das? Wir üben, in einer unbequemen Situation auszuharren. Still zu sitzen und einfach weiterzuatmen. Hab ich gesagt sitzen? Gute Idee. Setzt euch hin.»

Erleichtert kauerten sich die Schüler in der Stellung des Kindes zusammen, einer Ruhestellung, die Nevada selber nicht mochte, weil sie, mit dem Gesicht auf den Knien, in bodenlose Dunkelheit fiel. Dunkelheit, die sie verschlucken würde, wenn sie sich nicht bewegte, wenn sie den Kopf nicht hob, das Kinn nicht reckte, den Blick nicht tapfer nach oben richtete, nach vorn.

«Warum tun wir das?», fragte sie noch einmal. «Es gibt im Yoga nichts zu erreichen. Es geht nicht um Kraft und Beweglichkeit. Es geht nicht darum, dass ihr vor euren Freunden damit angeben könnt, wie gelenkig ihr seid, wie stark, wie lange ihr auf dem Kopf stehen könnt oder, noch schlimmer, auf einer Hand und einem Bein!»

Schüchternes Kichern stieg aus vereinzelten zusammengerollten Menschenhäufchen auf.

«*Yogasana*, die Körperübungen, die wir hier ausführen, dienen nur der Vorbereitung zur Meditation. Yoga ist das Stillwerden der Bewegungen des Geistes. O Gott, wie lange soll das noch dauern, das halt ich nicht aus, warum kann ich das nicht besser, warum bin ich nicht so gut wie die da, die schräg vor mir steht, oder wenigstens so dünn, und wo hat sie wohl diese schicken Yogapants gekauft …»

Das Kichern wurde lauter. Erleichtertes Seufzen, zustimmendes Brummen. Das war ihr Applaus. Sie fuhr fort: «Es geht nicht darum, wie lang ihr in dieser Stellung bleiben könnt. Es geht darum, ob ihr die Bewegungen des Geistes zum Stillstand bringen könnt. Ob ihr steht oder sitzt oder liegt. Dann macht ihr Yoga. Dann seid ihr im Zustand von Yoga.»

Nevada kannte nichts anderes als Yoga. Sie wusste nichts anderes. Sie kannte niemanden, der kein Yoga machte – abgesehen von ihrer Mutter und ihrer Schwester natürlich, aber wie oft sah sie die schon? Sie wusste nicht, wann sie das letzte Mal ein Gespräch geführt hatte, in dem es nicht um Yoga ging. Wenn sie jetzt ausgeschlossen wurde aus dieser Welt, dann hatte sie nichts mehr.

Sie hatte Lakshmis E-Mail so oft gelesen, dass sie es auswendig kannte. Das ist doch idiotisch, dachte sie, Lakshmi wohnt gleich nebenan, warum klopf ich nicht an ihre Tür und frag sie, was eigentlich los ist? Sie tat es nicht. Sie hatten nicht mehr miteinander gesprochen, seit Nevada das Curryhuhn verschmäht hatte.

Mit Lakshmi würde sie nicht nur eine Freundin, eine Arbeitgeberin, eine Vermieterin verlieren, sondern auch die Möglichkeit, nachts aufzustehen und aufs Klo zu gehen. Lakshmi ließ sie das Gästeklo in ihrem Loft benutzen. Nicht dass Nevada das oft in Anspruch nahm. Sie stand sehr früh auf und benutzte die Dusche und die Toilette im Studio. Nach ihren Übungen ging sie nach unten in die Bar und trank einen Grüntee, aß ein Tofu-Omelett oder eine Miso-Suppe. Nevadas ganzes Leben fand hier statt, im Studio und in den Stockwerken darüber und darunter.

Das war ihr *Dharma*, ihre Bestimmung. In Indien, bei dem Lehrer, den Lakshmi für sie gefunden hatte, hatte Nevada zum ersten Mal gehört, dass Yoga mehr war als eine Abfolge von Körperübungen, die es möglichst perfekt auszuführen galt. Bis zu diesem Zeitpunkt hatte Nevada Yoga als etwas gesehen, in dem sie gut genug werden musste. Dessen sie sich würdig erweisen musste. Wenn sie nur hart genug und lange genug übte, wenn sie erst alle neunhundertacht Stellungen auf dem berühmten Yogaplakat beherrschte, dann ... dann ... dann würde irgendetwas geschehen. Dann würde sie erlöst. Dann würde die Sonne in ihrem Bauch aufgehen und sie von innen erleuchten, sie mit Gold auskleiden, und alles wäre gut.

«Nicht so», sagte ihr Lehrer. «Yoga ist kein Ziel. Yoga ist Mittel zum Zweck. Yoga ist der Zustand, in dem der Geist klar und ausgerichtet ist, der Zustand, in dem man fähig ist, das zu tun, wofür man da ist.»

«Und wofür sind wir da?», fragte Lakshmi, die sich als Einzige traute, den Guru mit Fragen zu unterbrechen.

«In der yogischen Lehre hat jeder Mensch sein eigenes *Dharma*», sagte er. «Die Veden nennen das universale Grundgesetz, nach dessen Regeln alles beschaffen ist und zusammenhängt, *Dharma*. Der Begriff steht aber auch für die buddhistische Lehre, da Buddha sich seinerzeit die Mühe gemacht hat, die Struktur ebendieses universalen Grundgesetzes zu untersuchen, zu beschreiben und zu erklären. Und in der *Bhagavad Gita* schließlich erklärt Krishna, dass es die Aufrichtigkeit jedes Einzelnen ist, welche die Welt in Ordnung hält. Daraus leitet er ab, dass jedes Wesen einen Lebensweg zu beschreiten hat, der dem Gemeinwohl dient und gleichsam zur persönlichen Erlösung führt. Vielleicht ist es dein Lebensweg, ein Taxi zu fahren. In diesem Fall ermöglicht dir Yoga, dein Taxi mit größter Hingabe und Achtsamkeit zu fahren.»

«Hm.» Man konnte Lakshmi deutlich ansehen, dass sie nicht die geringste Absicht hegte, ein Taxi zu fahren.

«Vielleicht ist es mein *Dharma*, Yoga weiterzugeben», sagte Nevada an diesem Abend im Hotelzimmer, als sie beide zu müde waren, um auf das hohe weiche Bett zu klettern und mit schweren Beinen auf dem Teppichboden sitzen blieben.

Lakshmi rollte einen Joint. «Kraut der Götter», sagte sie, als Nevada zögerte.

Und tatsächlich löste sich ihre Müdigkeit im Rauch auf, und sie schlossen einen Pakt. Zusammen würden sie ihr *Dharma* erfüllen. Sie würden ein Yogastudio eröffnen, wie es die Schweiz noch nicht gesehen hatte. Lakshmis Geld und Nevadas unermüdliche Hingabe würden es möglich machen.

Und jetzt das.

Yogalehrerinnen wurden nicht krank. Yogalehrerinnen hatten keine unerklärlichen Schmerzen. Nicht wenn sie genug Yoga machten und wenn sie es richtig machten. Nevadas Leiden hing wie ein übler Geruch im Studio, fast wie der Geruch ihres vergammelten Vaters damals zu Hause.

Nadine wich ihrem Blick aus. Wenn Nevada ein neues Top vom Bügel nahm und beiläufig verkündete, sie würde das mal anprobieren, rief Nadine hinter der Kasse hervor: «Soll ich es mit deinen Stunden verrechnen?» Oder, noch schlimmer: «Das hat sich Oona schon reserviert.»

Auf einer Metalltafel hinter der Theke wurde mit Buntstift vermerkt, wie viele Schüler welche Klasse bei welcher Lehrerin besuchten. Nevada hatte sich nicht daran gestört, solange ihr Name immer zuoberst auf der Liste gestanden hatte. Jetzt, wo sie weiter und weiter nach unten gerutscht und schließlich auf dem letzten Platz gelandet war, empfand sie die Liste als Kränkung. Es erinnerte sie an einen Film, den ihr Vater geliebt hatte: *Tin Men*. Vertreter eine Automarke, die mit allen Mitteln um den Platz des Verkäufers der Woche kämpften, und vor nichts zurückschreckten. War das im Yoga wirklich nicht anders?

Kurz nach drei betrat Nevada die Bar am Fluss. Der runde Tisch in der Ecke war bereits voll besetzt. Die leeren Schüsselchen und die ausgedrückten Teebeutel auf den Untertellern zeigten Nevada, dass die Zusammenkunft schon seit längerem im Gang sein musste. War das Treffen verschoben worden? Warum hatte ihr niemand Bescheid gegeben? Nevada hatte seit einiger Zeit nicht mehr an den nachmittäglichen *check-ins* teilgenommen, zu denen sich alle an diesem Tag unterrichtenden Yogalehrer einfanden. Meist wurde ohnehin nur der neueste Yoga-Klatsch ausgetauscht. «Hast du gehört, John Friend gastiert in Zürich?» – «Warst du letzten Sonntag auch am Konzert von Krishna Das?» – «Jemand hat mir erzählt, dass Patrick Broome inkognito eine Stunde bei Sherry besucht hat, und sie hat ihn voll vor allen anderen korrigiert! Sie hat ihn nicht mal erkannt!» Stattdessen legte sie sich zwischen ihren Stunden auf einen Stapel weicher Yogamatten. Eine Prinzessin auf der Erbse.

Sie trat an den Tisch, und die Gespräche verstummten. Mitfühlende Blicke, schräggelegte Köpfe.

«Wie geht es dir, Nevada?», fragte schließlich Dolores in einem Ton, der nahelegte, dass die Antwort nur «Scheiße» lauten konnte. Natürlich sagten Yogalehrerinnen nicht «Scheiße». Schon gar nicht so junge, enthusiastische, frischgebackene, wie sie heute am Tisch saßen.

«Jeder Tag ist ein neuer Tag», antwortete Nevada vage.

«Wir haben gerade über dich gesprochen.»

«Was du nicht sagst.» Nevada schob mit dem Knie einen Stuhl heran und setzte sich umständlich.

Oona schaute sie mit großen Augen an. Kuhaugen, dachte Nevada gehässig. Sie behandelten sie wie eine Invalide. Was sie ja auch war.

«Soll ich dir etwas bestellen, was möchtest du denn gern?»

Einen doppelten Espresso, dachte Nevada, die manchmal den schwer bezwingbaren Drang verspürte, das Falsche zu bestellen, ein blutiges Steak, ein Glas Wein, einen Espresso. In ihrem Leben war beinahe alles, was man essen, trinken oder rauchen kannte, falsch. Verboten.

Seit sie denken konnte, war das so. Seit ihre Mutter ein Zahlenschloss am Kühlschrank angebracht hatte.

«Danke, das ist aufmerksam von dir», antwortete sie nun. «Aber du musst nicht für mich sorgen, das ist nicht deine Aufgabe.» Seit wann ging ihr dieser Jargon so schwer über die Lippen?

«Ich weiß genau, was du brauchst», mischte sich Nadine ein. «Kennst du Kombucha? Eine Art Tee aus vergorenen Pilzen, wirkt entzündungshemmend und ...»

«Nach ayurvedischen Gesichtspunkten sind aber Pilze, speziell vergorene ...»

«Ayurvedisch gesehen muss es das *Pitta* sein, ihr *Pitta* nimmt überhand!»

«Nein, diese Trägheit, das ist eindeutig *Kapha*.»

«Trägheit?» Nevada sah sich um. Sie entdeckte eine Karaffe mit Wasser und schenkte sich ein Glas ein. «Es ist gut», wiederholte sie. «Ihr müsst euch nicht um mich kümmern. Ich hol mir später einen Tee.»

«Noch besser wäre heißes Wasser, abgekocht und auf sechzig Grad abgekühlt.» Oona stand auf und ging zur Theke. Sie ließ sich eine Tasse mit heißem Wasser geben und stellte sie auf den Tisch.

«Danke», sagte Nevada. Sie wusste, wann sie aufgeben musste. Das hatte sie von ihrer Mutter gelernt: Danke zu sagen und zu lächeln. Das war meist der einfachste Ausweg.

«Also, jetzt, wo wir alle da sind ...» Lakshmi schaute demonstrativ auf ihre Armbanduhr. «Ein paar Neuerungen. Sebastian wird dieses Wochenende einen Workshop für Männer leiten. Bei genügend Anmeldungen wird eine regelmäßige Gruppe daraus werden.»

«Der Workshop ist bereits ausgebucht», sagte Nadine. Sie hatte eine ausgedruckte Excel-Tabelle vor sich liegen. «Wir haben sogar eine Warteliste.»

«Ich gehe davon aus, dass eine regelmäßige Gruppe von mindestens zwanzig Männern zustande kommt», sagte Sebastian. «Ich wäre froh, wenn ihr den Kurs auch in euren Stunden vorstellen würdet, jede von euch hat doch einen oder zwei verlorene Kerle in ihren Klassen, die sich in einem männlichen *environment* deutlich wohler fühlen würden.»

«Nevada, deine Stunde am Montagabend ist zu klein geworden für den großen Saal. Du tauschst den *slot* mit Sebastian und unterrichtest beide Stunden, nicht nur die Anfängerklasse, im kleinen Studio.»

Das war keine Frage. Das war ein Befehl.

«Gion Camenisch war letzte Woche in meiner Stunde», sagte Nevada und hasste sich dafür. «Seine Frau kommt schon länger zu mir. Wenn sich das herumspricht, ist die Klasse sicher bald von Groupies überlaufen.» Sie hatte versucht, ihm unvoreingenommen zu begegnen. Sie war immer stolz darauf gewesen, dass sie sich von großen Namen nicht beeindrucken ließ. Willem Dafoe hatte in New York einmal zu ihr gesagt: «Bei dir kann ich einfach mich selber sein.» Sie hatte ihn behandelt wie jeden anderen Schüler auch.

Warum konnte sie Gion nicht dieselbe Höflichkeit entgegenbringen? Weil Marie zuerst ihre Schülerin gewesen war. Sie hatte gesehen, wie verändert Marie in seiner Gegenwart war, wie verkrampft.

«Äh, sorry, Nevada!» Nadine schaute von ihrer Tabelle auf. «Gion Camenisch hat zu Sebastian gewechselt. Eben weil ihm die Frauen zu sehr auf die Pelle gerückt sind bei dir.»

«So etwas sollte eine erfahrene Lehrerin eigentlich auffangen können», sagte Lakshmi. Dann wandte sich das Gespräch der bevorstehenden Yogakonferenz in Köln zu. Wer war eingeladen, wer würde teilnehmen? Die Stimmen umspielten Nevada wie Wellen. Das Wasser in ihrer Tasse wurde kalt.

Plötzlich wusste sie, wie sich die Menschen im Mittelalter gefühlt haben mussten, wenn sie sich vorstellten, sie würden von der Kante der Welt geschubst, sie würden ins Leere fallen, sich im Nichts auflösen.

Ted

«Ist das alles?», fragte Ted und zeigte auf die Koffer, die Taschen, den Käfig mit den Meerschweinchen, die überquellenden blauen Ikea-Einkaufstaschen voller Stofftiere, Gummistiefel, Skijacken. Es war noch nicht einmal richtig Sommer geworden, die Sonne versteckte sich immer noch über dem Hochnebel.

«Nein», sagte Tina und ging noch einmal zum Auto zurück. Die Rücksitze waren heruntergeklappt, die ganze Ladefläche war voller Taschen, Papiertüten mit Büchern, und Ted erinnerte sich wieder an das, was seinen Prinzessinnen gemeinsam war: Sie hatten keinen Sinn für Ironie. Kinder auch nicht, das war eine allgemein akzeptierte Tatsache. Emma, die ernsthafte, kaum sechsjährige Emma sagte: «Alles außer dem Kühlschrank!»

Emma würde länger bleiben. Mindestens bis es schneite. Bis zum Skiurlaub. Oder bis Tina zurückkam. Auf dem Beifahrersitz saß ein Mann. Er trug einen schneeweißen Kapuzenpullover, eine Baseballkappe, den Schirm nach hinten gedreht. Sein Kopf wippte vor und zurück. Wie eine Schildkröte, dachte Ted gehässig. Der Mann sah, dass Ted ihn beobachtete, nahm die Stöpsel aus den Ohren und hob eine mit schweren Ringen bestückte Hand. Ted drehte sich um.

«Wer ist denn das?», fragte er. Wo hat Emma gesessen?, wollte er eigentlich fragen. Ihr seid immerhin über die Autobahn gefahren, lag sie hinten zwischen den Taschen, nicht angeschnallt? Was, wenn ihr einen Unfall gebaut hättet? Stattdessen fragte er nach dem Mann, als sei der wichtiger als seine Tochter.

«Das ist mein Produzent», sagte Tina, und zum ersten Mal seit langem, länger, als Ted zurückdenken konnte, hörte er einen hoffnungsvollen Ton in ihrer Stimme. Einen Ton, den er nur ganz zu Anfang ihrer Beziehung gehört hatte. Unerwartet.

«Dein Produzent, so.»

Tina schleppte zwei weitere Papiertragetaschen voller Kinderbücher die Treppe zu Teds Wohnung hinauf. Emma folgte mit ihrem Schulsack. Sie besuchte die einzige Tagesschule im Schulbezirk. Ted würde sie hinbringen müssen, wie, das wusste er noch nicht, vielleicht mit dem Fahrrad? Es gab so vieles, das er noch nicht wusste.

«Kannst du vielleicht mal mit anpacken», schnappte Tina. «Ich hab's eilig. Das Flugzeug wartet schließlich nicht!»

«Warum kann Mr Hiphop nicht helfen?», fragte Ted zurück. Er klang schon wie die Erstklässler, die er während der Pause beaufsichtigte: «Furzkopf!» – «Selber!»

«Ist es etwa seine Tochter?», fragte Tina zurück.

Ted konnte es ihr nicht einmal verdenken. Er sah, wie Emmas Schultern sich krümmten, und schimpfte sich einen Idioten. Dann ging er zum Auto. Der Kofferraum stand offen, er griff wahllos nach den nächstbesten Taschen.

«Was läuft, Mann?», fragte der Produzent.

Was läuft? Nichts, Mann, meine Tochter zieht bei mir ein, weil du mit ihrer Mutter durchbrennst ... Ted riss sich zusammen. In fünf Minuten wäre das Auto ausgeladen und Tina mit ihrem Produzenten unterwegs zum Flughafen. Er würde sich nicht fragen, was sie miteinander hatten, es ging ihn nichts an, mehr noch: Es interessierte ihn nicht. Es interessierte ihn nicht mehr, er hatte jetzt Lilly. Lilly, die seine Gedanken besetzte, Lilly die er überredet hatte, nächste Woche zum Essen zu kommen und Emma kennenzulernen.

«Wenn sie sich eingelebt hat.»

«Ich dachte, es sei vorübergehend?»

Das hatte er zu Lilly gesagt: vorübergehend. Sie bleibt vorübergehend bei mir.

«Nichts Besonderes», sagte er jetzt unverbindlich zum Produzenten, aber plötzlich stieg der aus und baute sich vor ihm auf. Er sah nicht viel älter aus als die Schüler der Oberstufe, die den Pausenplatz mit der Grundstufe teilte. Und war auch ähnlich angezogen. Er streckte die Hand aus. Ted musste wohl oder übel die beiden Taschen wieder abstellen. Als er die Hand ergreifen wollte, führte der andere eine komplizierte Abfolge von Gesten aus, die damit endete, dass er mit seiner geballten Faust gegen Teds Schulter stieß und sich ihm entgegenneigte, als wollte er ihn küssen. Ted wich zurück.

«Respekt, Mann», sagte der andere, «Respekt», und dann ging er zum Kofferraum und nahm selber zwei Taschen heraus. Sie waren größer als die von Ted, sie sahen schwerer aus. Vier rosarote Stuhlbeine ragten oben hinaus. Tina hatte ihre Wohnung untervermietet. Offenbar ohne Kinderzimmermöbel. Schweigend trugen die beiden Männer den Rest der Taschen die Treppe hinauf, dann drängte Tina zum Abschied. Sie umarmte Emma so lange, bis das Mädchen sich aus ihren Armen wand.

«Ist schon gut, Mama», sagte sie und tätschelte ihrer Mutter fürsorglich den Rücken.

«Ich ruf dich jeden Abend an, mein Schatz, ja? Auf dem speziellen Zaubertelefon.»

«Das ist doch ein iPhone, Mama!»

Tina schniefte und wandte sich ab. Der Produzent probierte noch einmal einen rituellen Händedruck an Ted aus, doch Ted lächelte nur.

«Also dann», sagte Ted und schloss die Tür hinter ihnen. Er blieb so stehen, hinter der geschlossenen Tür, inmitten der Taschen, Tüten und Koffer. Und auch Emma stand einfach da, mit hängenden Armen, den Kopf geneigt. So lauschten sie, bis sie das Auto wegfahren hörten.

«Also dann», wiederholte Ted.

Wie oft hatte er sich diese Situation vorgestellt? Wie oft hatte er sich genau das gewünscht: Emma hier, Tina weit weg. Auf unbestimmte Zeit. In seiner Vorstellung hatte er seine Tochter dann auf die Schultern gehoben, war mit ihr durch die Wohnung getanzt, sie hatten sich eine Kissenschlacht geliefert, sich gegenseitig mit Schlagsahne bekleckert, sie hatten gefeiert und gelacht. Nie waren sie einfach so dagestanden, mit hängenden Armen. Er schaute seine Tochter an, als wüsste sie, was als Nächstes käme.

Emma gab sich einen sichtbaren Ruck. «Erst räumen wir alles in mein Zimmer», sagte sie. «Dann nehme ich ein Bad. Und dann bestellen wir Pizza.» Sie atmete tief durch. «So machen wir's.»

«Genau so», sagte Ted.

Marie

Bin im Yoga! Sie klappte ihr Handy zu. Sie stellte sich vor, wie Gion auf «erneut senden» drückte. Denn seine Nachricht war jeden Tag dieselbe. Er war «im Yoga». In *ihrem* Yoga. So sollte sie nicht denken. *Mein Yoga, dein Yoga, Yoga ist für uns alle da.* Leider hatte Marie außer medizinischen Lehrbüchern und anatomischen Karten auch Werbesprüche gespeichert. *Weil ich es mir wert bin. Du darfst!*

Sie hätte die Anfängerstunde um halb sechs besuchen können, die ihr letzte Woche überraschend gut getan hatte. Die langsamen Abläufe hatten alle Schubladen, alle Hängeregister in ihrem Kopf geschlossen, bis nur noch der Atem da war. Einen Augenblick lang hatte sie sich vergessen.

Sie merkte zu spät, dass sich die anderen bereits aus dem abwärts schauenden Hund in die Kriegerstellung bewegt hatten, dass sie als Einzige noch ihren Hintern in die Luft reckte. Wieder diese Blicke, sie konnte sie spüren wie Hände, ärgerlich richtete sie sich auf. Sie drehte das Knie nach außen, streckte die Hände aus, und dabei schaute sie über die Schulter nach hinten. Schaute dem Mann, der da stand, in die Augen: Ich weiß, was du tust, sagte ihr Blick. Du geilst dich an meinem runden, festen Hintern auf und gehst dann mit einem Klappergestell nach Hause. Glaub nicht, du seist der Erste. Ich kenne dich!

Ted. Er hieß Ted. Sie hatte ihn nett gefunden. Normal. Normal war gut. Die Anfängerstunde begann um halb sechs, ihr Dienst dauerte heute bis fünf. Sie hätte es schaffen können, aber sie trödelte noch herum. Diktierte Notizen, unterschrieb Akten, nichts, was sie nicht auch morgen hätte tun können. Um halb sechs stand sie auf und ging nach Hause.

Das war einmal ihre Wohnung gewesen. Sie schaute sich um. Das Sofa war zum Bett ausgezogen und mit Kleidungsstücken, Kopfhörern, Laptop, Telefonen, Schuhen, Schminksachen und Büchern übersät. Der Fernseher lief in voller Lautstärke. Marie sah sich nach der Fernbedienung um, fand sie nicht und schaltete den Kasten von Hand aus.

«Hey! Das wollte ich noch zu Ende sehen!» Stefanie stand im Zimmer. Sie trug einen rosa Badeanzug und Wollsocken. Sie sah nicht aus wie ein dreizehn Jahre altes Kind.

«Warum hast du in der Wohnung einen Badeanzug an?»

«Mann! Du verstehst gar nichts. Das ist ein Teddy! Ein Homedress!»

Stefanie warf sich auf das Sofabett. Diverse Gegenstände hüpften in die Luft, unter anderem die Fernbedienung. Stefanie klickte ein paarmal vergeblich und schaute dann Marie an. Mit einem schwarzen Blick. Als hätte sie ihren Hamster verhungern lassen.

Was Marie getan hatte. Vor zwei Jahren. Eine sechsunddreißigstündige Schicht im Krankenhaus, die das ihr anvertraute Tier ohne Futter nicht überlebt hatte. Damals hatte Stefanie ihr verziehen. Damals waren sie sich näher gewesen. Marie wünschte sich, sie könnte die Zeit zurückdrehen und da anhalten, wo sie am glücklichsten gewesen war. Die glücklichste Frau der Welt.

Gion hatte sich von seiner Frau getrennt, er hatte sich für sie entschieden, die ersten Folgen von *Das Vorstadtspital* mit Dr. Marc Santana waren ausgestrahlt worden. Sie hatten gefeiert. Und dann hatte er auch endlich Stefanie wiedersehen dürfen, nachdem er in einem Interview tränenreich sein Leid als geschiedener Vater geklagt hatte, der sein Kind so sehr vermisste. Empörte Fans füllten Leserbriefseiten, und Internetkommentare bezeichneten seine Ex als schlechte Verliererin, schlimmer noch, als schlechte Mutter. Das konnte Eva nicht auf sich sitzenlassen. Sie willigte in Wochenendbesuche ein. Gleich beim ersten Mal waren Marie und Stefanie miteinander allein gewesen, Gion hatte eine Szene nachdrehen müssen. Mit elf war Stefanie ein ernsthaftes Kind, mit dicken Brillengläsern, Zöpfen und Zahnspange. Nichts hatte damals vermuten lassen, dass hier ein zukünftiges Glamourmodel heranwuchs. So hatte sie ihren Berufswunsch formuliert, gestern beim Abendessen.

«Was ist ein Glamourmodel?», hatte Marie gefragt.

Stefanie hatte die Augen verdreht. Gion musste es ihr erklären: «Ein Unterwäschemodell.» Es schien ihn nicht zu stören. «Berühmt werden, ohne Rollen lernen zu müssen – Baby, du machst es besser als dein Alter!»

An ihrem ersten gemeinsamen Wochenende hatten sie zusammen einen Schinkenkäsetoast mit Spiegelei seziert. Sauber das Eigelb aus dem Weiß gelöst und zur Seite gelegt, als sei es ein Organ. Die Brotscheiben aufgeklappt wie eine Bauchdecke, den Käse weggekratzt, den Schinken zerteilt. Stefanie hatte Marie genau beobachtet und ihr alles nachgemacht. Sie hatte die Namen der Muskeln nachgesprochen, Gluteus Minimus, Medius, Maximus, als handle es sich um ein Gebet. Damals hatte Stefanie Ärztin werden wollen, wie Marie. Sie hatte sich in ihren Arm geschmiegt, als sie ihr später eine Geschichte vorlas. Als Gion spätnachts nach Hause kam, hatte er sie so auf dem Sofa vorgefunden, zusammen unter eine Decke gekuschelt, das offene Buch noch in Maries Hand. Er hatte sich zu ihnen gekauert. Marie war aufgewacht. Er hatte sie nur angeschaut. Dann hatte er ihre Hand genommen und geküsst.

Das hatte noch nie jemand getan. In genau diesem Moment würde sie die Zeit anhalten, da auf dem Sofa mit Gion und Stefanie. Sie, Marie, die dicke Marie, die beste Freundin, die verlässliche Kollegin, hatte den Mann gekriegt, den Mann, den alle wollten, und der nur sie liebte. Und seine Tochter liebte sie auch. Jetzt, wo Gion gesehen hatte, wie gut sie mit Kindern umgehen konnte, wie sehr sie für die Mutterrolle geschaffen war, würden sie bald eigene Kinder haben, sie würden aufs Land ziehen, Marie würde eine Hausarztpraxis übernehmen, Stefanie würde bei ihnen wohnen, sie würden einen Hund haben …

«Danke», hatte er schließlich gesagt. «Du bist … du bist einfach … ich finde keine Worte, du bist …»

… Unmöglich! Heute fand er ohne Schwierigkeiten Worte für sie, viele Worte. Unmöglich, irrational, nicht nachvollziehbar, kindisch, überemotional. Heute fürchtete sich Marie vor den Wochenenden mit Stefanie. Und ihre Phantasie von damals drohte wahr zu werden, jetzt, wo sie sich in einen Albtraum verwandelt hatte. Seit Eva ebenfalls mit einem neuen Mann zusammenlebte, verbrachte Stefanie mehr und mehr Zeit bei ihnen. Der Freund ihrer Mutter sei ein Wichser und ein Perverso – mehr sagte sie nicht, aber Gion schien es zu genügen. Und da er nicht arbeitete und ohnehin meist zu Hause war, hatte er Stefanie einen Schlüssel gegeben. «Komm einfach, wenn du es bei deiner Mutter nicht mehr aushältst. Jederzeit. Tag und Nacht. Du bist hier zu Hause.»

Das ist mein Zuhause, hatte Marie gedacht. *Mein* Zuhause? Welche verheiratete Frau dachte so? Die glücklichste Frau der Schweiz?

Stefanie benutzte ihren Schlüssel oft. Wenn Marie von der Arbeit kam, fand sie manchmal zwei oder drei junge Mädchen im Wohnzimmer vor, die gleichzeitig fernsahen, telefonierten, auf ihren Laptops chatteten und sich die Nägel lackierten. Maries Bettcouch war bereits mit so vielen Nagellackspuren überzogen, dass es wie ein Muster wirkte.

«Scheiße, Mann!» Stefanie warf die Fernbedienung quer durch den Raum und brach in Tränen aus. «Nichts funktioniert in diesem Scheißloch!»

«Stefanie, bitte!»

«Stefanie, bitte!», äffte das Mädchen Marie nach. «Was weißt du denn schon, wie mein Leben aussieht! Nichts weißt du! Wo ist überhaupt Gion? Warum ist er nicht da? Ich muss mit ihm reden!»

«Ich habe keine Ahnung.» Marie schaute sich um, als versteckte er sich in der verwinkelten alten Wohnung. «Ich bin auch erst nach Hause gekommen, wie du siehst.»

Stefanie verschränkte die Arme vor der Brust. Marie konnte sehen, dass sich die kleinen Haare auf ihren Armen aufgestellt hatten. Sie musste frieren in dem seltsamen pinkfarbenen Anzug.

«Magst du etwas essen?», fragte sie.

Stefanie schüttelte den Kopf. «Ich bin auf Diät», sagte sie. Sie betonte das «ich», und ließ ihren Blick über Maries Hüften gleiten.

«Auf Diät? Stefanie, das ist doch lächerlich. Das hast du doch nicht nötig!»

«Du hast doch keine Ahnung! Schau dich doch an!»

Aber ich habe so ein liebes Gesicht, wollte Marie sagen, ich habe so schöne Augen ... «Stefanie, ich bin Ärztin. Ich habe sehr wohl Ahnung. Du bist noch im Wachstum. Du gehst zur Schule. Du brauchst Nährstoffe, um funktionieren zu können, dein Hirn braucht sie.»

«Dass Anas immer die besten Noten haben, hast du wohl noch nie gehört? Lernt man das nicht im Medizinstudium?»

«Anas – Anorektikerinnen?», fragte Marie nach. «Stefanie, willst du damit sagen, dass du das sein willst?»

Stefanie zuckte mit den Schultern. Sie hatte ihr Handy aus den Kissen hervorgefischt und bearbeitete es mit beiden Daumen. Sie lachte leise. Marie wartete. Schließlich schaute das Mädchen wieder auf.

«Was? Was ist?»

«Bist du Anorektikerin?»

«Und wenn?»

«Stefanie, das ist eine ernste Sache. Eine kaum heilbare Krankheit, die sehr oft tödlich verläuft.»

«Ist das deine Ausrede?» Wieder dieser Blick.

«Stefanie ...» Marie wusste nicht, was sie noch sagen sollte. Irgendwo in diesem Wesen, in diesem zukünftigen Glamourmodel, steckte das ernsthafte kleine Mädchen, das an einem Nachmittag die lateinischen Namen aller Knochen der menschlichen Hand auswendig gelernt hatte. Marie schaltete den Fernseher wieder ein und ging dann in die Küche. Dort stand noch das schmutzige Geschirr vom vergangenen Abend und das vom heutigen Morgen. Im Kühlschrank fand sie eine angebrochene Flasche Milch. Im Abwaschbecken stand eine verkrustete Plastikschale mit den Resten einer Fertiglasagne. Ein Löffel klebte darin. Immerhin: Stefanie hatte gegessen.

Hat sie danach gekotzt?, fragte sich Marie sofort und schob den Gedanken weg. Für heute war es genug. Sie schaute auf das schmutzige Geschirr. Sie wollte sich einen Ruck geben, aufräumen, abwaschen, Platz schaffen. Die saure Milch wegschütten. Doch sie stellte die Flasche zurück in den Kühlschrank und ging ins Bad. Sie trat in eine Wasserlache. Ihre Strümpfe wurden nass. Sie fluchte. Das Bad war übersät mit Stefanies Kosmetikartikeln – Produkte für unreine Haut, für fettiges Haar, Orangenhaut, lauter Dinge, die Stefanie gar nicht hatte. Marie fragte sich, was Stefanie sah, wenn sie in den Spiegel schaute. Vor kurzem hatte sie eine Studie über Dismorphobie gelesen. Die meisten jungen Frauen waren in irgendeiner Form davon betroffen. Nur acht Prozent der elf- bis vierzehnjährigen Mädchen waren mit ihrem Aussehen zufrieden. Acht von hundert. Seit sie Stefanie – was, hatte? kannte?, verfolgte Marie solche Studien mit zunehmender Besorgnis. Als Mädchen aufzuwachsen war nicht nur schwierig, es war geradezu gefährlich. Bei sich selbst konnte Marie sich nicht daran erinnern. Sie hatte immer gewusst, was sie wollte. Und was sie bekommen konnte. Sie schaute in den Spiegel. Unter ihren Augen hatten sich Falten gebildet und dunkle Schatten. Sie strich sich die Haare aus dem Gesicht. Ihre bräunliche Haut wirkte gelb. Sie wurde oft gefragt, ob sie indische Vorfahren habe, indisches Blut irgendwo in der Verwandtschaft. «Du siehst aus wie eine orientalische Prinzessin», hatte Gion einmal zu ihr gesagt, «wie aus einem Märchen aus Tausendundeiner Nacht.»

Marie würde ein Oxycontin nehmen oder zwei. Sie öffnete den Toilettenschrank. Die Medikamentenpackung war weg. Marie durchstöberte den Schrank, obwohl sie wusste, dass die Schmerztabletten weg waren, in ihrem Spiegelschrank herrschte Ordnung, ihre wenigen, im Supermarkt gekauften Kosmetikprodukte standen im obersten Fach, ein Maniküreset in einem Lederetui. Die drei unteren Fächer wurden von Gions Rasierzeug, Kosmetikartikeln und einer wachsenden Sammlung ayurvedischer Heilmittel, Vitaminpräparaten, Nahrungszusätzen eingenommen. Ihr Spiegelschrank war eine Studie in Vorurteilen. Und ihre Schmerztabletten waren weg.

Marie ging zurück ins Wohnzimmer. Auf dem Bildschirm stritten sich die sehr dicken Mitglieder einer Familie um einen Hund. Wer mit ihm spazieren gehen solle. Eine dünne Frau regte an, Spazierengehen als Teil des Fitnessprogramms zu verstehen. Marie schaute eine Weile lang zu. Stefanie schien sie nicht zu bemerken. Sie hielt ihren Laptop aufgeklappt auf dem Schoß. Um die nackten Beine hatte sie eine Wolldecke gewickelt. Abwechselnd blickte sie auf den Computerbildschirm und auf den Fernseher. Ihr Rücken war gebeugt. Sie wirkte sehr dünn. Klein. Wie ein Kind.

«Hast du meine Kopfwehtabletten genommen?»

«Ich?»

«Ich hatte eine Schachtel Schmerzmittel im Spiegelschrank. Sie ist weg.»

«Und ich soll sie genommen haben?»

«Es sind rezeptpflichtige Tabletten. Man sollte sie nicht unkontrolliert einnehmen. Sie haben starke Nebenwirkungen.»

«Und wenn schon! Sag doch gleich, ich sei eine Diebin! Du willst mich gar nicht hier haben! Am liebsten wäre dir, ich wäre tot!»

Stefanie sprang auf, die Decke fiel auf den Boden. Sie rannte aus dem Zimmer. Marie hinterher.

«Stefanie, bitte, so hab ich es doch nicht gemeint!»

Die Pubertät hatte Marie wohl übersprungen. Sie hatte sich immer auf ihren Verstand verlassen. Sie stand im Flur und schaute sich nach Stefanie um. Die Badezimmertür stand offen. Da war sie nicht. Auch nicht in Maries Arbeitszimmer, in dem sie während des Studiums gesessen und gelernt hatte, zwischen raumhohen Büchergestellen und gestapelten Fachzeitschriften und Papieren, emotionslos beobachtet von einem Skelett, das ihre Eltern ihr zum Studienbeginn geschenkt hatten. Unterdessen hatte Gion ihr Arbeitszimmer übernommen und ihre medizinischen Nachschlagewerke, ihre Papiere in den Keller verbannt. Gion brauchte Platz, um sich zu bewegen, wenn er seine Rolle lernte. Nur das Skelett war geblieben, es trug einen alten Filzhut und zwischen den grinsenden Zähnen eine halbgerauchte Zigarre. Gion nannte es Bruno: «Bruno geht mit mir den Text durch», sagte er immer. In den letzten Monaten hatte er sich in diesem Zimmer verbarrikadiert, hatte in dem weichen Sessel geschlafen, aus einer Whiskyflasche getrunken, die dort herumstand. Jetzt hatte er das Zimmer gelüftet, geputzt und zum Yogaraum umfunktioniert. Bruno wachte streng über Matten und Kissen, Räucherstäbchen und Kerzen. Nur für Marie gab es immer noch keinen Platz dort. Der einzige Raum, der ihr noch gehörte, war das Schlafzimmer, das von einem breiten Bett fast ganz ausgefüllt wurde. Maries Insel in einer Wohnung, die nicht mehr ihre war. Jetzt hatte Stefanie diese Insel besetzt. Die Tür war verschlossen, Marie hörte gedämpftes Wummern, Musik aus Kopfhörern. Sie klopfte an die Schlafzimmertür.

«Geh weg! Ich hasse dich!»

Marie ging zurück in die Küche. Aus einer angebrochenen Flasche schenkte sie sich ein Glas Rotwein ein. Er schmeckte sirupig. Früher hatten sie keine halbvollen Flaschen herumstehen lassen. Sie hatten sie ausgetrunken. Zusammen.

Marie nahm einen großen Schluck. Der Wein wurde ihre Kopfschmerzen schlimmer machen, oder besser. Sie setzte sich auf das Sofabett. Automatisch begann sie, die Decken glatt zu streichen, die Kissen zurechtzuschütteln, Schminktäschchen, Nagellack und zwei Schulbücher wegzuräumen. Laptop und Handy hatte Stefanie mitgenommen. Sie hatte keinen Grund, aus dem Schlafzimmer herauszukommen.

Marie überlegte, ob sie Gion anrufen sollte. Was sollte sie ihm sagen? Komm nach Hause, deine Tochter hasst mich?

Der Fernseher lief immer noch. Eine andere dicke Familie packte ihre Sachen zusammen, um auf eine Insel vor der kanadischen Küste auszuwandern. Marie konnte es ihnen nicht verdenken.

Sie schenkte sich noch ein Glas Wein ein. Leerte die Flasche. Besser würde der Wein nicht werden. Dann kam Gion nach Hause.

«Wo warst du?»

«Wonach sieht es aus?» Er hob seine zusammengerollte Yogamatte hoch. Marie schaute auf die Uhr. Sie hatte es nicht tun wollen, aber sie wusste, wann die Yogastunde zu Ende war, schließlich hatte sie sie früher selber besucht.

«Ja, ja, und danach sind wir noch was trinken gegangen. Erschieß mich!»

«Gion …»

«Nur Grüntee!» Er schaute auf das leere Rotweinglas in Maries Hand. «Weißt du, ich habe für mich entschieden, keine Giftstoffe in meinem Körper abzulagern. Kein Alkohol, kein Kaffee, kein Schwarztee, kein Zucker, kein Fleisch natürlich, kein Fett.»

«Sondern?»

«Wie bitte?»

«Was bleibt dann noch?»

«Also, gerade du als Ärztin solltest doch wissen, was Schlacken im Körper anrichten!»

«Die Existenz von Schlacken ist wissenschaftlich nicht bewiesen», sagte Marie, und während sie es sagte, schüttelte sie den Kopf. «Ich wollte über etwas anderes mit dir reden – Stefanie.»

«Stefanie? Sie hat mir eine SMS geschickt. Hab sie eben erst gesehen. Wo ist sie?»

«Sie hat sich in unserem Schlafzimmer eingeschlossen.»

«Was ist passiert?»

«Wir hatten eine ... Auseinandersetzung.»

«Auseinandersetzung?»

«Ich habe nur gefragt, ob sie meine Kopfwehtabletten genommen hat. Dann ist sie explodiert. Sie hat mich beschimpft, ist ins Schlafzimmer gestürmt und hat die Tür zugeknallt ...»

«Wundert dich das? Du beschuldigst sie des Diebstahls, was erwartest du?»

«Ich hab sie nicht beschuldigt, ich hab nur gefragt.»

Gion steckte eine Hand in die Tasche seiner Lederjacke und zog eine Tablettenschachtel hervor. «Sind das die Tabletten, die du vermisst?»

Marie nickte.

«Die hab ich heute Morgen eingesteckt. Weil ich nicht wollte, dass Stefanie Zugang zu so was hat. Weißt du eigentlich, was da drin ist? Hast du die Packungsbeilage gelesen? Diese Dinger sind in höchstem Maße suchterzeugend. Nichts, was man in Reichweite von Teenagern aufbewahrt!»

«Warum hast du nichts gesagt, ich hätte sie doch weggeräumt!»

«Weil du nie da bist. Weil wir dich nicht sehen. Nun, du entschuldigst mich bitte, ich muss nach meiner Tochter sehen.»

Es war alles falsch. Es war alles nicht so, wie es sein sollte. Sie waren doch eben noch so glücklich gewesen. Hatte man ihr das nicht versprochen? Wenn du es geschafft hast, hast du es geschafft. Wenn du einmal glücklich bist, wirst du es auch bleiben. Wenn du den Richtigen gefunden hast, kann es nicht mehr falsch kommen. Und sie hatte das geglaubt.

Sie war die glücklichste Frau der Schweiz gewesen, und kaum zwei Jahre später eine der unglücklicheren. Warum hatte sie niemand darauf vorbereitet? Warum hatte sie es nicht verhindern können?

Nichts bleibt, dachte Marie und machte eine neue Flasche Wein auf, voller Trotz. Der Kopfschmerz war wieder da, sie spülte zwei Tabletten mit einem Schluck Rotwein hinunter, morgen würde sie etwas gegen den Kater nehmen. Sie war schließlich Ärztin. Alles ließ sich reparieren. Auch das.

svarasavāhī viduṣo'pi samārūḍho'bhiniveśaḥ
Die Angst vor dem Tod ist einfach da und lässt sich auch durch Erkenntnis nicht immer in Schach halten.

Patanjali Yoga Sutra 2.9

Poppy

Heimliche Treffen, verschlüsselte Nachrichten, kurzfristige Absagen, eine neue Telefonnummer, nur für sie, und doch antwortete manchmal eine Frauenstimme. *«Hello?»*, sagte sie, immer wieder *«Hello?»*, misstrauisch und lauschend. Zwei Telefone, die er aus seinen Jackentaschen nahm und nebeneinander auf die Ablage über ihrem Bett legte. Eins, dessen Nummer nur sie kannte. Das andere klingelte zuverlässig jedes Mal, wenn sie sich liebten, und jedes Mal, wenn es klingelte, nahm er das Telefon ab. Manchmal stand er dann auf und ging ins Badezimmer. Er schloss die Türe hinter sich, als könnte sie ihn nicht hören, als seien die Wände nicht aus Gips. Sie hörte seine Stimme, leise, beruhigend, schuldbewusst auch, als spreche er mit einem kranken Kind. Wenigstens redet er nicht in diesem Ton mit mir, dachte sie dann.

Ein ungenügender Trost. Er entschuldigte sich jedes Mal, wenn er zurückkam. In ihr Bett.

«Warum», fragte sie, «warum …?» Sagst du es ihr nicht, verlässt du sie nicht, schickst du sie nicht zurück nach Amerika.

«Sie ist meinetwegen in dieses fremde Land gezogen. Sie kennt hier niemanden. Sie ist ganz allein.»

«Sie könnte doch nach Amerika zurückgehen», sagte Poppy. «Amerika ist groß, es wird sie verschlucken mit Haut und Haar und nie wieder ausspucken.» Er schaute verletzt. Seit sie miteinander schliefen, hatte er sich nie mehr über Kim beklagt, kein schlechtes Wort mehr über sie gesagt. Poppy wünschte sich, er würde es tun.

Vor ein paar Tagen waren sie die Straße entlanggegangen, als ihnen eine Frau mit zwei Einkaufstüten entgegenkam. Wolf ließ ihre Hand los und duckte sich hinter einen Plakatständer. Poppy ging weiter, als sei nichts passiert, als sei sie allein unterwegs. Sie schluckte. Ihr würde doch jetzt nicht übel werden? Sie würde einfach weitergehen, sie würde die Yogastunde besuchen, wie sie es vorgesehen hatte, sie hatte sogar ihre Matte dabei.

«Poppy! Poppy, so warte doch!» Sie blieb stehen. Warum blieb sie stehen? Sie drehte sich um. Wolf lief hinter ihr her, seine Brille war verrutscht, sein Haar klebte schweißnass an seiner Stirn. Seine Füße schlenkerten beim Laufen nach außen. Er sah aus wie ein Idiot. Sie blieb stehen und wartete, bis er sie eingeholt hatte.

«Entschuldige bitte.»

«Wer war das?»

«Eine Nachbarin. Ich glaube, sie hat mich nicht gesehen. Aber sie ging so langsam weiter, es dauerte ewig, bis sie außer Sichtweite war. Ich frage mich nur, was sie ausgerechnet hier macht?»

«Vielleicht betrügt sie ihren Mann», sagte Poppy. Sie ging weiter. Wolf suchte ihre Hand. Sie gab sie ihm nicht.

Sie wünschte, sie wäre nach ihrem ersten Treffen aufgestanden und die Treppe zum Yogastudio hinaufgegangen. Statt noch mit ihm spazieren zu gehen, den Fluss entlang, sie hatte ihr Rad geschoben, er hatte eine Hand auf ihren Rücken gelegt, als wollte er sie schieben. So waren sie zu ihr nach Hause gegangen, ohne dass sie ein Wort darüber verloren hätten. Sie hatte ihr Rad in den Hauseingang gestellt, sie waren mit dem Lift in den dritten Stock hinaufgefahren, noch ohne sich zu küssen. Erst als sie die Tür geschlossen hatten, nahmen sie sich in die Arme. Feierlich fast. Und mit offenen Augen.

Es war ihr unausweichlich erschienen. Jetzt wünschte sie, es wäre nicht passiert. Sie könnten im Café sitzen und sich an den Händen halten, sich voller Verlangen in die Augen schauen, tief fallen, tief und doch nicht aufschlagen. Nie den Grund erreichen. Sie hätten nie nachgeben dürfen. Das Verlangen war schmutzig geworden, er hasste sich dafür, dass er ihm erlegen war. Und bald würde er sie dafür verantwortlich machen.

Poppy wollte ein guter Mensch sein. Sie wollte keinen Schaden anrichten. Und doch tat sie es immer wieder, ohne es zu wollen, aus Ungeschicklichkeit, Unachtsamkeit. All die Jahre, all die Yogastunden, und immer noch war es ihr größter Fehler: Unaufmerksamkeit.

Sie dachte nicht nach. Sie brauchte ihren Kopf nicht. Meist wusste sie nicht einmal, wo er war. Und dennoch.

«Du und ich, das ist einfach richtig, das ist immer schon richtig gewesen.»

«Ich weiß.» Er sagte es traurig. Resigniert und, so meinte Poppy zu hören, mit einem gewissen Vorwurf. Er war berechtigt. Sie war es schließlich, die nicht erkannt hatte, was sie beide verband. Die wahre Liebe. Die einzige. Sie hatte ihn weggeschubst, hatte sich aus seinen Armen befreit, hatte sich weitertreiben lassen, immer auf der Suche nach etwas, das sie längst hatte. Gehabt hatte. Verloren hatte.

«Bei dir bin ich zu Hause», sagte sie und legte sich in seinen Armen zurecht, sie nahm seine Hände und legte seine Arme genau so um ihren Körper herum, wie sie es mochte. Diese Arme waren dafür gemacht, sie zu halten. Er seufzte, er hielt sie fester. Er küsste sie.

Er schloss die Augen. Poppy starrte seine geschlossenen Lider an, als könnte sie sie aufzwingen. Lauf mir nicht davon, wollte sie sagen, verlass mich nicht, bleib bei mir. Mach deine Augen auf. Schau mich an. Schau mich an. Schau mich an. Als existiere sie nur in seinem Blick. Schließlich gab sie auf, legte sich auf den Rücken, starrte an die Decke.

Er wird seine Frau verlassen. Wenn die Kinder aus dem Gröbsten raus sind ... die Enkel ... Das alles kannte man aus einschlägigen Filmen, aus Liedern und aus der Literatur. Es war immer dasselbe. Sie sagten alle dasselbe. Nie wieder, hatte sie sich geschworen.

Aber mit Wolf war es etwas anderes. Sie liebten sich wirklich. Außerdem hatte er gar keine Kinder. Und vor allem: Sie war zuerst da gewesen. Er betrog sie mit seiner Frau. Genau so fühlte sich das an. Poppy konnte nicht anders, sie musste fragen: «Was, wenn ich damals nicht gegangen wäre?»

«Dann hätten wir geheiratet», sagte Wolf ernst. «Alle unsere Freunde hätten uns ausgelacht, damals heiratete man nicht, es war uncool. Wir hätten es trotzdem getan. Oder gerade.»

Damals hatten sie nicht an die Ehe geglaubt, an diese verstaubte bürgerliche Einrichtung. Stattdessen hatten sie an die Liebe geglaubt, als eine Macht, die jede Konvention überwindet. Die alles erklärte. Und so hatte sich Poppy in jemand anderen verliebt, und dann in jemand anderen und wieder anderen und immer so weiter.

Ich habe mich verliebt. Ich liebe ihn. So wie mit ihm war es noch nie, so habe ich mich noch nie gefühlt, das muss die wahre Liebe sein. Am Ende war es eine endlose Wiederholung derselben Atemlosigkeit, die nichts anderes mehr zuließ. Keinen Zweifel, keinen Gedanken.

Citta vrtti nirodah, dachte Poppy plötzlich, was hieß das noch gleich? Nevada sang es oft zu Beginn der Stunde: *Atha Yoga nusasanam, yogash citta vrtti nirodah.* Dies ist nun der Beginn der Lehre von Yoga. Yoga ist der Zustand, in dem die Wellenbewegungen des Geistes verebben.

Das war es, was Poppy immer gesucht hatte. Diese Stille. Dieses Innehalten. Dieses Verstummen der sieben parallel laufenden Tonspuren in ihrem Kopf, von denen die Hälfte sie auch noch ständig beschimpfte. Verliebtheit wirkte. Verliebtheit schaltete, für ein paar Wochen – wenn sie Glück hatte, für ein paar Monate – alles andere aus. Es gab nur noch eine Stimme in ihrem Kopf, und die sagte: Ich will ihn. Wann sehe ich ihn wieder, warum hat er nicht angerufen. Es gab nur ihn. Der immer ein anderer war.

Es gab wenig, was die Stimmen so zum Schweigen bringen konnte wie eine neue Liebe. Und gleichzeitig Hoffnung auf Erlösung weckte, jedes Mal neu.

Poppy schüttelte verzweifelt den Kopf. Sie hatte alles falsch gemacht! Wie sie sich in seine Arme zurückgelehnt und gedacht hatte, ich empfinde nichts. Ich kann ja noch atmen. Ich zittere nicht. Das kann es doch nicht sein. Sie wollte ihr zweiundzwanzigjähriges Ich am Ohr packen und daran ziehen und hineinzischen: Du blöde Kuh, genau das ist es, was du suchst, das hier ist dein Zuhause, diese schmale Brust, diese dünnen Arme, dieser nachsichtige Blick aus dicken Brillengläsern. Das ist der einzige Ort auf der ganzen Welt, an dem es genug ist, dich selbst zu sein. Mehr, meine Liebe, gibt es nicht!

«Und – wären wir noch zusammen, was meinst du?»

«Das musst du fragen? Im Ernst?» Er lächelte. Sein Mund war traurig.

«Es tut mir leid», flüsterte Poppy. «Es tut mir leid.»

Er ließ sie los. Lehnte sich im Bett zurück. «Manchmal wünschte ich, ich würde noch rauchen. Du nicht?»

«Manchmal.» In der Nachttischschublade lag eine angebrochene Schachtel Zigaretten.

«Weißt du, ich bin lange nicht über dich hinweggekommen. Ich wusste es, ich wusste es damals schon, vom ersten Augenblick an, du bist es. Du bist meine Frau. Du und ich, wir gehören zusammen. Ich hatte nicht den geringsten Zweifel, nie, aber ich sah, wie unruhig du warst und wie unzufrieden, manchmal, wenn wir uns küssten, öffnete ich die Augen und sah, wie dein Blick durch den Raum irrte, als gäbe es irgendwo in einer Zimmerecke noch etwas Wichtigeres, Besseres zu sehen. Ich wusste, dass ich kein cooler Typ war, nicht wirklich interessant. Aber ich wusste auch, dass ich dich festhalten konnte wie kein anderer. Ich dachte immer, du entspannst dich, früher oder später entspannst du dich und fängst an, das zu genießen, was wir haben. Wir hätten Kinder haben, wir hätten reisen können, vielleicht hätten wir zusammen arbeiten wollen, erinnerst du dich? Du wolltest damals die Matura nachholen. Du hast all die teuren Hefte bestellt. Ich hätte dir geholfen. Mathematik, Physik, das interessierte dich alles nicht, aber du wolltest unbedingt studieren. Du wolltest schreiben. Doch dann bist du gegangen. Weißt du noch, was du zu mir gesagt hast?»

Poppy schüttelte den Kopf. Sie wollte es auch gar nicht hören.

«Ich kann meine Zeit nicht länger mit dir verschwenden, das verstehst du doch.»

Sie zuckte zusammen. «Wie?»

Er nickte. «Das hast du gesagt. Wörtlich. Hab ich nie vergessen.»

«Es tut mir leid», murmelte Poppy. Manchmal dachte sie, das sei der Satz, den sie in ihrem Leben am meisten ausgesprochen hatte. Es könnte ihr zweiter Name sein: Poppy Estutmirleid Schneider.

«Nach dir kam lange Zeit niemand», sagte Wolf. «Keine Frau kam an dich heran. An das, was wir hatten. Ich konnte mich nicht trösten. Ich wollte mich auch gar nicht trösten. Ich vergrub mich in mein Studium, ich machte meine Doktorarbeit in Rekordzeit, das Einzige, was mich tröstete, waren Zahlen. Zahlen urteilen nicht. Zahlen bleiben immer gleich. Sie lassen sich nicht interpretieren. Nur erkennen. Dann plötzlich wendete sich das Blatt. Ein Theaterautor, der ein Stück über einen Mathematiker schreiben wollte, stieß bei seiner Recherche auf meine Arbeit. Ich wurde als Berater hinzugezogen. Und plötzlich wurde ich umschwärmt von Schauspielerinnen, Regieassistentinnen, Maskenbildnerinnen, Bühnenbildnerinnen. Ich aß in der Theaterkantine, ich feierte bis in die Morgenstunden, ich ging jede Nacht, oder eher jeden Morgen, mit einer anderen Frau ins Bett. Ich wurde nach der Premiere vom Fernsehen interviewt. Ich war eine Art Berühmtheit, fünfzehn Minuten lang. Und weißt du, was ich die ganze Zeit dachte? Wenn sie das sieht, kommt sie zurück. Poppy.»

«Wann war das?», murmelte Poppy, «da war ich im Ausland ... ich hatte keine Ahnung.»

«Aber – wärst du? Zurückgekommen? Wenn du mich gesehen hättest? Im Fernsehen, in der Zeitung, an einer Premierenfeier, am Arm der Schauspielerin, die die Hauptrolle spielte?»

Poppy schwieg.

«Eben, das wurde mir dann auch klar. Das war der Moment, in dem ich dich aufgab. Fast zehn Jahre, nachdem du mich verlassen hattest. Was soll ich sagen, ich bin ein Elefant, ich vergesse nur schwer.»

«Und jetzt ...»

«Und jetzt habe ich Kim. Kim hat mir ein Zuhause gegeben. Und ich habe ihr ihres genommen. Und so danke ich es ihr ...»

Poppy drehte sich von ihm weg, öffnete die Nachttischschublade, wühlte nach der Zigarettenpackung. Sie schüttelte eine heraus und zündete sie an. Funken sprühten. Wolf nahm sie ihr aus der Hand und zog daran.

«Du bist unglaublich», sagte er. Seinem Ton war nicht zu entnehmen, ob er «unglaublich gut» oder «unglaublich schlecht» meinte. «Dich wiedergefunden zu haben ist mein größtes Glück. Und doch, ich wünschte ...»

«Ich weiß», sagte Poppy schnell. «Ich weiß.» Nicht weiterreden.

«Ich dachte wirklich, ich sei glücklich. Mit Kim. Ich dachte wirklich, ich hätte es geschafft. Und jetzt bricht alles wieder auseinander.»

«Scheiß-Internet», sagte Poppy, und dann begann sie zu weinen.

Nevada

Sie musste wieder ganz von vorn beginnen. Es blieb ihr gar nichts anderes übrig. *Atha yoganusasanam* … Hier beginnt nun die Lehre des Yoga. Am Anfang.

Am Anfang war ihre Familie. Nevada hatte, nachdem Marie sie dreimal daran erinnert hatte, endlich ihren Termin beim Rheumatologen wahrgenommen. Obwohl die Abnützungserscheinungen an ihren Hand- und Fingergelenken minimal waren, vermutete er beginnende Polyarthrose, wenn nicht gar Polyarthritis. Er verschrieb ihr Schmerzmittel, von denen sie solche Magenschmerzen bekam, dass sie kaum mehr essen konnte und sich noch schwächer fühlte als zuvor schon. Marie hatte ihr ein rezeptfreies Mittel empfohlen, das die Magenwände schützen sollte. Doch davon wurde Nevada schwindelig. Oder waren die Ameisen von ihren Armen in ihren Kopf gewandert? Sie wusste es nicht. Marie schlug ihr vor, sich von einem Orthopäden untersuchen zu lassen, und machte gleich einen Termin für sie aus. Nevada ließ es zu. Marie schien einen geheimen Plan zu verfolgen. Sie nahm Nevadas Beschwerden als persönliche Herausforderung an. Nevada konnte das gut verstehen. Sie selber reagierte genauso, zum Beispiel auf Poppys flachen Atem, der sich nach zwei Jahren regelmäßigen Übens noch immer nicht vertieft hatte.

Marie kam nur noch selten zu Nevada in die Stunde. Vielleicht hatte Gion sie verdrängt. Vielleicht, dachte Nevada, vielleicht konnte Marie sie als Lehrerin nicht mehr ernst nehmen. Wie sollte Nevada ihren Schülern helfen, wenn sie sich selbst nicht helfen konnte?

Vielleicht war sie deshalb von der Yoga-Gemeinde verstoßen worden. Weil sie ein lebender Vorwurf an die Lehre war. Weil sie durch ihre bloße Anwesenheit Tag für Tag den unerschütterlichen Glauben aller in Frage stellte. Den Glauben, dass Yoga alles möglich und alles gut machte. Hieß es nicht in der *Hatha Yoga Pradipika*, das Üben von *Pranayama,* der Beherrschung des Atems, befreie von allen Krankheiten? Worauf wartete Nevada dann noch?

Nevada saß im Schneidersitz auf ihrer Matratze. *Sukhasana,* der einfache Sitz. Wörtlich: der süße Sitz. Das war nun doch übertrieben, dachte Nevada. Süß war diese Sitzhaltung nicht. Aber möglich. Der mögliche Sitz. Konnte sie mehr verlangen? Sie stützte ihre Knie mit Kissen ab, legte ein weiteres auf ihren Schoß und stellte ihren alten Laptop darauf. Noch hatte Lakshmi das Kennwort für den Internetzugang nicht geändert.

Alternative Heilmethoden, tippte Nevada in die Suchmaschine ein. 999 000 Einträge. Sie klickte auf *Seiten aus der Schweiz*. 91 900 Seiten. Die dritte oder vierte Seite, die sie anklickte, war die ihrer Schwester Sierra. Mit ihr hielt Nevada seit ihrer Rückkehr in die Schweiz einen losen E-Mail-Kontakt. Doch gesehen hatten sie sich in all den Jahren nie.

Am Tag, an dem Nevada die Schweiz verlassen hatte, war Sierra zurückgekehrt, um sie zu ersetzen. Der Notfall-Klempner hatte Martha mit seinem frühen Klingeln mitten in einem Fressanfall unterbrochen. Und sie daran erinnert, dass die Toilette verstopft war. Das hatte sie vergessen. Sie würde die Frischbackbrötchen und den rohen Kuchenteig nicht erbrechen können. Vor lauter Wut und Verzweiflung hatte sie den überrumpelten Mann erst einmal in ihr Bett gezerrt, bevor sie ihn auf die Jagd nach der Ursache des üblen Geruchs schickte. Diese war bald gefunden. Der Klempner hatte Martha angeschaut, als sei sie verantwortlich für den Zustand des stinkenden Bündels Mensch, das die Sanitäter wenig später aus der Wohnung trugen. «Was bist du für eine Frau!» Dann musste er sich übergeben. Er! Die Sanitäter schauten sie mit demselben Blick an. Angeekelt. Nicht von der Sauerei in dem Zimmer, nein, von ihr, Martha. Als sei sie ein Monster und Beni ihr unschuldiges Opfer. Sie ließen sie nicht einmal in der Ambulanz mitfahren, sondern riefen die Polizei.

Dabei lebte Beni noch. Er wurde ins Krankenhaus gebracht, wo man ihn mit einer neuen Methode vom Alkohol entwöhnen würde. Im künstlichen Koma. Er würde gar nichts merken. Keine Entzugserscheinungen, nichts. Keine Strafe, dachte Martha gehässig. Beni kam immer ungeschoren davon. Doch die Polizisten sahen das nicht so. Sie fotografierten das Zimmer von allen Seiten. Sie packten Abfall und Fäkalien in durchsichtige Plastiktüten. Und sie nahmen Martha fest. Auf dem Polizeiposten wurde sie stundenlang vernommen und wegen fahrlässiger Körperverletzung angezeigt. Niemand wollte ihre Version hören. Niemand wollte glauben, was dieser Mann ihr angetan hatte. All die Jahre lang.

Martha rief Sierra in Paris an. Sierra kam mit dem nächsten Zug. Sie ließ ihren frischgebackenen französischen Gatten mit dem vagen Versprechen zurück, es werde nicht lange dauern.

Doch die Tage wurden zu Wochen und die Wochen zu Monaten. Die Geschichte wurde in der Boulevardpresse breitgetreten, Martha musste ihr Studio schließen. Als Beni schließlich entgiftet und geläutert aus dem Koma geweckt wurde, sah er von einer Anklage ab, und der Fall verlief sich im Sand. Sierra hätte einen halben Tag lang entkommen können. Bis Beni im Krankenhaus gründlich untersucht wurde. Jahrelanger Alkoholmissbrauch hatte erstaunlicherweise keine bleibenden Schäden hinterlassen, seine Leberwerte waren für sein Alter normal. Dafür waren diverse andere Organe, darunter sein Gehirn, von Krebs befallen. Beni Marthaler hatte noch sechs Wochen zu leben.

«Sechs Wochen», beschwor Sierra ihren Mann am Telefon. «Sechs Wochen, *chéri*. Die steht meine Mutter alleine nicht durch, das verstehst du doch?»

Chéri verstand. Sierra hätte sich über seinen Gleichmut gewundert, wenn sie nicht so beschäftigt gewesen wäre. Sie hätte sich eigentlich denken können, dass er sich längst über ihre Abwesenheit hinweggetröstet hatte. Doch Sierra blieb keine Zeit, um über ihre Ehe nachzudenken. Martha war fest entschlossen, die öffentliche Schmach wieder auszulöschen, indem sie sich ganz Benis Pflege hingab. Dabei entdeckte sie ihre Leidenschaft für alternative Heilmethoden und erreichte – vermutlich ungewollt –, dass aus den prognostizierten sechs Wochen drei Jahre wurden. Drei Jahre, die Martha brauchte, um sich mit Beni zu versöhnen. Wenigstens glaubte das Sierra. Wollte es glauben. Ihr Liebesopfer sollte schließlich nicht umsonst gewesen sein.

Sierra hatte sich an der täglichen Pflege ihres Vaters nicht beteiligt. *Dass ich dem noch den Hintern wische – nein!*, hatte sie Nevada geschrieben. *So weit kommt's noch!* Sie unterstützte ihre Mutter im Hintergrund. Sie recherchierte, informierte sich, bildete sich fort und baute ganz nebenbei Marthas Studio wieder auf. Als «ganzheitliche Gesundheitsoase» für Frauen. Mit integrierter Patientinnenanwaltschaft. *Sierra Suave* nannten sie sich. Die sanfte Säge. Wohltuend und wirkungsvoll. Eine Welle aus Stahl.

Dieser Familie entkommst du nicht, hatte sie geschrieben. Das Machtgefälle zwischen den Schwestern hatte sich verschoben. Es kam nicht darauf an, wer die Ältere war. Die, die sich retten konnte, war die Stärkere. Nevada konnte Sierra nicht sagen, dass sie gewusst hatte, was sie im Zimmer ihres Vaters zurückließ. Deshalb wollte sie, konnte sie Sierra nicht sehen. Sie würde ihr nicht ins Gesicht lügen können. Als ob sie das ahnte, hatte auch Sierra in all den Jahren nie ein Treffen vorgeschlagen. Die Schwestern waren Einzelkämpferinnen. Jede in ihrer Ecke des Rings, der ihre Familie war.

Nevada musste zurück auf Feld eins. Sie fischte ihr Handy zwischen den Kissen hervor und wählte die Nummer, die auf der Homepage stand.

«*Sierra Suave*, wie kann ich Ihnen helfen?»

«Mama?»

Am nächsten Tag schon saß Nevada in Marthas Smart und tuckerte mit ihr über Land. Der Wagen hörte sich an wie ein Traktor und fuhr ungefähr so schnell.

«Erst einmal müssen deine Energien ausgerichtet werden», sagte Martha. «Zum Glück habe ich Beziehungen. Und schau mich nicht so an! Man sollte meinen, als Yogalehrerin seist du etwas offener!»

«Ich hab doch gar nicht geschaut!» Nevada bereute es schon, die Nummer gewählt zu haben. Martha hatte das Telefon abgenommen, Nevada nach der ersten Überraschung gezielt ausgefragt und dann die Kontrolle über das weitere Vorgehen übernommen.

«Du wirst sie mögen», sagte Martha. «Sie heißt Robina, sie findet den Ort in deinem Körper, wo der Widerstand sitzt. Besser als jeder Doktor.» Martha schaute Nevada von der Seite an. «Ich bin froh, dass du mich angerufen hast», sagte sie. «Warum hast du dich bloß so lange nicht gemeldet?»

«Und du? Warum hast du dich nicht gemeldet?»

«Du bist es doch, die jahrelang im Ausland gelebt hat! Es wäre an dir gewesen. Der, der zurückkommt, meldet sich bei dem, der dageblieben ist, so ist es nun einmal.»

Und du bist meine Mutter. So ist es nun einmal, dachte Nevada.

Es war immer noch kühl für die Jahreszeit. Nevada trug eine Strickjacke, die ihr zu groß war. Sie hatte die beiden Ärmel zum Muff geschlossen. Es schien ihr, als könne sie damit den Schmerz in den Unterarmen lindern. Auf den Raum zwischen ihrer Haut und dem Wollstoff der Jacke verkleinern.

Martha schaltete das Autoradio aus. Eine Weile schwiegen sie. Was Robina mit ihr vorhatte, wusste Nevada noch nicht. Doch ihre Mutter schien es zu wissen, und das genügte ihr. Nevada ließ sich gern bemuttern. Sie wusste nicht, wann sie das zum letzten Mal erlebt hatte. War sie je hingefallen, hatte sich das Knie blutig geschlagen, sich weinend in Mutters Arme geflüchtet? War sie getröstet, verarztet worden? Bestimmt. Sie konnte sich nur nicht daran erinnern. Die Erinnerung war eine ebenso unzuverlässige Freundin wie alle anderen *vrttis* oder Bewegungen des Geistes: Wahrnehmung, falsche Wahrnehmung, Vorstellung und Tiefschlaf. *Anubuthavisayasampramosah smrtih* – Erinnerung ist das Festhalten einer bewussten Erfahrung in unserem Geist. Was natürlich nicht bedeutet, dass sich die Erinnerung mit der Erfahrung deckt.

Martha lenkte den Wagen vor ein kleines Haus, das aussah, wie ein Kind ein Haus zeichnen würde, ein spitzer Giebel, ein mit roten Ziegeln bedecktes Dach, eine halbrunde Treppe, die zur Eingangstür führte. Sie bildete den Mund in dem Gesicht des Hauses, und die zwei Fenster im ersten Stock die Augen. Die geschlossenen Augen, denn die Fensterläden waren zu.

«Bist du bereit?», fragte Martha.

Nevada nickte.

«Gut.» Martha stieg aus, ging um den kleinen Wagen herum und half Nevada auszusteigen. Jetzt war sie sich sicher: Diese Art von Fürsorge hatte sie noch nie erlebt. Nevada folgte ihrer Mutter die Treppenstufen hinauf. Sie fröstelte in ihrer zu großen Strickjacke.

Die Türglocke klang wie ein Gong, verhallte wie in einem viel größeren und ganz leeren Haus. Ohne dass sie Schritte gehört hätten, ging die Tür auf. Eine ältere Frau stand vor ihnen, sie trug ausgebeulte Manchesterhosen und einen wildgemusterten Faserpelzpullover. In ihren grauen Haaren steckten zwei Bleistifte. Nevada erkannte sofort die gebückte Haltung, die eingesunkenen Schultern, die bestimmt Rückenschmerzen verursachten und ein tiefes Durchatmen unmöglich machten. Sie wollte die Hand zwischen diese Schulterblätter legen, aber ihre Hand weigerte sich, den Ärmel ihrer Jacke zu verlassen. Ihre Mutter hingegen umarmte die unscheinbare Frau und hielt sich eine ganze Weile an ihren eingesunkenen Schultern fest.

«Kommt herein», sagte Robina. «Kalt ist es heute, nicht? Man würde nicht glauben, dass bald Sommer ist, nicht? Zieht eure Jacken aus, hier.»

Nevada schüttelte den Kopf. «Ich behalte meine lieber an.»

«Wie du willst. Ich schau nur schnell nach meiner Konfitüre. Setzt euch schon mal ins Behandlungszimmer. Martha, du kennst den Weg.»

Irgendwo aus dem hinteren Teil des kleinen Hauses roch es nach verbranntem Zucker. Martha legte Nevada ganz leicht eine Hand auf den Rücken und schob sie nach rechts, den düsteren Flur entlang, an dessen Ende eine Tür einen Spaltbreit offenstand. Martha ging voran. In dem großen, holzgetäferten Zimmer standen ein abgeschabtes, samtbezogenes Sofa und zwei riesige Sessel. Zwei Elefanten aus braunem Leder. Unter dem kleinen Fenster stand eine Holzkiste, die mit einem indischen Schal bedeckt war. Eine Kerze und eine Engelsstatue standen darauf.

«Nimm du einen Sessel», sagte Martha. «Den linken.»

Sie selber setzte sich auf das Sofa, ganz vorn auf die Kante, sie stützte ihre Arme auf die Knie und schaute sich neugierig um. «Der Engel ist neu», sagte sie. «Es dauert sicher nicht lange. Warm ist es hier drin. Bist du sicher, dass du deine Jacke anbehalten willst?»

Nevada nickte.

«Na gut, vielleicht musst du sie dann später ausziehen, wenn sie mit dir arbeitet. Ich weiß es nicht, sie macht immer etwas anderes. Keine zwei Sitzungen laufen gleich ab.»

Ihre Mutter plapperte. Sie war nervös. Nevada lehnte sich zurück und schloss die Augen. Die Lehne gab nach, neigte sich sanft mit ihr nach hinten. Sie war noch nie so bequem gelegen. Hatte sich noch nie so sicher gefühlt. Der Sessel war wie eine große, warme, leicht geöffnete Hand, die sie hielt.

King Kong, dachte sie. Genau so. Sie war die weiße Frau in der großen Pranke des Affen. Sie war seiner Willkür ausgeliefert. Aber was sollte sie machen? Hinunterspringen und auf den Straßen von New York zerschellen? Nein. Es blieb ihr gar nichts anderes übrig, als die Augen zu schließen, sich zurückzulehnen und zu hoffen, dass der Affe ihr wohlgesinnt war. Dass er sie nicht in seiner Hand zerquetschte. Auch nicht aus Versehen.

Draußen schnelle Schritte. Robina trug Holzpantinen, die laut klapperten. Sie ging an der Tür vorbei und kam wieder zurück, klapperte eine Treppe hinunter und wieder herauf. Endlich betrat sie das Zimmer, atemlos.

«Tut mir leid», sagte sie, «ich musste tatsächlich dreimal kontrollieren, ob ich den Herd ausgeschaltet habe. Ich weiß nicht, was heute mit mir los ist. Vielleicht ist es dein Besuch.» Sie wandte sich an Nevada, die vorsichtig die Augen öffnete.

«Willst du nicht deine Jacke ausziehen?»

Nevada seufzte. «Nein. Warum? Ist das ein Problem?»

«Nein, nein, gar nicht. Kein Problem!» Robina zündete eine Kerze an und wedelte mit beiden Händen durch die Flammen. Dann setzte sie sich auf den zweiten Elefantenstuhl, der seufzend mit ihr nach hinten kippte. Sie war klein wie ein Kind, ihre Füße ragten nicht über die Sitzfläche des Sessels. «Na gut, dann fangen wir an.»

«Was müssen Sie wissen?»

«Nichts. Mach die Augen wieder zu, entspann dich.»

Robina atmete ein paarmal geräuschvoll ein und aus. Dann begann sie etwas zu murmeln. Es klang wie ein Gebet. Nevada versuchte sich zu entspannen, das kannte sie schließlich, Rezitationen, die sie nicht verstand, atmen, stillsitzen …

«So sei es», schloss Robina laut und bestimmt. Dann schwieg sie wieder.

Muss ich etwas tun?, fragte sich Nevada. Wird etwas von mir erwartet? Wird sie mir sagen, was ich tun muss? Wird sie überhaupt etwas sagen? Warum fiel es ihr so schwer, sich zu entspannen? War das nicht ihr Beruf?

«Dein zweites Chakra ist kaputt», sagte Robina plötzlich. «Ich muss es reparieren.»

Nevada fühlte sich auf unerwartete Art beleidigt, fast empört. «Wie, mein Chakra ist kaputt, wie kaputt? Und warum das zweite?» Da saß, wenn sie sich richtig erinnerte, ihre Identität. Die brauchte sie.

«Ich kann es nicht reparieren», sagte Robina mit entschuldigendem Unterton. «Ich glaube, es ist verbraucht. Ich werde es auswechseln.»

Vor Nevadas innerem Auge tauchte ein Bild wie aus einem Trickfilm auf: Ein dicker gelber Käfer summte heran. Zwischen den vordersten Beinchen hielt er ein großes graues Zahnrad. Der Käfer trug eine blaue Schiebermütze und summte wie jemand, der selbstvergessen seiner Arbeit nachgeht. Er flog zu Nevadas Bauchnabel und setzte das Zahnrad dort ein. Er arbeitete schnell, routiniert, es schien keine große Sache zu sein. Nevada musste lächeln. Hatte sie ein Kinderbuch gehabt, in dem so etwas vorkam?

«Deine Energie ist am Arsch», sagte Robina. «Bitte entschuldige meine Ausdrucksweise, aber so etwas sehe ich nur sehr selten. Ich versuche zu flicken, was ich kann.»

«Hm», machte Nevada. Sie wollte fragen, was Robina damit meinte, aber sie brachte die Lippen nicht mehr auseinander.

«Du bist vollkommen ausgelaugt», sagte Robina. «Ich muss dich auffüllen. Ich sehe eine hellrosa schäumende Flüssigkeit.»

Im selben Moment sah Nevada sie auch. Sie kam aus einem alten, rissigen Gummischlauch. Gierig öffnete sie den Mund, doch der Schlauch bewegte sich zu ihrem Kopf.

«Ich gieße die Flüssigkeit in dein Scheitelchakra. Von da verteilt sie sich überallhin, wo sie benötigt wird. Das wird eine Weile dauern. Aber es ist genug da.»

Nevada fühlte, wie ihre Beine schwer wurden. Sie konnte sehen, wie ihre Füße aufgefüllt wurden mit der schäumenden Flüssigkeit, aber es war, als habe sie in jeder Fußsohle ein Loch. Die Flüssigkeit lief einfach durch sie hindurch. Sie versuchte, sie zu ihren schmerzenden Unterarmen zu lenken, es gelang ihr nicht. Robina begann etwas zu summen, ein kühler Lufthauch streifte Nevada. Sie blinzelte. Aus dem Augenwinkel sah sie, wie Robina mit beiden Händen wedelte, als wollte sie etwas aus der Luft zu Nevada hinfächern. Sie schloss die Augen wieder.

«Jetzt kommt eine dunklere Flüssigkeit herein, sie ist dicker in der Konsistenz, wie Sirup, und dunkelrot, purpur ... zwischen Himbeere und Brombeere ... ganz satt die Farbe, leuchtend. Die klebrige Konsistenz der Flüssigkeit verklebt die Löcher, aus denen deine Energie entweicht. Sie kleidet dich von innen aus. Jetzt tropft es oben in deinen Scheitel, silbern wie ... ich weiß nicht, Quecksilber? Das ist deine Verbindung zu Gott. Oder so», sagte Robina schnell. «Der höheren Instanz. Wie immer du sie nennen willst. Die Tropfen kommen immer schneller. Sie füllen dich auf.»

Nevada fühlte die klebrige Substanz in ihrem Innern. Sie fühlte die schweren silbernen Tropfen in ihrem leeren Kopf aufschlagen und schimmernde Pfützen bilden, sich verteilen, in ihren Füßen war jetzt kein Leck mehr. Plopp, plopp, plopp.

Eine Weile lang war es still. Dann atmete Robina so laut aus, als wollte sie die Kerze am anderen Ende des Raumes ausblasen.

«Was siehst du?»

Nevada schwieg. Sie sah sich über eine grüne Wiese schweben. Sie trug ein weißes Nachthemd. Sie sah aus wie ein Weihnachtsengel auf einer Kinderzeichnung. Allerdings hatte sie keine Flügel. Sie flog nicht mit Muskelkraft, schwebte eher wie ein Ballon, kreiselte, ließ sich treiben. Sie schaute nach unten, und im selben Moment stand sie wieder im feuchten Gras, barfuß. Als wäre die Luft aus ihr entwichen.

Sie öffnete die Augen. «Nichts», sagte sie, «ich sehe nichts.»

Robina nickte. «Ich würde dir dringend raten, einen Arzt aufzusuchen.»

Martha schnappte hörbar nach Luft. Nevada schaute zu ihr hinüber. Sie hatte sie ganz vergessen. Marthas Gesicht war tränenüberstömt. Beinahe flehend sah sie Robina an.

«Ich weiß, ich sage das nicht oft, und ich sage es nicht gern. Aber in dir, Nevada, geht etwas vor, das ich mit reiner Energiearbeit nicht beeinflussen kann. Ich weiß nicht, was es ist, aber es hat deine Chakren aufgelöst. Sie waren wie aus Wackelpudding. Ich musste jedes Einzelne ersetzen!»

Wieder tauchte vor Nevadas innerem Auge der fliegende Mechanikerkäfer auf, der Zahnräder heranschaffte, die größer waren als er selber. Waren Chakren aus Metall, waren sie glänzend, grau und kalt? Und was war mit den *Nadis*, den Energiekanälen, die ihre Chakren miteinander verbanden, *Ida* und *Pingala*, die sich ineinander verdreht die Wirbelsäule hinaufschlängelten, und *Shushumna* in der Mitte? Waren die auch verstopft, verklebt, voneinander getrennt? Kaputt?

«Ich war schon beim Arzt», sagte sie. «Ich war bei diversen Ärzten. Sie haben nichts gefunden. Der Rheumatologe meint, es könnte beginnende Gelenkarthritis sein, die man noch nicht richtig sieht. Er hat mir Schmerzmittel gegeben, aber sie helfen nicht.»

«Warst du bei einem Neurologen?»

«Nein.»

«Das würde ich an deiner Stelle tun. Geh zu einem Neurologen.» Dann sagte Robina nichts mehr.

Nevada lehnte sich in dem Sessel zurück und schloss die Augen wieder. Die Hand trug sie. Hielt sie fest. Hier wollte Nevada bleiben. Aber irgendwann stand Robina auf und schickte sie weg. Wieder hielt sich Martha lange an der gebückten Frau fest.

«Ich habe Hunger», sagte Nevada, als sie wieder draußen in der Kälte standen. Die Sonne drang nur schwach durch den Nebel, der in den Bäumen hing, als wäre es Herbst. Der Sommer fällt dieses Jahr aus, dachte Nevada.

Martha zog schniefend die Nase hoch, dann startete sie den kleinen Traktor. Sie tuckerten ins Dorf hinein und hielten vor einem Gasthaus. Bevor sie ausstieg, kontrollierte Martha ihr Make-up im Rückspiegel. Sie wischte die verschmierte Wimperntusche weg, puderte die Ringe unter ihren Augen und zog ihre Lippen nach. Dann fuhr sie sich mit beiden Händen durch das kurzgeschnittene, blondgefärbte Haar. «Wenn dir die Haare ausfallen, lass ich mir auch eine Glatze scheren!», sagte sie heftig. «Aus Solidarität.»

«Mama!» Wann hatte sie ihre Mutter je so genannt?

«Nein, ich meine es ernst. Das hab ich in einem Film gesehen.»

«Mama, ich habe nicht Krebs. Das haben sie gleich als Erstes ausgeschlossen.»

«Ach ja, und wie? Mit einem Bluttest?»

«Ja, ich denke. Jedenfalls haben sie Blut abgenommen.»

Martha nickte. «Das hab ich mir schon gedacht. Der Bluttest ist nicht zuverlässig. Du musst in die Röhre. Da führt kein Weg dran vorbei. Nicht nach dem, was Robina gesagt hat.»

«Aber erst essen wir.»

Sie stiegen aus. Im Gasthof wurden gerade die letzten Teller abgetragen, die Gäste bezahlten und verließen das Lokal. Hier aßen noch alle zur selben Zeit. Nevada und Martha standen eine Weile im Eingang herum, ließen die Gäste an sich vorbei, bis eine Kellnerin sie entdeckte.

«Essen?», fragte sie knapp.

Martha und Nevada schauten einander an. Haben Sie auch vegetarische Gerichte?, wollte Nevada fragen, aber es kam ihr nicht über die Lippen. Martha nickte. «Essen.»

«Das Tagesmenü hab ich nicht mehr. Und wenn ihr von der Karte bestellen wollt, müsst ihr euch beeilen. Die Küche schließt in einer Viertelstunde!»

«Ist gut.» Sie setzten sich und studierten die Karte.

«Ich weiß nicht, wann ich das letzte Mal so etwas gegessen habe», sagte Martha.

«Ich auch nicht.»

«Sollen wir den Salatteller nehmen?» Martha schaute die Karte unsicher an. Als könnte sie ihr ins Gesicht springen. «Oder vielleicht die Tagessuppe? Man kann schon etwas Warmes vertragen, bei der Kälte heute. Soll ich fragen, was drin ist?»

«Nein», sagte Nevada. «Heute nicht.» Sie spürte immer noch die große Hand eines überdimensionierten Kinoaffen, der sie hielt. Vielleicht war es auch die Hand Gottes. Wer Gott auch sein mochte. *Isvarah pranidhana,* dachte sie. Die Hingabe an Gott ist auch eine Möglichkeit, den Zustand Yoga zu erreichen. Patanjali Yoga Sutra 1.23. Dieses Sutra und die drei darauffolgenden hatte sie beim Studium geflissentlich übersprungen. Obwohl das Lehrbuch, das sie dazu benutzte, deutlich erklärte, dass kein spezifischer Gott gemeint sei, keine bestimmte Religion, einfach eine grundsätzlich übergeordnete Macht.

«Sie können statt an Gott auch an Ihre Eltern denken», hatte der indische Lehrer damals gesagt, und Nevada hatte gelacht. Absolute Hingabe an ihre Eltern. Absolutes Vertrauen. Vermutlich wäre sie längst tot. Im Alkohol ertrunken wie ihr Vater, verhungert wie ihre Mutter.

Hör auf, deine Mutter lebt noch.

Gott war das größte Problem im Yogaunterricht, in den Schriften, in den Sutras. «Verschon mich mit dem esoterischen Zeug», sagten ihre Schüler, vor allem in der ersten Stunde. «Ich bin hier, um mich zu bewegen, um meinen Körper zu spüren, ich will meine Rückenschmerzen loswerden und meinen Po straffen, keinesfalls will ich irgendwelche obskuren indischen Götter anbeten oder stundenlange Gebete runterleiern, vielen Dank!» In New York war es einfacher gewesen, die Amerikaner sprachen über Gott, als sei er ein alter Bekannter, eine konstante Präsenz, jemand, dessen Namen sie mit einer gewissen Vertrautheit aussprechen konnten. Doch Nevada war das immer fremd gewesen, und sie hatte sich schon damals geweigert, die Sutras, die sich auf Gott bezogen, vorzusingen. «Das Universum», sagte sie stattdessen, «das Absolute, der Geist.»

Heimlich glaubte sie immer noch an den Gott ihrer Kindheit. Einen strengen Vater, dem man nicht gerecht werden konnte, so sehr man sich auch bemühte. Doch das Versprechen, die Hoffnung auf Erlösung, ließ einen weiterrackern. Nevada kannte diesen Gott nur aus dem Religionsunterricht in der Schule, den sie auch nur so lange besucht hatte, bis der Schulleitung bekannt wurde, dass ihre Eltern aus der Kirche ausgetreten waren. Dann war Nevada, zusammen mit vielen anderen in ihrer Klasse, vom Religionsunterricht befreit worden. Das wenige, das sie gelernt hatte, ließ sie vermuten, dass Gott weiblich war, eine gnadenlose Mutter wie ihre eigene.

Sie wusste, dass es noch etwas anderes geben musste. Sie dachte an die wilden Geschichten über Hindu-Gottheiten, die gern zur Yogalehre erzählt wurden, als sei Yoga Teil des hinduistischen Glaubens. Diese Götter waren unbeherrscht und fehlerhaft, sie richteten Unheil an, ebenso selbstverständlich, wie sie Rettung leisteten. Patanjali definierte Gott als eine übergeordnete Größe, ein übergeordnetes Bewusstsein. Etwas, das immer da war. Darunter hatte Nevada sich nie viel vorstellen können. Noch fremder war ihr die Vorstellung, dass Gott überall sei, also auch in ihr. Zum Glück war die absolute Hingabe an Gott nur eine Möglichkeit, um den Zustand Yoga zu erreichen. Die andere war anstrengender, aber vertrauter: Üben. Das konnte Nevada. Sie winkte die Kellnerin heran.

«So, habt ihr etwas gefunden?»

«Ja», sagte Nevada. «Ich nehme das Cordon bleu mit Pommes frites. Und ein Glas Rotwein.»

«Und was darf es für Sie sein?»

«Für mich?» Martha klappte die Speisekarte zu. «Für mich bitte dasselbe.»

Üben und Loslassen, genau genommen. So stand es in dem betreffenden Sutra. Ernsthaftes, regelmäßiges Üben, ohne ein bestimmtes Ergebnis davon zu erwarten. Diesen zweiten Teil hatte Nevada bisher außer Acht gelassen. Jetzt fragte sie sich plötzlich, ob er nicht der wichtigere war. Sie lehnte sich zurück und spürte statt der harten Lehne des Holzstuhls immer noch diese große Hand.

Ted

Sitzen bleiben, weiteratmen. Warum fiel ihm das jetzt ein? Nevada hatte gesagt: «Yoga heißt, in einer unangenehmen Situation, wie zum Beispiel in dieser *Asana*, ausharren zu können. Einfach sitzen zu bleiben und weiterzuatmen.»

In einer unangenehmen Situation wie dieser. Lilly hatte eine Rolle Krepppapier aus der Küche geholt, von Emma genau beobachtet. Warum kennt sich diese fremde Frau in Papas Küche so gut aus?, stand sichtbar auf ihrer gefurchten Stirn geschrieben.

Lilly hatte drei Blätter von der Rolle abgerissen und verteilt. Dann hatte sie mit ihrem Papier sorgfältig die Oberfläche des Pizzastücks abgetupft, das vor ihr auf dem Teller lag.

«Was machst du da?», hatte Emma gefragt.

«Wonach sieht es denn aus?» Triumphierend hielt Lilly das Papier hoch. Es war so fettdurchtränkt, dass es beinahe durchsichtig war. «Das hier», sagte Lilly. «Das hier will ich nicht in meinem Körper haben. Das ist reines Gift.»

Ted trocknete mit seinem Stück Papier seine Lippen ab und legte es dann zur Seite, als habe Lilly es ihm als Serviette gereicht, als läge nicht schon eine Papierserviette neben seinem Teller. Emma schaute von einem zum anderen und versuchte zu entscheiden, wem sie es nachtun sollte. Lilly wartete. Niemand aß.

Der Abend hatte so gut begonnen. Sie hatten Emmas Zimmer fertig eingerichtet. Ted hatte, als er nach der Trennung in diese Wohnung gezogen war, das größte Zimmer für Emma reserviert. Tobias hatte ihn deswegen ausgelacht. «Wie oft ist die Kleine bei dir, zweimal im Monat? Und wie groß ist sie überhaupt? Die würde doch in eine Schuhschachtel passen! Und du überlässt ihr das größte Zimmer, das mit dem Balkon, und ziehst dich in die Kammer zurück. Das ist doch krank.»

«Ich will, dass sie sich wohl fühlt. Dass sie weiß, dass sie bei mir ein Zuhause hat.»

«Hat sie doch gar nicht!»

Ich will, dass ihr Zimmer schon bereit ist, hatte er oft gedacht, aber nie ausgesprochen. Und jetzt war es so weit. Das Zimmer war groß genug, um Emmas beide Leben fassen zu können, ihr Zimmer in Tinas Wohnung passte in dieses Zimmer mit hinein. Die rosaroten Stühle unters Fenster, der zweite kleine Schreibtisch neben den Schrank, in den alle Kleider passten, auch die Skiausrüstung, die Mäntel und die drei Tutus, die Emma früher manchmal im Kindergarten getragen hatte. Jetzt trug sie sie nur noch zu Hause, beim Spiel. Die Bücher hatten Platz, die Puppen, die Plüschtiere, der Meerschweinchenkäfig. Das Zimmer akzeptierte die rosaroten Plastikmöbel neben den Holzsachen, die Ted gekauft hatte, den verschnörkelten Schminktisch mit dem kleinen Spiegel neben dem schlichten hölzernen Schülerpult im Quäkerstil.

Die ganze letzte Woche waren sie damit beschäftigt gewesen, eine

Art Alltag herzustellen. Sie standen früh auf, fuhren mit dem Fahrrad zur Schule, Emma verbotenerweise auf dem Trottoir, Ted neben ihr. Emma war bereits beim Mittagstisch und Nachmittagshort angemeldet, und Ted holte sie ab, sobald sein Unterricht beendet war. Dann fuhren sie nach Hause, machten beide ihre Schulaufgaben. Emma füllte Blätter aus, Ted korrigierte dieselben Blätter, von seinen Schülern ausgefüllt. Nicht ganz dieselben natürlich. Er unterrichtete schließlich Viertklässler, Emma war in der ersten. Später bestellten sie Pizza. Jeden Abend Pizza. Emma schien die Routine zu brauchen. Sicherheit vor Gesundheit, entschied Ted. Aber wenn Lilly zum Essen kam, würde es etwas Besonderes geben. Etwas Gesundes. Nacht für Nacht hatten sie telefoniert, sobald Emma eingeschlafen war. Lilly zupfte an den Rändern seines Herzens wie an Gitarrensaiten, entlockte ihnen ein jämmerliches Jaulen. Sie hatte alles versucht, um ihn aus dem Haus zu locken. Alles versprochen. Doch er würde Emma nicht alleine lassen.

«Es gibt doch so was wie Babysitter.»

«Nicht der richtige Zeitpunkt.» Er biss sich auf die Zunge, nachdem er das gesagt hatte. Sie legte auf und nahm achtzehn Stunden lang das Telefon nicht mehr ab. Er lud sie zum Essen ein, er wollte, dass sie Emma kennenlernte, sie legte sich bis zum letzten Moment nicht fest. Und als es an der Tür klingelte, hatte er Emma noch nichts von Lilly gesagt.

«Wer ist das?» Emma schaute auf. Die Stirn gerunzelt. Was jetzt, schien sie zu denken. Noch was Unvorhergesehenes?

«Das hätte ich ja beinahe vergessen», log Ted. «Das ist Lilly. Eine gute Freundin von mir. Ich habe sie zum Abendessen eingeladen.»

«Warum?», fragte Emma.

«Warum?» Das hatte er sich nicht überlegt.

Es klingelte noch einmal. Das Haus war alt. Man musste nach unten gehen, die Haustür aufschließen. Ted stand auf. Lilly hasste es zu warten. «Ich wollte, dass ihr euch kennenlernt», sagte er, während er zur Tür ging.

«Ja, aber warum?», fragte Emma nach. «Ist sie deine Freundin?»

«Ja», sagte er einfach. Es schien das Einfachste. Er schloss die Wohnungstür auf und ging die Treppe hinunter. Er hoffte, dass Emma ihm nicht folgen würde, dass er eine Minute allein mit Lilly hätte. Dass er sie richtig küssen konnte.

Als er die Haustür aufschloss, wusste er, dass es keine gute Idee gewesen war.

«Das hat jetzt aber ganz schön gedauert», sagte Lilly zur Begrüßung. «Ich dachte schon, du hättest mich vergessen!» Sie schob die Unterlippe vor, Ted küsste sie.

«Wie könnte ich», murmelte er in ihren schmollenden Mund. Wie ein Idiot.

Lilly entzog sich, bog den Kopf nach hinten. «Wir sind nicht allein», sagte sie.

Oben beugte sich Emma über das Geländer und schaute zu ihnen herab. Sie beobachtete, wie sie, dicht nebeneinander, aber ohne sich zu berühren, die ausgetretenen steinernen Treppenstufen heraufkamen.

Sie versucht, die Situation einzuschätzen, dachte Ted. «Emma, das ist Lilly.»

«Deine Freundin.» Emma stellte es fest, sie fragte nicht.

Lilly hob die Brauen. «Fühl dich da nur nicht zu sicher», murmelte sie. Dann streckte sie Emma die Hand hin und sagte: «Na, dann müssen wir wohl miteinander klarkommen.»

«Ja», sagte Emma. Als habe sie lange überlegt, um zu demselben Schluss zu gelangen. Es lag keine Resignation in ihrer Stimme. Allenfalls Tapferkeit.

«So!» Lilly sah sich im Esszimmer um. Auf den Tisch lagen die Hefte von Teds Schülern, Emmas warme Jacke. «Essen wir in der Küche?»

«In der Küche?»

Emma schaute von einem zum anderen. «Pizza», sagte sie schließlich. «Wir wollten doch Pizza bestellen. Das machen wir immer.»

«Genau! Pizza!», rief Ted erleichtert. Er hatte eigentlich einen Großeinkauf tätigen wollen. Hatte den Kühlschrank mit allem, was Emma gerne aß, füllen wollen, und mit einer Flasche Champagner für Lilly und ihn. Seine Kammer, wie Tobias sie nannte, lag an einem Ende der Wohnung, Emmas Zimmer am anderen. Dazwischen befanden sich Küche, Esszimmer und Bad. Sobald Emma schlief, würden sie ungestört sein. Es war erst ihre zweite gemeinsame Nacht. Ted musste an sich halten, um Lilly nicht ununterbrochen zu küssen, anzufassen. Immer wieder griffen seine Hände in ihre Seite, an ihren Po, als führten sie ein Eigenleben. Ihre Kehle zog seine Lippen an, ihr Duft.

«Pizza», sagte Lilly jetzt und verzog das Gesicht.

«Papa und ich bestellen immer Pizza», sagte Emma. Sie hüpfte in die Küche, um die Karte vom einzigen Hauslieferdienst in der kleinen Stadt vom Kühlschrank zu pflücken. «Wir bestellen immer dasselbe. *Prosciutto*. Das ist mit Schinken.»

«Für mich nichts mit toten Tieren drauf, vielen Dank!»

«Tote Tiere?» Emma riss ihre Augen auf.

«Weißt du nicht, was *prosciutto* ist? Das ist das Hinterteil von einem Schwein. So was ess ich nicht. Zeig her.» Sie nahm Emma die Karte aus der Hand. «Gibt's denn hier gar keine veganen Varianten?»

«Vegan?» Ted hatte nicht zugehört. Er hatte beobachtet, wie ihre Lippen sich beim Sprechen bewegten, öffneten und wieder schlossen, er hatte an etwas anderes gedacht.

«Aber Ted!» Wieder schob Lilly die Unterlippe vor. «Das hab ich dir doch schon erklärt!»

Vegan, jetzt erinnerte er sich, ihr erstes Treffen nach der abgebrochenen Yogaklasse in der Bar. Sie hatte ihm ausführlich erklärt, wie sie sich ernährte, sie aß keine tierischen Produkte, keine Eier, keinen Honig, keine Milch.

«Kein Käse», nickte er, um ihr zu zeigen, dass er sich durchaus erinnerte. Er nahm die Karte an sich und wählte die Nummer der Pizzeria auf seinem Handy. Kurzwahltaste zwei. Eins war Tina. Er würde sie löschen. Er würde Lilly an ihre Stelle setzen. Er bestellte eine Pizza Napoli für Emma, die anders als andere Kinder Kapern und Sardellen mochte, eine Margherita für sich und eine Verdura ohne Käse für Lilly. Emma hatte angefangen, den Tisch zu decken.

Lilly schmiegte sich an Ted. «Danke», flüsterte sie. «Du denkst bestimmt, ich sei schwierig, ich mache Umstände, aber ich hab nun mal meine Prinzipien. Und es ist nicht immer leicht, ein konsequentes Leben zu führen!»

Woraus diese Konsequenz bestand, wusste er immer noch nicht. So vieles wusste er nicht. So vieles lag noch vor ihnen.

«Niemand denkt, du seist schwierig.» Ted drehte die Musik lauter. Er sah sie in der dunklen Scheibe gespiegelt, der gedeckte Tisch, das Kind, das um den Tisch tanzte, die schöne Frau, die eine Kerze anzündete, der Mann, der sich über sie beugte.

Eine perfekte Familie.

heyaṃ duḥkhamanagatam
Vorhersehbares Leid soll – und kann – vermieden werden.
Patanjali Yoga Sutra 2.16

Poppy

«So», sagte Poppy, «so kann es nicht weitergehen mit uns.»

Wolf sagte nichts.

«Bitte, Wolf, nimm wenigstens die Sonnenbrille ab.»

Sie saßen in der Bar am Fluss. Wolf hatte sie in ihrer Wohnung treffen wollen, sie hatte abgelehnt. Niemals würde sie ihm sagen können, was sie ihm sagen wollte, wenn sie allein waren. Wenn er sie anfassen konnte. So hatte er nach der Yogastunde auf sie gewartet. Hinter einer Zeitung versteckt, mit einer Sonnenbrille und einem Hut.

«Das ist lächerlich, weißt du das? So fällst du erst recht auf. Und außerdem siehst du aus wie ein Idiot. Wie aus einem schlechten Detektivfilm!»

«Poppy, bitte.» Er sprach leise, als wollte er damit erreichen, dass auch sie leiser sprach. Er nahm den Hut ab und fuhr sich mit den Fingern durch die Haare. «Poppy, bitte nicht heute.»

Poppy streckte die Hand aus. Er zuckte zurück. Sie ließ sich zurück in den Stuhl fallen.

«Was zum Teufel ist mit dir los?», flüsterte er.

Sie erinnerte sich an ein Sonntagsessen bei ihren ehemaligen Schwiegereltern. Die Sonntagsbesuche nahmen meist den ganzen Tag ein. Die Fahrt dauerte schon über eine Stunde, und Herbert, Peters Vater, begann das Mittagessen gern mit einem Glas Champagner. Um elf. Also begann der Sonntag mit morgendlicher Hektik, die Buben mussten baden, saubere Kleider anziehen, eine Karte zeichnen, Blumen pflücken, Poppy musste ihre Haare föhnen, Lippenstift auftragen, die Zeitungsartikel zusammensuchen, die sie für Marianne, ihre Schwiegermutter, gesammelt hatte. Marianne führte eine gutgehende psychoanalytische Praxis. Sie hatte immer gearbeitet, auch als Peter und seine drei Brüder noch klein waren. Was Peters Vater genau gemacht hatte, wusste niemand. Peter war als Sohn einer dieser legendären Frauen der ersten feministischen Generation aufgewachsen, die alles schafften und alles im Griff hatten. Warum sollte er von Poppy weniger als alles erwarten?

Auf der Fahrt wurde es mindestens einem der Buben übel, und auf halbem Weg fiel Poppy meist ein, dass sie etwas vergessen hatte, den Blumenstrauß für Marianne, die Flasche Wein, die neuen Fotos der Buben, die sie extra hatte abziehen lassen. Peter fluchte. Er setzte die Grenze bei der Autobahnraststätte – wenn sie die passiert hatten, weigerte er sich umzukehren. Mit der Zeit hatte er sich angewöhnt, kurz vor der Ausfahrt zu fragen: «Poppy, was ist? Muss ich umkehren? Oder hast du zufällig mal nichts vergessen?»

Genau, wie ihr Vater jeweils auf der Fahrt in die Ferien kurz vor der italienischen Grenze Poppys Mutter gefragt hatte. Ihr erstes Lebensziel, es besser zu machen als ihre Mutter, hatte Poppy nicht erreicht. Und auch sonst nichts, wo sie schon dabei war.

Bis sie bei den Schwiegereltern ankamen, war von den hektischen morgendlichen Bemühungen nichts mehr zu sehen. Die Kinder waren weinerlich, schmutzig, bleich, Peter hüllte sich in eisiges Schweigen. Und Poppy war mehr als bereit für ein Glas Champagner. Mit ihrem Schwiegervater bildete sie eine Art Versorgungsgemeinschaft: Sie konnten immer aufeinander zählen, wenn sie nicht alleine trinken wollten.

«Na, dann mach ich mal eine Flasche auf.»

«Herbert, um diese Zeit?»

«Ein kleiner Aperitif wird doch wohl erlaubt sein in zivilisierter Gesellschaft! Poppy, du nimmst doch auch einen Schluck?»

«Sehr gerne.» Nach einem Glas Wein oder lieber zwei, schnell hintereinander getrunken, vergaß Poppy, was sie falsch gemacht hatte. Sie entspannte sich. Sie trank noch ein Glas. Manchmal fühlte sie sich dann richtig wohl. Bis zum nächsten Morgen.

Bei einem dieser Essen hatte Florian, der damals vielleicht sechs oder sieben Jahre alt war, sein Glas umgestoßen. Der tiefrosa Sirup breitete sich mit erstaunlicher Geschwindigkeit aus und tränkte das Tischtuch.

«Florian!», rief Marianne, und der Bub duckte sich unter den Tisch.

Es wurde still. Alle schauten Poppy an.

«Nimmst du noch einen Schluck?», fragte Herbert.

Sie hatte ihr Glas schon in seine Richtung geschoben. «Gerne.»

Marianne hatte Florian getröstet, eine Serviette über das Tischtuch gelegt, das Gespräch ging weiter. Später hatten sowohl Marianne wie auch die an diesem Sonntag anwesenden Schwägerinnen Poppy besorgt gefragt, ob zu Hause alles in Ordnung sei. Ob sie überfordert sei.

«Soll ich die Buben mal übers Wochenende nehmen?», fragte Silvia, die Ältere, eine Anwältin. Sämtliche Schwägerinnen waren, wie Marianne, beruflich erfolgreich und zogen vier oder fünf Kinder ohne fremde Hilfe auf. «Damit ihr mal Zeit für euch habt, du und Peter?»

Erst als Susanne, die Frau von Peters jüngstem Bruder und Psychologin, ihr die Nummer vom Elternnotruf zusteckte, wurde Poppy klar, was alle dachten: Dass sie ihre Kinder schlug. Dass Florian in Erwartung einer Ohrfeige unter den Tisch getaucht war.

«Oh, nein, nein, nein!», rief sie. «Das ist es nicht. Er schämt sich. Deshalb versteckt er sich. Das tut er immer, wenn ihm so etwas passiert!»

«Hm.»

«Wirklich, ich schlage meine Kinder nicht!»

«Nur, wenn dir die Hand ausrutscht, Mama, gell!» Das war Lukas, der Kleine, er versuchte zu helfen, er umschlang ihr Bein und schmiegte sich an sie. «Wie damals im Laden, weißt du noch, Mama?»

«Das war …» Poppy schaute sich hilfesuchend um. Peter, der am anderen Tischende saß, schüttelte den Kopf. Herbert goss den letzten Tropfen aus der Flasche in sein eigenes Glas.

«Mama hat geweint!», verkündete Lukas fröhlich, tätschelte Poppys Bein und hüpfte davon.

«Du benimmst dich wie ein Kind, das Angst vor einer Ohrfeige hat», sagte Poppy jetzt zu Wolf. Ihr Ton war scharf. Sie konnte es selber hören. «Entschuldige, so habe ich es nicht gemeint.»

Da war etwas in den Linien um seinen Mund. Sie kannte ihn so gut. Sie streckte wieder ihre Hand aus, langsam diesmal, er rührte sich nicht. Er ließ zu, dass sie ihm die Brille abnahm. Über der linken Augenbraue hatte er eine blutverkrustete Wunde, die Haut um das Auge herum war gelb und grün verfärbt. Poppy legte die Sonnenbrille auf den Tisch.

«Was ist passiert?»

«Nichts.»

«Offensichtlich.»

Poppy stand auf und ging zur Theke. Sie bestellte zwei Gläser Rotwein, Käse, Brot. Als sie alles auf den Tisch stellte, hatte Wolf seinen Mantel ausgezogen. Als habe er vor, noch eine Weile hier sitzen zu bleiben.

«Sag jetzt nicht, du seist in eine Tür gelaufen», bat sie.

«Wir hatten Streit, Kim und ich.»

Meinetwegen?, wollte sie fragen. «Und sie hat dich geschlagen?»

«Sie hat einen Teller nach mir geworfen.» Er hob die Hand und betastete die Kruste. «Diese Amerikanerinnen, weißt du, die lernen Bälle zu werfen, bevor sie laufen können!»

«Das ist nicht lustig.»

Lukas hatte vorn im Einkaufswagen gesessen und wahllos Lebensmittel aus den Regalen gezerrt und in den Wagen geworfen. Nachdem sie zum dritten Mal eine Packung zuckerhaltiger Frühstücksflocken zurückgestellt hatte, hatte sie die Geduld verloren und den Wagen so gedreht, dass er die Regale mit seinen kurzen Ärmchen nicht mehr erreichen konnte. Lukas hatte angefangen zu weinen, mit weit aufgerissenem Mund und ungerührten Augen, die sie genau beobachteten. Als er damit nicht die gewünschte Reaktion erzielte, wurde er lauter und lauter, zog schließlich einen Gummistiefel aus und schleuderte ihn mit erstaunlicher Kraft in eine zu Werbezwecken kunstvoll aufgetürmte Pyramide von Flockenpackungen, die sofort effektvoll einstürzte. Die Packungen flogen gegen die Regale und schlitterten über den Boden, bis vor die Kasse. Menschen blieben stehen. Drehten sich um. Sie sah ihre Hand ausholen, durch die Luft fahren, gegen seine dicke Wange klatschen. Einen Moment lang stand alles still. Lukas hielt mitten im Ton inne, als hätte man auf einen Schalter gedrückt. Sein Mund stand noch offen, weinerlich verzogen, auf seiner kleinen Wange zeichneten sich ihre Finger ab, vier rote Abdrücke. Sie ging in die Knie, riss ihn aus dem Einkaufswagen und in die Arme.

«Oh, Schatz, es tut mir so leid!» Sie hatte ihn hochgehoben, hatte den Einkaufswagen stehen lassen und war aus dem Laden gestürmt. Wochenlang hatte sie nicht gewagt, in diesem Supermarkt einzukaufen.

«Worüber habt ihr euch gestritten?» Hast du es ihr gesagt? Hast du ihr gesagt, dass du eine andere liebst? Mich liebst? Du liebst mich doch?

Wolf schüttelte den Kopf. «Poppy, ich glaube nicht, dass es Kim gegenüber fair ist, wenn ich dir das erzähle.»

«Stimmt.» Poppy trank einen großen Schluck Wein. «Aber ist es ihr gegenüber fair, wenn du mit mir schläfst?»

«Poppy ...»

«Nein, hör zu, bitte: Das geht so nicht weiter. Wir können so nicht weitermachen. Das bin nicht ich. Verstehst du?»

Wolf nahm sich ein Stück Brot, belegte es mit Käse, schnitte eine Essiggurke in dünne Scheiben. «Das bin auch nicht ich.» Er legte die Gurkenscheiben auf den Käse und nahm sie wieder herunter. Er schaute auf die Tischplatte. «Du hast recht, Poppy. So geht es nicht weiter. Es ist nicht fair, und es entspricht uns nicht, keinem von uns.»

Poppy senkte den Kopf. Ihre Augen brannten. Er sprach genau das aus, was sie dachte, und doch und doch und doch ... was hatte sie erwartet? Dass er vor ihr in die Knie sinken würde? O Poppy, ich kann ohne dich nicht leben! Ich habe mich von meiner Frau getrennt, die amerikanische Schlampe soll sich einen anderen Dummen suchen, den sie verprügeln kann ...

Wütend rieb sich Poppy die Augen. «Ich hole mir noch ein Glas», sagte sie dann, «willst du auch eins?»

«Lass mich das machen.» Er nahm sein Portemonnaie aus der Manteltasche und stand auf. «Soll ich ...?» Er deutete auf die Sonnenbrille, die neben seiner Brotkonstruktion auf der Tischplatte lag. Poppy schüttelte den Kopf.

Während sie auf ihn wartete, sah sie aus dem Fenster. Sie spürte, wie sich in ihr Sätze bildeten, Sätze, die über ihre Lippen drängten. Sie biss von Wolfs sorgfältig belegtem Brot ab, stopfte es sich in den Mund, als könnte sie die Worte zurückdrängen. Zu Hause hatte es keinen Zweifel gegeben: Ich muss es ihm sagen, ich muss diese Situation beenden, sie ist unwürdig. Jetzt fühlte sie sich verraten, verlassen, als sei er es gewesen, der sie zurückgewiesen hatte.

Sie nahm ihm das Weinglas aus der Hand, noch bevor er sich wieder hingesetzt hatte, und nahm einen großen Schluck. «Ich hasse das alles», stieß sie hervor. Und dann konnte sie nicht mehr aufhören: «Warum kann nicht einmal etwas in meine Richtung gehen? Warum kann ich nicht einmal bekommen, was ich mir wünsche? Warum bin ich am Ende immer die Verlassene, warum sitze ich immer alleine da, warum, warum, warum? Was hat sie, was ich nicht habe? Sie schmeißt dir Teller an den Kopf, und trotzdem würdest du sie nie verlassen. Es sind immer die anderen, die gewinnen, immer die anderen, die recht bekommen ...»

Sie wollte das alles nicht sagen, aber sie konnte nicht aufhören, die Worte bildeten einen Strudel in ihrem Kopf, der sie immer tiefer hinabzog. Sie wurde lauter und lauter, bis Wolf sie schließlich unterbrach.

«Du hast mich verlassen», sagte er. «Weißt du noch? Du hast mich verlassen damals.» Er setzte die Sonnenbrille auf, den Schal, den Hut, er stand auf und zog seinen Mantel an. Dann beugte er sich zu Poppy hinunter und küsste sie auf den Scheitel. Wie ein Kind. Sie spürte den kalten Luftzug in ihrem Nacken, als er die Türe öffnete und ging.

Es war still geworden im Lokal. Wie laut hatte sie gesprochen? Sie trank ihr Glas leer, und dann das, das Wolf stehen lassen hatte.

Marie

Ich bin eine Fälschung, dachte Marie. Das war ihr Mantra geworden. Ich führe ein Doppelleben. Ich bin eine Fälschung. Ich bin eine Fälschung. Ich bin eine Fälschung.

Ärztin bei Tag, Idiotin bei Nacht.

Sie saß in der Cafeteria des Kantonsspitals, hatte ihr Handy in der Hand und klickte sich durch ihre Adressen. Sie hatte keine einzige Freundin mehr. Nicht, dass sie je viele gehabt hätte. An jedem neuen Arbeitsplatz war Marie in ihre Rolle geschlüpft, die des verlässlichen Kumpels, die der Zuhörerin. Keine dieser Freundschaften hatte den nächsten Stellenwechsel überdauert. Und hier, am Kantonsspital, war sie zum ersten Mal aus ihrer Rolle gefallen. Hier war sie die, die sich den Schauspieler geangelt hatte. Die glücklichste Frau der Schweiz. Das hatte ihre wenigen Freundschaften abrupt beendet.

Marie dachte an ihre Eltern. Sie waren einmal so stolz auf Marie gewesen. Die erste Studierte in der Familie! Und dann noch Ärztin. Die Großeltern auf beiden Seiten waren Bauern gewesen. Hatten ihr Land verkauft, und ihre Kinder, Maries Eltern, hatten reich geerbt. Doch weder Martin Leibundgut noch seine Frau Elisabeth hatten wirklich etwas mit dem Wohlstand anzufangen gewusst. Das Haus, das sie auf dem Land ihrer Eltern gebaut hatten, war nicht größer als das der Nachbarn. Die Hypothek nicht höher, als Martins Lohn erlaubte. Das Geld lag auf der Bank und vermehrte sich. Und wartete auf schlechtere Zeiten. Auf die Not, für die es angelegt war. Doch die Not kam nicht. Sie lebten ein schönes Leben. Sie waren gesund. Es fehlte ihnen an nichts. Nach Martins Pensionierung hatten sie eine Weltreise unternehmen wollen, doch dazu war es nie gekommen. «Der Garten», sagte Elisabeth jedes Jahr, wenn die Reiseprospekte im Briefkasten lagen.

Marie war ein spätes Wunschkind gewesen. Alle Hoffnungen lagen auf ihr. Ihre Eltern glaubten noch immer, Marie würde in das Dorf zurückziehen, in dem sie aufgewachsen war, und die Praxis von Dr. Vogelsang übernehmen. Nur weil sie das einmal in einem Schulaufsatz so beschrieben hatte. Bei jedem Besuch, bei jedem Telefongespräch brachten sie sie auf den neuesten Stand: Dr. Vogelsang war nach Amerika ausgewandert. Sein Nachfolger, Dr. Naziri, hatte im Dorf einen schweren Stand. Viele junge Mütter brachten ihre Kinder zu Dr. Fankhauser ins Nachbardorf. Dr. Naziri hatte die Praxis aufgegeben. Eine Praxisgemeinschaft hatte das Gebäude übernommen …

Dass Marie mit einem Schauspieler verheiratet war, beeindruckte sie nicht. Er war verheiratet gewesen, als er Marie kennenlernte. Er hatte sich ihretwegen scheiden lassen. «Mach uns keine Schande», hatte ihre Mutter gesagt. Das kannte Marie. Diese Forderung hörte sie, seit sie als Kind mit einem roten und einem blauen Schuh in den Kindergarten gehen wollte. Dabei machte sie keine Schande, nie, sie hatte gute Noten und anständige Freunde. Sie war nie zu spät gekommen, und seit sie erwachsen war, hatte sie nie einen Geburtstag oder den Muttertag vergessen. Jeden Sonntag rief sie ihre Eltern an, und einmal im Monat besuchte sie sie. Das Einzige, was sie ihr vorwerfen konnten, war, dass sie sie nicht zur Hochzeit eingeladen hatte. Die Feier hatte im allerkleinsten Rahmen auf dem Standesamt stattgefunden. Trauzeugen waren Gions Agentin und ein Kollege. Nicht einmal Stefanie hatte teilgenommen. Seither hatte Elisabeth einen schmalen Mund, und Martin schaute auf die Tischplatte.

Nein. Da war niemand, mit dem Marie reden konnte. Niemand. Niemand würde verstehen, dass sie unglücklich war. Sie war die glücklichste Frau der Schweiz! Sie hatte den schönsten Mann der Schweiz geheiratet! Sie hatte, das durfte man nicht vergessen, seine Familie zerstört. Und wofür? Um zwei Jahre später zu jammern, sie halte es nicht mehr aus? Sie könne in seiner Gegenwart nicht atmen? Sie löse sich auf, sie wisse nicht mehr, wer sie sei? Wer sollte das verstehen? Wer sollte mit ihr Mitleid haben? Niemand.

Marie hatte wieder angefangen zu rauchen. Bevor sie nach Hause ging, stand sie lange auf der anderen Straßenseite, mit hochgeschlagenem Kragen, fröstelnd, und schaute zu ihren Fenstern hinauf wie ein Privatdetektiv in einem schlechten Film. Dazu rauchte sie. Sie wartete, bis das eine Fenster hell wurde, das in Gions Arbeitszimmer, wo er immer öfter schlief. Seit er mit Yoga angefangen hatte, war er selten zu Hause, und Marie stellte fest, dass ihr das auch nicht recht war.

Marie wusste nicht, wie es so weit hatte kommen können. In Gions Gegenwart hörte sie auf zu existieren. Erst nur in der Öffentlichkeit. Sie war nur ein verschwommener Fleck an seiner Seite. Irritiert glitten die Blicke über sie, sie störte das Bild, sie war im Weg. Marie vermied es, mit Gion auszugehen, was er ihr vor kurzem wieder vorgeworfen hatte. «Du unterstützt mich nicht!», hatte er gesagt.

Die Vorstadtklinik war für einen Fernsehpreis nominiert gewesen, Marie war nicht zur Verleihung gekommen, sie hatte Dienst gehabt. «Wie sieht das aus, wenn ich da allein hingehe, man wird denken, wenn nicht mal seine eigene Frau an ihn glaubt, warum sollte er gewinnen!» Gion war auch als Einzeldarsteller nominiert worden.

«Die Entscheidung wird doch nicht an diesem Abend gefällt, Gion, die steht längst fest!», hatte sie, wie sie dachte, vernünftig argumentiert.

«Du verstehst mich nicht! Du hast keine Ahnung, was ich als Künstler durchmache!» Und dann kam es: «Eva hat das immer verstanden. Wer einen Schauspieler heiratet, muss seine Unsicherheiten auffangen können.»

Marie hatte gedacht, Eva sei unsicher gewesen, von ihm abhängig, bedürftig, jedenfalls hatte er das gesagt, damals, wenn er sich über sie beklagt hatte. Warum hatte sie geglaubt, in ihrem Fall sei es anders, sei es kein Klischee, wenn der verheiratete Mann zu ihr sagte: «Meine Frau versteht mich nicht!» Den Kopf in ihren Schoß legte und wenig später durch den weichen Stoff ihrer Pyjamahose in ihren Schenkel biss? Bei uns ist es anders. Wir lieben uns wirklich.

Und kaum zwei Jahre später war sie es, die ihn nicht verstand. Marie fragte sich, ob Gion seinen Kopf in fremde Schöße legte. Und ob es ihr etwas ausmachen würde. An der Verleihung – er hatte den Einzelpreis nicht bekommen, aber die Serie war als Ganzes ausgezeichnet worden – hatte er mit der Produzentin geflirtet, einer strengen Blondine, die er immer «Büffelknochen» genannt hatte. Auf einem Foto, das in der Boulevardpresse abgebildet worden war, hatte er einen Arm so tief unter ihre Taille gelegt, dass seine Hand ihr Hinterteil berühren musste. Ihr knochiges, flaches Hinterteil. Gion hatte geradezu darauf gewartet, dass Marie das Foto kommentierte, und als sie es nicht tat, hatte er davon angefangen: «Du kannst nicht von mir erwarten, dass ich mich nicht amüsiere, nur weil du beschlossen hast, zu Hause zu bleiben!»

«Ich hab doch gar nichts gesagt!»

«Das ist es ja! Du nimmst keinen Anteil!»

Sie war langweilig, sie trank zu wenig, sie ließ sich nicht in nächtelange Diskussionen verwickeln. Sie war nicht angemessen empört, wenn Gions Monolog gekürzt wurde oder wenn er plötzlich drei Seiten neuen Text lernen musste, morgens zwischen sieben und acht vor dem ersten Dreh, während er noch in der Maske saß.

Sie legte ihr Handy zur Seite. Sie hatte keine Freundin. Sie konnte niemanden anrufen. Sie zog den Teller zu sich heran und zerschnitt zwei Schinken-Canapés in mundgerechte Stücke. Sie wusste, woraus die Sulzschicht darauf bestand, aus Knochen. Wenn sie schon rauchte, sollte sie nicht wenigstens gesund essen? Sie war Ärztin. Sie glaubte nicht an Vorsorge. Sie glaubte daran, dass sich alles reparieren ließ.

Oder fast. Sie dachte an Nevada. Dumme Kuh, schalt sie sich. Was grübelst du über deine Eheprobleme nach? Andere haben wirkliche Probleme. Und solche, die sich nicht reparieren lassen! Ihr erster Verdacht, Polyarthrose, hatte sich nicht bestätigt. Trotzdem hatte der Rheumatologe ihre Vermutung wohl geteilt, sonst hätte er nicht diese starken Schmerzmittel verschrieben. Marie wusste, dass alle harmloseren Diagnosen ausgeschlossen worden waren. Sie hatte sich Zugang zu Nevadas Patientenkarte verschafft. Sie wusste, dass mit jeder weiteren Untersuchung der Kreis enger wurde. Bis am Ende nur noch ausweglose Szenarien denkbar waren.

Marie riss sich zusammen. Sie fuhr zur Fabrik am Wasser und kam gerade noch rechtzeitig zur Anfängerstunde. Diesmal waren sie nur zu dritt. Ted war nicht dabei. Marie war einen Augenblick lang enttäuscht, wischte das Gefühl dann ungehalten weg. Sie konnte ohne seine Blicke leben.

Stattdessen beobachtete sie Nevada genau. Ihr Zögern vor bestimmten Bewegungen, ihr verlangsamter Gang, das beinahe unmerkliche Einknicken ihrer Fußknöchel bei jedem Schritt. Ihre Schmerzen waren echt, aber nicht konstant. Marie befürchtete das Schlimmste. Doch irgendwann gab sie sich dem unbeirrbaren Rhythmus von Absicht, Atem und Bewegung hin. Als sie nach der Stunde auf dem Rücken lag, schlief sie nicht ein. Sie spürte ein leises Summen in ihrem Körper und stellte sich vor, das sei *Prana*, die Lebensenergie, die Nevada beschrieb, und die sich allen anatomischen Erkenntnissen der letzten Jahrhunderte zum Trotz auf verschlungenen Wegen in ihrem Körper verteilte.

«Wir atmen mit dem Herzen», hatte Nevada gesagt.

Marie schloss die Türe auf. Sie wusste sofort, dass Gion nicht zu Hause war, sie spürte seine Abwesenheit beinahe physisch. Nun hätte sie erleichtert sein müssen, denn genau das hatte sie sich so oft gewünscht.

Nur eine Stunde oder wenigstens eine halbe. Nur, bis sie wieder bei Kräften war. Und angemessen auf ihn eingehen konnte. Es war ja nicht so, dass sie das nicht wollte. Es war nur so anstrengend.

Sie schaltete das Licht ein, schlüpfte aus der Jacke, hängte sie an den Haken, legte ihre Schlüssel in die Schale neben der Tür. Jeder Handgriff war automatisch. Wie im Operationssaal. Marie mochte den Operationssaal nicht. Sie mochte es nicht, mit Bewusstlosen zu arbeiten. Zu schnell vergaß sie, wer da vor ihr lag, sah nur noch das Operationsfeld, sauber abgesteckt, abgeklebt, und mit orangefarbenem Desinfektionsmittel bepinselt. Es war Marie schon passiert, dass sie sich in dem Labyrinth von Hautschichten, Muskeln, Sehnen und Nerven verloren hatte. Vergessen hatte, dass das Operationsfeld ein Mensch war. Früher, als sie noch Hausärztin werden wollte, war das die logische Konsequenz der Rolle, die sie im Leben spielte: die Verlässliche. Die für alle da war. Die Tag und Nacht zur Verfügung stand. Sie hatte sich ausgemalt, wie sie in der Mitte eines Dorfes leben, wie alle Fäden sich bei ihr kreuzen würden. Wie bei Dr. Vogelsang, dessen Praxis sich direkt an der Bushaltestelle in einem Neubau befand, neben dem einzigen Supermarkt, hinter dem Spielplatz. Jeder kam hier vorbei. In seinem Wartezimmer trafen sich alle, Mütter mit kleinen Kindern, Geschäftsleute, Lehrer und ihre Schüler, Ausländer, Schweizer.

Marie war davon ausgegangen, dass sie allein bleiben, dass sie sich ganz ihren Patienten widmen würde. Nie hätte sie gedacht, dass sie eines Tages heiraten würde. Die Rolle der Landarztgattin war eine wichtige, aber sie ließ sich nicht einfach auf einen Mann übertragen. Und schon gar nicht auf einen Mann wie ihren.

«Gion?»

Nichts. Marie trat in den Flur und stieß mit den Fuß gegen eine Kartonschachtel. Im Eingang stapelten sich Pakete von esoterischen Versandhäusern. Marie schleppte sie ins Wohnzimmer. Sie schnitt die Klebebänder mit einem Küchenmesser durch, packte Meditationskissen aus, einen Gong, ein Sortiment Kerzen. In der zweiten, schwereren Kiste befanden sich Bücher und CDs. Beinahe jeden Tag kamen solche Pakete. Marie zerlegte die Kartonschachteln, faltete sie, band sie mit Schnur zusammen und trug sie in den Keller. Ihre Wohnung war klein, die Wände schräg, sie verfügte kaum über Stauraum. Für jeden Gegenstand, der neu dazukam, musste einer weg. Als Gion eingezogen war, hatte sie die Hälfte ihrer Einrichtung weggeworfen, weggepackt, verschenkt. Im Wohnzimmer war eine Matte ausgerollt, ein Altar aufgebaut. Eine Kerze stand neben einer Statue von Shiva, dem mehrarmigen Gott. An seinem Fuß hing noch ein Preisschild: 139 Franken. Marie riss es ab. Sie setzte sich auf das Sofa und merkte erst jetzt, dass Gion ihre Regel beherzigt hatte: Der Altar hatte den Fernseher ersetzt.

Marie ging in die Küche. Im Kühlschrank befanden sich nur noch Sojaprodukte: Tofu, Sojaburger, Sojamilch, Sprossen. Sie riss das Tiefkühlfach auf. Die halbleere Flasche Wodka, die seit Weihnachten vor einem Jahr da lagerte, war noch da. Sie nahm sie heraus und schenkte sich ein Glas ein. Dann setzte sie sich aufs Sofa und starrte durch die rotierenden Arme der Shiva-Statue hindurch ins Leere.

Poppy

Er meldete sich nicht mehr. Natürlich meldete er sich nicht mehr. Sie hatte ihn schließlich ausdrücklich darum gebeten.

«Lass mich», hatte sie gesagt. «Ich bitte dich, respektiere meine Entscheidung.»

Er hatte nicht geantwortet. Doch er hielt sich daran. Poppy wünschte, er würde es nicht tun. Sie hatte ihr Handy vor sich auf dem Tisch liegen. Es würde einen Ton von sich geben, wenn es eine Nachricht empfing, einen klaren, durchdringenden Glockenton. Trotzdem schaute Poppy immer wieder darauf. Und in ihren Briefkasten. Sie checkte ihre E-Mails. Wie besessen kontrollierte sie sein Facebook-Profil, das seit dieser schicksalhaften Freundschaftsanfrage unverändert geblieben war. Hatte er nur ein einziges Mal auf seine Seite geschaut? *Wolf Bolliger ist jetzt mit Poppy Schneider befreundet.* Sie hielt nach ihm Ausschau, wenn sie an der Bar am Fluss vorbei ins Yogastudio ging, sie nickte dem meist leeren Platz am Fenster zu, an dem sie zusammen gesessen hatten. Was erwartete sie?

Was wollte sie?

Poppys Gedanken drehten sich im Kreis. Es fiel ihr noch schwerer als sonst, ihren ohnehin schon reduzierten Alltag im Griff zu haben. Schließlich meldete sie sich bei der Arbeit krank. Sie ging nicht mehr aus dem Haus, nicht einmal mehr zum Yoga. Warum sollte sie? Warum sollte sie an dem leeren Platz am Fenster vorbeigehen? Warum sollte sie die Wunde immer wieder aufkratzen? Schließlich rollte sie ihre Matte in ihrem Wohnzimmer aus und setzte sich darauf. Und jetzt? Was sollte sie jetzt tun?

Einatmen, ausatmen. Sitzen bleiben.

Konnte sie nicht. Sie stand auf und reckte die Arme zur Decke. Dann beugte sie sich vor. Der Sonnengruß war ihrem Körper vertraut, eine Bewegung reihte sich an die nächste. Sie musste nicht darüber nachdenken. Einen nach dem anderen hängte sie die Sonnengrüße aneinander, zwölf Runden hatte Nevada einmal gesagt, oder zwölf mal zwölf, hundertvierundvierzig. Plötzlich wusste sie nicht mehr, ob sich nun der linke oder der rechte Fuß mit einem Ausfallschritt auf der Matte nach hinten bewegen musste. Und bei welcher Runde war sie jetzt? Vier, fünf oder sieben? Je mehr sie versuchte, sich zu erinnern, desto schwerer fiel es ihr. Entmutigt sank sie auf die Matte. Sie saß mit gekrümmtem Rücken da und starrte vor sich hin. Da waren Flusen auf der Matte. Von ihrer Hose. Und der Lack an ihren Zehennägeln blätterte ab.

Gong!

Poppy schoss hoch. Ihr Handy lag noch auf dem Tisch, neben einer halbvollen Tasse mit kaltem Kaffee. Sie griff so hastig nach dem Telefon, dass es ihr aus der Hand rutschte. Fluchend bückte sie sich danach.

Die Nachricht war nicht von ihm. Natürlich nicht. *Hoffe, du bist zu Hause, Hase, der Metzler macht Kontrollanrufe!*

Karin, die Sekretärin. Metzler war der Personalchef. Fünf Minuten später klingelte das Telefon.

«Ja, Herr Metzler, die Grippe. Ich weiß. Aggressiver Virus. Ja, nächstes Jahr lasse ich mich impfen. Ich weiß nicht, morgen definitiv noch nicht. Vielleicht übermorgen?»

Metzler gab ihr noch zwei Tage, danach würde er ein Arztzeugnis sehen wollen. Poppy glaubte nicht, dass es so weit kommen würde. Sie konnte genauso gut wieder zur Arbeit gehen. Dann hätte sie wenigstens einen Grund, morgens aufzustehen. Sie schaute sich in ihrer Wohnung um. So viel hatte sie erledigen wollen, während sie krank spielte. Die Wintersachen endlich in den Keller bringen. Das Geschirr abwaschen, den Kühlschrank ausräumen und mit Essigwasser auswischen. Rechnungen bezahlen. Küchenkräuter anpflanzen auf dem Fenstersims.

Früher hatte Poppy in einem großen, unübersichtlichen, alten Haus mit vielen Zimmern und einem verwilderten Garten gewohnt. Jetzt hatte sie nicht einmal mehr ihre Einzimmerwohnung im Griff. Und schlafen konnte sie auch nicht mehr. In den letzten Jahren ihrer Ehe hatte sie auf dem Sofabett im Wohnzimmer geschlafen. Manchmal vor laufendem Fernseher. Peter schnarchte. Aber das war nicht das Problem. Poppy hatte einen leichten Schlaf. Sie lag nachts oft wach, ihre Gedanken kreisten wie ein Karussell langsam um sich selbst, die Holzpferde, die buntbemalten Elefanten, die immer gleichen Kutschen drehten sich rund und rund. Drehten sich um alles, was sie am nächsten Morgen tun musste, sie sah sich nachts schon die Handgriffe verrichten, die sie am Morgen tun würde, sie sah die Kleider, die Bücher, die schmutzige Wäsche, die saubere Wäsche, das Bügelbrett vor dem Fernseher, das Weinglas neben dem Sofa, die leeren Hüllen der Videokassetten – sie hätte auch gleich aufstehen und alles erledigen können, doch was, wenn Peter oder die Buben aufwachten? Poppy lag wach und plante den nächsten Tag und bangte, ob sie das alles auch schaffen würde. Im Dunkeln schienen ihr die einfachsten Handhabungen kompliziert und eigentlich nicht zu bewältigen. Je länger sie wach lag, desto schneller kreiste das Gedankenkarussell, und immer öfter drehte der Befehl mit: Du musst jetzt schlafen! Wenn du jetzt nicht einschläfst, wachst du morgen nicht rechtzeitig auf, und dann? Katastrophe! Schlaf schon! Schlaf! Schlaf!

Sie dämmerte weg, sie schreckte auf. Wie spät war es? Hatte sie etwas vergessen? Verpasst? Poppy war mit den Nerven am Ende. Sie konnte nicht mehr neben ihrem Mann schlafen, der, kaum dass sein

Kopf das Kissen berührte, schon die tiefen, seufzenden Atemzüge ausstieß, die den Tiefschlaf und das Schnarchen ankündigten. Poppy war beim kleinsten Geräusch wieder hellwach, und dann lag sie im Dunkeln neben ihrem Mann und hasste ihn. Hasste ihn, weil er schlief. Weil er verhinderte, dass sie schlief. Ob er es mit Absicht tat? Wollte er sie quälen? Fertigmachen, bis sie aufgab, bis sie klein beigab? Bis nichts mehr von ihr übrig war?

Solche Gedanken hatte sie nur im Dunkeln. Deshalb schlief sie im Wohnzimmer. Sie ließ das Licht brennen und den Fernseher laufen. Wenn sie aufwachte, rauschten beruhigend die Ameisen über den Bildschirm, sie griff nach einem Buch. Die Ameisen krochen in ihre Augen, sie schlief wieder ein.

Als junges Mädchen hatte sie vierzehn, fünfzehn Stunden am Stück schlafen können, es war das Schönste gewesen, aufzuwachen, ein bisschen zu lesen, wieder einzuschlafen. Ganze Wochenenden lang, wenn ihr Vater sie nicht aus dem Bett und an die frische Luft scheuchte.

Gegen Ende ihrer Ehe versuchten Peter und Poppy eine Paartherapie. Poppy kam schon beim ersten Mal zu spät, sie hatte keinen Parkplatz gefunden. Peter war direkt vom Geschäft gekommen, in seinem grauen Anzug mit der rosa Krawatte, die er im Sitzen löste. Er fuhr sich durchs Haar, als sie hereinkam, verschwitzt, aufgelöst. Mitten im Satz hörte er auf zu reden. Frau Weinberger begrüßte sie freundlich: «Ihr Mann hat mir schon erzählt, worum es geht.»

«Hat er das?»

«Nun, ich möchte es natürlich auch von Ihnen selber hören!»

«Ich schlafe auf dem Sofa», sagte Poppy, und Peter seufzte.

Achtmal saßen sie auf dem Sofa von Frau Dr. Weinberger, manchmal näher beieinander, manchmal weiter voneinander weg, einmal hielten sie sich sogar in den Armen.

Beim achten Mal sagte Peter: «Ich kann nicht mehr. Ich will die Scheidung.»

Und Frau Weinberger nickte, als hätte sie das von Anfang an kommen sehen. «Erzählen Sie, wie Sie sich kennengelernt haben.»

Poppy lächelte. «Er hat mir die *New York Times on Sunday* weggekauft, die ich mir immer am Bahnhofskiosk holte. Eines Tages komme ich an, keine Zeitung, der Herr dort hat sie gekauft. Ich ihm nach, halte ihn am Arm fest und sage zu ihm: ‹Geben Sie mir einfach den Bund mit den Hochzeitsseiten, den Rest können Sie behalten.›»

«Wir gingen zusammen über den Platz, setzten uns auf eine Bank, teilten uns die Zeitung.»

«Es war, als würden wir uns schon sehr lange kennen.» Poppy wandte sich Peter zu, lächelnd, und sah zu ihrem Schrecken, dass er Tränen in den Augen hatte.

«Es hat so gut angefangen», sagte er.

Bis sie schwanger wurde, hatten sie in getrennten Wohnungen gelebt. Poppy arbeitete drei Tage in der Woche bei der Lokalzeitung, damit sie Zeit hatte zum Schreiben, zum Malen, zwischendurch hatte sie auch einmal gedacht, sie könnte Musik machen, das war an ihrem mangelnden Rhythmusgefühl gescheitert. Sie hatte ein paar Lieder geschrieben, sie hatte so vieles versucht. Dann war sie schwanger geworden, ungeplant, sie war sechsunddreißig Jahre alt.

«Du warst so ... du warst so voller ...», Peter suchte das richtige Wort. «Möglichkeiten.»

«Und jetzt?»

«Jetzt sehe ich nichts mehr.»

Die Buben waren vier und sechs Jahre alt. Sie würden bei Peter bleiben. Weil Peter das Haus behalten würde, das Haus, das er schließlich gekauft hatte. Es wäre für alle das Beste, das sagte auch Frau Dr. Weinberger, die ihnen half, die Bedingungen der Scheidung auszuhandeln. Poppy fragte sich flüchtig, ob Peter es von Anfang an darauf angelegt hatte. Im Archiv der Lokalzeitung war eine Stelle frei. Bald schnitt sie wieder Artikel aus, die sie nicht geschrieben hatte. Sie mietete eine Einzimmerwohnung. Hell, modern, überschaubar. Aus dem großen Haus hatte sie nur zwei Koffer mitgenommen. Sie kaufte sich ein paar Möbel, ein Bett, ein Sofa, einen Tisch und zwei Stühle, dann war die Wohnung schon voll. Sie packte ihre Koffer aus. Die Koffer blieben auf dem Fußboden liegen. Poppy stolperte über sie, wenn sie nach Hause kam. Sie schnappten mit aufgeklappten Mäulern nach ihr. Sie wusste nicht, was sie mit ihnen tun sollte, bis ihr nach drei oder vier Monaten plötzlich einfiel, dass zur Wohnung ein Kellerabteil gehörte. Sie suchte den Schlüssel hervor, klappte die Koffer zu, trug sie nach unten, sperrte sie weg.

«Mich kriegt ihr nicht», sagte sie.

Ping! Der hellere Ton kam vom Computer. Sie schaute auf den Bildschirm, auf dem mehrere Fenster offen waren. Es war Lukas.

Was ist der Plan? Es folgten ein paar grimassierende Gesichter und andere flimmernde Bilder.

Poppy lächelte. Im ersten Jahr nach der Scheidung hatte sie die Buben nur jedes zweite Wochenende bei sich gehabt. Sorgfältig geplante Besuche, bei denen dann meist doch alles schiefging. Und sie hatte nicht einmal mit teuren Geschenken kompensieren können, weil sie kein Geld hatte. Sie hatte das Gefühl, ihre Söhne nicht zu kennen, die sie doch immerhin je neun Monate lang in ihrem Bauch getragen und ebenso lang an ihren Brüsten gesäugt hatte. Nichts war geblieben. Ihre Söhne waren ihr fremd. Sie schienen sie nicht zu kennen und ihr nicht zu vertrauen. Vorsichtig bewegten sie sich um sie herum, beobachteten sie aus den Augenwinkeln, Florian, der Ältere, hatte immer eine Hand auf Lukas' Schulter, als fürchtete er, von ihm getrennt zu werden. Auf Poppys Fragen nach der Schule, nach Freunden, nach Lieblingsessen antworteten sie einsilbig und ausweichend. Poppy vermutete, dass ihre frühere Schwiegermutter schlecht über sie redete.

Gleich nach Poppys Auszug hatte Marianne ihren Platz eingenommen. Mit einer erschreckenden Selbstverständlichkeit hatte sie ihre Praxis aufgegeben und war bei ihrem Sohn eingezogen. Natürlich nicht offiziell. Offiziell war sie vom Frühstück bis zum Abendessen da, oder bis Peter von der Arbeit kam. Dann ging sie zurück in ihr eigenes Haus und bereitete ein zweites Abendessen für ihren Ehemann. Dieser fühlte sich bald vernachlässigt genug, um sich mit einer Nachbarin zu trösten. Doch das merkte Marianne erst, als es zu spät war. Nachdem Peter Julia kennengelernt und seine Mutter nach Hause geschickt hatte, stellte diese fest, dass sie kein Zuhause mehr hatte.

Julia war jung, blond, unscheinbar. Sie war sanft, sie war unerbittlich. Sie zog bei Peter ein, dann heirateten sie, bald gebar sie selber zwei Söhne, sie wies Marianne in ihre Schranken. Sie erreichte alles, was Poppy nie gelungen war, scheinbar mühelos. Aber sie war fair. Kurz nachdem sie und Peter geheiratet hatten, lud sie Poppy an einem Sonntagabend zum Essen ein.

Poppy erkannte das Haus nicht mehr. Küche und Bad waren renoviert worden, die alten metallenen Kästen, von denen die Farbe abblätterte, durch neue, freundlich bunt lackierte Einbauschränke ersetzt worden, der unlackierte Holzboden durch pflegeleichte Platten. Poppy erinnerte sich an ihre Verzweiflung beim Putzen der alten Küchenschränke, an die Farbsplitter, die im Wischlappen hängen blieben. Die große Tischplatte aus unbehandeltem Holz war frisch abgeschliffen und lackiert worden. Poppy dachte an die ringförmigen Flecken, die jedes Glas, jede Tasse auf den Holzoberflächen hinterlassen hatte. Keine Spur war mehr davon zu sehen.

«Das war das Erste, was ich zu ihm gesagt habe», erzählte Julia fröhlich. «Wenn ich hier wohnen soll, muss ich eine neue Küche haben – und auch ein neues Bad, wenn wir schon dabei sind. Nichts für ungut, aber du warst ausgezogen, ich wollte deine Spuren verwischen, das ist wohl normal.» Sie lachte und hakte sich bei Poppy ein.

«Du hast das Haus gebändigt», sagte Poppy. «Wie ein wildes Tier, das ich nicht zähmen konnte. Mich drohte es zu verschlingen. Dir frisst es aus der Hand.»

Julia wechselte einen Blick mit Peter. Dann lachte sie. «Du bist schon eine ganz Spezielle! Eine Verrückte. Peter sagte immer, du seist eine Dichterin.»

Auch Peter lachte gutmütig. Er hatte zugenommen. Er hatte sich entspannt. Allen ging es besser, seit Poppy weg war.

«Florian und Lukas müssen mit dir eine Art Routine entwickeln», entschied Julia und änderte die Besuchsregelung. Poppy verbrachte mehr Zeit im alten Haus, holte Florian vom Fußballtraining ab und Lukas vom Karate. Die Wochenenden in Poppys Wohnung wurden seltener, weniger verplant, entspannter. Trotzdem hatte Poppy immer das Gefühl gehabt, sie sei für ihre Söhne eine widerwillig akzeptierte, misstrauisch beobachtete Notwendigkeit. Bis sie anfingen, über Facebook miteinander zu kommunizieren. Beide Söhne hatten sie als Freundin akzeptiert. Nicht aber Julia oder ihren Vater. Das bedeutete nichts anderes, als dass sie Poppy nicht als Elternteil, als Autoritätsperson wahrnahmen. Poppy wusste das. Trotzdem, es erlaubte ihr, am Leben ihrer Söhne teilzuhaben, ihre Interessen zu erahnen, die Namen ihrer Freunde zu kennen. Sie wusste sogar, wie lange sie abends aufblieben, weil sie oft treuherzig als letzte Botschaft des Tages die Worte: *Endlich ins Bett!* in den Äther hinausschickten.

Poppy empfand ein seltsames Gefühl der Überlegenheit, wenn sie das las. Sie wusste, dass Peter und Julia glaubten, die Buben schliefen längst.

Wird auch langsam Zeit, tippte sie dann.

Lukas hatte angefangen, ihr Links zu schicken, seltsame kleine Filme, Ausschnitte aus Konzerten, Songs, die er mochte. Sie begann, gewisse Raptexte zu verstehen. Sie schaute sich einen Film an über einen Rapper, der in einem Bus saß, und Wortfetzen einfing, auf einen großen gelben Block kritzelte, einzelne Worte, die er aus dem Busfenster im Vorbeifahren erhaschte, von Plakatwänden, Straßenschildern, Graffiti pflückte. Poppy erkannte sich in dem Rapper wieder. So schrieb sie auch. Ein Wort hier, eines da. Ihr fehlte nur die Geduld, sie aneinanderzureihen. Sie überlegte sich, ob sie selber einen Rap schreiben sollte.

Was ist der Plan, hatte Lukas geschrieben.

Plan?, tippte sie zurück. *Ich habe keinen Plan.*

Nevada

Sie fröstelte. Ein Arzt, eine Ärztin würde irgendwann hereinkommen, ihre Patientenakte aus dem Fach bei der Tür nehmen, flüchtig durchblättern, aufschauen: «Guten Tag, Frau ...» – Blick in die Akte – «Marthaler. Was führt Sie zu mir?»

Immer dieselbe Frage.

«Was?», fragte Nevada zurück. «Oder wer?»

Die Liste wurde länger. Der Rheumatologe hatte sie an den Orthopäden verwiesen, der Orthopäde an den Tropenarzt, dazwischen wurde ein Besuch beim Psychiater empfohlen.

Unterdessen erzählte sie die Geschichte ihrer Schmerzen, ihrer bodenlosen Müdigkeit wie etwas, das sie gelesen hatte. Sie wusste nicht mehr, ob sie der Wahrheit entsprach. Oder ob sie nur wiederholte, was sie schon so oft erzählt hatte, wie einen einstudierten Text. Wann hatten ihre Schmerzen begonnen? Sie wusste es nicht. Hatte sie nicht immer schon Schmerzen gehabt?

«Wann ist Ihr Vater gestorben?», fragte die Psychiaterin.

«Wie lange haben Sie in Indien gelebt?», der Tropenarzt.

Nevada erzählte so oft dieselbe Geschichte, die Handgelenke, die Ameisen, die nach innen gezogenen Pfoten des Jagdhunds, dass sie gar nicht merkte, wie die Geschichte immer länger wurde. Neue Abschnitte kamen dazu. Nevada hatte Marie gebeten, ihr einen Neurologen zu empfehlen. Halb hatte sie gehofft, Marie würde abwinken, das sei doch nicht nötig. Doch sie hatte sofort mehrere Namen genannt, den des Universitätsspitals empfohlen und auch gleich angeboten, den Termin für sie zu vereinbaren, damit es schneller gehe. Als hätte sie Robinas Verdacht geteilt. Die Schmerzen waren seit dem Besuch nicht schlimmer geworden, und manchmal fühlte Nevada immer noch die Geborgenheit in der großen Hand, die sie hielt.

«So, Sie sind also Yogalehrerin.» Der Arzt sah von ihrer Akte auf.

«Ja», sagte Nevada.

«Interessant. Und was wollen Sie von mir?»

Er stellte die Frage in barschem Ton. Doch Nevada dachte, dass sie sich das wohl einbildete, und begann zu erzählen: von ihren Schmerzen, der unerklärlichen Schwäche in den Armen, von ihrem Sturz auf die Matte, von den Untersuchungen, die bereits durchgeführt worden waren, von den Tabletten und den Magenschmerzen.

«Das weiß ich alles», unterbrach sie der Neurologe. «Das steht in Ihrer Akte. Was ich wissen will, ist Folgendes: Warum kommen Sie zu mir, einem Neurologen an einem städtischen Universitätskrankenhaus, warum gehen Sie nicht zu einem Geistheiler nach Indien oder zu einer Kräuterhexe ins Appenzell?»

Nevada zuckte zurück. Hatte sie Marie von ihrem Besuch bei Robina erzählt? War das in ihrer Akte vermerkt? Der Arzt sprach weiter. Seine Worte quollen wie schwarzer Schlamm aus seinem Mund, flossen über den wackligen Metalltisch, der zwischen ihnen stand, und ergossen sich auf den Fußboden. Nevada zog ihre Füße hoch und wickelte sie um die Stuhlbeine. Sie fragte sich, warum ein Chefarzt so billige Möbel in seinem Sprechzimmer stehen hatte, und ob er eine Antwort von ihr erwartete. Offenbar nicht, denn er sprach immer weiter: «Das ist so typisch für Ihre Sorte: Nichts als Verachtung für unseren Berufsstand, aber wenn alle Stricke reißen, kommt ihr angekrochen. Dann sind wir plötzlich gut genug. Dann ist es an uns, die Scherben zusammenzufegen, den Schaden gutzumachen, den eure Quacksalber und Scharlatane angerichtet haben. Und natürlich immer erst, wenn es gar nicht mehr anders geht. Wenn das Kind schon im Geburtskanal stecken geblieben ist, wenn der Krebs schon jedes Organ befallen hat, wenn der Blinddarm schon geplatzt ist. Ich sage Ihnen, wenn ich keinen Eid geleistet hätte, wäre ich manchmal schwer versucht, solche wie Sie einfach am Straßenrand auszusetzen. Soll doch die Natur ihren Lauf nehmen, wenn Sie die Natur schon so verehren! Warum legen Sie kein Kräuterpflaster auf? Warum setzen Sie keinen Blutegel an?»

Das Sprechzimmer füllte sich mit schwarzem Schlamm. Er bedeckte schon den ganzen Fußboden und stieg langsam höher. Blasen stiegen auf, blubberten, platzten, giftiges Gas entwich ihnen. Nevada schloss die Augen. Sie zog die Füße auf die Sitzlehne ihres Stuhles, und umfasste ihre Beine mit beiden Armen. Sie legte das Gesicht auf ihre Knie.

«Ja, jetzt fällt Ihnen nichts mehr ein, was?», höhnte der Arzt. «Sie haben doch sonst immer die Antwort auf alles!»

«Ich?» Nevada öffnete die Augen. Sie stellte ihre Füße auf den Boden zurück. Der schwarze Schlamm verschwand. Sie saß in einem schlecht beleuchteten, schäbig eingerichteten Sprechzimmer vor einem wütenden Arzt. Ihre Hände schmerzten, heute auch ihre Oberarme, es kribbelte und zog, als marschierten ganze Kolonien schlechtgelaunter Ameisen unter ihrer Haut hindurch, Ameisen, die immer wieder stehen blieben, übereinanderstolperten, einen Knoten bildeten, ein Feuer entzündeten, eine Schmerzflamme zum Himmel aufschießen ließen, durch die Haut hindurch. Nevada rieb sich die Oberarme, um die Ameisen zum Weitergehen anzuregen, solange sie sich bewegten, war es auszuhalten.

Sie blinzelte. «Warum ich?», fragte sie. «Ich hab doch nichts getan!» Sie klang wie ein kleines Kind. Sie riss sich zusammen. «Sie sind mir von einer Freundin empfohlen worden, einer Schülerin von mir übrigens, sie ist Ärztin wie Sie auch. Ich war bei keinem Naturheiler, Schamanen oder Quacksalber. Ich habe auch keine 900er Nummer angerufen, um mich von ferne heilen zu lassen. Das Einzige, was Sie mir vorwerfen können, ist, dass ich meine Beschwerden zu lange ignoriert habe. Und ja, das mag mit meinem Beruf zu tun haben. Menschen, die sich den ganzen Tag körperlich anstrengen, sind Schmerzen gewohnt und nehmen sie nicht ernst. Vielleicht nicht ernst genug. Schauen Sie sich meine Akte an. Ich war in der Notaufnahme, beim Rheumatologen, beim Orthopäden und beim Tropenarzt. Sie sind Neurologe. Das heißt, was immer Sie bei mir finden, ist schlimmer als das, was Ihre Kollegen schon ausgeschlossen haben. Ich sitze hier vor Ihnen und ich habe Angst. Entweder Sie helfen mir, oder Sie schicken mich zu jemand anderem!»

Einen Moment lang war es ganz still. Die Stille breitete sich zwischen ihnen aus wie ein Abgrund. Plötzlich erschauerte der Arzt, als erwache er aus einem Albtraum. Er legte den Kopf in seine Hände. Nevada wartete.

Schließlich schaute er auf und sah sie an. «Ich habe das alles laut gesagt.»

Es war keine Frage. Doch Nevada nickte.

«Dafür gibt es keine Entschuldigung. Trotzdem, es tut mir leid.»

Nevada nickte wieder.

«Meine Tochter ...», sagte der Arzt, dann winkte er ab. «Das tut nichts zur Sache.»

Er atmete ein paarmal tief ein und aus. Dann räusperte er sich. «Fangen wir noch einmal von vorn an.» Er blätterte durch ihre Akte. «Für Ihre Beschwerden gibt es tatsächlich keine einfache Erklärung. Es ist gut möglich, dass die Schmerzen in Ihren Händen von den anderen Symptomen unabhängig sind. Die bisherigen Untersuchungen zeigen nur minimale Abnützungserscheinungen. Erstaunlich eigentlich, wenn man bedenkt, dass Sie seit frühester Jugend eine Art Extremsport betreiben – und ich meine das nicht abwertend!»

«So habe ich es auch nicht verstanden.» Also doch nicht zu viel geübt, dachte Nevada, und der nächste Gedanke war gleich: Also nicht genug geübt? Dann müsste ich weiter üben, mehr üben, strenger üben. Solange meine Gelenke es erlauben.

«Ich gehe eher davon aus, dass es Nervenschmerzen sind, die Sie quälen», fuhr der Arzt fort. «Aber ich möchte die Ergebnisse der MRI-Untersuchung abwarten. Den Termin haben Sie bereits?»

Nevada nickte. «Was denken Sie?», fragte sie. «Was könnte es sein?»

«Ich möchte nicht spekulieren.»

«Und wenn Sie müssten?»

Der Arzt schüttelte den Kopf. Nevada meinte, Mitleid in seinen Augen zu lesen.

«Seine Tochter ist bei einer Hausgeburt gestorben», sagte Marie, die in der Cafeteria auf sie gewartet hatte. Auch Martha und Sierra waren da. Sie hatten darauf bestanden. Als sie Nevada kommen sahen, war Martha aufgesprungen, um Kaffee und Kuchen zu holen. Alle ihre Essensvorschriften waren aufgehoben worden. Es herrschte Ausnahmezustand.

«Manche sagen, er sei zu früh wieder zur Arbeit erschienen», fuhr Marie fort. «Willst du, dass ich dich an jemand anderen überweise?»

Nevada schüttelte den Kopf. «Nein, ich mag ihn. Komisch, nicht?»

Martha stellte eine mit rosa Zuckerguss überzogene Cremeschnitte vor Nevada hin.

«Wie soll sie die denn essen?», schimpfte Sierra. «Die kann man auch mit gesunden Händen kaum zerlegen!» Sie zog den Teller zu sich heran und hieb mit der Gabel in präzisen Abständen auf das Kuchenstück ein, das sich widerstandslos ergab.

hṛdaye Cittaaṃvit

Die Konzentration auf das Herz führt
zu einem tiefen Verständnis des Bewusstseins.

Patanjali Yoga Sutra 3.34

Poppy

Poppy schaute auf die Uhr. Es war kurz nach neun. Sie würde es noch einmal mit Yoga versuchen. Sie rollte die Matte aus, machte ein paar Sonnengrüße, und als sie den Faden verlor, fuhr sie einfach stur fort, ohne zu zählen, ohne sich darum zu kümmern, welcher Fuß als Nächstes kam. Sie zählte nur ihre Atemzüge: ein und aus. Nach einer Weile legte sie sich auf den Rücken und spielte tot. Wie oft hatte sie sich schon gewünscht, tot zu sein? Das Leben schlug über ihr zusammen und verschlang sie. Wie viel einfacher musste der Tod sein. Nach einer Weile hob sie ihre Beine an und stemmte sich in die Kerze hoch. Ihr Gewicht ruhte auf den Schultern und Unterarmen. Das Kinn war gegen die Brust gepresst. Mit den Handflächen stützte sie ihren Rücken, der senkrecht nach oben zeigte.

«Es gibt nur eine Yogastellung», hatte Nevada einmal gesagt: «*Tadasana*, der Berg. Stellt euch gerade hin. Die Füße berühren einander. Die Knie über den Füßen, die Schultern über dem Becken, die Arme nach unten gestreckt, der höchste Punkt des Kopfes zieht nach oben. Das ist der Berg. Er steht einfach da, gerade und unverrückbar. Jede andere Stellung ist eine Variante davon.»

Poppy versuchte also, in der Kerze zu stehen wie im Berg. Nach einer Weile legte sie die Füße hinter ihrem Kopf ab. Die Oberschenkel zogen ein bisschen, nicht zu sehr. Poppy hatte sich schon den Nacken verrenkt, als sie versucht hatte, in dieser Stellung, dem Pflug, um sich zu schauen. Man sollte sich nicht mit anderen vergleichen, und man sollte den Nacken nicht drehen, wenn er gerade das Gewicht eines ganzen Körpers trug. Jetzt aber war sie allein, allein auf ihrer Matte, eine Stellung reihte sich an die andere, nach dem Pflug kam der Fisch, sie legte sich auf den Rücken und stemmte sich auf ihre Ellbogen, hob den Brustkorb, ließ den Kopf nach hinten sinken. Bis ihr Scheitel die Matte berührte. Sie atmete langsam. Ihre Kehle war nach oben gereckt, ungeschützt, zum tödlichen Biss freigegeben. In der Kehle saß ein Chakra, ein Energieknotenpunkt. Irgendeine Yogalehrerin hatte einmal die Bedeutung der einzelnen Chakren erklärt. Poppy versuchte sich zu erinnern. Was war es noch, was in der Kehle saß? Ach ja, die Wahrheit.

«In der Kehle sitzt eure persönliche Wahrheit», hatte sie gesagt – war es Oona gewesen, oder Dolores? Jetzt hatte Poppy plötzlich Mühe mit dem Atmen, kein Wunder, ihre persönliche Wahrheit steckte quer in ihrer Kehle fest, sie würgte und spuckte. Dann sank sie aus der Stellung. Wieder lag sie flach auf dem Rücken. *Shavasana,* die Totenstellung, war eine Vorbereitung auf den Tod. Sie übte, tot zu sein. Irgendwann musste es doch genug sein mit diesem Leben. Sie hatte es ja versucht. Sie hatte sich alle Mühe gegeben, sie hatte sich so angestrengt. Und trotzdem war es nie genug. Nie gut genug.

Wie lebten die anderen? Mühelos, so schien ihr. Sie standen auf, sie gingen zur Arbeit, sie verliebten und vermehrten sich. Sie wussten, wo ihre Hausschlüssel hingen, und hatten ihre Geldbeutel immer griffbereit in der Tasche. Poppy hingegen war eine Fehlkonstruktion, ein Montagsprodukt. Irgendetwas fehlte ihr, etwas Grundsätzliches, ein Verständnis für die Welt, für die Realität. Alles, was andere so mühelos und nebenbei erledigten, morgens aufstehen, sich anziehen, pünktlich zur Arbeit erscheinen, Freundschaften pflegen, eine Beziehung aufrechterhalten, Kinder aufziehen, Yoga üben, all das fiel Poppy so schwer, als sei das Leben eine olympische Disziplin, die nur Ausnahmewesen nach jahrelangem brutalen Training absolvieren können. Dabei war es umgekehrt. Sie war die Einzige, die so hart daran arbeitete. Und es dann doch nicht hinkriegte.

Poppy sank tiefer in ihre Matte. Dann plötzlich dachte sie wieder an die Chakren, an die Farben, die ihnen zugeordnet wurden, sie versuchte sich zu erinnern, Rot, Gelb, Grün, Blau, Violett, sie versuchte die Farben auf ihrem Körper zu verteilen wie bunte Perlen. Ihre Gedanken schweiften weiter zu Marie, die immer so außergewöhnliche Farben trug. Himbeerrote Yogahose, einen tannengrünen Wildledermantel, einen senffarbenen Seidenschal. Sie fand Marie schön, die glänzenden schwarzen Haare, exakt geschnitten wie ein Helm. Sie hatte sie nicht mehr gesehen, seit sie Nevada damals zur Notaufnahme gefahren hatte. Poppy hatte bewundert, wie gelassen und bestimmt sie reagiert hatte. Marie war Ärztin. So jung und doch bereit, Verantwortung für Leben und Tod zu übernehmen. Jemand wie Marie konnte sich keine Fehler erlauben. Poppys Glieder begannen zu kribbeln, in ihren Fingerspitzen zuckte es. Sie war lange genug tot gewesen.

Plötzlich musste sie unbedingt wissen, wie dieser Schauspieler hieß, der Mann von Marie. Und in welcher Serie er mitspielte. Poppy setzte sich mit ihrem Laptop aufs Sofa und googelte ihn («Schauspieler, verheiratet mit Ärztin»). Sie klickte sich durch eine Reihe von Bildern und erinnerte sich dann, dass sie einige Folgen der Serie *Das Vorstadtspital* gespeichert hatte. Sie schaltete ihren Fernseher ein und klickte sich durch eine erstaunlich lange Liste von gespeicherten Sendungen. Wann würde sie sich die alle ansehen? Manchmal wünschte sie sich, sie könnte sich auf andere Dinge so konzentrieren wie auf Fernsehserien. Fernsehserien konnten sie in ihren Bann ziehen wie kaum etwas sonst. Sie bildeten ihre einzige Insel im Alltag, den einzigen Ort, an dem sie die Stimmen der siebenhundert in ihrem Kopf durcheinanderkrähenden Affen nicht erreichen konnten. Fernsehserien und eine neue Liebe. Und, manchmal, Yoga.

Die erste Serie, die sie bewusst wahrgenommen hatte, war *Die Partridge-Familie* gewesen. Jeden Mittwoch nach dem Klavierunterricht, den sie hasste, war sie nach Hause gerannt, so schnell sie konnte. Doch Fräulein Maurer behielt sie manchmal länger, so lange, bis sie eine bestimmte Tonfolge fehlerfrei spielen konnte, und Poppy wusste, bis sie zu Hause war, hätte *Die Partridge-Familie* bereits begonnen. Sie war wie alle Mädchen in ihrer Klasse in David Cassidy verliebt. Am Donnerstagmorgen wurde auf dem Pausenhof die letzte Folge diskutiert. Poppy hasste es, wenn sie nicht mitreden konnte. Wenn sie den Gesprächsfetzen zuhörte und feststellte, dass sie wieder einmal das Wichtigste verpasst hatte.

Später hatte sie *Dallas* und *Denver-Clan* geschaut, heimlich auf einem winzigen Fernseher mit Antenne, den sie in ihrem WG-Zimmer versteckte. Um es zu vertuschen, ließ sie laute Musik laufen, und hielt die kleine Kiste ganz nah vor ihr Gesicht. Erst nach einem Jahr hatte sie gemerkt, dass alle anderen WG-Mitglieder ebenfalls jeden Dienstagabend um Viertel vor zehn, wenn *Dallas* lief, in ihren Zimmern verschwanden. Nach einer klärenden Aussprache wurde das Serienschauen auf dem großen Fernseher im gemeinsamen Wohnzimmer zu einem beliebten WG-Ritual.

Wirkliche Erlösung brachte aber erst der Videorekorder. Poppy nahm alle Folgen auf und schaute dann immer drei oder vier hintereinander, wenn die Kinder schliefen. Nur so konnte sie sich entspannen. Vor dem Fernseher konnte sie sogar einschlafen. Sobald sie ihn ausschaltete, drehten sich wieder hundert Gedanken in ihrem Kopf wie Grillhähnchen am Spieß.

Poppy schaltete den Fernseher leiser und den Computer an. Sie öffnete ein Programm, das Lukas ihr kürzlich heruntergeladen hatte, und richtete einen einfachen Blog ein.

Monkey Mind, tippte Poppy in den Computer, *Affengeist.*

Das war sie. Das war ihr Kopf. Ein Affenhaus.

Heute habe ich zum ersten Mal versucht, alleine bei mir zu Hause Yoga zu machen. Und hier ist das Ergebnis.

*Poppys persönliche Affengeist-*Asana-*Sequenz.*

Ein paar Atemzüge auf der Matte. Frage mich, was hier so riecht. Ist es die Matte? Bin ich es? Kann nicht still liegen. Stehe auf.

Sonnengruß. Einmal, zweimal – Moment, welcher Fuß kommt jetzt? Was kommt nach zwei? Bin ich jetzt schon bei Runde vier oder erst bei drei?

Ich unterbreche kurz. Schaue auf mein Handy. Ob eine Nachricht gekommen ist. Dann stell ich das Handy ab. Ganz bestimmt.

Keine Nachricht. Hätt ich mir denken können. Er steht einfach nicht auf dich! Hole mir ein Glas Wasser in der Küche.

Zurück auf die Matte. Soll ich noch ein paar Sonnengrüße machen? Ach, lass es! Es ist neun Uhr abends. Die Sonne hat nicht auf mich gewartet.

Uttanasa. *Ich beuge mich vor und lege die Hände neben meine Füße. Dabei frage ich mich, wann ich das letzte Mal bei der Pediküre war. Von Maniküre wollen wir gar nicht anfangen.*

Padangusthasana. *Ich verstecke die Hände unter den Fußsohlen. Da sind sie gut aufbewahrt.*

Ich lege mich auf den Rücken. Ich frage mich, wie lange es her ist, dass ich den Fußboden geschrubbt habe. Ich meine, so richtig geschrubbt. Vielleicht jetzt eine Rückbeuge, um wieder richtig wach zu werden? Aus Gründen, die zu erklären hier zu weit führen würde, fällt mir ein, dass ich die Serie Das Vorstadtspital *seit Wochen aufzeichne, aber noch keine Folge gesehen habe.*

Also gut, ich verrate es euch: Gion Camenisch war in meiner Yogastunde. Ich wusste doch, ich kenn den von irgendwoher. Jetzt fällt es mir wieder ein. Ich schalte den Fernseher ein und klicke mich durch meine aufgezeichneten Sendungen.

Zwei Folgen später. Jetzt möchte ich eigentlich etwas essen. Aber mit vollem Magen soll man nicht üben. Ich übe ja gar nicht. Also gut. Ich mache noch einen Sonnengruß, um irgendwie in Yogastimmung zu kommen.

Dann leg ich mich wieder auf den Rücken. Aber bevor ich wieder hundert Dinge gleichzeitig denken kann, hebe ich die Beine in die Kerze.

Aus meinen Augenwinkeln sehe ich etwas Dunkles über den Boden huschen. Eine Spinne? Ich zucke zusammen, kippe aus der Stellung. Springe von der Matte. Schüttle die Matte aus. Ich hasse Spinnen. Wage es schließlich, unter das Bett zu schauen: ein dicker Staubfusel. Natürlich.

Noch mal die Kerze, dann der Pflug. Mein T-Shirt verrutscht. Ich habe einen höchst ungewöhnlichen Blick auf mein Bauchfleisch, das sich wie eine Gletschermoräne in Falten legt und auf mein Gesicht zuschiebt. Der Film Angriff der Killertomaten *fällt mir ein, ich weiß nicht warum, ich stelle mir vor, wie meine Bauchfalten zu Hochhausgröße anschwellen und sich durch die Straßen der Stadt schieben und unschuldige Menschen unter sich begraben. Sofort schäme ich mich für diesen unspirituellen Gedanken und rolle wieder auf die Matte zurück.*

Der Fisch. Ich lege den Kopf in den Nacken und denke über die Wahrheit nach. Meine Yogalehrerin hat gesagt, im Kehlenchakra hocke die Wahrheit. Ich frage mich, was meine Wahrheit sein könnte.

Kopfstand. Ich stehe mitten im Zimmer auf dem Kopf, meine Au-

gen huschen in alle Richtungen. Da sind nicht nur Staubflusen unter dem Sofa, da liegt auch ein Brief. Meine Beine kippen, ich falle aus der Stellung und lege mich wieder hin. Mein Magen knurrt.

Und das ist genug für heute.

Einen Augenblick lang zögerte sie, bevor sie auf «veröffentlichen» klickte. War sie verrückt geworden? Seit ihrer Kindheit glaubte Poppy, dass jeder, der wirklich in sie hineinsehen konnte, sie unweigerlich für verrückt halten musste. Niemand durfte wissen, wie es in ihrem Kopf wirklich aussah. Niemand.

Gleichzeitig hatte sie immer geglaubt, eines Tages würde einer kommen, der sie mit einem Blick erkennen und trotzdem lieben würde. Doch dieser eine war gekommen und wieder gegangen. Poppy hatte nichts mehr zu verlieren. Sie schraubte die Schädeldecke ab, machte den Deckel auf und ließ jeden, der Internetanschluss hatte, in das Affenhaus blicken, das ihr Geist war. Eintritt frei!

Poppy stand auf und holte sich ein Stück Käse. Es war gummig. Sie aß es, ohne etwas zu schmecken. Sie schaltete den Fernseher wieder ein. Ihre Augen fielen zu, doch sobald eine Folge zu Ende war, war sie wieder hellwach. Man müsste von der Mitte einer Folge zur Mitte der nächsten schauen, dachte sie. Von einem langweiligen Teil zum nächsten. Über einem Cliffhanger würde sie nie einschlafen können. Und einschlafen musste sie. Sie durfte morgen nicht zu spät zur Arbeit kommen. Nachdem sie jahrelang niemand zur Kenntnis genommen hatte, ruhten plötzlich alle Augen auf ihr. Metzler kontrollierte ihre Anwesenheitszeiten. Andreas fragte nach den genauen Arbeitsabläufen. Verlangte gar ein Diagramm. Karin hatte sie über ein internes Memo informiert, in dem von «notwendigen Restrukturierungsmaßnahmen» die Rede war. Kündigungen. Poppy versuchte sich einzureden, dass die ungewohnte Aufmerksamkeit, die ihre obskure Abteilung erhielt, mit der ungewöhnlichen Attraktivität ihrer Praktikantin zu tun hatte. Doch Audrey würde Ende dieser Woche wieder an die Erdoberfläche zurückkehren, in eines der Redaktionsressorts. Poppy schaltete den Fernseher aus. Müde oder nicht, sie würde sich jetzt hinlegen. Sie würde das Licht ausschalten und mit offenen Augen still daliegen, in absoluter Dunkelheit.

Doch bevor sie den Computer ausschaltete – ein letzter Gedanke. Nur einer noch.

Yoga ist das Innehalten der Bewegungen des Geistes, schrieb sie. *Dasselbe kann eine Fernsehserie bewirken.*

Vielleicht, schrieb sie, *braucht mein Geist ein besonders starkes Lasso, das ihn fesselt. Die Nachrichten reichen da bei weitem nicht. Die meisten Theaterstücke schaffen es höchstens bis zur Pause. Ein klassisches Konzert – vergiss es. Das Einzige, was die Affen in meinem Kopf nachhaltig beschäftigt und im Zaum hält, sind …*

Poppy überlegte, dann schrieb sie:

Fernsehserien.

Eine neue Liebe.

Yoga.

Sie wollte gerade wieder auf «veröffentlichen» klicken, da sah sie es: *31 Kommentare.*

Wie lange hatte sie vor dem Fernseher gesessen? Eine Stunde, zwei? Einunddreißig Menschen hatten ihr Affenhaus besucht. Nein: mehr. Viel mehr. Einunddreißig hatten in ihr Gästebuch geschrieben.

Sie begann, die Kommentare zu lesen.

Poppy, du Affenbändigerin, sprichst mir aus dem Herzen! Ich dachte immer, ich sei die Einzige, die es allein auf der Matte nicht aushält!

Ach, und ich dachte immer, außer mir hat niemand ein Problem damit, diszipliniert und kontinuierlich zu Hause zu üben …

Haha, das mit den Zehennägeln, das kenn ich auch. Noch schlimmer: Ich sehe einzelne Haare aus meinen ansonsten frischrasierten Waden wachsen, dann muss ich sofort unterbrechen und sie wegmachen. Spirituelle Hingabe, nicht?

Ich schlaf dafür in Shavasana *immer ein. Zu Hause ist das ja egal, aber in der Yogastunde??? Man hat mir schon gesagt, ich hätte geschnarcht. Mit offenem Mund! Peinlicher geht's nicht!*

O doch, peinlicher geht's: Furzen in der Umkehrstellung.

Vielleicht sollten wir eine eigene Yogagruppe gründen: für Affenbändiger?

Gute Idee!, schrieb Poppy zurück.

Dann wollte sie den Computer schon ausschalten, als plötzlich immer mehr Antworten eintrafen. Sie las sie alle.

Ich hab in meinem Leben noch nie Yoga gemacht. Ich dachte immer, keine Chance, stillsitzen, ich? Trotzdem, Poppy, ich weiß genau, wie es dir geht.

Die Affen wohnten in allen Köpfen.

Sie hatte kaum geschlafen. Trotzdem fühlte sie sich frisch. Und unverwundbar. Bis zur letzten Minute las sie ihren Blog, dann packte sie ihren Laptop ein und fuhr mit dem Fahrrad zum Bahnhof. Auf der kurzen Zugfahrt in die Stadt dachte sie über Antworten nach, die sie formulieren wollte, und bis sie im Redaktionsgebäude angekommen war, hatte sie schon Ideen für mindestens drei weitere Beiträge. Sie konnte es kaum erwarten. Über Nacht hatte sie hundert neue Freundschaften geschlossen.

Freundschaften, die etwas bedeuteten.

Und sie hatte nicht mehr an Wolf gedacht. Nicht mehr so wie in den letzten Tagen. Wolf war nicht mehr ihre einzige Rettung. Wolf war nicht länger der einzige Mensch, der sie verstand. Es gab andere. Viele andere. Die hatten in Poppys Kopf hineingeschaut und waren nicht schreiend weggelaufen. Nein. Sie hatten nur genickt und gesagt: «Ja, genau so sieht es in meinem Kopf auch aus! Ganz schönes Chaos!» Poppy war nicht allein. «Wir sind nicht allein», formulierte sie im Kopf.

Im Keller wartete Audrey schon auf sie. «Hey, Poppy Superstar!», rief sie.

«Wie bitte?»

«Du warst letzte Nacht Nummer eins auf *Blogwatch.com*, Kategorie *first entry*!»

Poppy hievte ihre Fahrradtasche aufs Pult. Der Laptop, den sie sonst nie darin hatte, schlug dumpf auf die Tischplatte auf.

«Poppy, pass auf! Du kannst doch deinen Computer nicht so hinwerfen!» Audrey half ihr, die Tasche auszupacken. Sie schüttelte den Kopf, als sie sah, dass Poppy ihren Laptop einfach in einen Schal gewickelt hatte. «Sag mal, wie bist denn du ausgerüstet? Das geht gar nicht!»

Poppy schob ihre Sachen zur Seite und schaltete ihren Arbeitscomputer auf.

«Du willst doch jetzt nicht arbeiten?» Audrey war entsetzt. «Poppy, du musst den *buzz* ausnutzen, du musst die Welle reiten, morgen bist du wieder vergessen! Jetzt muss es Schlag auf Schlag gehen! Hör mal, du kümmerst dich heute um deinen Blog, und ich übernehme den Rest. Ist eh mein letzter Tag hier unten!»

«Meinst du?»

«Nein, Poppy, ich weiß es! Das haben wir gerade im letzten Ausbildungsblock durchgenommen: *impact* der neuen Medien. Das ist deine Chance, glaub mir, wenn du es jetzt richtig anpackst, dann kannst du berühmt werden! Dann kommst du hier raus! Du hast einen Twitter-Account, nehm ich mal an?»

«Ich habe alles», sagte Poppy. «Bisher hab ich es einfach nicht regelmäßig benutzt.»

«Okay, das muss sich ändern. Du musst ganz diszipliniert jeden Tag alle deinen Konten bedienen. Der Blog kommt natürlich zuerst. Du musst aber auch andere Blogs besuchen, Kommentare hinterlassen, auf deine Seite hinweisen. Am besten mach ich dir eine Tabelle.»

Ein Stundenplan! Poppy seufzte glücklich. Dann fiel ihr etwas ein: «Audrey, das ist ja lieb von dir, aber warum machst du das? Was hast du davon?»

«Ich?» Sie riss ihre großen Augen auf und blinzelte ein paarmal. «Ich mag dich einfach. Ich möchte dir gerne helfen.» Beinahe wäre Poppy darauf hereingefallen. Doch als sie nicht gleich antwortete, blies Audrey die Backen auf. «Okay, ich geb's zu, ich habe ein professionelles Interesse. Ich schreibe meine Abschlussarbeit über neue Medien. Die Chance, so eine Entwicklung vom ersten Eintrag an zu begleiten, krieg ich so schnell nicht wieder.»

Poppy nickte. «Und du meinst wirklich, da kann etwas draus werden?»

«Da ist schon etwas, das sag ich doch die ganze Zeit! Es kann nur noch größer werden. Wenn du es jetzt richtig anstellst. Also vertrau mir!»

Das tat Poppy nur zu gerne. Audrey druckte ihr eine Liste mit Aufgaben aus, die sie eine nach der anderen abhaken sollte. Als Erstes schrieb sie eine Reihe kurzer Twitterkommentare auf Vorrat. Das fiel ihr erstaunlich leicht. All die Jahre, in denen sie zu schreiben versucht hatte! Nie war es ihr gelungen, mehr als drei zusammenhängende Gedanken zu formulieren. Und jetzt stellte sich heraus, dass das gar nicht nötig war! Hundertvierzig Zeichen genügten.

Poppy hatte eine Schleuse geöffnet. Sie musste die unordentlichen, schamgefüllten, untersten Schubladen ihres Geistes nicht krampfhaft verschließen, um schreiben zu können. Im Gegenteil: Genau hier lag ihr Stoff verborgen, und offenbar auch ihre Fähigkeit, andere Menschen anzusprechen. Plötzlich war Schreiben keine Arbeit mehr, keine Qual. Sie öffnete die Schubladen, und die Sätze krabbelten aus ihnen heraus, die Bilder, die Erinnerungen. «Endlich!», murmelten sie, rieben sich die Augen, streckten und dehnten sich und wuchsen auf dem leeren Bildschirm zu Geschichten heran. Poppys Finger konnten auf der Tastatur kaum mithalten.

«Hier, ich hab dir ein Birchermüesli gebracht!»

Audrey stand vor ihrem Pult. Poppy hatte nicht einmal gemerkt, dass sie das Büro verlassen hatte. «Wie spät ist es?»

«Viertel nach drei.»

Widerwillig klappte Poppy ihren Laptop zu und griff nach der kalten Glasschüssel. Mehr als fünf Stunden waren vergangen, ohne dass Poppy es gemerkt hatte. Und ohne dass sie eine einzige Affenstimme vernommen hatte. Was für ein Witz, dachte sie. Und: Ob das *Samadhi* war? Das Aufgehen in einer Tätigkeit? Sie würde es nachschlagen. Poppy machte sich mit der rechten Hand eine Notiz, während sie mit der linken den Löffel zum Mund führte.

Audrey grinste. «Sieht nicht so aus, als bräuchtest du meine Hilfe noch!»

Poppy ließ den Löffel sinken. «Audrey», sagte sie, «das mag jetzt komisch klingen, aber ich glaube, ich habe meine Bestimmung gefunden.»

«Gar nicht komisch! Ich weiß genau, was du meinst! So habe ich mich gefühlt, als meine Eltern zum ersten Mal auf einer Party ein Video von mir abspielten, wandfüllend, wie ich *You Are My Sunshine* sang. Ich war fünf Jahre alt und wusste: Das ist es, was ich will!»

Und was tust du dann hier?, wollte Poppy fragen. Aber was tat sie selber hier?

«Du versprichst mir aber, dass ich dich begleiten darf, gell?»

«Natürlich!» Poppy löffelte das Birchermüesli in sich hinein, ohne etwas zu schmecken. In Gedanken formulierte sie bereits ihren nächsten Eintrag.

«Okay. Ich geh heute ein bisschen früher, ich muss noch auf der Sportredaktion vorbei, die wollen mich für die nächsten zwei Wochen.» Audrey verdrehte die Augen. «Die haben Ideen, das glaubst du nicht. Aus dem letzten Jahrhundert! Fußball aus weiblicher Sicht und so was. Da muss ich dann wieder so tun, als hätte ich von nichts eine Ahnung!» Sie wurde ernst. «Du hast mich nie blöd behandelt, Poppy. Dafür danke ich dir.»

«Warum sollte ich dich blöd behandeln?»

«Na, wegen meines Aussehens! Was glaubst du, was ich aushalten muss? Und nicht nur von Männern, Frauen sind viel schlimmer, und zwar, versteh mich nicht falsch, gerade die Älteren! Die hassen mich geradezu. Du kannst dir nicht vorstellen, wie unwohl ich mich am ersten Tag hier gefühlt habe. Aber du warst immer voll *straight* mit mir, Poppy.» Audrey seufzte tief. «Weißt du, es gab schon Tage, da bin ich nahe daran, mich selber zu verunstalten. Jahrelang hatte ich so eine schreckliche Fransenfrisur, nur, damit man mein Gesicht nicht sieht. Damit mich die Leute nicht immer nur über meine Schönheit wahrnehmen. Aber irgendwann wurde mir klar, dass das wenig nützt – meine Schönheit hört ja am Hals nicht auf!»

Poppy hätte beinahe laut herausgelacht, doch sie sah, dass Audrey es ganz ernst meinte. Deshalb nickte sie nur. Sie war heute zu glücklich, um kleinlich zu reagieren. Mehr als glücklich: Poppy fühlte sich richtig. Sie war am richtigen Platz, an ihrem Platz. Sie war angekommen.

«Du, etwas noch, bevor ich hier Schluss mache.» Audrey war zu ihrem Arbeitsplatz hinübergegangen und beugte sich im Stehen über ihren Computer. «Gell, ‹Amischlampe› gilt als rassistische Beschimpfung?»

«Amischlampe?»

«Ja, das Wort kommt in erstaunlich vielen Leserkommentaren vor – du weißt schon, wegen der Amerikanerin in der Schleuse ... Die kann ich nicht aufschalten, oder?»

Poppy wusste es nicht. Sie trat hinter Audrey und sah ihr über die Schulter. «Welche Amerikanerin in welcher Schleuse? Das hab ich nicht mitgekriegt.»

Audrey klickte den Artikel an, der bereits dreizehn Leserkommentare provoziert hatte, von denen vier den Begriff «Amischlampe» enthielten.

Wegen dieser Amischlampe das Ufer absperren ... Und was ist mit uns unbescholtenen Schweizer Bürgern, die hier spazieren gehen wollen, wie es unser Recht ist?

Poppy suchte den dazugehörigen Artikel.

Tod im Fluss – Vermisste Amerikanerin ertrunken aufgefunden. Unfall, Verbrechen oder Selbstmord?

Sie klickte auf das Fragezeichen, um das dazugehörige Bild hochzuladen, das ihr bereits bekannte Hochzeitsbild von Wolf und Kim. Hatten die kein anderes Foto?, dachte sie, schob Audrey zur Seite und setzte sich auf ihren Stuhl.

«Hast du das wirklich nicht mitgekriegt? War eine Riesensache. Während du krank warst ... Hast du keine Nachrichten geschaut?»

Poppy antwortete nicht. Sie musste den Artikel zweimal lesen, um die wichtigsten Informationen zusammenzusetzen. Wenige Tage, nachdem Wolf seine Frau als vermisst gemeldet hatte, war ihre Leiche in einer Flussschleuse gefunden worden. Erste Untersuchungen bestätigten, dass der Tod nicht auf Ertrinken, sondern auf Gewalteinwirkung zurückzuführen war und dass sie vermutlich schon am Abend, bevor ihr Mann ihr Verschwinden gemeldet hatte, tot im Wasser gelegen hatte. Poppy zählte an den Fingern bis zu dem Abend zurück, an dem sie Wolf zum letzten Mal gesehen hatte.

... Ehemann befragt, aber nicht festgenommen ...

«Ach was», sagte Audrey. «Der Ehemann ist doch immer verdächtig!»

Ted

«Du weißt, was als Nächstes passiert.»

Ted schüttelte den Kopf. «Nein. Aber du wirst es mir wohl sagen.»

«Darauf kannst du Gift nehmen.» Tobias trank einen Schluck Bier und stellte das Glas mit Nachdruck auf die Theke. «Hast du den Film nicht gesehen?»

«Welchen Film?»

«*Kramer gegen Kramer*. Ein Klassiker des Vier-Taschentuch-Genres. Mutter haut ab, lässt kleinen Jungen mit Vater allein, kaum hat der Vater sich mit dem Kind halbwegs arrangiert, kommt sie zurück und nimmt ihn ihm wieder weg.»

«Du meinst ...?»

«Ich wette drauf. Dir geht es einfach zu gut. Emma hat sich prima eingelebt, und Lilly spurt auch. Der Widerspenstigen Zähmung, mein Freund. Du hast es endlich geschafft.»

Ted grinste. «Mir geht es gut», sagte er. «Nicht zu gut. Zu gut kann es einem gar nicht gehen.»

«Ich meine nur. Komm dann nicht zu mir und heul mir die Hucke voll.»

Diesmal war Ted der Erste, der auf die Uhr schaute. Er leerte sein Glas und winkte ab. «Nein, nichts mehr, danke!» Er legte zehn Franken auf die Theke und klopfte auf Tobias' Schulter. Plötzlich kam ihm das seltsam vor, wie er so von oben auf die Schulter des Kleineren schlug.

«Du bist ein guter Freund», sagte er. «Der beste!»

«Der einzige!» Tobias drehte sich um und bestellte noch ein Bier. Ted ging nach Hause. Von der Straße aus sah er Licht in seinem Wohnzimmer. Er ging nach Hause in seine Wohnung, wo schon jemand war und auf ihn wartete. Er blieb einen Moment stehen und schaute hinauf. Ein Schatten durchbrach das warme Licht der Esszimmerlampe. Ob Lilly den Tisch deckte? Ob Emma ihre Schularbeiten zur Seite schob?

Als er die Treppe hinaufging, hörte er Klavierspiel. Konnte es einem wirklich zu gut gehen? Konnte das Leben zu gut sein? Auf dem obersten Absatz blieb er stehen. So soll es bleiben, dachte er. Genau so.

Er steckte den Schlüssel ins Schloss. Öffnete die Tür. Halb erwartete er, Lilly in einer Küchenschürze im Flur stehen zu sehen, den Kochlöffel in der einen, ein Martiniglas in der anderen Hand. Doch da war niemand.

«Hallo?», rief er. «Ich bin wieder da!» Er zog seine Jacke aus, hängte sie an die Garderobe. Keine Lederjacke, keine übergroße Tasche. Doch das musste nichts bedeuten. «Emma, Lilly?»

Emma kam ihm entgegen. Sie nahm Anlauf und schlitterte die letzen paar Meter in ihren Socken auf dem glatten Holzboden auf ihn zu. Sie streckte die Arme aus.

«Hey!» Er fing sie auf. «Wie geht es dir, mein Hase?»

«Ich bin nicht dein Hase. Ich bin deine Tochter.»

Er kniff sie in die Seite. «Ach, wirklich? Bist du dir ganz sicher?»

«Papa, du bist kindisch!» Sie machte sich los.

Einer muss es ja sein, dachte Ted. «Was riecht denn hier so gut? Hat Lilly gekocht?»

«Lilly?» Emma runzelte die Stirn. «Nein, nicht Lilly. Elviras Mutter hat mich nach Hause gebracht und eine Lasagne dagelassen. Sie wollte auf dich warten, aber ich habe gesagt, das geht nicht, du hast schon eine Freundin!»

«Schon wieder?» Sie gingen in die Küche. Die mit Alufolie zugedeckte Gratinform stand auf dem Tisch. Sie war noch lauwarm.

«Hast du Hunger?»

Emma zuckte mit den Schultern. «Hast du Hunger?», fragte sie zurück.

Ted seufzte. Er kannte dieses rücksichtsvolle Ausweichen von den Mädchen in seiner Klasse. Sie sprachen so leise, dass man sie nicht verstand. Sie versteckten sich hinter ihren Freundinnen. Sie stimmten erleichtert jedem Vorschlag zu, den ein anderer machte. Sie rächten sich hintenherum, tuschelnd, hinter vorgehaltener Hand.

«Alle Frauen sind so», sagte Tobias. »Jedenfalls, bis man sie geheiratet hat. Haha!»

Die Frauen, die Ted liebte, nicht. Die wussten immer ganz genau, was sie wollten, und sie sagten es auch. Laut und deutlich. Notfalls stampften sie mit dem Fuß auf. Wie Lilly.

«Entweder ich bin deine Nummer eins, oder ich bin es nicht», hatte sie gesagt. Widerspenstig und ungezähmt.

Ted seufzte. Er holte Schüsseln und Plastikgefäße aus dem Kühlschrank. Seine Kolleginnen behandelten ihn, als sei er schwer krank, oder als sei jemand gestorben. Jeden Tag brachte mindestens eine von ihnen eine vorgekochte Mahlzeit mit, einen selbstgebackenen Kuchen, Kekse, Mädchenbücher, Spielsachen.

«Wenn du willst, hole ich sie von der Schule ab, dann kann sie bei mir ihre Aufgaben machen, und du holst sie später. Ich wohn ja nicht weit weg.»

«Ich bin doch zur selben Zeit fertig wie du», wunderte sich Ted, und die Kollegin errötete. «Ich meine ja nur. Mädchen brauchen weibliche Bezugspersonen.»

Manchmal verstummten die Gespräche, wenn er das Lehrerzimmer betrat. Die Blicke seiner Kolleginnen waren voller Mitgefühl, aber nicht nur. Manche waren regelrecht lüstern.

Martina hatte ihm angeboten, nach der Schule auf Emma aufzupassen. «Meine Kleine ist auch in der Tagesschule, in derselben Klasse», sagte sie, «also in der Parallelklasse, aber die Aufgaben sind dieselben.»

«Martina», sagte Ted. «Du hast ein volles Pensum, zwei Kinder, lebst alleine. Wenn schon, sollte ich dir helfen.»

«Ja, aber du ...»

«... bist ein Mann?»

Sie lächelte, zuckte mit den Schultern. «Was macht Emma am Wochenende?», fragte sie weiter. «Meine Mädchen sind im Fußballclub. Das tut ihnen wirklich gut. Ich könnte mit dem Trainer reden ...»

«Danke, aber lass uns erst mal einen Alltag finden, dann komm ich gern darauf zurück.»

Unterdessen hatten die anderen Lehrerinnen einen Kreis um sie gebildet. Misstrauisch beobachteten sie Martinas Vorstöße, sagten aber nichts, bis klar war, dass Ted nicht anbeißen würde.

Dann trat die Nächste vor. «Kennst du die Pizzeria beim Bahnhof? Die haben ein Spielzimmer für die Kinder, wenn du dich mal erwachsen unterhalten willst ...»

«Wir haben Lasagne», sagte Ted jetzt zu Emma, die angespannt zu ihm aufschaute. «Ich glaube, mit Hackfleisch. Dann Moussaka – was Griechisches, von der Nachbarin.»

Auch die Frauen im Haus hatten schnell mitbekommen, dass der reizende junge Lehrer jetzt seine Tochter bei sich hatte. Sie hielten ihn im Treppenhaus auf und berührten seinen Arm. «Und die Mutter? Was ist mit der Mutter?»

Ted fragte sich, ob über ihn auch so getuschelt worden war. Der Vater! Wo ist der Vater? Einfach ausgezogen! Sieht das Kind nur noch am Wochenende, und selbst das nicht regelmäßig! Also, da kann man sagen, was man will, aber normal ist das nicht!

«Hörnli mit Gehacktem, *Shepherd's Pie*, das ist Hackfleisch mit Kartoffelstock und Erbsen, glaub ich – ich muss anfangen, die Sachen einzufrieren, das verkommt sonst alles, also, was meinst du, Prinzessin, worauf hast du Lust?»

Zuck jetzt nicht mit den Schultern, dachte er. Sag etwas, bitte. Sag: Nichts von all dem doofen vorgekochten Hausfrauenzeugs, ich will eine Pizza bestellen, und diesmal mit ganz fett Käse drauf!

«Ich weiß nicht», sagte Emma. «Sag du.»

«Sag du ... Sag du ...» Er versteckte seine Enttäuschung hinter der offenen Kühlschranktür. «‹Sag du› ist leider keines mehr da. Und das ‹Ich weiß nicht› sieht mir nicht mehr ganz koscher aus. Ist an den Rändern schon grün!»

Emma kicherte. Sie hob die Hand an den Mund. Dann rutschte sie vom Stuhl und stellte sich neben ihn. Hob die Plastikdeckel und die Alufolien und studierte unschlüssig die Gerichte, die eigentlich alle gleich aussahen: mit einer blassgelben Kruste von geschmolzenem Käse bedeckt.

Emma atmete tief ein, als wüsste sie, dass sie etwas sagen musste. Und Ted merkte, dass jede Entscheidung ein Gefallen wäre, den sie ihm tun würde. Er gab sich einen Ruck. «Weißt du was, ich kann mich auch nicht entscheiden. Zum Glück haben wir die Mikrowelle.»

Und er füllte kleine Portionen aus jedem einzelnen Behälter in Glasschüsseln. Am Ende standen sieben verschiedene Gerichte auf dem Tisch, sie stachen mit ihren Gabeln in jede einzelne dampfende Schüssel, sie probierten alles.

«Oh, grauenhaft», rief Ted. «Das kann man ja nicht essen!» Er ließ den Löffel so nachdrücklich in den Kartoffelstock fallen, dass es spritzte.

Emma jauchzte vor Vergnügen. Dann schlug sie sich beide Hände vor den Mund. «Dein T-Shirt ist ganz voll!» Sie zeigte auf Teds Bauch.

«Na und? Deins auch!»

«Meins? Gar nicht.» Das Mädchen schaute an sich herunter. Da klatschte Teds Löffel in eine andere Schüssel, und die Tomatensauce spritzte mitten auf ihren Bauch.

«Papa!»

Ted dachte an die Essensschlachten seiner Kindheit. Vor allem, als die Mütter eine makrobiotische Phase durchmachten. Die trockene braune Vollreispampe ließ sich hervorragend zu kompakten Kugeln formen und als Munition verwenden. «Was: Papa?» Er kippte einen Löffel voller Erbsen auf den Fußboden. «Das Zeug ist nicht zum Essen gedacht!» Schon hielt er eine Ladung Hörnli mit Käsesauce im Anschlag und zielte Richtung Abwaschbecken. Emma starrte ihn mit weit aufgerissenen Augen an. Ted holte aus und schleuderte die fetttriefenden Teigwaren quer durch die Küche.

«Komm schon», rief er. «Versuch's mal!» Zögernd steckte Emma ihre Gabel ins Moussaka. Mit gerunzelter Stirn studierte sie die vor Öl triefenden Auberginenscheiben.

«Keine Angst, die tun dir nichts!», rief Ted und schleuderte seinerseits eine Handvoll Kartoffelbrei gegen die Wand. Vorsichtig streckte sie die Hand aus. Dann ließ sie die Auberginenscheiben mehr von der Gabel gleiten, als dass sie sie warf. Sie landeten vor Ted auf dem Tisch. Ted sprang auf und nahm eine der Schüsseln in die Hand.

«Nur nicht so schüchtern!» Er kippte sich das Gemisch aus Hackfleisch und Kartoffelstock über den Kopf. Emma schnappte nach Luft. Einen Augenblick lang fürchtete Ted, er sei zu weit gegangen. Sie würde anfangen zu weinen. Hatte Martina doch recht, wenn sie sagte, ein Mann könne kein Mädchen erziehen?

»Du hast doch auch zwei Söhne», hatte er geantwortet, doch die Kollegin hatte nur mit dem Schultern gezuckt.

«Das ist etwas anderes. Ich bin eine Frau. Frauen sind anders. Als Mutter bist du eben …»

Als Mutter bist du über jeden Zweifel erhaben.

Ted dachte an seine eigene Mutter. Und wie seine Kindheit ausgesehen hätte, wenn sie eines Tages ans andere Ende der Welt gezogen wäre und Ted seinem Schicksal überlassen hätte. Beziehungsweise seinem Vater. Diese Vorstellung entsprach ziemlich genau dem verzweifelten Wunschtraum, den er seine ganze Kindheit hindurch gehegt hatte: Sein Vater möge kommen und ihn zu sich nehmen. Ihn erlösen aus dem Frauenreich seiner Mutter.

In diesem Moment stieß Emma ein schrilles Geheul aus. Sie fasste die nächstbeste Schüssel. Rannte um den Tisch herum auf Ted zu, Ted flüchtete auf die andere Seite der Küche, riss eine Schranktür auf und versteckte sein Gesicht dahinter. Die warme Pampe traf ihn mitten auf den Bauch.

«Warte nur, du kleine Hexe! Das wirst du büßen!»

Er stieß die Schranktür wieder zu, doch bevor er den Tisch erreicht hatte, kam schon eine ganze Schüssel in seine Richtung geflogen. Klirrend fiel sie auf den Plattenboden, ohne zu zerbrechen. Bald war das von fürsorglichen Frauen mit Hintergedanken gekochte Essen über die ganze Küche verteilt. Ted und Emma waren von oben bis unten damit verschmiert.

Ted hob Emma hoch und trug sie ins Badezimmer. Er streifte ihr die bekleckerten Kleider ab und stellte sie unter die Dusche. Als er die Temperatur des Wasserstrahls prüfte, schaute sie ihn ernst an: »Kannst du bitte rausgehen?», bat sie.

«Natürlich.» Ted zog die Tür hinter sich zu. Hatten sie nicht vor weniger als einem Monat, als sie das letzte Mal bei ihm gewesen war, noch zusammen gebadet? Er blieb vor der verschlossenen Badezimmertür stehen und lauschte auf das Rauschen des Wassers. Es dauerte lange, bis es schließlich verstummte und Emma nach ihm rief: «Papa?»

Er öffnete die Tür einen Spaltbreit. Das kleine Badezimmer war von Dampf erfüllt.

«Trocknest du mich ab?»

Blind tastete er nach einem Tuch. Er ging in die Knie und hielt das offene Tuch vor sich, in das Emma hineinsprang wie in ein Sicherheitsnetz. Er wickelte ihren kleinen Körper ein und rubbelte energisch ihre Schultern, ihren Rücken, ihre Beine ab.

«Du hast keinen Conditioner, Papa!», sagte Emma. «Jetzt musst du mir die Haare kämmen. Du darfst mir aber nicht weh tun!»

Ted sah an sich herunter. Die Essensreste, die an seinen Kleidern klebten, hatten das Badetuch verschmiert. «Zieh schon mal deinen Pyjama an», sagte er. «Ich muss auch kurz unter die Dusche.»

Später saßen sie im Pyjama auf Emmas Bett. Emma lehnte sich an seine Knie. Er versuchte, einen Kamm durch ihre langen krausen Locken zu ziehen. Die Locken hatte sie von ihrer Mutter, die sie bei sich mit religiösem Eifer zähmte und glättete. Als Emma knapp zwei Jahre alt war, hatte Ted sich einmal gewundert, wo sie wohl diese Haare herhatte. Tina war explodiert. Vier Jahre hatten sie zusammen verbracht, und er hatte keine Ahnung gehabt. Von ihrem wahren Haar. Kein Kinderfoto hatte sie ihm gezeigt. Nichts gesagt. Sie versteckte ihre Naturlocken wie ein gefährliches Geheimnis.

«Au!», schrie Emma.

«Morgen kaufe ich Conditioner», versprach Ted.

«Speziell für Locken!»

«Versprochen. Oder», er legte den Kamm weg, «oder du lässt dir Dreadlocks wachsen. Du weißt schon – Rastazöpfe.»

Emma schüttelte den Kopf. «Du spinnst ja, Papa! Mach weiter!»

Über die Schulter reichte sie ihm die Gummibänder, mit denen er ihre Haare, einmal gezähmt, gestreckt und zu Zöpfen geflochten, zusammenbinden sollte.

Später würde es an der Tür klingeln, und sie würden wieder Pizza essen. Diesmal mit viel Käse. Dann würde Emma auf dem Weg ins Bett vor der offenen Küchentür stehen bleiben und besorgt fragen, ob sie nicht noch aufräumen sollten.

«Ach was, das machen die Heinzelmännchen über Nacht!»

«Papa! Heinzelmännchen gibt es nicht!»

«Aber sicher gibt es die! Du wirst es morgen ja sehen! Jetzt aber ab ins Bett.»

Ted las ein halbes Kapitel aus der *Kleinen Hexe* vor, dann fielen ihm die Augen zu. Als er wieder aufwachte, war es dunkel. Er stand leise auf und schlich sich aus dem Zimmer. Es war kurz nach zehn. Früher ging er um diese Zeit erst aus. Er begann, die Küche aufzuräumen.

So könnte man leben, dachte Ted. Dann klingelte das Telefon. Es war, als hätte sie gespürt, dass er an sie dachte. Seine Mutter.

«Was höre ich da, du hast das Kind bei dir?» Sie seufzte. «Mich wundert nichts mehr. Du hättest wirklich ein Mädchen werden sollen!»

Nevada

«Ich möchte mich noch einmal in aller Form bei Ihnen entschuldigen», sagte Professor Kaiser.

«Nicht nötig.» Nevada rutschte auf dem Stuhl nach vorn. Sie wollte nichts vom Professor hören, nichts über seine Tochter, seine Trauer. Sie hatte sich in die Röhre gelegt und das metallische Ticken ausgehalten. Sie hatte sich nicht bewegt. Das hatte sie lange genug trainiert. Ihre Mutter und ihre Schwester hatten sie wieder begleitet. Hatten im Flur auf sie gewartet, nebeneinander auf harten Metallstühlen gesessen, zwei dünne, braungebrannte Frauen mit kurzen blonden Haaren, rotgeschminkten Lippen. Sie sahen aus wie Schwestern. Wenn Nevada sich schminken, wenn sie ihre Haare kurz schneiden und aufhellen würde, würde sie genauso aussehen. Drahtig, angespannt, auf alles gefasst. Die langen Haare, die Schichten wallender Kleidung: reine Tarnung.

Nevada wusste noch nicht recht, ob sie sich freute, dass Martha und Sierra sich um sie kümmerten. Die konzentrierte Fürsorge, die fast ohne Berührungen oder aufmunternde Worte auskam, die praktisch war und stoisch, war Nevada fremd. Ihre Mutter hatte sich nie um sie gesorgt. Nicht einmal, als der Hausarzt sie darauf hingewiesen hatte, dass ihre Tochter gefährlich untergewichtig war.

«Ja und? Sie ist schließlich Tänzerin!», hatte sie den Arzt angeschnauzt. «Und genau richtig gebaut dafür. Sie würden sich wohl besser um die grassierende Fettleibigkeit bei Jugendlichen kümmern!»

Auf dem Heimweg im Auto hatte sie Nevada mit eiskaltem Schweigen gestraft. Erst, als sie das Auto in ihrer Straße abstellte und den Motor ausschaltete, sagte sie, nur mühsam beherrscht: «Vielen Dank, Nevada! Jeder Idiot weiß, dass Essstörungen auf eine gestörte Mutter-Tochter-Beziehung zurückzuführen sind! Jetzt denkt der Arzt natürlich, ich sei eine schlechte Mutter. Vielen Dank auch! Das hat mir gerade noch gefehlt! Als ob ich nicht schon genug am Hals hätte mit deinem Vater!»

Nevada wollte nicht darüber nachdenken, warum ihre Mutter ihr plötzlich so bedingungslos zur Seite stand. Sie wollte sich in ihre fähigen, sehnigen Arme zurücksinken lassen. Doch sie konnte nicht. Warum jetzt, warum so, warum nicht gleich? Wie ein Mühlrad drehten die Fragen in ihrem Kopf und zermalmten die Erleichterung, die sie trotz allem fühlte: Sie war nicht allein. Niemand aus der Yogagemeinde hätte sie zu einem Termin ins Krankenhaus begleitet. Niemand würde verstehen, warum sie dort hinging. Sie war eine Abtrünnige.

Nevada sah den Arzt fest an. Jetzt wollte sie es wissen. Andererseits wollte sie es auch nicht wissen. Sie hatte in den letzten Tagen viele Stunden im Internet verbracht und die verschiedenen möglichen Diagnosen gegoogelt. ALS war eine Möglichkeit. Amyotrophe Lateralsklerose. Das Zittern, die Lähmungserscheinungen, ihr Sturz wiesen darauf hin. Die Lähmung würde unaufhaltsam fortschreiten, bis sie erstickte. Das würde nicht allzu lange dauern. Vorausgesetzt, sie verweigerte die künstliche Beatmung. Im Verlauf ihrer Recherchen war sie auf die absurde Geschichte eines Neurologen gestoßen, der am Universitätskrankenhaus von San Francisco eine der bedeutendsten ALS-Kliniken der Welt geleitet hatte, nur um die Krankheit irgendwann selber zu bekommen. Sofort waren Gerüchte laut geworden, ALS sei vielleicht doch ansteckend. Aber es war nur eine Frage der Statistik. Der Professor war einigermaßen guten Mutes, er starb innert neun Monaten. Neun Monate, das ließ sich aushalten. In einem Interview scherzte der Professor, der mit einer Atemmaske auf einem Trimmrad saß, es sei nicht möglich gewesen, das Haus seiner rapide fortschreitenden Lähmung anzupassen – bis die Rollstuhlrampe verlegt worden war, war er schon ans Bett gefesselt.

Multiple Sklerose schien Nevada einfach eine langsamere, qualvollere Variante von ALS, die am Ende auf dasselbe hinauslief: Lähmung der Atemmuskeln, Tod durch Ersticken. Dieses Ende war unausweichlich, die Krankheit konnte sich zehn oder zwanzig Jahre hinziehen, man konnte aber relativ gut damit leben. Schubweise wurde man von heftigen Schmerzen und Krämpfen geplagt, und gelegentlich fiel man auf die Schnauze. Mit MS konnte man sogar Yoga machen, es gab jedenfalls, auch das hatte Nevada gegoogelt, diverse Übungsprogramme dafür.

Gab es auch Yogalehrer mit MS? Vermutlich. Eine Schauspielerin, die jahrelang keine Engagements bekommen hatte, weil man sie wegen ihrer fahrigen Bewegungen für eine Trinkerin hielt, gestand endlich öffentlich, sie habe MS.

Und es seien die Medikamente, die sie aufgedunsen wirken ließen, nicht übertriebener Alkoholkonsum.

Medikamente? Aufgedunsen? Würde sie tatsächlich lieber früher ersticken, als dick zu werden? Für Martha wäre das wohl keine Frage. Nevada hatte sich noch nicht entschieden.

«Ich habe das Gegenteil von dem erreicht, was ich wollte», sagte Professor Kaiser, und Nevada fragte sich, was er damit meinte. Er sprach wieder von seiner Tochter. «Ich habe mich systematisch über alles lustig gemacht, was ihr wichtig war. Ayurvedische Ernährung, homöopathische Medizin, traditionelle chinesische Medizin, Yoga ... es ist kein Zufall, dass Sie jetzt meine Patientin sind, Frau Marthaler, an Ihnen kann ich wiedergutmachen, was ich angerichtet habe. Wenn ich an das Jenseits glauben würde, würde ich fast behaupten, meine Tochter habe sie geschickt. Aber meine Tochter ist – meine Tochter ist tot.»

Es klang, als sei ihm das eben erst bewusst geworden. Er legte den Kopf in die Hände, eine Geste, die Nevada schon kannte. Sie wusste nicht genau, was er von ihr erwartete, ob überhaupt etwas, und entschloss sich, nichts zu tun. Zu warten.

Sie saß auf dem klapprigen Metallstuhl, über dem ihre beiden möglichen Diagnosen in der Luft hingen, und wartete. Sitzen bleiben, weiteratmen. Nicht wissen, welche von zwei unheilbaren Krankheiten man hatte. Ein Wunder nicht ganz ausschließen. Solange der Arzt nichts sagt, ist alles möglich. Selbst, dass es nichts ist. Weiteratmen. Sitzen bleiben.

«Sie hatte diesen Freund, verstehen Sie, den Vater des Kindes, sie wollten nicht heiraten, sie wollten nach ihren eigenen Regeln leben. Sie wollten Naturkosmetik auf dem Internet vertreiben, er würde das Technische übernehmen, sie das Künstlerische, sie hatten sich schön eingerichtet auf dem Land, weit weg von allem. Fünf Kilometer von der Landstraße entfernt, über eine Schotterstraße nur schwer zu erreichen, die entscheidenden Minuten, die auf dem Weg ins Unispital verlorengingen, kosteten ihr am Ende das Leben. Hätte ich nicht jahrelang gehetzt gegen alles, was ihr wichtig war, hätte sie nicht so vehement auf der Hausgeburt bestanden. Markus, ihr Mann, erzählte später, die Hebamme habe sie über eine Stunde lang zu überreden versucht, sie hatte die Ambulanz erst gerufen, als Maja schon das Bewusstsein verloren hatte, der Blutverlust war zu groß, wissen Sie.

Markus hat mir die Schuld gegeben. Meine Frau hat mir die Schuld gegeben. Ich bin Arzt, verstehen Sie. Der Tod ist mein persönlicher Feind. Das Kind darf nicht vor dem Vater sterben, der Enkel vor dem Großvater, das alles ist schlimm genug, aber als Arzt, wissen Sie, als Arzt ...

Jeden Tag entreiße ich Menschen dem Tod, ich operiere Tumore, an die sich sonst niemand traut, ich berühre das Sprachzentrum eines Menschen mit meinem Skalpell, ich spiele Gott, und dann stirbt meine Tochter bei der Geburt wie vor hundert Jahren eine ungebildete Bäuerin. Und mein Enkel. Wir hatten nur das eine Kind. Nur die eine Möglichkeit.

Meine Ehe ist daran zerbrochen. Markus hat sich nie mehr bei mir gemeldet – warum sollte er auch. Ich bin allein, ich habe keine Familie mehr, es gibt nur noch mich.»

«Und mich», sagte Nevada schließlich.

Professor Kaiser schaute auf. «Und Sie», nickte er.

Er öffnete ihre Patientenakte, als müsse er nachschauen, was darin stand. Als wüsste er es nicht.

«Nun, Frau Marthaler.» Er räusperte sich. «Sie haben Multiple

Sklerose. Schon seit einer ganzen Weile, so wie es aussieht. Es wundert mich, dass Ihre Beschwerden nicht stärker sind.» Er zog Bilder aus der Mappe, befestigte sie an der Leuchtwand und zeigte ihr die weißen Punkte in ihrem Gehirn.

Nevada sagte nichts. War sie enttäuscht? Kein schneller – wenn auch grausamer – Tod? Medikamente, die sie dick machen würden? Einatmen. Ausatmen. Sitzen bleiben.

«Was heißt das?», fragte sie.

«Sie haben eine unheilbare, fortschreitende Nervenkrankheit. Wie sie genau verlaufen wird, kann ich nicht voraussagen. Ich werde Ihnen aber sofort einen potenten Cocktail verschreiben.»

«Ich trinke keinen Alkohol.» Nevada sah ein überdimensioniertes Martiniglas vor sich, in dem eine nackte Frau schwamm.

Professor Kaiser lächelte schief. «Sie sind bei mir in guten Händen», sagte er. «Ich werde mit Ihnen zusammen den Kampf aufnehmen. Wir werden alles tun, um die Bestie in Schach zu halten. Das Erste, was Sie mir versprechen müssen: Recherchieren Sie Ihre Diagnose nicht im Internet!» Er begegnete ihrem Blick. «Diese Warnung kommt wohl zu spät?»

Nevada nickte.

«Gut, dann – sagen Sie es mir. Was haben Sie erfahren? Was macht Ihnen am meisten Sorgen?»

Darüber musste Nevada nicht nachdenken. «Die Medikamente», rutschte es ihr heraus. «Ich will auf keinen Fall dick werden!»

Wie lächerlich. Ihre Mutter wäre stolz auf sie.

Poppy

Diese Erleichterung, als es an der Tür klingelte! Wolf hatte sich nicht gemeldet. Nicht auf ihre Nachrichten reagiert. Hundertmal hintereinander hatte sie seine Nummer gewählt, jede seiner Nummern, ungeniert konnte sie ihn zu Hause anrufen. Kim würde nicht mehr abnehmen und misstrauisch «*Hello?*» sagen.

Wolf war frei. Wolf war nicht mehr verheiratet. Warum kam er nicht zu ihr? Warum meldete er sich nicht?

«Verdächtig», hatte Audrey gesagt. «Der Ehemann ist immer verdächtig.» Poppy hatte genug Krimiserien im Fernsehen verfolgt, um diesen Grundsatz zu kennen. Und zu wissen, dass er meist zutraf. Umso mehr, wenn er, der Ehemann, eine Geliebte hatte. Wusste jemand von ihr?

Poppy hatte ihren Blog nicht weitergeführt. In ihrem Kopf turnten keine Affen mehr. Nur verzweifelte Fledermäuse schrien in der Dunkelheit. Sie schrien nach Wolf. Alle ihre Gedanken drehten sich um ihn. Wo war er? Was dachte er? Wie ging es ihm?

Sie kannte ihn gut genug, um zu ahnen, dass er sich für den Tod seiner Frau verantwortlich fühlte. Er hatte sie heimatlos gemacht, unglücklich, er hatte sie betrogen. Er hatte sich vielleicht gewünscht, sie würde verschwinden. Nicht so, aber doch. Poppy fürchtete, er würde die Schuld an Kims Tod auf sich nehmen.

Hatte man ihn bereits verhaftet? Meldete er sich deshalb nicht bei ihr? Sie durchforstete sämtliche Nachrichtenarchive, die ihr zur Verfügung standen. *Die Polizei bittet um Hinweise*, stand am Ende jedes Artikels. Mehrmals hatte sie die Nummer gewählt, die unter dieser Aufforderung stand, nur um immer wieder aufzulegen. Was sollte sie sagen? Er war es nicht, ich kenne ihn? Er kann wirklich keiner Fliege etwas zuleide tun, und das im wörtlichen Sinn, ich war selber dabei, als er zehn Minuten lang nackt am Fenster stand und versuchte, ein verirrtes Tier nach draußen zu scheuchen.

«Nackt? An Ihrem Fenster?»

Sie könnte sich als Journalistin ausgeben, dachte Poppy. Und nachfragen, ob Wolf verhaftet worden war. Sie traute sich nicht. Sie traute ihrer Stimme nicht. Sie würde sie verraten.

In der Kantine setzte sich Poppy zu Hanspeter, der beinahe solange bei den Lokalnachrichten war wie sie, mit dem Unterschied, dass er immer als Redakteur gearbeitet hatte. Sie ließ ihn von ihrem Wienerschnitzel probieren (Hanspeter war auf Diät) und hörte geduldig zu, wie er von seinen neuen selbstaufgestellten Mountainbikerekorden berichtete, bevor sie, beiläufig, wie sie dachte, nachfragte: «Du, dieser

Fall mit der toten Amerikanerin, gibt es da eigentlich schon was Neues? Hat man jemanden verhaftet?»

«Warum, weißt du was?» Hanspeter schob seinen Salatteller beiseite und beugte sich vor.

«Ich, nein. Wieso?»

«Audrey hat gesagt, du seist ganz bleich geworden, als du den Artikel gelesen hast, du habest das Archiv sozusagen fluchtartig verlassen!»

«Hab ich doch gar nicht!»

«Ich hab ihr auch nicht geglaubt», sagte Hanspeter. «Audrey spielt sich gern auf. Aber hier sitzt du und teilst dein Schnitzel mit mir, als ob wir gute Freunde wären ... und bei der ersten Pause im Gespräch fragst du nach dem Fall. Also. Spuck's aus.»

«Es gibt nichts auszuspucken. Und vielen Dank, jetzt hast du mir den Appetit verdorben!» Poppy schob ihr Schnitzel zu Hanspeter hinüber, stand auf und ging zurück in ihr Kellerloch, zu ihrem Computer, ihren Recherchen, die nichts brachten.

Wenn man ihn verhaftet hätte, wüsste man das, dachte sie. Bestimmt.

Sie hatte sich gerade zum Gehen bereit gemacht, die Yogahose schon unter ihr Wickelkleid gezogen, die Matte zusammengerollt, als es klingelte. Endlich! Sie riss die Tür auf. Nicht Wolf.

«Sind Sie Frau Annamarie Schneider?»

Annamarie? Poppy musste einen Moment überlegen. Dann nickte sie. Das war ihr Name.

«Burckhardt, Kantonspolizei. Können wir reinkommen?»

Natürlich. Zwei junge Männer, hatte Poppy erst gedacht, doch einer der beiden stellte sich als Frau heraus. Burschikos, kurzgeschnittenes Haar, breitbeinig. «Walder», sagte sie kurz. Sie ging an Poppy vorbei und blieb vor der Zettelwand stehen.

«Schreiben Sie ein Drehbuch?», fragte sie.

Poppy sah sie fragend an.

Walder deutete mit dem Kinn auf die gelben, grünen und rosaroten Post-it-Zettel an der Wand. «Storyline», sagte Walder, als erkläre das etwas. Während Poppy noch diesem Wort nachhing – Storyline? –, war Burckhardt schon zu ihnen getreten.

«Licht aus», las er vor. «Fenster zu. Schlüssel. Telefon. Portemonnaie.» Er drehte sich zu Walder um. «Seltsame Storyline», sagte er.

«Mein Leben», sagte Poppy. «Ich vergesse sonst so viel. Das Alter ...» Sie winkte mit der Hand ab, als sei sie nicht schon immer so gewesen, schon als Kind.

Wenn dein Kopf nicht angewachsen wäre ... Der Kopf war nicht das Problem. Sondern das, was darin war. Doch seit ein paar Jahren konnte sie sich mit ihrem Alter herausreden.

«Ja, ja, das kenn ich. Das Alter ...» Alle wurden vergesslich. Alle mussten nachfragen, die einen hörten schlecht, die anderen hörten nicht zu.

Poppy ließ ihre Tasche fallen, ihre Yogamatte, der blaue Bändel löste sich, die Matte rollte sich auf dem Fußboden auf wie eine Zunge.

«Frau Schneider, wir müssen mit Ihnen reden!» Walder ging ins Wohnzimmer, setzte sich ungefragt auf den einzigen freien Platz auf dem Sofa. Sie saß breitbeinig, stützte die Ellbogen auf den Oberschenkeln ab. Ihr Kollege blieb stehen und schaute sich um. Auf dem Tisch stand noch das Frühstücksgeschirr, in der Küche das vom Mittagessen, auf dem Sofa lagen Zeitungen, Kleider, ein Mantel und ein Blumenstrauß, noch in grünes Seidenpapier gewickelt. Poppy schob den Mantel zur Seite, legte die Zeitungen auf den Tisch, Burckhardt setzte sich auf den freigewordenen Platz. Poppy nahm den Blumenstrauß und trug ihn in die Küche. Sie wickelte das grüne Papier ab und suchte nach einer Vase.

«Frau Schneider!»

Sie legte den Blumenstrauß ins Abwaschbecken, ging ins Wohnzimmer zurück und setzte sich aufs Sofa. Sie saßen alle drei in einer Reihe und schauten vor sich hin.

«Sie leben allein?»

Als ob das nicht offensichtlich wäre. Poppy antwortete nicht. In diesem Moment ging der Küchenwecker los.

«Er stellt von selber ab», sagte sie. Und dann, weil sie das Gefühl hatte, sich erklären zu müssen: «Damit ich nicht zu spät komme.»

Der Wecker verstummte. «Sehen Sie», sagte Poppy.

«Wo waren Sie vor einer Woche, ungefähr um diese Zeit, bis zweiundzwanzig Uhr?»

«Im Yoga. Warum? Ich gehe jeden Montag. Ich wollte auch jetzt ...»

«Von wann bis wann genau?»

«Die Stunde dauert von sieben bis halb neun ...» Da fiel es ihr ein. «Das heißt – letzte Woche – jetzt, wo Sie es sagen ...» Sie verstummte. War das wirklich letzte Woche gewesen?

«Was, Frau Schneider?»

«Die Stunde wurde abgebrochen.» Poppy überlegte. Sie konnte sich nicht erinnern. War sie noch in die Bar am Fluss gegangen, hatte sie dort eine Brokkolisuppe gegessen, oder war das an einem anderen Montag gewesen? «Ich weiß es nicht mehr, ich glaube, ich bin nach Hause gegangen. Verstehen Sie, das Blut auf der Matte ...»

«Das Blut auf der Matte?» Walder schien noch etwas sagen zu wollen, zuckte dann die Schultern.

«Nein, jetzt, wo Sie es sagen, wird mir bewusst, dass das gar nicht stimmen kann. Das ist schon viel länger her. Das mit dem Blut. Letzte Woche war ich gar nicht im Yoga. Ich war krankgeschrieben. Da geh ich nicht aus dem Haus.»

«Dann waren Sie also letzten Montag den ganzen Abend zu Hause?»

«Ja, schon.»

«Kann das jemand bezeugen?»

«Nein, ich lebe allein.» Ich muss allein leben, dachte sie, und dann dachte sie an Wolf. Wolf, mit dem alles einfach gewesen war.

Und als hätte der Polizist Burckhardt ihre Gedanken gelesen, hielt er ihr ein Bild von Wolf unter die Nase. Er trug eine Art Sporttrikot mit einer Nummer auf der Brust und eine rote Mütze. Neben ihm, mit derselben Mütze, strahlend, eine Frau. Poppy nahm das Bild in die Hand. Die Frau glich der Braut auf dem Hochzeitsbild nicht wirklich, doch sie hatte denselben breiten Kiefer mit den vielen weißen Zähnen. Das musste sie wohl sein. Kim.

«Kennen Sie diese Frau?»

Poppy schüttelte den Kopf.

«Nein?»

«Nein.» Das war die Wahrheit. Sie hatte Kim nie getroffen.

«Und ihn?»

«Wolf? Ja, natürlich. Wolf kenne ich. Schon lange.»

«Und wie, äh, wie stehen Sie zu ihm?»

«Ich liebe ihn.»

«Wie darf ich das verstehen?»

«Ganz wie Sie wollen», sagte Poppy. Sie konnte nicht lügen. Nicht, dass sie es nicht versucht hätte. Sie konnte nur lügen, wenn sie glaubte, sie sage die Wahrheit. «Er war nicht meine erste Liebe, aber die zweite. Es ist nicht wahr, dass man die erste Liebe nie vergisst. Bei mir war es die zweite. Ich habe ihn nie vergessen.»

«Wie lange ist das her?», mischte sich Walder ein. «Wann genau haben Sie ihn zuletzt gesehen?»

«Hören Sie, ich muss zur Yogastunde. Wenn man zu spät kommt, wird man nicht mehr eingelassen ...»

«Beantworten Sie einfach unsere Fragen», sagte Walder.

«Ich weiß nicht, wann ich Wolf zum letzten Mal gesehen habe.» Auch das war wahr. Es kam ihr vor, als seien Jahre vergangen. Doch sie wusste, dass das nicht sein konnte. «Es muss an einem Montag gewesen sein. Ich habe ihn nach der Yogastunde getroffen ...» Sie breitete die Hände aus. Sie hatte sich verraten. Sie hatte ihn verraten.

«Dann hatten Sie also noch Kontakt? Oder wieder Kontakt? Seit wann?»

Poppy schwieg. Es fiel ihr schwer, nicht zu antworten. Sie hatte gewusst, dass sie sich verraten würde, und war beinahe erleichtert, dass sie es hinter sich hatte. Konnte sie es wirklich noch schlimmer machen?

«Wir haben auf seinem Facebook-Profil Ihre Freundschaftsbestätigung gefunden. Datiert vor drei Monaten.»

«Ja», sagte Poppy. Von einem Fernsehserienkommissar hatte sie gehört, dass man sich aus Ja und Nein keinen Strick drehen konnte. Die Details waren es, an denen man sich aufhängte. Doch Poppy konnte das Schweigen nicht aushalten, das Walder und Burckhardt spannen wie ein klebriges Spinnennetz.

«Ja, ich habe ihn geliebt, ja, wir haben uns getroffen, er hat seine Frau betrogen, aber er hat sie nicht umgebracht.»

«Hat sie von Ihrer Affäre gewusst?»

«Woher soll ich das wissen? Wolf hat nie über sie gesprochen.»

«Er hat nichts von einem Streit erzählt? Von Handgreiflichkeiten?»

Poppy presste die Lippen zusammen. Sie senkte den Kopf. Sie hatte alles verdorben. Es blieb ihr nur noch ein Ausweg. Sie hob den Kopf und schaute zwischen den beiden Polizisten hindurch an die Wand hinter ihnen. Sie fixierte einen Punkt, wie Nevada es sie gelehrt hatte. Wer die Augen fest auf einen Punkt gerichtet hält, verliert nicht so leicht das Gleichgewicht.

«Okay», sagte sie, «ich geb's zu. Ich war's. Ich hab's getan. Ich bin schuld an ihrem Tod.»

Walder und Burckhardt wechselten einen Blick und standen dann auf. «Wir würden Ihre Aussage gern schriftlich festhalten. Kommen Sie bitte mit.»

Und Poppy ergab sich. Mit großer Erleichterung. Fast hoffte sie, man würde ihr Handschellen anlegen.

2. Teil

Wir atmen mit dem Herzen.

śabdajñānānupātī vastuśunyo vikalpaḥ
Eine Vorstellung macht man sich aufgrund von Worten,
ohne dass der eigentliche Gegenstand
wirklich vorhanden wäre.
Patanjali Yoga Sutra 1.9

Poppy

Poppy lag auf dem Rücken und starrte an die Decke. Unter der grauen Farbe schimmerte die Betonmaserung durch. Ihre Augen folgten den Linien an der Decke auf und ab, die ganze Länge der Wand bis zum halbhohen Fenster, das groß war, aber vergittert. Sie zählte die Linien, bis sie einschlief. Sie schlief lange und tief. Das Deckenlicht blieb die ganze Nacht an, das Schiebefenster zum Flur wurde alle paar Stunden geöffnet. Es wurde kontrolliert, ob sie noch in ihrem Bett lag. Wo sollte sie sonst sein?

Es war alles nicht so, wie sie es sich gedacht hatte. Alles war anders. Kaum hatte sie ihr Geständnis ausgesprochen, hatten Walder und Burckhardt einen anderen Ton angeschlagen. Was hatte sie sich vorgestellt? Dass sie in die Ferien fuhr? Dass sie einen Koffer packen, ihre Freunde und Verwandte informieren, vielleicht erst noch etwas essen oder noch einmal darüber schlafen durfte? Sie hatten sie nicht einmal mehr die Toilette in ihrer Wohnung benutzen lassen. Sie hatte auch nichts einpacken dürfen. Bücher, Kleider, Toilettensachen, ihr Handy, ihr Laptop?

«Sie fahren nicht zur Kur», hatte Walder geschnaubt. Nur die Zigaretten hatte man ihr zugestanden. Sie hatte die Schachtel aus dem Nachttisch geholt, von der sie sich mit Wolf eine geteilt hatte. Burckhardt hatte ihre Tasche genommen, Walder hatte ihr tatsächlich Handschellen angelegt, sie war abgeführt worden. Auf dem Polizeiposten hatte man sie gründlich verhört. Doch Poppy hatte bald aufgehört zu reden. Sie merkte, wie sie sich verhedderte, in ihren Worten verirrte. Sie wusste nicht einmal, wie Kim umgekommen war. Nur, was sie in der Zeitung gelesen hatte. Kehlkopf eingedrückt. Wie machte man das? Mit der Hand? War sie überhaupt stark genug dafür? Sie konnte es sich nicht einmal vorstellen. Doch ihre Schuld war erwiesen, mindestens in ihrem Kopf. Sie war auch schuld an Wolfs Schuld. Sie musste ihn schützen. Das war das mindeste. Sie dachte an seine Hände, an seine Augen, an die Platzwunde auf seiner Stirn und sagte irgendwann einfach nichts mehr. Das Protokoll wurde ausgedruckt, eine knappe Seite, sie musste es unterschreiben.

Dann wurde sie zum Untersuchungsgefängnis gefahren. Eine graue Festung am Stadtrand, umgeben von Grün, ummauert, umzäunt, unbezwingbar. Ein Tor wurde geöffnet, der Streifenwagen rollte in einen Hof mit haushohen Mauern. Über die Gegensprechanlage wurde ihre Identität überprüft, ein zweites Tor geöffnet, sie rollten hindurch und über einen größeren Platz auf ein schwarzes Metalltor zu, das sich zu einer Garage öffnete. Dort stellte Walder den Motor ab und stieg aus. Sie begrüßte die Vollzugsbeamte, die Poppy in Empfang nahm, reichte ihr eine Mappe mit den Unterlagen. Burckhardt öffnete die hintere Tür und ließ Poppy aussteigen. Durch eine Glasscheibe sah Poppy in einen Raum voller Bildschirme und Apparate, an denen Menschen arbeiteten. Unwillkürlich lächelte sie ihnen zu. Burckhardt wies sie an, sich auf die gelben Fußabdrücke zu stellen, die neben dem Schalter auf den Betonboden gemalt waren. So stand sie mit dem Gesicht zur Wand, und Burckhardt nahm ihr die Handschellen ab. Dann stieg er wieder in den Streifenwagen, diesmal übernahm er das Steuer. Walder verabschiedete sich von der Kollegin, nicht aber von Poppy. Sie existierte nicht mehr.

Die Polizisten warteten im Streifenwagen, bis Poppy der Beamten in den nächsten Raum gefolgt war. Erst als sich die Türe hinter ihnen schloss, hörte Poppy den Motor starten. Sie stand in einem Raum, der wie die Sicherheitskontrolle in einem Flughafen mit einem Rollband und einer Schranke ausgestattet war. Auch hier gelbe Fußabdrücke auf dem Boden, vor der Wand. Erst jetzt stellte sich die Aufseherin vor. «Mein Name ist Fahrny, ich bin für Sie zuständig, bis Sie eingewiesen sind.»

«Schneider», sagte Poppy, und die Frau nickte. Sie wirkte freundlich. Doch als Poppy zum Reden ansetzte – «Das sieht ja aus wie im Flughafen», wollte sie sagen, oder: «Wissen Sie, ich war noch nie im Gefängnis!» –, wandte sie sich ab. Sie hatte schon alles gehört.

Poppy trat durch die Schranke. Kein Piepsen. Sie legte ihre Beuteltasche auf das Rollband. Dann stellte sie sich auf die gelben Füße, bis

Fahrny die nächste Tür geöffnet hatte. Sie betraten einen langen Flur mit Türen in immer gleichen Abständen, quadratischen Deckenleuchten. Poppy schaute nach oben, bis ihr schwindlig wurde. Im nächsten Raum sah es dann endlich aus wie im Gefängnis. Kalter Boden, graue Wände, keine Fenster. An der hinteren Wand ein Schreibtisch, auf dem ein Computer stand. Davor lag auf dem nackten Boden ein blaues Frottiertuch. Poppy fragte sich, was das Tuch zu bedeuten hatte. Sie würde es herausfinden.

«Stellen Sie sich bitte da hin», sagte Fahrny und zeigte zur Wand, an der eine weiße Messlatte mit dicken schwarzen Strichen befestigt war. Poppy wurde von vorn und von der Seite fotografiert. Wieder hatte sie das Bedürfnis zu plaudern, die Situation zu entschärfen. Doch etwas in Fahrnys Blick ließ es nicht zu, und plötzlich war Poppy froh darüber. Es gab nichts zu beschönigen, nichts zu entschärfen. Sie war aus ihrer Welt gefallen.

«Ziehen Sie sich bitte aus.» Fahrny zeigte auf einen Plastikstuhl, auf den Poppy ihre Kleider legte. Sie blieb in Unterhose und BH stehen.

«Ganz», sagte Fahrny und wandte sich ab, um sich am Waschbecken die Hände zu waschen. Aus einem Spender nahm sie ein Paar Gummihandschuhe, streifte sie über und drehte sich wieder zu Poppy, deren nackte Füße automatisch das blaue Tuch gesucht hatten.

Sie stand mit gespreizten Beinen auf dem blauen Tuch und ließ Fahrnys behandschuhte Finger ihre Körperöffnungen abtasten. Es ging schnell, es tat nicht weh. Poppy wartete darauf, dass ihr Körper sich empörte, aber nichts geschah. Fahrny händigte ihr frische Unterwäsche aus, einen blauen Trainingsanzug, Socken, ein paar Turnschuhe mit Klettverschluss. Dann setzte sie sich an den Schreibtisch und tippte mit schnellen Fingern eine Liste all der Dinge, die sie Poppy abnehmen würde.

Eine Handtasche/Leder/Beutelformat, Inhalt: Handy (iPhone G3), Portemonnaie, silbernes Leder, drei Kreditkarten, diverse Kundenkarten, GA 2. Klasse, 72.50 Franken in bar, 3 Lippenstifte, 1 Puderdose, 1 Kamm, 2 Bücher: «Wie man Dinge geregelt kriegt, ohne einen Funken Selbstdisziplin» und «Ein Sommer ohne Männer», Taschentücher.

«Was ist das?», fragte Fahrny und hielt einen Gegenstand hoch.

Poppy erstarrte. Ihr Telefon. «Das muss ich aus Versehen eingepackt haben.»

«Ist das etwa Ihr Haustelefon?» Fahrny schüttelte den Kopf. *1 Telefon*, schrieb sie. «Sie haben ja mehr Müll in Ihrer Tasche als ich!»

Ihre erste persönliche Bemerkung. Poppy lächelte.

«Ich schreibe *Diverses*, in Ordnung?» Fahrny druckte die Bestandsaufnahme aus, Poppy unterschrieb. Ihre Sachen wurden in eine Plastikwanne gepackt und mit ihrer Dossiernummer versehen. Die Zigaretten durfte sie behalten.

In ein paar Tagen würde sie ihre privaten Kleider zurückbekommen, erklärte Fahrny. Sie würde sich auch Sachen von draußen bringen lassen können. Aber telefonieren durfte sie vorläufig nicht. «Kollisionsgefahr», sagte Fahrny, und Poppy nickte. Das konnte sie nachvollziehen. Sie kollidierte ständig und mit allem. Dass man diese Gefahr bannen konnte, beruhigte sie.

Sie gingen die endlosen Flure entlang, die Treppen hinauf, neue Flure entlang, alle sahen gleich aus. Überall dieselben Neonquadrate. Irgendwann blieb Fahrny stehen und schloss eine Tür auf. Poppys Zelle.

«Bettzeug liegt auf dem Tisch bereit», sagte sie. «Machen Sie schon mal das Bett, Abendessen gibt es gegen siebzehn Uhr.»

Poppy schaute auf ihr Handgelenk, an dem sie keine Uhr mehr trug.

Seither war jeder Tag genau gleich verlaufen. Morgens um sechs dröhnte eine Art Schiffshorn durch die Räume. Poppy wusste einen Augenblick lang nicht, wo sie war. Die Bettdecke war weich und verwaschen und roch nach Seife. Sie juckte auf ihrer Haut. Sie stand auf, wusch sich am Waschbecken, zog den blauen Pyjama aus und den blauen Trainingsanzug an. Sie machte ihr Bett, setzte sich darauf, wartete auf das Frühstück, das ihr durchs Schiebefenster gereicht wurde. Die Aufseherinnen stellten sich ihr jeden Morgen vor, begrüßten sie, fragten sie, wie es ihr gehe.

«Ich mag keine Butter», hatte sie am ersten Morgen angesichts der schon geschmierten Brotscheiben gesagt.

«Ist Margarine!» Doch am nächsten Tag hatte sie Brot ohne Aufstrich bekommen. Nach ein paar Tagen hatte Poppy sich an den säuerlichen Geschmack des Brotes gewöhnt, an den nussigen Nachgeschmack des lauwarmen Kaffees. Das Essen wurde dreimal pro Tag durch das Schiebefenster gereicht. Eine Stunde pro Tag durfte sie an die frische Luft, vorläufig noch allein. Erst wenn die Kollisionsgefahr abgeklärt worden war, würde sie mit den anderen Gefangenen zusammen in den Hof gelassen. Es machte ihr nichts aus, allein zu sein. Der Spazierhof war aus Beton, Tische, Hocker, Pingpongtische wuchsen aus dem Boden, alles aus demselben hellgrau gestrichenen Beton. Über ihrem Kopf spannte sich ein Metallnetz. Poppy hatte das Gefühl, diesen Spazierhof aus einem Film schon zu kennen. Er gefiel ihr. Sie war gern hier.

Eine der Aufseherinnen hatte Poppy erzählt, dass sich während der Bauarbeiten hier ein Vogel eingenistet hatte. In der kleinen Wandnische, in der sich jetzt der Wasserhaupthahn befand, hatte er fünf Eier ausgebrütet. Die Arbeiter hatten mit dem Spannen des Metallgitters über den Hof gewartet, bis alle Vögel ausgeschlüpft und weggeflogen waren. Sie hatten die Vollzugsanstalt um dieses Nest herum fertiggebaut. Heussler hatte mit einem Schlüssel die Metalltüre geöffnet und ihr die Nische gezeigt, die jetzt vom blauen Rad des Wasserhahns ausgefüllt wurde.

Nach einer Woche würde sie zum ersten Mal telefonieren dürfen, sie würde Besuch bekommen, außerdem eine frische Ausstattung: Handtuch, Waschlappen, Pyjama, Trainingsanzug, Unterwäsche und Socken. Poppy nahm eine Dusche. Der Wasserstrahl war lauwarm und hart. Sie wusch sich mit einer scharfriechenden Seife, sie spülte die Haare mit sehr viel Wasser. Der Seifenschaum machte sie stumpf.

Das Tuch, mit dem sie sich abtrocknete, war dünn. Ihre Haut spannte, sie hatte keine Creme eingepackt. In Gedanken legte Poppy eine Liste an, die sie Julia diktieren wollte. Es fiel ihr niemand anderes ein, den sie anrufen konnte. Julia würde den Buben erklären können, was passiert war, besser, als Poppy es konnte.

Dinge, die ich brauche, schrieb Poppy im Kopf. Duschgel, Shampoo, Pflegespülung. Kleider. Schuhe. Bücher. Zeitschriften. Zigaretten. Zigaretten. Zigaretten.

Nach einer Weile würde sie arbeiten dürfen, Geld verdienen, sogar einen Fernseher mieten können. Aber keinen Computer. Poppy zog sich wieder an. Den blauen Trainingsanzug, der ihr jeden Tag kleiner zu werden schien, vielleicht hatte sie auch zugenommen. Zu essen gab es genug, man fragte sie jedes Mal, ob es genug sei, ob sie mehr Beilagen wolle, ob es ihr schmecke.

Poppy hängte das feuchte Handtuch über die halbhohe Mauer zwischen der Dusche und ihrem Bett. Sie faltete das Pyjama zusammen und legte es unter ihr Kopfkissen. Sie schüttelte die Decke auf und strich sie glatt. Im Waschbecken spülte sie ihr Essgeschirr, trocknete es ab, stellte es zurück auf den Tisch, hängte das Küchentuch auf. Wischte das Becken sauber, faltete den Putzlappen zusammen.

Das war alles. Um sie herum: Ordnung.

Poppy legte sich wieder auf ihr gemachtes Bett und starrte an die Decke. Eine eigenartige Ruhe überkam sie. Wo war ihre Verzweiflung? Poppy war ganz ruhig. Sie fühlte nicht viel. Keine Verzweiflung, kein Glück. Die Stunden vergingen, die Tage, die Nächte. Zu jedem Zeitpunkt wusste sie, was als Nächstes kommen würde. Das Bett löste sich vom Fußboden, mit dem es verschraubt war, es schwebte zögernd erst etwa einen halben Meter über dem Boden, dann stieg es höher und höher, es flog durch das Fenster, das vergittert war. Poppy flog mit ihrem Bett davon, hoch, hoch über das Dach des Gefängnisses, über die Straßen und die Häuser der Stadt. Poppy schaute hinunter, da war das Haus, in dem sie aufgewachsen war, und da das Haus, in dem sie mit Peter gelebt hatte. Eine winzig kleine Figur stieg in ein rotes Auto, vielleicht Julia, die zum Gefängnis fuhr, um Poppy zu besuchen. «Was willst du, heiratest du einen Mann, heiratest du seine Vergangenheit mit!», würde sie antworten, wenn ihre Nachbarin kopfschüttelnd sagte: «Das ist doch nun wirklich nicht deine Aufgabe, Julia. Du bist eine Heilige, Julia.» Die Nachbarin hatte Poppy nie gemocht.

Poppy flog weiter, über das Redaktionsgebäude der Lokalzeitung. Da hüpfte Audrey zur Eingangstür, in einem knallroten Minirock und Turnschuhen. Ihr Pferdeschwanz wippte. Auf dem Parkplatz dahinter eine Traube von Rauchern, und da war ihre Wohnung, und noch weiter vorn die Fabrik am Wasser, das Yogastudio. Von so weit oben konnte sie ihr Leben leicht überblicken. Es wirkte ordentlich und klein. Doch ihr Bett stieg höher und höher, bis es im undurchdringlichen milchigen Weiß der Wolkendecke stecken blieb. Jetzt war nichts mehr. Nur weiß. Poppy schloss die Augen. Hinter ihren Lidern schneite es.

avidyā kṣetramuttareṣāṃ prasuptatanuvicchinnodārāṇām

Aus dem Missverständnis wachsen alle anderen Plagen.
In diesem Boden schlummern sie
oder sie sprießen aus ihm, zeigen ihre Köpfe,
oder sie sind schon mächtig gewachsen.

Patanjali Yoga Sutra 2.4

Nevada

Sie wusste gleich, wer er war. Er trat einen Schritt auf sie zu, sie trat einen Schritt auf ihn zu, und dann standen sie voreinander, als gäbe es sonst nichts.

«Kann ich dir helfen?», rief Nadine hinter der Theke hervor, und der Moment zerfiel. Beide schauten zu Boden, als könnten sie dort die Scherben sehen. Die Überreste eines Augenblicks.

«Ich bin Wolf», sagte Wolf.

Nadine nickte ermunternd, aber Wolf sah immer noch an ihr vorbei, sah immer noch Nevada an.

«Nevada», sagte Nevada.

«Wir müssen miteinander reden.»

Nevada nickte. Natürlich mussten sie das.

«Und die Stunde?», rief Nadine, da waren sie schon fast bei der Tür.

Die Stunde. Genau. «Nach der Stunde», sagte Nevada. Und sie gab sich einen Ruck: «Möchtest du mitmachen?» In ihrer Stunde, als ihr Schüler, war er sicher. In der Stunde, als seine Lehrerin, war sie geschützt.

Nevada praktizierte das fünfte *Yama*: *Brahmacarya*. Enthaltsamkeit. Die meisten modernen Yogalehrer interpretieren dieses *Yama* etwas großzügiger, je nach Quelle und Übersetzung konnte es auch Mäßigung bedeuten. Oder Selbstkenntnis.

Während der Ausbildung zur Yogalehrerin hatte Nevada die *Yamas* und *Niyamas* durchgenommen, die Regeln für den Umgang mit sich selbst und mit anderen, die noch vor den Körperstellungen und Atemübungen kamen und die die ersten beiden Stufen auf dem Yogaweg darstellten. Damals hatte sie sich vor allem auf die Reinigungsrituale, die *Kriyas*, konzentriert. Doch obwohl sie kein Fleisch aß und auch keine Eier, obwohl sie regelmäßig Salzwasser erbrach, um ihren Körper reinzuhalten, gab es immer wieder diese Momente, in denen sie die Kontrolle verlor. Sie rauchte Marihuana, sie tauchte Zuckerwürfel in Tequila, sie fiel in fremde Betten.

Eines Tages stand sie in einem fremden Badezimmer und suchte nach Zahnbürste und Zahnpasta. Vergeblich. Nach einer Weile musste sie sich der Erkenntnis stellen, dass sich der junge Yogalehrer, mit dem sie nach einer schweißtreibenden Übungsstunde nach Hause gegangen war, so sehr mit indischen Sitten und Gebräuchen identifizierte, dass er seine Zähne mit einer Salzpaste putzte, die er selber anrührte. Mit Salzwasser spülte er auch seine Nebenhöhlen, seinen Magen, seinen Darm.

Nevada schaute in den Spiegel und konnte zusehen, wie sie in sich zusammensackte. Sie war immer noch nicht gut genug. Sie spülte ihre Nasenlöcher mit warmem Salzwasser aus. Mühelos konnte sie damals aus dem Stand in die Brücke fallen, und ihre Fußknöchel mit den Händen umfassen. Von hinten. Und doch war es nie genug. Sie benutzte immer noch herkömmliche Zahnpasta, keinen Salzstein. «Du bist auch keine Ziege», sagte eine Stimme in ihrem Kopf, und dann kam er, dessen Namen sie heute nicht mehr wusste, schlaftrunken herein und setzte sich aufs Klo.

«Ist dir auch schon aufgefallen, dass Kot von Veganern nicht stinkt», murmelte er und machte sich gleich daran, diese These unter Beweis zu stellen. Nevada floh aus dem Badezimmer, raffte ihre Kleider zusammen, zog sich an.

«So wirst du dich nie kennenlernen», sagte die Stimme weiter. Und da setzte sie die zwei Dinge endlich zusammen: Enthaltsamkeit und Selbsterkenntnis. Das eine musste zwingend zum anderen führen. Sex verunsicherte Nevada. Er verwischte die Ränder. Sie verlor sich in ihm. Also gab sie ihn auf. Seit sie vor etwas mehr als fünf Jahren die Wohnung des Salzsteinleckers verlassen hatte, hatte sie keinen Sex mehr gehabt. Mit niemandem. Nicht einmal mit sich selbst. Es wurde, je länger sie verzichtete, desto einfacher. Sie vergaß, dass es Sex überhaupt gab. Täglich legte sie ihre Hände auf schöne Körper, strich schweißnassen Wirbelsäulen entlang, drückte gegen zitternde Oberschenkel, sie spürte Widerstand, sie spürte Schmerz, und sie nahm das alles in sich auf und verwandelte es in weißes Licht.

Alles war einfacher geworden. Ihre ganze Energie floss in ihr Yoga. In ihren Unterricht. In ihre Schüler. Das war ihre Bestimmung. Das war ihr *Dharma*. Das war ihr Plan.

«Willst du Gott zum Lachen bringen, erzähl ihm von deinen Plänen», hatte Nevadas Mutter immer gesagt. Nur um dann gleich nachzuschicken, dass es Gott nicht gebe. Natürlich nicht.

Doch jetzt gaben ihre Handgelenke nach, ihre Arme schmerzten, ihre Schultern, neuerdings auch ihre Knie, und dann trat ein Mann in ihr Studio, den sie noch nie gesehen hatte und plötzlich war es Nevadas *Dharma*, sich in seine Arme zu werfen und sich in ihnen aufzulösen.

«Ich weiß nicht», sagte er jetzt. «Ich habe gar nichts dabei. Ich warte lieber unten in der Bar.»

In der Bar bist du nicht sicher, dachte Nevada und meinte eigentlich sich. Doch als ihr Schüler wäre er vor ihrem Begehren geschützt. Und sie als seine Lehrerin ebenso.

Unerwartet kam ihr Nadine zu Hilfe, die auf den Kleiderständer mit den heruntergesetzten Modellen verwies. «Nimm dir eine Hose», sagte sie und kam hinter ihrer Theke hervor, schlängelte sich zwischen Wolf und Nevada hindurch. Sie nahm eine grüne Hose vom Ständer, hielt sie Wolf hin. «Die passt dir bestimmt», sagte sie. «Die Garderoben sind da drüben.»

Dann zwinkerte sie Nevada zu. «Einer mehr!», flüsterte sie. Nadine hatte plötzlich aufgehört, Sebastians Männergruppe zu empfehlen. Sie schickte neue Schüler wieder vermehrt zu Nevada. Nevada vermutete, dass Nadine von Sebastian enttäuscht war, sie hatte sie ein paarmal zusammen weggehen sehen, dann plötzlich hatte Nadine mit verweinten Augen an der Kasse gesessen, und Oona hatte nach der letzten Stunde auf Sebastian gewartet. Nevada beobachtete diesen Reigen wie ein ihr unbekanntes Ritual. Sie empfand Bedauern angesichts der Verzweiflung, die er auslöste.

Nevada schloss die Tür zum kleinen Studio auf. Sie zündete die Kerzen an und legte die Matten aus, vierzehn angemeldete Schüler, ein paar Kurzentschlossene würden noch dazukommen. Es ging wieder aufwärts.

Sie verneigte sich vor dem Bild von Sri Krishnamacharya. Als sie sich auf ihre Matte setzen wollte, knickte ihr rechtes Knie ein. Es tat nicht weh. Es ließ sich nur nicht mehr bewegen. Nevada hob ihr Bein mit beiden Händen in die richtige Position. Nach einer Weile würde es aufwachen. Das würde unangenehm sein. Aber die Ameisen waren von den Medikamenten gezähmt worden. Sie trippelten nur noch vorsichtig unter Nevadas Haut hindurch. Meist verhielten sie sich ruhig. Marie war die Einzige im Studio, die Nevadas Diagnose kannte. Die Krankheit würde schubweise verlaufen. Das war die bessere Variante, hatte Professor Kaiser gesagt. Sie konnte monatelang beschwerdefrei leben. Vielleicht würde sie niemandem etwas sagen müssen. Seit sie nicht mehr jeden zweiten Tag einen Untersuchungstermin hatte, sah sie auch ihre Schwester und ihre Mutter nicht mehr so oft. Sie konnte sie in ihrem Rücken spüren, sie standen im Hintergrund bereit. Nevada versuchte, so zu leben, wie sie immer gelebt hatte. Sie unterrichtete. Sie übte. Sie schlief mehr als zuvor. Die Anzahl Schüler pendelte sich bei zehn, fünfzehn ein, genug, um dem Studio keine Kosten zu verursachen, genug, um knapp davon zu leben. Der nächste Schub würde bestimmt kommen. Das hatte Professor Kaiser gesagt. Nur wann, das wusste er nicht.

Nevada schloss die Augen. Sie atmete ein, sie atmete aus. *So*, dachte sie, *Ham*, dachte sie. Ich bin, die ich bin, die ich bin, die ich bin. Sie sah, wie sie ihren Kopf an Wolfs Brust legte. Die Brust öffnete sich und nahm sie auf, verschlang sie ganz. Zwischen ihren Beinen ein Ziehen, das sie nicht mehr erkannte, sie nahm ihre Hände zu Hilfe, um ihre Beine auszustrecken, die Ameisen regten sich. Sie rutschte auf dem Kissen nach vorne und wieder zurück. Der Druck wurde stärker, das Wurzelchakra, dachte Nevada, es war ausgewechselt worden, es regte sich, es pulsierte – *Shit!* Vollkommen unyogisch fuhr der Gedanke durch ihren Kopf: *Shit*, ich will ihn!

Sie öffnete die Augen. Sie rieb ihre Handgelenke in einer unbewussten Geste der Verzweiflung. Sie rang die Hände. Sie bat um Hilfe.

Plötzlich sah sie ein Bild vor sich, das sie in einem alten Buch gesehen hatte, eine bräunliche Fotografie: Ein Yogi mit zurückgebundenem Penis. *Brahmacaryapratisthayarh viryalabhah* – Wer Enthaltsamkeit übt, wird seine volle Lebensenergie erfahren.

Lebensenergie hatte sie dringend nötig. Sie lebte seit fünf Jahren abstinent, und ihre Energie war weg. Verschwunden. Nevadas Gedanken drehten sich im Kreis. Verbotenes Fleisch. Das Curryhuhn. Dieser Mann.

Wolf war ihr Schüler. Er stand in der ersten Reihe ganz links, dort, wo Poppy immer ihre Matte ausgerollt hatte. Er trug ein T-Shirt mit dem Aufdruck einer amerikanischen Universität. Über der Brust, in der Nevada leben wollte. Seine dickrandige Brille nahm er während der ganzen Stunde nicht ab. Nevada blieb auf ihrem Kissen sitzen. Sie stand nicht auf, um eine Übung vorzumachen. Um einem Schüler in eine Stellung zu helfen. Ihr rechtes Bein gehorchte ihr nicht.

Nach der Stunde nickte Wolf ihr zu. Sie verstand. Er würde in der Bar auf sie warten. Sie ließ sich Zeit. Sie wartete auf die Ameisen. Als sie ihr Bein wieder spürte, stand sie auf. Sie räumte ihre Matten weg, sie zog sich um. Nach kurzem Überlegen zog sie sich die Augenbrauen nach, die Lippen. Dann ging sie langsam nach unten, Stufe für Stufe. Öffnete die Tür zur Bar.

Da saß er, ganz hinten. Sie starrte ihn an und ging dann langsam auf ihn zu, wie auf einen Altar. Ein Lamm auf dem Weg zur Schlachtbank, dachte Nevada. Sie setzte sich. Legte ihre nutzlosen Hände auf den Tisch. Schaute auf und schaute ihn an.

«Wir müssen reden», sagte er.

Sie nickte.

«Es geht um Poppy.»

«Poppy?» Einen Augenblick lang wusste sie nicht, wovon er sprach. Es geht um uns, dachte sie, um dich und mich. Wer zum Teufel ist Poppy? Dann fiel es ihr wieder ein. Ihre Schülerin. «Sie war seit Wochen nicht mehr hier.»

«Sie ist verhaftet worden. Hast du es nicht in der Zeitung gelesen?»

«Ich lese keine Zeitungen. Was ist passiert?»

«Du liest keine Zeitungen. Dann weißt du auch nicht, wer ich bin?»

Du bist mein Mann, vom Schicksal gesandt, mein Auserwählter, wollte Nevada sagen, aber sie ahnte schon, dass sie damit falschlag, und schüttelte deshalb unverbindlich den Kopf.

«Meine Frau ist ermordet worden. Ich dachte erst, sie hätte mich verlassen – Grund genug dazu hatte sie. Dann wurde ihre Leiche im Fluss gefunden. Und bei der Obduktion stellte sich heraus, dass sie schon tot war, als sie ins Wasser fiel. Ihr Kehlkopf war eingedrückt worden.»

Wie, seine Frau? Wie konnte er schon eine Frau haben? «Und Poppy?», fragte Nevada.

«Poppy hat meine Frau nicht umgebracht.»

«Wer behauptet denn so etwas?»

«Sie selber. Sie hat den Mord gestanden. Seither sitzt sie im Untersuchungsgefängnis.»

«Poppy?»

«Ja, Poppy! Es ist furchtbar.» Wolf schwieg einen Moment, dann sagte er leise: «Ich liebe sie.» Und als Nevada noch dachte, sie hätte sich verhört, «Ich liebe dich», hatte er doch bestimmt sagen wollen, wiederholte er: «Ich liebe Poppy. Sie hat meine Frau nicht umgebracht. Sie darf nicht verurteilt werden. Sie darf nicht im Gefängnis bleiben.»

«Darf sie nicht», wiederholte Nevada.

«Zwanzig Jahre lang haben wir uns nicht gesehen. Und jetzt, gerade als wir uns wiedergefunden haben ... ich hätte mich scheiden lassen. Das war gar keine Frage. Früher oder später. Wir hätten endlich zusammen sein können. So, wie wir es vor zwanzig Jahren waren, nein, besser. Richtig. Es hätte richtig sein können, und jetzt ist es falsch!»

Alles ist falsch, dachte Nevada. Seine Hände langten über den Tisch, griffen nach Nevadas Händen, drückten sie so fest, dass sie vor Schmerz zusammenzuckte.

«Es kann doch nicht sein, dass es jetzt zu spät ist!», sagte er.

Sie zog ihre Hände zurück und legte sie in ihren Schoß, die rechte unter die linke, ihre Daumen berührten sich. *Inana Mudra*. Eine Geste, die das klare Denken unterstützen sollte.

«Du musst mir helfen», sagte Wolf.

«Natürlich helfe ich dir.»

«Nein, nicht mir. Du musst Poppy helfen. Ich bitte dich, Nevada.»

Nevada sagte ja. Was hätte sie sonst sagen sollen?

Poppy

Poppy hatte Besuch. Sie hatte es doch gewusst, Julia würde kommen. Sie betrat das Besuchszimmer, in dem zwei kleine Tische standen. Auf einem lag ein Sudokuheft. Am anderen saß Nevada. Sie saß etwas gekrümmt und hatte die Hände in die Pulloverärmel geschoben. Sie sah aus, als fühlte sie sich nicht wohl hier, und warum sollte sie auch? Zum ersten Mal, seit sie hier war, schämte sich Poppy.

«Nevada», sagte sie unsicher. Sie trat an den Tisch und setzte sich. «Dich hätte ich zuletzt erwartet.»

Die Aufseherin, die sie begleitet hatte, setzte sich an den anderen Tisch, nahm einen Bleistift aus ihrer Hemdtasche und begann, eines der Zahlenrätsel zu lösen.

Nevada lächelte. «Ich habe mit Wolf gesprochen», sagte sie.

«Mit Wolf? Woher kennst du Wolf?»

«Er ist zu mir ins Studio gekommen. Er darf dich natürlich selber nicht besuchen, aber ... aber ... er wollte, dass du weißt, wie sehr er dich liebt. Er liebt dich wirklich», wiederholte sie.

Poppy hörte etwas in Nevadas Stimme, das sie nicht einordnen konnte. «Und wie geht es dir?», fragte sie.

Nevada schnaubte. «Mir? Großartig. Ich habe eine unheilbare Nervenkrankheit, von der niemand weiß, wie sie verlaufen wird, die mich aber auf jeden Fall irgendwann töten wird. Lakshmi hat mir die meisten meiner Stunden gestrichen, und wenn ich nächsten Monat die Miete nicht bezahlen kann, steh ich auf der Straße. Super.» Sie atmete tief. «Oje, Poppy! Das willst du bestimmt nicht hören. Ich hab wohl laut gedacht. Tut mir leid, ich bin sonst nicht so unsensibel.»

«Ich weiß.»

Nevada hob eine kleine Reisetasche auf den Tisch. «Hier, ich dachte, das kannst du vielleicht brauchen.»

Poppy zog den Reißverschluss auf. Fragend schaute sie Nevada an.

«Ist in Ordnung, es wurde alles am Eingang kontrolliert und abgesegnet.»

Poppy durfte unterdessen persönliche Gegenstände in ihrer Zelle haben. Was sie wirklich wollte, war ein Computer. Sie wollte zurück ins Netz. Doch das Netz spannte sich nicht wirklich weltweit, es endete vor den Gefängnismauern. Dafür hatte man ihr die beiden Taschenbücher zurückgegeben und einen Teil ihres Geldes.

Poppy wühlte in der Tasche und fand drei Yogahosen mit passenden Wickeljacken und Tops, zwei paar Wollsocken, ein paar Turnschuhe mit dünner Sohle, Duschmittel, Körperöl, Shampoo, Pflegespülung. Eine dünne Yogamatte und ein Buch. Poppy nahm es heraus. *«Das Yoga der Meditation»*, las sie. *«Die Yoga Sutren des Patanjali?»*

Nevada lächelte. «In meiner Anfängerstunde gehen wir die Sutren systematisch durch, eines nach dem anderen. Ich dachte, du könntest von hier aus mitmachen. Und ich komm dich regelmäßig besuchen, und wir reden darüber. Über die Sutren, meine ich.»

Poppy nickte langsam. Sie drehte das Buch in der Hand. «Danke. Das sind genau die Sachen, die mir hier fehlten. Ich hatte schon eine Liste geschrieben. Woher hast du das gewusst?»

Nevada beugte sich vor. «Ach, ich hab einfach ein paar Sachen aus dem Yogashop mitgenommen. Lakshmi lässt neuerdings die Zehnerkarten nach einem Monat verfallen, und da ich wusste, dass du eben erst eine gelöst hast, hab ich sie für dich in Naturalien umgewandelt.» Sie lachte und zeigte auf das Buch. «Ich weiß nicht, ob ich dieses Verhalten mit den Sutren rechtfertigen kann, aber ich versuche es!»

Poppy stellte die Tasche neben sich auf den Fußboden.

«Keine Angst, ich nehm sie dir nicht wieder weg!» Nevada lachte. «Im Ernst: Ich weiß nicht, wie ich es erklären soll. Mein ganzes Leben fällt auseinander, und diese Sutren helfen mir. Sie sind wie ein Geländer, an dem ich mich festhalten kann. Damit ich nicht über Bord gespült, von der Welle mitgerissen werde, damit ich nicht untergehe. Ich dachte, du könntest das hier drinnen auch gebrauchen.»

«Ehrlich gesagt, es ist gar nicht so schlimm. Jeder Tag ist wie der andere. Das ist ganz angenehm. Ich muss nichts überlegen. Nichts entscheiden.»

Nevada nickte. «So etwas wie ein Retreat», sagte sie und unterbrach sich sofort. «Sorry, das war nun wieder total unangebracht. Ich weiß wirklich nicht, was heute mit mir los ist.»

Poppy lachte. «Ist schon okay. Du bist Yogalehrerin, keine Heilige!»

«Nein, das allerdings nicht.» Nevada seufzte. «Poppy, ich weiß doch, dass du Wolfs Frau nicht umgebracht hast. Und Wolf weiß es auch.»

«Und ich», sagte Poppy, «ich weiß es auch.»

«Warum hast du dann gestanden?»

«Weil ich trotzdem schuldig bin. Ich habe so vieles falsch gemacht in meinem Leben, das kann ich gar nicht aufzählen.» Poppy überlegte. Wie viel hatte sie eigentlich preisgegeben? Was hatte sie gesagt? «Ich habe gesagt, ich bin schuld», sagte sie langsam. «Ich bin schuld an ihrem Tod. Das bin ich doch auch.»

«Poppy ...»

«Wolf und ich», sagte Poppy, «Wolf und ich – wusstest du das, hat er dir das erzählt? Wir hatten eine Affäre. So nennt man das jedenfalls, wenn mindestens einer von beiden verheiratet ist, nicht wahr?»

Poppy dachte an die Affäre, die ihre Ehe beendet hatte. Ein Satz hatte sie verraten: «Weil die Putzfrau kommt.» Gedankenlos hatte sie auf die Frage geantwortet, was sie da so hektisch aufräume. Peter hatte eine Sitzung in einer anderen Stadt, würde das Haus eine Stunde später als sonst verlassen, es lohnte nicht, vorher noch im Büro vorbeizuschauen.

«Die Putzfrau? Die war doch am Montag schon da.»

Poppy hatte eine Affäre. Jeden Mittwochmorgen wartete sie nervös, bis alle aus dem Haus waren, die Buben in der Schule, der Mann im Zug Richtung Büro. Jeden Mittwochmorgen fürchtete sie das, was eines Tages eintreffen würde, unweigerlich: Einer von ihnen würde sich verspäten, verschlafen, vertrödeln, einer der Buben würde krank werden, zu Hause bleiben müssen. Kaum war die Tür hinter dem Letzten ins Schloss gefallen, begann Poppy fahrig, das ganze große Haus aufzuräumen. Wie die achtarmige Mutterkrake aus dem Kinderbuch wirbelte sie durch die Räume, durch die Flure, die Treppen hinauf und hinunter. Sie machte sämtliche Betten, hängte nasse Handtücher auf, stopfte herumliegende Kleidungsstücke in Schränke, stapelte Bücher neben Betten, stellte Schuhe in eine Reihe, räumte die Frühstücksreste weg – vier verschiedene Schachteln mit Flocken, warum eigentlich? –, stellte die Milch in den Kühlschrank. Immer wieder sah sie auf die

Uhr. Caro war nicht immer pünktlich, sie fuhr mit dem Fahrrad den steilen Hügel herauf, bei Wind und Wetter, manchmal musste sie es schieben.

Mittwochmorgen, kurz vor acht, das Haus, das große, unübersichtliche Haus mit seinen vielen Zimmern und Kammern und Wandschränken, mit seinen Winkeln und Treppen war oberflächlich aufgeräumt. Poppy sah auf die Uhr. Es blieben ihr nur wenige Minuten, um blitzschnell den Putzschrank auszuräumen, die potenten, chemischen Mittel, die Rollen von extra saugfähigem Küchenpapier, den multifunktionalen Staubsauger, die ihre Putzfrau Ruth bevorzugte, im Keller zu verstecken und durch die biologisch abbaubaren Putzmittel, die Handbesen, die Bodenlappen aus Mikrofaser zu ersetzen, die ihre Putzfrau Caro benutzte.

Poppy hatte zwei Putzfrauen. Sie wussten nichts voneinander. Und niemand wusste von beiden, schon gar nicht Peter. Sie zwackte den Lohn für Caro vom Haushaltsgeld ab. Caro war ihre erste Putzfrau gewesen, anfangs hatte sie sich auch manchmal um die Buben gekümmert, bis sie ihr zu viel geworden waren – «zu viel männliche Energie», hatte sie gesagt, «damit kann ich nicht umgehen». Sie war aber weiterhin zum Putzen gekommen, manchmal bügelte sie auch. Eines Tages beschloss sie, nach Kalifornien in ein Ashram zu ziehen und sich ganz dem Studium der Meditation hinzugeben. Zum Abschied hatte sie Poppy gesegnet. Poppy hatte eine Anzeige aufgegeben und Ruth gefunden, eine patente, etwas dominante Hausfrau aus einem Nachbardorf, die sich so ein Zusatzgeld verdiente, um ihrem Sohn das Studium zu ermöglichen. Ruth putzte besser als Caro, genauer, gründlicher. Sie kam am Montagmorgen schon um sieben Uhr früh, was Poppy kaum genug Zeit ließ, alles wegzuräumen. Sie hatte sich angewöhnt, Ruth erst einmal einen Kaffee anzubieten, um Zeit zu schinden. Ruth trank ihn im Stehen, die Gummihandschuhe schon in den Gürtel ihrer Schürze geklemmt, startbereit. Sie erzählte Poppy vom Wochenende mit ihrem Freund. Vom Vater des Studenten war sie geschieden. Unterhaltszahlungen bekam sie keine mehr. Der Sohn hatte eine Weile gebraucht, um sich für ein Studium zu entscheiden. «Na und?», sagte Ruth. «Manche brauchen halt etwas länger. Trotzdem, es ist seine erste Ausbildung, das sind wir ihm schuldig. Das ist gar keine Frage, der Ex schaltet auf stur, nur um mich zu ärgern. Es geht ihm gar nicht um Alberto! Er hat einfach die Scheidung nie verwunden. Weil ich gegangen bin. Das verkraften solche Männer nicht. Dabei hat er längst eine neue. Der hat mich schnell ersetzt, pah!»

Ruth arbeitete von Dienstag bis Samstag an der Kasse im Supermarkt, abends putzte sie Büros, und am Montag, ihrem freien Tag (am Samstag gab es im Supermarkt eine Wochenendzulage) putzte sie Privathaushalte. Mit dem Haus, das Poppy so unüberschaubar erschien, war sie in zweieinhalb Stunden fertig. Poppy vermutete, dass Ruth sie heimlich verachtete. Was machte sie? Den ganzen Tag? Nichts.

«Wofür brauchst du eine Putzfrau?», hatte Peter gefragt. «Du bist doch den ganzen Tag zu Hause? Ist das nicht eigentlich deine Aufgabe? Die Buben sind doch den ganzen Tag in der Schule.»

«Das stimmt nicht. Sie kommen zum Mittagessen nach Hause.»

Lukas besuchte den Kindergarten, Florian die erste Klasse. Wenn der eine das Haus verließ, kam der andere zur Tür herein.

«Trotzdem», sagte Peter. «Wolltest du nicht anfangen, Artikel für die Lokalzeitung zu schreiben? Ihnen eine Kolumne anbieten? Schreiben kannst du auch zu Hause. Am Küchentisch.» Er legte ihr einen Zeitungsartikel hin, ein Interview mit Toni Morrison, die damals gerade den Literaturnobelpreis gewonnen hatte. Toni Morrison schrieb ihre Romane am Küchentisch, während ihre Kinder die Schularbeiten machten. Nicht kleine Artikel über ein neues Restaurant in der Gegend, den geplanten Umbau der Fabrik am Fluss, eine Aufführung des Jugendtheaters, sondern Nobelpreis-Romane. Peter legte ihr auch Artikel hin, von denen er fand, sie hätte sie besser schreiben können. Peter meinte es gut. Er glaubte immer noch an Poppy.

«Wolltest du nicht ein Konzept für eine Kolumne entwerfen?»

«Doch», sagte Poppy. «Doch, genau das habe ich vor.»

Peter bezahlte die Putzfrau. Manchmal kam er nach Hause und fuhr nachdenklich mit dem Finger über die Leisten der alten Wandschränke. «Hm», sagte er. «Besonders gründlich ist sie ja nicht, deine Putze.»

Nach einer Weile fragte er nicht mehr, ob Poppy geschrieben hatte.

Ob sie sich irgendwo vorgestellt hatte. Poppy besuchte einen Malkurs. Poppy schloss sich einer Frauen-Wandergruppe an. Manchmal lag sie im Bett und las. Es gab Bücher, die sie für ein paar Tage aus ihrem Alltag erlösten. Aber meist schafften das nur Fernsehserien. Poppy nahm sie auf Videokassetten auf und sah sie marathonartig in stundenlangen Schüben. Dazu bügelte sie. Manchmal blieb sie in der Geschichte versunken stehen und brannte einen braunen Fleck in ein Hemd. Peter hatte Poppy gebeten, seine Hemden nicht mehr zu bügeln, sie presste tiefe Falten hinein. «Und überhaupt», sagte er, «ich hab dich nicht geheiratet, damit du meine Hemden bügelst.»

Er brachte seine Hemden zur Reinigung, so wie Poppys Vater seine zu seiner Mutter gebracht hatte. Immer öfter dachte Poppy, sie wisse genau, was ihre Mutter dazu getrieben hatte, die restlichen Tabletten aus der kleinen Flasche in ihre Handfläche zu schütten und alle auf einmal mit Rotwein hinunterzuspülen.

Eines Tages klingelte es, und Caro stand vor der Tür, ganz in Rot gekleidet und verzweifelt. Sie hatte sich in den Swami verliebt, er hatte ihr ganzes Geld genommen, und seine anderen Geliebten hatten sie aus dem Ashram vertrieben. Jetzt stand sie vor dem Nichts, sie musste wieder ganz von vorn anfangen. Poppy brachte es nicht fertig, ihr zu sagen, sie habe unterdessen eine andere Putzfrau. So kam Ruth am Montag, Caro am Mittwoch, man sollte meinen, Poppys Haus sei sauber.

Poppy trank mit Ruth Kaffee und mit Caro Tee. Sie hörte von Albertos Erfolgen im Studium und ließ sich von Caro über Meditationstechniken aufklären. «Du bist so unachtsam», sagte Caro zu ihr, als sie das heiße Wasser an der Kanne vorbeischüttete. Das sagte Peter auch immer: «Pass doch auf», sagte er. «Konzentrier dich doch einfach auf das, was du tust!»

Das leuchtete Poppy ein. Sie gab sich Mühe, aber es reichte nicht. Und es kam, wie es kommen musste: Poppy flog auf. Jemand wie sie konnte unmöglich den Überblick über eine solche Affäre bewahren, die Details, die Lügen, die das mit sich brachte.

«Ja natürlich», sagte sie. «Natürlich, sie kommt am Montag.» Aber es war zu spät.

«Dann hör auf, hier rumzufuhrwerken, du machst mich ganz konfus!» Peter schaute auf die Uhr. «Scheiße, schon so spät! Kannst du mich zum Bahnhof fahren?»

«Zum Bahnhof?»

«Ich verpasse sonst noch den Zug!» Er schlüpfte in den Mantel, öffnete die Tür, mit einem Arm im Mantel, der andere Ärmel hing herunter.

Poppy zögerte einen Augenblick zu lange – wie sollte sie ... das Haus war noch nicht ... Die Putzmittel ... Caro würde sich wundern ... «Gib mir eine Minute», sagte sie. «Ich muss mich erst anziehen.» Einen Mantel über den Pyjama, Stiefel über die dicken Wollsocken, sie fuhr sich mit den Fingern durch die Haare, die damals rotgefärbt waren und kraus.

Peter hatte keine Minute. «Selber schuld», sagte er. Er würde allein mit dem Auto zum Bahnhof fahren, und Poppy würde es später dort abholen müssen, mit dem Bus würde sie ins Dorf hinunterfahren und das Auto holen – doch da fuhr Caro vor und verstellte Peter die Ausfahrt.

Und die ganze Sache flog auf.

«Du beschäftigst also zwei Putzfrauen», sagte Peter, als er am Abend aus der Stadt zurückkam – denn natürlich war er trotzdem zum Bahnhof gefahren, hatte seinen Zug noch knapp erwischt, war pünktlich zur Sitzung gekommen. Während Poppy zu Hause erst einmal eine Krise mit Caro durchstehen musste.

«Wie kannst du mich so hintergehen?», schrie Caro, die Poppy mit dem Scheuerpulver in der Hand erwischt hatte. «Weißt du überhaupt, was in dem Zeug drin ist? Reines Gift! Ich dachte, du denkst wie ich. Ich dachte, du hast mir zugehört, dir liegt auch etwas an der Umwelt. Ich kann nicht für jemanden arbeiten, der so anders denkt als ich. Das kann ich mit meinem politischen Gewissen nicht vereinbaren!» Caro war gegangen. Ohne zu putzen.

In derselben Woche kündigte auch Ruth. Ihr Sohn hatte ohne ihr Wissen Studienbeihilfe beantragt und auch bekommen. Sie musste also nicht mehr so viel arbeiten.

«Können Sie nicht eine andere Stelle aufgeben?», fragte Poppy verzweifelt. «Ich brauche Sie doch!»

«Nein», sagte Ruth. «Der Mensch braucht zwei freie Tage hintereinander, das ist nicht übertrieben. Das verstehen Sie halt nicht, für Sie ist jeder Tag ein freier Tag.»

Und Poppy war allein. Das war, wie sie aus ihren Fernsehserien wusste, ein klassischer Fall: Erst hatte man zwei Liebhaber, dann auf einen Schlag keinen mehr. Am nächsten Tag meldete sie Peter zur Paartherapie an, und acht Wochen später hatte sie auch keinen Mann mehr.

Nevada beugte sich vor. «Poppy, ich glaube, du solltest hier nicht so offen über deinen Fall sprechen», flüsterte sie.

Poppy schaute zu der Beamten hinüber, die immer noch Sudokus löste und sie nicht beachtete. Sie tat, als hörte sie ihnen nicht zu. Aber sie würde das Gespräch schon unterbrechen, bevor es eine unerlaubte Wendung nahm. Poppy zuckte mit den Schultern. «Affäre, Affäre – ich war zuerst da. Mich hat er zuerst geliebt. Aber ich habe Wolf verlassen, damals, und er hat Kim geheiratet. Und er war nicht glücklich mit ihr – weißt du was, Nevada? Sie hat ihn geschlagen. Einmal hatte er ein blaues Auge und eine Platzwunde auf der Stirn, und er wollte mir zuerst nicht sagen, was passiert ist. Das war schon meine Schuld: Wenn ich ihn damals nicht verlassen hätte, wäre er nicht nach Amerika gegangen, hätte er sie nicht geheiratet, hätte sie ihn nicht geschlagen. Sie war sehr unglücklich hier, sehr allein, weißt du, und er hat sie immer in Schutz genommen, er wollte sie nicht verlassen, sie ist ja seinetwegen in die Schweiz gezogen. Sie konnte hier nicht arbeiten und sie hatte keine Freunde, sie kannte niemanden, und die Sprache hat sie auch nicht gelernt, wie auch, jeder, von der Kioskverkäuferin zum Billettkontrolleur sprach englisch mit ihr. Wenn sie tränenblind gegen einen Baum gerannt ist, wenn sie ins Wasser gegangen ist, Nevada, dann ist das meine Schuld. Wenn sie sich aus reinem Trotz mit einem gewalttätigen Mann eingelassen hat, der sie im Streit erschlug, ist das meine Schuld. Ihr ganzes unglückliches Leben lässt sich auf mich zurückführen. Deshalb ist es ganz richtig so, es ist richtig, dass ich hier bin, und ich habe die Wahrheit gesagt, als ich sagte: Ich bin schuldig.»

Nevada schwieg einen Moment. Dann sagte sie: «Du nimmst dich aber ganz schön wichtig, Poppy!»

Poppy konnte an ihrem Gesicht sehen, dass sie Schmerzen litt, ihre Züge waren angespannt, vermutlich der harte Metallstuhl, dachte Poppy. Oder war es etwas anderes? War es Schmerz über Poppys Versagen? Ihre Krankheit?

«Nicht alles, was passiert, hat mit dir zu tun», sagte Nevada. Sie stand auf.

Die Wärterin blickte von ihrem Sudoku auf und schaute zur Uhr an der Wand. «Sie haben noch zehn Minuten», sagte sie.

«Wir sind fertig.»

«Sie müssen nicht miteinander reden. Die meisten genießen einfach die Zeit außerhalb ihrer Zelle. Bis zur letzten Minute.»

Nevada setzte sich wieder hin. So saßen sie einander gegenüber und schwiegen. Sie atmeten ein, und sie atmeten aus. Plötzlich zuckte Nevada zusammen.

«Das Wichtigste hätte ich ja beinahe vergessen», sagte sie. «Ich …» Sie machte eine Pause, in der sie Poppy in die Augen starrte. Als wollte sie sie zwingen, in ihrem Blick etwas zu lesen. *«Ich»*, wiederholte sie, seltsam betont, «ich habe dir einen Anwalt besorgt.»

«Du?»

Nevada verdrehte die Augen, und Poppy verstand. Wolf. Die Vollzugsangestellte schaute wieder zur Wanduhr hinauf, dann klappte sie ihr Rätselheft zu und stand auf. Mit einem Blick schickte sie Poppy wieder auf die gelben Fußabdrücke, wo sie mit dem Gesicht zur Wand stand, bis Nevada den Raum verlassen hatte. Auf dem Weg zurück zur Zelle trug sie Poppys Tasche.

Ted

Die Sonnenstrahlen schienen schräg ins Klassenzimmer herein, als wollten sie nach den Kindern greifen. Die, die näher am Fenster saßen, blinzelten und hielten die Hände vor die Augen. Ted ging zum Fenster, um die Rollläden ein Stück weit herunterzulassen. Er hatte die Hand schon an der Kurbel, als er plötzlich innehielt. «Wisst ihr was?», sagte er. «Wir machen draußen weiter. Legt eure Bücher weg. Ihr braucht nur das Etui und das Realienheft.»

Gebrüll brach aus. Ted klatschte in die Hände, bis die Kinder sich beruhigt hatten.

«Sie! Sie! Sie, Herr Flubacher!» Arme wedelten durch die Luft. Buben. Die Mädchen wechselten bedeutungsvolle Blicke, schickten chiffrierte Botschaften quer durch das Schulzimmer, mit einem Achselzucken, einem Abwenden, einem Augenrollen. Ted dachte an Emma, in ihrem Schulzimmer am anderen Ende der Stadt. Er dachte an Lilly. Kein Wunder, dass er sie nicht verstand. Wie konnte ein Mann eine Frau verstehen? Die Mädchen übten von frühester Kindheit an, in einem komplizierten sozialen System zu bestehen. Sie knüpften Verbindungen, bildeten Hierarchien, stellten Regeln auf, die nur ihnen bekannt waren, und setzten sie wieder außer Kraft. In diesem System zu bestehen war für die Mädchen wichtiger als alles andere, auf jeden Fall wichtiger als die Schule. Ted erinnerte sich an eine Weiterbildung zum Thema *Mädchenmobbing und mobbende Mädchen*. Die sozialen Strukturen innerhalb einer Mädchengruppe seien so komplex, hatte die Dozentin erklärt, sie zeugten von einem so tiefen und genauen Verständnis von sozialer Intrige als Grundlage der Macht, dass Politiker und Diplomaten von ihnen nur lernen könnten. Und Diktatoren, hatte Ted gedacht. Er wusste genau, was sie meinte. Schließlich war er unter Mädchen aufgewachsen. Oft hatten sie vergessen, dass er da war.

Trotzdem durchschaute er nicht die Hälfte dessen, was sich zwischen seinen Schülerinnen abspielte. Es brodelte unter der Oberfläche, für Unbeteiligte nicht sichtbar, nur manchmal brach eine Ader auf, und ein Konflikt ergoss sich über das Klassenzimmer, den Pausenhof. Dann sah er genauso verdattert zu wie die Buben. Und genau wie die Buben wollte er sich abwenden, sich in seine eigene Welt zurückziehen, die so viel einfacher war.

Ted schaute seine Klasse an und dachte an ein Foto, das er aus einer Zeitschrift ausgeschnitten hatte. Es zeigte ein Klassenzimmer in Isfahan, im Iran. Die Buben saßen von den Mädchen getrennt und grinsten einfältig in die Kamera, feixten, während die Mädchen aufmerksam unter ihren Kopftüchern hervorblickten und ihre Arme in die Luft hielten. Sie wussten alle Antworten. Hier wie dort könnte ebenso gut ein Tuch quer durchs Zimmer gespannt sein, das die Buben von den Mädchen trennte. Sie lebten in komplett verschiedenen Welten, die sich höchstens am Rande berührten.

«Ja, Lars?»

«Sie, Herr Flubacher ...» Lars hatte schon wieder vergessen, was er fragen wollte. Die Mädchen zischten. Lars lief rot an. «Was machen wir draußen?», platzte er heraus.

«Das werdet ihr schon sehen. Macht euch lieber bereit. Ja, Felix?»

«Ich muss aufs Klo.»

«Gut, dann geh. Alle, die noch aufs Klo müssen – nein, nicht alle miteinander! Wer muss aufs Klo, Hände hoch – ihr alle? Mirko?»

Mirko ließ verdattert seine Hand sinken, er hatte nicht gemerkt, dass er sie noch hochgehalten hatte. «Sie, Herr Flubacher, ich hab aber Asthma!», rief er dann.

«Hast du deinen Spray dabei?»

Mirko klopfte seine Hosentasche ab und förderte den Spray zutage.

«Dann ist ja gut.»

Es dauerte zwanzig Minuten, bis er die Klasse an der Türe versammelt und in Zweierreihe aufstellt hatte. Schon fragte er sich, ob das wirklich eine gute Idee war. Doch jetzt konnte er nicht mehr zurück. Er führte die Kolonne aus dem Schulhaus, über den Pausenplatz und in das nahe Wäldchen, in dem ein schmaler Bach floss. Man nannte es das Schulhaustobel, doch der Begriff war zu groß für das plätschernde Rinnsal. Ted blickte auf die Uhr. Sie würden bis zum Mittagsläuten hierbleiben. Er teilte die Klasse in Gruppen auf, ließ sie das Bächlein stauen, den steigenden Wasserspiegel messen, er ließ sie Blätter sammeln und bestimmen, Baumrinden auf dünnes Papier schraffieren. Er teilte Gruppen ein, mischte Mädchen mit Jungen und Freunde mit Feinden. Ein Mädchen quiekte, ihre Turnschuhe waren nass, ein paar Jungen rauften, einer saß schon auf dem sumpfigen Waldboden. Es dauerte eine Weile, bis sich alle ausgetobt hatten, doch dann wandten sie sich ihren Aufgaben zu, suchten große, runde Steine, scharten sich um einen Baum, bildeten eine Kette. Ted hockte sich oben am Hang, wo er die ganze Klasse im Blick hatte, auf die Fersen und nahm sein

Notizbuch hervor. Schnell schrieb er ein paar Stichworte auf. Wie er die Gruppen zusammengesetzt, welche Aufgaben er wem gestellt hatte. Dann ließ er das Buch sinken.

Die Kinder hatten sich verteilt. Sie arbeiteten konzentriert. Ab und zu hörte er Zwischenrufe, ein Lachen. Die Sonne schien durch die Bäume und warf ein friedliches grünes Licht auf die Szene, die Ted an seine eigene Kindheit erinnerte. Seit Emma bei ihm lebte, dachte er wieder öfter an seine eigene Kindheit. An das große alte Haus am Waldrand, die endlosen Nachmittage, die sie draußen verbracht hatten, eine wilde Horde, unbeaufsichtigt, schmutzig. Die Mädchen machten den Wald zum Indianerdorf, sie spannten Bettlaken zwischen Bäume und bauten so Zelte. Sie spielten Familie. Sie stahlen Maiskolben von den nahen Feldern und zermalmten sie zwischen großen Steinen. Sie zündeten Feuer an. Ted wurde von Zelt zu Zelt geschoben, um den Vater zu spielen, eine Rolle, von der keines der WG-Kinder eine klare Vorstellung hatte. Ted langweilte sich oft bei diesen Spielen, entfernte sich von der Bettlakensiedlung, verirrte sich im Wald. Manchmal wurden sie von einer Gruppe Buben aus dem Dorf angegriffen, sie rissen die Tücher herunter und zertrampelten die Feuerstelle. Doch die WG-Kinder gaben nicht kampflos auf. Sie stürzten sich mit Geheul auf die Eindringlinge, bewarfen sie mit Dreck, erschreckten sie mit Wörtern, die sie nicht kannten – «Haut ab, ihr emotional verkrüppelten Machomännchen!» –, und vertrieben sie. Einmal hatten sie ein Mädchen aus dem Dorf an einen Baum gefesselt. Sie waren singend um die Gefangene herumgetanzt, bis es ihnen langweilig wurde. Als es dunkel wurde, gingen sie nach Hause und ließen das fremde Mädchen im Wald zurück. Über dem Abendessen aus Vollreis mit Sojasauce vergaßen sie die ganze Episode. Erst als es dunkel wurde und die beunruhigten Eltern aus dem Dorf Alarm schlugen, erinnerten sie sich wieder. Man fand das Mädchen schlafend an den Baum gelehnt, der Strick, mit dem es angebunden war, hatte sich gelockert. Es hätte sich befreien können. Das Mädchen verriet nichts und niemanden, die Welt der Kinder existierte damals ganz für sich.

Autonom, dachte Ted und grinste. Er versuchte sich vorzustellen, wie heute mit so einem Vorfall umgegangen würde. Es würden englische Wörter bemüht, *bullying* und *Mean-Girl-Syndrom*. Es würde Abklärungen, Untersuchungen, Informationsmaßnahmen und vielleicht Zeitungsberichte geben. Die betroffenen Mädchen würden aussortiert und neu eingeordnet. Sie wären für immer von diesem einen Erlebnis geprägt. Vielleicht waren das die Mädchen von damals auch. Was wusste er schon.

Trotzdem – diese Freiheit. Später in der Wohnsiedlung: die Treffpunkte in den Treppenhäusern und Kellerabteilen. Der Heimweg nach dem Fußballtraining, im Dunkeln, der sich eine, zwei Stunden ausdehnen konnte. Die Kinder, die er unterrichtete, seine eigene Tochter hatten diese Freiheit nie erlebt. Sie waren nie ohne Aufsicht, nicht einmal jetzt.

Er versuchte genau zuzuhören, wenn Emma ihm von der Schule erzählte. «Tara hat gesagt, wenn Laura auch kommt, dann kommt sie nicht mit, und dann hat Makimba das gehört und es Laura gesagt, und Laura hat geweint, und jetzt reden wir alle nicht mehr mit Makimba, weil Tara sagt, dass Makimba eine Tratschtante ist und …» Er versuchte zu hören, was sie nicht sagte.

«Lakshmi sagt, sie kann mir die Stunden nicht anrechnen, die ich bei Nevada genommen habe, weil sie außerhalb des eigentlichen Teacher-Trainings stattfinden und nicht wirklich zum Curriculum gehören, aber Nadine hat dieselben Stunden besucht wie ich, und ihr werden sie angerechnet, das finde ich nicht fair, aber Nadine will Lakshmi nichts sagen, weil sie natürlich ihre Stelle nicht gefährden will …»

Lilly, das hatte Ted unterdessen herausgefunden, arbeitete in einer PR-Agentur. Was sie dort genau machte, hatte er allerdings nicht verstanden. Es befriedigte sie auch nicht wirklich. Deshalb hatte sie sich für die Ausbildung zur Yogalehrerin angemeldet. Sie wollte etwas Sinnvolles tun. «Außerdem ist Yoga meine Bestimmung. Ich spüre das einfach.» Lilly besuchte beinahe jeden Abend nach der Arbeit eine Yogastunde. Manchmal wartete sie am Montagabend in der Bar am Fluss auf ihn, wenn er aus Nevadas Anfängerstunde kam. Einmal hatte er Emma mitgebracht. Sie würde mit Lilly auf ihn warten, hatte er sich vorgestellt, sie würde ein Käseomelett essen und Ketchup dazu verlangen, sie würde an einem der großen Holztische sitzen und ihre Schularbeiten machen. Lilly würde ihr mit ihrer zarten Hand übers Haar fahren und ihr helfen, die Zahlenreihen mit den richtigen Farben auszumalen. Und wenn er dann aus der Stunde käme, würde er sie dort sitzen sehen, seine beiden Mädchen … Frauen … Als er Lillys Gesicht sah, wusste er, dass er falsch gedacht hatte. Er hätte sie zumindest fragen müssen. Das sah er jetzt ein. Aber zu spät. Er hatte Taras Mutter gefragt, ob sie Emma jeweils am Montag nach der Schule abholen und bis zum Abendessen bei sich behalten könnte. Tara wohnte ganz in der Nähe der Fabrik am Fluss. Ihre Mutter, Sandra, war sofort dazu bereit gewesen.

«Das finde ich ganz wichtig, dass du in dieser Situation auch etwas für dich tust», sagte sie mit schräggelegtem Kopf und mitfühlendem Blick.

Und du, was tust du für dich?, wollte Ted fragen. Bist du nicht in derselben Situation wie ich? Aber er ließ es bleiben. Er verpasste die Stunde am Montagabend nur ungern. Vor allem, seit Nevada angefangen hatte, die Sutren von Patanjali durchzunehmen. Plötzlich war es nicht mehr wichtig, wie gut er war. Wie tief er seinen Rücken beugen, wie hoch er seine Hände strecken konnte. Sie hatte die Stunde damit begonnen, dass sie mit dünner, brüchiger Stimme vorgesungen hatte: *«Yamaniyamasanapranayamapratyahara dharanadhyanasamdhayo, stavangani …»*

Ted war es gewohnt, mit lauter, klarer Stimme zu singen. Es war ihm peinlich, dass seine Lehrerin nicht singen konnte. Beim gemeinsamen «Om» versuchte er, sie zu übertönen, den Klang länger zu halten als alle anderen.

«Das ist das Sutra 2.29. Es zählt die acht Glieder des Yoga auf», hatte sie erklärt. «Nämlich: *Yama* – die Regeln des zwischenmenschlichen Verhaltens. *Niyama* – Regeln für das Verhalten im Alltag. *Asana* – die Praxis der Körperübungen. *Pranayama* – die Praxis der Atemübungen. *Prathyahara* – das Ausschalten der Sinneswahrnehmungen. *Dharana* – die Konzentration auf ein bestimmtes Objekt. *Dhyana* – das Herstellen einer Verbindung zwischen dem Geist und dem Objekt der Aufmerksamkeit. *Samadhi* – die vollkommene Vereinigung mit einem Objekt, das wir verstehen wollen. In unseren bisherigen Stunden haben wir uns auf *Asana* und *Pranayama* beschränkt. Doch in dieser Stunde am Montagabend werden wir nun alle acht Bestandteile des Yoga gleichermaßen üben. Außerdem werden wir anfangen, die Sutras zu studieren. Keine Angst, das klingt komplizierter, als es ist!» Sie hatte billige Schulhefte verteilt und ihnen die Aufgabe gegeben, sich über die *Yamas* Gedanken zu machen.

«*Ahimsasatyasteyabrahmacaryapargraha yamah ...*» Sie hatten ihr den Vers mehrmals nachgesungen. Beim ersten Mal hatte Ted noch alle Stimmen im Raum unterscheiden können. Am lautesten sang Marie, die ihre Matte heute hinter ihm ausgerollt hatte. Ted fragte sich, ob sie gemerkt hatte, dass er ihren Hintern anstarrte, und ob sie deshalb den Platz gewechselt hatte. Er hörte ihre Stimme und sah sie plötzlich auf einem hohen Berg stehen und ins Abendrot hinausjodeln. Er schüttelte den Kopf. Er hatte den Faden verloren. Sie wiederholten das Sutra so lange, bis er die Stimmen nicht mehr unterscheiden, bis er an nichts anderes mehr denken konnte.

«Patanjali Yoga Sutra 2.30: keine Gewalt anwenden, die Wahrheit sagen, nicht stehlen, der absoluten Wahrheit folgen, nicht gierig zugreifen, das sind die *Yamas*», übersetzte Nevada. «Klingt irgendwie vertraut, nicht? Zu jedem der *Yamas* gibt es natürlich unterschiedliche Auslegungen. Aber dazu kommen wir später. Schreibt einfach auf, was euch dazu einfällt. Was heißt das für euch, was bedeutet es in eurem Alltag?»

Ted blieb beim ersten *Yama* hängen. *Ahimsa*. Gewaltfreiheit. Wieder fiel ihm eine Szene aus der WG ein, in der er aufgewachsen war. Es hatte seit Tagen geregnet, die Kinder waren im Haus eingesperrt gewesen, unruhig und schlecht gelaunt. Einige der Größeren hatten im Gemeinschaftszimmer gelesen. Zwei Mädchen saßen am Boden und tauschten ihre Romane von Federica de Cesco nach jedem Kapitel aus. Ted saß auf dem Fensterbrett und zeichnete in ein Heft. Dann kam ein drittes Mädchen herein. Verwirrt hatte Ted zugeschaut, wie die beiden, eben noch ganz in ihre Bücher vertieft, plötzlich nahe zueinanderrutschten und sich gegenseitig ins Ohr flüsterten. Dabei schauten sie immer wieder zu dem dritten Mädchen hinüber, das unsicher wurde.

Ted konnte hören, dass die anderen beiden nur Flüstergeräusche machten mit den Lippen. Sie sagten gar nichts. Sie wollten das neue Mädchen nur glauben machen, sie hätten gerade über es geredet, und zwar nichts Schmeichelhaftes. Das Mädchen drehte sich um und lief weinend aus dem Zimmer.

«Warum macht ihr das?», rief Ted. «Ihr seid so gemein!» Die Mädchen schauten ihn nur mitleidig an und wandten sich dann wieder ihren Büchern zu. Ted sprang vom Fensterbrett und rannte aus dem Zimmer. Im Gehen trat er wütend gegen eine Wand. Eine der Mütter, die gerade vorbeikam, zählte eins und eins zusammen: ein weinendes Mädchen, ein wütender Bub. Am Abend gab es eine WG-Konferenz, bei der Teds Gewaltbereitschaft diskutiert wurde. Sein Zeichenheft voller Superhelden und Phantasiewaffen, liebevoll bis ins Detail ausschraffiert, wurde als Beweismaterial gegen ihn verwendet. Man schlug therapeutische Maßnahmen vor. Er wurde zum Küchendienst eingeteilt und würde ab sofort nur noch Mädchenbücher lesen dürfen.

Satya. Wahrheit. Wahrhaftiger Ausdruck in Worten, Gesten, Gedanken. Später, als er in normalen Verhältnissen in einer normalen Umgebung wohnte, hatte er in einem Aufsatz zum Thema *Was ich später einmal werden will* geschrieben, er wolle ein guter Mensch werden und keinen Schaden anrichten. Das hatte ihm den Hohn seines Stiefvaters eingebracht. «Mein Junge, wenn du ein Omelett machen willst, musst du schon ein paar Eier zerschlagen!» Ted hatte trotzdem daran festgehalten. Es stellte sich heraus, dass es gar nicht so einfach war, keinen Schaden anzurichten.

«Sie, Herr Flubacher, was ist das?» Ted ging zu Elvira hinüber. Auf den aufgeschlagenen Seiten ihres Hefts verharrte reglos ein großer, schwarzgrün schimmernder Käfer. Vorsichtig streckte sie das Heft von sich weg. Der Käfer bewegte träge seine Fühler.

«Iiih!», kreischte Manuela. Zwei Mädchen, die auf dem Waldboden gekauert hatten, schossen hoch und sprangen zurück, stießen dabei Manuela um, die mit einem empörten Schrei auf dem Waldboden landete. Elvira ließ das Heft fallen, und der Käfer entkam.

«Iiiih! Meine Hose ist ganz nass!» Manuela begann zu weinen.

«Du blöde Tusse!», schrie Elvira.

«Nun beruhigt euch mal», sagte Ted. Er half Manuela auf, deren hellrosa Leggins voller dunkelbrauner Flecken waren, die die anderen Mädchen zischend kommentierten: «Hast du in die Hose gemacht, Manu?»

«Und mein Heft?», schrie Elvira. Sie hob es auf: Jemand war auf die sauber beschriebenen Seiten getreten, hatte sie zerrissen und beschmutzt. Unterdessen hatten die Buben angefangen, zu rangeln, sich gegenseitig in den Bach zu schubsen, zwei von ihnen waren schon tropfnass. Es war Zeit, die Übung abzubrechen. Ted klatschte rhythmisch in die Hände, bis endlich alle still waren und zu ihm hinschauten. Ein Trick, den er mit jedem neuen Klassenzug einübte. Wann immer das Chaos, Lärm und Geschwätz überhandnahmen, unterbrach er sich und klatschte so lange einen einfachen Rhythmus, bis die Kinder einfielen. Erst wenn alle mitklatschten, wenn er die Aufmerksamkeit jedes Einzelnen wiederhatte, führte er den Unterricht fort. Ohne zu schimpfen, ohne auf die Unterbrechung einzugehen. Diese Viertklässler unterrichtete er erst seit einem knappen Jahr. Es dauerte eine Weile, bis sich alle um ihn geschart hatten. Doch endlich klatschten sie. Fast alle.

«Sie, Herr Flubacher, ich kann aber nicht klatschen!» Mirko hielt seine Hand in die Höhe und schaute entgeistert auf seinen Mittelfinger, der vom obersten Glied an im rechten Winkel abstand.

«Stinkefinger!», rief Lars, und die Jungen johlten.

Ted musste nicht genauer hinsehen, um zu wissen, dass der Finger gebrochen war. Er führte die Klasse zurück ins Schulzimmer, holte eine Kollegin herbei, die sie bis zum Schulschluss beaufsichtigen würde, und fuhr mit Mirko ins Krankenhaus.

«Sind Sie der Vater?»

Täuschte er sich, oder machte ihm die Dame am Empfang schöne Augen? «Klassenlehrer», stellte er richtig. Ihr Blick suchte seine ringlose linke Hand. Ted steckte sie in die Hosentasche.

«Wird vermutlich eine Weile dauern, es ist gerade ein schwerer Autounfall reingekommen. Eine Familie mit drei kleinen Kindern, tragisch …»

Mirko saß zusammengesunken auf dem Plastikstuhl. Er hielt seine verletzte Hand mit der gesunden und starrte seinen Finger an, als könnte er ihn wieder geradebiegen. Sein Gesicht war blass. Ted rief Mirkos Mutter an.

«Was denn noch!», rief sie, und dann, etwas leiser: «Sorry, aber das passt jetzt gar nicht. Ich kann hier nicht weg. Mein Chef dreht noch durch. Und Privatgespräche mag er auch nicht, also schicken Sie mir doch eine SMS, wenn Sie Genaueres wissen!»

«Genaueres?»

«Ja, ob der Finger überhaupt gebrochen ist, Mirko ist nicht der Tapferste ...»

«Er ist eindeutig gebrochen», sagte Ted, doch sie hatte schon aufgelegt. Danach rief er Tobias an und bat ihn, Emma von der Schule abzuholen und nach Hause zu bringen. «Der Ersatzschlüssel ist in einem der Gummistiefel vor der Wohnungstür.»

«Wieso ich?» Tobias wusste, dass Teds Kolleginnen diese Aufgabe nur zu gerne übernehmen würden.

«Ich will die Frauen nicht in meiner Wohnung haben», sagte Ted.

«Du hast vielleicht Probleme! Aber gut, ich mach's.»

«Danke.» Ted schaute zu Mirko hinüber und sah, dass er den Tränen nahe war. Er wusste nicht viel über den Jungen, außer, dass er die vierte Klasse wiederholte.

«Wann kommt meine Mutter?»

«Sobald sie von der Arbeit wegkann.»

Mirko zuckte mit den Schultern. «Ihr Chef ist ein Wichser!»

«Mirko!» Ted seufzte. «Hier, schau mal, ob du ein Spiel findest.» Er reichte dem Jungen sein Handy.

Mirko blickte auf. «Echt?» Ted nickte. Etwas Besseres fiel ihm nicht ein. Mirko gelang es auch mit einer Hand mühelos, ein Spiel zu finden, das ihn eine Weile beschäftigte. Seine Gesichtsfarbe war bald wieder normal. Sie warteten schon seit zwei Stunden, als Ted plötzlich einfiel, nach Marie zu fragen.

«Ich weiß zwar ihren Nachnamen nicht», sagte er, doch die Frau am Aufnahmeschalter wusste, wen er meinte.

«Frau Doktor Leibundgut», sagte sie. «Sie ist aber heute nicht da.»

«Ach, schade.»

«Kennen Sie sie?»

«Wir gehen zusammen ins Yoga», sagte Ted und kam sich sofort dumm vor. Ins Yoga! Doch die Frau nickte wissend.

«Dann kennen Sie auch ihren Mann?» Sie beugte sich vor, streckte den Kopf aus dem Schalterfenster heraus. «Den Schauspieler? Der macht ja auch Yoga.»

«Ich hab ihn schon gesehen», nickte Ted.

«Und, wie ist er so?»

Marie

«*Go with the flow!* Der sympathische Bündner Fernsehstar Gion Camenisch äußert sich philosophisch zum überraschenden Ende der beliebten Fernsehserie *Die Vorstadtklinik*. Im Gegensatz zu seinen Kollegen spricht keine Bitterkeit aus seinen Kommentaren ...»

«Wie findest du's?» Gion hielt den Blick starr auf den kleinen Bildschirm gerichtet, auf dem jetzt das Signet der Talkshow *Fiona fragt* eingeblendet wurde. «Ich glaube, Fiona hat ganz gut verstanden, worum es mir geht», fuhr er fort, während auf dem Bildschirm nun die sympathische Talkmasterin das Publikum begrüßte. Gion, der Stargast des Abends, würde als Letzter auftreten.

Marie dachte an eine junge Frau, die sie heute in der Notaufnahme gesehen hatte. Obwohl sie einen Hausarzt hatte und auch eine Frauenärztin, kam sie immer wieder in die Notaufnahme. Immer zu Randzeiten, am frühen Abend, am Wochenende. Diffuse Magen-Darm-Beschwerden, chronische Blasenentzündung. Die matten schwarzen Augen, die zu Marie aufschauten. In denen sich nichts spiegelte. Man hatte Marie herbeigerufen, weil der Computer ein Warnpiepsen von sich gegeben hatte: Wer sich mehr als zweimal pro Jahr in der Notaufnahme meldete, ohne dass eine klare Diagnose vorlag, wurde als «möglicherweise suchtmittelabhängig» gekennzeichnet. Doch die junge Frau hatte keine Schmerzmittel verlangt. Sie hatte mit monotoner Stimme ihre Beschwerden aufgezählt, beinahe gelangweilt. Marie erinnerte sich an die Übungsdiagnosen im Studium. Die Studenten, die sich gegenseitig Symptome vorspielten, hatten sie genauso unbeteiligt heruntergeleiert. Schmerz ließ sich nicht glaubwürdig simulieren. Die Bakterien in der Urinprobe allerdings auch nicht. Die Frau musste also Schmerzen haben. Aber sie zeigte sie nicht. Sie hatte drei Stunden gewartet, bis sie endlich drangekommen war, und war dann nach einer kurzen Untersuchung mit einem Rezept für Antibiotika wieder gegangen. Warum hatte sie nicht ihren Hausarzt angerufen? Er sei in den Ferien. Und die Vertretung?

Die Krankenkasse verlangte, dass ihre Versicherten sich in solchen Fällen an eine telefonische Beratungsstelle wandten, die entscheiden würde, ob ein Besuch in der Notaufnahme angebracht war. Das wäre in diesem Fall kaum passiert, doch die Patientin hatte sich nicht an das Vorgehen gehalten. Marie überlegte sich, wie sie ihren Bericht formulieren musste, damit der Patientin der Besuch in der Notaufnahme trotzdem vergütet würde.

Tote Augen. Chronische Unterleibsbeschwerden. Kosovo. Marie konnte nicht verhindern, dass sie automatisch an Berichte über vergewaltigte Frauen dachte, traumatisches Stresssyndrom. Doch die Frau war zu jung. Sie hatte den Krieg nicht miterlebt. Sie hatte einen Schweizer Mann, einen Schweizer Pass. Marie hatte den Fall in der Teamsitzung besprechen wollen, doch Huber hatte ein interessanteres Anliegen gehabt, und sie war nicht mehr dazu gekommen.

«Hörst du mir überhaupt zu?»

Marie riss sich zusammen. Auf dem Bildschirm lief Werbung. Kugeln aus weißer Schokolade wirbelten schwerelos durch ein weißes Zimmer voller glücklicher Menschen.

«Marie. Das ist jetzt wichtig. Meine ganze Karriere steht auf der Kippe – und nicht mal jetzt kannst du dich mir zuwenden? Siehst du nicht, dass ich dich brauche?»

«Ich bin doch da», sagte Marie. «Ich bin da.» Sie rutschte näher, schmiegte sich an ihn, legte eine Hand zwischen seine Beine, ganz automatisch, wie um sich zu vergewissern, dass alles noch da war. Und noch ihr gehörte.

Gion schob ihre Hand weg. «Manchmal bist du echt primitiv!»

Marie zuckte zusammen.

«Du kannst ja nichts dafür», sagte Gion schnell. «Als Ärztin bist du nun mal im Grobstofflichen verhangen. Aber du kannst dich doch weiterentwickeln. Dann könnten wir uns auch wieder näherkommen. Auf einer subtileren Ebene! Ich wünschte mir das, echt.» Jetzt erklang wieder die aus drei Tönen bestehende Erkennungsmelodie der Talkshow.

«Und nun kommt der Augenblick, auf den Sie alle gewartet haben», strahlte Fiona mit einer Begeisterung, die auch nach zwanzig Jahren auf Sendung nicht verbraucht wirkte. «*Die Vorstadtklinik* hat ihre Tore für immer geschlossen. Zuschauer und Darsteller sind gleichermaßen schockiert. Nur einer trägt es mit Fassung, und er wird uns hier exklusiv und erstmalig das Geheimnis seiner Gelassenheit verraten. Bitte begrüßen Sie Gion Camenisch!»

Tusch. Gion trat ins Bild. Er trug einen schilfgrünen Anzug aus fließendem Stoff, ein türkisfarbenes T-Shirt und eine Mala aus Holzperlen um den Hals. Er ging langsam, viel langsamer als die anderen Gäste. Als hätte er alle Zeit der Welt. Milde lächelnd wandte er sich dem Publikum zu, das tobte. Marie meinte, Frauen kreischen zu hören. Die Talkmasterin ging Gion entgegen. Als sie vor ihm stand, legte er beide Hände zusammen, hob sie an die Stirn und verneigte sich. Fionas ausgestreckte Hand blieb in der Luft hängen.

«*Namaste*», sagte Gion.

«Okay», antwortete Fiona verwirrt und wies auf die weiße Couch. Gion setzte sich, streifte mit einer eleganten Geste seine Schuhe ab und brezelte dann gelenkig seine Beine auf die Sitzfläche.

«Du erlaubst», sagte er, «ich kann schon gar nicht mehr anders sitzen!»

Marie erlaubte sich einen Seitenblick. Hier auf ihrem roten, nagellackverschmierten Sofa saß er ganz normal.

«Schscht!», machte Gion.

«Ich hab doch gar nichts ...»

«Schscht!»

«Wenn ich kein Yoga machen würde, wäre ich mit dem Schock vermutlich auch anders umgegangen», sagte Gion in der Sendung.

«Kannst du das erklären?»

«Yoga trainiert das Aushalten schmerzhafter oder schwieriger Positionen. Wenn du deinen Körper jeden Tag zwei Stunden lang in scheinbar unmögliche Stellungen verrenkst, dann kann dir so eine Veränderung deines Alltagslebens auch nichts mehr anhaben. So eine Kündigung ist dann keine existenzbedrohende Katastrophe mehr, sondern einfach eine schwierige *Asana*, eine neue Position, die du erst lernen musst, bevor du sie perfekt beherrschst. Yoga macht beweglich, verstehst du, Fiona, im wörtlichen wie im übertragenen Sinn. *You go with the flow!*»

«*Go with the flow.*» Fiona blickte auf die Moderationskarten in ihrer Hand. «Ich habe gehört, dass du ein Buch mit diesem Titel schreibst, ist das so?»

Gion lächelte geheimnisvoll. Gion im Fernsehen. Gion auf der Couch wandte den Blick von sich selber ab und grinste Marie triumphierend zu. «Na, Baby? Was sagst du dazu?»

«Wozu?», fragte Marie gedankenlos.

«Nun, Promis, die Yogabücher schreiben, gibt es schon genug – wie gehst du mit diesem Einwand um?», zwitscherte Fiona fröhlich falsch in die eisige Stille des Wohnzimmers.

«Zu deinem Buch?», versuchte sich Marie zu retten. «Davon hast du mir gar nichts gesagt. Du schreibst ein Yogabuch – seit wann?»

«Natürlich, diese Frage habe ich mir selber auch gestellt», sagte Bildschirmgion ernst. «Aber sowohl meine Yogalehrerin wie auch meine Verlegerin haben mich davon überzeugen können, wie wichtig es ist, dass ich nicht auf meinen Erkenntnissen sitzenbleibe, sondern sie mit anderen Menschen teile. Ich bin ja nicht der Einzige, der seinen Job verliert, der sein Leben neu überdenken muss. Ich nehme das Ende der Serie zum Anlass, mich mit meinem Leben auseinanderzusetzen. Das ist eine sehr persönliche Geschichte. Es geht um mich. Yoga ist genau im richtigen Moment in mein Leben getreten …»

«Und wie bist du denn überhaupt zum Yoga gekommen?»

«Kannst du das denn? Schreiben?», fragte Marie.

«Ich muss mich bei meiner Frau Marie bedanken. Sie macht schon länger Yoga, und eines Tages habe ich mich einfach gefragt, was ist das, was sie jeden Montag nach ihrem harten Alltag als Spitalärztin – und glaub mir, Fiona, da geht es noch mal ganz anders zu als auf dem Set der *Vorstadtklinik*! – was bringt sie also dazu, nach der Arbeit noch ins Yogastudio zu fahren? Und warum leuchtet ihr Gesicht immer so von innen heraus, wenn sie nach Hause kommt? Eines schönen Montagabends bin ich einfach mit ihr mitgegangen. Und der Rest ist Geschichte, wie man so schön sagt. Dieser Montagabend hat mein Leben total verändert, von Grund auf!»

«Kannst du ein konkretes Beispiel nennen?»

«Nun, zum Beispiel stehe ich jeden Tag um fünf Uhr auf und übe zwei Stunden – zusätzlich zu den Yogastunden, die ich im Studio besuche.»

Raunen im Publikum.

«Kannst du uns etwas vormachen?»

Gion grinste verwegen, die Frauen im Publikum seufzten. Er zog seine Jacke aus, das Seufzen wurde zum Stöhnen. Dann warf er sich aus dem Sofa auf den Boden wie ein jugendlicher Breakdancer und stemmte sich dann, die Schwerkraft verspottend, in den Handstand, unterwegs langsam seine Beine entbrezelnd. Dann ließ er sich, ohne die Beine zu senken, wie eine Sphinx auf die Unterarme sinken. Sein Körper bildete vom Kopf bis zu den Füßen einen perfekten Bogen.

«Wow, das sieht ja gefährlich aus!» Fiona war aufgestanden, um besser sehen zu können. «Und wie nennt man das nun?»

«Pincha Mayurasana.» Gions Stimme klang etwas gequetscht. «Die Feder des Pfaus.» Dann streckte er seine Arme durch und ließ sich wie ein Kunstturner nach hinten fallen, landete wieder auf seinen Füßen, verbeugte sich, das Publikum sprang auf die Füße und applaudierte.

Er setzte sich wieder auf die Couch und nahm Fionas beide Hände. «Aber das ist noch gar nichts», sagte er. «Das ist gar nichts gegen die innere Ruhe und Gelassenheit, mit der ich hinnehmen kann, dass mir von einem Tag auf den anderen der Boden unter den Füßen weggezogen wird, dass mir meine Lebensgrundlage genommen wird. Wo andere einen Schicksalsschlag sehen, sehe ich eine neue Chance.»

«Faszinierend», hauchte Fiona. «Leider ist uns die Zeit davongelaufen. Gion, wir können es kaum erwarten, dein Buch zu lesen. Eine letzte Frage, die unsere Zuschauer brennend interessiert: Wo kann man mit Gion Camenisch Yoga machen?»

«Ich danke meiner Frau», wiederholte Gion und stellte den Fernseher aus. «Ich danke meiner Frau. Unglaublich! Alle haben es gesagt, von Anfang an, pass auf, die versteht dich nicht, die hat keine Ahnung vom Künstlerleben, die lässt sich von deinem Ruhm blenden, die nutzt dich aus. Das ist keine Frau für dich, die kann dir nicht geben, was du brauchst. Und ich hab dich verteidigt, gegen alle Angriffe, sogar vor meiner Tochter hab ich dich in Schutz genommen. Und nun das.»

«Was?» Marie war verzweifelt. «Was hab ich denn gesagt?»

«Das fragst du noch?»

Ausgenutzt, dachte Marie. Wie hab ich dich ausgenutzt? Was zum Teufel habe ich denn davon, mit dir verheiratet zu sein? Sie dachte an die Ausschreibungen: Hausarzt gesucht. Überall. Nicht nur im Dorf, in dem ihre Eltern wohnten. Marie hatte die Liste mit den offenen Hausarztstellen ausgedruckt, sie war lang. Sie könnte wählen. Sie könnte in die Stadt ziehen oder aufs Land. In die Nähe ihrer Eltern oder weiter weg. Wenn sie nicht mit Gion verheiratet wäre.

Immer öfter dieser Gedanke: Wenn ich nicht verheiratet wäre. Sie schämte sich für diesen Gedanken. Liebe hieß doch, alles für den anderen zu tun. Auch zu verzichten. Etwas aufzugeben. *Aparigraha*, dachte Marie, das fünfte *Yama*. Nicht gierig zupacken, nicht grabschen, nicht nach etwas greifen, das einem gar nicht zusteht, das man gar nicht braucht. Was brauchte Marie denn? Sie war Ärztin.

Marie war ein gesundes Kind gewesen. Robust. Sie hatte den Hausarzt nur zum Impfen gesehen. Sie hatte keine Angst vor der Nadel gehabt. Sie hatte nicht geweint. Eine ihrer frühesten Erinnerungen war, wie sie auf dem Schoß ihrer Mutter saß und ihr dickes Ärmchen vertrauensvoll der Nadel entgegenstreckte. Sie war vor allem deshalb gern zum Arzt gegangen, weil in seinem Wartezimmer die größte Murmelbahn stand, die sie je gesehen hatte. Es schien endlos zu dauern, bis eine Murmel nach der anderen die verschlungenen Schlaufen hinuntergerollt war, Marie verfolgte ihren Weg mit den Augen und vergaß dabei alles andere. Einmal hatte sie nach der Schule an der Tür der Arztpraxis geklingelt und gefragt, ob sie mit der Bahn spielen dürfe.

Die Assistentin hatte gelacht und sie schließlich ins Wartezimmer gelassen. Marie hatte gespielt, bis ihre Mutter sie abholte.

Als Marie in der zweiten Klasse war, platzte ihr Blinddarm. Sie hatte seit Tagen über Bauchschmerzen geklagt, aber weil sie nie krank war und weil sie sehr ungern zur Schule ging, hatte ihre Mutter ihre Klagen ignoriert. Bis sie eines Nachts von Maries Stöhnen aufgewacht war und den Arzt gerufen hatte. Zehn Minuten später stand er an Maries Bett. Seine Hände waren kalt. Er trug einen roten Wollschal und eine Schiebermütze, die er nicht auszog, um Marie zu untersuchen. Er fasste an ihren Hals und an ihren Bauch, und als Marie aufjaulte, hob er sie hoch, mitsamt ihrer Bettdecke, packte sie auf den Rücksitz seines Autos und fuhr sie ins nächste Krankenhaus. Ihre Eltern folgten im Familienwagen. Sie hatten ihre Wintermäntel über ihre Pyjamas geworfen und trugen beide noch ihre Pantoffeln. Maries Mutter weinte so heftig, dass sie nicht sprechen konnte.

Marie wurde noch in derselben Nacht operiert. Als sie aus der Narkose erwachte, stand Dr. Vogelsang neben ihrem Bett. Marie erinnerte sich nicht mehr an den Schmerz. Sie wusste nicht, warum ihre Mutter immer noch weinte. Es war doch alles gut. Marie erbrach sich in eine seltsam geformte Metallschüssel. Sie erinnerte sich vor allem an die freundlichen Augen des Doktors und las in ihnen: Alles ist gut. Erst später sah sie die Wunden an ihren Unterarmen, die halbkreisförmigen Abdrücke ihrer eigenen Zähne. Deshalb weinte ihre Mutter und konnte nicht aufhören. Sie hatte Marie nicht geglaubt, sie hatte sie diese Schmerzen leiden lassen. Sie, die sonst übervorsichtig war, «eine typische alte Mutter, Sie kennen mich doch, Herr Doktor!», die alles für Marie tun würde. Sie hatte versagt.

«Sie werden Ihre Gründe gehabt haben», sagte Dr. Vogelsang freundlich. «Nun erzählen Sie mal.» Maries Mutter schneuzte sich. «Ja, sie hat jeden Tag eine andere Ausrede, um nicht zur Schule gehen zu müssen», sagte sie. «Oder dann geht sie morgens pünktlich aus dem Haus, kommt aber nie in der Schule an. Was meinen Sie, wie oft mich ihre Lehrerin schon angerufen hat? Ein paarmal ist sie auch mitten aus der Schulstunde davongelaufen, und einmal ist sie sogar aus dem Fenster gesprungen!»

«Aus dem Fenster gesprungen?» Dr. Vogelsang schaute Marie an, die mit den Schultern zuckte.

«Es war nicht hoch», sagte sie. Und dann: «Mir war halt langweilig!»

Marie erholte sich schnell. Ihre Mutter brauchte länger. Ihr Vater schenkte ihr eine Murmelbahn, die noch größer war als die in Dr. Vogelsangs Wartezimmer. Nachdem Marie aus dem Spital entlassen worden war, verwies der Hausarzt sie an den Schulpsychologen. Bei der Abklärung stellte sich heraus, dass Marie den Schulstoff sehr viel schneller abspeicherte, als es der Lehrplan vorsah. Das Gutachten bestätigte, was Marie immer gesagt hatte: Sie langweilte sich zu Tode. Sie übersprang eine Klasse und später noch eine. Sie machte die Matura mit siebzehneinhalb und ging als jüngste Medizinstudentin der Schweiz in die Geschichte ein. Sie wollte Ärztin sein. Sie wollte Leben retten, nicht nur physisches Leben, sondern das ganze Leben um den Körper herum, so wie Dr. Vogelsang nicht nur sie gerettet hatte, sondern auch ihre Mutter und vielleicht sogar ihre damalige Lehrerin, die an Marie verzweifelt wäre. Und sie hatte ihren Plan umgesetzt, Schritt für Schritt. Sie hatte keine Freundinnen, sie hatte kein Liebesleben, aber das nahm sie hin. Man konnte nicht alles haben. Das hatte Marie immer gewusst. Bevor sie von *Asteya* und *Aparigraha* gehört hatte. Doch offenbar musste sie daran erinnert werden. Denn sie hatte alles vergessen, als Gion in ihr Leben getreten war. Sie hatte nach ihm gegrabscht wie ein gieriges dreijähriges Kind aus dem Einkaufswagen nach den Süßigkeiten greift, die direkt auf seiner Augenhöhe vor der Kasse ausgestellt sind. Nur dass sie ungleich größeren Schaden damit angerichtet hatte. Und dass sie kein dreijähriges Kind war. Sie war eine erwachsene Frau. Mehr noch, sie war Ärztin.

Marie hatte einen Fehler gemacht. «Es tut mir leid, Gion», sagte sie und meinte es ernst. Sie wollte sich der Schuld entledigen. Gion ließ sie nicht. Warum sollte er auch? Warum sollte er es ihr einfach machen?

«Du hast keine Ahnung, was du mir antust mit deiner Negativität. Du ziehst mich dermaßen tief runter, Marie …»

«Ich wollte doch nur helfen. Ein Buch schreiben ist nicht dasselbe wie eine Rolle spielen. Ich habe doch nur gefragt …» Marie verstummte. Sie hörte selber, wie sie klang. Missgünstig. Desinteressiert. Gion hatte recht. Sie hatte nicht zugehört, nicht hingeschaut, es interessierte sie nicht mehr. Sie hatte an ihre Patientin mit den toten Augen gedacht. Und wie Dr. Vogelsang sie behandelt hätte. Und ob sie in einer Hausarztpraxis auf dem Land solche Augen sehen würde.

«Es tut mir leid, Gion», versuchte sie es noch einmal. Sie rutschte näher zu ihm hin. Er stand auf und blieb einen Augenblick so stehen, mitten im Wohnzimmer, still.

«Nun, Marie, ich erzähle dir bestimmt nichts Neues, wenn ich dir sage, dass es Frauen gibt, die nichts lieber tun würden, als mir zuzuhören!»

«Nein», sagte Marie. «Du erzählst mir nichts Neues.»

avidyā'smitārāgadveṣābhiniveśāḥ kleśāḥ
Falsches Verstehen, Selbstbezogenheit,
blindes Begehren, Vorurteil
und Angst, das sind die Plagen.
Patanjali Yoga Sutra 2.3

Nevada

Sie konnte nicht mehr schlafen. Sie konnte nicht mehr essen. Sie sah ihn an jeder Straßenecke. In jeder Schaufensterscheibe gespiegelt, jeder flatternde Schal war seiner. Sie konnte nicht mehr atmen und nicht mehr meditieren. Kein anderes Bild hatte mehr Platz in ihrem Kopf als seins. Seine Augen, die sie anschauten. Seine Hände, die sie berührten.

Sie war besessen. Sie wusste es. Er liebt Poppy, sagte sie sich vor wie ein Mantra, immer wieder. Er liebt Poppy. Er liebt Poppy. Sie warf sich im Bett hin und her wie im Fieber. Die Hände zwischen den Beinen. Sie strampelte die Decke weg wie ein trotziges Kind. Einmal noch, jammerte der Körper. Einmal noch, bevor alles vor die Hunde geht!

Immerhin, argumentierte der Körper, sei das seine Bestimmung. Sich zu vereinen und zu vermehren. Nun komm schon! Sie kam.

Wie hatte sie das fünf Jahre lang ausgehalten? Wie hatte sie vergessen können, wie sich das anfühlte, diese unwiderstehliche Kraft, diese Welle, die sie überrollte – warum zum Teufel hatte sie sich eingebildet, sie könne ihr widerstehen? Und warum sollte sie es überhaupt?

Nevada vergaß alles andere. Sie wartete auf den nächsten Montag. Wolf hatte gesagt, er würde wiederkommen. Sie ging früher als sonst in die Yogaschule hinunter, putzte den Raum noch einmal, den Nadine nur oberflächlich gewischt hatte. Sie mochte das Kleinere der beiden Studios, dessen Fensterfront auf den Fluss hinausging. Aus ihrer Umhängetasche nahm sie ein gerahmtes Bild, das Sri Tirumalai Krishmacharya neben seinem Sohn TKV Desikachar zeigte, der die Yoga Sutras neu übersetzt und interpretiert hatte. Eine faustgroße Bronzefigur des schlangenköpfigen Weisen Patanjali. Und, in Ermangelung von Blumen, eine perfekte, runde Orange. Sie baute alles unter dem Fenster auf, und ging dann mühselig in die Knie.

«Danke», murmelte sie. «Danke für diese Anleitung, die mir und meinen Schülern von so großem Nutzen ist …» Doch was sie eigentlich dachte, war: Danke für diesen Mann, alles andere ist mir im Moment ziemlich egal. Tut mir leid.

Während ihrer Ausbildung hatte sich Nevada mit einer viel strengeren und unzugänglicheren Übersetzung des Yoga Sutra von Patanjali herumgeschlagen und sich mehr als einmal gefragt, was diese verschwurbelten Verse mit ihrem Leben zu tun hatten. Trotzdem hatte sie sie studiert, sie war eine fleißige Schülerin, und wenn sie etwas nicht verstand, suchte sie den Fehler erst einmal bei sich. Die Übersetzung von TKV Desikachar hatte sie als zu einfach abgetan, zu großzügig, als sie sie das erste Mal las. Doch jetzt war sie krank. Sie konnte es sich nicht mehr leisten, den Fehler bei sich zu suchen. Sie hatte keine Zeit mehr dafür. Und keine Möglichkeit, sich zu verbessern. Sie brauchte Hilfe.

Wolf kam als einer der Ersten herein. Sein Blick suchte ihren. Natürlich tat er das. Sie lächelte. Er nahm sich eine Matte vom Stapel und rollte sie direkt vor ihr auf. Sie saßen sich gegenüber, als gäbe es nur sie beide, während sich das kleine Studio langsam füllte. «Hast du nach der Stunde Zeit für einen Kaffee?» Er runzelte die Stirn. «Oder Tee oder ...»

«Natürlich», sagte Nevada. Sie ließ ihren Blick durch den Raum schweifen. Acht Schüler, einer mehr als letzte Woche. Alle hatten sie ihre Schulhefte mitgebracht, und die Sutrabücher mit dem Kommentar von TKV Desikachar. Kein Vergleich mit den vierzig, fünfzig Schülern, die ihre *Asana*-Klassen besucht hatten. Trotzdem. Sie war nicht allein.

Marie war da. Ted fehlte. Hatte ihm die Stunde nicht gefallen, war sie zu wenig körperlich, zu wenig anstrengend gewesen? Hatte er sich bei einer anderen Lehrerin angemeldet, besuchte er gar den Männerkurs von Sebastian? Nevadas Gedanken begannen zu kreisen. Zwölf Schüler brauchte sie, um die Studiokosten zu decken. Wenn sie diese Zahl nicht bald erreichte, würde Lakshmi ihr diese Stunde streichen. *Citta vrtti*, dachte Nevada, *citta vrtti* ... Sie konnte sie nicht abstellen, diese Zuckungen des Geistes.

«Wie erreichen wir den Zustand von Yoga?», fragte sie. «Die Antwort ist einfach: Wir üben.» Marie lachte leise. Nevada warf ihr einen dankbaren Blick zu. «Klingt einfacher, als es ist. Ich weiß. Die Sutren 1.12, 1.13 und 1.14 befassen sich damit.» Sie begann zu singen: «*Abhyasavairagyabhyam tannirodah.*» Sie ließ ihre Schüler diese Zeile wiederholen, bis die Konzentration auf die genaue Wiedergabe die letzten Gedankenspiralen aufgelöst hatte. «Diesen Zustand *nirodah*, das Stillwerden des Geistes, erreicht man durch konsequentes Üben und durch Gelassenheit. Es braucht beides. Der letzte Teil ist wichtig, der wird oft vergessen, ich habe ihn selbst jahrelang vernachlässigt: Gelassenheit, Loslassen, das heißt, dass man sich keine konkreten Vorstellungen von dem macht, was man erreichen will.»

Plötzlich ging die Tür auf, und Ted kam herein. Er blickte schuldbewusst auf die Uhr an der Wand. Nevada dachte an Shri Jenny, die auf absoluter Pünktlichkeit bestanden hatte. Ein Konzept, das sie von ihrem indischen Guru übernommen hatte: Wer nicht pünktlich kommt, meint es nicht ernst. Und kann es morgen noch einmal versuchen. Nevada hatte an diesem Prinzip festhalten wollen, doch Lakshmi fand es geschäftsschädigend. «Das entspricht einfach nicht der Realität unserer Schüler», hatte sie gesagt. «Das sind moderne Menschen, immer im Stress, die rennen jeden Tag denselben zehn Minuten nach. Und diese zehn Minuten sollen sie hier wieder finden, bei uns. Außerdem ist es besser, man kommt zu spät zum Yoga als gar nicht!»

Da Nevada pro Kopf bezahlt wurde, protestierte sie nicht gegen diese Regelung. Doch sie hasste die Unterbrechungen, das stetige Kommen und Gehen während der ganzen Stunde. Viele Schüler legten sich gar nicht mehr zur Endentspannung hin, sondern verließen den Raum vorher, sie rollten ihre Matten zusammen, stiegen über die Liegenden hinweg und unterhielten sich im Foyer so laut, dass Nevada es im Studio hören konnte. Sie stellte sich immer vor, wie das Geschwätz in die entspannten Köpfe der Liegenden drang. Sie wollte ihnen die Ohren zuhalten. Sie wollte diese Köpfe schützen.

Ted hatte seine eigene Matte mitgebracht und rollte sie nun ganz hinten in der Ecke aus. Sein Buch und sein Schulheft legte er daneben.

Sie nickte ihm zu. «Es gibt ja verschiedene Legenden über den schlangenköpfigen Weisen Patanjali», sagte sie. «Man sagt zum Beispiel, dass die Yogini Gonika, die in absoluter Einsamkeit lebte, die Götter um einen Schüler anflehte. Weil sie nichts anderes hatte, bot sie den Göttern mit offenen Händen Wasser dar. Und als sie die Augen öffnete, saß in ihrer Handfläche der schlangenköpfige Patanjali. Der aber auch eine Inkarnation des Schlangengottes Adisesha ist, welcher Shiva als Bett diente und von diesem auf die Erde geschickt wurde, um den Menschen Lösungen für ihre Probleme zu bringen. Meine liebste Geschichte ist aber die: Patanjali war ein Yogalehrer, der hinter einem Vorhang unterrichtete, weil er in Wahrheit eine tausendköpfige Schlange war, was natürlich niemand sehen durfte. Als ein Schüler den Vorhang anhob, musste er sie alle auffressen, und seine Lehre wäre verloren gewesen – wenn nicht ein Schüler an dem Tag zu spät gekommen wäre. In einer Yogastunde nach Patanjali kann Zuspätkommen kein Verbrechen sein – und ich werde euch auch nicht auffressen. Ich verspreche es.»

Sie führte die Gruppe durch eine Reihe einfacher *Asana* und Atemübungen. Sie ließ sie im Schneidersitz sitzen und auf eine brennende Kerze starren. Die Stunde war zu schnell vorbei. «Macht euch bis zum nächsten Mal Gedanken über eure Übungspraxis!»

«Besprechen wir denn gar nicht, was wir letzte Woche aufgeschrieben haben?» Eine Schülerin hielt ihr Heft hoch. Die anderen schauten sie erwartungsvoll an. Nevada hatte diese Notizen als Selbststudium eingeplant. Doch jetzt konnte sie sehen, dass ihre Schüler enttäuscht waren. Sie wollten ihre Gedanken mit den anderen austauschen. Sie wollten womöglich Nevadas Meinung dazu hören. Doch sie konnte die Stunde nicht verlängern.

«Einige von uns gehen nach der Stunde immer noch in die Bar hinunter», sagte Marie. «Vielleicht können wir uns dort in einem lockeren Rahmen darüber unterhalten?»

«Gute Idee», sagte Nevada. Doch sie wollte mit niemandem reden. Sie wollte mit Wolf allein sein. Sie fühlte seinen fragenden Blick und lächelte. Er dachte dasselbe wie sie. «Ich komme etwas später dazu», sagte sie. «Ich habe noch eine Besprechung.»

Die anderen Schüler verließen das Studio. Wolf wartete auf sie.

«Geh schon runter, ich komme nach.» Nevada ging die Treppe hinauf in ihr Zimmer. Die Schmerzen hielten sich in Grenzen. Ihre Beine gehorchten ihr – beinahe. Auf den letzten Stufen hielt sie sich mit einer Hand am Geländer fest, während sie mit der anderen ihren Oberschenkel anhob, bis ihr Fuß die nächste Stufe erreicht hatte. Sie war ihre eigene Krücke.

Nur der Gedanke an Wolf, der unten auf sie wartete, gab ihr die Kraft, die Treppe zu bewältigen. In ihrem Zimmer ließ sie alles fallen. Der Bilderrahmen klirrte in ihrer Tasche. Sie zog sich um, eine enge Hose, eine ausgeschnittene Bluse. Sandalen mit Plateausohlen. Sie löste ihr Haar und bürstete es kräftig. Dann sah sie ihre Bürste an. Büschelweise hing ihr Haar darin.

Die ungewohnten Schuhe machten den Abstieg schwieriger, als sie gedacht hätte. Die Plateausohlen waren wie Betonblöcke an ihren Füßen. Auf halbem Weg blieb Nevada stehen. Sie wollte sich hinsetzen, doch sie wusste nicht, ob sie dann wieder aufstehen würde.

War das ein Schub? War es das, wovor Professor Kaiser sie gewarnt hatte? Jeder Schub führte zu einer Verschlechterung ihres Gesamtzustands, es ging stufenweise abwärts, wie auf dieser Treppe. Es gab kein Entkommen. Sollte sie barfuß gehen? Die Absätze hoben ihren Po, der sich in der engen Hose abzeichnete. Wenn sie erst im Rollstuhl saß, würde ihn niemand mehr zu sehen bekommen. Nein, sie würde die Schuhe nicht ausziehen. Ihr Körper bäumte sich noch einmal auf. Sie hob einen Fuß und dann den andern.

Wolf saß am Fenster und wartete auf sie. Als sie an den Tisch trat, langsam, vorsichtig, erhob er sich. Nevada fühlte, wie ihre Chakren schmolzen, eins nach dem anderen wie Schokolade an der Sonne.

«Hier habe ich immer mit Poppy gesessen», seufzte er. Er nahm seine Brille ab und putzte sie umständlich. Sie wollte ihm die Brille aus der Hand nehmen. Sie wollte sie wollte sie wollte.

«Wie geht es dir?»

Nevada zuckte zusammen. Sie hatte die anderen nicht wahrgenommen, die in die Bar gekommen waren, sie sah nur Wolf. Marie war an ihren Tisch getreten. Ihr Blick ruhte prüfend auf Nevada. Professionell.

«Mir geht es gut», antwortete sie knapp. Sie wollte, dass Marie ging. Sie wollte sich Wolf zuwenden, aber der putzte immer noch seine

Brille. Er war dünner geworden. Schatten lagen unter seinen Augen – ob er nachts auch wach lag, an seine Frau dachte, die ermordet worden war, oder an Poppy, die im Gefängnis saß, oder an Nevada? Nevada meinte, die Energie zwischen ihnen sehen zu können, heiße, pulsierende, blutrote Wellen, Funken sprühten zwischen ihnen, hell und klar.

«Ich hab was für dich», sagte Marie und wühlte in ihrer großen Tasche. Am runden Tisch in der Mitte hielt Gion Hof. Marie schaute immer wieder zu ihm hinüber. Er hatte schon mehrmals ungeduldig gewinkt. Er wollte sie bei sich haben. Obwohl er von jungen, zartgliedrigen, gelenkigen Yogaschülerinnen in tief ausgeschnittenen Tops umringt war, die ihre langen Beine über die Stuhllehnen drapierten und an seinen Lippen hingen. Trotzdem wollte er sie, Marie, an seiner Seite haben. Er hatte ihr sogar einen Stuhl freigehalten. Sie zog einen gelben Umschlag aus ihrer Tasche und reichte ihn Nevada, die ihn gleichgültig nahm und zur Seite legte.

«Ich hab dir ein paar Artikel kopiert», sagte Marie, schon im Gehen. «Es gibt interessante neue Studien.»

«Studien?», fragte Wolf. «Studien worüber?»

Marie schaute Nevada an, und Nevada schüttelte den Kopf. Sie steckte den Umschlag in ihre Tasche. «Danke», sagte sie abschließend, und endlich ging Marie zum runden Tisch hinüber. Gion klatschte anerkennend mit der flachen Hand auf ihr Hinterteil, die Yogagazellen erschauerten, Marie setzte sich auf den ihr zugewiesenen Platz. Sie behielt Nevada im Blickfeld, die sie wiederum sofort vergessen hatte.

«Ich bin gern mit dir allein», sagte Nevada zu Wolf. Keine Zeit für Spielchen, sagte ihr Körper. Komm zur Sache.

«Ich auch», sagte Wolf. Er langte mit beiden Händen über den Tisch. Nevadas Hände schlüpften in seine. Ja, sagte die Haut. Ja, ja, ja.

«Warst du bei Poppy?», fragte Wolf. «Wie wirkte sie auf dich?»

Nevadas Hände wurden kleiner in seinen. Sie atmete tief ein. «Sie wirkte erstaunlich gelassen», sagte sie schließlich. «Weniger fahrig, als ich sie sonst erlebe. Weniger zerstreut. Wenn es nicht unsinnig klingen würde, würde ich sagen, die Gefangenschaft bekommt ihr.»

Wolf zog seine Hände zurück und legte sie über seine Augen. «Alles ist verkehrt», sagte er. «Alles ist falsch. Verkehrt.»

Nevada nickte. Sie wusste genau, was er meinte. Hier saßen sie, durch einen Tisch getrennt, obwohl sie doch zusammengehörten. *Samadhi*, dachte sie, mit dem Objekt der Beobachtung verschmelzen. Patanjali hatte damit vermutlich nicht diesen Mann gemeint, sondern ein philosophisches Konzept, aber egal. Nevada wusste, was sie wollte. Es gab nichts anderes mehr als diesen Mann, diese Augen, diese Hände. Und den Tisch, der zwischen ihnen stand. Und auf dem Tisch, zu einem unüberwindbaren Hindernis getürmt: der Mord an seiner Frau, Poppy, die unschuldig im Gefängnis saß. Niemand, nicht der skrupelloseste Mensch der Welt konnte über dieses Hindernis springen, über diesen Tisch, in seine Bestimmung hinein, die Nevadas Arme waren. Niemand, und schon gar nicht Wolf, der rein war und gut. Nevada verstand alles und liebte ihn nur noch mehr.

«Es wird nicht so bleiben», sagte sie. «So verkehrt. Das verspreche ich dir. Wir werden es richten, du und ich, zusammen.»

«Aber wie», seufzte Wolf. «Wie?» Er ließ seine Hände wieder sinken und schaute sie durch die dicken Brillengläser hindurch an, seine Augen waren vergrößert und leicht verzerrt. Er schaute verzweifelt. «Wie kann es je wieder richtig sein?», fragte er. «Kim ist tot. Ich habe sie in die Schweiz geholt, wo sie unglücklich war und wo sie erschlagen wurde wie ein Hund, und in den Fluss geworfen. Wie kann das je wieder gerichtet werden? Und Poppy, die einzige Frau, die ich je geliebt habe, sitzt im Gefängnis. Wegen mir. Weil sie mich liebt. Sag mir, Nevada, wer kann das wieder richten? Ich nicht. Du?»

Die einzige Frau? Die einzige Frau, die du je geliebt hast? Das muss er sagen, dachte sie. Das muss er sagen, er kann das Unrecht kaum ertragen, er kann nicht noch eine Schuld auf diesen Haufen legen, seine Liebe zu mir. Ich verstehe alles, dachte Nevada.

«Vertrau mir», sagte sie. «Du bist ein guter Mensch. Es wird alles richtig kommen.»

«Aber wie?»

«Ist das nicht offensichtlich? Wir müssen den wahren Mörder deiner Frau finden. Und vor Gericht bringen. Dann wird Poppy freigelassen. Dann könnt ihr euch endlich wirklich mit eurer Geschichte auseinandersetzen und entscheiden, ob und wie es weitergeht.»

Geduld, dachte Nevada. Sie würde geduldig sein müssen. Ihre Krankheit musste warten. Ihr Körper durchhalten. Siehst du, wie gut ich dich verstehe, siehst du, wie sanft ich bin? Bei mir kannst du sein, wer du bist, du kannst Angst haben, du kannst verzweifeln, ich fange alles auf. Noch sind meine Arme stark genug. Sie stand auf und ging um den Tisch herum. Als sie sich neben ihn setzte, wich er zur Seite. Sie ließ sich nicht abschrecken. Sie rückte ihren Stuhl ganz nah an seinen. Ihr Bein neben seinem, vom Knöchel bis zum Knie, ihre Oberschenkel berührten sich. Ihre Schultern. Schließlich hob sie den Arm und legte die Hand auf seinen Rücken, als wollte sie ihn nach vorne schieben. *Samadhi,* dachte sie, wir sind eins.

«Ich muss», sagte er und stand auf.

Nevada blieb noch eine Weile sitzen. Sie sah aus dem Fenster und sah ihn zu seinem Auto gehen, den Kopf gesenkt, den Rücken gebeugt. Sie wollte ihre Hand wieder da hinlegen, zwischen seine Schulterblätter, ihn aufrichten, ihn vorwärtsschieben, weg vom Alten, weg von Kim, von Poppy, von Schuld und Sühne. Sie wollte ihn befreien vom «Ich muss».

Marie winkte vom Nebentisch. Nevada richtete sich auf. Ihre rechte Seite fühlte sich roh an, als hätte Wolf ein feines Messer benutzt, um sich von ihr zu lösen, eine scharfe Klinge zwischen sie geschoben, die Haut dabei nur wenig verletzt, aber eben doch. Sie hatten schließlich nur eine Haut, und er hatte sie zerteilt. Jetzt lag sie offen da und wund.

Marie winkte wieder. Heftiger. Nevada versuchte aufzustehen. Ihr linker Fuß war eingeschlafen, ihr Knöchel knickte ein, sie stolperte, stützte sich auf den Tisch, wischte die Teetasse auf den Boden. Marie war mit einem Schritt bei ihr.

Poppy

Ein Nebelhorn tutete. Einmal, zweimal, dreimal. Nein, kein Nebelhorn. Eine Schiffssirene. Das Schiff würde gleich ablegen. Poppy musste an Bord. Sie lief Richtung Hafen, viele Menschen warteten am Quai, winkten zu einem Schiff hinauf, das riesig groß und weiß den Horizont verdeckte. Winzig kleine Menschen winkten zurück. Poppy kämpfte sich durch die Menge, die immer dichter zusammenzuwachsen schien, und da – was machte ihre Mutter hier? Sie riss Poppy am Ärmel zurück, grob, so war sie gewesen, ihre Mutter. Grob.

«Lass mich los», rief Poppy. «Ich habe keine Zeit!»

«Keine Zeit?», rief die Mutter. Ihre Finger krallten sich in Poppys Fleisch. «Du hast keine Zeit für mich? Wie kannst du so etwas sagen, Poppe. Du bringst mich noch ins Grab!»

Da riss Poppy sich los. Du bringst mich noch ins Grab. Du bringst mich noch ins Grab. Die Worte verfolgten sie, sie schlangen sich um ihren Hals, Poppy versuchte sie abzuschütteln, ihre Arme verhedderten sich darin. Doch Poppy rannte weiter und weiter, bis sie endlich den Quai erreichte. Sie musste dieses Schiff erreichen. Doch als sie näher kam, sah sie, dass sich der weiße Koloss schon in Bewegung gesetzt hatte. Es sah aus, als verschiebe sich eine ganze Stadt ins Meer hinaus.

Poppy wollte weinen. Die Worte ihrer Mutter waren wie Schlingpflanzen um ihren Hals. Sie schaute über ihre Schulter. Richtig. Da stand die Mutter und hielt die Schlingpflanzen wie Zügel in den Händen.

«Was sage ich, du bringst mich ins Grab», schrie sie. «Du hast mich ins Grab gebracht! Du hast mich umgebracht!» Sie zerrte an den Zügeln.

Poppy würgte. Sie konnte hören, wie die Menge am Pier verstummte, nach Luft schnappte, sich zu ihr umdrehte, sie anstarrte: Wer war diese Frau, die ihre eigene Mutter umgebracht hatte?

Und plötzlich saß sie in einem Boot. Einem alten Ruderboot aus Holz. Die Planken waren verwittert, die Ruder zu schmal, am Boden eine Pfütze abgestandenen Wassers, die immer größer wurde. Sie ruderte verzweifelt auf das große Schiff zu. Sie war noch im Hafenbecken, als plötzlich eine dreieckige Flosse auf sie zuschwamm. Ein Hai. Er kam näher. Kalt stieg die Angst in Poppy auf. Sie konnte seinen glatten grauen Leib erkennen. Er schwamm direkt auf das Boot zu. Die Angst würgte Poppy, wie die Worte ihrer Mutter sie gewürgt hatten. Doch sie ruderte weiter. Der Hai tauchte unter ihrem Boot hindurch, das gefährlich schwankte. Plötzlich war das kleine Boot umzingelt von großen und kleinen Haien. Sie waren schnell, umkreisten das Boot, tauchten darunter hindurch. Das große Schiff entfernte sich langsam. Poppy schluchzte, schnappte nach Atem, in ihrem Leben hatte sie noch keine solche Angst verspürt. Doch sie ruderte und ruderte. Sie hörte die Worte ihrer Mutter nicht mehr. Nur noch das Tuten des Schiffes. Und plötzlich hatte sie es erreicht. An der weißen Außenwand hing eine Strickleiter. Poppy zog sich empor, im selben Moment, in dem die Haifische das klapprige Boot zerlegten. Sie kletterte die Leiter hoch, bis sie mannshohe Buchstaben erreichte, den Namen des großen Schiffes: *HEIMAT*.

Poppy wachte auf und lachte laut. Sie war wach. Die Angst war im Traum geblieben. Es war vorbei. Diese Angst, die sie jeden Morgen beim Aufwachen an der Gurgel gepackt hatte: Was? Was ist? Was hab ich vergessen? Was muss ich noch? Wie schaff ich das? Diese Angst hatte sie nicht bis ins Gefängnis verfolgt.

Es gab kein Karussell mehr. Wenn sie sich abends hinlegte und die Augen schloss, wurden hinter ihren Lidern angenehme kleine Filme in freundlichen Farben abgespielt. Sie sah Wolfs liebes verwirrtes Gesicht. Seine Lippen, seine Hände. Sie glitt in ihre Träume wie eine Tänzerin, leichtfüßig und elegant. Sie wachte morgens auf und wusste genau, was sie zu tun hatte. Schritt für Schritt und Tag für Tag dasselbe.

Als Poppy fünf Jahre alt war, hatte sie sich plötzlich vor einer Straßenampel gefunden, ohne zu wissen, wie sie dahingekommen war. Sie wusste, dass sie allein keine Straßen überqueren durfte, auch nicht auf dem Fußgängerstreifen. Da hatte sie diese kalte Angst zum ersten Mal gepackt. Sie hatte an sich hinabgeschaut und das Znünitäschli an ihrer Seite baumeln sehen. Der Kindergarten! Sie sollte längst dort sein!

Wie würde sie den Weg dorthin finden? War sie an ihm vorbeigelaufen, verträumt, in ihre Gedanken versunken? Verzweifelt sah sie sich um. Nichts war ihr vertraut. Poppy begann zu weinen und wurde schließlich von einer Passantin angesprochen, die sie an der Hand nahm und zum Kindergarten brachte. Es war kein weiter Weg. Doch die Kindergärtnerin hatte bereits Poppys Mutter angerufen, und diese hatte zum ersten Mal den Satz gesagt, der sie durch ihre Kindheit führen würde: «Du bringst mich noch ins Grab!» Seit diesem Tag hatte die Angst Poppy nicht mehr verlassen. Erst die Gefängnismauern waren dick genug gewesen, um sie von ihr fernzuhalten. Das Gefängnis war das große Schiff Heimat, dachte Poppy, und dann lachte sie wieder. Konnte man simplere Träume haben? Traumdeutung für Idioten! Das Tuten war verstummt, sie stand auf.

Sie konnte sich nicht erinnern, je so aufgestanden zu sein. Frisch und ruhig. Poppy fühlte sich, als sei sie angekommen. Als hätte sie ihre Bestimmung gefunden. Dasselbe hatte sie gefühlt, als sie ihren Affenhausblog begonnen hatte. In einem anderen Leben, schien es Poppy. Die Affen waren verstummt, die Lianen hingen verwaist in Poppys Kopf, baumelten sanft im Wind. Poppy wusste, was sie zu tun hatte. Sie stellte sich keine Fragen. Sie war hier, um Wolf zu schützen. Weil sie ihn liebte. Das war alles.

In der Tasche, die Nevada ihr mitgebracht hatte, hatte sie außer dem Buch auch ein billiges Schulheft gefunden. Eine der Aufseherinnen hatte ihr eine Schachtel Bleistifte besorgt, mit Radiergummis an den Enden. Bei Bedarf würde sie sie für Poppy nachspitzen, denn Spitzer waren in der Zelle nicht gestattet. Konnte man mit einem gutgespitzten Bleistift ein Auge ausstechen? Poppy setzte sich an den schmalen Tisch.

Sie blätterte in dem Buch. Sie blätterte von hinten nach vorne. Sie fing oft hinten an zu lesen. Zeitungsartikel. Bücher. Das Wichtigste stand meist auf den letzten Seiten. Poppy fand einen Satz: *Derselbe Gegenstand erscheint jedem, der ihn wahrnimmt, anders. Das liegt daran, dass der Zustand des Geistes immer wieder ein anderer ist.*

Poppy begann zu weinen. Sie schlug das Heft auf.

Lieber Florian, schrieb sie. *Lieber Lukas.*

Sie war nicht unglücklich darüber, dass sie nur einmal in der Woche telefonieren durfte, und auch dann nur für zehn Minuten. Zehn Minuten konnten sehr lang sein. Auf ihren ersten Anruf hatte Poppy sich vorbereitet, sie hatte geübt, fröhlich zu klingen. Es war seltsam, ihre eigene Stimme zu hören. Sie musste sich selber daran gewöhnen.

«Es geht mir gut», hatte sie gesagt, «macht euch keine Sorgen.» Doch ihre Söhne hatten nur einsilbig geantwortet. Es war wieder wie kurz nach ihrer Trennung. Sie waren sich fremd. Poppy konnte die Minuten in der Stille zerplatzen hören, eine nach der anderen. Dann übernahm Julia den Hörer und plapperte die verbleibende Zeit zu Tode. «Mach dir keine Sorgen, Poppy, wir haben alles im Griff.» Poppy war erleichtert gewesen, als ihre zehn Minuten um gewesen waren und sie auflegen konnte.

Die Gewissheit, die sie eben noch verspürt hatte, war weg. Sie hatte nicht das Richtige getan. Bestimmung, Liebe – sie war Mutter. Sie war ihren Söhnen verpflichtet. Niemandem sonst. Sie hatte wieder einmal versagt, und diesmal gründlich.

Es tut mir leid, schrieb sie. Sie schrieb es auf hundert Arten: Es tut mir leid, es tut mir leid, es tut mir leid. Sie war keine Mutter. Nicht eine schlechte Mutter, sondern gar keine. Sie war gegangen und hatte die Aufgabe abgegeben. Es gab keine Entschuldigung, es gab keine Erklärung. Trotzdem fing Poppy an zu schreiben. Sie beschrieb, wie sie als Kind versucht hatte, ihr Zimmer aufzuräumen. Wie ihre Mutter sie angeschrien hatte. Wie sie auf den Boden ihrer Schreibtischschublade geschrieben hatte: *Ich hasse meine Mutter.*

Poppy wünschte sich, dass ihre Söhne etwas anderes von ihr wussten als das. Aber da war nichts anderes. Sie konnte nur aufschreiben, was war.

Ted

«Ich bin einfach nicht gerne hier», sagte Lilly. «In dieser Wohnung ist kein Platz für mich.»

Sie lagen in Teds Bett, das auf drei von vier Seiten die Wand des Zimmers berührte. Seiner Kammer. «Lilly …» Er zog sie näher an sich.

«Nein.» Lilly stand auf. Sie bückte sich nach ihren Kleidern.

«Du willst doch jetzt nicht gehen?» Ted sah auf die Uhr. Fast ein Uhr morgens. Lilly war erst kurz vor Mitternacht zu ihm gekommen, nachdem sie den halben Abend SMS hin- und hergeschickt hatten. Ted hätte Aufsätze korrigieren, hätte mit Mirkos Mutter telefonieren sollen, doch er hing den ganzen Abend an dem winzigen flachen Gerät, das ihn mit der Aussicht auf Lillys Anwesenheit köderte.

Schließlich hatte sie nachgegeben und war zu ihm gekommen. Jetzt waren sie endlich allein, zusammen. Ted versuchte sie zu küssen. Lilly schüttelte den Kopf. Sie schob die Unterlippe vor. Ted war machtlos.

«Wenn du mit mir schlafen willst, musst du zu mir nach Hause kommen. In meine Wohnung, in mein Bett!»

In diesem Moment hätte er ihr alles versprochen. Fast alles. «Ich kann doch Emma nicht alleine lassen.»

«Wie lange lebt sie jetzt schon bei dir? Du hast gesagt, in ein paar Wochen, wenn sie sich mal eingewöhnt hat …»

«Es ist nicht so einfach!»

«Ich verstehe zwar nichts von Kindern, aber ich weiß, dass sie Freunde haben und auch mal bei Freunden übernachten! Das ist ganz normal.»

«Ja, aber …» Nichts ist normal, wollte er sagen. Ich kann keine der anderen Mütter bitten, Emma über Nacht zu behalten, sie würden sofort Familie spielen wollen mit uns, und das will ich nicht, das will ich um keinen Preis, die Einzige, die bei uns mitspielen dürfte, bist du – und du willst nicht.

«Nichts aber.» Lilly zog ihre Jeans über die nackte Haut. Sie wand sich hin und her, um den engen Stoff über die Hüften zu ziehen.

Ted streckte die Hand nach ihr aus. «Lilly, bitte, tu mir das nicht an. Komm zurück ins Bett, und wir reden morgen über alles.»

Sie schaute ihn abwägend an. Dann schüttelte sie den Kopf. «Nein. Wenn du mich willst, komm mit zu mir!» Sie wartete einen Augenblick an der Tür. Ted schloss die Augen. Dann ging sie.

«Ich kann abends gut alleine sein», sagte Emma beiläufig am nächsten Morgen beim Frühstück. Sie schüttete eine große Menge schokoladegefüllter Frühstücksflocken in eine Schüssel und schaute ihn dabei nicht an. «Mama ist auch manchmal ausgegangen. Du musst mich einfach vorher ins Bett bringen und mir eine Geschichte erzählen und alle drei Lieder singen. Dann musst du mir das Telefon neben das Bett legen und deine Handynummer muss auf Stern-eins einprogrammiert sein.»

«Spinnst du?» Ted goss Milch in Emmas Schüssel. «Ich lass dich doch nachts nicht allein, so weit kommt's noch!»

«Aber wenn ich doch schlafe!»

«Und wenn du aufwachst?»

Emma zuckte mit den Schultern. «Dann ruf ich dich an.»

«Emma, selbst wenn ich das wollte – und ich will es nicht, hörst du? –, es ist verboten. Man darf ein Kind nachts nicht allein lassen!» Noch während er es sagte, wusste er, dass er einen Fehler gemacht hatte. Er wollte Tinas Verhalten nicht kritisieren, denn das hieße, Emma zu bestätigen, dass ihre Mutter sie vernachlässigt hatte. So gut er konnte, schützte er sie vor den schockierten Kommentaren der anderen Mütter.

Satya, dachte er. Aufrichtige Kommunikation. Was hat Nevada gesagt? Wer immer ehrlich ist in Gedanken, Worten und Gesten, wird im Umgang mit anderen keine Fehler machen. Ha! Das war wohl ein Witz. Oder er hatte etwas sehr falsch verstanden. Er wünschte, er könnte nach der Yogastunde mit den anderen in die Bar gehen, sich an einen der runden Tisch setzen, er wünschte, er könnte die anderen fragen, ob sie das begriffen. Das mit den Fehlern. Vor allem jetzt, wo sich ein zweiter Mann der Gruppe angeschlossen hatte. Ein Mathematiker. Ein Wissenschaftler. Ted hätte gerne gehört, wie er das Yoga Sutra verstand. Ihn beruhigte die Tatsache, dass der andere noch unbeweglicher war als er selber.

«Erwachsene brauchen Zeit für sich», murmelte Emma.

Schnell lenkte er ein. «Ja, natürlich. Aber sag mir lieber, wie du jetzt darauf kommst. Lass mich raten, du hast Lilly und mich reden gehört?»

«Ihr habt gestritten. Und Lilly ist gegangen.»

Ted versuchte ihren Tonfall zu deuten. War sie erleichtert, war sie traurig? Er wünschte sich immer noch, Lilly und Emma könnten sich ineinander verlieben. Sie könnten eine Familie sein, zu dritt. Ted wusste es besser. Doch er hielt unverdrossen an dem Bild fest, das er seit seiner Kindheit in sich trug. Nachdem Balthasar ausgezogen war, hatte seine Mutter ihn eine Zeitlang zu seinem richtigen Vater geschickt. Und dort hatte er genau das vorgefunden, was er sich immer vorgestellt hatte: ein kleines Haus, einen Garten mit einer Schaukel, einen Sandkasten, ein Meerschweinchengehege. Kajütenbetten. Spidermanbettwäsche. Ted hatte zwei kleine Brüder, die genau so aufwuchsen, wie er es sich gewünscht hatte. Doch in dem Haus war kein Platz für Ted. Er war zu groß für eine richtige Kindheit. Es war zu spät. Seine Mutter verliebte sich neu, zog um, holte Ted wieder zu sich, dann trennte sie sich wieder. Bevor Ted noch einmal zu seinem Vater geschickt werden konnte, meldete er sich selber an einem Internat in den Bergen an. Seine Noten waren so gut, dass er ein Stipendium bekam. Das Internat kam seinen Vorstellungen näher als alles andere.

Trotzdem fiel Ted jetzt niemand anderes ein als seine Mutter. Konnte er ihr Emma ausliefern? Emma. Lilly. Emma. Lilly. Ted war verzweifelt. Verzweifelte Zeiten verlangten nach verzweifelten Maßnahmen.

«Ich mach dir einen anderen Vorschlag», sagte Ted. «Deine Oma Ingrid, erinnerst du dich?»

Emma nickte.

«Die wünscht sich schon so lange, dass du mal bei ihr übernachtest. Willst du das?»

Emma war noch nie allein bei Ingrid gewesen. Ted traute seiner Mutter nicht. Als Emma noch ein Baby gewesen war, hatte sie darauf bestanden, mit ihr spazieren zu gehen. Ted war in sicherem Abstand gefolgt und hatte gesehen, wie sie schon nach zehn Minuten den Kinderwagen vor einem Schaufenster stehen ließ. Er konnte sie durch die Scheibe sehen, wie sie Kleider von Bügeln zog und prüfend vor ihre Brust hielt. Er hatte den Kinderwagen ein paar Häuser weiter zu einem Straßencafé geschoben, hatte sich dort gut sichtbar hingesetzt und etwas bestellt. Es dauerte eine halbe Stunde, bis seine Mutter mit zwei großen Tüten aus der Boutique trat. Doch sie blieb nicht stehen, sie schaute sich nicht um, sie ging geradewegs auf ihn zu.

«Ich hab dich durch die Scheibe gesehen», sagte sie fröhlich. «Hast du mich nicht gesehen? Ich hab dir noch zugewinkt! Ich hätte doch die Kleine nicht aus den Augen gelassen. Was du wieder denkst!»

Ted hatte ihr kein Wort geglaubt und Emma nie wieder mit seiner Mutter allein gelassen. Sie besuchten sie manchmal zusammen, selten, alle drei Monate einmal. Seine Mutter, das musste er ihr lassen, beschwerte sich nie darüber.

«O ja, das will ich!» Emma ließ ihren Löffel fallen. Milch spritzte über den Tisch.

«Willst du? Wirklich?»

«Bei Oma Ingrid ist es schön, wir spielen Verkleiden! Sie hat eine große Kiste, sie hat gesagt, wenn ich mal länger bei ihr bleibe …»

Ted kannte die Kiste. Er grinste. «Okay, dann ruf ich sie heute an, und wir machen etwas ab.»

«Heute?», rief Emma. Sie sprang vom Stuhl auf und klatschte in die Hände. «Heute wird der beste Tag!», sang sie. Dann umarmte sie Ted so heftig, dass er ihre Arme von seinem Bauch lösen musste.

«Ist ja gut! Jetzt geh dir die Zähne putzen, wir müssen gleich los.»

Emma hüpfte ins Badezimmer. Ted schaute ihr nach. Er schüttelte den Kopf. Wie konnte es sein, dass er seine Tochter so wenig kannte? Und was, wenn seine Mutter heute gar keine Zeit hatte?

«Natürlich habe ich Zeit. Soll ich sie gleich von der Schule abholen?»

«Auf gar keinen Fall. Ich pack ihre Sachen und bring sie dann.»

«Wie du willst.»

Ted legte den Hörer auf. Er wusste nicht, warum seine Mutter ihn so wütend machte. Sie hatte doch gar nichts gesagt. Nichts Falsches gesagt. Trotzdem hätte er am liebsten wieder abgesagt. Doch dann dachte er an Lilly. Er stellte sich vor, wie er in sie eindrang. Wie er sie ausfüllte. Ganz ausfüllte. Schwängern wollte er sie. Ihren Körper übernehmen.

Plötzlich dachte er an Tina, die während der Schwangerschaft müde und aufgedunsen war und es ihm persönlich übelnahm. «Sieh nur, was du mit mir gemacht hast!», warf sie ihm vor.

Himmelarsch, reiß dich zusammen! *Citta vrtti*, das kannst du laut sagen! Er rief Lilly an, doch Lilly zierte sich. «Heute?»

«Prinzessin, du hast einen Wunsch geäußert, und ich erfülle ihn. Natürlich sofort! Natürlich heute!»

«Ja, aber heute passt es mir gar nicht, ich geh um sieben ins Yoga, und danach haben wir uns schon in der Bar verabredet.»

«Kein Problem», sagte Ted, «ich komme einfach dazu.»

«Na gut. Wenn du meinst. Es kann aber dauern. Wir haben einiges zu besprechen. Gion will eine Yoga-DVD drehen und möchte mich in der Gruppe haben, die mit ihm übt. Er hat gesagt, ich darf in der ersten Reihe stehen, gleich hinter ihm.»

«Ich warte. Das macht mir nichts aus. Solange ich mit dir nach Hause gehe, Baby …»

«Kindskopf!» Lilly kicherte geschmeichelt, dann legte sie auf, und Ted packte Emmas Sachen zusammen. Er packte den rosa Miss-Kitty-Rucksack und erinnerte sich an das mulmige Gefühl, mit dem er ihn bis vor kurzem jeden Sonntagabend gepackt hatte. Er hatte nie sicher sein können, dass Tina tatsächlich zur verabredeten Zeit kam, um Emma abzuholen. Wenn er den Rucksack aber nicht gepackt hatte, dann war sie garantiert pünktlich und hatte es außerdem eilig. Wie oft hatte er sich gewünscht, diesen Rucksack nicht mehr packen zu müssen. Das mulmige Gefühl überkam ihn auch jetzt, automatisch. Beruhige dich, dachte er, es ist ja nur für eine Nacht. Ob es das war, was mit Verwechslung gemeint war? Dass er nicht den Rucksack mit dem kitschigen, schon halb abgeblätterten Aufdruck sah, sondern Tina?

Emma strahlte, als sie das rosa Ding an der Lenkstange seines Fahrrads baumeln sah. Sie rannte auf ihn zu und sprang ihm in die Arme, was sie in Sichtweite ihrer Mitschülerinnen nur selten tat.

«Dann darf ich zu Oma?»

«Ja, Kleines. Aber ich geb dir einen Tipp: Nenn sie nicht Oma. Sie heißt Ingrid.»

«Du bist blöd, Papa! Wenn sie doch meine Oma ist!» Emma stieg auf ihr Rad und fuhr los. «Wir fahren», schrie sie. «Wir fahren zu meiner Oma!»

Ted trat in die Pedale. So ausgelassen hatte er Emma nicht erlebt, seit sie bei ihm wohnte. Seine Mutter würde sie unweigerlich enttäuschen. Sie konnte gar nicht anders. «Nenn mich nicht Mama!», hatte sie ihn angeherrscht, wann immer ihm das Wort herausgerutscht war. «Ich existiere schließlich nicht nur in dieser Funktion! Ich bin ein Mensch, vielen Dank, ich habe einen Namen, und der ist nicht Mama. Ich heiße Ingrid.»

Sie würde Emmas hoffnungsvolles Herz brechen. Aber er konnte es nicht ändern. Nicht heute Nacht. Heute Nacht gehörte er Lilly.

«Emma! Liebling!» Seine Mutter wartete mit ausgebreiteten Armen an der Lifttür, Emma schlüpfte in diese Arme, als wären sie ihr vertraut. «Oma!», rief sie, und dann drehte sie sich zu Ted um und blinzelte ihm zu.

«Nun geh schon, lass uns Mädchen allein!» Ingrid zeigte mit dem Kinn zur Haustüre. «Wir sehen dich morgen!»

«Aber …» Die Lifttür schloss sich hinter ihnen, er hörte sie kichern, dann waren sie weg. Einen Augenblick blieb er so stehen, dann fasste er sich wieder: Lilly, dachte er. Lilly.

Ted würde sich hüten, die Level-3-Klasse um sieben Uhr zu besuchen. Er würde sich doch vor ihr nicht zum Affen machen. «Ach nein? Würdest du nicht?», hörte er Tobias' Stimme in seinem Kopf. Trotzdem war er kurz nach sieben in der Fabrik am Wasser. Er setzte sich an die Bar und bestellte ein Bier. Er dachte an Emma und an seine Mutter. Würde Emma ihre Hausaufgaben erledigen? Würde Ingrid sie vor den Fernseher setzen, während sie mit ihren Freundinnen telefonierte? Und wäre das so schlimm? Der Fernseher konnte Emma wenigstens nicht verletzen. Plötzlich sah er seine Mutter vor sich, wie sie in der WG-Küche saß, eine selbstgedrehte Zigarette rauchte, den Kopf mit Alufolie umwickelt, unter der eine Hennapackung einwirkte, vor sich auf dem Tisch trockneten die Überreste der grünlichen Paste in einem Plastikschüsselchen. Ted konnte sie noch riechen, diese Paste.

«Die Mutterschaft ist die letzte legale Form der Sklaverei», dozierte Ingrid. «Mit der Muttermilch saugen sie dir die Seele aus, die Identität ...»

Ted trank sein Bier aus und nahm sein Handy aus der Hosentasche. Was zum Teufel hatte er sich dabei gedacht? Er musste seine Tochter da rausholen. Bevor es zu spät war.

Doch da kam Lilly. Und er vergaß alles andere.

Nevada

«Das tut mir allerdings leid», sagte Lakshmi. Nichts brachte andere so schnell zum Verstummen wie der Satz: «Ich habe eine unheilbare Krankheit.»

Oona begann zu weinen. Dolores rutschte auf den Knien näher zu Nevada und begann ihr mit beiden Händen sanft über den Kopf und die Schultern zu streichen. Dabei hielt sie die Augen geschlossen und summte leise vor sich hin. Die Ameisen unter Nevadas Haut wachten auf und versammelten sich zum Protest. Nevada entzog sich der Umarmung. Dolores öffnete die Augen und blickte verletzt.

«Und was heißt das konkret», fragte Lakshmi, «wirst du weiter unterrichten können oder nicht?»

«Ich weiß es nicht», sagte Nevada. «Ich hab die Diagnose erst vor kurzem bekommen. Ich weiß noch nicht, was es heißt. Die Krankheit kann ganz unterschiedlich verlaufen. In Schüben oder kontinuierlich. Im Moment geht es mir jedenfalls besser als noch letzte Woche. Das kann eine ganze Weile so bleiben. Ich weiß nicht, ob ich gelähmt sein werde oder nicht. Ob es schnell geht oder langsam, das weiß ich nicht. Ich würde gern weiter unterrichten, aber halt anders. Vielleicht könntest du mir weiterhin assistieren, Nadine?»

Nadine presste die Lippen zusammen und ballte die Hände zu Fäusten. Sie atmete geräuschvoll durch die Nase, bis alle Blicke auf sie gerichtet waren. Dann brach es aus ihr heraus: «Das ist doch einfach nicht fair!», rief sie. «Ich will schließlich selber Yogalehrerin werden. Ich will selber unterrichten. Ich kann alle fortgeschrittenen *Asanas* ausführen. Wenn ich die Übungen vormache, dann bin ich die Lehrerin, oder? Dann braucht es dich doch gar nicht!»

«Es gehört schon etwas mehr dazu als *Asanas* vorzuführen», sagte Nevada und schaute zu Lakshmi hinüber. Warum schaltete sie sich nicht ein? «Wir haben eine lange Ausbildung hinter uns, nicht, Lakshmi?»

«Die Zeiten haben sich geändert», wich Lakshmi aus. «Heute gibt es andere Wege.»

«Du willst immer eine Extrawurst!», rief Nadine. «Ja, okay, du hast eine unheilbare Krankheit – aber wer sagt das denn? Ein Arzt? Seit wann glauben wir den Ärzten? Und warum heißt das, dass für dich jetzt andere Regeln gelten sollen als für alle anderen? Sind wir etwa weniger wichtig, nur weil wir nicht sterben?»

«Wir sterben alle», sagte Lakshmi. «Keiner weiß, wann. Nein, Nevada ist kein Sonderfall.»

Dolores kauerte jetzt neben Nadine und versuchte sie mit sanftem Streicheln über den Rücken zu beruhigen. Nadine saß kerzengerade.

«Ich höre dich», sagte Oona zu Nadine. «Es ist, als ob Nevada plötzlich ganz neue Regeln aufstellen würde. Wir haben doch eine bestimmte Richtung, eine bestimmte Philosophie. Wir unterrichten alle irgendwie auf derselben Ebene, so dass die Schüler von einem Kurs in den anderen wechseln können, ohne dass sich ihre Übungspraxis grundlegend verändert. Wir können hier doch nicht plötzlich mit Behindertenyoga anfangen!»

«Behindertenyoga?» Wieder schaute Nevada zu Lakshmi hinüber, die eine Mala durch ihre Finger gleiten ließ wie einen Rosenkranz. Nevada fragte sich, welches Mantra sie wohl im Innern rezitierte.

«Behindertenyoga», wiederholte Nevada. «Wirklich?»

«Ja, okay, das war jetzt vielleicht hart formuliert, aber darauf läuft es doch hinaus. Du hast selber gesagt, dass du nicht weißt, ob du gelähmt sein wirst. Was, wenn du bald einen Rollstuhl brauchst? Das

Studio ist im ersten Stock, wir haben keinen Lift, wie soll das denn überhaupt gehen?»

Dolores ließ von Nadine ab. Sie kniete sich hin und verneigte sich in Richtung des Altars. Sie legte die geöffneten Handflächen nach oben. Dann richtete sie sich wieder auf und wandte sich an die Gruppe. «Also, ich kann ja nur für mich sprechen. Ich bin voller Mitgefühl für dich, Nevada, aber ich sehe, dass du das im Moment nicht annehmen kannst. Vielleicht musst du deine ganz persönliche Yogapraxis überdenken. Hast du wirklich mit Hingabe geübt? Hast du auf deinen Körper gehört? Offensichtlich wehrt er sich gegen irgendetwas, und zwar mit aller Macht. Was das ist, kann ich dir nicht sagen. Aber ich finde es bezeichnend, dass du die Erklärung der Schulmedizin einfach so akzeptierst. Vielleicht solltest du in eine ayurvedische Klinik fliegen, ein dreiwöchiges *Panchakarma* durchführen, dich richtig reinigen, von innen nach außen. Wenn du dich erst einmal von allen Schlacken befreit hast, gehen bestimmt die Schmerzen auch weg, und deine Beschwerden – oder du erkennst, was sie dir sagen wollen. Vielleicht ist es ja auch eine karmische Schuld, die du in diesem Leben abtragen musst!»

Oona nickte. Sie blickte Nevada voller Mitleid an. «Ich bin mit Dolores einverstanden. Es ist doch offensichtlich, dass etwas nicht stimmt. Deine Beschwerden sind Ausdruck eines viel tiefer liegenden Problems. Ich wünschte, du könntest dich dem stellen. Ich wünschte, du würdest dich nicht in diesem Moment, in dem du es am meisten brauchst, von deinem Yoga abwenden. Andererseits ist das vielleicht auch eine Entwicklung, die sich schon länger abzeichnet, oder was meint ihr?»

Die anderen nickten.

«Wovon redet ihr?», fragte Nevada. «Was für eine Entwicklung, ich verstehe nicht.»

Blicke wurden gewechselt. Schließlich sprach Lakshmi. «Ich möchte nicht wegreden, was du für das Studio getan hast, Nevada. Du warst eine unserer wichtigsten und enthusiastischsten Lehrerinnen. Aber in letzter Zeit hast du eindeutig eine negative Energie eingebracht. Schau doch, deine Schülerzahlen werden immer kleiner. Viele haben zu Dolores oder Oona gewechselt, weil sie von dir einfach nicht mehr das bekommen, was sie erwarten. Und auch im Team gab es Beschwerden.»

«Im Team? Das Team sind wir!» Nevada schaute von einer zur anderen. Einen Augenblick lang fühlte sie sich auf den Schulhof zurückversetzt. Die älteren Mädchen, die kichernd die Köpfe zusammensteckten und verstummten, wenn sie vorüberging, ihre Schwester Sierra, die so tat, als kenne sie sie nicht.

«Genau das meinen wir», sagte Nadine schließlich. «Dass du gleich so unreflektiert auf uns losgehst. Das ist nicht yogisches Verhalten. Du nimmst keinerlei Rücksicht auf uns, du interessierst dich nicht für uns, wer wir sind, was wir einbringen, was ins uns vorgeht, du siehst uns nur als Helferlinge. Nadine, mach mal schnell, Nadine, komm mal schnell, und dann immer das Theater mit den Abrechnungen!»

«Aber ... Da sind doch tatsächlich Fehler passiert!» Nevada zählte ihre Schüler nach, bevor sie die Liste abhakte, die Nadine am Eingang abnahm. Beinahe in jeder Stunde hatte Nadine einen oder zwei Namen nicht aufgeführt. Zehn bis zwanzig Franken pro Stunde, achtzig bis hundertsechzig Franken pro Woche.

«Wir sehen den Yogaunterricht als spirituelle Praxis», nickte Lakshmi. «Im Grunde sollten wir überhaupt kein Geld dafür verlangen. Auf keinen Fall aber sollten wir wegen jedem Franken ein Theater machen. Das ist der falsche Weg.»

«Aber ... Aber ...» Die Schüler haben doch bezahlt, wollte Nevada sagen. Sie haben für meine Stunde bezahlt, nicht dafür, dass Nadine etwas extra bekommt, oder du ...

«Es ist gerade sehr viel *Pitta*-Energie hier im Raum», sagte Lakshmi abschließend. «Ich schlage vor, wir stehen auf und praktizieren gemeinsam. Das wird die Luft reinigen und die Energien harmonisieren.»

Die anderen nickten. Sie rollten ihre Matten aus. Lakshmi drehte die Musik lauter. Die Yogalehrerinnen standen auf, begannen sich zu dehnen und zu strecken, sich zu bewegen. Nur Nevada blieb auf ihrer Matte sitzen. Die Beine leicht gebeugt vor sich ausgestreckt, den Lotussitz konnte sie nicht mehr, auch *Sukhasana*, der leichte Sitz, mit gekreuzten Beinen, fiel ihr heute nicht leicht. Der Raum wurde langsam wärmer, heizte sich auf. Die Fenster beschlugen sich, das sanfte Rauschen der *Ujjayi*-Atmung erfüllte den Raum. Ihre Kolleginnen glitten schwerelos durch den Raum, sprangen vor und zurück, stemmten sich in den Handstand, die Brücke und wieder zurück, beobachteten einander aus den Augenwinkeln, einzelne Übungen wanderten durch den Raum, wurden von einer nach der anderen aufgenommen und nachgemacht, bis am Ende alle auf dem Kopf standen, gleichzeitig. Nun konnte keine als Erste die Beine zu Boden sinken lassen.

Nevada schloss die Augen. Tränen rannen über ihr Gesicht. Dieser Raum war ihr Zuhause. Die Luftfeuchtigkeit, diese Musik, diese Atemgeräusche, diese Bewegungen. Das alles hatte sie verloren.

Sie versuchte zu atmen, erst durch das linke Nasenloch, dann durch das rechte, ein und aus, ein und aus, sie zählte immer langsamer, dann legte sie die Hände in den Schoß und versuchte zu meditieren. Sie versuchte sich die Sonne vorzustellen. *Bhuvanajnanam surye samyamat* – Meditation über die Sonne führt zu Wissen über den ganzen Kosmos.

Doch sie konnte ihre Gedanken nicht ausschalten. Schöne Yogini das! Lässt dich einfach fallen, nach allem, was du für sie getan hast! In welchem Sutra steht denn das? Welchem *Yama* entspricht das? Wirf weg, wen du nicht mehr brauchen kannst? Entledige dich deiner Freunde, wenn sie krank werden? Ha! Wie kann sie dir das antun, du hast doch das Studio mit ihr aufgebaut, du warst ihre erste Lehrerin – und hast du nicht monatelang auf Bezahlung verzichtet? Während ihre Schecks von Papa weiter eintrafen! Du hast ihr geholfen, das Studio zu streichen, du hast ihr die große Ganeesha-Statue im Eingang geschenkt, die du damals aus Indien mitgebracht hast. Die nimmst du mit, wenn du gehst, die gehört dir! Was hat dich das damals gekostet, den riesigen Elefanten aus Indien mitzunehmen! Du hast den Gott in deinen Schlafsack eingewickelt und kreuz und quer mit breiten Paketklebestreifen verklebt, und den ganzen langen Flug über hast du dir Sorgen gemacht, wie es ihm da unten geht im kalten Gepäckraum, eingeklemmt zwischen Koffern und Kisten, Ganeesha, der große Aufräumer, der die Hindernisse wegräumt, der Gott der Literatur und der guten Geschäfte. Alles, was Laskhmi sich für ihr Studio wünschen konnte. Lakshmi! Du hast geglaubt, sie sei deine Freundin! Die Sonne, denk an die Sonne. Du trägst die Sonne in deinem Bauch. Einatmen, ausatmen, einatmen.

Schließlich stand Nevada auf, mühsam, sie musste sich an der Wand festhalten. Blieb einen Augenblick stehen, sortierte ihre Glieder, ein Fuß schien ihr abhandengekommen, sie spürte ihn nicht, er weigerte sich, sie zu tragen. Bei den Füßen würde es anfangen, hatte Kaiser gesagt. Es sei eher ungewöhnlich und auch ein wenig beunruhigend, dass Nevadas Beschwerden in den Händen begonnen hatten, in den Armen. Jetzt war es also so weit, ihr Körper passte sich an, er folgte dem vorgeschriebenen Verlauf der Krankheit.

Dann Ameisen. Der Fuß meldete sich zurück. Er war nur eingeschlafen. Vorsichtig bewegte sie die Zehen, das Gelenk, dann stellte sie den Fuß probehalber ab, er trug sie noch. Nevada verließ das Studio mit kleinen schlurfenden Schritten. Sie hielt beide Hände vor ihren Bauch wie ein Feigenblatt, sie nahm die Strafe an, vertrieben aus dem Paradies.

Sie trug die Sonne in ihrem Bauch. Und sie war so schwer.

te hlādaparitāpaphalāḥ puṇyāpuṇyahetutvāt
Ob man die Früchte seiner Handlungen
genießen kann oder bereuen muss,
hängt davon ab, ob diese Handlungen auf Erkenntnis
oder auf einem Irrtum beruhen.
Patanjali Yoga Sutra 2.14

Marie

Marie hatte den Blick in die Ferne gerichtet, auf eine unbestimmte Zukunft, die am Ende des Flurs begann. Die Hände in den Taschen, ging sie, so schnell sie konnte, ohne in Laufschritt zu verfallen, an der offenen Tür vorbei. Die weißen Schöße ihres Mantels flatterten. Keine Zeit, keine Zeit, um stehen zu bleiben!

«Frau Doktor Leibundgut!»

Erwischt. Marie schaute durch die offene Tür hinein. Keine Zeit, keine Zeit, um hereinzukommen, sagte ihre Haltung. Ich würde ja gern, aber leider …

«Die Berichte!» Frau Hablützel, eine der drei Stationssekretärinnen, kannte alle Tricks. Sie hielt Maries Blick stand. Marie blieb nichts anderes übrig, als vor ihren Schreibtisch zu treten wie eine Angeklagte vor Gericht.

«Die von gestern, die von vorgestern. Der Chef hat schon zweimal nachgefragt.»

«Sie sind fast fertig, Frau Hablützel. Ich hätte sie Ihnen heute Morgen geschickt, aber ich wurde in die Notaufnahme gerufen!»

«Mhm …» Frau Hablützel glaubte ihr kein Wort. Das Diktieren der Berichte, das Nachführen der Patientenakten nahm immer mehr Zeit in Anspruch. Die Bestimmungen der Krankenversicherungen änderten dauernd, beinahe wöchentlich wurden Memos versandt, mit neuen Weisungen, Berechnungstabellen, Kürzeln und Codes, die es zu berücksichtigen galt. Frau Hablützels Computer war mit bunten Zetteln beklebt, auf die sie die neuesten Änderungen notiert hatte.

«Reklamiert wird natürlich bei mir, aber ich kann nichts schreiben, was nicht da ist!»

Doch, das können Sie, dachte Marie, doch sie sagte nichts. Sie fürchtete sich vor Frau Hablützel, der dienstältesten Stationssekretärin, deren Blick immer zu sagen schien: Solche wie dich hab ich schon zu viele gesehen. Sie kommen und gehen, ich aber bleibe.

«Ich bin fast fertig», wiederholte Marie. Sie dachte an den Patienten, den sie eben in der Notaufnahme untersucht und auf die chirurgische Station überwiesen hatte. Sie wusste schon nicht mehr, wie er hieß.

Ein dicker Mann, der halbnackt auf dem Schragen gelegen hatte, auf der Seite, die Knie angezogen. Die Beschwerden, die er bei der Aufnahme beschrieben hatte, waren ihm nicht mehr anzumerken. Der Assistenzarzt hatte die Krankengeschichte aufgenommen und dann Marie angepiepst. Er wollte keinen Fehler machen. «Erzählen Sie mir bitte noch einmal alles ganz genau», hatte Marie gesagt. Minutiös hatte der Patient das Wochenende beschrieben, was er getan und wie er sich dabei gefühlt hatte. Was der Hausarzt gesagt, welche Schmerzmittel er ihm verschrieben hatte. Und wie er dann vor dem Fernseher, mitten in der Sendung …

«Welche war es noch, Monika?»

Seine Frau, die auf dem Plastikstuhl in der Ecke saß und strickte, auf längeres Warten eingestellt, schaute auf. «Es war die Werbung», sagte sie.

«Genau!» Während der Werbung habe er nach der Fernbedienung gegriffen und sei mitten in der Bewegung erstarrt, der Schmerz sei von da nach da geschossen und habe ihn paralysiert, das alles erklärte er umständlich und genau und eigentlich bester Dinge, es war ein Montag, er war nicht bei der Arbeit, er lag hier auf dem Schragen in der Notaufnahme, auf der Seite, die Knie angewinkelt, so war es auszuhalten. Doch als Marie seinen Rücken abklopfte, jaulte er auf und begann dann zu weinen wie ein kleines Kind. Seine Frau hielt den Blick starr auf ihre Stricknadeln gerichtet, als schäme sie sich.

«Nierensteine», vermutete Marie. Der dicke Mann schaute zu ihr auf, mit einem Blick, der alles Vertrauen verloren hatte. Sie hatte ihn mit einer Berührung zum Weinen gebracht und wusste schon seinen Namen nicht mehr. Weil sie ihn nicht gelesen hatte. Dabei hätte sie die Akte nur ganz durchlesen müssen, um seinen Namen für immer in den Schubladen ihres Gedächtnisses versorgt zu wissen. Doch sie hatte ihn auf die Station eingewiesen, die Akte ungelesen weitergegeben, den Mann vergessen.

«Ich kümmere mich darum», wiederholte Marie. «Ich war gerade auf dem Weg in mein Büro.»

«Mhm.» Maries Büro lag auf der anderen Seite des Flurs. «Und bitte vor zwölf», sagte Frau Hablützel streng. Dann wurde ihr Gesucht plötzlich weich. Sie nahm die Lesebrille von der Nase, ließ sie an der roten Plastikkette um ihren Hals baumeln und beugte sich vor. «Ist es wahr?», flüsterte sie.

«Was?», flüsterte Marie zurück.

«Dass Ihr Mann jetzt Yogastunden gibt?»

Die Talkshow. Die Pressekonferenz. Gion auf allen Kanälen. Marie hatte nicht mehr daran gedacht. Sie hatte es vergessen, wie sie die Namen der Patienten vergaß, die sie durch die Notaufnahme schleuste, für die sie im Turnus zuständig war. Wie eine Verkehrspolizistin mit ausgebreiteten Armen winkte sie sie vorbei, hier entlang, da wieder raus, etwas schneller bitte, bitte aufschließen! Eine dehydrierte Schwangere, unzählige Alkoholvergiftungen, Messerstiche, ein Schädelbasisbuch, ein geplatzter Blinddarm, bitte weiter, nicht stehen bleiben. Selbst wer in ihrer Abteilung landete, wer von ihr operiert wurde, blieb meist nur als Diagnose gespeichert. Immer öfter dachte Marie an ihren Hausarzt Dr. Vogelsang, der nicht nur sie, sondern ihre ganze Familie gekannt hatte. Frau Hablützel schaute sie fragend an. Marie riss sich zusammen. Die Berichte. Gion. Yoga.

«Wo haben Sie das denn gehört?», fragte sie vorsichtig nach. Sie wusste nicht mehr, was sie sagen durfte und was nicht. Gions Buch, groß angekündigt, sollte so schnell wie möglich erscheinen. Gleichzeitig durften keine Details darüber verraten werden. Gion hatte sich außerdem zur Yogalehrerausbildung angemeldet.

«Lakshmi hat noch nie jemanden so schnell von null auf hundertachtzig gehen sehen! Es ist, als ob ich immer schon Yogalehrer gewesen wäre, weißt du, als ob das in mir drin geschlummert und nur auf den richtigen Moment gewartet hätte!»

«Ist das denn überhaupt gut, wenn alles so schnell geht?», hatte Marie gefragt und an seinem Blick gesehen, dass sie wieder einmal das Falsche gesagt hatte. Es gelang ihr kaum mehr, das Richtige zu sagen. Früher hatte er ihre klaren Gedanken geliebt, ihre pragmatischen

Kommentare. «Du holst mich immer wieder auf den Boden zurück.» Das sagte er zwar heute auch noch manchmal, aber nicht im selben Ton.

«Yogalehrer haben doch eine große Verantwortung!» Je mehr sie lernte, desto komplexer schien ihr die ganze Sache. Sie hatte Gion ein Exemplar des Sutra-Kommentars geschenkt, mit dem sie arbeitete. Sie hatte gehofft, sie würden sich dadurch vielleicht wieder ein bisschen näherkommen. Doch in seiner Ausbildung wurde eine andere Übersetzung benutzt. «Und überhaupt», sagte Gion, «ich glaube nicht, dass du mit einer Stunde die Woche das Kriterium des ‹ununterbrochenen Übens über lange Zeit› erfüllst, Sutra 1.14, wenn wir schon dabei sind.»

«Mit einer ‹hingebungsvollen Haltung und mit Rücksicht auf andere›!», hatte sie zurückgeschossen, denn genau das hatten sie in der letzten Stunde besprochen. «Das Üben darf nicht zu Hochmut gegenüber anderen führen!»

«Das ist ja großartig: Du benutzt das Yoga Sutra, um mir eins auszuwischen! Wenn es das ist, was ihr bei Nevada lernt, dann wundert mich nicht, dass Lakshmi sie rausgeschmissen hat.»

«Rausgeschmissen?» Das hatte Marie nicht gewusst.

«Na ja, es ist nicht offiziell, ich habe es halt gehört. Ich nehme ja jetzt auch an den Teamsitzungen teil, das gehört zu meiner Recherche.»

«Für dein Buch?»

«Unter anderem. Seit wann interessierst du dich dafür, was ich mache?»

«Gion …» Darum ging es jetzt nicht. Sie entschuldigte sich – auch das schien sie immer öfter zu tun, und mit immer weniger Erfolg. Obwohl sie es durchaus ernst meinte. Wer war sie, seine Berufung in Frage zu stellen? Sie hatte schließlich auch schon immer gewusst, dass sie Ärztin werden wollte. «Aber Ärztin wird man nicht in zweihundert Stunden», sagte eine gehässige Stimme in ihr.

Marie seufzte. Sie wandte sich wieder Frau Hablützel zu. «Er ist erst in der Ausbildung», sagte sie. Das war schließlich allgemein bekannt. Er hatte den Namen von Laskhmis Yogastudio in der Talkshow genannt, was dazu geführt hatte, dass Frauen aus der ganzen Deutschschweiz die Fabrik am Fluss stürmten. Lakshmi hatte neue Klassen einrichten müssen, die zum Teil von Yogalehrerinnen in Ausbildung unterrichtet wurden. Aber nicht von Gion. Es leuchtete ein, dachte Marie, dass für eine so kleine Gruppe wie ihre kein Platz mehr im Studio war. Ob Nevada überhaupt noch unterrichten konnte? Seit Marie Nevadas Diagnose kannte, war sie auf ein plötzliches Ende ihrer Yogastunden gefasst. Sie würde Nevada anrufen. Gleich nachdem sie die Berichte unterschrieben und weitergeleitet hatte.

«Im Internet wird halt alles Mögliche geschrieben», sagte Frau Hablützel. «Zum Beispiel, dass der Fanklub geschlossen wird. Der von der *Vorstadtklinik,* wissen Sie. Ich bin ja Mitglied, vom ersten Tag an. Nicht erst, seit Ihr Gion dabei ist. Das habe ich Ihnen aber schon einmal erzählt. Wissen Sie, für mich ist er eben immer noch einer von uns. Ich vergesse nie den Tag, an dem er in mein Büro kam und mir eine riesige Glasschale voller Schokoladebonbons mitbrachte – hier steht sie, sehen Sie, ich habe sie immer noch. Er wusste sogar meinen Namen! ‹Frau Hablützel›, hat er gesagt, ‹ich weiß schon, wer hier die Fäden in der Hand hat! Wenn es nach mir ginge, hätten Sie die Hauptrolle in der Serie!› Ich kann es einfach nicht glauben, dass jetzt alles zu Ende sein soll. Wissen Sie, ob Gion eine eigene Fanseite aufschaltet?»

Bestimmt, dachte Marie. «Dazu darf ich leider nichts sagen.»

«Ich versteh schon.» Frau Hablützel setzte ihre Brille wieder auf. «Vergessen Sie nicht, die Berichte bitte vor Mittag abzugeben!»

Marie ging in ihr Büro. Auf dem Schreibtisch lag ein Stapel von Berichten, die sie durchsehen und unterschreiben musste. Sie suchte nach der Akte des Patienten mit dem Nierenstein und fand seinen Namen. Peter Schwarzenbach. Sie sagte ihn ein paarmal halblaut vor sich hin, damit sie ihn nicht gleich wieder vergaß. Obwohl sie ihn vermutlich nie wiedersehen würde. Und dann fand sie auf dem Stapel einen Namen, den sie gar nicht gesucht hatte.

Mira Bolliger Mehmeti. Die Frau mit den toten Augen. Marie gab ihren Namen in den Computer ein. Neunzehn Mal hatte die junge Frau in den letzten vier Jahren die Notaufnahme aufgesucht. Sie war siebenundzwanzig Jahre alt, albanischer Herkunft, in der Schweiz aufgewachsen, mit einem Schweizer verheiratet. Zwei Kinder, vier und zwei Jahre alt. Beide in diesem Krankenhaus geboren. Miras Beschwerden hatten mit der Geburt des Sohnes vor zwei Jahren begonnen. Blasenentzündungen, diffuse Beschwerden im gastrointestinalen Bereich. Marie tippte die Namen der Kinder in die Suchmaske ein: Die Tochter war einmal mit einem gebrochenen Schlüsselbein in der Notaufnahme gelandet, sie war aus dem Bett gefallen. Der Sohn war seit seiner Geburt nicht mehr im Krankenhaus gewesen. Marie schüttelte den Kopf. Irgendetwas stimmte hier nicht. Irgendetwas hatte sie übersehen. Erst als sie Miras Mädchennamen eingab, fand sie ältere Akten. Gebrochenes Handgelenk. Nasenbein. Oberkiefer. Schädelbruch. Noch einmal das Handgelenk. Klassische Prügelverletzungen.

Marie druckte alle Einträge aus und legte sie in eine Mappe. Sie steckte die Mappe in ihre Tasche. Sie würde die Akten zu Hause in Ruhe studieren. Sie wusste nicht, was sie mit diesen Informationen anfangen konnte. Oder sollte. Doch zumindest wollte sie vorbereitet sein, wenn Mira das nächste Mal in die Notaufnahme kam.

Marie sah auf die Uhr. Es war kurz vor eins. Schnell diktierte sie die restlichen Berichte. Dann packte sie ihre Sachen zusammen. Um nicht noch einmal an Frau Hablützels offener Tür vorbeigehen zu müssen, machte sie einen Umweg. Sie nahm den Lift ganz am Ende des Flurs, der sie weit von ihrem Auto in der Tiefgarage entlassen würde. Aber als sie im Lift stand, sah sie, dass er auch die Geburtenabteilung im Westflügel bediente. Sie drückte auf den entsprechenden Knopf. Vielleicht erinnerte sich ja jemand an Miras Geburten.

Als sie nach Hause kam, wartete Gion schon auf sie. Er saß auf dem Sofa, das schon ausgezogen war, die Füße in Straßenschuhen auf der Decke, unter der seine Tochter jeweils schlief.

«Bist du nicht im Yoga?», fragte Marie. Als ob sie das nicht sehen könnte.

Gion ging nicht darauf ein. «Wir müssen reden, Marie», sagte er.

Sie nickte und setzte sich zu ihm. Sie wusste, was jetzt kam. Ihre Augen begannen zu brennen. Sie senkte den Kopf. Jetzt kam die Strafe für all ihre hässlichen Gedanken. Gion würde sie verlassen, so wie es alle von Anfang an vorausgesehen hatten. Und sie war daran schuld, weil sie es heimlich gehofft hatte. Wie war dieses heillose Durcheinander entstanden? Wie hatte sie zulassen können, dass alles so verkehrt herausgekommen war?

«Du hast hoffentlich nicht vergessen, dass Stefanie heute kommt?»

Marie schüttelte den Kopf. Natürlich hatte sie es vergessen.

«Sie macht eine schwierige Phase durch», fuhr Gion fort. «Sie kommt mit ihrer Mutter nicht klar. Und dass ich wieder dauernd in den Medien präsent bin, macht es auch nicht einfacher. Aber was kann ich tun? Ich hab ihr also gesagt, sie könne bei uns wohnen.»

«Bei uns? Wann hast du das entschieden? Warum hast du mich nicht gefragt?»

Gion seufzte. «Ich wusste schon, dass du so reagieren wirst. Darum hab ich dich gar nicht erst gefragt. Was soll ich denn sagen, Marie? Stefanie ist meine Tochter – du kannst dich doch nicht im Ernst zwischen uns stellen!»

«Das tu ich doch gar nicht, ich ...» Er verlässt mich nicht, dachte Marie. Sie war erleichtert und enttäuscht zugleich. Sie wünschte, sie wüsste, was sie fühlte.

«Da ist ein Typ im Yoga, weiß nicht, ob du dich erinnerst, so viele Männer gehen da ja nicht hin. Ted, Fred, irgend so was.»

Marie nickte. Der mit dem Blick.

«Ein Anfänger, unglaublich ungelenkig, aber egal, der hat heute beim Tee erzählt, dass seine Tochter jetzt bei ihm wohnt. Die Mutter hat einen Job in Los Angeles angenommen, kannst du dir das vorstellen? Zack!, von einem Tag auf den anderen lebt die Kleine bei ihm. Seine Freundin kann damit nicht umgehen. Ich kenn sie von der Level-drei-Stunde. Ganz schwierige Frau. Die betrachtet das Kind als Konkurrenz.»

«Das tu ich doch nicht», unterbrach Marie. «Denkst du im Ernst, das tue ich?» Was für eine Freundin, dachte sie gleichzeitig, hat er eine Freundin? Warum schaut er dann auf meinen Arsch? Ach, mach dir nichts vor. Er ist halt nicht zu übersehen.

«Marie, es geht hier ausnahmsweise mal nicht um dich! Ich sage nur: Der Typ war nie glücklicher. Und als ich ihm so zuhörte, dachte ich: Das ist es, was ich will. Ich will, dass Stefanie bei mir lebt.»

«Bei uns», unterbrach Marie. «Wir sind verheiratet. Wir leben zusammen. Eigentlich ist das sogar meine Wohnung. Der Mietvertrag läuft auf meinen Namen. Und jetzt hab ich nicht mal mehr Platz darin. Nicht mal im Bett.»

Sie stand auf. Gion streckte eine Hand nach ihr aus. «Baby, was willst du damit sagen? Das klingt jetzt total irrational, das weißt du hoffentlich!»

«Was ich damit sagen will? Nein! Ich sage nein. Stefanie kann nicht hier einziehen.»

«Nein? Du sagst nein?» Gion schaute zu ihr auf. Ungläubig, vielleicht amüsiert. «Das meinst du jetzt aber nicht im Ernst! Was meinst du, was passiert, wenn das auskommt? Wie du dann dastehst? Und ich erst?»

«Das ist mir egal.» Marie schob eine Hand in ihre Jackentasche. Da knisterte immer noch die zusammengefaltete, vermutlich längst überholte Liste der freien Hausarztstellen in der deutschsprachigen Schweiz.

«Was hast du da?» Mit einem Satz war Gion bei ihr. Er fasste in ihre Tasche und zog ihre Hand heraus. Langsam löste er ihre Finger, einen nach dem andern. Er faltete das Papier auseinander und schaute es eine ganze Weile lang an, ohne etwas zu sagen. Dann sah er Marie in die Augen. «So ist das also», sagte er langsam. «Und du wirfst mir vor, ich fragte dich nicht, bevor ich etwas entscheide! Hausarztstelle! Ist es das, was du willst?»

Marie hielt seinem Blick stand. Endlich eine Frage, die sie beantworten konnte. Endlich etwas, das sie wusste: «Ja», sagte sie einfach. «Vielleicht nicht sofort, aber irgendwann schon.»

«Und ich? Und Stefanie?»

Marie zuckte mit den Schultern. «Wir könnten alle zusammen …»

Gion schnaubte. «Das würde dir so passen, was? Ich sag dir mal etwas: Wenn erst durch alle Medien gegangen ist, dass du meine Tochter nicht bei dir aufnehmen wolltest, dann wird dich keine Gemeinde der Schweiz mehr anstellen wollen. Kein Spital. Niemand. Niemand wird dir mehr vertrauen. Niemand wird mehr dein Patient sein wollen. Ohne mich bist du niemand, versteh das doch endlich. Du bist nichts ohne mich!»

Nevada

Der legendäre Yogi Sri Tirumalai Krishnamacharya, das hatte Nevada in einem Buch gelesen, konnte mit bestimmten *Pranayama*-Techniken sein Herz zum Stillstand bringen. Es gab beglaubigte Dokumente von Experimenten, die unter ärztlicher Aufsicht durchgeführt worden waren. Das Herz hatte aufgehört zu schlagen. Mehrere Minuten lang. Der Mann lebte weiter. Das Herz war in der yogischen Lehre das Zentrum von allem. Der Sitz des Geistes.

Wir atmen mit dem Herzen, dachte Nevada. Ihr eigenes Herz schlug nicht mehr im Takt. Und jeder Schlag tat weh, drückte auf eine wunde Stelle in ihrer Brust. Ihr Herz war dunkelrot, geschwollen, entzündet. Es schlug gegen die Wände seines Gefängnisses, als könnte es sich so betäuben. Nevada verzehrte sich. Ihre Krankheit, ihr Rauswurf, das alles berührte sie nicht mehr, sie dachte nicht darüber nach, es gab nur noch Wolf. Sie wollte ihn so sehr, dass sie nichts anderes mehr fühlen konnte.

Sie wünschte sich, sie könnte ihr Herz zum Schweigen bringen. Doch Krishnamacharya hatte sich geweigert, diese Technik zu unterrichten. Sie habe keinen Nutzen für den Schüler, hatte er seinem Sohn TKV Desikachar erklärt. Sie sei weder der körperlichen noch der geistigen Gesundheit zuträglich, sondern diene nur dazu, Aufmerksamkeit zu erregen. Mit solchen Yogademonstrationen hatte er zu Anfang seiner Laufbahn als Lehrer versucht, interessierte Zuschauer von der Wirkung des Yoga zu überzeugen und als Schüler zu gewinnen. Doch je länger er unterrichtete, desto weiter entfernte er sich vom Spektakulären.

Nevada hielt sich am Yoga Sutra fest wie an einem Seil, das sie über eine schwankende Hängebrücke führte. Es bot keinen stabilen Halt, es bewegte sich im Wind, gab nach. Ein Sutra war wörtlich übersetzt nicht einmal ein Seil, nur ein Faden. Ein roter Faden, der sich durch ihren Geist schlängelte. Doch jedes Mal, wenn sie nach ihm griff, rollte er sich auf. Jedes Mal, wenn sie hinschaute, hatte er eine andere Form angenommen. Sie versuchte, sich auf die einfachsten Dinge zu beschränken. *Yama. Niyama.* Am Anfang anfangen. Doch auch da scheiterte sie an den einfachsten Dingen. Zum Beispiel am ersten *Niyama*: *Sauca,* Reinlichkeit. Bezog sich das etwa auch auf ihre Gedanken? Oder *Tapas*, das innere Feuer, der Ofen, der die Hindernisse verbrennt, die sich in den Weg zum *Nirodah* stellen, zum ruhigen, starken Geist. Unter *Tapas* verstand man in erster Linie *Asana* und *Pranayama*, aber es gab auch die sogenannten *Kriyas*. Reinigungsrituale, die darin bestanden, dass man einen in Salzwasser getränkten Stoffstreifen verschluckte und Stück für Stück wieder aus dem Magen zog, dass man Salzwasser erbrach oder damit Einläufe machte. Techniken, die den Erbrechritualen der Ballettschülerinnen nicht unähnlich waren und die Nevada immer viel zu leicht gefallen waren. Um ihr Feuer zu schüren, hatte sie sich immer noch mehr angestrengt, noch härter geübt, noch länger, noch mehr geschwitzt, noch weniger gegessen. Und doch war ihr Körper nie wirklich sauber geworden, und ihr Geist schon gar nicht. Nevada fragte sich, was ihre Verbissenheit von den Kasteiungen ihrer Mutter unterschied. Hatte sie eine Strafe durch eine andere ersetzt? Strafe wofür? Nevada fühlte sich schmutzig. In ihrem Kreuzbein fühlte sie noch heute etwas Hartes. Etwas, das gegen ihren kleinen Rücken drückte, wenn sie auf dem Schoß ihres Vaters saß.

Warum sie? Warum nicht Sierra? Weil sie schmutzig war.

Nevada setzte sich auf ein weiches Kissen und legte die Hände in den Schoß. Sie schloss die Augen. Sie atmete ein, und sie atmete aus, nicht so, wie sie es gelernt hatte, von unten nach oben, Bauch, Brust, Kehle, sondern umgekehrt, wie es in einem Buch von TKV Desikachar beschrieben war. Sie atmete durch die Nase ein und schickte den Atem von oben nach unten, durch das Feuer hindurch, das unter ihrem Bauchnabel brannte, dem *Tapas*, das ihre Hindernisse verbrannte, bis ganz nach unten in ihren Unterleib. Der Atem fachte das Feuer an. Dann atmete sie die schwarz verbrannte Asche wieder von unten nach oben aus ihrem Körper hinaus. Auf der Zeichnung im Buch hatte das ganz einleuchtend ausgesehen.

Sie wollte diese Atemtechnik mit ihren Schülern üben. Sie wollte sie davor warnen, *Tapas*, wie sie es getan hatte, als Peitsche zu nutzen und gegen sich selber zu richten. Also atmete sie. Sie stellte sich das Feuer vor. Sie dirigierte ihren Atem nach unten, unwillkürlich fiel ihr ein, was sie ihren Schülern immer sagte: «Natürlich bleibt euer Atem in der Lunge. Das ist nur eine Vorstellungshilfe. Stellt euch vor, euer Atem erreiche eure Zehenspitzen …»

Doch jetzt blieb Nevadas Atem stecken. Und nicht in der Lunge. Da war etwas zwischen ihren Hüftknochen eingeklemmt. Ihr Atem prallte daran ab. Sie versuchte zu sehen, was es war. Wieder und wieder atmete sie gegen die Stelle an. Plötzlich sah sie eine Metallschachtel, eine schmale, verbeulte Schatulle. Ein *Klesha*!, dachte sie, ganz aufgeregt, ein störender Einfluss, ein Hindernis auf dem Yogaweg! Ins Feuer damit! Verbrennen! Nevada versuchte, die Metallschachtel zu lösen und ins Feuer zu befördern, das in ihrem Bauch loderte. Doch die Metallschachtel saß fest. Sie war schon so lange da eingeklemmt, dass sie mit ihren Beckenknochen verwachsen war. Nevada dachte wieder an die *Kleshas*. *Avidya*, Verwechslung. *Asmita*, Ego. *Raga*, Gier. *Dvesha*, Vorurteil. *Abhinivesha*, unbegründete Angst. Von Metallschachteln war da nicht die Rede. Sie atmete weiter, mit gerunzelter Stirn, angestrengt, konzentriert, und gerade, als sie aufgeben wollte, sah sie durch das Metall hindurch ein Foto. Eine alte Schwarzweißaufnahme, die ein kleines Mädchen zeigte. Es war zwei oder drei Jahre alt, und es runzelte die Stirn, genau wie sie.

Nevada öffnete die Augen. Es war Zeit für ihre Stunde. Sie wusste nicht, wie lange Lakshmi sie noch gewähren ließ. Und was sie dann tun sollte. Aber darum konnte sie sich jetzt nicht kümmern. Sie hörte Stimmen im Vorraum, dann kamen die Schüler herein. Wolf war der Erste. Er verbeugte sich am Eingang des Studios, eine automatische, eingeübte Geste. Zen, dachte Nevada. Oder Karate. Sie lächelte ihm zu. Er rollte seine Matte aus, dann kam er zu ihr nach vorn. Er suchte sie. Er wollte mit ihr allein sein. Nevadas Herz dröhnte, es drohte ihre Brust zu sprengen. Ihr Atem verhedderte sich. Sie wollte ihn bitten, einen Schritt zurückzutreten, stattdessen sagte sie: «Morgen geh ich wieder zu Poppy.» Sie hatte versprochen, sie jede Woche zu besuchen. Das war bald einen Monat her. Wolf kauerte sich vor Nevada hin. Seine Knie berührten beinahe ihre.

«Gut», sagte er, «gut, da bin ich froh! Ich wollte dich schon fragen, wann du sie wiedersiehst.»

Marie kam herein, Nevada nickte ihr über Wolfs Schulter hinweg zu, ein anderer Schüler rollte seine Matte aus und suchte ihren Blick. Wolf berührte ihr Knie. Die Ameisen versammelten sich unter seiner Hand. Sie zwangen Nevadas Blick zurück zu Wolf.

«Ich muss mit dir reden», sagte er, «allein. Geht das?» Seine Stimme klang drängend.

Endlich, dachte Nevada. Sie nickte. «Warte nach der Stunde draußen auf mich.»

Dann begann sie mit ihrer Lektion. Nur wenn sie unterrichtete, beruhigte sich ihr Herz. Ihr Atem wurde lang. Sie wusste, was sie tat. Sie konnte den roten Faden sehen, wie er sich von einer Schülerin zur nächsten spann. Sie sprach von *Sauca*, den *Kriyas* und von *Tapas*, dem Feuer. Sie übten den Atem von oben nach unten, und die ganze Zeit spürte Nevada diese Schatulle in ihrem Becken, dieses eingeschlossene Kind.

Heute würde sie es befreien.

Wolf stand vor dem Büchertisch, als sie aus dem Studio kam. Nevada brauchte jeden Tag länger, bis sie alle Matten zusammengerollt und verstaut hatte. Sie löschte die Kerzen, sie steckte die Statuen und Bilder wieder in ihre Tasche. Die Orange, die sie unter den Altar gelegt hatte. Sie wollte nichts im Studio zurücklassen. Sie wusste nie, ob sie morgen noch hier sein würde. Sie lebte auf Abruf, sie lebte von Lakshmis Gnaden. Deshalb musste es heute sein.

Ihr Körper hatte schon wieder vergessen, dass er der Körper einer Lehrerin war und zerrte sie wie ein quengelndes Kind zu Wolf hin, der in einem Yogakalender blätterte. Nadine stand dicht hinter ihm, schaute über seine Schulter, kommentierte die einzelnen Bilder.

«Das sind sehr fortgeschrittene Stellungen», sagte sie. «Hier, schau, *Kukkutasana,* die fliegende Schildkröte, die hab ich erst gestern gelernt!» Das Fotomodell stand auf den Händen, die Füße von hinten über die Schultern gelegt und vor dem Gesicht gekreuzt. Nadine machte Anstalten, die Übung nachzustellen. Als sie Nevada kommen sah, richtete sie sich wieder auf. Ihr Gesicht war gerötet. «Nevada, ich hab dich gar nicht gesehen. Bist du immer noch da?»

«Sieht so aus.»

Wolf legte den Kalender wieder auf den Tisch. «Bist du so weit?»

«Ja.»

«Ach, hast du auf Nevada gewartet?», mischte sich Nadine ein.

«Soll ich deine Tasche nehmen?», fragte Wolf.

«Danke, es geht schon.»

Nevada nickte Nadine zu, die schmollend ihren Platz hinter der Empfangstheke wieder einnahm. «Du, wann kann ich deine Stunde freigeben?», rief sie hinter ihnen her, als sie das Studio verließen. «Lakshmi hat schon nachgefragt.»

Wolf sah Nevada fragend an. «Gibst du die Stunde auf? Wirklich? Weil zu wenig Schüler kommen? Das ist schade. Ich würde es jedenfalls bedauern.»

«Ach ...» Nevada winkte ab. Sie konnte keinen klaren Gedanken mehr fassen, geschweige denn ausdrücken. Wenn jetzt nur ihre Beine nicht versagten. Sie griff nach dem Treppengeländer. Als ahne er ihre Befürchtung, bot Wolf ihr den Arm. An seiner Seite stieg Nevada die Treppe hinauf, langsam, aber sicher. Vor ihrer Türe blieb sie stehen. Länger als nötig wühlte sie in ihrer großen Tasche nach dem Schlüssel. Sie versuchte, tief durchzuatmen, ihr Körper war mit Nebel gefüllt, mit grellen Blitzen, mit einem dumpfen Wummern. Eine Disko auf dem Land. Schließlich öffnete sie die Tür und bat Wolf hinein. Er war der erste Mann, der dieses Zimmer betrat, wurde Nevada bewusst. Und er würde auch der Letzte sein. Das Zimmer wurde sofort sehr viel kleiner.

Wolf sah sich um und dann sie an. Es gab ja nur das Bett in diesem Zimmer. Sollte er sich setzen? Er zögerte. «Ich möchte, dass du Poppy etwas ausrichtest von mir.»

Nevada nickte. Durch den Nebel hindurch zeigte sie zum Bett. Doch er blieb stehen. Nevada würde nicht mehr lange stehen können, das wusste sie, und dann wusste sie nichts mehr. Undeutlich drang Wolfs Stimme zu ihr, von dem Wummern ihres Blutes übertönt.

«Sie muss wissen, dass ich alles für sie tun würde, alles, verstehst du, das ist wichtig, alles. Das musst du ihr genau so sagen!»

Seine Stimme klang so dringend, so verzweifelt, sein Blick hielt Nevada fest. Hilf mir, sagte sein Blick, tu etwas. Seine Verzweiflung übertrug sich auf sie. Ihr Körper zog sich in der Mitte zusammen, alles, was sie an Kraft noch hatte, verknotete sich in der Mitte. Sie setzte zum Sprung an. In ihrem Kopf sah sie einen Film. Nicht ihr Leben wurde auf einer inneren Leinwand abgespielt, sondern das des affenköpfigen Hanuman, des Gottes der Hingabe. *Hanumanasana,* der Yogaspagat, erinnert an seine großen Sprünge ins Nichts. Als Kind hatte er die Sonne verfolgt. Er hielt sie für eine besonders große, reife, süße Mangofrucht und wollte sie auffressen. Die Sonne wurde stattdessen seine Lehrerin. Um sie von seiner Hingabe zu überzeugen, stellte sich Hanuman mit einem Fuß auf die westliche, mit dem anderen auf die nördliche Hemisphäre der Erde, er wandte sein Gesicht der Sonne entgegen und sagte: «Schau mich an. Ich bin dein Schüler.»

Die Sonne wurde seine Lehrerin. Doch Hanuman war ein frecher Schüler, ein übermütiger Affenjunge, der immer wieder die meditierenden Weisen störte, ihnen ihre Sachen wegnahm und ihre Altare umbaute. Zur Strafe belegten sie ihn mit einem milden Fluch: Hanuman hatte wohl unbegrenzte Fähigkeiten, aber er würde sich ihrer nicht bewusst sein. Er würde immer wieder vergessen, wozu er fähig war, es sei denn, jemand erinnerte ihn daran.

Nevada warf sich gegen Wolf, stieß ihn rücklings auf ihre breite Matratze und ließ sich auf ihn fallen. Ihre Beine umschlangen ihn, ihre Arme, ihr Mund öffnete sich, um ihn zu verschlingen. In ihr war alles rot. Sie presste ihre offenen Lippen auf seine geschlossenen. Er zuckte zurück, kniff die Augen zusammen wie ein Kind, das sich im Dunkeln fürchtet. Nevada ließ von ihm ab. Der Nebel verzog sich. Plötzlich wand er sich unter ihrem Körper hervor, blitzschnell, er warf sie ab, dann war er über ihr, und sein Unterarm presste gegen ihre Kehle. Nevada starrte zu ihm hinauf, seine Brille war verrutscht, er keuchte. Der Nebel war in ihn gewandert, der rote wummernde Nebel.

König Rama, der «perfekte Mann» und eine Verkörperung des Gottes Vishnu, suchte verzweifelt nach seiner Frau Sita (der «perfekten Frau»), die entführt worden war. Im Wald begegnete er Hanuman, der sich sofort in seinen Dienst stellte. Er versprach, alles zu tun, um Sita zu finden und zurückzubringen. Hanuman stellte ein Affenheer zusammen und begann die Suche. Bald schon fand er heraus, dass Sita auf Sri Lanka gefangen gehalten wurde. Um sie zu retten, blieb ihm nichts anderes übrig, als den gewaltigen Sprung von der indischen Südküste auf die Insel im Ozean zu wagen. Doch er traute sich den Sprung nicht zu. Vor Angst erstarrt, kauerte er auf einer Klippe. Da rief ihm Jambavan, der weise Bär und Anführer des Affenheeres, zu: «Erinnere dich daran, wer du bist!» Und Hanuman sprang.

Nevada wusste, was damals passiert war. Sie schloss die Augen über zuckenden Blitzen, die das Bild zerteilten. Es zerfiel, dann nichts mehr, nur noch schwarz.

Ted

Tobias hatte es ja gesagt: «Dir geht es zu gut. Pass nur auf.» Er hatte ihm nicht geglaubt. Und war ahnungslos in die Falle getappt. Er war ein Trottel.

Warum hatte er sich nicht über die Vertrautheit zwischen Emma und seiner Mutter gewundert? Wo sie sich doch nur ein- oder zweimal im Jahr sahen? Weil er nicht darüber nachgedacht hatte. Er hatte nur an Lilly gedacht. Eine teuer bezahlte Nacht.

Er hatte lange in der Bar am Fluss auf sie gewartet. Brav saß er daneben, während die Yogaschüler darüber diskutierten, wie die DVD mit Gion gestaltet werden sollte. Marie sah er nicht, dafür hörte er mit einem Ohr, dass Nevada das Studio verlassen würde. Einer unheilbaren Krankheit wegen. Er wollte nachfragen, ließ es aber bleiben. Er mischte sich nicht ins Gespräch. Er lehnte sich im Stuhl zurück und begnügte sich damit, Lilly zu beobachten. Lilly, die ihre Beine über die Stuhllehne baumeln ließ, mit ihren langen Haaren spielte, die Unterlippe vorschob. Sie sprach wenig und leise, aber wenn sie sprach, hörten ihr alle zu. Sogar Gion. Manchmal erwiderte sie Teds Blick, unter ihren langen Haarsträhnen hindurch. Es verschlug ihm jedes Mal den Atem. Mit ihm würde sie nach Hause gehen. Mit ihm. Bist du meiner würdig?, fragte ihr Blick. Kann ich mich auf dich verlassen?

Erst als Gion ihn direkt ansprach, rückte er seinen Stuhl näher zu der Gruppe heran.

«Wie ist das eigentlich damals mit deiner Tochter gelaufen, Mann?»

«Mit Emma? Wie meinst du das?»

«Wie hast du das Sorgerecht gekriegt? Hattest du einen Anwalt?»

«Ich hab das Sorgerecht gar nicht. Emma ist nur bei mir, weil ihre Mutter sie nicht nach Los Angeles mitnehmen konnte.»

«Krass», sagte Nadine mit großen Augen. Lilly wandte sich schmollend ab. Sie wollte jetzt bestimmt nichts über Emma hören. Aus den Augenwinkeln beobachtete Ted, wie sie mit Sebastian zu flirten begann.

«Ich habe eine Anwältin, aber die hat mir nie große Hoffnungen gemacht. Ich war ja mit Emmas Mutter gar nicht verheiratet.»

«Ich muss Stefanie bei mir haben», sagte Gion. «Ich brauche sie.»

Einige der Frauen seufzten gerührt. Nicht umgekehrt?, wollte Ted nachfragen. Braucht deine Tochter nicht dich? Aber dann sah er aus dem Augenwinkel, wie Lilly ihre Hand auf Sebastians Bein legte, und er stand auf. «Gehen wir, Prinzessin?»

Auf dem Heimweg hatte er plötzlich den Impuls, seine Jacke auszuziehen und vor Lillys Füße zu legen, so dass sie nicht mit dem Schmutz der Straße in Berührung kämen. Sie stellte sich auf das weiche Leder seiner Lieblingsjacke und schaute zu ihm hoch.

«Und jetzt?»

«Wie, und jetzt?» Er versuchte sie zu küssen, sie wandte sich ab.

«Jetzt stehe ich wieder auf der Straße!» Sie stand mit einem Fuß noch auf der Jacke, hob den anderen und sah Ted bedeutungsvoll an. Sie wartete. Ted verstand, er zog die Jacke unter ihrem Fuß hervor und legte sie blitzschnell wieder vor sie, bevor sie den nächsten Schritt machte. Nachdem sie das dreimal wiederholt hatten, tat ihm der Rücken weh, er fror, er kam sich lächerlich vor. Und plötzlich fiel ihm ein, dass sein Handy noch in der Jackentasche steckte. Im selben Moment trat Lilly darauf. Er hörte es knirschen.

«Scheiße!», entfuhr es ihm. Lilly machte einen Schritt auf die Straße und verschränkte die Arme.

«Siehst du, das meine ich: Große Gesten, aber nichts dahinter.»

«Aber Lilly …» Ungeschickt zog er die Jacke wieder an. Er nahm das Handy aus der Tasche. Das Display hatte einen Sprung. Er tippte die zuletzt gewählte Nummer an, es klingelte in Lillys Beutel. «Siehst du?»

«Und das soll mich jetzt beeindrucken?» Lilly zog mit beiden Händen den Ausschnitt ihres Yogatops hinunter und zeigte ihm auf offener Straße ihre perfekten, kleinen, weißen Brüste. Irgendwo hörte Ted jemanden lachen. Er hörte Schritte. Sie waren nicht allein.

«Lilly …» Er hatte vergessen, was er sagen wollte. Was er eben noch gedacht hatte. Es gab nur noch diese Brüste, diese Frau. Nur ein Schritt trennte ihn von ihr, und alles lag in diesem einen Schritt.

Hätte er ihn nur nicht getan. Wäre er doch nach Hause gegangen mit seinem Handy, hätte er seine Mutter angerufen, es musste kurz nach halb elf gewesen sein, hätte er das Schlimmste abwenden können. Stattdessen folgte er den Brüsten wie zwei Scheinwerfern durch die Nacht in ein kühles Prinzessinnenbett.

Dort lag er lange auf dem Rücken, schaute an die Decke, wartete auf Lilly, die sich im Bad bereitmachte. Er hörte Wasser rauschen. Er hielt sich eine Hand vor den Mund und hauchte in die gewölbte Handfläche. Hätte er noch die Zähne putzen sollen? An der Decke klebten Sinnsprüche und Aufforderungen, aus Zeitschriften ausgeschnitten: *Lebe dein bestes Leben! Zum Erfolg gibt es keinen Fahrstuhl, da musst du schon die Treppe nehmen! Schön ist, wer sich schön fühlt! Sei lieb zu dir, sonst ist es ja keiner!*

Lilly kam aus dem Bad. Bevor sie sich zu ihm legte, löschte sie das Licht. Dann drapierte sie ein seidenes Tuch über ihre Mitte, das sie jedes Mal, wenn es verrutschte, wieder zurechtrückte. Dreimal fragte sie ihn, ob er nicht auch fände, dass sie zugenommen habe. Und schließlich, den Blick an die Decke gerichtet, sagte sie verträumt: «Morgen fang ich ein Reinigungsritual an, ein richtiges *Panchakarma*. Darmspülungen, Säfte …»

Ted gab auf. Erschöpft rollte er von ihr herunter und ließ sich auf die harten Kissen zurückfallen. Einmal mehr war er gescheitert. Prinzessinnen konnte man nicht glücklich machen. Warum versuchte er es immer wieder? Er lag lange wach. Vor dem Fenster verging die Nacht, und plötzlich erschien vor seinen müden Augen, wie ein blasser Mond, Maries Hintern.

Trotzdem wagte er nicht, aufzustehen und zu gehen. Er wartete, bis Lilly aufwachte und ihn wegschickte: «Ich habe noch so viel zu tun, bevor die Aufnahmen beginnen, ich bin so aus der Form, es ist eine einzige Katastrophe!»

Ted hatte dem nichts mehr entgegenzusetzen. Er war müde. Es war kurz nach halb sieben, er würde zu seiner Mutter fahren und Emma abholen und sie dann selber zur Schule bringen.

Ingrid hatte ein englisches Frühstück gekocht, mit Eiern und Würstchen, Tomaten, Pilzen und Speck. Er konnte es schon im Treppenhaus riechen. Das hatte sie immer sonntags zubereitet, auch gegen den Protest der mehrheitlich vegetarisch lebenden WG-Bewohner. Es erinnerte sie an ihre Jugend in einem besetzten *flat* in Nordlondon.

«Du kommst gerade richtig», sagte Ingrid.

«Papa!», schrie Emma. «Schau, wer da ist!»

Und er hatte immer noch keine Ahnung. Er folgte Ingrid in die Küche, und da saß Tina vor einem Teller *fry-up*. Als gehöre sie da hin. An diesen Tisch.

«Oma hat Würstchen gebraten!», rief Emma. «Und Mama ist hier! Und ich fliege nach Amerika!»

«Toast?», fragte Ingrid.

Es stellte sich heraus, dass Tina nach der Trennung von Ted den Kontakt zu seiner Mutter gesucht hatte. «Sie war damals die Einzige, die mir nicht das Gefühl gab, eine Rabenmutter zu sein.»

«Eine Frau bleibt eine Frau, auch wenn sie ein Kind geboren hat», sagte Ingrid. «Sie hat ihre Bedürfnisse. Eine Mutter ist kein geschlechtsloses Wesen, auch wenn das alle gerne glauben würden. Wer wüsste das besser als ich? Wenn ich denke, wie ich damals unter Vorurteilen gelitten habe – und das waren die achtziger Jahre! Damals schienen die gesellschaftlichen Strukturen aufzubrechen. Ha! Schöne Illusion! Unterdessen ist alles nur noch schlimmer geworden. Unsere Gesellschaft ist klammheimlich in die fünfziger Jahre zurückgeschlittert.

Junge Frauen geben als Berufswunsch Hausfrau an, Mädchen träumen von Hochzeitskleidern und reichen Männern, die ihnen ein schönes Leben ermöglichen. Aber du nicht, mein Schatz, gell?» Sie fuhr Emma durchs Haar, die ernst aufschaute.

«Ich will nie Kinder haben», sagte Emma. «Kinder machen zu viel Stress.»

«Du wirst dich selbst verwirklichen», sagte Ingrid, und Tina lächelte. Sie lächelte selten. Es stand ihr gut, dachte Ted.

«Ingrid ist die Einzige, die mich versteht», sagte Tina. Ted erinnerte sich, dass Tina keine Freundinnen hatte. Andere Frauen mochten sie nicht. Sie seien eifersüchtig, hatte sie immer gesagt. Ted hatte das gefallen. Der undurchdringliche Pulk, den Frauenfreundschaften bildeten, hatte ihn immer eingeschüchtert. Nun hatten sich die beiden Frauen zusammengeschlossen, die er am meisten fürchtete. Emmas Mutter und seine.

Ingrid, so stellte sich heraus, hatte Emma all die Jahre mindestens einmal in der Woche gehütet. Sie hatte sie von der Schule abgeholt, sie kannte ihre Lehrerin, ihre Klassenkameradinnen und deren Mütter. Emma hatte regelmäßig bei ihr übernachtet, sie waren sogar zusammen in die Ferien gefahren.

«In die Ferien?», fragte Ted. «Warum zum Teufel hast du denn nicht mich gefragt? Du weißt doch, dass ich Emma gern öfter bei mir gehabt hätte!»

«Vielen Dank, damit du sie noch mehr gegen mich aufhetzen kannst? Sie ist deinem Einfluss schon viel zu stark ausgesetzt, wenn du mich fragst!»

«Ich habe nie etwas Schlechtes über dich gesagt», verteidigte er sich. «Emma, das kannst du bestätigen, hast du mich je ein böses Wort über Mama sagen hören?»

Noch bevor er den Satz ausgesprochen hatte, wusste er, dass er einen Fehler gemacht hatte. Emma saß starr vor ihrem Teller, auf dem das zerlaufene Eigelb langsam fest wurde.

«Na, bravo», sagte Ingrid. «Das hast du wieder toll hingekriegt. Komm, Kleine, wir gehen uns verkleiden!» Sie nahm Emma bei der Hand und verließ die Küche.

Ted biss von seinem trockenen Toast ab. Er hatte gestern viel getrunken und wenig gegessen. Der Tisch war rund. In seiner Mitte verlief ein Spalt, wo man ihn auseinanderziehen und vergrößern konnte. Ted hatte seiner Mutter oft geholfen, die schweren zusätzlichen Platten einzulegen.

«Ich weiß, es kommt alles etwas plötzlich», sagte Tina. «Aber in Los Angeles haben sie mir eine feste Stelle angeboten. Und ich habe zugesagt. Ich habe einen tollen kleinen Bungalow gemietet, mit Swimmingpool, Emma kann eine private Montessorischule besuchen, da wird sie ganz anders gefördert als hier, es wird ihr guttun. Zweimal im Jahr kommen wir in die Schweiz, und dann kannst du sie ganz für dich haben.»

«Du hast dir ja alles schon genau überlegt!»

Der Spalt verlief genau in der Mitte zwischen Tina und ihm. Während sie redeten, wurde er größer und größer, er tat sich auf wie ein Schlund, die halbleeren Teller rutschten in die Tischmitte und fielen in den bodenlosen Abgrund. Ted kippte auf seinem Stuhl nach hinten. Er hielt sich an der Tischkante fest, um zu verhindern, dass er in die Leere zwischen ihnen fiel und in ihr ertrank.

«Gib's doch zu, das Leben als Vollzeitvater ist auch nicht das, was du dir vorgestellt hast! Ich weiß, dass deine neueste Flamme nicht sehr begeistert ist von Emmas ständiger Anwesenheit. Und umgekehrt!»

«Woher willst du das wissen?»

«Hast du wirklich gedacht, Emma und ich hätten keinen Kontakt? Wir skypen jeden Tag! Und auch mit Sandra tausche ich mich regelmäßig aus. Sie hat mir erzählt, wie oft sie einspringen musste, wenn du überfordert warst!»

«Ich bin nicht überfordert, nicht mehr als du ...»

«Wag es nicht, dich mit mir zu vergleichen! Ich bin Emmas Mutter!»

Da war es wieder. Ted stützte sich auf die Tischplatte und stand auf. Er war müde. Er fühlte sich alt. «Emma muss zur Schule», sagte er.

«Wir nehmen den Joker. Es sind doch ohnehin bald Ferien.» Zwei Jokertage hatte jedes Kind pro Jahr zur Verfügung, an denen es ohne Entschuldigung in der Schule fehlen durfte.

«Nun, ich muss zur Arbeit.»

«Treffen wir uns doch später bei dir, dann können wir alles besprechen.» Tina legte den Kopf schief und schürzte die Lippen wie ein Kind. Das tat sie immer, wenn sie etwas von ihm wollte, und es funktionierte auch immer.

Er klopfte an Ingrids Schlafzimmertür, die angelehnt war.

«Papa, ich bin eine Kurtisane!», rief Emma. Sie trug ein goldbesticktes Charlestonkleid, eine Pfauenfeder im Haar und eine leere Zigarettenspitze in der Hand. «Ich muss heute nicht in die Schule! Oma sagt, wir gehen später shoppen, kommst du mit?»

«Cool.» Ted kniete nieder, um sie zu umarmen. «Aber ich muss in meine Schule. Ich habe keinen Jokertag. Ich seh dich später, Prinzessin!»

«Ich bin keine Prinzessin! Prinzessinnen sind fremdbestimmt. Ich bin eine Kurtisane.»

Ted stand auf. Er schaute seine Mutter nicht an. Er hatte keine Kraft mehr. An der Türe drehte er sich noch einmal um, und Emma rief ihm nach: «Sei nicht traurig, Papa! Es war eben ein Mädchengeheimnis. Mama und Oma und ich sind Mädchen. Und Gott ist ein Mädchen, aber du nicht. Sorry, Papa.»

Ted fuhr zur Schule. Unbegründete Abneigung, fiel ihm ein, unbegründete Angst. Er wünschte, er hätte keinen Grund, Tina zu hassen, keinen Grund, Angst zu haben, er könnte seine Tochter verlieren. Aber er war ihnen ausgeliefert. Tina. Seiner Mutter. Der Angst. Es war dasselbe.

Als er das Lehrerzimmer betrat, wurde es plötzlich ganz still. Er ging zur Kaffeemaschine, die mit ihrem Getöse den Raum füllte. Langsam wurden die Gespräche wiederaufgenommen. Er konnte die Blicke seiner Kolleginnen nicht deuten. Das Mitgefühl war aus ihnen verschwunden. Sie wichen ihm aus. Wussten sie etwa schon, dass Tina zurückgekommen war? Er setzte sich mit seinem Kaffee etwas abseits von den anderen auf einen Klappstuhl und tat so, als lese er die Zeitung von gestern.

«Kommst du kurz zu mir ins Büro?» Martina, die Schulleiterin, stand neben ihm.

Er nickte ihr zu, trank einen Schluck Kaffee, sie stand immer noch neben ihm.

«Du meinst jetzt?» Er sah auf die Uhr, die Glocke würde in wenigen Minuten zum Unterricht läuten.

«Karin vertritt dich», sagte Martina.

«Vertritt mich?» Ted sah zu Karin hinüber, die sich zur Tür wandte. Ohne seinen Blick zu erwidern. Das konnte nichts Gutes bedeuten. Er stand auf und folgte Martina in ihr Büro am Ende des Flurs.

«Setz dich.» Martina trug ihre Lesebrille. Ted fiel auf, dass er sie in letzter Zeit selten damit gesehen hatte. Sie hatte sie immer abgenommen, wenn sie mit ihm redete. «Ich mache es kurz. Mirkos Mutter hat eine Beschwerde bei der Schulpflege eingelegt. Wegen des Unfalls. Du hast den Ausflug in den Wald nicht geplant, du hast niemanden informiert und du hast nicht die nötige Sorgfalt walten lassen. Der Zwischenfall muss untersucht werden, solange bist du vom Unterricht befreit.»

«Aber …»

«Tut mir leid, Ted. Mir sind die Hände gebunden.» Martina reichte ihm ein Mäppchen mit Fotokopien, ausgedruckte E-Mails, Gesprächsprotokolle, Briefe an die Behörden.

Ted blätterte es durch. Er dachte an Anna, Mirkos Mutter, die ihn gebeten hatte, Mirko mit dem Taxi nach Hause zu schicken. Doch er hatte ihn selber gefahren, hatte mit ihm auf dem Sofa gesessen und ferngesehen, bis Anna gekommen war. Mirko war auf dem Sofa eingeschlafen. Er hatte geholfen, ihn in sein Zimmer zu tragen, und dann hatte Anna ihm ein Glas Wein angeboten. Er hatte abgelehnt. Abneigung und Angst wuchsen, wie alle Ursachen des Leidens, auf der größten von ihnen: falscher Wahrnehmung oder Verwechslung. Das leuchtete Ted ein. Aber, dachte er, war es nicht Anna, die etwas verwechselt hatte? Anna und Martina und auch Sandra, Taras Mutter, die die ganze Zeit mit Tina in Kontakt gestanden hatte? Hatten sie nicht alle ihn verwechselt? Hatten sie nicht alle Ted für die Antwort gehalten? Ted war keine Antwort. Und dafür bezahlte er jetzt.

«Ted?» Martina war aufgestanden. Sie wies mit dem Kinn zur Tür. Die Schulglocke läutete, und er war entlassen.

Er stand auf der Straße. Während er mit seinem Fahrradschloss kämpfte, dachte er an Emma. Sie hatte recht: Gott war ein Mädchen. Und er war ihr, wie allen Mädchen, hilflos ausgeliefert.

Marie

«Schwere Geburt», hatte sich eine der Hebammen erinnert. «Tagelange Wehen, über sechsunddreißig Stunden, wenn's mir recht ist.» Sie hatte eine Theorie über schwierige Geburten. «Frauen, die sich nicht öffnen können, bei denen sich der ganze Körper versteinert, verschließt – die sind meist als Kind sexuell missbraucht worden.» Sie schaute Marie herausfordernd an. Als wollte sie sie zum Widerspruch reizen. Marie erinnerte sich, dass sie einmal auf dem Nachttisch einer frischoperierten Patientin Arnika-Globuli gefunden hatte, die sie ihr nicht verschrieben hatte. Es stellte sich heraus, dass eine der Schwestern, die von der Geburtenabteilung auf die Intensivstation gewechselt hatte, diese verteilte. «Auf der Geburtenabteilung wird halt anders gearbeitet», hatte sie sich verteidigt. Marie hatte nichts gegen Globuli. Sie wollte nur wissen, was ihre Patienten einnahmen.

«Interessant», sagte sie deshalb nur, und die Hebamme, besänftigt, bot ihr an, die Berichte auszudrucken.

«Danke, das wäre sehr hilfreich.» Marie wusste nicht, ob sie der Hebamme glauben wollte. Ob sie überhaupt an sexuellen Missbrauch glauben wollte. Sie kannte die Statistiken, die naturgemäß ungenau waren, sexueller Missbrauch wurde verdrängt, nicht angezeigt, man ging von Dunkelziffern aus. Offiziell war in der Schweiz jede vierte bis fünfte Frau, jeder zehnte bis zwölfte Mann als Kind sexuell missbraucht worden. Man konnte in keinem Straßenbahnwagen, in keinem Café sitzen, ohne dass mindestens zwei Menschen davon betroffen waren. Und wenn man in Betracht zog, dass Missbrauch sich fortsetzte, von einer Generation zur nächsten und quer durch sie hindurch, dass er sich in Sportvereinen und Pfadilagern, in Schulzimmern und auf Kirchenbänken vermehrte, musste man davon ausgehen, dass jeder davon betroffen war. Und das wollte Marie sich nicht vorstellen. Das, fand Marie, konnte nicht sein.

Doch so viel wusste sie: Eine Patientengeschichte, aus der man tatsächlich etwas lesen konnte, durfte nicht nur die akuten Symptome beschreiben, nicht nur die Liste der körperlichen Beschwerden umfassen. Um wirklich helfen zu können, müsste die Ärztin nicht nur den ganzen Patienten kennen, sein ganzes Leben, sondern auch seine ganze Geschichte. Seine Herkunft, seine Eltern und Großeltern, sein ganzes inneres Dorf.

Es war unmöglich, dachte Marie. Dann riss sie sich zusammen. Das Krankenhaus war ihr Dorf. In jedem einzelnen Bett lag ein Mensch. Jeder Patient hatte eine Geschichte. Eine Familie. Ein Leben. Alles hing mit allem zusammen, wie eine dünne Decke, die sich über alle Betten legte.

Marie breitete alle Berichte auf dem Teppichboden aus und kniete sich hin. Sie ordnete die Blätter und versuchte, das Leben von Mira Bolliger Mehmeti, der jungen Frau mit den toten Augen, zu rekonstruieren. Sie war als Kind in die Schweiz gekommen, hatte jung geheiratet. Schon vor ihrer Heirat und bis zur Geburt ihres zweiten Kindes war sie immer wieder mit Prügelverletzungen in der Notaufnahme gewesen. Nach der Geburt ihres Sohns vor zwei Jahren hatte es aufgehört. Dafür klagte sie jetzt regelmäßig über Unterleibsbeschwerden. Die Blasenentzündungen ließen sich nachweisen, für die Bauchschmerzen hatte man keine Erklärung gefunden. Marie dachte wieder an den Patienten Schwarzenbach, den Nierenstein. Ein Schmerz konnte einen anderen verdecken.

Sie versuchte sich zu erinnern, wie Mira ausgesehen hatte. Enganliegender, mit Glitzersteinen bestickter Trainingsanzug, die dunklen Haare zu einem hohen Pferdeschwanz gebunden, so hart aus dem Gesicht gekämmt, dass ihre Gesichtszüge verzerrt wirkten. Marie dachte an eine Zirkusartistin in der Pause vor dem großen Auftritt. Aber die toten Augen ...

Sie schob die Blätter zusammen, stand auf und setzte sich wieder an ihren Schreibtisch. Sie schaltete noch einmal die Patientengeschichten hoch. Sie wusste, dass ihr etwas fehlte, ein wichtiges Detail, ein entscheidender Hinweis. Sie konnte ihn nur finden, wenn sie das Krankenhaus als Dorf ansah, wenn sie davon ausging, dass jeder Patient mehr war, als sie auf den ersten Blick erkennen konnte.

Sie wühlte in ihrer Schreibtischschublade, bis sie einen Schokoladeriegel fand. Das Papier war schon ganz zerknittert und der Schokoladeüberzug milchig angelaufen. Sie dachte an die Kuchenstücke, die sich in der Auslage in der Kantine langsam um sich selber drehten. Sie versprach sich zwei Stück, wenn sie den fehlenden Hinweis gefunden hatte. Der Schokoladeriegel schmeckte staubig.

Sie startete ihre Suche noch einmal von vorn. Sie gab erst Miras Mädchennamen ein, Mehmeti, dann ihren verheirateten Namen, Bolliger. Sie durchforstete die Krankengeschichten aller Patienten, die denselben Namen trugen. Und nach zwei Stunden fand sie etwas. Es war allerdings nicht das, wonach sie gesucht hatte.

«Einmal Erdbeer und einmal Sacher, bitte», sagte Marie. «Und einen Cappuccino.»

«Mit Rahm?»

«Ja, gerne.»

«Recht haben Sie! Sie können sich's ja leisten!» Die Angestellte reichte ihr den beladenen Teller über die Theke und machte sich dann an der Kaffeemaschine zu schaffen. Während die Milch aufschäumte, drehte sie sich zu Marie um. *C. Mendoza* stand auf ihrem Namensschild. «Wissen Sie, ich finde es großartig, dass ein so berühmter und gutaussehender Mann zu einer Frau wie Ihnen steht.»

«Danke», sagte Marie. Was war eine Frau wie sie?

«Der James Bond, wissen Sie, der hat auch eine dicke Frau geheiratet, wie heißt er gleich, der gutaussehende, von früher. Nicht Roger Moore, der andere.» C. Mendoza stellte den Cappuccino auf Maries Tablett und tippte den Betrag in die Kasse ein. «Dreizehn Franken achtzig, bitte.»

Marie steckte ihre Karte in den Leser. *Guthaben: null.*

«Auf den Rappen!», freute sich Frau Mendoza. «Auf den Rappen genau haben Sie Ihr Guthaben aufgebraucht! Wollen Sie die Karte gleich wieder aufladen?»

«Nein, nicht jetzt», sagte Marie.

«Verlassen Sie uns? Nein, sagen Sie nichts. Ich kann es mir denken. Man hat ja so einiges munkeln hören ... Ich hab immer gesagt, die wird ihren Mann doch nicht allein nach Indien fliegen lassen, garantiert nicht!»

«Nach Indien?», rutschte es Marie hinaus. «Wieso denn nach Indien?»

«Ach so, klar, ich verstehe. Sie dürfen nichts dazu sagen – Kündigungsfrist einhalten und so. Es stand aber heute schon in dieser Gratiszeitung, die überall rumliegt, Sie wissen schon.»

Marie nickte. «Es ist eigentlich noch gar nicht offiziell», sagte sie, nickte Frau Mendoza zu und trug ihr Tablett zu einem leeren Tisch am Fenster. Die Kantine war nur spärlich besetzt. Der Himmel vor den raumhohen Fenstern war grau. Es könnte Morgen sein oder Nachmittag, Frühling oder Herbst. Ein Tag war wie der andere. Aber bald würde alles anders werden. Ein Exemplar der erwähnten Gratiszeitung lag zerfleddert auf dem Stuhl neben ihr. Marie schlug sie auf und blätterte sich zu einem Bild von Gion vor, das während der Talkshow aufgenommen worden war. Gion als Pfau mit gespreizten Federn.

Indien ruft Dr. Santana! *Der beliebteste Fernseharzt der Schweiz wird seine Yogastudien im indischen Goa weiterverfolgen. Töchterchen Stefanie (14) wird ihn dabei begleiten. «Ich freue mich auf die Zeit mit meiner Tochter, ich habe schon viel zu viel verpasst!» Der sympathische Schauspieler, der von Stefanies Mutter geschieden ist, hofft, dass sich Vater und Tochter durch «gemeinsames Üben und Meditieren wieder näherkommen». Ein Kamerateam des Schweizer Fernsehens wird sie auf der Reise begleiten.*

Marie legte die Zeitung weg. Bald wäre sie also allein. Wann genau, stand in dem Artikel nicht. Immerhin wusste sie jetzt, warum Gion noch nicht ausgezogen war. Sie zerlegte die Tortenstücke, sie ließ sich Zeit damit. Sie ging methodisch vor, verteilte den Rahm genau auf die einzelnen Bissen, nahm zwei Gabeln von der Erdbeertorte, dann eine von der Sacher, dann trank sie einen Schluck Kaffee. Der Schokoladegeschmack mischte sich mit dem des Kaffees, der Vanillecreme und des Erdbeergelees. Sie war nicht tot. Sie fühlte durchaus noch etwas. Sie schmeckte die vermischte Süße in ihrem Mund und war getröstet.

Sukha, hatte Nevada es genannt. *Sukha* war das Gegenteil von *Dukkha*, der Verengung, der Verdunkelung des Herzens. *Sukha* war Leichtigkeit und Weite, war Süße. Das Leben könnte ganz einfach sein, hatte Nevada erklärt, wenn man der Süße folge. Wenn man sich immer wieder überprüfe: Ist mein Herz schwer und schwarz und zusammengepresst, während ich arbeite, mit meinem Mann vor dem Fernseher sitze oder eine Yogastellung übe? Oder ist es weit und leicht und süß? Die Dinge, die das Herz zusammenpressen, sollte man vermeiden, und die anderen, die sich süß anfühlen, suchen. So einfach war das.

Marie schloss die Augen. Erdbeeren und Schokolade. Kaffee und Milch. Ihr Telefon klingelte. Sie öffnete die Augen. *Stefanie.*

«Stefanie? Ist alles in Ordnung?»

Nichts.

«Stefanie, wo bist du?»

Schnaufen. Schniefen.

«Stefanie?»

«Frau Doktor Leibundgut?» Eine männliche Stimme. «Hier Maurer, vom Notfall. Sind Sie noch im Haus? Ich habe versucht, Sie anzupiepsen.»

Marie fasste sich an den Gürtel. Der Piepser war da. Die Batterie leer. Ihr Dienst war seit Stunden zu Ende.

«Ja, ich bin hier, ich komme gleich runter.» Sie schob sich ein letztes Stück Sachertorte in den Mund, trank den Kaffee aus, dann schob sie das Tablett weg und stand auf.

In einem Spital wird nicht gerannt. Schon gar nicht, wenn man einen weißen Mantel trägt. Rennende Ärzte lösen Panik aus.

Marie rannte.

«Akute Alkoholintoxikation», sagte Maurer. «2,4 Promille. Eigentlich ungewöhnlich, mitten in der Woche, mitten am Tag. Sie hat behauptet, sie sei Ihre Tochter?»

«Stieftochter», sagte Marie. Las Maurer keine Gratiszeitschriften? «Wo ist sie?»

«Wir pumpen ihr gerade den Magen aus. Wenn Sie warten wollen?»

«Nein.» Marie schob den Vorhang zur Seite und sah, wie Stefanie schwarzen Schaum in eine Schüssel erbrach. Ihr weißblondes Haar klebte nass um ihren Kopf, ihre Augen waren gerötet, verweint. Das Erbrochene roch scharf nach Alkohol, sie musste sehr schnell sehr viel getrunken haben. Sie trat zu Stefanie und legte eine Hand auf ihren fiebrigen Kopf.

«Steffineli», sagte sie. Sie war doch noch so klein. Sie war ein Kind.

Die Pflegefachfrau Studer sah zu Marie auf. «Ihre Stieftochter?»

Marie nickte.

«Eigentlich müssen wir die Eltern anrufen, aber sie hat nach Ihnen verlangt ...» Frau Studer wischte mit einem feuchten Lappen über Stefanies Mund und trug dann die Metallschüssel hinaus.

Marie sah die Krankenkarte am Fußende des Bettes liegen und wollte danach greifen, gleichzeitig wollte sie Stefanie nicht loslassen. Das Mädchen atmete schwer. Sie hatte die Augen geschlossen. Marie strich sanft über ihren Kopf, vielleicht würde sie einschlafen. Stefanie drehte sich zu ihr. Ihre Augen waren blutunterlaufen. Vom Würgen, dachte Marie. Sie war erleichtert, das zu sehen. Ein Zeichen dafür, dass Stefanie nicht regelmäßig erbrach, dass sie sich den Würgereflex nicht abtrainiert hatte.

«Mein Mädchen», sagte Marie. «Was hast du getan?»

«Das geht dich nichts an! Ich bin nicht dein Mädchen!»

Warum hast du dann gesagt, du seist meine Tochter?, wollte Marie fragen, dann erinnerte sie sich an ihren letzten Streit und schob logische Argumente beiseite. Sie setzte sich auf den Bettrand, und als Stefanie von ihr wegrutschte, legte sie sich einfach zu ihr. Stefanie drehte sich von ihr weg. Marie schlang ihre Arme um sie und drückte sie an sich. Sie atmete in ihren verschwitzten Nacken, sie roch scharfen Alkohol, Schweiß, süßes Parfüm, Rauch. Sie würde nicht fragen, was Stefanie geraucht hatte, sie würde es aus dem Bluttest lesen.

Stefanie lag schlaff in ihren Armen. Irgendwann begann sie zu weinen. «Geh weg», weinte sie. «Lass mich allein. Du interessierst dich doch gar nicht für mich. Ich bin dir scheißegal.»

Du hast mich doch gerufen, dachte Marie, aber sie sagte nichts. Sie hielt das Mädchen weiter fest.

«Du lässt mich einfach hocken. Du bist nicht besser als die anderen. Lass mich doch hier verrecken, das wär dir eh am liebsten.»

«Sch», machte Marie. «Schsch.»

Irgendwann schlief Stefanie ein. Marie ging leise aus dem Zimmer, die Patientenkarte nahm sie mit. Maurer wartete draußen auf sie. Sie nickte ihm zu und las, was geschehen war. Stefanie war in einem Park in der Nähe ihrer Schule zusammengebrochen. Der junge Mann, der den Krankenwagen gerufen hatte, wollte keine Angaben zu seiner Person machen. Er erklärte aber, dass sich die Schüler des nahen Gymnasiums in der großen Pause im Park zum Kiffen und Saufen trafen und dass er Stefanie schon ein paarmal dort gesehen hatte. Sie sei eine ganze Weile ohnmächtig gewesen, bestimmt zehn Minuten lang, er hatte es mit der Angst gekriegt und einen Krankenwagen gerufen.

«Sie kennen das Prozedere», sagte Maurer. In Stefanies Blut war Alkohol und THC gefunden worden. Sie war erst vierzehn. Man musste die Eltern anrufen, die Jugendanwaltschaft verständigen.

«Ich mache das», sagte Marie. «Danke, dass Sie mich gerufen haben.»

Sie trat auf den Parkplatz hinaus, zögerte einen Moment. Dann rief sie Gion an. Und als Gion nicht abnahm, wählte sie die Nummer von Eva.

«Ich gehe nicht nach Indien», sagte Stefanie. «Könnt ihr vergessen!»

Eva sah Marie an. «Wo ist Gion?»

«Keine Ahnung.»

«Marie hat ihn verlassen, hast du das schon wieder vergessen? Ist ihr doch egal, was aus uns wird, scheißegal!»

Eva sah ihre Tochter kopfschüttelnd an. «Jetzt reiß dich bitte zusammen», sagte sie. «Du hast dir für heute schon genug geleistet, ja?»

«Komm, wir reden in meinem Büro», sagte Marie. «Da sind wir ungestört.»

Sie hatte vergessen, dass in ihrem Büro das Leben der Mira Bolliger-Mehmeti auf dem Fußboden ausgebreitet lag. Verlegen bückte sie sich und sammelte die Blätter auf. Dann wies sie zum Besucherstuhl.

«Setz dich doch. Ich schau mal, ob ich irgendwo Kaffee finde.»

In diesem Moment kam Frau Hablützel herein. Sie trug ein Tablett mit einer Espressotasse und einem Glas Wasser.

«Frau Camenisch ...» Sie stellte Tasse und Glas vor Eva hin. Marie beachtete sie nicht. «Ich habe gehört, dass Ihre Tochter bei uns liegt. Das arme Ding. Soll ich den Vater verständigen?»

«Das ist ganz lieb von Ihnen, danke. Aber er weiß schon Bescheid.»

«Ach so. Dann ist er also unterwegs?»

«Das ist er.»

«Danke, Frau Hablützel!» Marie lächelte gezwungen.

Eva blinzelte ihr zu. «Willkommen in meiner Welt», sagte sie, nachdem Frau Hablützel widerstrebend das Büro verlassen hatte. Vermutlich würde sie direkt in die Notaufnahme gehen und dort auf Gion warten. «Obwohl, dich hat es viel schlimmer getroffen. Als wir verheiratet waren, war er noch nicht so berühmt.»

Marie wusste nicht, was sie dazu sagen sollte. Dass ausgerechnet Eva sie verstehen würde, hatte sie nicht erwartet.

«Und du hast ihn jetzt verlassen», fuhr Eva fort. «Stimmt das? Stefanie ist verzweifelt. Gion hat ihr gesagt, du hättest ihm ein Ultimatum gestellt. Er hätte sich zwischen ihr und dir entscheiden müssen.»

«Gion ist ein Arschloch», rutschte es Marie heraus. Sie schlug sich die Hand vor den Mund. Was sagte sie da?

«Schon gut, ich kenn ihn ja auch nicht erst seit gestern.» Eva schüttelte den Kopf. «Steffi meint jetzt, sie hätte dich vertrieben. Sie weiß, dass sie dir einiges zugemutet hat.»

«Ich kann nicht mit Teenagern umgehen», sagte Marie. «Wir hatten heftige Auseinandersetzungen, nachher tat es mir immer leid, aber sie hat so eine Art ...»

«Mir musst du das nicht sagen, ich bin ihre Mutter!»

«Stefanie hat gesagt, sie hasst mich. Das hat sie mehrmals gesagt. Ich verstehe nicht ...»

Eva lachte. «Was meinst du, wie oft ich das höre?» Sie überlegte einen Moment. «Weißt du, am Anfang hat es mich ja genervt. Sie hat so von dir geschwärmt! Marie dies, Marie das, den ganzen Tag. Schlimm genug, dass Gion mich deinetwegen verlassen hatte, aber musstest du unbedingt auch noch meine Tochter verführen? Wenn sie mir vorschwärmte, wie sie mit dir harte Eier zerlegt hat, hat mich das mehr gequält, als wenn ich mir vorstellte, wie du mit meinem Mann im Bett liegst! Dann hat mir aber eine Freundin erklärt, dass das ein gutes Zeichen sei. Solange sie dich idealisiert, sei sie dir nicht wirklich nahe. Ich bin ihre Mutter, mich kann sie nicht verlieren, meine Liebe ist ihr sicher. Deshalb, logisch, nervt sie sich über mich, streitet sie mit mir – bei mir kann sie sich das leisten. Bei mir muss sie keine Angst haben, dass ich gehe. Trotzdem war ich erst mal erleichtert, als Stefanie anfing, über dich zu lästern. Vielleicht hab ich sie auch ein bisschen angefeuert, ich wollte nur zu gern hören, wie unmöglich du bist. Aber alles, was sie von dir erzählte, war total normal. Du hast ihr dies oder das verboten, du hast sie für etwas bestraft … Also, irgendwann wurde mir klar, wenn sie über dich genauso herzieht wie über mich, dann nur, weil du eben nicht mehr die bewunderte Ausnahme in ihrem Leben bist, sondern eine ganz normal nervende Mutter.» Eva schwieg einen Moment. «Das hat mir dann natürlich auch nicht gepasst, aber hey! Besser zwei Mütter als keine, gell!» Sie trank ihren Kaffee aus. «Und, was passiert jetzt?»

«Sie wird noch ein paar Stunden hierbleiben müssen, zur Beobachtung. Wenn alles gutgeht, kann sie am Abend nach Hause. Wir müssen den Vorfall aber melden, die Jugendanwaltschaft wird sich mit dir in Verbindung setzen. Wenn Stefanie an einem Gruppengespräch zum Thema Kampftrinken und Drogenkonsum teilnimmt, gibt es aber keinen Eintrag.» Marie zögerte. «Macht sie das öfter?»

«Was soll das heißen? Wenn ich das wüsste, hätte ich doch eingegriffen, du denkst doch nicht etwa, ich würde einfach zuschauen?»

«Nein, Eva, das meine ich nicht … Ich hab mir nur Sorgen gemacht in letzter Zeit.»

«Meinst du, ich nicht?» Eva stand auf. «Ja, wir haben eine schwierige Phase im Moment. Stefanie kommt einfach mit Mario nicht klar.» Mario war Evas Freund, der «Perverso», wie Stefanie ihn nannte. «Weißt du, wie lange es her ist, dass ich mit einem Mann glücklich war? Dass ich mich geliebt fühle? Aber kann ich das jetzt genießen? Nein, das wäre ja zu schön! Ich stehe immer zwischen den beiden.

Mario und ich wollten diesen Sommer eine Motorradtour durch Amerika machen. Ohne Stefanie. Nur er und ich, einen ganzen Monat lang. Der Indientrip mit Gion hätte gerade gut gepasst, aber jetzt ... ich weiß halt auch nicht ...»

«Sie kann den Sommer mit mir verbringen», sagte Marie.

«Bist du sicher?» Eva schaute auf. «Mit dir?»

«Wenn sie das will ...»

«Das wäre natürlich ... das wäre ideal.»

«Ja», sagte Marie, «das wäre es.»

Nachdem Eva gegangen war, räumte sie ihren Schreibtisch auf. Als sie die Berichte über Mira Bolliger-Mehmeti ordnete, fand sie die Patientenakte wieder, die sie gar nicht gesucht hatte. Sie las sie noch einmal durch und fasste dann das Wichtigste auf einem gelben Post-it-Zettel zusammen: *Bolliger, Wolf, 6.12.2009 Kiefer, 14.3.2010 Nasenbein, 24.6.2010 Radius, 11.2.2011 Kiefer, 28.6.2011 Jochbein.*

pariṇāmatāpasaṃskāraduḥkhairguṇavṛttivirodhācca
duḥkhameva sarvaṃ vivekinaḥ
Leid ist allgegenwärtig, dieser Erkenntnis kann man
sich nicht entziehen. Leid wird durch
das Bewusstsein der Vergänglichkeit ausgelöst,
durch Sehnsucht, durch Abhängigkeit
und durch innere Konflikte.
Patanjali Yoga Sutra 2.15

Nevada

Nevada lag unter einem Stein. Sie sah es von oben, wie eine Kinderzeichnung, der große graue Felsbrocken, unter dem nur ihre Hände und Füße hervorschauten. Sie zappelten ein bisschen und lagen dann still. Der Stein war zu groß. Er hatte sie ganz unter sich begraben. Von weit oben sah sie zu, wie sie zerquetscht wurde, sie sah es ohne Bedauern, was wurde ihr nicht alles erspart durch die Gnade dieses Felsens, der auf ihr lag. Professor Kaiser würde sich mit ihr freuen, dachte sie. Doch dann wurde der Stein plötzlich leichter, als würde ihn jemand langsam hochheben. Hanuman, dachte Nevada. Um einen in der Schlacht verwundeten Bruder von Rama zu retten, suchte er den Himalaya nach einem bestimmten Heilkraut ab. Er hatte nur eine Nacht Zeit dafür, vor dem Morgengrauen musste der Arzt es verarbeiten können, sonst war alles verloren. Hanuman suchte und suchte, aber er konnte das richtige Kraut nicht finden. Mit der Kraft der Verzweiflung hob er kurzerhand einen ganzen Berg hoch, trug ihn zum Schlachtfeld und legte ihn dem Arzt Sushena vor die Füße.

Plötzlich war Nevada wieder in ihrem Körper. Und das war sehr unangenehm. Sie rang nach Luft, sie öffnete die Augen. Sobald sie wieder atmen konnte, hatte sie auch wieder Schmerzen. In der Kehle, in den Augen, überall. Sie röchelte und hustete. Eine Hand stützte ihren Rücken, half ihr, sich aufzurichten, sie hustete noch mehr, dann begann sie zu weinen. Die Hand hielt sie fest. Sie war aus demselben grauen Felsen geschlagen, der auf ihr gelegen hatte.

Die Hand hatte versucht, sie umzubringen. Nevada zog die Nase hoch. Sie wich der Hand aus.

«Es tut mir leid», sagte Wolf.

«Ja», sagte Nevada. «Ich weiß.» Allen tat immer alles leid.

Bevorstehendes Leid, das man voraussehen konnte, sollte man möglichst vermeiden. Es war alles gar nicht so schwierig. Man musste sich nur etwas überlegen. Man musste aufpassen. Nevada wischte sich ein paarmal übers Gesicht und schaute sich um. Sie saß auf ihrem Bett. Wolf kniete vor ihr. Seine Brille war verrutscht. Er sah aus, als hätte er geweint. Nevada wich noch ein Stück weiter von ihm zurück, bis sie sich an die Wand lehnen konnte. Sie zog ihre Knie an und legte die Arme darum. Machte ein Päckchen aus sich. Erinnere dich an die, die du bist, dachte sie. Sie war Poppys Lehrerin. Ihre Aufgabe war es, Poppy zu helfen, ihre Bestimmung zu erfüllen.

Yoga ist nicht Selbstzweck. Er erfüllt sich nicht in einer perfekt ausgeführten Stellung, in einem guten Körpergefühl, einem schmerzfreien Rücken. Yoga befreit den Geist von allem Störenden. Yoga ist Mittel zum Zweck: Nur mit einem solcherart befreiten, klaren Kopf kann man sein, wer man ist, kann man seine Aufgabe so gut wie möglich erfüllen, dem größeren Ganzen von Nutzen sein.

Nevada glaubte nicht, dass es Poppys *Dharma* war, sich in einer Gefängniszelle zu verkriechen. Sie wusste nicht, was Poppys Aufgabe war. Oder ob sie es selber wusste. Doch sie hatte schon richtig erkannt, dass Wolf etwas damit zu tun hatte. Die Besessenheit, mit der sie sich auf ihn gestürzt hatte, war nicht falsch gewesen. Sie hatte nur den Grund für diese Besessenheit verwechselt. Nicht seinen Körper begehrte sie, sondern die Wahrheit.

«Ist es so passiert?», fragte sie. «Hast du so deine Frau umgebracht?»

Wolf hielt ihrem Blick stand. Er redete, als hätte er nur auf diese Frage gewartet. «Das Einzige, was ich immer wusste, war, dass ich nie eine Frau schlagen würde. Mein Vater war ein Schläger. Er hat meine Mutter verprügelt, meine Brüder und mich, immer schön dem Alter nach, einen nach dem anderen, methodisch. Je nach Vergehen mit dem Gürtel, mit dem Stock, mit der Hand. Es war ein Ritual. Ich war der Älteste, ich kam immer zuerst dran. Ich war der Vorkoster. Meine Brüder standen vor der Tür und versuchten zu hören, wie schlimm es heute sein würde. Manchmal habe ich absichtlich laut geschrien, damit sie wussten, was auf sie zukam. Bernhard, der Mittlere, hat einmal zurückgeschlagen. Er war erst vierzehn, aber stark. Er ist von zu Hause weggelaufen. Hat die Schule nicht abgeschlossen. Ich war ein Schwächling, ich hatte es im Kopf. Ich kam aufs Gymnasium. Mein bester

Freund war Georg Brühlmann. Sein Vater war im Rollstuhl. Er nahm sich meiner an, half mir bei den Hausaufgaben. Ich verbrachte mehr Zeit bei Brühlmanns als zu Hause, ganze Wochenenden lebte ich bei ihnen, fuhr sogar ein paarmal mit in die Ferien. Ich weiß nicht, ob sie wussten, was bei mir daheim los war. Georg muss die Striemen auf meinem Rücken gesehen haben, aber er hat nie etwas gesagt, nicht zu mir. Er machte Karate, und eines Tages ging ich einfach mit zum Training. Es hat mich gerettet. Ich konnte meinen Vater töten, ohne die Kontrolle zu verlieren. Als ich den blauen Gürtel hatte, traute ich mich wieder öfter nach Hause zurück, und mein Vater ließ mich in Ruhe. Ich merkte erst nach einer Weile, dass es nicht an meinem blauen Gürtel lag. Auch Urs, der Jüngste, war schon ausgezogen, er arbeitete auf dem Bau. Mein Vater hatte ganz einfach angefangen, meine Mutter zu verprügeln. Mit der Faust, nicht mit dem Gürtel, und nicht hinter verschlossenen Türen. Einmal kam ich früher als sonst von der Schule nach Hause. Meine Mutter lag auf dem Küchenboden, ihr Gesicht war blutig, ein Arm verdreht, er trat auf sie ein. Da ging ich auf ihn los. Ich hätte ihn umgebracht – ein gezielter Schlag gegen den Kehlkopf –, wenn sie nicht dazwischengegangen wäre. Sie hat ihn verteidigt. Sie hat mich beschimpft. ‹Was bist du für ein Sohn! Wenn du nicht so frech wärst!› Sie hat mir die Schuld gegeben. Ich bin dann für den Rest der Schulzeit zu Brühlmanns gezogen, sie haben keine Fragen gestellt. Den schwarzen Gürtel hatte ich noch vor der Matur. Ich habe den Kontakt zu meiner Familie abgebrochen.

Kim und ich hatten immer eine physische Beziehung. Vielleicht weil wir nicht dieselbe Sprache sprachen. Wir konnten nie gut miteinander reden. Wir waren einander immer fremd. Wir fanden uns im Bett. Schon als wir ganz frisch verliebt waren, hat sie mich manchmal geschlagen, anfangs eher spielerisch, obwohl, es gab schon manchmal blaue Flecken. Sie war immer heftig. Überschwenglich. Unkontrolliert. Das hat mir immer gefallen.

Dann starb mein Vater, mir wurde ein gutbezahlter Job angeboten, wir zogen in die Schweiz. Doch dann fiel alles auseinander. Kim war so unglücklich hier. Sie fand keine Freunde, keine Arbeit, sie wurde immer wütender. Auf mich. Ich hatte ihr alles genommen und nichts gegeben. Wir stritten uns immer häufiger, immer heftiger, erst schlug sie mir die Nase blutig, das Auge blau, dann brach sie mir den Kiefer, den Arm.

Was sollte ich tun? Zurückschlagen? Das ist es doch, was er gewollt hat, dass wir so werden wie er: Bernhard ist ein Schläger, immer wieder im Gefängnis. Urs nimmt Drogen. Und ich? Sollte ich meine Frau schlagen?

Ich wollte schon kündigen und mit Kim zurück nach Texas ziehen. Doch dann trat Poppy wieder in mein Leben. Ich hatte noch einmal eine Chance. Wir waren so glücklich, Poppy und ich, wir gehören einfach zusammen. Nach wenigen Wochen war klar, dass ich mich von Kim trennen musste. Aber ich hatte Angst. Angst vor ihrer Reaktion. Doch Poppy ließ mir keine Wahl. Sie konnte das Versteckspiel nicht ertragen, das Lügen. Sie zog sich zurück. Also sagte ich Kim alles. Wir gingen zusammen joggen, am Fluss, Kim war sportlicher als ich, fitter, ich hatte Mühe, die Worte aneinanderzureihen, ich war außer Atem. Ich blieb stehen. Und da ging Kim auf mich los. Und plötzlich – ich weiß nicht – plötzlich war meine Handkante an ihrer Kehle. Kim starrte mich an, dann taumelte sie ein paar Schritte zurück, stolperte und fiel rückwärts den Uferhang hinunter. Ich hörte noch, wie sie im Fallen auf den Steinen aufschlug, ich hörte sie auf dem Wasser aufklatschen. Dann nichts mehr. Ich rannte einfach weiter. Ich rannte davon. Ich rannte nach Hause und packte meine Sachen, ich wollte gleich zu Poppy. Ich wusste nicht, was ich getan hatte. Es war mir nicht klar. Dann weiß ich nichts mehr, bis ich irgendwann unter der Dusche stand und weinte. Ich wusste, dass ich mir den Weg zu Poppy verbaut hatte. Man würde Kim finden, man würde mich verdächtigen, und wenn man herausfand, dass sie meine Geliebte war, auch sie. Ich versuchte, die Spuren zu verwischen, ich meldete mich bei der Polizei, ich machte alles noch schlimmer. Und dann trat Poppy vor, sie stellte sich vor mich. Sie wollte mich schützen. Man kann niemanden schützen. Vor nichts.

Weißt du, was das Schlimmste ist? Nach dem Tod meines Vaters ist meine Mutter zusammengebrochen. Sie hat nur noch geweint und gejammert und geklagt. Was für ein großer Mann er doch gewesen sei, und dass keiner von uns ihm das Wasser reichen konnte.

Aber ich, ich habe meine Frau umgebracht.»

Um seine Ergebenheit zu beweisen, riss sich Hanuman die Brust auf. Sie blutete nicht. Mitten im zuckenden Muskel seines Herzens saßen Sita und Rama, mit geschlossenen Augen, und meditierten. Der perfekte Mann und die perfekte Frau.

«Es gibt nichts, was du nicht tun kannst», sagte Nevada. Das hatte der Bärenkönig zu Hanuman gesagt. Um ihn daran zu erinnern, wer er war. Und wer sich an Hanuman erinnert, wer seinen Namen täglich ausspricht, wird von Krankheit geheilt und von Schmerzen befreit.

Nevada band sich einen Schal um den Hals, über den roten Abdruck seiner Hand. Arm in Arm gingen sie die Treppe hinunter. An der Bar vorbei, in der ihre Schüler saßen. Sie gingen über den Hof zum Parkplatz. Nevada spürte seinen Arm auf ihrem. Sie hatte keine Angst. Ihr Arm war schwach, und seiner zitterte leicht. Sie begehrte ihn nicht mehr. Nevada wusste wieder, wer sie war. Sie war die Lehrerin.

Wolf öffnete die Beifahrertür und wartete, bis Nevada eingestiegen war, ging um den Wagen herum und setzte sich ans Steuer. Als er den Zündschlüssel ins Schloss steckte, zitterte seine Hand nicht mehr.

Er stellte den Wagen vor dem Polizeiposten ab. Wieder ging er um ihn herum, hielt Nevada die Tür auf und half ihr beim Aussteigen. «Kommst du mit?»

Nevada nickte, und er nahm ihren Arm. Vor der Tür hielt er inne. «Wie kommst du nachher zum Studio zurück?», fragte er. «Du solltest meinen Wagen nehmen.» Er reichte ihr den Schlüssel. Dann traten sie ein. Wolf hielt ihr die Tür auf, deutete auf einen Stuhl und ging dann zu dem Schalter am Ende des Raumes.

«Ist jemand von der Kriminalpolizei da, Burckhardt oder Walder?», fragte er höflich.

«Worum geht es?»

«Ich möchte ein Geständnis ablegen.»

Wolf setzte sich neben Nevada auf einen Stuhl und wartete. Irgendwann nahm sie seine Hand. Oder er ihre. So saßen sie nebeneinander und warteten und schwiegen. Es dauerte nicht lange, und eine stämmige Frau in einem schlechtsitzenden Anzug stand vor ihnen. «Herr

Doktor Bolliger», sagte sie. «Zu Ihnen wollten wir heute auch noch. Und wer sind Sie?»

«Nevada Marthaler.»

Die Polizeibeamtin schien auf eine Erklärung zu warten.

«Ich bin die Yogalehrerin von Poppy Schneider», sagte Nevada. «Und die von Wolf.»

Walder schnaubte. «Von Ihnen haben wir gehört!»

Wolf stand auf. «Ich möchte ein Geständnis ablegen», sagte er. «Ich bin es, der Kim umgebracht hat. Nicht Poppy.»

«Das wissen wir auch schon», sagte Walder. «Dann kommen Sie mal mit.»

Nevada stand auf. «Sie nicht», sagte Walder. Sie nahm Wolf am Arm und führte ihn am Schalter vorbei zu den Fahrstühlen. Dort blickte Wolf über seine Schulter zurück. Er sah Nevada an. «Danke», flüsterte er.

Erinnere dich daran, wer du bist.

Nevada schloss den roten Mercedes auf und setzte sich ans Steuer. Das Steuerrad war mit Leder verkleidet, es fühlte sich warm an unter ihren Händen, lebendig. Sie steckte den Schlüssel ins Schloss, suchte mit dem rechten Fuß das Gaspedal und rutschte ab. Der Motor hustete und keuchte, während sie versuchte, ihren Fuß zum Gehorsam zu zwingen. Er hatte nicht genug Kraft, um das Pedal hinunterzudrücken, und rutschte immer wieder seitlich weg. Nevada dachte an den Unfall, den sie während ihrer Fahrprüfung verursacht hatte. Dramatisch hatte ihre Karriere als Autofahrerin begonnen, dramatisch sollte sie nicht enden. Sie zog den Schlüssel ab, stieg aus, schloss den Wagen ab und ging zurück in den Polizeiposten. Ihre Füße verhielten sich tadellos. Nevada würde ihnen nie wieder trauen.

Sie trat vor den Schalter. «Hier ist noch der Autoschlüssel von Wolf Bolliger», sagte sie.

Als sie zur Fabrik am Wasser zurückkam, war gerade die letzte Abendlektion zu Ende. Verschwitzte Yogaschüler kamen Nevada entgegen, darunter Nadine, die den Blick abwandte. Die Yogaschüler umspülten Nevada wie Wasser. Sie glitt zwischen ihnen hindurch. Sie war unsichtbar.

Auf der ersten Etage blieb sie stehen. Ihre Beine waren schwer. Sie schaute die Treppe an, die sich vor ihren Augen ins Endlose verzerrte. Dann schloss sie das Studio auf. Sie würde sich einen Moment ausruhen und ihre Kräfte für den Aufstieg in den zweiten Stock sammeln.

Nevada musste das Licht nicht anzünden, um den Weg in den kleineren Saal zu finden. Gedämpft fiel das graue Licht der Straßenlaternen durch die großen Fenster. Es reichte nicht bis in alle Winkel, es verwandelte die Statue des Elefantengottes in einen gebückt kauernden Bettler und die in der Ecke gestapelten Matten in einen Drachen. Doch Nevada würde sich blind zurechtfinden. Sie nahm sich eine Matte vom Stapel, eine Wolldecke und ein Sitzkissen aus dem Regal und ging zur nächstliegenden Wand. Sie rollte die Matte aus, legte sich auf den Rücken und versuchte dann, ihre Beine an die Wand zu legen. Sie musste mit beiden Händen nachhelfen. Schließlich legte sie sich das schwere, sandgefüllte Kissen auf den Unterleib. Das Gewicht löste einen dumpfen Schmerz in ihrem Becken aus. Sie atmete dagegen an. Und plötzlich sah sie die flache Metallschatulle wieder, direkt unter dem Kissen, zwischen ihren schmerzenden Beckenknochen eingeklemmt. Auf dem Deckel des Kästchens sah sie ein Warnzeichen wie in einem Cartoon, eine groteske Fratze, mit roten Balken durchkreuzt, lächerlich eigentlich. Trotzdem erfüllte sie plötzlich kalte Angst. Sie atmete weiter. Sie sah eine Hand das Kästchen tiefer und tiefer nach unten drücken. Plötzlich war die Hand weg, und das Metallkästchen löste sich auf. Das Bild von dem kleinen Mädchen schwebte frei in ihrem Unterleib. Es drehte sich leicht hin und her und veränderte sich in der Bewegung wie ein Vexierbild. Das Kind war sie. Der angestrengte, sorgenvolle Blick war ihrer, das kurzgeschnittene dunkle Haar. Nevada versuchte, das Bild genau zu sehen, doch es hielt nicht still.

Nevada atmete langsam weiter. Sie war das kleine Kind. Sie schaute auf ihre eigenen dicken Beinchen hinunter, die in weißen Söckchen mit Lochmuster steckten. Das Gummiband schnitt die Wade ein, teilte das kindliche feste Fleisch. Sie trug glänzend rote Lackschuhe mit einem Riemen über den Fuß und einer goldenen Schnalle. Sie sah die Hosenbeine, auf denen sie saß, helle, verwaschene Jeans, über dem Knie zerrissen. Sie sah sich einen dicken kleinen Finger in das Loch stecken, die Haut darunter kitzeln, sie hörte sich beglückt auflachen. Dann drückte etwas hart gegen ihren Rücken, und sie schrak auf. Jetzt schaute Nevada von oben auf die beiden hinab. Benis Haar war noch dunkel und gelockt, wie ihres. Sie erinnerte sich, dass sie mit knapp zwei Jahren Läuse gehabt hatte, dass man ihr blondes, glattes Haar ganz kurz geschoren hatte. Und dass es dunkelbraun und gelockt nachgewachsen war. Wie das ihres Vaters. Er trug ein Jeanshemd und verwaschene Jeans und war barfuß. Er roch nach Alkohol, Rasierwasser, Schweiß und Rauch. Seine Hände langten von hinten um das kleine Kind herum und zogen es zu sich, immer wieder und wieder zu sich, gegen seinen Schoß. Er legte den Kopf zurück. Tränen rannen über seine Wangen. «Was machst du mit mir?», stöhnte er. «Was machst du mit mir?»

Das kleine Mädchen lachte nicht mehr. Es saß ganz still. Dann griffen seine Hände um den Kinderkörper herum und zwischen die dicken kleinen Beine. Nevada konnte von oben die knochigen Daumen sehen, die sich unter das karierte Kleidchen schoben. Ein brennender Schmerz durchfuhr sie. Sie schrie auf und stieß das Kissen von sich. Sie konnte sein Gewicht nicht mehr ertragen. Sie rollte sich auf die Seite, presste die Beine zusammen und würgte, würgte, bis sie sich auf den Fußboden erbrach.

Sie hatte den ganzen Tag außer ein paar Trockenfrüchten und Nüssen nichts gegessen. Dicker, saurer Saft füllte ihren Mund, quälte sich über ihre Lippen, ergoss sich über die Matte und den glänzenden Holzboden. Sie rollte sich auf die andere Seite und versuchte, davon wegzukriechen. Von dem Ekligen. Von dem Schmerz.

Auf allen vieren kroch sie zu den Yogamatten in der Ecke. Der Stapel war nicht hoch, zwanzig Matten lagen übereinander. Sie kroch auf sie hinauf, zog eine Decke über sich, sie rollte sich zusammen, wickelte sich ganz in die Decke ein, nur ihre Nase schaute hinaus. Nevada weinte und weinte. Immer wieder sah sie die Daumen ihres Vaters vor sich. Sie krümmte sich vor Ekel. Vor Schmerz. Nein, nein, nein. Das durfte nicht, konnte nicht wahr sein. Die Bilder ließen sich nicht wegschieben. Nach einer Weile wurde das Würgen schwächer, das Weinen. Aus dem bodenlosen Schmerz wuchs etwas anderes. Nevada erkannte es erst nicht. Es war blau. Es passte nicht in dieses abgrundtiefe, schwarze Loch.

Endlich, dachte Nevada, und: Gott sei Dank. Das Blaue wurde größer. Sie erkannte das Gefühl als Erleichterung. Endlich und Gott sei Dank. Jetzt wusste sie, wer sie war. Sie wickelte sich noch enger in die Decke ein. Eine ihrer Schülerinnen, eine Hebamme, hatte ihr einmal erklärt, dass man kleine Kinder ganz eng in ein Tuch wickeln müsse, damit sie aufhören zu schreien. Damit sie sich sicher fühlen.

Dass sie sich nie sicher gefühlt, dass sie nie wirklich dazugehört hatte, dass sie sich immer so sehr anstrengen musste und sich doch nie entspannen konnte, dass sie nie gut genug gewesen war – das alles schien ihr plötzlich schlüssig. Es gab einen Grund dafür. Nevada atmete immer ruhiger. Alles war klar. Alles war gut.

Avidya, dachte sie. Falsche Wahrnehmung. Verwechslung. Sie war der Grund dafür, dass man das, was man wahrnahm, nicht von der eigenen Person trennen konnte, und das wiederum war die Ursache allen Leidens. Aber was, dachte sie, was, wenn falsche Wahrnehmung nicht nur eine störende Kraft war, sondern auch eine schützende? Sie hatte immer nur so viel gewusst, wie sie ertragen konnte. Nur immer so viel gesehen, dass sie nicht blind wurde. *Avidya* hatte sie wie eine Nebeldecke eingehüllt, wie diese Wolldecke hier. Sie hatte verhindert, dass sie sich einer Realität stellte, die sie nicht aushalten konnte. Während sie unter der Nebeldecke der falschen Wahrnehmung wie in einem Kokon versponnen lag, hatte sie sich auf das Unausweichliche vorbereitet, sie hatte trainiert. Yogastellungen sind so unbequem wie das Leben. Oft wird ihre wohltuende Wirkung erst durch das Lösen der Stellung angeregt, wenn das Blut wieder fließt. Nevada hatte gelernt, in einem absurd verschraubten Körper ruhig weiterzuatmen. Sie hatte trainiert, sitzen zu bleiben, wenn sich ihre Gedanken in den Schwanz bissen und in endlosen Kreisen abwärts taumelten. Sie hatte gelernt, sich selber auszuhalten. Sie hatte es lange genug geübt.

Sie dachte an Wolf. Ein Wahn hatte sie befallen. Warum? Um Poppy zu retten, die ihre Schülerin war? Das war nicht der Grund dafür. Wolf hatte den Nebel zerrissen. Wolf war wie sie. Beschädigte Ware. Er hatte sie erkannt, und sie ihn.

Sie war beschädigte Ware, aber keine Fehlkonstruktion. Sie war verletzt worden, es war eine Narbe zurückgeblieben, das war alles. Sie war nicht zerbrochen. Sie war nicht kaputt. Auch wenn sie krank war und nicht geheilt werden konnte: Sie war nicht die Krankheit. Sie war nicht mehr das kleine Mädchen auf den Knien ihres Vaters. Sie war kein Opfer.

Yoga würde Nevada nicht von Krankheit und Schmerz befreien. Yoga half ihr, mit Krankheit und Schmerz zu leben, ohne sich damit zu identifizieren. Ihre Narben zu kennen, mit ihnen zu leben, ohne sich von ihnen bestimmen zu lassen.

Sie lag in der Decke eingewickelt wie eine Raupe. Tränen liefen über ihr Gesicht und hin und wieder würgte es sie. Und doch wusste sie mit absoluter Gewissheit, dass sie in Ordnung war. Dass sie die Decke abwerfen und aufstehen würde, sobald sie es konnte.

Oder wenn Nadine sie weckte. Die plötzlich über ihr stand.

«Das ist ja widerlich. Das putze ich nicht auf!»

Widerlich, widerlich, widerlich, dachte Nevada. Alles war sofort wieder da.

Nadine rief Lakshmi, die in wenigen Minuten im Studio war. Sie stand neben Nadine und blickte auf Nevada hinab, die aus der engen Öffnung in der Wolldecke hinausblinzelte.

«Jetzt reicht es aber», sagte Lakshmi.

Nevada war ganz ihrer Meinung.

Marie

Marie wusste, was sie zu tun hatte. Sie rief den übernächtigten Assistenzarzt Maurer und bat ihn, die Röntgenbilder von Mira Bolliger-Mehmeti zu holen.

«Jetzt?» Er schaute auf die Uhr. Vermutlich war er seit zweiundsiebzig Stunden auf den Beinen. Marie erinnerte sich gut an diese Müdigkeit. Manchmal dachte sie, dieser Teil der Ausbildung gleiche einem mittelalterlichen Ritual, einer Prüfung, die nichts mit medizinischem Können zu tun hatte, sondern mit magischen Fähigkeiten: Nur wer den schwarzen Drachen Schlaf in Schach halten kann, dem gelingt es vielleicht auch, seinen durchsichtigen Bruder zu bekämpfen, den Tod. Marie war davon überzeugt, dass Schlafmangel, wie ihn junge Mütter und angehende Ärzte erlebten, nicht mehr aufzuholen war. Bis zu ihrem Lebensende würden ihr diese Nächte fehlen, sie saßen noch in ihren Knochen, sie zerrten an ihrem Gemüt. Es war kein Zufall, dass Marie mit solcher Zärtlichkeit an ihrem Bett hing. Und dass sie es so schlecht ertrug, wenn es ihr genommen wurde. Immer wieder dachte sie an den großen Streit mit Stefanie. Satz für Satz ging sie ihn durch und reagierte jedes Mal gelassener, einfühlsamer. Stefanie wusste noch nicht, dass sie den Sommer mit Marie verbringen würde. Eva wollte es ihr erst im letzten Moment sagen. Und auch Gion im Glauben lassen, sein Fernsehprojekt würde verwirklicht werden. «Ein bisschen Rache muss schon sein», hatte sie gesagt. Auch Marie ging strategisch vor. Sie hatte die Kündigung eingereicht und sich, während der Krankenhaustratsch sie nach Indien schickte, um drei Hausarztstellen beworben. Sie lagen alle nicht in der Nähe des Dorfs, in dem ihre Eltern wohnten. Sie hatten sich trotzdem über ihre Entscheidung gefreut.

«Ich bin froh, dass du gehst», hatte ihr Vater gesagt. «Gion ist ja charmant, aber er ist kein Mann für dich. Er war nie gut genug für dich, Marili, und es tat mir weh, dass du das nicht gesehen hast.»

«Besser spät als nie.» Verlegen hatte sie den Hörer aufgelegt. Ihr Vater wurde selten sentimental.

Maurer kam mit den Röntgenbildern zurück, einem unförmigen Umschlag, der nicht unter seinen Arm passte und den er ungeschickt in den Händen hielt. Marie nahm die Bilder heraus und klemmte sie an die Leuchtwand. «Was sehen Sie?»

Er nahm die Brille ab und rieb sich die Augen. Warum ich?, sagte seine Haltung. Was habe ich getan? Sie fühlte mit ihm. Was hatte er getan? Er war groß und hatte einen Schädel wie ein Stier und einen kurzgeschnittenen schwarzen Bart. Es kommt noch schlimmer, Maurer, dachte sie.

«Nun?»

Er trat näher. «Einfache Fraktur der Clavicula links, sieht man oft bei Kindern, Rotationsfraktur der Ulna rechts ... Immer dieselbe Patientin?»

«Was fällt Ihnen auf?»

«Hmm ...» Er zögerte. Nur jetzt nichts Falsches sagen. Seine Gedanken mussten sich weich anfühlen, schwer fassbar. Die Müdigkeit war wie eine Behinderung. Plötzlich dachte Marie wieder an Nevada: Die Fatigue war das schlimmste Symptom der MS. Führte zu Depressionen, Suizidgedanken ... Sie konzentrierte sich wieder auf Maurer.

«Sehen wir oft im Notfall», sagte der. «Das sind eigentlich typische Prügelverletzungen.»

Die Notaufnahme behandelte nachts und am Wochenende vor allem junge Männer, die entweder ihre frisierten Wagen zu Schrott gefahren oder sich gegenseitig spitalreif geprügelt oder mit Messern lebensgefährlich verletzt hatten. «Sehr gut, Maurer. Genau darum geht es. Bei der Patientin handelt es sich um eine verheiratete Frau, es besteht Verdacht auf häusliche Gewalt. Die Verletzungen sind dieselben wie bei den männlichen Prügelopfern, die wir hier immer sehen. Nun überlege ich mir – und das könnte ein Artikel werden, Maurer, Sie könnten mir bei der Recherche helfen, ich würde Ihren Namen nennen! – ich überlege mir: Zwei ganz unterschiedliche Patientengruppen, misshandelte Frauen und junge Männer. Dieselben Verletzungen. Dieselben Wiederholungsmuster. Was ist die Verbindung?»

«Junge Männer haben Mütter», sagte Maurer sofort.

Marie blickte ihn erstaunt an. Sie hatte sehr viel länger gebraucht, um zu einem ähnlichen Schluss zu kommen, und sie hatte ihn weniger klar formuliert. Gewaltmuster in der Familie, weitergegeben von Generation zu Generation, hatte sie gedacht. Männer, die sich aneinander messen und im anderen eigentlich den Vater bekämpfen, gegen den anzutreten sie sich nicht trauen ...

«Ich habe Psychologie studiert», sagte Maurer, als entschuldige er sich. «Aber es hat mir nicht gereicht.»

Das erklärte, warum er älter aussah als die anderen Assistenzärzte.

Er war älter. Umso besser. «Das trifft sich ja sehr gut. Maurer, Sie sind dabei!»

«Gerne, was brauchen Sie?» Sein bleiches Gesicht hatte sich etwas gerötet, die müden Augen blickten interessiert.

«Sie kommen mit. Wir machen einen Hausbesuch.»

«Einen Hausbesuch? Aber ...»

«Ich weiß, ich weiß! Eine Behandlungsmethode, die nicht mehr praktiziert wird, aber manchmal die einzige, die zum Ziel führt.»

«Ich hätte noch bis zwölf Uhr Dienst!»

«Ich übernehme die Verantwortung. Sehen Sie es so, Maurer: Wann waren Sie zuletzt an der frischen Luft? Dem Tageslicht ausgesetzt?»

«Ich hole meinen Mantel!»

Das Haus, in dem Familie Bolliger wohnte, lag am Stadtrand. Es war eins in einer Zeile von Häusern, die alle gleich aussahen. Nur die Fensterläden und Türen waren in unterschiedlichen Farben gestrichen. Grün oder rot oder blau. Eine Reihe blasser Gesichter mit verschiedenfarbigen Augen.

«Fliederweg zwölf b», sagte Maurer. «Klingt ja ziemlich pompös!» Er sagte es spöttisch. Die Häuser hatten kleine Gärten, in denen wacklige Klettergerüste standen oder grüngestrichene Bänke. Sie hatten alle denselben Erker im Erdgeschoss und darüber einen kleinen dreieckigen Balkon. Sie sahen aus wie Miniaturvillen, wie Spielzeughäuser.

«Maurer», sagte Marie. «In diesen Häusern wohnen Menschen. Machen Sie sich mal nicht lustig!»

«Ich bin in so einem Haus aufgewachsen. Adresse: Zedernstraße vierzehn.» Maurer gefiel ihr immer besser. Marie stellte ihr Auto direkt vor die Nummer zwölf b und stieg aus. Sie legte die laminierte Karte mit dem Kreuz auf das Armaturenbrett. *Arzt im Dienst.* Als Hausärztin würde sie einen Kleber an der Scheibe haben.

Marie klingelte. Hinter der rotgestrichenen Tür war es still. Marie klingelte nochmals. Der Spion verdunkelte sich. Dann wurde die Tür einen Spalt weit geöffnet.

«Frau Bolliger? Mira?»

Die Kette wurde gelöst und die Tür ein bisschen weiter geöffnet.

Marie linste hinein. Es war dunkel. Sie erkannte Miras streng zurückgekämmtes Haar, ihr schmales Gesicht.

«Erinnern Sie sich an mich? Ich bin Doktor Leibundgut vom Kantonsspital. Ich habe Sie neulich in der Notaufnahme betreut.»

In den toten Augen flackerte etwas auf.

«Dürfen wir hereinkommen?»

Die Augen erloschen wieder. So schnell, dass Marie dachte, sie habe sich das Flackern eingebildet. «Mein Mann schläft», sagte Mira. «Er arbeitet Schicht.»

«Kenn ich», sagte Maurer. «Brutal!»

«Wir dürfen nicht laut sein», flüsterte es von Miras Knien herauf. Ein kleines Mädchen mit toten Augen. Marie bückte sich. Sie konnte Maurers Unruhe fühlen, wie er von einem Fuß auf den anderen trat, sie blickte warnend zu ihm auf, bevor sie sich dem Mädchen zuwandte. «Hallo. Du bist sicher Serena. Ich bin Marie.»

Das Mädchen nickte ernst.

«Woher wissen Sie, wie meine Tochter heißt?»

«Frau Bolliger, ich habe Ihre Unterlagen durchgesehen.»

«Ach, haben Sie?»

Marie nickte. Wurde auch langsam Zeit, schienen Miras Augen zu sagen, doch dann schauten sie über Maries Schulter hinweg auf die Straße. Marie drehte sich um und sah eine ältere Frau sehr langsam einen leeren Einkaufswagen die Straße hinaufziehen und dabei neugierig zu ihnen herüberstarren. Sie wird sich noch den Hals verrenken, dachte Marie, oder vom Trottoir stolpern.

«Frau Zenthäuser», sagte Mira und hob die Hand zum Gruß. Die alte Frau nickte nur und ging dann langsam weiter. Sie ließ sie nicht aus den Augen, bis das fremde Auto mit der Arztplakette in der Windschutzscheibe sie ablenkte.

«Dann kommen Sie halt herein», sagte Mira. «Aber Sie müssen leise sein. Und ziehen Sie die Schuhe aus, ich habe gerade geputzt.»

Maurer blickte zu Marie, als hole er ihre Erlaubnis ein.

«Danke», sagte Marie.

Sie streiften die Schuhe ab und betraten einen dunklen Flur. Eine Treppe führte in den oberen Stock, zu den Schlafzimmern, vermutete

Marie. Der Flur endete in einem kleinen Wohn-Esszimmer. Auch dort war es dunkel, die Fensterläden geschlossen, als ob die Sonne sich von hier aus einen Weg ins Schlafzimmer bahnen und Herrn Bolliger aufwecken konnte. Marie sah im Vorbeigehen, dass das Zimmer neu eingerichtet und makellos sauber war. Marie fragte sich, wie es in einem Haus, in dem zwei kleine Kinder lebten, so aussehen konnte.

«Hier durch», sagte Mira und führte sie in die Küche. In der Küche war es hell. Es roch nach Kaffee und einem starken Gewürz. Auf dem Herd brodelte etwas in einem Topf. Marie kannte den Geruch: Rhabarberkonfitüre. Auf dem Küchentisch lag ein Bilderbuch aus wattiertem Plastik, ein Malblock und Stifte. In einem Hochstuhl saß ein dicker Junge und lachte breit, aber vollkommen tonlos. Auf dem Tablett vor ihm lagen ringförmige Frühstücksflocken, die er mit seinen Patschhändchen einzeln aufzunehmen versuchte.

«Möchten Sie Kaffee?»

«Sehr gerne», sagte Maurer und schaute sehnsüchtig die funkelnde neue Kapselmaschine in der Ecke an. «Zweimal schwarz, wenn es geht.»

Mira winkte ab. «Ich hab was Besseres für Sie», sagte sie und nahm ein kleines, goldfarbenes Metallkännchen vom Herd. «Nun schauen Sie nicht so schockiert, Sie halten mich doch eh für eine Türkin!»

«Sie unterschätzen mich», sagte Maurer. «Was glauben Sie, wo ich herkomme?»

«Sie? Maurer?»

«Sie heißen ja auch Bolliger!»

«Ja, aber ich habe einen Schweizer geheiratet.»

«Meine Mutter auch.» Maurer grinste. Mira schenkte die schäumende süße Flüssigkeit langsam in sehr kleine Tassen.

«Das», sagte Maurer zu Marie, «das ist ein Zaubertrank. Der wird uns drei Stunden lang hellwach und klar und fröhlich machen!»

Marie schaute von Maurer zu Mira und von Mira zu Maurer. Was geschah hier? Flirteten sie? In dieser Situation? Marie schämte sich, dass sie nichts über Maurer wusste. Sie hatte ihn nur deshalb ausgesucht, weil er stark aussah. Das war alles. Jetzt war sie nicht mehr sicher, ob ihre Wahl eine gute gewesen war. Sie fühlte Serenas dunklen

Blick. Das Mädchen beobachtete dasselbe wie sie. Marie lächelte ihm mit einer Zuversicht zu, die sie nicht verspürte.

«Danke», seufzte Maurer. Er hielt die kleine Tasse unter seine Nase und schloss die Augen.

Mira riss ihren Blick von ihm los und schaute Marie an. «Nun, was wollen Sie von mir?» Die Höflichkeiten waren beendet.

«Frau Bolliger …»

«Nennen Sie mich nicht immer so. Ich heiße Mira.»

«Marie.»

«Zlotan», sagte Maurer, doch die Frauen beachteten ihn nicht mehr. Mira hob ihre Tochter auf ihren Schoß. Beide sahen prüfend zu Marie hoch, die sich fühlte, als müsste sie einen Test bestehen.

«Also, Mira, ich habe mir deine Unterlagen noch einmal angeschaut, und zwar bis zu deinem ersten Besuch bei uns zurück. Dabei ist mir aufgefallen, dass du immer wieder Knochenbrüche erlitten hast …»

Mira nickte. «Ich bin halt ungeschickt», sagte sie.

«Ich auch», sagte Serena ernst. «Ich bin vom Bett gefallen.»

Mira drückte sie fester an sich. «Du nicht», sagte sie streng. «Du bist nicht ungeschickt.»

Das Mädchen lachte. «Mama! Du tust mir weh!» Dann verstummte es sofort wieder.

«Du auch nicht, Mira.» Marie atmete tief ein. Sie hatte nicht damit gerechnet, dass die Kinder bei dem Gespräch dabei sein würden. Sie hatte es sich anders vorgestellt, ein Fehler, wie sie jetzt erkannte. «Diese Art von Knochenbrüchen, vor allem in dieser Häufigkeit, sehen wir eigentlich nur bei Jugendlichen, die sich prügeln, oder bei Frauen, die Opfer von häuslicher Gewalt sind.» Mira wollte sie unterbrechen, doch Marie sprach einfach weiter. «Seit der Geburt deines Sohnes hier hattest du keine solchen Verletzungen mehr, dafür immer wieder diffuse Unterleibsbeschwerden, die wiederum auf sexuellen Missbrauch schließen lassen. Tut mir leid, wenn ich das so offen ausspreche, vor den Kindern, aber lass mich zum Punkt kommen. Du brauchst Hilfe, und du kannst sie bekommen. Pack deine Sachen zusammen, wir bringen euch ins nächste Frauenhaus.»

«Er ist ein guter Vater», flüsterte Mira. «Er würde seinen Kindern nie etwas antun.»

«Mira. Du bist immer wieder zu uns gekommen, weil du etwas von uns wolltest. Du wolltest Hilfe. Von uns. Lass uns helfen!»

«Das versteht ihr nicht.» Mira hatte ihre Arme um Serena geschlungen und drückte sie an sich wie ein Kissen. Das Mädchen wand sich. «Er hat mich nicht missbraucht. Ich will einfach nicht mehr. Deshalb tut es weh.»

«Mira, wenn es gegen deinen Willen passiert, dann ist es Missbrauch», sagte Marie streng. Sie fühlte sich unsicher, als würde sie aus einem Lehrbuch zitieren. Marie fragte sich nicht zum ersten Mal, ob sie zu viel Glück gehabt hatte, um eine gute Ärztin zu sein. Musste man das Leiden kennen, um es zu lindern? Um es überhaupt zu erkennen? Vielleicht hätte sie statt Maurer die Hebamme mitnehmen sollen, die erfahren war und nicht verklemmt, die die Dinge beim Namen nennen konnte.

«Das verstehst du nicht», sagte Mira. «Ich habe ihn geliebt, weißt du. Bernhard war ein kleiner Gauner, als ich ihn kennenlernte. So charmant. Aber gefährlich. Ich selber war ja auch wild damals, ich nahm Drogen, ich tanzte ganze Nächte durch ... wir gehörten zur selben Gang ... Ja, er hat mich geschlagen, aber das gehörte dazu, damals. Er zeigte mir, dass ich zu ihm gehörte. Dann kam das erste Kind, und unser Leben änderte sich. Ich war überfordert. Allein. Bernhard blieb ganze Nächte lang weg. Eines Nachts hielt ich es nicht mehr aus. Ich habe Serena ein Zäpfchen gegeben, damit sie schläft, und bin tanzen gegangen, allein, ich habe mit fremden Männern getanzt ...» Das Mädchen schaute nicht auf, als es seinen Namen hörte, aber es wurde ganz ruhig auf Miras Schoß. Mira seufzte leise und fuhr fort. «Als ich nach Hause kam, lag sie auf dem Boden vor dem Bett. Sie war aufgewacht und hatte versucht, aus dem Bett zu klettern. Sie hatte sich verletzt. Im Spital haben sie ganz genau nachgefragt, was passiert ist. Ich habe gesagt, ich hätte geschlafen. Ich habe nicht gesagt, dass ich tanzen war. Ich weiß noch, wie ich dachte: Wenn sie nur bei den Erwachsenen auch so genau nachfragen würden ... Von da an riss ich mich zusammen. Ich hörte auf zu trinken, zu tanzen, zu jammern, ich wurde eine gute Mutter. Serena würde nichts passieren, das schwor ich mir. Ich wollte ihn verlassen. Ich wollte aus allem raus, mit allem abschließen. Aber er weiß, was ich getan habe. Ich war ja auch blöd genug, um in einen Club zu gehen, in dem ihn alle kennen. Er hat gesagt, wenn ich gehe, sorgt er dafür, dass ich meine Tochter nie wiedersehe. Das war das erste Mal, das einzige Mal, dass er mich mit Gewalt genommen hat... und dann kam Joshua ... Und als Joshua geboren wurde, passierte etwas mit Bernhard. Er weinte bei der Geburt. Er würde ein guter Vater sein, das schwor er noch im Gebärsaal. Sein Sohn sollte es einmal besser haben als er. Er brach mit seinen alten Freunden, er suchte sich einen Job, holte den Schulabschluss nach, fand einen besseren Job, wir kauften dieses Haus ... Er arbeitet zusätzlich nachts als Sicherheitsbeamter, das ist ein Witz, aber da nehmen sie gern Leute mit Erfahrung, so nennen sie das. Er schuftet sich kaputt, er schläft nicht, er bietet uns ein gutes Leben, er tut alles für uns. Dafür müssen wir leise sein, und wir dürfen keinen Dreck machen. Das ist kein zu hoher Preis.»

«Und warum kommst du dann immer wieder zu uns ins Spital, Mira? Du willst, dass wir nachfragen, dass wir etwas merken, aber was?»

Mira atmete tief. «Ich will weg. Aber ich weiß nicht, wie. Ich brauche einen Grund. Jetzt, wo er sich solche Mühe gibt, wo er alles richtig macht, habe ich keinen Grund mehr zu gehen. Aber ich halte es trotzdem nicht mehr aus.» Sie begann zu weinen.

«Leise sein!», mahnte Serena, doch zu spät. Schwere Schritte im Gang. Der kleine Junge schloss seinen Mund und senkte seinen Kopf wie ein uralter Mann. Die Tür flog auf, und Marie drehte sich um. Sie erwartete, ein Monster zu sehen, im Fernsehen waren diese Männer immer dunkel und wild, deshalb hatte sie ja Maurer mitgenommen, den Einzigen, der ihr auf die Schnelle eingefallen war, der diesem Bild entsprach. Doch in der Tür stand ein schmächtiger kleiner Mann mit schütterem Haar und grauer Haut. Schwere Augensäcke. Er ist müde, erkannte Marie, er ist ganz einfach müde. Er kämpft um sein Recht zu schlafen.

«Was ist hier los?» Seine Stimme klang seltsam hoch und schrill.

«Herr Bolliger, ich bin Frau Doktor Leibundgut vom Kantonsspital und das ist mein Kollege Doktor Maurer. Wir haben nur ein paar Fragen an Ihre Frau.»

«Warum? Warst du wieder im Spital? Wann war das?»

Mira presste die Lippen zusammen.

«Letzte Woche», sagte Marie und blätterte in ihren Unterlagen. «Mittwoch, neunzehn Uhr dreißig.»

«Kaum bin ich bei der Arbeit, rennst du ins Spital? Und die Kinder? Wo waren die Kinder?»

«Bei Frau Zenthäuser.»

Marie verstand plötzlich: Die Zeitspanne, in der ihr Mann bei der Arbeit war und sie ihre Nachbarin bitten konnte, auf ihre Kinder aufzupassen, bevor diese schlafen gehen wollte, war wegen der Schichtarbeit klein. Deshalb die Randstunden.

Marie fragte sich zum wiederholten Mal, wie Miras Geschichte verlaufen wäre, wenn sie einen Hausarzt hätte, dem sie vertrauen konnte. Doch die Frage war müßig.

«Und warum heulst du? Warum weint meine Frau? Was ist hier eigentlich los?»

«Herr Bolliger, es hat sich leider herausgestellt, dass Ihre Frau Trägerin eines gefährlichen Gendefektes ist, der bei ihr und leider auch ihren Kindern zu einer fortschreitenden, am Ende tödlichen Behinderung führen kann. Wir müssen unbedingt weitere Untersuchungen durchführen.»

«Meine Kinder? Was ist mit meinen Kindern? Meinem Sohn?»

Bolliger streckte die Hände nach dem Jungen aus, der erst zurückzuckte und dann erschlaffte. Widerstandslos ließ er sich aus dem Sitz heben. Sein Vater hielt ihn mit gestreckten Armen von sich, anklagend hielt er ihn Marie und Maurer entgegen wie ein Beweisstück.

«Das sind die Balkan-Gene! Dass die nichts taugen, wissen wir. Da muss man nur ein Geschichtsbuch lesen!»

Maurer machte ein Geräusch, als wollte er etwas sagen. Ließ es dann aber bleiben. Bolliger schaute Marie streng an. «Sie, mit Ihren schwarzen Haaren, wo kommen Sie her?»

«Ich?»

Er hätte Maurer fragen können, das wäre naheliegender gewesen, aber Maurer war groß und stark. Also ging er auf Marie los.

«Reinrassige Schweizer haben selten schwarze Haare, fast nie. Wir haben ein schönes, sauberes Braunhaar, bescheidenes, unauffälliges Braunhaar. Nicht blond, und schon gar nicht schwarz. Wenn Sie also nicht aus dem Bündnerland stammen ...»

«Aus dem Aargau», sagte Marie. «Aber was tut das zur Sache?»

«Schauen Sie sich meine Frau an. Mira spricht wie eine Schweizerin, benimmt sich wie eine Schweizerin, sieht aus wie eine Schweizerin, aber es ist eine dünne Schicht, Frau Doktor, das sage ich Ihnen, eine ganz dünne Schicht! Da drunter hockt der ganze Dreck vom Balkan. Das Rohe, das Ungezügelte. Was meinen Sie, wie es hier manchmal aussieht? Wie auf dem türkischen Basar! Schauen Sie sich das an!» Er deutete mit dem Kinn auf den Küchentisch. Blitzschnell zog Serena ihren Zeichenblock zu sich heran und lehnte sich über ihn, als wollte sie ihn vor dem Zugriff des Vaters schützen.

«Die Untersuchungen», sagte Marie. «Wir müssen sie so schnell wie möglich durchführen. Unter Umständen kann mit frühzeitiger Behandlung das Schlimmste verhindert werden. Ich schlage vor, Sie folgen uns in Ihrem Wagen!» Sie stand auf. Sie stellte keine Fragen mehr, sie sprach Befehle aus. Sie trat als Oberärztin auf. Sie hatte nur eine Chance. Es funktionierte oder es funktionierte nicht. «Geben Sie mir den Kleinen!» Sie streckte die Arme nach dem Jungen aus, und Herr Bolliger reichte ihn ihr mit ausgestreckten Armen, als sei er schmutzig.

«Mira, packen Sie ein paar Sachen zusammen, es ist möglich, dass wir euch ein paar Tage behalten müssen. Nur das Nötigste. Herr Doktor Maurer, gehen Sie mit den Kindern schon zum Wagen vor.»

«Nehmen Sie die Kinder», sagte Maurer. Er war hellwach von Miras Zaubertrank und kampfbereit. Genau das wollte Marie nicht. Sie verständigten sich mit einem Blick. Ich bin eine Frau, ich bin harmlos, sagte Maries Blick. Maurer verstand. Er gab nach.

«Geh», sagte Mira und hob Serena von ihrem Schoß. Maurer nahm den kleinen Jungen auf den einen Arm, streckte die andere Hand nach Serena aus, die sie vertrauensvoll ergriff.

Mira sah Marie an, die unmerklich nickte. Dann stand sie auf und wollte die Küche verlassen, als ihr Mann sie am Arm packte und zurückhielt.

«Wenn meinem Sohn etwas passiert ...!»

Mira nickte. «Ich weiß, Bernhard.»

«Wir haben nicht viel Zeit», sagte Marie sachlich. «Mira, packen Sie Ihre Sachen zusammen, je schneller der kleine Joshua untersucht wird, desto besser.»

Mira versuchte nicht, sich loszumachen. Marie konnte sehen, dass ihre Hand rot anlief, der Griff musste hart sein. Sie fragte sich, ob es ein Fehler gewesen war, Maurer mit den Kindern hinauszuschicken. Nein, dachte sie. Die Kinder zuerst. Sie trat vor.

«Herr Bolliger, lassen Sie Ihre Frau los.» Sie sagte es ruhig. Er schien sie nicht zu hören.

«Herr Bolliger», versuchte sie es noch einmal. Sie trat näher, legte ihre Hand auf seine, als wollte sie ihm den Puls fühlen. Er schaute sie nicht an, aber sie konnte sehen, wie seine Kiefer sich bewegten. Mira stand ganz still. Sie schien nicht einmal zu atmen. Verwechslung, dachte Marie. Da hatte sie es. Sie versuchte sich vorzustellen, was Herr Bolliger sah. Was passierte hier in seinen Augen? Das Einzige, was Marie sehen konnte, war, dass Herr Bolliger müde war.

«Herr Bolliger, kommen Sie, setzen Sie sich doch erst einmal hin. Das ist bestimmt ein Schock für Sie. Und Sie müssen doch fit sein für Ihre Schicht.»

Bolliger hob unwillkürlich den Arm, um auf die Uhr zu schauen, und Mira huschte aus der Küche. Marie hoffte, sie würde sich nicht wirklich noch mit Packen aufhalten. Nein. Sie hörte, wie sie die Haustür öffnete und leise wieder schloss. Bolliger hatte jetzt ihren Arm gepackt. Vorsichtig bewegte sich Marie auf den Stuhl zu, auf dem Mira eben noch gesessen hatte.

«Ich möchte gerne Ihren Blutdruck messen», sagte sie. «Nur zur Sicherheit. Setzen Sie sich bitte. Strecken Sie den Arm aus, so!» Sie sprach ganz ruhig mit ihm, als sei alles in Ordnung. Sie hörte, wie ihr Wagen angelassen wurde, der Motor hustete ein paarmal. Endlich setzte Bolliger sich hin. Dabei lockerte er seinen Griff.

Marie schaute sich um, als suchte sie etwas. «Ich bin gleich wieder da», sagte sie. «Ich hole nur meinen Koffer.»

Bolliger nickte stumm. Konnte es so einfach sein? Marie lächelte ihm freundlich zu und ging dann aus der Küche ins Wohnzimmer. Bevor sie den Flur betrat, drehte sie sich um. Bolliger hatte den Kopf auf die Tischplatte gelegt.

Marie trat aus dem Haus, gerade als Maurer den Wagen gewendet hatte. Er beugte sich zur Beifahrerseite hinüber und öffnete die Tür. Mira saß mit den Kindern hinten.

«Fahren Sie, los!», sagte Marie und stieg ein.

Ein paar Kilometer lang fuhren sie schweigend. Zurück Richtung Stadt.

«Ins Kantonsspital?», vergewisserte sich Maurer.

«Nein, Maurer, nicht ins Spital, ins Frauenhaus!», sagte Marie.

Mira konnte gar nicht mehr aufhören zu lachen. Serena fiel ein, dann Joshua, alle drei lachten schrill und laut und haltlos, bis endlich alle drei weinten. Marie gab Maurer die Adresse. Schweigend fuhren sie durch die Stadt. Schließlich beruhigten sich Mira und ihre Kinder auf dem Rücksitz. Mira legte ihre Hand von hinten auf Maries Schulter.

«Danke», sagte sie.

«Wahnsinn», sagte Maurer nach einer Weile. «Wie Sie das durchgezogen haben. Wie in einem Film.»

«Nicht wie in einem Film, wie in einer Fernsehserie», murmelte Marie.

«Das Vorstadtspital!» Mira kicherte haltlos. «Hab ich sofort erkannt, die Szene, ich schau mir ja jede Folge an, mit diesem Trottel, der einen Albaner spielen soll! Und jetzt steht er plötzlich leibhaftig bei mir in der Küche, der Albanerdoktor Zlotan mit dem Schweizer Nachnamen!»

Ted

Tina war zum Kampf bereit. Sie kam gerüstet. Und nicht allein. Sandra begleitete sie, die Mutter von Emmas Freundin Tara.

«Wo ist Emma?», fragte Ted.

«Sie ist mit Ingrid einkaufen gegangen. Wir brauchen noch einiges für die Reise. Ingrid wird uns begleiten, sie wollte immer schon mal den Topanga Canyon sehen, wo die Rockstars leben ...»

Ted nickte. Seine Mutter hatte sich auf die Gegenseite geschlagen. Das überraschte ihn nicht. Mit seinem letzten Klassenzug hatte er einen – diesmal vorbereiteten – Ausflug nach Zürich gemacht. Damals war gerade die bronzene Riesenspinne von Louise Bourgeois am Bürkliplatz aufgebaut worden. Während sie auf das Schiff warteten, das sie nach Rapperswil bringen würde, hatten sie zugeschaut, wie ein Kran die haushohen knorrigen Spinnenbeine aufrichtete. Die Mädchen hatten gekreischt, die Buben geflucht. Ted hatte ihnen nicht gesagt, wie die Statue hieß. Als sie von ihrer Schifffahrt zurückkamen, stand die Spinne. Ihre Beine spannten sich über den Platz. Ihr kleiner Leib täuschte. Kopflos lauerte sie ihrem nächsten Opfer auf.

Ted stellte sich direkt unter ihren Bauch, unter das Netz, in dem die Eier lagen. Er stellte sich vor, das Netz würde platzen und die schweren bronzenen Kugeln auf ihn herabregnen und ihn erschlagen. Einige seiner Schülerinnen und Schüler scharten sich um ihn und starrten ängstlich nach oben. Die anderen umlagerten den Kiosk, zählten ihr Geld, debattierten, wie sie es am besten ausgeben sollten. Angewandte Mathematik. Ted schaute nach oben, bis die Sonne direkt hinter der Spinne verschwand, als hätte sie sie verschluckt. Schwarz lauerte sie über ihm, dann beugte sie langsam ihre knotigen Beine, senkte ihren Bauch auf ihn, verschluckte ihn. Er schloss die Augen.

Maman.

So hieß die Spinne. Die Mutter aller Frauen. Er stand unter ihr und ließ sich von ihr einwickeln, aussaugen, vernichten. Seine Mutter war die Erste gewesen. Die Erste, die er nicht glücklich machen konnte. Sie war der Prototyp, die Erste in einer langen Reihe unglücklicher Prinzessinnen. Und wer war an ihrem Unglück schuld, wer hatte es verursacht? Ted. Seine Geburt hatte ein freies Leben beendet. Seine Mutter hatte ihm oft gesagt, dass er ihr Leben ruiniert habe. Sie hatte sich freigekämpft, sie hatte an die Versprechen geglaubt, die sie sich selber gegeben hatte: Die Welt steht dir offen. Du kannst machen, was du willst. Alles ist möglich.

«Ja, bis du Kinder hast. Aber dann kannst du es vergessen!» Ingrid hatte in England gelebt, sie hatte Wohnungen besetzt, in Punkbands gespielt, sie hatte sich jeden Tag neu erfunden. Dann war sie schwanger geworden. Nicht zum ersten Mal. Sie hatte versucht abzutreiben, das hatte sie Ted erzählt, er war noch klein gewesen, hatte es nicht verstanden. Etwas war schiefgegangen, der Arzt hatte gepfuscht, und Ted wurde geboren. Teds Vater bestand darauf, dass sie in die Schweiz zurückkehrten und ein normales Leben führten, doch das hielt Ingrid nicht lange aus. Sie floh in die Frauen-WG. Warum sie Ted mitgenommen hatte, wusste er nicht, vermutlich, weil sein Vater ihn auch nicht gewollt hatte. Ingrid hatte keinen Beruf gelernt. Sie versuchte sich mit Gitarrenstunden über Wasser zu halten, bevor sie ihre Eltern überredete, ihr eine Erbvorauszahlung zu leisten. So würde sie sich weiter ihrer Musik widmen können, dachte sie. Aber es wurde nichts daraus. Die Mütterwohngemeinschaft forderte ihren Tribut, sie musste sich nicht nur um ein Kind kümmern, sondern um viele. Nichts in Ingrids Leben entsprach mehr ihren Idealen. Keine einzige Vorstellung erfüllte sich. Sie konnte keineswegs tun, was sie wollte. Es war mitnichten alles möglich. Ein von bloßem Auge nicht sichtbarer Riss in einer dünnen Gummihaut hatte sie in die Knie gezwungen und gebrochen.

Zähneknirschend unterwarf Ingrid sich der Konvention, als sie die WG verließ und Balthasar heiratete. Doch verziehen hatte sie Ted deshalb noch lange nicht. So sehr er sich bemühte, er konnte seine Schuld nicht wiedergutmachen. Er zappelte sich ab wie eine Fliege im Netz, doch umsonst, sie würde ihn aussaugen, die leere Hülle ausspucken, gleichgültig.

Hobbypsychologie! Er schüttelte sich. Die beiden Frauen standen immer noch auf der Türschwelle und musterten ihn herausfordernd.

Tina hatte die Arme vor der Brust verschränkt, Sandra hielt sich an ihrer Mappe fest.

«Kommt doch herein», sagte er. Die beiden Frauen schauten sich an. Das hatten sie nicht erwartet.

«Ja, gut, wenn du meinst?» Sandra ging an ihm vorbei in die Wohnung und schaute sich neugierig um. Mehrmals hatte sie angeboten, Emma nach Hause zu bringen und hier auf ihn zu warten. Er hatte immer abgelehnt. Er wollte ihr nicht noch mehr Umstände machen. Lieber fuhr er nach der Schule den kleinen Umweg und holte Emma bei ihr ab. Jetzt fragte er sich, ob das ein Fehler war. Hätte er nachgeben sollen? Hätte er sich auf sie einlassen sollen? Irgendwie musste er auch sie enttäuscht haben. Sonst hätte sie sich nicht so radikal auf Tinas Seite geschlagen. Martina. Sandra. Was wollten diese Frauen von ihm? Sie wollten ihn verschlingen, wie die Spinne. Sie wollten, dass er ihnen gehörte. *Maman* hatte zwei Arten von Töchtern, aber am Ende wollten sie alle dasselbe.

Die Frauen gingen durchs Wohnzimmer, schauten sich um, berührten die Bilder an der Wand und die Bücher im Regal. Ted fühlte sich an die Ermittlerinnen in Fernsehkrimis erinnert. Eine Bestandsaufnahme, dachte er. Er scheuchte sie in die Küche.

«Wollt ihr einen Kaffee?» Er nahm zwei Schachteln Kekse aus einer Schublade und legte sie auf den Tisch. «Setzt euch doch.»

«Hast du heiße Milch?», fragte Tina, und er erinnerte sich, wie heikel sie mit ihrem Milchkaffee war. Er wusste immer noch genau, wie das Verhältnis von Milch zu Kaffee sein musste, welche Farbe das fertige Getränk haben musste, er hatte es oft genug in sorgfältiger Handarbeit zubereitet, er konnte es im Schlaf. Doch jetzt hatte er eine Maschine, die ihm das abnahm.

Tina setzte sich zuerst, Sandra zögerte, bevor sie sich neben sie setzte. Sie würden ihm also gegenübersitzen, eine geschlossene Front.

Ted schaltete die Maschine an, die ein beruhigendes Gurgeln von sich gab, und bereitete zwei perfekte Caffè Latte im Glas zu. Er ließ sich Zeit damit. Die Frauen sprachen nicht. Angespannt saßen sie nebeneinander. Für sich machte Ted einen doppelten Espresso. Er setzte sich an den Tisch, riss eine der Kekspackungen auf und steckte sich eine Schokoladewaffel in den Mund. Sandra legte ihre Tasche auf den Tisch, öffnete sie und nahm eine Aktenmappe heraus. Sie schlug sie auf und nahm eine Liste heraus.

«Ich hab hier mal aufgeschrieben, wie oft ich Emma von der Schule abholen musste, seit sie bei dir lebt», sagte sie. «Du siehst, jede Woche mindestens einmal, meistens zweimal. Es ist offensichtlich, dass du der Herausforderung, neben deiner Arbeit ein Kind zu erziehen, nicht gewachsen bist.»

Ted nahm ihr die Liste aus der Hand und schaute sie an. Hatte sie ihm nicht angeboten, Emma abzuholen? War es nicht ihr Vorschlag gewesen? Sandras Augen brannten. Sie wollte ihm etwas sagen. Was? Bevor er etwas sagen konnte, mischte Tina sich ein.

«Ich möchte etwas klarstellen», sagte sie. «Es ist ein reines Entgegenkommen meinerseits, dieses Treffen. Ich habe mich erkundigt, ich habe jedes Recht, mit meiner Tochter zu leben, wo ich will. Wir waren nie verheiratet. Das Abkommen, das wir unterschrieben haben, ist vor Gericht nichts wert.»

Ted nahm sich noch eine Waffel. Tina wartete. Als er nichts sagte, fuhr sie in heftigerem Ton fort: «Dir ist schon bewusst, dass du keine Chance hättest, vor Gericht gegen mich vorzugehen? Ich habe gehört, dass du auch in der Schule Probleme bekommen hast. Du bist von der Arbeit freigestellt? Ein Schüler hat sich in deiner Obhut verletzt? Und dir soll ich meine Tochter anvertrauen? Kein Gericht der Welt würde mich dazu zwingen!»

Ted sagte immer noch nichts. In seinem Kopf überschlugen sich die Antworten. Er öffnete den Mund, nichts. Verlegen schob er eine weitere Waffel zwischen seine Lippen. In Gedanken war er noch mit Sandra beschäftigt, als Tina ihre Tirade begann. Du hast es doch angeboten, wollte er zu Sandra sagen, du hast sogar insistiert, du wolltest Emma unbedingt abholen, am liebsten jeden Tag, ich hab dich doch nicht darum gebeten. Und jedes Mal, wenn ich kam, um Emma abzuholen, wolltest du mir noch Kaffee anbieten, ein Glas Wein, ich habe immer nein gesagt, ich wollte mit Emma nach Hause, war das mein Fehler? Hättest du dich mit Tina solidarisiert, wenn ich bei dir geblieben wäre? Und was schaust du mich an, was willst du mir sagen: Dass ich immer noch eine Chance hätte, wenn ich nur endlich nachgeben würde?

Doch da hatte Tina schon angefangen zu sprechen, und bevor er sagen konnte, das Abkommen sei sehr wohl eine verbindliche Abmachung zwischen ihnen, auch wenn sie einem Sorgerechtsverfahren vor Gericht nicht standhalten würde, aber doch, es war notariell beglaubigt, es bedeutete nicht nichts. Wie kommst du überhaupt darauf, dass ich vor Gericht gehen will, wollte er sagen, du hast doch damit angefangen, nicht ich, und wenn wir schon dabei sind, wie meinst du das, «anvertrauen», hast du Emma nicht als Notfall bei mir abgeladen? Hast du nicht gesagt, es sei die Chance deines Lebens und ich solle sie dir nicht kaputtmachen? Du wolltest sie doch gar nicht mitnehmen, du konntest sie nicht mitnehmen, und außerdem, sie ist nicht deine Tochter, sie ist meine, unsere ... Aber ein Wir gibt es nicht, das willst du doch sagen?

«Ich habe mit Anna gesprochen», sagte Sandra jetzt. «Ich habe sie angerufen, sobald ich von dem Unfall erfuhr. Hast du im Ernst geglaubt, du kämst mit so was durch? Ich steh vor der Schule, will die Mädchen abholen, da kommt so ein dicker Kerl und sagt, er sei hier, um Emma abzuholen! Als ob man ein kleines Mädchen einfach mit einem hergelaufenen Typen ziehen lässt! Männer! Ihr habt einfach keine Ahnung, aber ihr meint, ihr könnt es besser als wir, ihr könnt uns auch noch die Kindererziehung wegnehmen, so weit kommt's noch!»

«Der gute Tobias», sagte Tina gehässig. «Dein einziger Freund. Ist wohl immer noch nicht Vater geworden. Das heißt aber noch lange nicht, dass er sich meine Tochter schnappen darf.»

«Ich bin natürlich dazwischen, ich habe gesagt, so geht das nicht, ich hole Emma ab, wie jeden Donnerstag, aber ihre Klassenlehrerin war bereits informiert, sie sagte, du hättest sie selber angerufen. Ein Notfall, sagte sie. Aber mich anzurufen hattest du keine Zeit! Ich hätte an dem Nachmittag mit Tara schwimmen gehen können, wenn ich gewusst hätte, dass Emma nicht zu uns kommt!»

«Wie dem auch sei», unterbrach Tina. «Wir haben uns mit Anna kurzgeschlossen und unsere Informationen zusammengelegt. Wenn es zu einem Rechtsstreit kommt, ist sie auf unserer Seite. Du hast keine Chance. Du versuchst es besser gar nicht erst. Wenn du deinen Job zurückbekommen willst. Du weißt, Anna könnte ihre Beschwerde bei der Schulpflege jederzeit zurückziehen, die ganze Sache würde sich in Luft auflösen.»

Ted sah, wie das Hinterteil der bronzenen Spinne aufplatzte und ein Heer unzufriedener Frauen entließ. Sie marschierten auf ihn zu, ihre acht Fäuste gegen ihn erhoben, lauter Frauen, die er nicht glücklich gemacht hatte, angeführt von Ingrid.

Plötzlich musste er lachen. Er sollte für das Unglück aller Frauen verantwortlich sein? Er, Ted? «Überschätz dich mal nicht, Mann!»

«Wie bitte? Wie nennst du mich?» Tina war empört. Sie hatte ihr Kinn gereckt, den Kiefer vorgeschoben, früher hatte dieser Ausdruck ihn gereizt, sie zu küssen. Nicht mehr.

«Sorry», sagte er, «ich hab mit mir selbst gesprochen.»

«Wenn du glaubst, das sei ein Witz …!»

«Nein, Tina, nein, das glaube ich nicht.» Ted gab auf. Er hatte alles versucht und nichts erreicht. Jetzt konnte er nicht mehr. Seine Mutter war nicht glücklich, Tina war nicht glücklich, Lilly schon gar nicht. Sandra nicht, Martina nicht, Anna nicht. Nicht einmal Emma war glücklich. Und auf Emma kam es an. Nur auf Emma.

Nevada hatte gesagt, das letzte *Klesha*, die unbegründete Angst, löse sich von selber auf. Da könne man gar nichts machen. An der Angst könne man nicht arbeiten. Die Mutter aller Ängste sei die Angst vor dem Tod. Jede Form von Angst sei eine Abwandlung dieser ersten. Und jede Angst sei wie diese unbezwingbar. Wieder dachte Ted an die Statue, die *Maman* hieß. Nicht die Mutter aller Frauen. Die Mutter aller Ängste.

«Der Angst vor dem Tod kann man nichts entgegenhalten», hatte Nevada gesagt. «Man kann sie nur in den Arm nehmen. Man muss sie akzeptieren, man muss den Tod akzeptieren. Den Tod kann man nicht verhindern. Auch die mächtigste, größte Angst schützt nicht vor ihm.» Und dann hatte sie ihnen gesagt, dass sie an einer unheilbaren Nervenkrankheit leide und das Studio am Wasser verlassen würde. Sie wisse noch nicht, ob, wie und wo sie weiterunterrichten würde. Aber sie vertraue darauf, dass ihre Schüler sie finden würden, wenn sie sie brauchten.

Ausgerechnet jetzt, wo Ted zum ersten Mal das Gefühl hatte, etwas gelernt zu haben, etwas, das er brauchen konnte. Seine größte Angst, Tina könne ihm Emma wegnehmen, hatte sich verwirklicht. Und hier saß er und atmete weiter. Er blieb einfach am Tisch sitzen und atmete weiter. Ihm konnte nichts mehr passieren. Einen nach dem anderen aß er alle Kekse auf. Sie knirschten zwischen seinen Zähnen, das Geräusch füllte seinen Kopf und übertönte die Stimmen der Frauen, das Klirren ihrer Waffen, die sich über dem Tisch erhoben. Als beide Packungen leer waren, stand er auf, füllte am Spülbecken ein Glas mit kaltem Wasser und trank es aus. Dann drehte er sich zu den Frauen um. Jetzt konnte er wieder sprechen.

«Tina», sagte er, «Tina, es ist ja gut. Ich denk gar nicht daran, vor Gericht zu gehen. Emma freut sich auf die Reise. Es ist eine großartige Gelegenheit für sie. Meinst du im Ernst, ich würde ihr die wegnehmen wollen? Außerdem hat sie dich vermisst.»

Als Emma und Ingrid von ihrem Ausflug zurückkamen, saßen Tina und Ted auf dem Sofa und schauten sich auf Tinas iPad Fotos an. Sandra war gegangen. Ihre Mappe hatte sie wieder mitgenommen. «Das wird ein Nachspiel haben», hatte sie gedroht.

Tina hatte gelacht. «Von Frauen verstehst du immer noch nichts», hatte sie gesagt.

Sie hatten eine Flasche Wein getrunken und die Bilder angeschaut, von Los Angeles, von Tinas Haus, von Emmas Schule. Dann klingelte es an der Tür.

«Huhu!», rief Ingrid. Ted öffnete die Tür.

«Bist du allein?», fragte er. Er gab vor, Emma in dem Berg von Einkaufstüten nicht zu sehen. «Hast du meine Tochter gegen Kleider eingetauscht?»

«Papa! Hier bin ich doch!», rief Emma.

«Hilf uns lieber», sagte Ingrid.

«Ach, hier bist du! Ich hab dich gar nicht gesehen!» Er hob Emma hoch und ließ seine Mutter die Taschen hereintragen.

«Hallo, Schatz!» Tina saß barfuß auf dem Sofa, ein leeres Weinglas in der Hand. Emmas Augen flitzten unsicher von Mutter zu Vater, sie versuchte die Situation einzuschätzen. Ted sah ihr kleines, weißes, dreieckiges Gesicht und wusste, dass er das Richtige getan hatte.

«Habt ihr ein ganzes Warenhaus ausgeraubt?», fragte er. «Lass mal deine Ausbeute sehen!»

Emma breitete ihre Schätze auf dem Boden aus. Kleider, Schuhe, englischsprachige Kinderbücher und Hörbücher. «Alles andere kaufen wir in Amerika», sagte sie. «Dort ist es billiger, hat Oma gesagt.»

«Und jetzt?» Ingrid schaute Tina an, dann Ted. «Was läuft? Habt ihr euch geeinigt?»

«Ja, haben wir», sagte Ted. «Ich hab nur eine Bedingung.»

«Also doch!» Tina stand auf. «Das wäre ja auch zu schön gewesen.»

Emma kauerte ganz still auf dem Fußboden, ihre Hände hielten über dem Rucksack inne, in den sie ihre neuen Bücher packen wollte.

«Bis zu eurer Abreise bleibt Emma bei mir.»

«Pfft!» Tina schüttelte den Kopf. «Natürlich, du Depp! Erschreck mich doch nicht so!»

Ted hatte nicht gewusst, dass er Tina erschrecken konnte. Das änderte alles, oder nichts.

«Und», sagte Emma. «Und wir essen jeden Abend Pizza.»

«Sei nicht traurig, Papa», sagte Emma, als sie im Bett lag. «Wenn ich in Amerika bin, kann Lilly immer hier schlafen!»

Ted verschlug es die Sprache. Verstand er wirklich so wenig von Frauen, selbst von den Kleinsten? Er fuhr Emma über die frischgewaschenen Haare. Er hatte Conditioner gekauft. Für lockiges Haar. Die größte Flasche, die er hatte finden können. Sie wog beinahe ein Kilo.

«Amerika ist groß», sagte Emma.

«Ich weiß.»

«Und ganz weit weg.»

«Mhm.»

«Das ist blöd», sagte Emma. «Wenn Mama in Amerika ist, und du in der Schweiz, dann kann ich immer nur einen auf einmal sehen, und der andere ist ganz weit weg. Wenn es in Amerika Tag ist, ist es in der Schweiz Nacht.»

«Das stimmt.»

«Es ist blöd», sagte Emma. «Ganz blöd. Aber es geht nicht anders. Ich könnte in Amerika in die Schule gehen und in den Ferien in die Schweiz kommen. Oder ich könnte hier in die Schule gehen und in den Ferien nach Amerika … Aber ich will nicht mehr hier in die Schule gehen. Tara ist gemein zu mir. Sie sagt, ich sei ein ungewolltes Kind. Und Makimba redet auch nicht mehr mit mir. In Amerika sind die Mädchen netter, hat Mama gesagt. Da kann ich neue Freundinnen finden.»

Ted wagte kaum zu atmen. Er hatte wieder einmal nichts verstanden. Wie konnte er so blöd sein? Er legte sich neben seine Tochter. Er wusste nicht, was er sagen sollte. Sie hatte recht. Er kannte dieses Gefühl des Ausgeliefertseins. Er hatte ihm nichts entgegenzuhalten. Er konnte Tina nicht zwingen hierzubleiben, ebenso wenig, wie sie ihn zwingen konnte, ihr zu folgen. Sie beide würden schwören, nur das Beste für ihre Tochter zu wollen und alles für sie zu tun. Doch beide meinten sie: Innerhalb bestimmter Grenzen natürlich.

«Ich hab überlegt», sagte Emma. «Ich hab ganz fest überlegt, aber es geht einfach nicht.»

«Ich hab auch überlegt», log Ted. «Ich hab furchtbar schwer überlegt.» Er runzelte dramatisch die Stirn, Emma kicherte. «Und dann hatte ich die Lösung: Ich erfinde ein fliegendes Auto, damit kann ich dich jederzeit besuchen, und wenn es dir in Amerika nicht gefällt, hole ich dich damit ab, das dauert gar nicht so lange!»

«Papa!», kicherte Emma. «Du meinst ein Flugzeug! Das gibt es doch schon! Mama ist mit so einem gekommen!»

«Ach so! Na dann!» Ted wischte sich über die Stirn. «Dann haben wir kein Problem, Kleine. Du kannst jederzeit zurückkommen. Okay?»

Emma nickte. «Erzählst du mir noch eine Geschichte?»

«Eine Geschichte … Na gut, eine kurze. Es war einmal eine große Spinne, die hieß *Avidya*», sagte er. «Sie hatte vier Töchter, die hießen *Asmita, Raga, Dvesha* und *Abhinivesha*.»

«Doofe Namen», murmelte Emma.

«Ja, zugegeben, das sind doofe Namen, aber hör zu, die Spinnenkinder hatten geheime Kräfte …» Er hielt inne. Was zum Teufel tat er hier? Er sah Emma an. Sie hatte sich tief ins Kissen gekuschelt. Ihre Wangen waren gerötet, sie war eingeschlafen.

Du bist noch einmal davongekommen, dachte er.

Sandra fuhr vor, als sie gerade von ihren Fahrrädern stiegen. Ted spürte, wie Emmas kleiner Körper sich versteifte. Sie atmete flach. Sie versuchte, sich unsichtbar zu machen. Ted kannte diese Strategie. Sie funktionierte nur kurzfristig. Er nahm Emma an der Hand und zog sie zu dem knallroten Mini, der mit laufendem Motor am Straßenrand stand. Tara wollte gerade aussteigen, als sie sie sah. Sie zögerte. Ted klopfte ans Fenster. Sandra beugte sich zur Beifahrerseite herüber und öffnete das Fenster einen Spalt weit.

«Guten Morgen, Sandra und Tara», sagte Ted. «Hört mal zu, ich glaube, wir haben ein Missverständnis: Tara, ich habe gehört, du machst dir Sorgen um Emma.»

Tara schaute verwirrt. Sandra presste die Lippen zusammen.

«Du hast zu ihr gesagt, sie sei ein ungewolltes Kind. Ich weiß nicht, wo du das gehört hast …» Tara blickte zu ihrer Mutter, diese starrte das Steuerrad an, das mit gelochtem Lederimitat überzogen war. «… aber ich kann dich beruhigen. Ich kann euch beide beruhigen: Emma ist kein ungewolltes Kind. Und wisst ihr, warum nicht? Es gibt gar keine ungewollten Kinder. Selbst ein Kind, das keine Eltern hat, ist gewollt, von der ganzen Welt gewollt, versteht ihr, jedes Kind ist wichtig für die Welt …» Er verstummte. Was redete er da zusammen! Hatte er sie nicht einschüchtern wollen? Hatte er es Tara nicht mit einer Bemerkung über ihren nicht vorhandenen Vater heimzahlen, hatte er Sandra nicht mit einem Elterngespräch drohen wollen? Stattdessen predigte er wie ein Jesusfreak. Als Nächstes würde er sich mit seiner Gitarre an den Straßenrand stellen und «Gott ist die Liebe» singen!

Obwohl: so unangenehm war diese Vorstellung nicht. Er schüttelte den Kopf, lachte leise und sagte dann: «Das Leben ist schön, und alles ist gut!» Wenn er schon dabei war.

Emma machte sich von ihm los. Sie ging ein paar Schritte voraus Richtung Schule, dann drehte sie sich um und wartete, bis Tara ausgestiegen war. Er hörte den Mini wegfahren. Tara rannte zu Emma und umarmte sie. Hand in Hand gingen sie auf das Schultor zu.

«Mann ...», hörte er Emma sagen, «so peinlich ... megapeinlich.»

Nach ein paar Schritten drehte sie sich zu ihm um. Sie zwinkerte ihm zu und winkte ihn dann ungeduldig weg.

Ted ließ sein Fahrrad stehen und ging zu Fuß weiter. Er wusste nicht, wohin er ging. Der ganze Tag lag vor ihm. Er konnte tun, was er wollte. Die Zeitung zweimal von hinten bis vorne lesen. Überteuerten Kaffee trinken. Mitten am Tag ins Kino gehen. Sich ans Flussufer legen. Rauchen.

Was wollte er? Er wusste es nicht mehr. Nichts, dachte er. Ich will nichts. Ziellos ging er weiter, bis er die Straßen nicht mehr kannte. Irgendwann begann es zu regnen und er blieb stehen.

Er legte den Kopf in den Nacken und ließ das warme Wasser auf sein Gesicht tropfen. Das Leben ist schön, dachte er, und alles ist gut.

Poppy

«Schneider, mitkommen!» Frau Fahrny hatte die Klappe geöffnet und schaute besorgt zu Poppy hinein. «Schneider, sind Sie bereit?» Fahrny schloss die schwere Metalltür auf und betrat die Zelle.

Poppy saß auf dem gemachten Bett. Sie schaute fragend zu Fahrny auf. Diese nickte.

«Sieht schon viel besser aus», sagte sie. Poppy berührte ihr Gesicht, das voller blutiger Kratzer war. Man hatte ihr eine Salbe gegeben, mit der sie sich mehrmals täglich einreiben sollte. Poppys Gesicht brannte. Doch es fiel nicht von ihr ab. Dabei hatte sie doch den Kopf verloren. Endlich.

«Kommen Sie, ich bring Sie in die Therapie.»

Poppy stand langsam auf. Plötzlich erinnerte sie sich an die zwangsjackenartigen Fixleintücher, die sie in ihrer Verzweiflung über die Betten ihrer Söhne gespannt hatte, die beide vier Jahre lang nicht durchgeschlafen hatten. Mit einer Überschneidung von zwei Jahren ergab das insgesamt sechs schlaflose Jahre in Poppys Leben. Schlafentzug war eine international anerkannte Foltermethode. Es war ein Wunder, dass Poppy ihren Kopf nicht schon viel früher verloren hatte. Das Kind wurde mitsamt seinem Pyjama unter das Leintuch gesteckt, das drei Löcher hatte, für Kopf und Arme. Dann wurden die Ecken um die Matratze gespannt und festgesteckt, und das Kind so ans Bett gefesselt. Einmal, als sie im Ferienhaus von Peters Familie im Engadin auf Matratzen schliefen, war Lukas mitten in der Nacht heulend in ihr Schlafzimmer gekrochen, auf allen vieren, das Fixleintuch hinter sich gespannt wie ein Segel, die ganze Matratze hinter sich herschleifend.

Poppy fühlte sich, als sei ihr Körper an der plastikbezogenen Matratze in ihrer Zelle befestigt. Nur mit Mühe konnte sie ihren Hintern heben, sich losreißen, die zwei Schritte bis zur Tür gehen und Frau Fahrny in den Flur hinaus folgen. Normalerweise musste sie vor der Vollzugsbeamten gehen, damit diese sie im Auge behalten konnte. Diesmal gingen sie nebeneinander.

Fahrny berührte Poppy leicht am Arm. «Halten Sie durch, Schneider», murmelte sie. «Denken Sie an Ihre Söhne!»

Genau das tat Poppy ja. Waren ihre Söhne nicht besser dran ohne sie?

Poppys Leben war plötzlich hektisch geworden. Sie hatte angefangen zu arbeiten. Mehrere Stunden täglich klebte sie Grußkarten zusammen. Sie bekam Besuch von ihrem Anwalt. Besuch von Julia. Sie hielt sich zur gleichen Zeit wie die anderen Frauen im betonierten Hof auf. Das Einzige, was sie nicht nutzte, war der wöchentliche Anruf. Stattdessen schrieb sie ihren Söhnen Briefe, und sie schrieben ihr zurück. *Halte durch, Mom.*

Wir lieben dich.

Ihr Tagesablauf war durchgeplant. Um sechs Uhr ging die Klappe auf, Frühstück. Abwaschen, aufräumen, Bett machen, duschen und anziehen. Wenn sie um Viertel vor sieben mit allem fertig war, durfte sie die Zelle verlassen und zur Arbeit gehen. Wenn sie allerdings nicht bereit war, musste sie in der Zelle bleiben. Den ganzen Rest des Tages lang.

«Nur noch eine Minute, ich bin gleich so weit!» – das galt hier nicht. Die Beamten schauten Poppy oft mit einer Mischung aus Mitleid und Ungeduld an, die sie von ihrem Vater kannte. Mit diesem Blick, als fragten sie sich, ob sie sich wirklich nicht absichtlich so ungeschickt anstellte. Dabei gab Poppy sich doch alle Mühe. Und nach drei Tagen hatte sie gelernt, die Zeit, die ihr immer entglitten war, zu zähmen. Fast fünfzig Jahre lang hatte sie mit ihr gerungen. Jetzt gehorchte sie ihr plötzlich, sie ließ sich von ihr bändigen, einteilen, kontrollieren, wenigstens zwischen sechs Uhr und Viertel vor sieben.

Als sie das erste Mal pünktlich bereitstand, strahlte sie vor Stolz, und Frau Fahrny, die sie an diesem Morgen abholte, lächelte anerkennend. Sie führte Poppy in einen fensterlosen Raum, in dem drei große, quadratische Tische standen. An einem saßen schon zwei andere Gefangene, die Poppy vom Hofgang her kannte. Seit ein paar Tagen durfte sie zusammen mit den anderen in den Spazierhof. Am ersten Nachmittag hatte sie erstaunt festgestellt, dass ihre Stimme noch funktionierte. In den ersten Wochen hatte sie sie kaum gebraucht. Poppy hatte nicht gemerkt, wie sehr sie menschliche Gesellschaft vermisst hatte. Sie war ganz zufrieden gewesen, allein in ihrer Zelle, sie hatte mit ihren Gedanken gespielt wie eine Katze mit bunten Wollknäueln, hatte sie aufgerollt und hin und her gejagt und miteinander verknüpft. Jetzt stürzte sie sich mit einer Begeisterung auf die anderen Gefangenen, die diese erschreckte. Sie redete, bis sie heiser war. Großzügig verteilte sie ihre Zigaretten, Julia würde ihr nächste Woche wieder eine Stange mitbringen und sie besorgt fragen, ob sie nicht zu viel rauche. Nach einer Weile merkte Poppy, dass sie die Einzige war, die redete. Sie fing an, Fragen zu stellen, zuzuhören, die anderen gewöhnten sich an sie. Vielleicht mochten sie sie sogar.

«Yo, Poppy!» Samantha zeigte auf einen freien Stuhl neben sich. Sie war schwanger, was sie nicht davon abhielt, Poppys Zigaretten zu rauchen. Eine kleine, schmale, flachbrüstige Frau, die in dem blauen Trainingsanzug beinahe verschwand. Ärmel und Hosenbeine hatte sie aufgekrempelt, das lange Haar glatt geölt und streng aus dem Gesicht gekämmt. Sie sah aus wie ein Kind, das einen Ball unter dem Pullover versteckte. Sie hatte ihren Freund erstochen, den Vater ihres Kindes, der, so sagten die anderen, in Wirklichkeit ihr Zuhälter war. Die anderen, die am Tisch saßen, Mendi und Selima, waren wegen Drogendelikten verhaftet worden. Schmuggel und Verkauf. Beide hatten für Männer gearbeitet, die sie liebten, die ihnen alles Mögliche versprochen hatten und deren Besuch sie jetzt sehnsüchtig und meist vergeblich erwarteten.

Eigentlich, dachte Poppy, eigentlich sind wir alle der Liebe wegen hier.

Die Arbeit war nicht so einfach, wie sie aussah. Man musste die Karten exakt falzen, die vorgestanzten Motive sorgfältig auslösen und aufkleben. Das fiel Poppy nicht leicht. Sie konnte nicht gleichzeitig reden, zuhören und arbeiten. Immer wieder ließ sie die Karten sinken. Sie wurden pro Stück bezahlt, die anderen Frauen lachten Poppy leise aus.

«Du hast es wohl nicht nötig, *la suiza*», sagten sie. Sie sparten das Geld für ihre Entlassung, für ihre Verteidigung, sie warteten mit großer Sehnsucht auf den wöchentlichen Besuch. Sie versuchten sich mit den wenigen Mitteln, die ihnen zur Verfügung standen, zurechtzumachen und waren dann zutiefst enttäuscht, wenn wieder nur die Mutter gekommen war, oder die Schwester. Es ist drinnen nicht anders als draußen, dachte Poppy. Wir tun alles, um geliebt zu werden, doch die Belohnung bleibt aus.

Poppy schaute den Frauen zu, wie sie vor Erwartung flirrend den Besucherraum betraten und mit den Blicken absuchten. Wenn sie nach einer halben Stunde in ihre Zellen zurückgingen, waren ihre Schultern gebeugt, ihre Augen stumpf und ihre Lippen schmal. Poppy kam zum Schluss, dass man die Liebe nicht verdienen konnte. Aber was sollte man sonst tun?

Die Arbeit wurde von einer Rauchpause im Spazierhof unterbrochen, dann gingen sie zurück in ihre Zellen, um das Mittagessen einzunehmen, jede für sich allein. Nachmittags durften sie eine Stunde in den Hof. Poppy hatte regelmäßige Gespräche mit einem der drei diensthabenden Psychiater, jedes Mal mit einem anderen. Ihr Anwalt hatte diese Gespräche angeordnet. Ihrer Weigerung, zu sprechen, sich zu entlasten, musste doch eine psychologische Störung zugrundeliegen, meinte er.

«Ja», sagte Poppy. «Die Liebe.»

«Sie nehmen die Situation nicht ernst!» Poppy verstand nicht, warum Wolf ihr einen Anwalt bezahlte. Warum wollte er, dass sie sich verteidigte? Wie konnte sie ihn weiterhin schützen, wenn sie sich verteidigte? Wollte er denn nicht, dass sie ihn schützte? Sie hatte gehofft, der Anwalt würde ihr einen Brief von ihm mitbringen, ein Geschenk, irgendetwas.

«Herr Bolliger lässt Ihnen sagen, er würde alles für Sie tun», sagte er nur. «Wirklich alles.» Dann ließ er sie stapelweise Vollmachten und Eingaben unterzeichnen und ging dann wieder. Poppy lag nächtelang wach und kaute auf diesen wenigen Worten herum. Er würde alles für sie tun. Wirklich alles. Hieß das, er würde gestehen? Wenn Wolf gestand, würde sie entlassen. Dafür käme er ins Gefängnis. So oder so, sie konnten nicht zusammen sein. Nie wieder. Nie mehr.

Nach einer solchen schlaflosen Nacht hatte Poppy beim Putzen ihrer Zelle nicht aufgepasst und die Putzmittelflasche umgestoßen. Die schmierige, scharfriechende Flüssigkeit hatte sich über den Betonboden ergossen, sie hatte versucht, sie mit ihrem Handtuch wegzuwischen. Dann hatte sie ein neues Tuch verlangt und war verwarnt worden.

«Sie kennen doch die Regeln, Frau Schneider!»

«Streng, aber gerecht», hatte Samantha gesagt, die aus einem anderen Gefängnis verlegt worden war, als ihr Geburtstermin näher rückte. Hier gab es Mutter-Kind-Zellen. Dort hatten die Gefangenen ihre Privilegien selber verwaltet, was dazu führte, dass die Bienenköniginnen den ganzen Tag am Telefon hingen, während die Arbeiterinnen wochenlang auf einen Anruf warten mussten.

«Hier ist es viel besser», sagte Samantha. «Du lernst am ersten Tag die Hausordnung auswendig, du hältst dich daran, du hast keinen Ärger, basta!»

Poppy hätte auf sie hören sollen. Sie nahm die laminierte Hausordnung in die Hand und las sie durch: *Handtücher werden einmal die Woche ausgegeben, ein Stück.*

«Aber das ist doch absurd», sagte sie. «Das können Sie doch nicht ernst meinen, wie soll ich denn mit diesem einen Lappen eine ganze Flasche Putzmittel aufwischen?»

«Sie müssen sie ja nicht ausleeren», sagte Frau Meier. Bevor Poppy bewusst wurde, was sie da tat, hatte sie ihr verschmutztes Handtuch zusammengeknüllt und gegen die Wand geworfen.

«Aber, Frau Schneider», sagte Frau Meier traurig. «Sie lassen mir ja keine andere Wahl. Eine Nacht Arrest. Die Regeln gelten für alle. Schade, Frau Schneider! Sie stellen sich immer selber ein Bein!»

Das hörte Poppy nicht zum ersten Mal.

Die Arrestzelle war ganz in dunklem satten Rosa gehalten. Boden, Wände und Decke waren in dieser Farbe gestrichen, sogar der Plastiküberzug der Matratze leuchtete in *Cool Down Pink*. So hieß die Farbe, die eine beruhigende Wirkung haben sollte, das war wissenschaftlich erwiesen. Allerdings auch, dass diese Wirkung in ihr Gegenteil umschlagen konnte. Wann, das war nicht vorherzusagen. Nach ein paar Stunden oder Tagen, bei manchen auch gar nicht. Bei Poppy dauerte es zehn Minuten, und die Farbe löste einen Wirbel in ihrem Kopf aus, der sich schnell zum Orkan hochschraubte.

Durchhalten, durchhalten, für wen? Die Buben sind doch ohne dich besser dran. Was sollen sie mit einer Mutter, die nicht mal eine zwölf Quadratmeter große Zelle in Ordnung halten kann? Warum hast du den Putzlappen nicht einfach ausgewaschen und wieder benutzt? Warum musstest du auch dein Handtuch nehmen? Wer ist schon so blöd? Keine der anderen Gefangenen ist so blöd wie du. Und die waren nicht auf dem Gymnasium. Du bist unfähig, unbrauchbar, eine Zumutung. Kein Wunder, dass dich keiner liebt. Dich kann man nicht lieben. Hast du gemeint, Wolf käme zu dir zurück, wenn du dich für ihn opferst? Hast du gehofft, er liebe dich dann noch mehr? Keinen Meter weit gedacht, Poppy, wie soll er zu dir zurückkommen, wenn du in einer Zelle hockst? Und wie der Anwalt daherredet, ist es eh umsonst, keiner glaubt dir, du weißt nicht, wie es passiert ist, du hast dir keine glaubwürdige Geschichte zurechtgelegt, nicht einmal das kriegst du auf die Reihe!

Du bist eine Fehlkonstruktion. Deine Mutter hast du ins Grab gebracht und deinen Vater vertrieben. Deine Ehe hast du zerstört, deine Kinder vernachlässigt, und deinen Geliebten gebrochen. Du bist dumm. Unfähig. Unbrauchbar. Unfähig. Unbrauchbar.

Poppy begann zu schreien, um den Orkan in ihrem Kopf zu übertönen, sie hielt sich die Ohren zu, als kämen die Stimmen von außen, dann waren ihre Hände plötzlich an ihrem Haaransatz, sie riss an ihren Haaren, dann riss sie mit allen zehn Fingern die Haut von ihrer Stirn herunter, ihre Finger krallten sich in die Wangen, rissen, zerrten, bis ein Alarm losging und die Zellentür aufgeschlossen wurde.

Frau Meier und ein männlicher Vollzugsbeamter, den Poppy nicht kannte, packten ihre Arme und rissen sie zurück. Sie drückten Poppys Arme auf ihren Rücken und hielten sie fest. Poppy weinte. Die Tränen brannten in ihrem Gesicht, plötzlich tat ihr alles weh. Sie weinte laut und mit offenem Mund wie ein Kind. Speichel tropfte über ihr Kinn und mischte sich mit ihren Tränen.

Sie wurde hinausgeführt. Den Flur entlang. Sie lag auf einem Schragen und bekam eine Spritze. Ihr Gesicht brannte. Dann lag sie wieder in ihrer Zelle. Das Licht brannte. Immer wieder ging die Klappe auf.

«Frau Schneider, alles in Ordnung?»

Wenn sie nicht gleich antwortete, wurde die Tür aufgeschlossen, und jemand schaute nach, ob sie noch atmete. Einmal fuhren sanfte Finger über ihr schmerzendes Gesicht, tupften kühlende Salbe auf die Kratzer. Poppy lag auf dem Rücken und schaute zu, wie das Licht vor dem Fenster mehr und wieder weniger wurde.

«Was ist passiert?», fragte der Psychiater, den Poppy den Dienstagsdoktor nannte, weil sie sich seinen Namen nicht merken konnte.

Poppy beschrieb den Orkan in ihrem Kopf.

Der Dienstagsdoktor nickte. «Sind Sie schon einmal abgeklärt worden?», fragte er.

«Abgeklärt? Warum?»

Der Arzt zeigte auf die Schulhefte, die auf seinem Schreibtisch lagen. Er hatte Poppy um einen Lebenslauf gebeten, zwei bis fünf Seiten, hatte er gesagt. Doch Poppy hatte ein Heft nach dem anderen vollgeschrieben.

«Haben Sie die etwa alle gelesen?»

«Ehrlich gesagt, ich hatte es nicht vor. So viel Zeit habe ich gar nicht. Aber Sie schreiben so spannend, Frau Schneider, ich konnte einfach nicht aufhören zu lesen! Sie haben ein echtes schriftstellerisches Talent!»

«Ich?» Ein Talent – sie?

«Das liest sich wie ein Roman», sagte der Dienstagsdoktor. Er legte eine flache Hand auf die Hefte, als wollte er sie für sich reservieren. «Aber auch wie eine Fallstudie für ADS.»

«ADS», sagte Poppy langsam. «Ist das dasselbe wie ADHS?»

«Heute nennt man es ADS + H, für Hyperaktivität. Aber ich glaube nicht, dass Sie ein H haben.»

«Aber die anderen Buchstaben, die schon? Die hab ich?»

«Es spricht einiges dafür. Aber eben, Sie müssten seriös abgeklärt werden.»

«Lukas ist abgeklärt worden», sagte Poppy. «Mein Sohn. Der jüngere.»

«Und? Was hat die Untersuchung ergeben?»

«Ich weiß es nicht genau.» Julia hatte sie angerufen. Lukas hatte Probleme in der Schule, seine Klassenlehrerin hatte eine Abklärung vorgeschlagen. Poppy erinnerte sich an das Gefühl der Ausweglosigkeit. Wenn mit ihm etwas nicht stimmte, musste es wohl ihre Schuld sein. Von Peter konnte er es nicht haben. Julia hatte gesagt, sie würde nicht zulassen, dass man dem Luki eine Diagnose anhänge, noch weniger, dass man ihn mit Medikamenten abfülle, ohnehin glaube sie nicht an diese Scheindiagnosen, die nur der Pharmaindustrie dienten. Nein, sie würde erst einmal beantragen, dass er in eine andere Klasse versetzt würde. Poppy solle sich keine Sorgen machen. Julia würde sich um alles kümmern.

Und Poppy hatte alles Julia überlassen. Julia wusste besser als sie, was das Beste war für ihren Sohn.

«Morgen werden Sie also entlassen», sagte der Dienstagsdoktor.

«Bitte nicht», sagte Poppy.

Den Rest der Stunde verbrachten sie damit, Poppys Ängste einzufangen und eine nach der anderen aufzuspießen.

Als Poppy wieder in ihrer Zelle war, schaute sie lange in den Spiegel, der über dem Waschbecken hing. Der Spiegel war nicht aus Glas, sondern aus Metall, und zeigte Poppy ein schmeichelhaft verwischtes

Abbild ihres Gesichts. Ihre Falten waren gar nicht zu sehen, und auch die Kratzer waren verblichen und matt. Poppy fühlte, wie sich im Spiegel ein schwarzes Loch auftat. Und wie sie kopfvoran in dieses Loch stürzte.

Wolf hatte gestanden. Poppy wurde entlassen. Vielleicht würden sich ihre Wege im Hof des Untersuchungsgefängnisses kreuzen. Wenn nicht, würden sie sich nie wiedersehen. Nie wieder berühren. Nie.

Ihr Geständnis hatte, wenn überhaupt, alles noch schlimmer gemacht. Dass Wolf zugelassen hatte, dass seine Geliebte für ihn im Gefängnis saß, sprach nicht für ihn.

Poppy musste in ihr Leben zurückkehren, das sich nicht verändert hatte. Ein Leben, das sie an der Kehle würgte. Ein Leben, das ihr zu viel war. Das sie nicht wollte.

Der Dienstagsdoktor hatte eine Überweisung geschrieben. Sie würde abgeklärt werden. Auf jeden Fall die Gesprächstherapie weiterführen. Er hatte ihr die Hefte zurückgegeben.

«Es ist nicht nötig, so zu leiden», hatte er gesagt.

Das schwarze Loch wurde größer und größer. Was, wenn es wirklich eine Erklärung dafür gab, dass Poppy so war, wie sie war? Was, wenn es gar nicht ihre Schuld war, ihre Unfähigkeit? Was, wenn gar nicht sie ihre Mutter ins Grab gebracht hatte, sondern diese drei oder vier Buchstaben? Was, wenn man diese Erklärung schon früher gefunden hätte?

Das schwarze Loch drohte sie zu verschlingen.

Lukas, dachte sie. Und: Es ist nicht nötig, so zu leiden!

Sie richtete sich auf, fuhr mit der Hand über die spiegelnde Fläche, strich das schwarze Loch aus.

«Cheeseburger mit Pommes frites!», rief Frau Fahrny durch die offene Klappe. «Ihre letzte Mahlzeit hier, Frau Schneider, ich freu mich so für Sie.» Sie häufte großzügig Pommes frites auf Poppys Teller und zog dann aus ihrer Hosentasche zwei kleine Aluminiumtüten. Mayonnaise und Ketchup.

«Frau Meier wird Sie morgen nach dem Frühstück ausweisen», sagte Fahrny. «Ich seh Sie hier hoffentlich nicht wieder!»

«Danke.» Poppy nahm das Tablett entgegen. «Frau Fahrny ...» Sie zögerte. Sie wusste nicht, wie sie die Frage formulieren sollte, die ihr quer im Hals steckte.

Aber Fahrny hatte schon alles gehört. «Natürlich schaffen Sie das, Schneider», sagte sie. «Wir glauben an Sie!»

Und mehr, dachte Poppy, als sie die roten und weißen Saucenkringel über die gelben Kartoffelstäbchen drückte, mehr konnte man nicht sagen. Mehr musste sie nicht wissen.

3. Teil

Wir sind nicht allein.

svadhyāyadiṣṭadevatāsaṃprayogaḥ
Im ernsthaften Bemühen, sich selbst zu kennen
und zu verstehen, entwickelt man auch
ein Gefühl und Verständnis
für größere Zusammenhänge.
Patanjali Yoga Sutra 2.44

Nevada

Nevada rief ihre Mutter an. Was sollte sie auch sonst tun?

«Komm nach Hause», sagte Martha.

Eine halbe Stunde später rief Sierra zurück. «Fang schon mal an zu packen, ich komm mit dem Kastenwagen und helfe dir. Wirst sehen, es ist gar nicht so schlimm.»

Alles, was Nevada besaß, ließ sich zusammenrollen, falten, einpacken, wegtragen.

Sierra lief die Treppen herauf und wieder hinunter, als ob nichts dabei wäre. Sie trug zwei Taschen voller Bücher in jeder Hand. Ihre harten Arme spannten sich unter ihrer dünnen Jacke. Nevada blieb bis zum letzten Augenblick auf dem nackten Boden sitzen. Vielleicht würde Lakshmi ihre Meinung noch ändern. Oder sich wenigstens von ihr verabschieden. Nevada hatte keinen Vertrag gehabt. Die Miete für das Zimmer war mit ihren Einnahmen verrechnet worden. Lakshmi hatte Nadine gebeten, die Buchhaltung der letzten beiden Monate auszudrucken, die voller roter Zahlen war.

«Ich bin ja von Natur aus ein großzügiger Mensch», hatte Lakshmi gesagt. «Wer wüsste das besser als du, Nevada. Aber ich muss auch an das Wohl der Allgemeinheit denken, an meine anderen Lehrerinnen, an unsere Schüler.» Sie hatte die Abrechnung zusammengefaltet und zusammen mit einem Einzahlungsschein in einen Umschlag gesteckt. Nevada hatte einen Moment gezögert, ihn entgegenzunehmen. Wieder hatte sie an die Szene in der Eingangshalle des Hotels Taj Mahal Palace gedacht. Und dann: Was, wenn sie damals das Curryhuhn gegessen hätte? Sie steckte den Umschlag ein und ging zur Tür.

Nadine stellte sich ihr in den Weg. «Tut mir leid, dass ich so heftig reagiert habe. Ich kann mit Körperausscheidungen nicht umgehen! Das verstehst du, gell?» Sie umarmte Nevada und strich ihr sanft über den Rücken. Nevada spürte, wie sich die Ameisenheere unter ihrer

Haut zum Kampf formierten. Ohne ein Wort machte sie sich los und ging nach oben. Dann hatte sie ihre Mutter angerufen.

«Ist das alles?», fragte Sierra. Nevada schaute sich in dem leeren Zimmer um. Sie nickte. Sierra streckte die Hand aus. Nevada ergriff sie und zog sich an ihr hoch. Sierra war stark. Sie zog sie mit so viel Schwung hoch, dass Nevada gegen ihre Brust stolperte. Sierra hielt sie fest, und so standen sie einen Augenblick lang in einer ungeschickten Umarmung vereint. Nevada konnte sich nicht erinnern, ihre Schwester je umarmt zu haben. Sie wartete auf die Ameisen, doch die rührten sich nicht.

Sierra tätschelte ihre Schulter und ließ sie dann los. «Ich hab vorhin im Vorbeigehen ins Studio reingeschaut», sagte sie. «Schien niemand da zu sein.»

Nevada blickte auf die Uhr. «Die haben jetzt Teamsitzung», sagte sie, «unten in der Bar.»

«Ach, und da schließen sie nicht ab?»

«Nadine vergisst es manchmal», sagte Nevada.

«Mhm.» Sierra hob die Brauen. «Schönes Studio, muss ich schon sagen. Und tolle Sachen haben die im Shop!»

«Sierra!»

«Was?» Sierra breitete die Arme aus. «Ich tu doch nichts. Ich trag nur deine Sachen zum Wagen runter!»

«Sierra, wovon redest du? Meine Sachen? Die, die ich eingepackt habe?»

«Ja, genau die ... und noch ein paar zusätzliche Tüten. Hab ich alles schön im Auto versorgt.»

«Sierra!»

«Was – Sierra? So, wie ich es sehe, hast du ein Recht auf einen Anteil. Du hast doch dieses verdammte Studio mitaufgebaut, hast alles hineingesteckt, was du hattest, du hast die Schüler hergeholt, deinetwegen sind die gekommen, doch nicht wegen Lakshmi! Übrigens, ich hab sie mal gegoogelt, weißt du, wie Lakshmi wirklich heißt?»

«Melanie Sutter!» Nevada begann zu kichern. «Und weißt du, was Lakshmi bedeutet? Göttin der Schönheit!»

«Göttin der Schönheit!», prustete Sierra. «Schon klar, dass die sich selber so nennen muss, sonst käme keiner auf die Idee!»

Lakshmi erzählte allen, ihr Guru habe ihr diesen Namen verliehen, aber Nevada wusste es besser. Plötzlich konnte sie nicht mehr aufhören zu lachen.

Nevada verließ die Fabrik am Fluss wie ein unartiges Kind nach einem Klingelstreich. Vor Lachen jaulend und japsend, an Sierras sehnigen Arm geklammert, berührten ihre Füße kaum den Boden. Sierra warf sie wie ein Gepäckstück auf den hohen Beifahrersitz, rannte dann vorne um das Auto herum und startete den Motor. Sie beschleunigte beim Wenden so, dass Nevada gegen die Tür fiel und die quietschenden Reifen eine perfekte schwarze Schleifspur im Hof der Fabrik hinterließen. Eine Unterschrift.

«*Nevada was here*», sagte Nevada, und dann verstummten sie beide.

Auf der Autobahn war Stau. Sierra schaltete den CD-Spieler ein und gleich wieder aus, als eine sonore Stimme ertönte, die ihnen versicherte, sie seien ganz okay im Hier und Jetzt. Nevada bezweifelte das.

«Sorry», sagte Sierra. «Meine Meditations-CD.»

«Du meditierst beim Fahren?»

«Na ja – es ist mehr Selbstbestätigung. Du weißt schon: Du bist schön, du bist stark, du kannst das.»

Nevada nickte. Wusste Sierra das nicht von alleine? War sie nicht die große Schwester? Als Kind hatte Nevada Angst gehabt vor ihr. Sierra hatte sie vom Tag ihrer Geburt an spüren lassen, dass sie nicht ihr verlorener Zwilling war, sondern nur ein mittelmäßiger Ersatz. Nevada hatte sich oft vorgestellt, sie selber hätte ebenfalls einen verlorenen Zwilling. Irgendwo lebte ein kleines Mädchen, das genauso aussah wie sie. Genauso fühlte wie sie. Genauso einsam war, genauso müde. Denn dieses Mädchen und sie waren Zwillinge. Ihre Mutter war nach der Geburt schwer krank geworden und hatte deshalb nicht gemerkt, dass eine böse Frau (Martha) in ihr Spitalzimmer schlich und eines der Zwillingsmädchen stahl, weil sie meinte, es sei ihres. Nevada hatte schon als Kind gewusst, dass sie nicht die wirkliche Nevada war, und hatte sich in ihren Tagträumen immer einen anderen Namen gegeben: Miriam. Ursula. Brigitte. Sie hätte so gerne den Namen einer Heiligen getragen. Lieber als den einer Bergkette.

Nun, die Mutter, die richtige Mutter, erwachte aus ihrer Ohnmacht und hatte nur noch ein Kind. Obwohl sie sehr traurig war, kümmerte sie sich aufopfernd um das ihr gebliebene Mädchen. Jeden Abend vor dem Einschlafen erzählte sie ihr von ihrer verlorenen Schwester. Sie vergaßen sie nie. Sie suchten und suchten und gaben die Hoffnung niemals auf. Und eines Tages fanden sie sie. «Die Rettung!» Nevada spielte immer neue Versionen in ihrem Kopf durch. Doch ihre liebste war die: Nevada tanzte die Hauptrolle in einer Ballettaufführung. Ihre richtige Mutter und ihre Schwester saßen im Publikum und erkannten sie sofort. Beim Schlussapplaus stürmten sie auf die Bühne, nahmen sie in die Arme und brachten sie dann nach Hause, so wie sie war, in ihrem Kostüm, als Giselle, als sterbender Schwan.

Sie wohnten in einem gemütlichen kleinen Haus, das immer gut geheizt war, und in dem alles alt war, abgeschabt und weich. Und der Kühlschrank war voll, voll, voll. Nevada saß mit ihrer Zwillingsschwester auf einem durchgesessenen alten Samtsofa, auf dem ganz viele Kissen und Decken lagen, sie saßen aneinandergekuschelt und aßen Karameleis mit großen Suppenlöffeln direkt aus der Packung. Ihre Mutter setzte sich dazu, sie brachte ihnen heiße Schokolade mit hübschen Sahnehäubchen, sie langte mit ihrem eigenen Löffel zu, auch ihre Mutter war weich und warm. Sie nahm sie in die Arme, eine rechts und eine links.

Einen Vater gab es nicht. Auch in ihren Träumen wollte Nevada das Risiko nicht eingehen. Sie wusste nicht, wie sich ein guter Vater verhielt. Aber eine Mutter! Das konnte sie sich vorstellen. Eine Mutter war weich und lieb. Eine Mutter würde ihr genau das sagen, jeden Tag: «Du bist schön, du bist stark, du kannst das. Und ich liebe dich.»

«Lass es ruhig laufen», sagte Nevada zu ihrer Schwester, die folgsam wieder auf den Knopf drückte. Und eine ruhige Stimme, die nicht die ihrer Mutter war, füllte die Fahrerkabine. Sierra und Nevada saßen still nebeneinander, bis sich die Autoschlange wieder in Bewegung setzte, eine stolpernde Bewegung, die irgendwo kilometerweit von ihnen entfernt ruckartig ansetzte und sich dann langsam, Wagen für Wagen fortsetzte, bis auch sie sich zwei Meter vorschieben konnten, und dann noch einen.

Erst als sie in ihre Straße einbogen, schaltete Sierra die CD wieder aus. Nevada blickte aus dem Fenster. Die Bäume waren kleiner, als sie sie in Erinnerung hatte, die Straße schmaler.

«Es ist nicht mehr so wie früher», sagte Sierra. «Wirst schon sehen.» Sie stellte den Lieferwagen direkt vor das Haus, das jetzt ihr gehörte, ihr und Martha. Die Fenster im Erdgeschoss waren mit dem Logo von *Sierra Suave* beklebt, einer seltsamen Mischung aus Meereswelle und Sägeblatt, die Nevada eher furchterregend als ermutigend erschien. Durch das Milchglas der Eingangstür konnte Nevada die Umrisse ihrer Mutter erkennen.

Martha zögerte einen Moment lang hinter der Tür, bevor sie sie heftig aufstieß und mit grimmiger Entschlossenheit auf sie zumarschierte. «So!», rief sie immer wieder. «So jetzt! So!» Sie riss die Beifahrertür auf. Nevada rutschte ganz an den Rand ihres Sitzes und schaute auf den Asphalt des Parkplatzes. Er schien unerreichbar. Ihre Beine zuckten, als erinnerten sie sich, wie es war, mühelos aus noch viel größeren Höhen zu springen, weich zu landen, in den Knien nachzufedern. Martha packte sie unter den Armen und hob sie aus dem Wagen. Sie hob sie hoch und machte eine Vierteldrehung, Nevada flog. Wie ein Kind. Wie eine Ballerina im Pas de deux. Dann setzte Martha sie ab, und Nevadas Knie knickten ein.

Sierra hatte nicht gelogen. Es war alles anders. Selbst der Geruch im Treppenhaus.

«Wir werden einen Lift einbauen», sagte Martha. «Schau mich nicht so an, das hatten wir ohnehin vor. Aber bis es so weit ist, richtest du dich am besten im Erdgeschoss ein.»

Sie öffnete die Tür zur Gesundheitsoase. Früher hatte sich hier eine chemische Reinigung befunden. Sierra hatte genau beschrieben, welche Maßnahmen sie vorgenommen hatten, um die giftigen Dämpfe aus den Räumen zu vertreiben. Eine chemische Reinigung und zwei Wohnungen. Nevada erinnerte sich an ein älteres Paar mit zwei Dackeln. Jetzt gehörte alles zusammen. Die Räume gingen ineinander über, hell, neutral, vage japanisch eingerichtet. Überall die seltsame Säge, die Nevada noch in ihren Träumen erscheinen würde, sie wusste es. Sie fuhr mit dem Finger über die Zähne, die aussahen, als seien sie in der Sonne geschmolzen. Martha ging voraus, öffnete Türen, zeigte. Nicht nur das Haus war anders, auch ihre Mutter. Nevada wusste nicht gleich, was es war. Sie ist glücklich, dachte sie.

Seltsam.

Zwei Behandlungsräume mit Massagetischen, ein Gruppenraum, eine Art Lounge. Sauna, Dampfbad, Sprudelbad. Solebad, Lichtdusche, Klo.

«Im Gruppenraum kannst du deine Yogastunden geben», sagte Sierra. «Einzelstunden sind natürlich auch möglich. Wir wollten ja schon lange Yoga anbieten.»

Nevada dachte an ihre Schülerinnen, die rechtlich wohl gar nicht ihre waren, sondern die des Yogastudios am Wasser. Ob sie sie wiedersehen würde? Und was war mit Ted? Würde Sierra zulassen, dass ein Mann ihre Stunden besuchte?

«Und hier!» Martha schloss eine Tür auf. «Das war ursprünglich das Büro, aber wir dachten, bis der Lift eingebaut ist, kannst du hier wohnen.»

Nevada betrat ihr Zimmer. Es war kleiner als das in der Fabrik. Aber hell. Eine Glastür führte direkt ins Grüne.

«Der Garten ist absolut geschützt», sagte Sierra. «Da kommt keiner rein, da sieht dich auch keiner.» Sie öffnete die Tür und trat hinaus. Nevada folgte ihr. Früher war hier spärliches Gras gewachsen, von den Dackeln als Toilette benutzt. Jetzt war es ein wildwucherndes Grün. Eine hohe Mauer umschloss den Garten, auch sie von Grün überwuchert. Blaue Blumen blühten an den Rändern. In der Mitte ein großer Holztisch, ein paar Stühle. Direkt vor Nevadas Zimmertür stand ein neuer Liegestuhl mit einem hellen Polster, dick wie eine Matratze, ein kleiner Holzschemel, und auf dem Schemel ein Stapel Bücher.

Nevada nahm das oberste in die Hand. *Yoga und MS*. «Ha!», sagte sie.

«Gefällt es dir?», fragte Martha. «Es ist klein, aber es ist ja nur vorübergehend. Sobald wir den Lift eingebaut haben ...»

«Es ist wunderbar. Danke.»

Martha lächelte zufrieden. «Also, dann lass ich euch Mädels allein. Um sieben essen wir bei mir oben.»

Mädels?, dachte Nevada. Essen? Sie sah Sierra an, die die Augen rollte und grinste. Dann war sie allein. Sie legte sich auf das Gartenbett und schloss die Augen. *Yoga und MS.* Das war es nun. Das war ihr Leben. Yoga und MS und die beiden drahtigen Frauen mit dem strohblonden Haar. Das war ihre Familie. Sie fuhr mit den Händen über ihren Körper. Armer, lieber Körper, dachte sie.

Martha hatte gekocht. Die ganze Wohnung roch nach Essen. Auch hier hatte sich alles verändert. Es gab kein Leder mehr, keinen Chromstahl, keinen Marmor. Martha bewohnte zwei Zimmer, der Rest der Wohnung war in kleine Therapiezellen aufgeteilt. Martha hatte ihre Zimmer genauso eingerichtet wie die Gesundheitsoase im Erdgeschoss, einfach und hell.

«Es gibt ein gelbes Curry mit Süßkartoffeln und Vollreis», sagte sie. «Wir müssen dein *Kapha* stärken, deine Kraft und Stabilität.»

Nevada atmete aus. Sie hatte sich schon gefragt, wie sie reagieren würde, wenn sich Martha plötzlich in ihre Phantasiemutter verwandelt und sie mit Karameleis bewirtet hätte.

Aber so war es nicht. Essen war immer noch Mittel zum Zweck. Nevada sollte es recht sein. Alles andere hätte sie überfordert. Sie setzten sich um den runden Holztisch. Auf Nevadas Stuhl lag ein Kissen. Sie aßen schweigend, Sierra trank zum Essen ein Bier aus der Flasche.

Nevada schaute von der einen zur anderen. «Ich muss euch etwas sagen.»

Ihre Mutter und ihre Schwester wechselten einen Blick.

«Ich auch», sagte Martha. «Ich muss auch etwas sagen. Lass mich zuerst. Es ist wichtig.»

Sierra nickte, sie hatten das offensichtlich abgesprochen.

«Also», sagte Martha. «Wenn wir hier alle zusammenwohnen, dann muss es einmal raus. Es muss einfach gesagt sein.» Sie hielt inne. Sie schaute auf ihren Teller, dann zu Sierra, die aufmunternd nickte. Mehrmals setzte Martha an, doch die Worte kamen ihr nicht über die Lippen.

«Nun spuck's schon aus», sagte Sierra. «Wir haben es doch geübt!» Sie trank einen Schluck Bier aus der Flasche und stellte sie dann hart auf der Tischplatte ab.

Martha zuckte zusammen. «Es tut mir leid!», sagte sie sehr schnell, und dann, langsam: «Es tut mir leid, Nevada. Es tut mir leid.»

Nevada schaute ihre Schwester an. Die ihren Blick erwiderte und dann wieder zur Mutter schaute: «Und ...?»

Martha sprach weiter. «Ich weiß, warum du weggehen musstest, Nevada, und warum du so lange nicht zurückkommen konntest. Ich habe nicht auf dich aufgepasst. Ich habe nicht zu dir geschaut, wie eine Mutter es tut. Ich war mit meinem eigenen Kram beschäftigt. Sierra hat mir noch einmal eine Chance gegeben, und ich hoffe, du tust es auch. Ich hoffe, du lässt mich jetzt für dich sorgen.»

«Okay», sagte Nevada. Was sollte sie sonst sagen?

Nach dem Essen stiegen die Schwestern die steile Treppe zum Dachstock hinauf, den Sierra zu einem Loft ausgebaut hatte. Nevada musste auf jeder dritten Stufe stehen bleiben. «Im Notfall trag ich dich wieder runter», sagte Sierra. «Oder du schläfst halt heute Nacht hier.»

Im Türrahmen hing eine eiserne Kette. Die schweren Glieder waren leicht angerostet. Nevada berührte die Kette mit den Fingerspitzen. Erst da sah sie die schweren eisernen Handschellen, die am Ende der Kette am Boden lagen.

Sierra grinste. «Willst du sie ausprobieren?»

Nevada schreckte zurück.

«Was soll ich sagen – ich spiele gerne!» Sierra führte Nevada in ihre Wohnung, die mit Ledersesseln, schweren Teppichen, Kuhfellen und Tierschädeln eingerichtet war. In der Mitte des großen Raums stand ein Podest, das mit einer Felldecke belegt war. Sierra stieg die eine Stufe zum Podest hinauf und ließ sich dann rückwärts auf die Decke fallen, die glucksend unter ihr nachgab.

«Ein Wasserbett?», fragte Nevada. «Gibt es das wirklich?»

«Probier's mal aus!» Sierra streckte die Hand aus und zog Nevada zu sich hinunter. Nevada ließ sich fallen, und im Fallen dachte sie an Wolf. Ihre ganz persönliche, große Verwechslung. *Avidya.* Nichts war, was es schien. Das Wasserbett gab unter ihr nach, das weiche Fell schmiegte sich um sie, sie hatte keine Schmerzen, nirgends.

«Nicht schlecht, was?» Sierra grinste.

«Ich will gar nicht mehr aufstehen, Sierra! Mir tut nichts weh. So eins will ich auch haben!»

«Kein Problem. Ich hab eine Quelle.» Sierra begann auf und ab zu wippen. Nevada verzog das Gesicht.

«Nicht», sagte sie. «Die Ameisen!»

«Sorry. Ich hab nicht dran gedacht.»

Eine Weile lagen sie nebeneinander auf der sanft schaukelnden Matratze. Über ihnen hing ein Spiegel, der sie durch die Dachschräge verzerrt wiedergab.

«Warum hast du einen Spiegel über dem Bett hängen?», fragte Nevada. «Schaust du dir selber beim Schlafen zu?»

«Bist du so naiv, oder tust du nur so? Oder haben Yoginis etwa keinen Sex?»

Nevada schwieg.

«Wie bitte?», fragte Sierra. «Ich hab doch bloß einen Witz gemacht. Sag jetzt nicht, Nevada, sag bloß nicht ...»

«Nein, ich habe keinen Sex. Seit fünf Jahren nicht mehr.»

«Spinnst du? Warum denn nicht? Es gibt doch gar keinen Grund dafür», sagte Sierra. «Ich habe recherchiert, glaub mir, ich weiß mehr über deine Krankheit, als ich je wissen wollte! Sex ist kein Problem.»

«Für mich schon», sagte Nevada.

Sierra schwieg eine Weile. «Ich verstehe», sagte sie dann. «Also dann, wenn wir schon bei den Geständnissen sind ...»

«Nein, jetzt sage ich, was ich sagen wollte.» Nevada richtete sich auf. «Hör mir zu, Sierra, es ist wichtig. Ich habe Beni gefunden. Ich hab ihn in seinem Zimmer gefunden, am Tag, bevor ich abgereist bin, und ich habe nichts gesagt. Ich hätte nie gedacht, dass du deswegen aus Paris zurückkommen musstest. Es tut mir leid, dass ich dein Leben zerstört habe. Ich konnte einfach nicht anders.»

«Jetzt hör aber auf! Wenn schon, dann muss es mir leidtun. Ich bin schließlich deine große Schwester. Ich hätte dich beschützen sollen, das ist es doch, was große Schwestern tun. Ich hab schon gesehen, was abging. Ich verstand es nur nicht. Ich war die ganze Zeit sauer auf dich, weil du die Kleine, Süße warst, weil du beachtet wurdest, weil ich dachte, er hat dich lieber als mich.»

Nevada schwieg. Wenn Sierra es gesehen hatte, dann war es wirklich passiert. Dann hatte sie es sich nicht eingebildet. Nevada wusste nicht, ob sie erleichtert darüber war oder enttäuscht davon. Sie lag auf dem Rücken und atmete weiter. Das Bett schaukelte sanft. Schließlich griff Sierra nach unten, zog eine Schublade aus dem Podest und aus der Schublade einen fertiggerollten Joint. Sie zündete ihn an und zog ein paarmal daran. Dann legte sie sich wieder neben Nevada auf den Rücken. Nevada streckte die Hand aus.

«Ach, keinen Sex haben, aber Gras rauchen, das geht dann wieder?»

«Ich dachte, du hast meine Krankheit recherchiert? Also, gib schon her.» Nevada nahm einen Zug und noch einen, dann gab sie den Joint zurück. Sie schaute an die Decke und sah sie beide nebeneinander im Spiegel liegen, schief und verzerrt. Sie kicherte unvermutet und wurde gleich wieder ernst. «Denkst du manchmal an Nevada?»

Sierra wusste sofort, wen sie meinte. «Immer», sagte sie.

«Was meinst du, wo ist sie?»

Sierra sah sie erstaunt an. Mit der Hand, die den Joint hielt, tippte sie an ihr Brustbein. «Genau hier», sagte sie.

Leise glutschte das Wasser unter ihnen. Nevada fühlte die große Hand, die sie hielt, sie und ihre Schwester, auf dem Rücken liegend, rauchend.

Poppy

Als sie verhaftet worden war, hatte sie ihre alten Cowboystiefel getragen. Sie war froh darüber. Wie sonst sollte sie aus dem Gefängnistor treten, wenn nicht auf den schiefgetretenen Absätzen ihrer treuen, schwarz-silbern bestickten Glücksstiefel? Sie trug ihre Habseligkeiten in einer Papiertüte vom gefängniseigenen Lebensmittelladen in der Hand, ein rotes Tuch um den Hals. Die Kratzer auf ihrem Gesicht waren fast verheilt. Frau Meier hatte ihr einen Abdeckstift gebracht, mit dem sie die letzten Spuren übermalt hatte. Automatisch stellte sie sich mit dem Gesicht zur Wand auf die gelben Fußabdrücke, während sie darauf wartete, dass das Tor geöffnet wurde.

Frau Meier lachte, fasste sie an der Schulter und drehte sie sanft herum. «Auf dem Weg hinaus ist das nicht mehr nötig!»

Poppy lachte verlegen mit. «Ich muss mich wieder umgewöhnen», sagte sie. Ob sie das konnte?

Frau Meier machte eine Bewegung auf Poppy zu, als wollte sie sie umarmen. Dann überlegte sie es sich anders, nahm ihre Hand und schüttelte sie. «Auf Wiedersehen, Frau Schneider. Oder besser, auf Nichtwiedersehen, auf jeden Fall nicht hier!»

Mit einem Klicken wurde die Tür geöffnet, die Beamten in der Kontrollstation winkten fröhlich durch die Scheibe, und Poppy verließ das Zentralgefängnis durch den Hauptausgang, zusammen mit Besuchern und Beamten, deren Schicht zu Ende war. Sie ging über den Hof. Die Sonne schien, und es war heiß. Poppy legte den Kopf in den Nacken und sah zum Himmel hinauf. Der Himmel war so blau, dass er ihren Augen weh tat. War der Himmel immer schon so blau gewesen?

High Noon, dachte Poppy und schlug ihre Absätze zusammen. Sie zwängte sich durch eine eiserne Drehtür, die Plastiktüte an die Brust gepresst. Dann war sie draußen. Die Wiese, die das Gebäude umgab, blendete sie in einem grellen Grün, wie Poppy es noch nie gesehen hatte. Plötzlich erinnerte sie sich an einen Segeltörn, den sie und Peter einmal mitgemacht hatten, und wie nach zwei Wochen auf See die Farben an Land geleuchtet, wie die Rot- und Gelbtöne sie körperlich spürbar angefallen hatten. Wie lange war sie nicht draußen gewesen?

«Poppy!»

In dem Film, in dem Poppy mitspielte, wäre sie jetzt allein nach Hause gegangen, auf schiefgetretenen Absätzen, sich in den Hüften wiegend, eine einsame ...

... Wölfin. Der Schmerz schlug über ihr zusammen. Wolf.

Unter Poppys T-Shirt, unter ihrem ausgeleierten Büstenhalter war eine Wunde, die von außen nicht zu sehen war. Ein großes blutendes Loch. Eine Abrissbirne hatte sie mitten in die Brust getroffen, ihre Rippen zertrümmert, ihr Herz zerquetscht. Unter ihren Kleidern tropfte das Blut unaufhaltsam aus ihr hinaus, dickflüssig und zäh. Es legte

Spuren. Wo immer sie hinging, der Schmerz folgte ihr, das Blut, es zeichnete ihren Weg nach, der nirgendwohin führte. Der Schmerz war wie ein Tier, das manchmal schlief, manchmal den Kopf hochriss und die Zähne bleckte und sich dann wieder hinlegte. Poppy würde lernen müssen, mit diesem Tier zu leben. Sie hatte eine Liste von Dingen angelegt, die sie lernen musste.

«Juhu!» Auf dem Parkplatz stand Julia vor ihrem vernünftigen kleinen Wagen, den sie liebevoll ihre Hausfrauenschüssel nannte, und winkte. Auf dem Rücksitz saßen die Buben. Sie waren nicht ausgestiegen. Poppy stopfte das Schmerztier zurück in ihre Brust, wo es sich widerwillig zusammenrollte. Sie ging auf Julia zu, die sie umarmte.

«Poppy, du Ärmste! Was hast du durchgemacht!»

Keine Vorwürfe. Poppy bückte sich und schaute durch das Fenster. Ihre Söhne saßen zusammengesunken auf dem Rücksitz, Stöpsel in den Ohren, Geräte in den Händen, jeder in seiner eigenen virtuellen Welt versunken.

«Ach, du weißt doch, wie Teenager sind», sagte Julia fröhlich. Sie riss die hintere Tür auf. «So, kommt jetzt, steigt aus, begrüßt eure Mutter!»

Florian nahm als Erster die Stöpsel aus seinen Ohren, schaltete das Gerät aus und steckte es in seine Hosentasche, sorgfältig, methodisch, während Lukas sich in seinen Kabeln verhedderte, in seiner Hosentasche einen Zettel fand, den er mit gerunzelter Stirn studierte. Bevor er sich daran erinnerte, dass er seinen MP-3-Player ausschalten wollte.

Florian kam steifbeinig um das Auto herum und nahm seine Mutter ungeschickt in die Arme. «Wie geht es dir?», fragte er höflich. «Hast du Hunger?»

Poppy fuhr mit beiden Händen über seine Schultern, über seinen Rücken, er hatte zugenommen, sie fühlte die Muskeln seiner Oberarme durch die weite Kapuzenjacke hindurch. «Treibst du etwa Sport?»

Er trat einen Schritt zurück, verlegen. «Ich bin doch im Ruderclub, Mama», sagte er in einem Ton, als müsste sie das wissen. Hatte er ihr das schon erzählt?

«Natürlich», sagte Poppy. «Der Ruderclub.» Wo konnte man in seiner Umgebung rudern?

Auch Lukas stieg endlich aus. Er trug dieselbe Art von Kleidung wie sein Bruder, steife dunkelblaue Jeans, die tief auf den Hüftknochen saßen und den Bund seiner Boxershorts sehen ließen. Turnschuhe, T-Shirt, Kapuzenjacke. Doch bei ihm sah es aus, als hätte er die Kleider aus einer Sammeltüte oder aus der Wäschetonne gefischt, als hätte er in ihnen geschlafen. Dabei war Poppy sicher, dass Julia seine Kleider genau wie die seines Bruders wusch und bügelte und zusammenfaltete und in seinen Schrank räumte. Poppy dachte an eine Frau, die sie an einer Party kennengelernt hatte, damals, als sie mit Peter solche Anlässe besuchte. Sie hatte gefragt, von wem das Kleid sei, das Poppy trug. Stolz hatte sie den Kragen nach außen gedreht, so dass die Frau das Label sehen konnte. Peter hatte ihr das Kleid geschenkt. Es war ein Entwurf eines jungen Schweizer Designers.

«Ach, wie interessant», sagte die Frau. «An manchen Leuten sieht auch Massenware aus wie Couture, und bei anderen ist es genau umgekehrt, die können tragen, was sie wollen, es wirkt einfach billig!» Poppy merkte nicht sofort, dass die Frau sie beleidigt hatte, sie nickte eifrig zustimmend, denn sie hatte genau dasselbe gedacht, als sie vor dem Spiegel stand: Was ist der Unterschied?

Lukas warf sich mit einer Unbekümmertheit in ihre Arme, als hätte er vergessen, wo sie waren und warum sie Poppy hier trafen. Lukas roch noch wie ein Kind. Poppy steckte ihre Nase in seine Haare, die halblang in seinen Nacken fielen.

«So, und jetzt fahren wir los», sagte Julia. «Nichts wie weg hier, was meinst du, Poppy?»

Poppy zögerte. Julia musste ihr sagen, was sie zu tun hatte: «Steig ein», sagte sie, und Poppy ließ ihren Sohn los und setzte sich auf den Beifahrersitz.

«Ich hab mir überlegt: Was du jetzt brauchst ist Weite und frische Luft und den Himmel über dir», plapperte Julia. «Und etwas richtig Tolles zu essen, und ein Glas Wein.» Sie ließ den Motor an. «Ich habe mich schlaugemacht, es gibt hier in der Gegend ein ganz tolles Ausflugslokal, direkt am See, und wenn du Lust hast, können wir auch gleich schwimmen gehen, das macht den Buben Spaß. Ich hab dir Badesachen mitgebracht», wehrte sie Poppys Einwand ab, bevor sie ihn aussprechen konnte.

Das grelle Grün teilte sich vor dem kleinen Wagen und flitzte rechts und links an ihnen vorbei. Poppy schloss die Augen. Was sie jetzt wollte – sie wusste es gar nicht. Sie war froh, dass Julia für sie entschieden hatte. Und für die Buben. Aber es stand auf ihrer Liste von Dingen, die sie lernen musste: selber denken.

Wissen, was sie fühlte, was sie wollte, was sie dachte, was sie brauchte. Ihrer Intuition vertrauen, ihrer «inneren Stimme», wie es der Dienstagsarzt genannte hatte. Sie hatte die Adresse zweier Psychiater in der Tasche, die auf die Diagnose und Behandlung von ADS bei Erwachsenen spezialisiert waren. Die These, von der Poppy immer ausgegangen war, war: Was sie auch dachte, fühlte, wollte – es konnte nicht das Richtige sein, denn schließlich scheiterte sie schon an den kleinsten Dingen. Sie machte alles falsch. Es war deshalb besser, sich nach dem zu richten, was jemand anderer für sie fühlte, dachte oder wollte, jemand, der das Leben besser im Griff hatte. Diese These hatte sich nun, nach fünfzig Jahren, als falsch erwiesen. Eine neue war noch nicht an ihren Platz getreten.

Auch damit war Poppy nicht allein, der Dienstagsdoktor hatte es gar als typisch bezeichnet. Man müsse die eigene Wahrnehmung trainieren wie einen Muskel, den man nie gebraucht hat, der verkümmert ist und schwach. Man musste, man konnte das.

Es stand auf Poppys Liste.

Ich möchte nach Hause, dachte sie, aber sie sagte nichts. Es zu denken, war für den Moment genug. Es zu wissen.

Nach dem Essen schwamm Poppy weit in den See hinaus. Sie hatte nicht zwei Stunden gewartet, obwohl sie Wein getrunken und frittierte Eglifilets gegessen hatte, mit Tartarsauce und Pommes frites. Julia hatte einen kleinen Salatteller genommen.

Poppy aß gierig. Sie schmeckte das Salz auf den Pommes frites und die säuerlichen Gurkenstückchen in der sämigen Sauce, sie fühlte die krosse Panade der Fischstückchen in ihrem Mund, das weiche Fleisch. Das alles traf sie so heftig wie die Farben um sie herum. Die Eindrücke schlugen über ihr zusammen. Überwältigten sie. Sie sog den Geruch des Essens ein, sie schmatzte, bis ihre Söhne lachten.

«Ja, so etwas hast du im Gefängnis wohl nicht gekriegt», sagte Julia. Die Buben schoben ihre Teller zur Seite, sie verlangten nach Geld, um Eis zu kaufen, das sie im Stehen aßen, dann rannten sie über die Wiese zum Wasser hinunter, sie hatten vergessen, dass sie Teenager waren und cool. Poppy ließ Julia vor ihren grünen Blättern sitzen und rannte ihnen nach. Sie spürte ihre Schenkel, die beim Laufen aneinanderrieben. Die Grashalme unter ihren Fußsohlen. Dann Steine. Ein Mückenstich auf der Schulter.

Der sportliche Einteiler, den Julia für sie mitgebracht hatte, schnitt überall ein. Unter den Armen, zwischen den Beinen. Unter dem festen Material legte sich Poppys Bauch in enge Falten. Alles war zu viel, zu stark. Alles war verzerrt. Die glitschigen Steine unter ihren nackten Füßen, das Wasser, das grün war und kalt. Poppy tauchte schon im flachen Wasser unter. Die Kälte schlug über ihr zusammen, drückte sie nach unten, verdrängte alle anderen Empfindungen, dämpfte die zu starken Eindrücke.

Ihr Gesicht brannte. Sie spürte jeden Kratzer, als fügte sie ihn sich in diesem Moment neu zu. Jeden einzeln. Trotzdem tauchte sie mit dem Kopf unter Wasser, spülte die Farbe des Abdeckstiftes ab, den Geruch der Seife in ihrem Haar. Poppy schwamm ihren Söhnen nach auf das Floß zu. Es war von jungen Menschen belegt, die dicht an dicht lagen. Seelöwen, dachte Poppy. Auf einer ihrer vielen Reisen hatte sie diese Tiere gesehen, die glänzenden Leiber beiläufig übereinandergehäuft. Irgendwo da drin lagen ihre Söhne, die keine Kinder mehr waren.

Poppy umrundete das Floß. Sie schwamm langsam. Bei jedem Ausatmen tauchte sie den Kopf unter Wasser. Sie hielt die Augen geöffnet. Unter Wasser waren die Farben gedämpft, grau und braun. Jedes Mal, wenn sie zum Einatmen den Kopf hob, sah sie etwas ganz anderes, als sie erwartet hatte. Mit jedem Zug verlor sie die Richtung neu. Jetzt schwamm sie auf den Sprungturm zu. Zwei Kinder standen auf dem Fünfmeterbrett und forderten sich gegenseitig heraus, hinunterzuspringen. Schließlich hielten sie sich an den Händen und rannten laut schreiend bis zum Ende des Bretts und über das Ende hinaus. Klatschend tauchten sie unter. Eine Welle erreichte Poppy mit Verzögerung. Mit offenen Augen schwamm sie auf den Sprungturm zu und zog sich an der Eisenleiter hinauf.

Sie schaute zum Fünfmeterbrett hinauf, das plötzlich sehr viel höher schien, als sie von unten gemeint hatte. Die beiden Kinder waren wieder aufgetaucht, um den Turm herumgeschwommen und kletterten hinter ihr die eisernen Tritte hinauf. Poppy ließ sich von ihren Stimmen anschieben, höher und höher, am Dreimeterbrett vorbei, bis sie ganz oben angekommen war. Die Stimmen der Kinder überschlugen sich vor Begeisterung. Poppy entschloss sich, ihnen zu vertrauen. Sie ließ das Geländer los und trat auf das Brett, das ihr plötzlich sehr dünn schien. Leicht im Wind schwankend ragte es ins Nichts hinaus. Die Kinder holten auf. Poppy hob den Kopf und schaute in den Himmel. Sie setzte einen Fuß vor den anderen, das Brett wippte mit ihr mit, es schien sie anzufeuern, bis ihr Fuß ins Leere stieß. Die Luft rauschte an ihr vorbei, Poppy riss die Arme hoch, streckte die Beine im Flug, brach durch die harte Wasseroberfläche und tauchte tief, tief hinunter. Es war sehr still plötzlich. Hier könnte sie bleiben. Doch die Luft in ihrer Lunge trieb sie nach oben. Poppy zog die Arme an den Körper und schoss hinauf. Sie schnappte nach Luft. Dicht neben ihr schlugen die Kinder auf, das Wasser überspülte sie noch einmal, Poppy tauchte den Kopf unter und schwamm zum Ufer zurück.

Julia wartete am Steg mit einem Stapel exakt gefalteter Badetücher. Als sie Poppy kommen sah, schüttelte sie eins auf, hielt es vor Poppy hin und wickelte sie darin ein. Poppy fühlte sich wie ein kleines Kind, das von seiner Mutter aus der Badewanne gehoben wird. Dankbar lehnte sie sich an Julia. Diese kicherte: «Du hast den Badeanzug gesprengt, schau!» Poppy schaute unter das Tuch. Die Seitennaht war gerissen, weiß quoll ihr Fleisch aus dem leuchtend roten Stoff. Sie wickelte das Tuch wieder enger um sich.

«Und was ist mit deinem Gesicht passiert, Poppy!»

Poppy hob die Hand an ihre Wange. Sie brannte.

«Du bist ganz rot, als wärst du durch Brennnesseln geschwommen! Hast du vielleicht eine Algenallergie?»

Poppy schüttelte den Kopf. Warum hatte man sie nicht eine Woche länger behalten können? Bis man ihr nichts mehr ansah? Bis sie nichts mehr erklären musste? Ach, was machte sie sich vor: Die Kratzer waren noch das Wenigste!

«Um Gottes willen, Poppy, wurdest du im Gefängnis etwa misshandelt?»

«Es ist nichts.»

«Es sieht aber nicht aus wie nichts!»

Zu sich selber stehen, hatte der Psychiater gesagt. Und Poppy hatte es brav auf ihre Liste gesetzt. Poppy schaute auf den See hinaus, auf das Floß, das in der Ferne sanft schaukelte, die gebräunten Leiber darauf. Plötzlich war es nicht mehr genug. Es zu wissen. Sie musste es sagen.

«Ich will nach Hause», sagte sie.

Ted

«Ein Bier um vier, das gönn ich mir», dichtete Tobias. «Für dich kommt es ja ohnehin nicht mehr drauf an. Vier Uhr nachmittags, vier Uhr morgens, macht alles keinen Unterschied mehr ...»

«Ist es wirklich schon vier?» Ted schaute auf die Uhr. Um vier Uhr nachmittags rief er Emma an. Jeden Tag. Vier Uhr nachmittags war sieben Uhr morgens in Los Angeles.

«Nein, reg dich ab, es ist erst Viertel nach drei», sagte Tobias. «Aber das reimt sich nun mal nicht auf Bier!»

Ted schüttelte den Kopf, aber er kippte auf seinem Stuhl nach hinten, öffnete den Kühlschrank und nahm zwei Flaschen heraus, ohne hinzusehen. Es war nicht das erste Bier an diesem Nachmittag. Tobias war vor einer Stunde plötzlich vor seiner Tür gestanden. Er hatte ihm sein Handy entgegengestreckt: «Hast du so etwas schon mal gesehen?», hatte er gefragt. «Weißt du, was das ist? Warum es klingelt?»

«Sorry, ich hab wohl vergessen, es aufzuladen.»

«Mann, ich hab mir Sorgen um dich gemacht!» Tobias hatte Ted zur Seite geschoben und war in seine Wohnung gestürmt, als erwarte er, überall leere Whiskyflaschen, übervolle Aschenbecher, in denen noch die letzten Kippen qualmten, halbleere Pizzaschachteln, in denen die Reste verschimmelten und einen auf dem Ameisenkanal laufenden Fernseher vorzufinden. Stattdessen sah es bei Ted aus wie immer, außer dass er mitten im Wohnzimmer eine Yogamatte ausgerollt hatte. Jeden Morgen gleich nach dem Aufstehen grüßte er die Sonne, sechs Mal, zwölf Mal, vierundzwanzig Mal. Er stand jeden Tag um sechs Uhr auf, als müsste er zur Schule fahren. Stattdessen tat er: nichts. Und die Tage vergingen trotzdem, einer nach dem andern. Irgendwann war es nachmittags um vier, und er konnte Emma anrufen, die sich in Kalifornien für die Schule bereitmachte. Sie musste eine Uniform tragen, einen blauen Faltenrock und ein weißes Polohemd. «Alle Mädchen sehen gleich aus», hatte sie erzählt. Ted hörte die Erleichterung in ihrer Stimme. Er konnte sich gut vorstellen, dass Emma nicht auch noch über ihre Kleider nachdenken wollte. Um Viertel nach sieben, Viertel nach vier in der Schweiz, wurde sie von einem *carpool* abgeholt.

«Was, die haben ein Schwimmbecken im Auto?»

Emma kicherte. «Du spinnst doch, Papa!» Ein *carpool* war eine Fahrgemeinschaft. Das wusste Ted auch. Er fragte sich nur, wann Tina mit Fahren an der Reihe sein würde. Und wo sie war, wenn ihre Tochter frühstückte. Gestern hatte Emma kalte Pizza gegessen.

«Die Kruste ist so dick wie ein Brötchen, Papa!»

«Und warum isst du Pizza zum Frühstück? Sind dir die Flocken ausgegangen?»

In den ersten Tagen hatten sie ihm von den vielen verschiedenen Sorten Frühstücksflocken erzählt, die sie alle noch nicht kannte. Ihre Mutter hatte ihr vierundzwanzig kleine Probepackungen gekauft, jeden Tag öffnete sie eine andere, bis sie ihre neue Lieblingssorte gefunden hatte. Sie schwankte noch zwischen Cookie Crisp und Cheerios. Cheerios sahen aus wie kleine Ringe, hatte sie ihm erzählt, man konnte sie zu Halsketten auffädeln und diese dann während des Tages abknabbern.

«Die Milchflasche war zu schwer», murmelte sie schließlich. Alles war größer in Kalifornien. Eine Milchflasche fasste knapp vier Liter. Emma konnte sie nicht allein aus dem Kühlschrank hieven.

«Wo ist denn deine Mutter?», hatte Ted gefragt.

«Sie ist im Bad ...» Ted hatte gespürt, dass sie log, er hatte sie nicht gebeten, sie an den Apparat zu holen. Dann hatte es an der Tür geklingelt.

«Sie sind da, Papa, ich muss gehen!»

Er hatte die Erleichterung in ihrer Stimme gehört. *«Saved by the bell»,* hatte er gesagt. Jetzt wartete er, bis es wieder vier Uhr nachmittags wurde. Heute würde er sich nicht abwimmeln lassen. Heute würde er mit Tina sprechen. Vielleicht sollte er vorher nicht noch ein Bier trinken. Oder vielleicht erst recht.

«*Holy shit*, Kumpel, dich hat es wirklich übel getroffen. Tochter weg, Job weg, Frau weg ...»

«Wohnung weg», ergänzte Ted und nahm einen Schluck aus der Flasche. «Vergiss die Wohnung nicht.» Die Kündigung war vor ein paar Tagen gekommen, eingeschrieben. Der Hausbesitzer meldete Eigenbedarf an. Ted wusste nicht, warum er ausgerechnet diese Wohnung für sich wollte, es gab größere und schönere im Haus. Er könnte Rekurs einlegen, die Kündigung aufschieben. Vermutlich würde er damit sogar durchkommen. Die Kündigung lag auf dem Küchentisch, halb in den aufgerissenen Umschlag zurückgeschoben, er konnte sich nicht damit befassen. *Go with the flow*, dachte er, wo hatte er diesen Satz bloß schon einmal gehört? Die Nachbarinnen besuchten ihn nicht mehr. Kuchen wurden ihm keine mehr gebracht, auch keine mit Käse bestreuten Aufläufe. Ted war allein. Er redete tagelang mit niemandem, bis ihm die Lebensmittel ausgingen und er an der Kasse im Supermarkt wenigstens «bitte» und «danke» sagen musste. Es machte ihm nichts aus. Er vergaß, das Handy aufzuladen, das Telefon einzustecken, seine E-Mails anzuschauen. Er fühlte sich in seiner eigenen Gesellschaft überraschend wohl. Bis Tobias seine Höhle gestürmt hatte.

«Das konnte ja nicht gutgehen», sagte er jetzt. «Sei ehrlich, du hast es kommen sehen, außerdem hab ich's dir ja gesagt. Hab ich's dir nicht gesagt? Dein Leben war zu gut. So konnte es nicht bleiben.»

«Das Leben kann doch nicht zu gut sein! Höchstens gut genug!» Das war nicht genau, was Ted sagen wollte. Er bekam seine Gedanken nur schwer zu fassen. Vielleicht war er aus der Übung. Vielleicht war es das Bier.

«Und diese Frau – Lilly. Ich weiß, ich weiß, du hast einen Typ, aber mal ehrlich, *brother*, die passte jetzt ganz und gar nicht zu dir!»

«Lilly …» Das machte ihm seltsamerweise am wenigsten aus. Vielleicht, weil er es selber entschieden hatte, Lilly nicht mehr zu sehen. Wenn er an sie dachte, brannte es ein bisschen, mehr wie eine unangenehme Erinnerung an einen peinlichen Moment. Es war kein Schmerz. Kein Verlust. Kaum konnte er sich an ihr Gesicht erinnern. Wenn er an sie dachte, sah er nur ihren Haarvorhang vor sich. Keine Augen, keinen Mund. Dafür träumte er von Marie. Nacht für Nacht. Es war, als ob sie in seinem Bett auf ihn wartete, bis er einschlief, und sich dann über ihn hermachte.

Tobias beobachtete ihn. «Hey, du wirst ja rot! Mann, hast du etwa schon wieder etwas Neues laufen? Du lässt ja wirklich nichts aus!»

Ted schüttelte den Kopf. «So ist es nicht.»

«Wie ist es dann? Na komm schon, erzähl, gönn einem verheirateten Mann auch etwas, wenigstens aus zweiter Hand!»

«Es gibt nichts zu erzählen.» Marie hatte ihm in den letzten Wochen zwei oder drei Nachrichten hinterlassen. Er hatte sie nie zurückgerufen. Er wusste nicht, was er zu ihr sagen sollte. Nicht nach den Nächten, die sie zusammen verbrachten. In seinen Träumen. Wenn er aufwachte, brauchte er ein paar Minuten, um zu realisieren, wo er war und mit wem: mit sich allein. Er dachte an Marie wie an eine Geliebte. Mehr noch, eine Vertraute. Dabei kannte er sie kaum. Er wusste nichts über sie, und sie wusste nichts von ihren nächtlichen Besuchen in seinem Bett. Wie sollte Ted jetzt noch mit ihr reden? Er konnte es nicht. Aber er hatte die Stellenanzeige, die sie ihm geschickt hatte, ausgedruckt und an den Kühlschrank geklebt. In einer neuen Siedlung am Stadtrand wurde ein Unterstufenlehrer gesucht. Klassenübergreifender Unterricht, innovativer Ansatz, vergünstigte Wohnung.

«Da ist diese Frau …»

«Na also!»

«Aber ich kenne sie gar nicht wirklich.»

«Dann lern sie kennen! Du bist doch sonst nicht schüchtern!»

Ted schüttelte den Kopf. «Das geht nicht, ich ... das verstehst du nicht ...»

Tobias musterte ihn mit zusammengekniffenen Augen. «Was ist das für eine Frau? Existiert sie überhaupt, ich meine, außerhalb von deinem Kopf?»

«Ja, schon, aber ...»

«Mit anderen Worten, es hat dich wieder voll erwischt. Mann, deine Kondition möchte ich haben! Wie ist sie denn so? Selbes Modell, neuerer Jahrgang?» Tobias lachte wiehernd.

«Nein», sagte Ted. «Sie ist ganz anders. Das ist es ja eben. Wie soll ich sie beschreiben? Sie ist kompetent. Sie ist stark. Sie braucht niemanden. Ich kenn mich mit solchen Frauen nicht aus. Ich weiß nicht einmal, ob sie mir wirklich gefällt ...»

«Es geschehen noch Zeichen und Wunder!», rief Tobias. «Mal nicht die Prinzessin, sondern der Turm, in dem die Prinzessin eingesperrt ist! Das gefällt mir.» Er nahm noch einen Schluck aus der Flasche. «Das muss ich Eveline erzählen, sie wird ein Kreuz an die Decke malen! Wenn sie es mir überhaupt glaubt.» Gerührt betrachtete er seinen Freund, bis sein Blick verschwamm. Er stellte die Flasche auf den Tisch und begann zu singen: «*Freedom's just another word for nothing left to lose* ... Weißt du was, mein Freund? Das ist dein Leben. Genau das. Du lebst diesen Song!»

«Komm mir jetzt bloß nicht mit Janis Joplin!» Ted hatte dieses Lied immer gehasst, so wie alle anderen Frauenhymnen, die er als Kind in Endlosschlaufen gehört und die ihn bis in seine Träume verfolgt hatten. Während die Mütter im Wohnzimmer tanzten, barfuß und mit trotzig erhobenen Fäusten. *The ballad of Lucy Jordan, What's love got to do with it, I will survive ...*

«Nein, ich meine es ernst, denk mal drüber nach!»

Ted tat ihm den Gefallen. «Ich weiß, was du meinst: Ich habe nichts mehr zu verlieren, ich habe schon alles verloren. Jetzt kann mir nichts mehr passieren. Jetzt bin ich frei. Und alles ist wieder möglich.»

Tobias nickte nachdrücklich. «Genau das hat Eveline auch gesagt.» Ihr Arzt hatte ihnen geraten, die Fruchtbarkeitsbehandlung abzubrechen. Die Chancen auf Erfolg waren zu gering, um sie mit gutem Gewissen weiterzuführen. «Sie hat nicht mal geweint, sie war irgendwie erleichtert, jetzt ist es wenigstens klar.» Sie hatten sich entschieden, ein Adoptionsgesuch zu stellen. Sie hatten sich bereits für den obligatorischen Vorbereitungskurs angemeldet. «In den Romanen, die sie liest, würde sie jetzt natürlich schwanger werden, jetzt, wo sie nicht mehr daran denkt. Und dann hätten wir zwei Babys gleichzeitig. Von mir aus muss das aber nicht sein. Sag ich dir ganz ehrlich.»

«Ich dachte, ihr wollt gar kein Baby? Habt ihr euch nicht um ein älteres Kind beworben?»

«Die Chancen stehen einfach sehr viel besser, wenn du auch bereit bist, ein älteres Kind zu adoptieren, oder eins mit gesundheitlichen Problemen.» Tobias lächelte, als sähe er sein Kind schon vor sich. «Am dunkelsten ist die Nacht, kurz bevor der Morgen graut – wer hat das noch mal gesagt?»

«Hör auf, das war eine Naziparole. Damit haben sie den Endsieg noch heraufbeschworen, als alles schon verloren war.»

«Trotzdem», beharrte Tobias. «Der Spruch hat was. Der kann ja nichts dafür, von wem er zitiert wird, oder? Schau dir Eveline an – das Schlimmste, was sie sich vorstellen konnte, ist wahr geworden. Sie kann keine Kinder bekommen. Und seit sie das weiß, geht es ihr viel besser. Weil sie keine Angst mehr davor haben muss, verstehst du?»

«Das versteh ich sogar sehr gut.»

«Und für mich ist es dasselbe. Meine größte Angst ist ja nicht, dass wir kein Kind bekommen, sondern dass Eveline nicht das bekommt, was sie sich vom Leben wünscht. Dass ich ihr nicht das geben kann, was sie glücklich macht. Und jetzt liegt es auf dem Tisch. Jetzt können wir reagieren.»

«Das ist deine größte Angst?» Ted starrte ihn an. «Dass du deine Frau nicht glücklich machen kannst?» Etwas würgte ihn, er schluckte daran. «Warum erzählst du mir dann immer diesen Scheiß von wegen die Ehe ist ein Gefängnis, als verheirateter Mann könntest du ebenso gut lebendig begraben sein, dass du andere Frauen kennenlernen willst, und all das?»

Tobias runzelte die Stirn. «Du bist mein Freund», sagte er einfach.

«Ja, und? Was hat das denn damit zu tun?»

«Du quälst dich dermaßen mit den Weibern, dass es nicht zum Zuschauen ist. Und da soll ich dir noch ständig vorhalten, was dir entgeht? Was wahre Liebe ist? Da tu ich doch lieber so, als würdest du nichts verpassen. Oder als beneide ich dich sogar um deinen traurigen Zustand. Das nennt man Freundschaft, *buddy!*»

Ted schluckte wieder. Es waren Tränen, die in seinem Hals hockten. Er wollte aufstehen und seinem Freund in die Arme fallen, sie würden sich ungeschickt auf die Schultern hauen, wie sie es manchmal taten.

Doch Tobias sprach schon weiter. «Aber es hält nicht an, weißt du. Dieser Zustand. Diese Freiheit. Du kannst nicht ewig in diesem luftleeren Raum schweben. Irgendwann willst du wieder etwas, und dann kannst du es auch wieder verlieren. Nächste Woche haben wir ein Eignungsgespräch, dann werden wir Kinder kennenlernen, eins von ihnen wird uns zugesprochen werden, es wird mit uns leben, wir werden es lieben – und dann ist unsere größte Angst, dass ihm etwas passiert. Und schon sind wir nicht mehr frei.»

«Freiheit ist überbewertet», sagte Ted. Seine Zunge war schwer. Seine Gedanken gehorchten ihm nicht mehr. Er war nicht frei, er hatte auch seine Tochter nicht verloren, sie lebte nur sehr weit weg. Seine größte Angst, ihr nicht das Zuhause bieten zu können, das er sich immer gewünscht hatte, war längst wahr geworden. Trotzdem war alles noch möglich.

Er schaute noch einmal auf die Uhr, es war bereits nach vier. Er zog sein Handy aus der Hosentasche. «Du, *sorry*, ich muss jetzt gleich Emma anrufen!»

«Kein Problem. Ich wollte ja nur sehen, ob du noch lebst. Ich geh jetzt nach Hause. Das ganze Gerede über meine Frau …» Tobias stand auf und hielt sich an der Tischkante fest. «Ich will meine Frau sehen!», rief er. «Jetzt sofort!»

Ted schluckte. Zu seinem Entsetzen schossen ihm die Tränen in die

Augen. Doch Tobias merkte es nicht. Er ging zur Tür, drehte sich dort noch einmal um und sagte:

«Übrigens, Janis Joplin hat auch ganz was anderes gesungen: *Oh Lord, won't you buy me a Mercedes Benz*. Denk mal darüber nach, Bruder!»

Marie

«Das ist der letzte», sagte Maries Vater und stellte den Karton auf den Fußboden. Er atmete schwer. Sein Gesicht war rot. Blutdruck, dachte Marie, müsste man auch wieder mal messen. Sie schaute sich nach ihrer Tasche um. Überall Kisten. Sie hatte nicht gewusst, dass sie so viel – was eigentlich? – besaß. So viel Zeug. Kisten voll, Bananenschachteln, Einkaufstüten, Mülltüten, knallblaue Ikea-Tragetaschen. Irgendwo musste die Arzttasche aus abgeschabtem braunen Leder sein, die Dr. Vogelsang ihr geschenkt hatte, als er seine Praxis aufgab. Damals hatte sie gerade erst mit dem Medizinstudium begonnen. Sie hatte ihre Lehrbücher darin herumgetragen, bevor sie ihr erstes Stethoskop kaufte. Die braune Tasche war Maries Talisman. Schon ihr Anblick beruhigte sie. Alles würde gut werden. Wie damals, als Dr. Vogelsang sie neben ihrem Bett abgestellt und mit kühlen Fingern ihren Bauch abgetastet hatte. Es war die Tasche, nicht ihr Inhalt. Sie musste sie finden. Marie hob eine mit Kleidern gefüllte Mülltüte auf, schob einen Stapel Bücher zur Seite. Sie stieß auf die fast neue Kaffeemaschine und hob sie auf die Küchentheke.

Martin Leibundgut ging zum Kühlschrank und nahm sich ein Bier heraus.

«Papa», sagte Marie.

«Ja, was denn? Zum Zügeln gehört ein Bier, und eigentlich auch etwas zu essen. Hast du nichts zu essen da?»

«Ich wollte später Pizza bestellen.»

«Ein Cervelat wäre jetzt gut.» Aus dem hinteren Teil der Wohnung kam Georg Hiltbrunner, ein Freund ihres Vaters, der beim Umzug geholfen hatte. Auch er hielt eine geöffnete Bierflasche in der Hand. «Oder ist dir das zu altmodisch?»

«Es geht nichts über ein Waldfest», seufzte Martin. «Cervelat, Senf und Brot. Mehr braucht der Mann nicht!»

«Und ein Bier! Um diese Zeit gibt es nichts Besseres!» Georg schaute sehnsüchtig. Marie war versucht, in den Laden zu laufen und Cervelatwürste, Senf und Brot zu besorgen. Dann dachte sie wieder an den Blutdruck ihres Vaters und ließ es bleiben.

«Schöne Wohnung hast du da, Mädchen», sagte Georg. «Aber ziemlich groß für eine Person!»

«Wer sagt denn, dass sie allein bleiben wird!», fuhr Martin seinen Chorbruder an.

«Ich bin doch gar nicht allein», sagte Marie. Sie schaute sich um. Wo war Stefanie?

Stefanie war von der Schule verwiesen worden. Nach ihrer Entlassung aus dem Krankenhaus hatte sie Hausarrest bis zu den Sommerferien, also bis zum Ende ihrer Schulpflicht. Danach würde man eine neue Schule suchen müssen, die sie aufnahm, eine Lehrstelle, eine Lösung, irgendetwas. Stefanie weigerte sich, darüber nachzudenken, und nach den drei Wochen Hausarrest hatte Eva sie bei Marie abgeliefert: «Übernimm du, ich kann nicht mehr!»

Gion war nach Indien geflogen, obwohl das Schweizer Fernsehen das Projekt gekippt hatte. Sie wollten schließlich eine Vater-Tochter-Geschichte drehen, keinen Dokumentarfilm über einen arbeitslosen Schauspieler auf der Suche nach sich selbst. Eine der zuständigen Redakteurinnen war trotzdem mitgeflogen, allerdings, so vermutete Eva, nicht aus beruflichen Gründen. Marie war allein in der alten Wohnung gewesen, als Stefanie eine Woche vor dem Umzug zu ihr zog.

«Du kannst gleich mit anpacken», hatte Marie gesagt. Beim Aufräumen, Aussortieren und Einpacken von Maries erstaunlich vielen Sachen kamen sie sich wieder etwas näher. Stefanie lachte über Maries Modesünden aus Studentenzeiten und rettete die Fotoalben vor dem Abfallsack. Sie hatten ihre Arbeit unterbrochen, nebeneinander auf dem Fußboden gesessen, und Stefanie hatte sich die weitverzweigte Verwandtschaft genau erklären lassen.

«Du kennst jeden, der mit dir verwandt ist», sagte sie. Als sei das etwas Besonderes. Für Stefanie war es das. «Krass. Niemand ist geschieden, niemand ist weggezogen! Die wohnen am selben Ort!»

«Stimmt. Hab ich mir gar nie überlegt.» Marie packte die Fotoalben in Seidenpapier ein.

«Nur du nicht», sagte Stefanie.

Marie öffnete die Glastür und trat auf die Terrasse. Dort lagen sorgfältig zusammengefaltet die alten Wolldecken, die sie von ihrer Mutter geliehen hatte, um Tischplatten und Bilderrahmen zu schützen. Marie stellte sich vor, wie sie die Terrasse bepflanzen würde. Tomaten, dachte sie, Glyzinien. Sie wusste, dass es illusorisch war. «Einen Garten muss man sich verdienen», sagte Maries Mutter immer. «Ein Zuhause auch.» Elisabeth Leibundguts Garten war einer der schönsten im ganzen Dorf. Ihm opferte sie jede Sonnenstunde, jeden schönen Abend, jedes Wochenende. An lauen Sommerabenden nahm Maries Mutter manchmal einen Liegestuhl aus dem Abstellraum, faltete ihn umständlich auseinander und stellte ihn in der Mitte des Gartens auf, obwohl da keine Sonne mehr hinschien. Dann legte sie sich vollständig angezogen darauf, die Füße übereinandergelegt, die Hände auf dem Bauch. «Den Garten genießen», nannte sie es. Zwanzig Minuten hielt sie das aus, eine halbe Stunde, nicht länger. So lange Marie sich erinnern konnte, waren sie im Sommer nie in die Ferien gefahren. Und auch im Herbst musste man die Mutter zwingen, nach Italien oder Südfrankreich, einmal auch nach Kreta mitzukommen. Was, wenn ein früher Frost die Rosen tötete, bevor sie sie fachgerecht zurückgeschnitten und zugedeckt hatte? Was, wenn der Hund vom nahen Bauernhof sich wieder einmal von seiner Kette losriss und durch die Vorgärten grub? Marie dachte an etwas, das Nevada einmal gesagt hatte: «Wir suchen nach Erlösung wie wildwütige Hunde, die in der Erde scharren. Wir merken gar nicht, dass wir so die zarten Samen und Keime zerstören, die da schon vergraben liegen und die nichts anderes gebraucht hätten als ein bisschen Wasser, ein bisschen Vertrauen, Geduld.» Marie hatte damals, in jener Yogastunde, an ihre Mutter gedacht und an deren Furcht vor dem rasenden Hund des Bauern. Elisabeth Leibundgut war mit dem Leben ihrer Tochter nicht einverstanden. Sie hätte sie lieber nicht als Ärztin, sondern als Frau eines Arztes gesehen. So hätte sie beides haben können, das Ansehen, das der Beruf mit sich brachte, und die Befriedigung eines schönen Heims. Eines Gartens. Jahrelang hatte sie Maries Ehelosigkeit besorgt beobachtet.

«Ja, wenn du dich so in deinen Büchern vergräbst ...», jammerte sie. «Du hättest doch gar keine Zeit für einen Mann! Männer brauchen Zuwendung. Wie Pflanzen!»

Dann lernte Marie Gion kennen. Doch ihre Mutter war immer noch nicht zufrieden: «Kind, ein verheirateter Mann! Was hast du dir bloß dabei gedacht! Und ein Schauspieler auch noch! Was kann der dir schon bieten? Kann er überhaupt für dich sorgen, wenn er noch Alimente zahlen muss?» Dass Marie ihren Lebensunterhalt sehr gut selber verdiente, ließ sie nicht gelten: «Warte nur, bis das erste Kind da ist! Du willst doch Kinder haben?» Und als Gion berühmt wurde: «Woher willst du wissen, dass er es ernst mit dir meint? So einer könnte doch jede haben!» Und als sie sich getrennt hatten, sprach Maries Mutter ihr Mantra aus: «Ich hab es ja gleich gesagt!»

Es war gut gemeint, Marie wusste das. Es war Elisabeths Art, Liebe und Sorge auszudrücken. Aber es war auch ein Gefängnis. Warum war Marie früher nie aufgefallen, wie ängstlich ihre Eltern waren, wie sehr sie dazu neigten, das Schlimmste zu befürchten und immer darauf vorbereitet zu sein? War das vielleicht nur die Schweizer Mentalität? Assistenzarzt Maurer hatte es ihr so erklärt: «Egal, was man in diesem Land versucht, es gibt nur zwei mögliche Reaktionen darauf. ‹Ou, das haben wir aber noch nie so gemacht!› Oder: ‹Ja, aber das haben wir schon immer so gemacht!› Anders kann die Schweiz mit Neuem nicht umgehen!»

Auf Maries Mutter traf das jedenfalls zu. Und Marie fragte sich manchmal, wie sehr sie diese Einstellung geprägt hatte. Wie wenig sie sich bisher getraut hatte. Bisher, dachte sie. Bisher.

Marie trat an das Geländer und schaute über die rostfarben gestrichenen Häuserblöcke, die exakt abgemessenen grünen Rasenquadrate, unterbrochen von grauen Sandkästen, verbunden mit rechtwinkligen Wegen. Da unten lag es. Ihr Dorf.

Ihr Vater stellte sich neben sie.

«Also, ich könnte hier nicht leben», sagte er.

«Musst du ja auch nicht.» Marie schob ihre Hand unter seinen Arm. Automatisch nahm er ihre Hand, wie er es immer tat, und tätschelte sie abwesend. Unten auf den Wegen bewegten sich kleine Menschen, eine in Schwarz gehüllte Frau schob einen Kinderwagen, ein junger Mann zog eine weiße Kapuze über seinen Kopf.

«Was sind das wohl für Menschen?»

Meine Patienten, dachte Marie. «Ich habe keine Ahnung», sagte sie. «Aber ich werde sie kennenlernen.»

Die Siedlung war neu. Neunhundert Wohnungen, dreitausend Bewohner, zweitausend von ihnen unter achtzehn. Der Ausländeranteil betrug beinahe achtzig Prozent. Diese Siedlung war ein Dorf. Diese Siedlung brauchte medizinische Versorgung. Marie hatte die Stellenausschreibung erst überlesen. Sie bot keine klassische Hausarztposition an, sondern eine Stelle in einer Gemeinschaftspraxis, die Teilnahme an einem Versuchsmodell, einem neuartigen Konzept der Gesundheitsversorgung.

Doch dann zog Mira Mehmeti mit ihren Kindern in diese Siedlung. Assistenzarzt Maurer erzählte Marie davon, und auch von der Gemeinschaftspraxis und der Arbeitsstelle. Am liebsten würde er sich selber bewerben, sagte er, wenn er nur seine Assistenzzeit schon abgeleistet hätte. Marie kaufte Brot und Salz als Einstandsgeschenk und besuchte Mira in ihrer neuen Wohnung. Sie tat so, als sähe sie den Schnappschuss am Kühlschrank nicht, der einen lachenden Dr. Maurer vor einem Giraffengehege zeigte, den kleinen Joshua auf den Schultern tragend. Sie schaute sich die Siedlung an. Sie sprach mit der Frauenärztin, die bereits in der Gemeinschaftspraxis arbeitete. Und sie dachte: Was hier gesucht wird, ist eine Hausärztin. Wer hier gesucht wird, bin ich.

«Bei uns im Dorf werden jetzt auch Wohnungen gebaut», sagte Martin Leibundgut, dann brach er ab. «Aber das ist wohl nichts für dich.»

«Nein, Papa.»

«Ja nun, du musst es wissen.»

«Ich weiß es.»

Marie lehnte sich an ihren Vater. Seine Hand drückte ihre und ließ sie wieder los, drückte und ließ los. Ihr Vater hatte immer warme Hände. Weiche Hände. Bürolistenhände, nannte sie ihre Mutter, spöttisch und gleichzeitig stolz. Marie erinnerte sich, wie ihr Vater mit diesen Händen einen Jungen gepackt hatte, der sie auf dem Schulweg verfolgt und ihr die Schultasche entrissen hatte. Er hatte den Jungen an den Schultern seiner Windjacke hochgehoben und geschüttelt, der Junge hatte geweint. Nie wieder war Marie auf dem Schulweg belästigt worden: Ihr Vater war stark. Das wussten alle.

«Aber nicht, dass du mir einen *-itsch* nach Hause bringst», sagte Martin jetzt, und Marie nahm ihren Kopf von seiner Schulter.

«Papa, also wirklich!»

«Ich meine ja nur.»

Marie schüttelte den Kopf. Sie ging in die Wohnung zurück. Sie dachte an Ted, der ihre Anrufe nicht beantwortete. Es machte ihr nichts aus. Er würde schon zu ihr kommen. Früher oder später. Das wusste sie. Sie konnte es nicht erklären. Sie wusste es einfach. Und es machte sie glücklich.

Sie hatte ihn da stehen sehen, auf der anderen Straßenseite, in der Nähe des Kantonsspitals, als sie gerade ihre Stelle gekündigt hatte. Sie war nach draußen gegangen, um eine Zigarette zu rauchen, war ein paar Schritte gegangen, und noch ein paar, bis ans Ende der Straße. Sie hatte sich frei gefühlt. Alles war möglich. Und da stand er. Er hatte den Kopf in den Nacken gelegt und sein Gesicht dem Sommerregen entgegengehalten, er hatte genau so ausgesehen, wie sie sich in diesem Moment fühlte. Etwas war geplatzt in ihr. Etwas Großes quoll aus dem Nichts hervor und machte sich breit, etwas Helles, Leichtes, ein Blubbern, ein Kichern. Sie warf die halbgerauchte, regenfeuchte Zigarette in eine Pfütze und hielt die Hände wie einen Trichter vor den Mund.

«Du und ich, wir gehören zusammen!», schrie sie über die dichtbefahrene, vierspurige Straße zu ihm hinüber. Sie winkte heftig, komm zu mir! Komm über die Straße. Doch er hörte sie nicht. Nach einer Weile drehte sie sich um und ging zum Krankenhaus zurück, um ihre Schicht zu beenden. Wie es sich gehörte. Seither wohnte Ted in ihrer Brust. Auch wenn er sich nicht bei ihr meldete. Macht nichts, dachte Marie. Ich weiß es. Das ist genug.

Sie hatte ihn dreimal angerufen, um ihn zu einer Yogastunde einzuladen, zum Tee. Er hatte nicht geantwortet. Später hatte sie ihm noch einen Artikel weitergeleitet, in dem die erfolglos verlaufene Suche nach qualifizierten Primarschullehrern in dieser Siedlung beschrieben wurde. Dann nichts mehr.

Asmita, dachte sie, Ego. Falsche Identifikation mit dem Selbst. Oder Identifikation mit dem falschen Selbst? Wer bin ich?, fragte sich Marie nicht zum ersten Mal.

Ich bin die dicke Marie, die allein bleiben wird. Ich bin Ärztin. Yogaschülerin. Nicht Mutter von Stefanie, aber doch.

Stefanie. «Wo ist eigentlich Stefanie?», rief sie in den Flur hinaus und bekam ein Knurren zur Antwort.

«Ich glaube, sie ist draußen mit irgendwelchen Jungs am Schwatzen», sagte Martin.

«Pass bloß auf das Mädchen auf! Da hast du dir auch was eingebrockt!»

Marie seufzte. Sie wollte etwas sagen, als Georg sie unterbrach: «Kriegen wir jetzt wenigstens einen Kaffee?» Marie schaltete die neue Kaffeemaschine ein. Das Licht blinkte.

«Operation gelungen, Patient gestorben», witzelte Georg bestimmt zum zwanzigsten Mal an diesem Tag. Maries Lächeln saß fest an seinem Platz. Sie wickelte zwei Stühle aus der Schutzfolie und schob sie an die Küchentheke. Sie suchte die Schachtel, auf der «Kaffeetassen» stand, öffnete sie, packte zwei Tassen aus und stellte sie neben die Kaffeemaschine. Die beiden Männer schauten ihr erwartungsvoll zu. Marie seufzte wieder.

«Einfach auf den Knopf drücken», sagte sie.

«Und Milch?»

«Im Kühlschrank!» Marie steckte ihre Zigaretten ein und verließ die Wohnung, bevor Georg eine Bemerkung über emanzipierte Frauen machen konnte. Vor dem Lift zögerte sie. Wenn sie die vierzehn Stockwerke konsequent zu Fuß gehen würde, überlegte sie, wäre das ein hervorragendes Herz-Kreislauftraining. Andererseits, wozu gab es die Medizin? Sie drückte auf den Knopf und fuhr nach unten.

Stefanie stand am Rand des Spielplatzes in einer Traube junger

Leute. Einige von ihnen rauchten. Marie steckte ihre Zigaretten wieder weg. Sie betrachtete die Schuhe der jungen Männer, die von einem beinahe unnatürlich weißen Weiß waren. Vermutlich leuchteten sie im Dunkeln.

«Stefanie!»

Betont langsam schaute Stefanie über die Schulter zu Marie. Sie verdrehte die Augen und wandte sich dann wieder den Jugendlichen zu. Einer der jungen Männer sprang von der Lehne der Bank, auf der er gesessen hatte, rückte seine Hose zurecht und machte ein paar wiegende Schritte auf Marie zu. Im Gehen hielt er mit einer Hand seine Hose davon ab, von seinen Hüften zu rutschen.

«Guten Tag», sagte Marie und streckte ihre Hand aus. «Ich bin Doktor Leibundgut, Ihre neue Hausärztin.»

Die anderen musterten sie ungerührt. Ein paar Mädchen ließen ihre Haarvorhänge über ihren Gesichtern zufallen. Stefanie presste die Lippen zusammen. Vermutlich, dachte Marie, hatte sie gehofft, sie könne hier neu anfangen. Sich neu erfinden. Ohne Eltern, ohne Geschichte, ohne Gepäck.

Der junge Mann ließ seine Hose los und ergriff Maries Hand.

«Mann», sagte er, «ist das wahr? Du bist mein Doktor?»

«Ja», sagte Marie. «Wenn du hier in der Siedlung wohnst …»

«Du siehst aber nicht aus wie ein Doktor.»

Ein Mädchen blickte auf. «Ich wohne in der Siedlung. Dann kann ich Sie was fragen?»

«Komm zu uns in die Sprechstunde.» Marie griff in ihre andere Jackentasche und fand ein paar Flyer, die die Gemeinschaftspraxis vorstellten. «Wir sind jeden Morgen ab sieben Uhr im Einsatz.» Einige der Jugendlichen griffen nach den Karten, drehten sie in den Händen, reichten sie weiter.

Das Mädchen steckte ihren Flyer ungelesen in die Hosentasche. «Ja, aber, ich meine, sind Sie ein normaler Doktor oder sind Sie eine …» Sie senkte die Stimme. «Frauenärztin?»

Die sie umstehenden Jungen wieherten. «Haha, Frauenärztin! Bist du schwanger oder was? Brauchst du die Pille?»

«Ich bin Allgemeinpraktikerin», sagte Marie. «Aber wir haben eine

Frauenärztin in der Gemeinschaftspraxis. Steht alles auf dem Zettel. Stefanie, kommst du jetzt? Ich kann die Kisten nicht alle allein auspacken!»

«Ist das deine Mutter?»

Stefanie schüttelte unsicher den Kopf. «Stiefmutter», flüsterte sie.

«Deine Stiefmutter ist der Doktor! Kannst du nie krankspielen, was?»

«Könnte schlimmer sein, sie könnte Lehrerin sein!»

Wieder das Wiehern. Beim Wort Lehrerin dachte Marie sofort an Ted. Sie lächelte. Dieses Gefühl, dieses große, helle, leichte, war immer da, klein zusammengefaltet in ihr. Beim leisesten Hauch eines Gedankens an Ted blähte es sich auf wie ein Segel und füllte sie aus.

«Seid ihr heute eingezogen?», fragte einer der jungen Männer.

«Ja, und unsere Wohnung steht voller Kisten. Stefanie, komm jetzt, ich brauche deine Hilfe.»

«Ich kann auch helfen, Frau Doktor», sagte der Junge. «Ich bin stark!» Er schob seinen Ärmel hoch und zeigte einen dünnen Bizeps. Die anderen lachten laut, doch sie standen auf und folgten ihnen zum Hauseingang. Marie spürte, wie Stefanies Körper steif wurde neben ihrem. Sie wollte den Arm um sie legen, aber sie tat es nicht.

Stunden später saßen sie um den langen Tisch und aßen Pizza. In den schwarzen, vorhanglosen Fensterscheiben spiegelten sich die Lichter der Siedlung.

«Gute Arbeit», lobte Martin die jungen Männer, die konzentriert und schnell die Kisten ausgeräumt, die Möbel zusammengeschraubt, das Verpackungsmaterial entsorgt hatten. Die Mädchen hatten sich unterdessen auf Stefanies ungemachtem Bett eingerichtet, jedes Kleidungsstück einzeln hervorgezogen, kommentiert, im Kreis herum anprobiert und schließlich irgendwo hingeworfen. Jetzt saßen sie um den Tisch, zu zweit auf einem Stuhl, Marie hatte die Schreibtischstühle dazugeholt, die Küchenhocker. Sie nahm sich ein Stück Pizza und schaute sich die Gesichter an, eins nach dem anderen. Ihre Nachbarn. Ihre Patienten. Ihr Vater, der besorgt die Stirn runzelte. Marie lächelte.

«Siehst du nun?», sagte sie. «Ich bin nicht allein.»

karmāśuklākṛṣṇaṃ yoginastrividhamitareṣām

Die Handlungen der Yogi sind weder schwarz
noch weiß und auch nicht
schwarz-weiß wie die der anderen.

Patanjali Yoga Sutra 4.7

Nevada

Nevada blickte in den Spiegel und sah ihren Vater. Die dunklen Haare, die kantigen Backenknochen, die geschwungene Oberlippe. Mit dem Handrücken wischte sie über das beschlagene Glas. Das Gesicht ihres Vaters schaute ihr entgegen, überlagerte ihres um wenige Millimeter verschoben. Ihre von der Dusche nassen Haare kräuselten sich, Nevada öffnete den Badezimmerschrank, um ihre Haarbürste herauszunehmen. Die Spiegeltür schwang ihr entgegen, die beiden Gesichter fielen auseinander und starrten sie für den Bruchteil eines Augenblicks beide gleichzeitig an. Vier schwarze Augen. Sie griff nach der Bürste und schloss die Tür so schnell wieder, dass sie sich beinahe die Hand einklemmte. Die Gesichter rutschten wieder übereinander, aber weniger genau als vorhin. Grob hieb Nevada mit der Bürste auf ihr nasses Haar ein, trieb die Borsten in ihre Kopfhaut, zerrte, zog. Sie striegelte ihre langen Haare glatt, doch immer wieder kräuselte sich die Mähne des Vaters um ihren glattgestrählten Kopf wie ein Unheiligenschein. Nevada ließ die Bürste sinken und begann zu weinen.

Nie würde sie ihn loswerden. Ihren Vater. Er steckte in ihr drin. Sie war gezeichnet, gebrandmarkt, verdorben. Also doch. Ihr Vater lebte in ihrem Gesicht, schlimmer noch, die Mutter ihres Vaters.

«Du siehst ja bald aus wie deine Oma», hatte Beni immer wieder zu ihr gesagt, abschätzig. Nevada war früh in die Pubertät gekommen, mit zwölf hatte sie ihre Periode gehabt, früher als die anderen Mädchen in ihrer Klasse, und erst recht als die im Ballettunterricht. Gleichzeitig begannen ihre Brüste zu wachsen. Ihr Vater registrierte es als Erster, und er wurde wütend. Als wären ihre Knospen gegen ihn persönlich gerichtet. «Pass bloß auf, dass du nicht so große Brüste bekommst wie die Oma», sagte er immer wieder gehässig.

Die Brüste hatten Nevada ihre Sonderrolle gekostet. Beni nahm es ihr übel, dass sie das Lager gewechselt hatte. Dass sie eine Frau geworden war. Sie hatte ihn verraten, ließ er sie spüren. Er wandte sich von ihr ab. Und so sehr Nevada sich das jahrelang gewünscht hatte, so sehr verletzte es sie, als es wirklich geschah. Als ihr Wunsch sich erfüllte, als ihr Vater sie in Ruhe ließ. Jetzt war sie ganz allein. Die Aufmerksamkeit ihres Vaters mochte eine ungebetene gewesen sein, eine ungesunde, aber es war immerhin eine. Jetzt bedeutete sie nichts mehr, für niemanden. Nur weil sie Brüste hatte. Sie versuchte, sie klein zu halten, indem sie noch weniger aß als bisher. Nacht für Nacht wickelte sie eine elastische Binde um ihren Brustkorb, die sie so hart anzog, dass sie kaum atmen konnte. Ein Trick, den alle Ballettschülerinnen kannten. Er wirkte aber nicht immer. Manche Brüste setzten sich durch, wie die von Nevada.

«Geh weg!», heulte Nevada. «Lass mich in Frieden!» Doch Beni ließ sich nicht vertreiben. Durch ihre Tränen hindurch verschmolz sein Gesicht mit ihrem, bis seine Mutter aus dem Spiegel schaute, Nevadas Großmutter.

Man hatte sie nicht Großmutter nennen dürfen. Anna Montenero stammte aus einer reichen Familie. Nach ihrer Scheidung hatte sie ihren Mädchennamen wieder angenommen und war nach Monaco gezogen. Wegen der Steuern. Als Kind hatte Nevada immer an ein Steuerrad gedacht, wenn sie das hörte, und sich ihre Großmutter vorgestellt, wie sie durch ein fremdes Land kurvte, mit diesem speziellen Steuerrad in der Hand. Ihr Vater hatte immer zu Nevada gesagt, sie schlage seiner Mutter nach, schon bevor sie Brüste bekommen hatte. Es hatte nie wie ein Kompliment geklungen. Dabei war Anna eine schöne Frau gewesen. Mit ihrem kantigen Gesicht, der geschwungenen Nase und den langen schwarzen Locken sah sie exotisch aus, wie eine Märchenkönigin. Sie kam nur selten in die Schweiz, und bei jedem ihrer Besuche gab es Streit. Martha war immer schon Tage im Voraus nervös, putzte die Wohnung, plante die Mahlzeiten. Doch sie konnte es Anna nicht recht machen. Nichts war gut genug für ihren Sohn, schon gar nicht diese knochige blonde Frau, die nicht einmal anständig kochen konnte. Anna verzog das Gesicht wie ein gelangweiltes Kind, sie schob den Teller von sich und lud die ganze Familie ins Restaurant ein. Dort kommandierte sie die Kellner herum und machte sich über Marthas Kleidung lustig. Immer wieder zog sie die Kinder an sich. Anna Montenero trug tief ausgeschnittene, kurze Kleider aus auffallenden bunten Stoffen, sie zeigte bis ins hohe Alter ihre braungebrannten dünnen Beine. Sie hatte einen weich wogenden Busen, der nach teurem Parfüm roch und in dem die Kinder beinahe erstickten, wenn sie sie an sich zog. «*Donne-moi la bise*», rief sie immer schon von weitem. «Nun komm schon, gib mir einen Kuss, zier dich nicht so!»

Plötzlich erinnerte sich Nevada, wie Annas Hand immer auf Benis Bein geruht hatte während dieser Essen, wie sie über sein Hosenbein fuhr, hinauf und hinab. Wie sie ihm ins Ohr flüsterte und ihn dann ins Ohrläppchen biss. «Mein Kleiner», nannte sie ihn. «Mein Benjamin.» Sie hatte ihren Sohn in ihrem uferlosen Busen erstickt.

Nevada warf ihre Haarbürste gegen den Spiegel. Doch ihre Kraft reichte nicht aus. Klirrend landete die Bürste im Waschbecken. Nevada sank auf den Badezimmerboden und blieb dort liegen, bis ihre Schwester sie fand.

Sierra sagte nichts. Sie ging in die Knie, schob ihre Arme unter Nevadas Körper, kippte sie mit einer Drehung näher zu sich hin und stand dann in einer einzigen, mühelosen Bewegung auf und hob Nevada hoch. Als wiege sie nichts. Nevada spürte die Muskeln ihrer Schwester, ihren harten Körper. Sie wimmerte. Die Berührung hatte die Ameisen geweckt.

Vorsichtig legte Sierra sie auf das ungemachte Bett. Erst dann fragte sie, was eigentlich los sei. Sie zuckte nicht zusammen, als Nevada sagte, sie hätte Beni im Spiegel gesehen. Sie nickte nur und trat dann auf den Gartensitzplatz hinaus, um ungestört telefonieren zu können.

«Doppelte Sicht», sagte sie, als sie wieder hereinkam. Nevada erinnerte sich plötzlich. Professor Kaiser hatte sie auf dieses Symptom vorbereitet. Beni Marthaler war nicht von den Toten auferstanden, um sie aus ihrem Badezimmerspiegel heraus zu bestrafen oder sich gar bei ihr zu entschuldigen. Sie hatte einen Schub.

Und ihr Schub fiel auf die heißesten Tage des Jahres. Vielleicht war er auch von der Hitze ausgelöst worden. «Dann wäre es ein Pseudoschub», sagte Sierra. «Fühlt sich leider genauso beschissen an, aber dafür wäre die Verschlechterung deines Zustands dann eine vorübergehende. Wir werden ja sehen. Alphonse kommt auf jeden Fall vor dem Abendessen noch vorbei.»

Alphonse?, dachte Nevada. Professor Kaiser? Warum nannte ihre Schwester ihren Neurologen beim Vornamen? Und seit wann machte er Hausbesuche? Doch darüber konnte sie nicht länger nachdenken. Die Ameisen waren jetzt so groß wie Ratten, sie trampelten auf Nevadas Nervenbahnen herum und hinterließen brennende Spuren. Zusammengekrümmt lag sie auf ihrem Bett, als könnte sie sich so um den Schmerz rollen, ihn isolieren. Sie lag auf der Decke, konnte ihr Gewicht nicht auf ihrer Haut ertragen. Die dünne Baumwolle ihres T-Shirts brannte sich in ihre Haut. Immer wieder stellte sie sich vor, wie sie die Hand heben, das Hemd nach oben schieben, über den Kopf ziehen würde, aber sie konnte es nicht tun, sie konnte die Hand nicht heben, sie konnte nicht weiterdenken.

Sie lag in einem Brennnesselbett. In der dritten oder vierten Klasse waren einige ihrer Mitschülerinnen bei den Pfadfinderinnen. Nach einem Ferienlager hatten sie wilde Geschichten von Taufen und Mutproben erzählt. Sie mussten allein durch die dunkle Nacht laufen, ein grausiges Gebräu trinken und sich auf ein Bett aus Brennnesseln legen. Doch Nevada und die anderen Ballettschülerinnen in der Klasse hatten sich von diesen Erzählungen nicht beeindrucken lassen. Das ist noch gar nichts, hatten sie gedacht. Tanzt ihr euch mal die Zehen blutig, bis die Nägel abfallen! Doch das Brennnesselbett, erkannte Nevada jetzt, das Brennnesselbett war die grausamere Prüfung.

«Das ist das Uthoff-Phänomen», sagte Professor Kaiser. Er stand plötzlich neben ihrem Bett. Wie aus dem Nichts. Nevada wusste nicht, ob sie geschlafen hatte. Es fühlte sich nicht so an. Das Zimmer war verdunkelt, die Terrassentür stand einen Spaltbreit offen, warme Luft strömte herein. Professor Kaiser trug Jeans und ein kurzärmliges T-Shirt, aus dem bleiche Arme ragten. Sie hätte ihn beinahe nicht erkannt. Mit kühlen Fingern tastete er ihre Schilddrüsen ab, hob ihre Augenlider.

«Uthoff-Phänomen?», murmelte Nevada. Irgendetwas hatte sie darüber gelesen. In den Informationsbroschüren, die Kaiser ihr mitgegeben hatte.

«Erhöhung der Körpertemperatur führt zu einer Verschlechterung der Sehkraft und zu einer Verstärkung aller anderen Symptome», dozierte Sierra. «Scheißhitze! Aber keine Sorge, ich hab dir im Internet kühlende Kleidung bestellt, eine Weste und ein Halstuch. Das kriegen wir schon hin!»

«Sierra, nun erhitz du dich bloß nicht», sagte Professor Kaiser zärtlich, und dann errötete er. Sierra zuckte nur mit den Schultern.

Nevada wusste nicht, ob es Nacht war oder Tag. Ob sie wach war oder schlief. Sie versuchte, so langsam und regelmäßig wie möglich zu atmen. Sich auf etwas anderes zu konzentrieren als auf den Schmerz. Manchmal fühlte sie kühle Finger auf ihrer Stirn. Manchmal saß ihre Mutter auf ihrem Bett und versuchte ihr löffelweise Suppe einzuflößen. Nevada dachte, dass sie lieber tot wäre. Als noch länger in diesem Brennnesselbett zu liegen. Sie dachte, dass sie es keine Sekunde länger aushalten konnte. Dann ging diese Sekunde vorbei, und die nächste.

«Morgen soll es schon kühler werden», sagte Martha.

Nevada atmete. Sie atmete ein, und sie atmete aus. Was sollte sie sonst tun? Die Ameisen drängelten sich dicht unter ihrer Haut. Nevada versuchte sich auf das Innere ihres Körpers zu konzentrieren, wo keine Ameisen lebten. Wo der Schmerz auszuhalten war. Und plötzlich sah sie wieder das kleine Mädchen vor sich, dessen Bild sie so lange in sich eingeschlossen hatte. Das Mädchen saß auf einer Wiese, am Ufer eines kleinen Bachs. Gelangweilt riss es die Grashalme um sich herum aus, warf sie ins Wasser und schaute ihnen nach, wie sie davontrieben. Es schien auf etwas zu warten. Plötzlich blickte es auf. «Wie lange muss ich noch warten?», quengelte es.

Nevada musste lachen.

Das Mädchen sprang auf. «Ich will spielen!» Es warf eine Handvoll Gänseblümchen in die Luft und drehte sich dann mit ausgebreiteten Armen im Kreis, während die zerrupften Blüten auf es herabregneten. Nevada kicherte, als sie das Kitzeln auf ihrem eigenen, erwachsenen Gesicht spürte.

Sie war nicht tot. Das kleine Mädchen war nicht kaputt. Sie hatte es sicher weggeschlossen, und da, in dieser metallenen Schatulle, hatte es all die Jahre überlebt. Und jetzt wollte es freigelassen werden. Ein ganzer Teil von Nevada, den sie nicht kannte, den sie noch gar nie gelebt hatte, wartete ungeduldig am Ufer das Bachs auf sie. Rief sie. Und wollte mit ihr spielen.

«Schon gut, schon gut, ich bin ja da!», rief sie zurück. Sie lief auf das kleine Mädchen zu, und obwohl ihr rechter Fuß bei jedem Schritt einknickte, erfüllte sie unbändige Freude.

Poppy

Poppy brauchte Geld. Ihre Stelle bei der Lokalzeitung existierte nicht mehr. Es war genau das eingetroffen, was sie immer befürchtet hatte: In ihrer Abwesenheit hatte man bemerkt, dass man sie gar nicht brauchte.

«Wir würden dich aber gern interviewen», sagte Hanspeter. «Der Fall Bolliger hat ja ziemlich hohe Wellen geschlagen!»

Poppy lehnte ab. Sie würde sich eine andere Stelle suchen. Leider hatte sie keine marktkompatiblen Fähigkeiten, wie ihre Betreuerin auf dem Arbeitsamt erklärte. Vielleicht sollte sie sich weiterbilden? Sie drückte ihr eine Liste mit Kursangeboten in die Hand, doch Poppy ließ sie im Bus liegen.

Die Chaos-Prinzessin, las Poppy. Und: *You mean I'm not lazy, stupid or crazy?* Dr. Nussbaum hatte ihr die Bücher empfohlen. Die Psychiaterin, bei der Poppy sich abklären ließ. Es hatte, auch mit der Überweisung des Gefängnispsychiaters, lange gedauert, bis sie einen Termin bekommen hatte, noch länger, bis die Abklärung abgeschlossen war. Während sie wartete, las sie die empfohlenen Bücher. Schon die Titel sagten ihr das Wichtigste: Sie war nicht allein. Sie war kein Einzelfall. Es gab viele wie sie. Sie halfen sich selbst, so gut sie konnten. Sie rannten durch den Wald, um die zappelnden Glieder zu ermüden. Sie tranken, bis das Karussell in ihrem Kopf sich verlangsamte und schließlich stillstand. Sie schrieben detaillierte Listen, sie stellten Wecker und Uhren, tapezierten ihre Wände mit Post-it-Zetteln.

Sie nahmen Drogen, sie machten Yoga. Manchmal half es, manchmal nicht.

Poppy musste seitenweise Fragebögen ausfüllen. *Hören Sie manchmal Stimmen, die außer Ihnen niemand hört? Sehr oft, oft, manch mal, selten, nie.*

Das Schwierigste war gewesen, eine ihr nahestehende Person zu finden, die einen ebenso detaillierten Fragebogen über sie beantworten würde. Peter wollte sie nicht um diesen Gefallen bitten. Schließlich hatte Poppy ihren Vater angerufen.

«Dazu musst du aber schon bei mir vorbeikommen», hatte er gesagt. Ihr Vater hatte sich nach der Pensionierung im Tessin niedergelassen, zusammen mit seiner Partnerin Eva. Es sprach es aus, als ob es ein Wort wäre, ein russisches: Partnerineva.

Poppy fuhr mit dem Zug durch den Gotthardtunnel und wurde von strömendem Regen begrüßt, was ihr eine eigenartige Genugtuung verschaffte. Ihr Vater hatte sich nie wieder bei ihr gemeldet. Nicht als sie geheiratet und Kinder bekommen hatte, nicht bei ihrer Scheidung oder Verhaftung. Zweimal pro Jahr schickte er ihr einen Scheck, zu Weihnachten und zu ihrem Geburtstag. Ansonsten hatte er sie abgeschrieben, als er sie damals in den Zug nach Paris gesetzt hatte. Nach dem Tod von Poppys Mutter war er frei gewesen, um mit seiner Partnerineva zusammenzuziehen, die, so wurde Poppy später klar, schon länger hinter den Kulissen auf ihn gewartet haben musste. Sie hatten für dieselbe Versicherungsgesellschaft gearbeitet, sich immer wieder versetzen lassen, waren quer durch die ganze Schweiz gezogen, bis sie schließlich im Tessin gelandet waren.

Poppy hatte ihrem Vater nie verziehen.

Er ihr offenbar auch nicht. «Dass du mich mal besuchen kommst!»

«Und du?»

Er war schmächtiger, als Poppy ihn in Erinnerung hatte, gebückter. Beim Gehen suchte er Halt an der Wand. Seine Partnerineva war ein paar Jahre jünger als er. Sie trug eine altmodisch toupierte und festgesprayte Hochsteckfrisur aus blondgesträhntem Haar, eine Perlenkette. Die Eigentumswohnung an der Seepromenade wirkte ordentlich und sauber wie ein Hotelzimmer.

Poppys Vater setzte sich an den runden Esstisch, der mit einem durchsichtigen Plastiktuch belegt war, und breitete die Unterlagen aus. «So, dafür gibt es jetzt also einen Namen», sagte er gehässig. «Heute gibt es für alles einen Namen. Früher hätte man einfach gesagt: ‹Gib dir ein bisschen mehr Mühe!›»

«Genau das hast du ja auch immer gesagt. Es hat nur nichts genützt.» Poppy ging in die Küche, wo Partnerineva vor einem Glas mit einer roten Flüssigkeit saß. Am Kühlschrank hingen ein paar Schnappschüsse. Eva und Poppys Vater beim Wandern (ein Sonnenhut balancierte hoch auf ihrem toupierten Haar), auf einer Terrasse sitzend, sich mit Wein zuprostend, tanzend. Die Bilder waren zeitlich schwer einzuordnen, da sich Evas Frisur und Kleidung in all den Jahren nicht verändert hatten. Der Stil ließ auf die frühen siebziger Jahre schließen. Da hatte Poppys Mutter aber noch gelebt. Poppy dachte an all die Mittagessen, die er bei seiner Mutter eingenommen hatte, an die Wäsche. Hatte in Wirklichkeit Eva seine Hemden gebügelt? All die Jahre?

«Wie lange seid ihr eigentlich schon zusammen?», fragte sie.

Eva öffnete die Kühlschranktür, so dass Poppy zur Seite treten musste. Sie nahm zwei kleine Glasflaschen mit Campari-Soda heraus, ein Schüsselchen mit Oliven, und stellte alles auf ein Tablett.

«Ach, Annamaria», sagte sie. Sie nannte Poppy nicht bei dem Namen, den ihre Mutter ihr gegeben hatte. Poppy schätzte das. «Sei nicht so streng», fuhr Eva fort. «Dein Vater hatte es auch nicht leicht.» Sie schloss den Kühlschrank wieder. Poppy nahm eins der Bilder von der Tür und drehte es um. *Rigi, Mai 1975*.

«Er vermisst dich», sagte Eva. «Er kann es nur nicht zeigen.» Sie drückte Poppy das Tablett in die Hand und schickte sie mit einer Kinnbewegung ins Wohnzimmer zurück.

Als Poppys Vater von dem Fragebogen aufsah, hatte er Tränen in den Augen. «Habe ich ihr unrecht getan?», fragte er. «Und dir?»

Poppy zuckte mit den Schultern. Sie hatte es sich verboten, diese Tür noch einmal aufzumachen. Was, wenn man ihrer Mutter hätte helfen können? Und ihr? Und Lukas? Sie durfte sich diese Fragen nicht stellen. Sie wollte nicht noch einmal in dieses bodenlose Loch der Verzweiflung fallen.

«Das konntest du doch nicht wissen», sagte sie. «Niemand konnte das wissen, damals.»

«Ich habe nur getan, was ich für richtig hielt.»

«Ich weiß. Das tun wir doch alle.» Sie umarmte ihren Vater zum Abschied und versprach, bald wiederzukommen. Sie ließ sich sogar von Eva auf die Wangen küssen, oder auf die Luft neben ihren Wangen.

Zwei halbe Tage verbrachte Poppy in der Praxis von Frau Dr. Nussbaum. Sie saß am Computer und drückte auf Knöpfe, wenn bestimmte Symbole auftauchten oder Zahlenkombinationen sich wiederholten. Sie musste sich immer längere Wortreihen merken und abstrakte Bilder nachzeichnen. Anfangs war sie nervös gewesen, sie hatte Angst gehabt, die Aufgaben nicht zu verstehen, wie früher in der Schule. Was, dachte sie, was, wenn sich heute herausstellt, dass ich wirklich dumm bin? Unbrauchbar, zu nichts nutze? Was sag ich dann der Frau auf dem Arbeitsamt? Doch sie hatte schnell gemerkt, dass die Aufgaben gar nicht kompliziert waren. Die meisten fielen ihr leicht. Manche machten ihr sogar Spaß. Sie merkte sich die Wortreihen wie ein Gedicht, sie war stolz auf sich. Sie dachte, sie hätte gut abgeschnitten.

Dann wurde sie zur Besprechung mit Frau Nussbaum vorgeladen. Die Psychiaterin breitete die Unterlagen auf dem Tisch aus und schaute sie mit einem seltsamen Blick an. Wenn Poppy es nicht besser wüsste, würde sie denken, es läge Bewunderung darin. Aber wann hatte sie je jemand bewundert?

«Sie sind ein eindeutiger Fall», sagte Frau Nussbaum. Das hatte der Psychiater im Gefängnis ja auch schon gesagt. Poppy ließ sich die Ergebnisse erklären – sie war nicht dumm, das war schon mal etwas. «Die Matura hätten Sie schaffen können. Mit ein wenig Unterstützung.» Was in dem Blick lag, der diese Aussage begleitete, erkannte Poppy sofort: Mitleid.

Ihre Testresultate schwankten zwischen zwei und achtundneunzig Prozent. Das hieß, dass nur zwei Prozent aller Frauen in ihrem Alter bei derselben Aufgabe besser abgeschnitten hatten – oder schlechter, je nachdem. Die Symbole, die sie hätte anklicken sollen, hatte sie fast alle verpasst. Die wiederkehrenden Zahlen auch. Und sie hatte es nicht einmal gemerkt. Ihre Aufmerksamkeit flackerte schwach wie das Licht einer Kerze in einem sauerstoffarmen Raum, ein Blinzeln ließ sie erlöschen.

Poppy ging mit ihrer Diagnose nach Hause und dachte erst, das sei genug. Zu wissen, warum sie so war, wie sie war. Allein das Wissen, dass es einen Namen gab für das, was ihr Leben so schwermachte, dass sie also nicht «faul, dumm oder verrückt» war, machte ihr Mut. Sie rief Julia an und lud sich zum Abendessen ein. Als alle am Tisch saßen, erzählte sie von ihrer Diagnose und schlug vor, dass Lukas sich auch abklären lasse. Doch er sah sie an, als hätte sie ihn verraten.

«Jetzt fängst du auch noch damit an!», schnauzte er sie an. «Sag doch einfach, wenn ich verschwinden soll! Das wär euch doch allen am liebsten!» Er lief aus dem Zimmer und knallte die Tür hinter sich zu. Florian sah auf die Tischplatte. Einen Moment später bat er höflich, sich zurückziehen zu dürfen. Er trug seinen halbleeren Teller ins Wohnzimmer, ohne irgendjemanden anzusehen. Dann hörte man den Kommentar zu einem Fußballspiel.

«Du kannst hier nicht einfach so reinplatzen und etwas ansprechen, von dem du keine Ahnung hast!», sagte Peter. Er folgte Florian ins Wohnzimmer. Julia lauschte einen Augenblick mit schiefgelegtem Kopf. Der Kommentar wurde lauter.

Ich habe wieder einmal alles falsch gemacht, dachte Poppy. Doch dieser Gedanke schien seinen Schrecken verloren zu haben. Er ließ sich nicht einmal festhalten. Schon wurde er vom nächsten weggeschoben.

«Was ist hier eigentlich los?», fragte Poppy.

«Lukas hat eine Verwarnung von der Schule bekommen», sagte Julia. «Wir wurden zum Gespräch bestellt. Stellt sich heraus, dass er seit Wochen den Unterricht schwänzt. Er sei nicht mehr tragbar im regulären Schulbetrieb, hieß es. Wir wollten es dir nicht sagen. In deiner Situation …»

«Situation oder nicht, ich bin seine Mutter», sagte sie. «Und Peter hat recht. Es geht nicht an, dass ich keine Ahnung habe. Das muss sich ändern.»

«Jetzt plötzlich», murmelte Julia.

Die Haie umkreisen das Boot, dachte Poppy. Aber sie ruderte unbeirrt weiter. «Ja, jetzt plötzlich», sagte sie. Jetzt plötzlich dachte sie, dass ihre Meinung auch etwas gelten konnte. Schließlich war sie nicht verrückt (oder faul, oder dumm).

Sie klopfte an Lukas' Tür, bis er missmutig aufschloss. Eine Weile saßen sie nebeneinander auf seinem Bett, schweigend, Poppy wusste nicht, was sie sagen sollte. Schließlich begann er zu reden. Er hasste die Schule, seine Klassenlehrerin, überhaupt sein Leben. Er wollte Comiczeichner werden. Dafür brauchte man keine Matur. Alle waren gegen ihn. Keiner verstand ihn.

Poppy nickte. Das kannte sie alles.

«Was machst du den ganzen Tag?», fragte sie. «Wenn du nicht zur Schule gehst?»

«Ich will ja hin», sagte er verzweifelt. «Das glaubt mir ja keiner. Jeden Tag geh ich bis an die Straßenecke, aber wenn ich das Schulhaus nur sehe, wird mir schlecht!»

Poppy nickte. Das kannte sie auch. «So geht das natürlich nicht», sagte sie. «Da muss etwas passieren!» Nur was? Ein bisschen Unterstützung, hatte Frau Nussbaum gesagt.

Ich wollte nur dein Bestes, ihr Vater. Was hätte sie damals gebraucht? Was konnte sie für ihren Sohn tun? Lukas wollte sich nicht abklären lassen. Die Vorstellung, dass er einen Schaden hatte, wie er es nannte, kränkte ihn zutiefst. Auch das konnte Poppy verstehen. Doch sie musste etwas tun. Sie war seine Mutter. Und zum ersten Mal, seit er klein war, sah Lukas sie an, als erwarte er etwas von ihr.

Ein paar Tage später, als Poppy sich durch die Angebote diverser Privatschulen klickte und immer wieder an der Tatsache scheiterte, dass Privatschulen Geld kosteten, dachte sie plötzlich: Es gibt keinen Grund, so zu leiden. Das hatte der Gefängnispsychiater gesagt, und Frau Nussbaum hatte es bestätigt. Poppy wollte es wissen. Sie rief Frau Nussbaum an und sagte: «Ich will es probieren. Mit den Tabletten.»

Auch das ging nicht so schnell, wie sie gehofft hatte. Erst musste sie sich von ihrem Hausarzt untersuchen lassen. Weil sie keinen Hausarzt hatte, rief sie Marie an. Marie hatte ihr eine E-Mail geschickt, die sie über Nevadas Yogastunden in der Gesundheitsoase für Frauen orientierte.

«Kannst du mir einen Hausarzt in der Nähe empfehlen?»

«Nein», sagte Marie. «Aber je nachdem, wie du versichert bist, kannst du zu mir kommen.»

In der Siedlung, in der sich Maries Praxis befand, gab es auch eine Gesamtschule, Kindergarten bis zwölfte Klasse. Wegen des hohen Ausländeranteils und des Modellcharakters der Siedlung wurden ihr diverse Förderprogramme und neue Unterrichtsmethoden ermöglicht.

«Sprich doch mal mit Ted», sagte Marie.

«Ted?»

Poppy bekam ein Rezept für Ritalin. Die Schachtel sah nach nichts aus. Sie zögerte, bevor sie sie öffnete. «Sprechen Sie besser mit niemandem darüber», hatte Frau Nussbaum gesagt. «Sie können sich nicht vorstellen, mit welchen Vorurteilen diese Behandlung behaftet ist!» Natürlich konnte Poppy sich das vorstellen: Sie hatte gegoogelt. Was sie in der Hand hielt, konnte die Lösung all ihrer Probleme sein, der Tod ihrer Persönlichkeit, das Medikament konnte sie zum Roboter machen oder süchtig. Sie zerteilte eine Tablette mit dem Küchenmesser und nahm, wie besprochen, erst nur eine Vierteldosis. Morgens und mittags. Jeden Abend erstattete sie Dr. Nussbaum Bericht. Sie merkte nichts. Nach zwei Wochen wurde die Dosis gesteigert, dann noch einmal. Und eines Tages, ungefähr eine Viertelstunde, nachdem sie zehn Milligramm Ritalin eingenommen hatte, spürte sie plötzlich etwas. Es war, als hätte sie einen glatten, runden Stein verschluckt. Ein unbekanntes Gewicht verankerte sie. Als hätte man einen Stapel dünner Blätter mit diesem Stein beschwert. Wenn ein starker Wind aufkam, konnte sie die Blätter an den Rändern rascheln hören. Aber es wehte nicht mehr beim leisesten Hauch der ganze Stapel davon.

Poppy schaltete ihren Computer ein, um Frau Nussbaum zu berichten. In ihrem E-Mail-Programm erschien die gelbe Notiz, die sie täglich an sich selbst schickte. Jeden Abend kontrollierte sie ihre Liste, löschte, was sie erledigt hatte, und übertrug den Rest auf den nächsten Morgen. Die Liste wurde länger und länger. Sie war so detailliert, dass sie Punkte wie *Kleider rauslegen (schwarze Hose)* und *Duschen* enthielt. An diesem Tag stellte Poppy etwas Eigenartiges fest: Es war, als ob die einzelnen Punkte auf ihrer Liste in unterschiedlicher Schriftgröße geschrieben worden wären. Die wichtigeren Punkte traten stärker hervor, die unwesentlichen hielten sich im Hintergrund. So strömte nicht die ganze Masse dessen, was sie zu erledigen hatte, auf einmal auf sie ein, sondern eins nach dem andern. Und so schien es plötzlich möglich.

Poppy verschlug es den Atem. War es das, was andere sahen? War es so einfach?

Die Affen lassen sich bändigen, dachte sie. Sie lassen mit sich leben. Sie vergaß ihren Bericht an Frau Nussbaum und öffnete stattdessen ihren Blog. Nach kurzem Überlegen stellte sie ihre ganzen Abklärungsergebnisse ins Netz und schrieb dazu: *Monkey Mind Reloaded. Stellt sich heraus, dass der Affengeist in seiner extremen Variante auch einen anderen Namen hat, einen wissenschaftlichen sogar.*

viśeṣadarśina āthmabhāvabhāvanānivṛttiḥ
Wenn man den Unterschied zwischen Geist
und Bewusstsein einmal erkannt hat,
verliert man das Bedürfnis nach Selbsterkenntnis.
Patanjali Yoga Sutra 4.25

Nevada

Umständlich zog sie ihre Schuhe aus und stellte sie in das Regal im Flur. Klirrend fiel ihr Stock zu Boden. Ted bückte sich danach.

«Lass nur», sagte Nevada. Doch Ted ließ sich nicht davon abhalten, ihren Stock aufzuheben. Sie müsse versuchen, so lange wie möglich so unabhängig wie möglich zu bleiben, hatte ihr Professor Kaiser geraten. Das war nicht ganz einfach. Die wenigsten Menschen konnten zuschauen, wie sie sich mit ihrem Stock abmühte, ohne helfend einzugreifen. Es war ein altmodischer schwarzer Spazierstock aus Holz mit einem silbernen Knauf in Form eines Vogels. Einer Krähe, dachte Nevada, eine schwarze Vorbotin des Todes. Aber versilbert. Mit einer normalen Krücke käme sie besser zurecht. Aber sie wollte keine Krücke. Sie wollte einen Spazierstock, wie ihn Gesunde brauchten.

Der Schub hatte Spuren hinterlassen. Ob sie bleiben würden, wusste niemand. Am wenigsten Nevada. Die Ameisen verhielten sich ruhig, und wenn sie in den Spiegel schaute, sah sie nur ein Gesicht. Ihres. Das war ihr für den Moment genug. Sie hatte auch gar keine Zeit, um endlos über sich nachzudenken. Sie unterrichtete schon wieder jeden Tag. Die Gruppen in der Gesundheitsoase waren klein und schnell ausgebucht. Nevada bot auch Einzelstunden an. Martha mahnte sie, sich nicht zu überarbeiten, und auch Professor Kaiser hatte ihr Ruhepausen verordnet. Nevada konnte ihn nicht Alphonse nennen, auch wenn er mehr und mehr Zeit in ihrem Haus verbrachte. Nevada ging weiterhin zu ihm in die Sprechstunde in der Uniklinik, sie konnte ihn nicht im Treppenhaus auf ihre Symptome ansprechen. Einmal hatte sie einen roten Abdruck an seinem Handgelenk gesehen, und sofort an Sierras eiserne Handschellen gedacht.

«Ich bin nun mal am glücklichsten, wenn ich unterrichte», sagte sie. Außerdem verliefen ihre Stunden ganz anders als früher. Sie zeigte nichts vor. Sie hielt sich an den Grundsatz von Sri T Krishnamacharya:

«Yoga muss dem Menschen dienen, nicht umgekehrt.» Sie beobachtete ihre Schülerinnen genauer als früher. Jede Einzelne von ihnen sollte die Stunde leichter verlassen, als sie gekommen war. Eines Tages fragte sie Sierra, warum nur Frauen in der Oase behandelt wurden: «Männer sind auch Menschen, Sierra!»

«Das sagst gerade du!» Doch sie versprach, über Yogastunden für Männer nachzudenken. Doch bevor Sierra zu einem Schluss gekommen war, rief Ted an und fragte Nevada, ob sie bereit wäre, in der Siedlung, in der er wohnte und die Unterstufe unterrichtete, Yogastunden anzubieten.

«Die Schulleitung hat schon mal grünes Licht für die Oberstufe gegeben. Aber ich würde es nicht auf die Schule begrenzen. Wir könnten die Räume nutzen, aber die Stunden für die ganze Siedlung öffnen – ich hab allerdings keine Ahnung, wer da kommen wird!»

«Umso besser», sagte Nevada.

Die Turnhalle roch, wie Turnhallen immer riechen. An den Wänden hingen Sprossenleitern. Nevada hatte solche auch schon in Yogastudios gesehen. Man konnte Gurte daran befestigen, sich in Umkehrstellungen hängen. Sie würde sich erkundigen müssen. Barfuß ging sie über den gummierten Boden. Am schmalen Ende der Halle stand ein Klappstuhl aus Metall. Nevada zog ein Kissen aus ihrer Tasche und legte es auf den Stuhl.

«Wir haben erstaunlich viele Anmeldungen bekommen», sagte Ted stolz. «Und schau, die Matten, die wir gekauft haben, wie findest du die?»

«Schön!»

Ted legte ungefähr zwanzig knallgrüne Yogamatten auf dem Turnhallenboden aus, legte pinkfarbene Kunststoffklötze daneben. Die Farben bissen sich mit dem knallblauen, von gelben und roten Linien durchkreuzten Boden. Nevada vermutete, dass Marie die Matten ausgesucht hatte. Sie hängte die silberne Krähe an die Rücklehne des Stuhls und setzte sich auf das Kissen. Sie wollte sich nicht auf den Boden setzen, für den Fall, dass sie nicht mehr aufstehen konnte. Das wollte sie ihren Schülern nicht zumuten. Wenigstens nicht bei der ersten Stunde. Sie bückte sich nach ihrer Tasche, nahm eine kleine Holzschatulle heraus, in der eine Mala lag, eine Gebetskette aus Holzperlen, die sie sich um den Hals legte. Dann stellte sie die gerahmte Fotografie von Sri T Krishnamacharya auf die Schatulle, eine dicke Kerze daneben. Sie hatte einen kleinen Blumenstrauß mitgebracht, für den Ted schon eine halbierte, wassergefüllte Petflasche bereitgestellt hatte. Nevada stellte die Blumen ein, zündete die Kerze an, verneigte sich vor dem Bild. Sie war zu Hause. Egal, wo sie war.

Sie saß aufrecht, die Hände locker im Schoß, die Augen geöffnet. Die ersten Schüler kamen herein, manche allein, manche in Gruppen. Sie beobachtete sie, versuchte zu erkennen, was sie brauchten. Es waren fast ausschließlich Frauen und junge Mädchen. Sie hörte ihre Schwester lachen.

«Bitte die Schuhe ausziehen», sagte Nevada ein paarmal, freundlich. Da war Marie, in einem knallgelben hautengen Leotard, der ihre schmale Taille und ausladenden Hüften betonte. Sie kam mit einer Gruppe junger Frauen, von denen die eine Hälfte weißblondgefärbte Haare trug und die andere schwarze Kopftücher.

«Yo, Frau Doktor, sexy!», rief jemand. Einige kicherten. Eins der jungen Mädchen errötete und murmelte etwas wie «megapeinlich». Das musste Maries Stieftochter sein, dachte Nevada. Marie strahlte. Sie platzte aus allen Nähten, sie glänzte vor Glück. Ted zog seine Matte so dicht an ihre heran, dass sie sich berührten. Immer wieder wanderten seine Hände zu Marie und über ihren Körper. Die jungen Mädchen kicherten und pfiffen, Ted errötete, aber er konnte seine Finger nicht von Marie lassen. Es schien sie nicht zu stören.

Zwei ältere Frauen hatten unter der schwarzen Turnhose ihre Nylonstrumpfhose anbehalten, die ihre Zehen zusammenpressten. Nevada überlegte gerade, ob sie sie bitten sollte, die Strumpfhose auszuziehen und barfuß auf die Matte zu treten, als ein dicker Mann in Jeans und T-Shirt hereinkam. An seinem Gürtel hatte er ein Handy befestigt. Den Schüler dort abholen, wo er steht, dachte Nevada und bat den Mann nur, das Handy auszuschalten.

Poppy hatte ihre eigene Matte mitgebracht. Suchend schaute sie sich um, machte ein paar Schritte in die Turnhalle hinein, suchte sich einen Platz vorne links. Schon wollte sie ihre Matte ausrollen, als sie sich plötzlich anders entschied. Sie kam zu Nevada nach vorn und kniete vor ihrem Stuhl nieder. «Kann ich dich was fragen?»

Nevada nickte. Poppy hatte vor kurzem eine Einzelstunde bei ihr besucht, und Nevada hatte überrascht festgestellt, dass die zuckenden Farben weg waren. Ganz ruhig stand Poppy auf der Matte, beide Füße fest auf dem Boden. *Tadasana*, der Berg.

«Was ist passiert?», hatte sie gefragt, denn die Stunde hatte erst begonnen, an ihr konnte es nicht liegen. Da hatte Poppy ihr von ihrer Behandlung erzählt. «Ich wollte dir eigentlich nichts sagen, ich weiß ja nicht, wie sich das mit Yoga verträgt.»

Nevada lachte. «Poppy, ich bin die Letzte, die behaupten würde, Yoga heile alle Krankheiten und ersetze alle Medikamente!» Am Ende der Stunde hatte Nevada zugeschaut, wie Poppy tief in die Endentspannung sank, ohne zu zappeln und zu zucken, und sie hatte gedacht, dass Poppy vielleicht jetzt die Möglichkeit hatte, das Werkzeug Yoga richtig zu nutzen.

«Weißt du, mein Blog ...», sagte Poppy jetzt, und Nevada nickte.

«Also der Blog ... der Blog soll ein Buch werden.»

«Poppy, das ist ja großartig!»

Poppy lächelte schüchtern. «Ja, nicht wahr? Und hmm, eben, beim Verlag fanden sie vor allem die Verbindung mit dem Yoga interessant ... und da wollte ich dich fragen, ob du mit mir zusammenarbeiten willst?»

Nevada lächelte. Vor einer Woche war sie angefragt worden, eine Übungs-DVD zu konzipieren und auch gleich selber zu drehen. MS-Patienten würden doch bestimmt lieber eine Betroffene die spezifischen Übungen vorzeigen sehen als ein gesundes Modell. Falsche Identifikation, hatte Nevada sofort gedacht. War sie betroffen? Oder war sie bloß krank? War sie nur krank, oder auch krank, unter vielem anderen? Sie wollte schon den Kopf schütteln, als sie in Poppys offenes, erwartungsvolles Gesicht blickte. So hatte sie sie noch nie gesehen.

Yoga dem Menschen anpassen, dachte sie und nickte. «Lass uns nach der Stunde darüber reden!»

Poppy drehte sich um, doch ihr Platz in der vordersten Reihe war unterdessen besetzt. Nevada sah ihr dabei zu, wie sie sich mit nackten

Füßen auf eine Matte stellte, die schon dagelegen hatte, mitten unter fremden Menschen.

Die alle Nevadas Schüler waren. Nevada atmete tief ein. Sie hatte schon lange keine so große Gruppe mehr unterrichtet. Sie stand auf, schwankte ein wenig, musste sich festhalten. Sie spürte die Blicke, verwirrt, erwartungsvoll, beunruhigt, voller Hoffnung. Sie ließ die Stuhllehne los und legte ihre Handflächen zusammen.

«*Atha yoganusasanam …*» Und hier beginnt nun die Lehre des Yoga.

Ich danke
Dr. Kausthub Desikachar – insight and inspiration.
Meinen Yogalehrerinnen Alice Joanou, Katchie Ananda,
Barbara Immick und Sara Wildi.
Piero Rossi.
Markus Fritschin, Heidi Gautschi, Peter Grünig, Marcel Ruf
und Markus Scherer von der JVA Lenzburg.
Reinhard Lutz und P. W.
Dr. Martina Pabst vom Kantonsspital Aarau.
Laura Guglielmetti cand. med. für die Diagnose von
Nevada Marthaler.
Und wie immer: Anne Wieser.

Das Yoga Sutra von Patanjali habe ich in folgenden Übersetzungen gelesen und in eigene Worte gefasst:

R. Sriram, *Das Yoga Sutra: Von der Erkenntnis zur Befreiung*. Bielefeld 2009

TKV Desikachar, *Über Freiheit und Meditation*. Petersberg 2006

Der Yogaleitfaden des Patanjali: Sanskrit/Deutsch, herausgegeben und übersetzt von Reinhard Palm. Stuttgart 2010

Milena Moser

High Noon im Mittelland

Die besten Kolumnen

160 Seiten, gebunden

ISBN 978-3-312-00480-5

Zwei harte Typen stehen einem dritten, durch eine Dorfstraße getrennt, bedrohlich gegenüber. Wüste Beschimpfungen fliegen hin und her, die Colts sitzen locker, von fern tönt leise der Soundtrack von *Spiel mir das Lied vom Tod*. Bis plötzlich eine Frauenstimme ruft: «Reinkommen! Aber sofort! Es gibt Mittagessen!», und die drei kleinen Jungs nach Hause rennen.
Die Titelgeschichte steht beispielhaft für Milena Mosers Beobachtungen ihrer Umwelt, von hochfliegenden Ansprüchen und Wünschen, die an der nüchternen Fassade der Wirklichkeit zerpulvern. In den pointierten und selbstironischen Beobachtungen der Tücken des Alltags erkennt sich jeder und jede sofort wieder. Endlich sind die besten dieser erheiternden Lebensbetrachtungen und Geständnisse als Buch erhältlich: eine Fundgrube und Unterhaltung der feinsten Art.

«Eine entspannende Ladung Moser, die von sich selber erzählt, davon, wie sie unperfekt, aber zufrieden in einer Welt lebt, in der immer alles funktionieren muss.» Tanja Kummer, *Schweizer Radio DRS 3*

N&K

Milena Moser

Möchtegern

Roman

464 Seiten, gebunden
ISBN 978-3-312-00452-2

Die bekannte Schriftstellerin Mimosa Mein, die viele Jahre zurückgezogen auf dem Land lebte, tritt wieder vor die Öffentlichkeit: als Jurorin einer Castingshow. Dort wird sie mit den Lebensgeschichten von Menschen konfrontiert, die buchstäblich alles riskieren, um berühmt zu werden. Eine Teilnehmerin sucht im Schreiben therapeutische Befreiung, eine zweite will mit dem erträumten Bestseller endlich aus ihrem Hausfrauenleben ausbrechen – und die Texte einer dritten erinnern Mimosa Mein seltsam vertraut an einen Mann, der vor vielen Jahren unter ungeklärten Umständen verschwand. Ein mitreißender, witziger Roman über Schreiben und Ehrgeiz, Freundschaft und Verrat und die tückischen Zufälle des Lebens.

«Ein absoluter Knaller und must-have der Saison.»
Susanne Fröhlich im MDR-Fernsehen über *Möchtegern*

N&K